【在翁布拉城】

敏奈娃：費諾格里歐的女房東。

黛絲皮娜：敏奈娃的女兒。

伊沃：敏奈娃的兒子。

薔薇石英：費諾格里歐的玻璃人。

【在翁布拉城堡中】

肥肉侯爵：翁布拉堡與翁布拉城的領主；自兒子柯西摩死後，亦被稱爲嘆息侯爵。

柯西摩：又名英俊的柯西摩；肥肉侯爵死去的兒子。

圖立歐：肥肉侯爵的毛臉侍童。

薇歐蘭：又名醜東西薇歐蘭；毒蛇頭的女兒及英俊的柯西摩的寡妻。

雅克伯：柯西摩和薇歐蘭的兒子。

巴布盧斯：書籍彩繪師；被當成薇歐蘭的「嫁妝」來到翁布拉。

布麗安娜：薇歐蘭的侍女，羅香娜和髒手指的女兒。

安傑摩：門衛。

【在羅香娜的農莊中】

羅香娜：髒手指之妻，原是女藝人，後定居安定下來；種植藥草，是名受人讚許的女醫士。

葉罕：羅香娜和第二任丈夫（已去世）所生之子。

偷偷摸摸：有角的貂。

羅珊娜：髒手指和羅香娜的小女兒。

【在無路森林中】

水妖：住在無路森林中的水塘中。

藍精靈：髒手指被放逐到我們的世界那幾年，十分渴望見到他們。

火精靈：會製造火蜜，可由此學到火的語言。

白衣女子：死神的僕役。

松鴉：費諾格里歐杜撰出來的傳奇強盜，像羅賓漢一樣劫富濟貧。

【在夜之堡】

毒蛇頭：又名銀爵士，墨水世界中最殘暴的公侯。

毒蛇頭第五任妻子：已爲毒蛇頭生下兩名女兒，又再懷孕，這回一如毒蛇頭所願，終於生下個男孩。

開膛仔：山羊那幫手下之一，現爲毒蛇投效命。

笛王：又名銀鼻子，原爲山羊的吟遊歌手，現爲毒蛇頭演唱自己陰森的曲子。

火狐狸：山羊的接班人，現爲毒蛇頭的傳令官。

泰德歐：夜之堡的圖書館管事。

盔甲武士：毒蛇頭的士兵。

【在秘密營地】

兩指：吟遊歌手，出色的笛手，儘管其中一隻手只剩兩根手指。

彎指：年長的女藝人，反對流浪藝人把莫和蕾莎藏在秘密營地。

班奈狄塔：幾乎全盲的女藝人。

米娜：懷孕的女藝人。

蕁麻：女醫士。

以及其他許多無名的流浪藝人。

【在老鼠磨坊】

磨坊老闆：接管了之前與毒蛇頭爲敵的磨坊老闆的生意。

磨坊老闆之子：怕到臉發白。爲什麼？

【在無路森林中的客棧】

店主：廚藝令人難以領教，是毒蛇頭的奸細。

地衣女：女醫士。

【在療養院中】

倉梟：浴療師，髒手指小時候被他照顧過。

貝拉：年老的女醫士，認識髒手指和倉梟幾乎一樣久。

卡拉：在療養院幫工的女孩。

我們的世界

美琪：

莫和蕾莎的女兒，和她父親一樣能把活生生的角色從書中「唸出來」。美琪和她父母已在美琪的姑婆愛麗諾家住了一段日子。

自她在山羊村中的冒險後，美琪有個願望：希望能像費諾格里歐一樣寫作，能繼續從書中唸出其他角色，但也能透過正確的字眼把他們再送回去。

莫提瑪．弗夏特，又名莫或魔法舌頭：

書籍裝幀師，被自己的女兒稱爲「書醫」。如美琪所言，他能「用他的聲音在空氣中畫出圖像」。莫把山羊、巴斯塔和髒手指從《墨水心》中唸了出來，卻沒想到自己的妻子蕾莎消失在同一本書中。自那以後，他就避免大聲朗讀。

蕾莎（泰蕾莎）：

莫的妻子，美琪的母親，愛麗諾心愛的姪女，在墨水世界中度過多年時光，被大流士再唸了出來，卻因此失去聲音。進入墨水世界之後，成了摩托娜和山羊的女僕多年；在那認識了髒手指，並教他閱讀和寫字。

愛麗諾．羅倫當：

蕾莎的姑媽，美琪的姑婆；藏書家又被稱爲書蟲。她長年來偏愛和書爲伴，但這期間，她不僅收留了美琪、莫和蕾莎，也收留了朗讀者大流士及一群精靈、山妖和玻璃人。

費諾格里歐：

作家，說書人；他寫了那本把大家全都捲入的書——《墨水心》，也杜撰出其中的墨水世界。巴斯塔、髒手指和山羊來自這本書，而莫用來殺死山羊和美琪召來影子的文字，也是出自他的筆下。在同一晚他也消失進自己的故事中。

奧菲流士：作家與朗讀者，被法立德稱作乳酪腦袋。

凱伯魯斯：奧菲流士的狗。

糖糖：又名大塊頭，聽命於摩托娜，後聽命於奧菲流士。

墨水世界

髒手指：

又被稱爲火舞者，被迫在我們的世界中生活了十年之久，只因莫把他從他的故事中唸了出來。臉上那三道長疤出自巴斯塔的刀子。髒手指身邊總有他那頭乖巧的貂——葛文。在《墨水心》最後，他從莫身上偷走一直渴望回去的書。爲了達成這個願望，髒手指甚至和自己的宿敵山羊同流合污，出賣了莫和美琪。此外，多年來，他也沒告訴莫他消失的妻子身在何處，也未對蕾莎提到美琪和莫——報復莫的聲音對他造成的傷害（或許也因爲他愛上了蕾莎。）

葛文：

有角的貂，髒手指的伙伴。基本上，費諾格里歐幫他安排了一個不幸的角色：在未改寫的《墨水心》中，髒手指在試圖從山羊手下救出葛文時而一命嗚呼。

法立德：

這名阿拉伯少年意外被莫從《大方夜譚》中唸了出來；善於潛行、偷竊、偵察、綑綁和其他一些強盜技藝，但也是髒手指的高徒，對他忠心耿耿。

山羊：

一幫殺人放火、勒索打劫的匪徒的首領，被莫從《墨水心》中唸了出來。十年來，一直追捕著莫這位朗讀者，希望靠他的技藝增加自己的勢力與財富。此外，想要銷毀所有的《墨

摩托娜：

又名喜鵲。山羊的母親、製毒師及美琪母親多年的主人。一直被她兒子當成管家，因爲羞於提及她（和他）的卑下出身。然而，摩托娜比這個故事中一些壞王公貴族還要聰明，可惜也更壞。

巴斯塔：

山羊一名忠心的手下，相當迷信，永遠刀不離身。巴斯塔曾劃破髒手指的臉。由於讓髒手指逃出，原本被山羊丟給影子吞噬，但山羊之死卻也救了巴斯塔一命。他甚至也逃過費諾格里歐那些讓許多山羊手下消失的文字，或許因爲當時他成了自己主人的囚犯，也或許（他自己也這樣認爲）因爲他過去的故事仍很眷戀著他，不願讓他就這樣死去。

大流士：

山羊之前的朗讀者，被巴斯塔稱爲結巴舌頭。他幫愛麗諾打理她的圖書館。由於他在朗讀的時候，常很害怕，被他從書中唸出來的角色，多半都有不同的殘缺（譬如，蕾莎變啞）。

流浪藝人（彩衣人）

空中飛人：曾爲走繩索藝人，現爲信差，髒手指的朋友。

黑王子：飛刀手，大熊的朋友，流浪藝人之王，髒手指最好的朋友。

大熊：黑熊，被黑王子從馬戲團贖身。

【墨水世界　二部曲】

柯奈莉亞·馮克

墨水血

INK SPELL

劉興華◎譯

獻給

蘭登・費雪（Brendan Fraser）

他的聲音是本書的核心。
謝謝你的鼓勵與魅力。
沒有你，莫不會踏進我的書房——
而這個故事
也不會存在。

獻給

雷納・史崔克（Rainer Strecker）

既是魔法舌頭，又是髒手指。
本書的每個字都那麼渴望
被他閱讀。

當然，像以往一樣，雖是最後一位，卻一定不是最不起眼的一位。
獻給安娜，無比可人的安娜，
在許多次漫步中，聽我說著這個故事，
給我鼓舞，給我建議，
讓我明白哪個好，哪個還要更好。

（我衷心期盼，美琪和法立德的故事再也不會太短。）

【墨水世界心・血・死三部曲】

首部曲《墨水心》精彩回顧

一個下雨的夜晚，「髒手指」站在深夜的窗外，他花了四年的時間找「莫」，這個被叫做「魔法舌頭」的人，是一位書籍裝幀達人，凡是經過他手中的書，搖身一變馬上成了精緻的藝術品，書，從此有了自己的生命，有了自己的靈魂。「魔法舌頭」的稱號，是因為只要經過他朗誦的故事，每個角色全活靈活現被唸了出來。「髒手指」就是被他從故事中唸到這個世界來的，當然不只髒手指。

還有山羊，巴斯塔，摩托娜，法立德。

可是「莫」最鍾愛的妻子蕾莎，同樣也被唸進了《墨水心》這本書中。從此，「魔法舌頭」不再朗讀任何一本書，他發誓要永遠成為啞巴。

整整十年，「髒手指」來到我們的世界，像個乞丐，也像個流浪漢，他在《墨水心》的書中，是一個絕頂高超的火舞者，他能夠玩弄千變萬化的火種，他跟山羊做了交易，要把「魔法舌頭」這個人以及《墨水心》這本書，帶來給山羊。這是「髒手指」唯一想到自己能夠回到《墨水心》的辦法，他就要成了一個出賣自己的賊了……

如果《墨水心》說的是一個心因為邪惡而變黑的人的故事，那麼應該有人可以把這顆心從血泊當中拯救回來吧。髒手指遠遠看著被火燒的山羊村落，他冷冷望著遠方的大火，那些人，那個地方，他提醒自己要趕快再找下一個朗讀者，否則他永遠回不到他自己的故事了……

CONTENTS

要是我知道，
詩從哪來，
那我將會去那。

麥可・隆尼 (Michael Longley)

量身訂做的文字

一行又一行
我自己的沙漠
一行又一行
我的天堂

——瑪麗・陸蕙絲・卡希尼特《一首詩》

夜色降臨了，奧菲流士仍未現身。

法立德像往常一樣，只要他一個人處在黑暗中，心便愈跳愈快。該死的乳酪腦袋！他到底在哪？樹叢中的鳥群沈寂下來，彷彿被逼臨的夜扼殺似的，附近的山巒變黑，宛如被落日燒焦一般。整個世界即將漆黑一片，就連法立德赤腳下的草也不例外，鬼魂將會開始低語。法立德只知道唯一讓他感到安全的，便是緊緊跟在髒手指後面，近到可以察覺他的體溫。髒手指不怕黑夜，反而鍾愛。

「怎麼啦，你又聽到他們了？」在法立德靠向他時，他問道。「我要跟你再講幾遍？這個世界沒有鬼，可說是這個世界少數的幾個優點之一。」

他站在那，靠著一株冬青櫟，抬頭瞧著那條孤單的路。一盞路燈在高處照亮著破碎的柏油路面，那些縮在幽暗山前的一片屋舍，十幾間房子緊緊相依，彷彿和法立德一樣懼怕著黑夜。乳酪腦袋住的那棟屋子，正是街上的第一家。一扇窗後亮著燈火。一個多鐘頭以來，髒手指就這樣盯著看。法立德多次試著這樣一動不動地站著，但他的手腳就是不聽使喚。

「我現在過去，看看他在哪裡！」

「你別亂來！」髒手指像以往一樣面無表情，但聲音透露出他的心事。法立德聽出了其中的不耐……還有不願放棄的希望，儘管他早已不斷失望過。「你確定他說的是『星期五』？」

「是的！而今天是星期五，沒錯吧？」

髒手指只點了點頭，拂去臉上及肩的長髮。法立德試過留同樣的長髮，卻是鬈曲而不服貼，逼得他最後只好再拿刀剪短。

「『星期五在村子下，四點』，他是這樣說的。那時，他那條野狗還對我猛叫，好像就等著吃掉我這個活蹦亂跳的棕膚色小子！」風吹進法立德的薄毛衣，他冷得直搓著手臂。沒錯，現在要是有堆溫暖的大火就好了，但起風時，髒手指連根火柴都不讓他點燃。四點……法立德低聲咒罵了一下，抬頭瞧著天空。他不用錶，都知道時間早就過了。「我說，他刻意讓我們多等，這個自以爲是的笨蛋！」

髒手指薄薄的嘴露出一抹微笑。法立德總是能輕易逗他笑。說不定會因此而答應帶著他，只要那個乳酪腦袋眞能送他回去的話。回到他的世界，由紙和墨以及一個老人的文字創造出來的世界。

哎，什麼跟什麼！法立德心想。爲什麼剛好是這個奧菲流士辦得到而其他人辦不到的事？有這麼多人試過……那個結巴的傢伙、金眼睛、烏鴉舌頭……全是拿了他們錢的騙子……

奧菲流士的窗子後，燈火滅了，髒手指突然直起身子。一扇門砰然關上，腳步聲穿透黑暗，是陣急促、不規則的腳步聲。奧菲流士接著出現在唯一一盞路燈的燈光中——法立德偷偷叫他乳酪腦袋，因爲他慘白的皮膚，也因爲他在陽光下像塊出汗般的乳酪。他喘著氣走下陡降的街道，身旁是他那條宛如冥府之犬的狗，醜得有如一條鬣狗。等他見到路旁的髒手指時，便停下腳步，露出大大的微笑朝他揮手示意。

法立德抓住髒手指的手臂。「你看那討人厭的奸笑，裝模作樣，假得要命！」他對髒手指小聲說道。「你怎麼會相信他！」

「誰說我相信他？你是怎麼搞的？這麼不安。你是不是比較想待在這裡？汽車、會動的畫、盒子裡冒出的音樂、驅走夜晚的燈光——」髒手指爬上圍在路旁及膝高的牆。「你喜歡這一切，而我想去的地方，你會覺得無聊的。」

他在說什麼？好像一點也不知道法立德只有一個願望，就是待在他身旁。他想怒聲回答，但一聲劈啪，讓他嚇了一跳，聲音尖銳，像是靴子踩斷了樹枝一般。

髒手指也聽到了，停下來聽著。然而，樹叢中沒有任何動靜，只有枝幹迎風擺動，一隻宛如幽靈般蒼白的夜蛾朝著法立德臉上撲來。

「對不起！我來晚了！」奧菲流士對他們喊道。

法立德一直無法相信，這張嘴會發出這樣一種聲音。他們在幾個村子中聽過這個聲音，髒手指立刻動身尋找，但直到近一個禮拜前，他們在一間圖書館找到為幾名孩子朗讀童話的奧菲流士，顯然沒有哪位孩子注意到那個從擺滿破舊書本的書架後突然冒出來的侏儒，但髒手指看到了。他等候著正要上自己車的奧菲流士，最後把那本書拿了出來，那本法立德最常咒罵的書。

「嘿，這本書我知道！」奧菲流士低聲說著。「而你——」他幾乎是虔誠地接下去說，看著髒手指，彷彿想盯著他臉頰上的疤看，「——我也認識你。你是書裡最棒的角色，髒手指！那名火舞者！是誰把你唸到這裡來的，來到這個最消沈抑鬱的故事中？你什麼都別說！你想回去，對不對，但你找不到那扇門，那扇在字母之間的門！不要緊。我可以幫你，用量身訂做的文字打造一扇新的門！算你友情價——只要你眞的是我所想的那個人就行！」

友情價！這怎麼可能。他們幾乎不得不把所有的錢給他，然後還要等上他好幾個鐘頭，在這個荒涼的鬼地方，在這個看來有鬼的多風夜晚。

「那隻貂你有帶來嗎？」奧菲流士拿手電筒照著髒手指的背包。「你知道，我的狗不喜歡牠。」

「沒，牠正去找吃的東西。」髒手指的目光移到夾在奧菲流士腋下的那本書。「怎麼了？你……完成了？」

「當然！」那頭冥府之犬露出牙齒，死盯著法立德。「這些文字起先有點不好控制，或許是因爲我太激動。我們第一次見面時，我就告訴過你：這本書——」奧菲流士的手指摸著書冊，「——是我小時候最喜歡的書。最後見到它時，我十一歲。有人從我常去借書的小圖書館偷走了它。可惜我太膽小，不敢偷書，但我從未忘記這本書。它不斷告訴我，可以靠著文字輕易逃離這個世界！可以在書頁中找到朋友，神奇的朋友！像你這樣的朋友，噴火人、巨人、精靈……！你知道嗎，當我讀到你死的那一段，我哭得多傷心？但你活著，一切都會好轉！你會重新說起故事——」

「我？」髒手指露出嘲弄的微笑打斷他的話。「不可能，相信我，那是其他很不一樣的人幹的事。」

「哎，或許吧！」奧菲流士輕咳著，彷彿爲自己吐露這許多心事感到尷尬似的。「不管怎樣，不能跟你一起同行，實在讓人討厭。」他說，同時朝著路旁的圍牆走去，姿勢相當笨拙。「朗讀者必須留下，這是鐵律，無法改變。我試過各種方法，想進入一本書裡，但就是不行。」他停下來嘆了口氣，把手伸進很不合身的夾克中，拿出一張紙。「這個——便是你訂購的東西。」他對髒手指說。「神奇的文字，只爲你而寫，一條文字搭起的路，一路帶你回去。給你，唸吧！」

髒手指猶豫地接過那張紙。雅致的斜體字母覆滿紙面，像縫線一般糾結纏繞。髒手指的手指劃過文字，像是得先一個字一個字親眼瞧瞧，而奧菲流士打量著他，好像一個等著成績的學生。最後，等到髒手指再抬起頭時，他的聲音聽來顯得吃驚。「你寫得很好！很棒的文字……」

乳酪腦袋臉紅無比，彷彿有人把桑葚汁倒在他臉上一般。「我很高興你喜歡！」

「是的，我很喜歡！和我對你描述的一模一樣，只是聽來更棒而已。」

奧菲流士露出尷尬的微笑，又拿回髒手指手上的那張紙。「我不能保證白天的時段是一樣的。」他壓低聲音說。「我這門技藝的規則難以深究，但相信我，沒有人比我更懂！譬如，要改變一本書或繼續杜撰的話，便應該使用書中已有的文字。太多外來的字眼，不會有任何變化，不然就是出現意想不到的事！如果是作者本人的話，情況或許不同……」

「所有精靈為證，你懂的要比一整個圖書館還多！」髒手指不耐地打斷他。「你現在就唸一下，如何？」

奧菲流士突然默不作聲，彷彿吞下自己的舌頭似的。「當然，」他的聲音聽來有點委屈。「你會看到的。靠著我，這本書會再接納你這個迷途知返的兒子，會像紙吸墨水一樣吸收你！」

髒手指只點了點頭，抬頭瞧著空無一人的街道。法立德察覺到他多想相信乳酪腦袋——又多怕自己再次失望。

「那我呢？」法立德緊靠在髒手指身旁。「他也寫了我，對不對？你有檢查過嗎？」

奧菲流士略帶好心地瞧了他一眼。「天哪！」他對髒手指嘲弄說道。「這小子似乎真的很喜歡你！你是在哪認識他的？某個路邊嗎？」

「並不算是。」髒手指回答。「那個把我唸出來的同一個男人，把他從他的故事中招了過來。」

「就是那個……魔法舌頭？」奧菲流士很不屑地說出這個名字，不敢相信有人可以和他匹配。

「正是，大家這樣稱呼他。你是從哪得知這件事的？」髒手指的訝異可以聽得出來。

那頭冥府之犬嗅聞著法立德的光腳趾——奧菲流士聳了聳肩。「那種能夠讓字母呼吸的人，大家遲早都會聽到的。」

「是嗎？」髒手指的聲音聽來並不相信的樣子，但他並未繼續追問下去，只盯著那張奧菲流士寫滿雅致字母的紙。

不過，乳酪腦袋仍一直瞧著法立德。「你是來自哪一本書？」他問。「爲什麼你不想回到自己的故事，而是到髒手指那個和你毫不相關的故事中？」

「這跟你有什麼關係？」法立德不懷好意地回答。他愈來愈不喜歡乳酪腦袋，他太好奇——而且太過狡猾。

然而，髒手指只輕笑著。「他自己的故事？不，法立德可是一點都不懷念。這小子轉換故事，就跟蛇換皮一樣。」法立德聽出他聲音中幾乎佩服的語氣。

「是嗎，他可以這樣？」奧菲流士重新以一種高人一等的方式打量法立德。要不是那頭一直飢渴盯著他看的冥府之犬在一旁的話，法立德眞想朝奧菲流士臃腫的膝蓋踢上一腳。「好吧，」奧菲流士說，同時坐到圍牆上。「不過我還是要警告你！把你唸回去只是小事一樁，但這個小子和這個故事毫無瓜葛！我不能提到他的名字，只能講到有名少年，一如你所見到那樣，我不能保證有效。就算可以，他大概也只會搞得天下大亂，搞不好還會帶給你不幸！」

這個該死的傢伙在說什麼？法立德看著髒手指。求求你！他心想。喔，求求你！別聽他的話！帶著我。

髒手指迎著他的目光，微笑著。「不幸？」他說，聲音聽來像是沒必要對他提到不幸。「胡說八道。這小子帶給我好運，而且是個相當出色的噴火藝人。他跟我走，還有這個也一樣。」在奧菲流士明白他的話之前，髒手指一把抓起乳酪腦袋擱在牆上的那本書。「你大概再也用不到，這本書歸我的話，我會睡得更加安穩。」

「但是……」奧菲流士目瞪口呆地看著他。「我不是跟你說過，這是我最喜歡的一本書！我眞的很想留下它。」

「唉，我也是。」髒手指把書遞給法立德。「拿好，小心看好。」

法立德把書抱在胸前，點了頭。「葛文，」他說。「我們還得叫上葛文。」不過，當他從褲袋中拿出一些乾麵包，正想叫出葛文的名字時，髒手指一手摀住了他的嘴。

「葛文留在這裡！」他說。要不是他說想把自己的右臂留下，法立德也不會如此難以置信地盯著。「你幹嘛這樣瞪著我？我們另外再抓一頭貂，一頭不那麼愛咬人的。」

「哎，至少這點你還算明智。」奧菲流士說。

他在說什麼？

不過，髒手指避開法立德質問的眼神。「現在快開始唸吧！」他喝叱著奧菲流士。「還是我們要站在這裡，等到太陽升起？」

奧菲流士瞧了他一會，彷彿想再說什麼，但跟著只輕咳出聲。「是的。」他說。「是的，你說得對。在錯誤的故事中待上十年，可是一段漫長的光陰。我們唸吧。」

文字。

文字像看不見的花香瀰漫在夜裡。量身訂做的文字，來自法立德緊抱住的那本書中，靠著奧菲流士麵白的雙手拼湊出新的含意，說著一個完全不同的世界，一個充滿奇蹟與恐怖的世界。法立德聆聽著，忘了時間，再也察覺不到還有這樣的東西存在，只剩下奧菲流士的聲音，和發出那些字眼的嘴一點都不相配的聲音。那個聲音讓一切消失，坑坑洞洞的街道、街道尾端寒酸的屋舍、路燈、奧菲流士坐著的圍牆，是的，甚至連掛在漆黑樹上的月亮都消失了。空氣突然帶有陌生的味道與甜味……

他辦得到，法立德心想，他眞的辦得到，同時，奧菲流士的聲音讓他對一切不是字母構成的東西耳聾目盲。等到乳酪腦袋突然沈寂下來時，他迷迷糊糊四處看著，因爲悅耳的文字而暈眩。爲什麼房子還在那，還有那盞因爲風吹雨打而鏽蝕的路燈？奧菲流士和他的冥府之犬也在。

只有一個人不見了。髒手指。

然而，法立德還一直站在那條孤零零的路上，在一個錯誤的世界中。

裝模作樣

你們很清楚，像喬這樣的惡棍一定把自己賣給了魔鬼，和這樣一種勢力勾三搭四可是危險得很。

——馬克・吐溫《湯姆歷險記》

「不！」法立德聽到自己驚恐的聲音。「不！你幹了什麼？他在哪裡？」

奧菲流士從牆上站了起來，動作拖泥帶水，那張該死的紙頁還一直拿在手中，然後微笑說著：「回家了，不然還能去哪？」

「然後呢？那我呢？繼續唸！快給我唸下去！」在淚水中，一切都變得模糊。他孤孤單單，再次孤孤單單，一如他遇見髒手指之前那樣。法立德開始哆嗦，厲害到一點也未察覺奧菲流士從他雙手中拿走了那本書。

「再次證明！」他聽到奧菲流士在那喃喃自語。「我果然名副其實。我是文字大師，不管是寫下來的，還是口說的。沒人可以和我相比。」

「大師？你在說什麼？」法立德大喊著，連那頭冥府之犬都縮成一團。「你要是眞的出神入化，那爲什麼我還在這裡？快點，再唸一次！還有，把那本書還我！」他伸手去拿，但奧菲流士躲了開來，動作矯捷，令人吃驚。

「書？爲什麼我要把書給你？你根本不會閱讀。我告訴你一個秘密！要是我想你和他一起離開的話，那你現在已在那裡，不過，你和他的故事毫無瓜葛，所以我就沒唸出有關你的句子。懂了嗎？現在，你給我滾開，不然我就叫我的狗來對付你。牠還是隻小狗的時候，就被像你這樣的小傢伙丟石頭，那時候起，牠就很喜歡追捕你這種年紀的孩子！」

「你這個狗東西！騙子！老千！」法立德的聲音變得尖銳。他不是早就知道了？不是早跟髒手指說過了？這個乳酪腦袋裝模作樣，假得要命。有個東西擠到他的雙腳間，毛茸茸，鼻子圓圓的，耳朵間有對小角，正是那隻貂。他走了，葛文！法立德心想。髒手指走了。我們再也見不到他了！

那頭冥府之犬低下笨重的腦袋，遲疑地朝那隻貂踏上一步，不過葛文露出尖銳的牙齒，那頭大狗嚇得縮回鼻子。

牠的膽怯讓法立德勇氣大增。「把東西給我，快點！」他把自己瘦小的拳頭揮到奧菲流士胸前。「那張紙和那本書！不然我會像宰一條鯉魚那樣宰了你。我說到做到！」由於他忍不住啜泣著，這些句子聽來並不像他所想的那樣有威嚇力。

奧菲流士摸了摸冥府之犬，同時把書塞到褲腰中。「喔，現在我們好怕，對不對，凱伯魯斯？」

葛文緊靠著法立德的腳，尾巴不安地來回擺動著。法立德本來以為是因為那頭狗的緣故，甚至當那隻貂跳上馬路，消失在另一頭的樹叢中時，他還沒明白過來。又聾又瞎！他後來不斷想著。眞是又聾又瞎，法立德。

奧菲流士只微笑著，像是比自己的對手知道更多東西似的。「你知道嗎，我的小朋友。」他說。「當髒手指要回那本書時，我眞嚇得要死。好在他把書交給你，不然我什麼也不幫他幹。我好不容易說服我的委託人別隨便殺了他，不過，他們必須答應我這點。有了這個條件，我才願意當誘餌……要是你還不明白的話，我是為了這本書才當誘餌的。這一切全是為了這本書。沒錯，他們答應我不傷髒手指一根汗毛，但可惜不包括你。」

在法立德明白乳酪腦袋的話之前，就先察覺到自己脖子上的那把刀——像蘆葦一般銳利，像樹叢中的霧靄一樣冰冷。

「怎麼樣，看看我們逮到誰啦？」一個令人永遠難忘的聲音在他耳邊輕輕說著。「我最後不是在魔法舌頭那裡見過你嗎？你還幫髒手指偷走那本書，對不對？唉，你這小子還眞不錯。」那把刀劃破法立德的皮膚，薄荷的氣味拂過他的臉。要是他沒從聲音中認出巴斯塔，也會從他的呼吸氣味中認出來。他的刀和幾片薄荷——巴斯塔隨時帶著這兩樣東西。巴斯塔嚼著薄荷葉，把殘渣吐到別人腳前。他像一頭瘋狗一樣危險，並不怎麼聰明，不過，他到底是怎麼找來這的？他是怎麼找到他們的？

「怎樣，你看我的新刀如何？」他在法立德耳邊呼嚕說著。「我也很想讓那個呑火的傢伙嘗嘗我的刀，但奧菲流士這傢伙卻捨不得他。這算什麼，我還是會找到髒手指，還有魔法舌頭和他那個女巫女兒。我要他們血債血償……」

「爲什麼？」法立德脫口而出。「因爲他們把你從影子前救了出來？」

但巴斯塔只把刀再緊緊抵住他的脖子。「救我？他們讓我倒楣，倒了大楣！」

「天哪，把刀拿開！」奧菲流士插話進來，聲音中帶著厭惡。「他只是個孩子，讓他走吧。我有了這本書，和事先講好的一樣，所以——」

「讓他走？」巴斯塔哈哈大笑，但笑聲卻卡在他的喉頭間。一聲嘶吼從他們背後的森林中傳來，那頭冥府之犬豎起耳朵。巴斯塔嚇了一大跳。「見鬼了，那是什麼？你這大白癡！你讓什麼東西從書裡爬了出來？」

法立德並不想知道，只察覺巴斯塔有一會鬆開了他。這就夠了。他狠狠咬了他的手，直到見血。

巴斯塔大叫出聲，刀子應聲落地。

法立德手肘往後一頂，猛撞他瘦削的胸——然後拔腿就跑。他完全忘了路邊的圍牆，整個人絆倒，重重跪倒在地，喘不過氣。在他吃力站起來時，他見到那張紙落在柏油路面上，那張帶走髒手指的紙。一定是風把它吹到路上。他靈巧的手指把紙頁拾起。**所以我就沒唸出有關你的句子。懂了嗎**？奧菲流士嘲諷的聲音還在他腦海中。法立德把那張紙緊貼在胸前，繼續跑著，越過馬路，跑向等候在另一頭的黑暗樹叢中。那頭冥府之犬在他身後兇惡吠叫，跟著汪汪叫著。這時，又有東西吼叫起來，聲音十分嚇人，法立德更是愈跑愈快。奧菲流士大叫出聲，聲音因爲驚恐而變得刺耳難聽。巴斯塔咒罵著，跟著又是那個嚇人的吼聲，彷彿法立德原來那個世界中的大貓發出來的聲音似的。

別到處看！他心想。給我跑，給我跑！他命令自己的雙腳。讓那隻大貓吃掉那頭冥府之犬，吃掉他們一夥，加上巴斯塔和乳酪腦袋，快給我跑！樹叢間的枯葉潮濕，掩去了一部分的腳步聲，但卻濕滑，讓他在陡坡上滑倒。他絕望地抓住一根樹幹，顫抖地緊靠上去，聽著夜裡的動靜。要是巴斯塔聽到他喘氣，那該怎麼辦？

他的胸口冒出一聲啜泣，雙手緊摀住嘴。那本書，巴斯塔有了那本書！他怎麼會這麼不小心——現在該怎麼再找到髒手指？法立德摸著一直緊貼在胸前那張寫有奧菲流士文字的紙頁。那張紙又濕又髒——那是他所有的希望。

「嘿，你這會咬人的小雜種！」巴斯塔的聲音劃破了寧靜的夜。「你跑啊，我會逮到你的，你聽到了嗎？你、吃火的傢伙，魔法舌頭和他的小女兒，還有寫下這些該死文字的老頭！我會殺了你們大家，一個接著一個！就像我剛剛宰了那頭從書裡跑出來的野獸一樣。」

法立德幾乎不敢呼吸。繼續！他想著。快！繼續跑。巴斯塔看不到你！他發著抖，摸著下一根樹幹，找著可以支撐的東西，並慶幸風吹動著上頭的樹葉，窸窣作響，遮去他的腳步聲。**我還要跟你再講幾遍？這個世界沒有鬼，可說是這個世界少數的幾個優點之一**。他聽到髒手指的聲音，彷彿自己跟在他身後似的。法立德不斷重複這些話，而這時，眼淚流過臉頰，荊棘劃破他的腳。沒有鬼，沒有鬼！

一根樹枝打上了他的臉，力道之大他幾乎大喊出聲。他們跟著他嗎？他什麼都聽不見，只有風聲。他又滑倒，跌跌撞撞沿著斜坡而下。蕁麻灼痛了他的腳，牛蒡纏住他的頭髮。這時，有個東西跳到他身上，毛茸茸，溫溫暖暖的，拿鼻子頂著他的臉。「葛文？」法立德摸了摸那個小腦袋。沒錯，那有兩根小角。他把臉緊靠著柔軟的貂毛。「巴斯塔回來了，葛文！」他小聲說著。「他拿到了那本書！要是奧菲流士把他唸了過去，那該怎麼辦？他一定會再回去，你也這樣想，對不對？我們現在該如何通知髒手指？」

他兩度臨近蜿蜒下坡的馬路，但法立德不敢沿路而走，寧可繼續在多刺的矮樹叢中前進。不久後，就算他每喘口氣都會感到痛，卻繼續跑。直到第一道陽光探進樹叢間，巴斯塔未在他身後出現，法立德才知道自己脫逃成功。

現在怎麼辦？他想著，同時躺在乾草中喘氣。現在怎麼辦？突然間，他憶起了另一個聲音，那個把他帶到這個世界來的聲音。魔法舌頭。沒錯，現在只有他能幫自己，他或他女兒美琪。他們現在住在那個女書蟲家，法立德和髒手指去過那裡一次。那是一條漫長的路，尤其要靠一雙傷痕累累的腳。但他一定要比巴斯塔先到那……

髒手指回家

「這是什麼？」豹子說。「這麼分外漆黑，卻又都是明亮的小光點？」

——魯迪亞德・吉卜林《豹子的斑點怎麼來的》

有一會，髒手指覺得自己從未離開似的，好像只是做了噩夢，那份回憶淡而無味，只是心頭上的一抹陰影而已，再沒什麼了……一切又突然回來，那些如此熟悉且永難忘懷的聲響，那些氣味，晨光斑駁的樹幹，他臉上的葉影。有的樹葉已經色彩斑爛，如同另一個世界的一般，這裡也是秋色逼人，只不過空氣依然溫和，瀰漫著熟透的漿果味道，成千種凋零的花朵綻放出的香氣讓人迷醉——蠟白的花朵在樹影中閃耀，藍星星掛在薄如蟬翼的莖幹上，嬌弱無比，他不得不勒住腳步，以免踩踏上去。他的周遭全是冬青櫟、梧桐、鵝掌楸……直衝雲霄！他幾乎忘了樹可以很大，樹幹可以寬大高聳，樹冠可以無遠弗屆，一大群騎士可以在樹蔭下休憩。另一個世界中的森林還太年輕，總讓他覺得自己老了，老得可怕，歲月彷彿煤灰一般覆蓋住他。在這，他又還年輕，不比樹根間的蘑菇老，也不比飛廉和蕁麻大到哪去。

但那小子在哪呢？

髒手指四處打量搜尋，不停喊著他的名字。「法立德！」過去幾個月，這個名字對他來說，幾乎和他自己的一樣熟稔。只是，沒人回答，只有他自己的聲音在樹叢間迴盪。

看來，事情真的發生了，那孩子留在那一邊。他現在該怎麼做，這樣子然一身？唉，怎樣比較好呢？髒手指想著，同時徒然四處瞧了最後一眼。他會比你當時在那過得更好。他喜歡吵雜、速度、人群這一切，而且你也教了他許多技藝，他火玩得幾乎和你一樣熟練。沒錯，那孩子不會有事。然而，有一會，髒手指心中的快樂一如腳下的花朵般枯萎起來，剛剛還歡迎著他的晨光，這時顯得蒼白、了無生氣。另一個世界又再騙了他。沒錯，在這許多年後，那個世界真的放過了他，卻留下他在那裡唯一掛心的東西……

唉，你又得到什麼教訓了呢？他想著，同時跪到佈滿露水的草上。最好把你的心留給自己，髒手指。他拾起一片在暗沈的青苔上如火般紅的葉子。另一個世界中沒有這種葉片，不是嗎？他到底怎麼搞的？他惱怒地再度起身。嘿，髒手指！你回來了！回來了！他喝叱著自己。忘了那個孩子，好嗎，他走失了，但你又換回自己的世界，一整個世界。你又擁有這個世界了。相信吧！別再猶豫了！

要是這一切沒這麼難就好了。相信不幸，比相信幸福，要容易許多。他得碰觸每一朵花，觸摸每一株樹，拿手指碾碎泥土，感受第一隻蚊子叮著皮膚，直到自己終於相信這一切。

是的，他回來了，他真的回來了，終於回來了。突然間，幸福有如一杯濃烈的葡萄酒直衝腦袋，就連對法立德的牽掛也無法再有所影響。那個長達十年的夢魘過去了。他感到無比輕盈，有如像金子般從樹上紛紛落下的一片葉子一樣輕盈。

幸福洋溢。

記起來嗎，髒手指，幸福就是這種感覺。

奧菲流士真的把他唸到自己對他所描述的那個地點。那裡有個小池塘，在灰白的石頭間水光閃爍，周圍全是盛開的夾竹桃，岸邊幾步遠的距離，有一株梧桐，火精靈在那築巢而居。他們攀附在明亮樹幹上的窩，似乎比他記憶中來得更加稠密了。不懂的人，會把他們當成蜂窩，但他們的窩要來得小些，顏色淺些，幾乎和從高大的樹幹上脫落下來的樹皮色調一樣。

髒手指四處張望著，再次吸了一口他懷念了十年之久的空氣。那種幾乎忘卻的香味混合著另一個世界也有的香味。在那，同樣也有小池塘旁的樹木，就算比較矮小，而且年輕許多：尤加利樹和榿樹的樹枝伸展到水面上，彷彿想要讓自己的葉片涼爽一下。髒手指小心闢出了一條路，一直來到岸邊。在他的影子落在一隻烏龜的甲殼上時，只見牠從容地離開。石頭上的一隻蟾蜍伸出舌頭，呑掉了一個火精靈。他們一大團在水面上飛舞著——發出他們那種聽來總是怒氣沖沖細小的嗡嗡聲。是到他們那裡偷東西的時候了。

髒手指跪在一塊潮濕的石頭上，背後有東西窸窣作響，有一會，他突然發現自己在期待見到法立德的黑髮和葛文有角的腦袋，但那只是一隻從樹葉中冒出，爬到一塊石頭上享受秋陽的蜥蜴。「笨蛋！」他喃喃說著，同時彎下身來。忘了那孩子吧，至於那頭貂，牠一定不會想著你，而且你有很好的理由把牠留下，絕對說得過去的理由。

他的倒影在暗沈的水中抖動，臉還是原來的臉，疤痕仍然還在，當然是這樣，但至少沒有新的缺陷，不像闊仔那樣，鼻子被壓扁，腿也瘸了，一切完好無缺，甚至自己的聲音都還在……看來，這個奧菲流士還眞有兩下子。

髒手指把身子低探到水面上。她們在哪呢？她們是不是忘了他？藍精靈往往十分鐘後就忘了每一張臉。她們會不會也這樣？十年是段漫長的歲月，但她們會計算光陰嗎？

水中有了動靜，他的倒影和另一張臉重疊在一起。鈴蟾般的眼睛在一張近乎人類的面容上瞧著他，長髮在水中一如水草般漂動著，一樣碧綠細緻。髒手指把一隻手拉出了冰涼的水中，另一隻伸了出來，細長嬌弱，幾乎有如孩子的手一般，上面覆蓋著幾乎察覺不到的細小的鱗片。一根冒出水面和水一般冰涼的濕淋淋的手指觸碰著他的臉，順著疤痕摸著。

「是的，我的臉令人難忘，對不對？」髒手指輕輕說著，聲音幾乎不過是陣低語。水妖不喜歡響亮的聲音。「所以妳記得這些疤痕，那妳是不是還記得，每次我來這都會向妳們求些什麼？」

金黑色的鈴蟾眼睛瞧著他，跟著那個水妖沈下，消失無蹤，彷彿不過是個幻覺一般。沒一會，三個水妖同時從暗沈的水中浮現，皙白如百合的肩膀在水面下閃閃發光，像鱸魚腹部一般斑斕的魚尾蜷縮在深處，幾乎看不太到。

在水面上飛舞的小蚊子叮著髒手指的臉和手臂，彷彿就在等候他似的，但他幾乎沒有反應。水妖沒有忘記他，不管是他的臉，還是他向她們求取用來呼喚火舌的東西。

她們把雙手伸出水面，細小的氣泡升到水面，帶來她們的笑聲，一如她們的一切，一樣寂靜無聲。她們握住他的雙手，撫摸著他的手臂、他的臉、他裸露的脖子，直到他的皮膚和她們的一樣冰涼，覆蓋著同一層保護她們鱗片的細緻淤泥。

跟著，她們再度消失，一如出現時那麼突然。她們的臉沒入了池塘深處，要不是他冰涼的皮膚和他雙手及手臂上的燐光，那麼每一回，髒手指都會以爲自己只是夢見她們而已。

「謝謝！」他低聲說，儘管只剩下他自己的倒影在水面上抖動，接著，他起身，穿過岸邊的夾竹桃叢，盡量無聲無息地走向那株火樹。要是法立德在這的話，他一定會像一匹小馬般，激動地跳過這片潮濕的草地……

等到髒手指來到梧桐樹前，他的衣服上沾上了滿是露水的蜘蛛網。最下面的窩巢垂得甚低，讓他可以輕鬆伸進一個出入的洞口。在他把水妖濕潤過後的手指伸進去時，第一批精靈怒氣沖沖朝他嗡嗡飛來，但他發出輕輕的嗡鳴安撫他們。只要音調對了，他們激動的飛舞嗡鳴很快便轉成翩翩飛舞，而他們自己的嗡鳴和咒罵也沈寂下來，直到飛落到他的手臂上，小巧炙熱的身體燒灼他的皮膚。然而，就算再痛，他也不能縮手，不能趕走他們，而得把手指再伸入巢穴中，直到在那找到他要找的東西：他們的火蜜。要是水妖事先沒有碰過他的皮膚，蜜蜂早就螫了他，火精靈也會在皮膚上燒出一個個洞。然而，就算有了這層保護，偷的時候，最好還是不要太過貪心。如果拿得太多，那他們會迎面飛來，燒毀皮膚和頭髮，不讓盜徒離開，直到他們痛得縮在他們的樹腳下。

不過，髒手指從不貪心到激怒他們，只從巢裡面掏出小小一塊，不比自己的大拇指指甲大，一開始，他並不需要太多。他繼續輕聲嗡鳴，同時把自己黏糊糊的戰利品包在一片葉子中。

他一停下嗡鳴，火精靈便活躍起來。他們嗡嗡繞著他飛，愈來愈快，愈來愈快，他們的聲音同時大到宛如憤怒的黃蜂轟鳴。然而，他們並未攻擊他。這時，不該看著他們，必須裝著像是沒注意到他們，同時轉身，從容不迫，慢慢離開，非常緩慢地離開。

他們還跟在髒手指身後飛舞了一會，最後終於停了下來。髒手指沿著那條源自水妖池塘，慢慢蜿蜒過草地、榿樹和蘆葦般的草叢間的小溪而行。

他知道這條溪會帶他到哪，離開幾乎不會遇見其他人類的無路森林，往北而去，來到屬於人類的那片森林，那裡的樹林很快便會成爲人類斧頭的祭品，樹冠尚未長到可以蔭庇一名騎士的地步，便已死去。這條溪會帶著他走過慢慢開展起來的山谷，穿過尚未有人煙的山巒，因爲巨人和熊在那棲身，還有人類尚未命名的生物。不知何時，山坡上會冒出第一間燒炭人的小屋，是在茂密的綠林中第一個光禿的地段，那時，髒手指不只會見到精靈和水妖，希望也會見到幾位懷念已久的人。

等到遠方兩株樹間出現一頭動作慢吞吞的野狼時，髒手指低下身子。他一動不動，等著那頭灰狼消失。沒錯，熊和狼——他必須再次學著聆聽牠們的腳步聲，在牠們發現他之前，便先察覺牠們是否在附近，更不能忘記身上斑紋如陽光下斑駁樹幹的大野貓，還有碧綠如自己喜愛藏身的樹葉的蛇。在他拿手拂去肩膀上一片葉子時，牠們便會無聲無息從樹枝上落下。還好，巨人們多半待在自己的山丘，那裡他從不敢過去。只在冬天，巨人們才會偶爾下山。然而，還有其他的生物，不像水妖那樣溫順，也不像火精靈那樣可以靠著嗡鳴安撫。他們大半時候隱而不見，安藏在樹木與綠林間，但是依然危險：樹人、穴妖、黑精靈、夜魔……其中有些生物有時敢闖到燒炭人的小屋處。

「所以小心點！」髒手指低聲說著。你該不想自己回家的第一天，也是你的最後一天。

回家的欣喜情緒慢慢消退，讓他又能清明思索著。然而，幸福的感覺還在，溫暖柔和地待在他心中，宛如一隻雛鳥的絨毛般。

他在一條溪邊脫掉衣服，洗掉身上水妖的淤泥，火精靈留下的煤煙和另一個世界的污穢，跟著穿上他十年來沒再穿過的衣服。他細心地保存這件衣服，但黑色的布料上仍有幾個蛀孔，而袖子在他在另一個世界脫下這件衣服時早已破了。衣服只有紅黑兩色，噴火藝人的顏色，一如走繩索藝人穿著天藍色一樣。他摸著粗糙的布料，套上有著兩條寬大袖子的短上衣，肩上披上深色的斗篷。好在一切仍然合身，重新縫製新衣所費不貲，就算像吟遊歌手那樣，把舊衣服交給裁縫重新縫補也一樣。

天色暗下來時，他開始找著安全的安眠之處，最後爬上一株倒塌的栓皮櫧，一團樹根高聳，很適合拿來睡覺。那株樹宛如地裡冒出的一堵牆，卻仍然繼續抓住地面，彷彿就是不想放棄生命似的。倒下的樹的樹冠發出新芽，雖然不再擎天，而是抓著地。髒手指巧妙地保持平衡，沿著粗大的樹幹而上，手指攀住粗糙的樹皮。

等他來到伸向空中的樹根間時，幾個精靈一邊罵著，一邊飛竄出來，顯然正在找著築巢的材料。

當然啦，現在已入秋，是該弄個稍微遮風擋雨的安眠之所了。藍精靈對自己春天搭的巢並不特別費心，但只要第一片葉子變色時，他們便開始拿動物的毛髮和鳥禽的羽毛修補填實自己的窩，並額外在牆面中加上草和樹枝，拿青苔和精靈口水封住縫隙。

兩個藍色的小東西見到他時，並未飛走，而是貪婪地盯著他狐狸色的金髮，而同時，從樹冠中落下的落日餘暉染紅了他們的翅膀。

「啊，對了，當然啦！」髒手指輕笑著。「你們想要一些我的頭髮蓋你們的窩。」他拿刀割下一撮。其中一個精靈用細小的雙手拿了過來，帶著髮束匆匆飛開。另一個小得像是剛從珍珠白的卵中孵出的精靈跟在那個精靈的後面。他懷念這些放肆的藍精靈，非常懷念。

夜已在他下方的樹木間降臨，而落日仍把他上頭的樹梢染得豔紅，彷彿一片夏日草地上的酸模。精靈很快就會在自己的窩中入睡，老鼠和兔子則在自己的洞窟中，清涼的夜會讓蜥蜴四肢僵硬，而獵獸已準備好在黑夜中張開自己如明燈般的眼睛。希望牠們對噴火人沒有胃口，髒手指想著，同時在倒塌的樹幹上伸直雙腿。他把刀子插進龜裂的樹皮，把他十年來沒穿過的斗篷圍住肩膀，抬頭盯著愈來愈黑的樹葉。一隻貓頭鷹飛下一株冬青櫟，滑翔而去，看來只不過是樹枝間的一道陰影而已。當白日消逝，一株樹在安眠中低語著人類無法理解的字眼。

髒手指闔上眼睛聆聽著。

他又回到家了。

魔法舌頭的女兒

是不是只有一個夢想著其他世界的世界？

——菲力普・普曼《奧秘匕首》

美琪討厭和莫吵架。吵完後，她整個心都在顫抖，沒有東西可以安慰她，母親的擁抱不行，或每次愛麗諾在圖書館聽到她發火的聲音，塞給她的甘草麵包不行，連大流士認爲在這些情況下會有意想不到效果的蜂蜜熱牛奶也不行。

什麼都不行。

這一次，情況特別嚴重，因爲莫基本上來找她，只是要和她道別。他有個新的工作，幾本病了的書，太老舊，太珍貴，無法寄過來給他。以前，美琪會和他一起去，但這次，她決定待在愛麗諾和母親身邊。

爲什麼他剛好在自己再次讀過筆記本的時候來到她的房間？這陣子，他們常常爲這些筆記本吵架，雖然莫和她一樣討厭吵架。吵完後，他多半躲到愛麗諾幫他在屋後搭起的作坊中，而不知道什麼時候，當美琪不想生他氣時，就會跑去找他。當美琪鑽過門時，他從不會抬頭，美琪一言不發地坐在他旁邊那張一直等候著她的椅子上，看著莫工作，一如以往她還不懂得閱讀時那個模樣。她喜歡看著莫的雙手揭開一本書破損的書衣，鬆開一張張有著污斑的書頁，剪斷固定住一疊受損的書心的線，或把一張老舊空白的上等布紙泡軟，用來修補一張被蛀壞的書頁。每次都不會太久，莫便轉過身隨口問問她：喜不喜歡他挑出來的布面書衣顏色，是不是也認爲他調製用來修補紙張的糨糊顏色有點深。那是莫道歉的方式：我們別再吵了，美琪，忘記我們說過的話吧……

但今天不是這樣，因爲他沒躲到自己的作坊，而是動身離開，前往某位收藏家處，延長他那裡印製出來的寶藏的生命。這次，他沒來找美琪，帶一本在某個古書店發現到的書當作和解禮物，或一張在愛麗諾花園中找到的松鴉羽毛製成的書籤……

爲什麼他來到房間時，自己唸的不是其他的書呢？

「天哪，美琪，妳腦袋裡只有這些筆記本！」他大聲責罵著她，和過去幾個月他在她房間見到的情形一模一樣——躺在地毯上，對周遭的事不聞不問，眼睛只盯著自己寫下的字母，記載著蕾莎對她說的事——關於她在「那頭」經歷過的事，一如莫很不高興的口吻。

那頭。

美琪把莫感到不屑，而母親時而渴望著的地方叫做墨水世界……根據那本講述那個地方的書：《墨水心》而來。這本書不見了，但母親的記憶如此鮮活，彷彿自從她到那以後，時間便靜止了似的——在那個紙頁與油墨構成的世界，有著精靈與公侯的世界，還有水妖、火精靈以及參天大樹。

無數個白天與夜晚，美琪坐在蕾莎身邊寫下母親用手指講述的事。蕾莎的聲音留在那個墨水世界，於是便用筆紙或雙手比劃那些年的事給女兒聽——一如她所說的，可怕的神奇歲月。有時，她也畫下親眼所見，但再也無法用舌頭描述的東西：精靈、鳥禽、奇特的花卉，只在紙上草草畫上幾筆，但卻如此眞實，美琪幾乎以爲自己親眼見過一般。

起先，莫親自裝幀美琪記下蕾莎回憶的筆記本，一本比一本漂亮。然而，不知何時起，美琪注意到，只要自己一翻閱筆記本，沈醉在圖畫和文字中時，莫便憂心地打量著她。她當然明白莫的不安，他的妻子畢竟在這個文字與紙頁構成的世界中消失了好多年。當他的女兒幾乎只掛記那個世界時，他又怎麼會高興呢？是的，美琪非常瞭解莫，但就是無法順應他的要求——闔上筆記本，暫時忘掉墨水世界。

要是那些精靈和山妖還在的話，那些他們從山羊那座該死的村子帶回來的奇特生物，她的渴望或許不會如此強烈。然而，愛麗諾的花園中再也沒有他們的身影。空空蕩蕩的精靈窩還攀附在樹上，山妖挖掘出來的洞窟也都還在，但主人都不見了。愛麗諾起先還以爲他們大概跑走或被偷走等等——但他們發現到灰燼，細如塵埃，覆蓋在花園的草叢上，灰色的灰燼，一如愛麗諾這些奇特的客人曾經走出的影子那樣灰暗。而美琪也明白，死亡大概是避免不了的，就算只是文字創造出來的生物也是一樣。

然而，愛麗諾就是無法接受，再次回到山羊的村子，倔強固執，滿懷絕望——到村裡空蕩蕩的巷子和燒毀的屋舍中，卻沒見到任何有生命的東西。「妳知道嗎，愛麗諾，」當她哭紅著臉回來時，莫說道。「我就怕這樣。我從不敢相信有文字能讓人起死回生。再說，如果妳願面對事實的話，他們並不適合這個世界。」「我並沒這樣想！」愛麗諾只這樣回答。

之後的幾個星期，當美琪晚上再偷溜到圖書館拿書時，有時會聽到愛麗諾的房間傳出啜泣聲。隨後又過了好幾個月，他們住在這棟大房子幾乎快滿一年，美琪感到愛麗諾不再喜歡和自己的書單獨生活在一起。她把最漂亮的房間留給他們。（愛麗諾收藏的老課本和一些失寵的詩人只得搬到閣樓去。）美琪的窗外可以眺望著峰頂積雪的山，從她父母的房間能夠看到湖，那波光瀲灩的水面常常引誘著精靈飛下去。

莫從未這樣隨便離開過，沒有一句道別，沒有和解……

說不定我該下去，到圖書館幫大流士！美琪心想，同時卻坐在那，擦去臉上的眼淚。她和莫吵架的時候從不哭，眼淚總是之後才流下……要是莫見到她淚水汪汪的眼睛，總是自責不已。

大家一定再次聽到他們吵架！大流士大概已經準備好蜂蜜牛奶，而愛麗諾只要一見到她的腦袋從廚房門口探出，就會開始大罵莫和所有男人。不，她最好還是待在自己的房間。

唉，莫。他把美琪正在唸的筆記本一把從手中奪去，一起帶走。剛好是那本她記下自己故事點子的冊子，一些不再有結果的開端，一些開始的文字，一些被刪掉的句子，各種各樣她自己毫無結果的嘗試……他怎麼可以就這樣拿走？她不想讓莫讀到，不想讓他見到她試著把自己輕易且驚人唸出來的文字拼湊在一起。沒錯，美琪可以寫下母親講述的事，可以把蕾莎描述的事一頁頁填滿。然而，只要她試著從中杜撰出新的東西，一則有著自己生命的故事，她便無計可施。文字似乎離開了她的腦海——彷彿雪片一般，只要一伸出手，就只剩下皮膚上的一小塊水斑。

有人敲著美琪的門。

「請進！」她擤了擤鼻子，在自己的褲袋裡找著愛麗諾送給她的老手帕。（「那是我姊姊的，她的名字和妳一樣都是美開頭的，就繡在角落，看到了嗎？我想，留給妳，總好過被蛀蟲吃掉。」）

她母親把頭探過門。

美琪試著微笑，但表現得很糟糕。

「我可以進來嗎？」蕾莎的手指在空中迅速畫出大流士跟她說的字，美琪點了點頭。她這時幾乎已很精通母親的手語，就跟字母一樣——比莫和大流士還能明白，更勝過愛麗諾許多。每當蕾莎的手比得太快時，愛麗諾總是常常急呼美琪過來。

蕾莎關上身後的門，坐到窗台她身旁來。美琪總是直呼母親的名字，或許因爲她十年之久沒有母親，也或許出於她只叫父親莫那個同樣無法解釋的莫明。

美琪立刻認出蕾莎擱在她懷裡的那本筆記本，是莫拿走的那一本。「就擱在妳門前。」她母親的雙手說道。

美琪摸著帶有圖案的裝幀。莫還是把它留了下來。那他爲什麼不進來呢？因爲他還很生氣，還是覺得很難過？

「他要我把筆記本擱到閣樓去，至少是在這段時間。」美琪突然覺得自己好小，同時又好成熟。『我說不定該變成一個玻璃人，』他這樣說，『或把皮膚染成藍色，因爲我的女兒和我的太太顯然更渴望精靈和玻璃人，而不是我。』

蕾莎微笑著，食指滑過她的鼻子。

「是，我知道，他當然不是眞這樣想！但每次見到我和筆記本在一起時，他都會大發雷霆……」

蕾莎透過敞開的窗戶看著花園。愛麗諾的花園大到看不見頭尾，只有老邁的大樹和杜鵑花叢，像一片常綠森林般圍繞著愛麗諾的屋子。在美琪窗戶正下方，有一片被一條窄小的石子路圈起來的草地。草地邊有張長凳子。美琪還清楚記得自己那一夜坐在那，看著髒手指表演噴火。

直到下午，愛麗諾總是拉長臉的園丁才會清走草地上的枯葉。草地中央依然還可見到山羊手下燒掉愛麗諾最漂亮的書籍後留下的不毛之地。園丁不斷試著說服愛麗諾在這裡種些植物，或鋪上新的草皮，但愛麗諾每次只激動地搖著頭。「我們什麼時候在墳墓上鋪草皮了？」他最後一次問著時，愛麗諾厲聲喝叱他，並指示他留下那場大火後在燒黑的土地邊茂密長出的歐蓍草，似乎想藉著扁平的傘狀花序紀念自己印製出來的孩子被火舌吞食的那一夜。

太陽在附近的山後落下，異常豔紅，彷彿也想紀念那場早已熄滅的火，一陣冷風從外頭吹來，讓蕾莎打了個寒戰。

美琪關上窗。這陣風吹來幾片枯萎的玫瑰葉，打在窗玻璃上，貼在窗上，淡黃透明。「我一點都不想跟他吵。」她小聲說著。「我從前都沒跟莫吵過架，嗯，幾乎沒有啦……」

「他或許是對的。」她母親把頭髮往後攏。她的頭髮和美琪的一樣長，不過顏色較深，彷彿有道影子在上面。蕾莎多半拿根髮夾挽起頭髮。美琪這時也常常這樣挽起頭髮，有時，當她瞧著衣櫃上的鏡子時，似乎會覺得看到的不是自己，而是她母親的年輕模樣。「再過一年，她就會長得比妳高了。」如果莫想惹蕾莎生氣的話，有時便會這樣說，而近視的大流士偶爾也會分不清美琪和她母親。

蕾莎的食指劃過窗玻璃，像是在描摹貼在上面的玫瑰葉片。接著，她的雙手又說起話來，遲疑不定，就和嘴唇偶爾的表現一樣：「我瞭解妳父親，美琪。」她的雙手說。「有時我也會想，我們兩個太常聊起另一個世界。我自己也不明白，爲什麼自己總是會不斷起頭。我總是對妳說那些美好的事，而不是其他東西，那種被拘禁的滋味、摩托娜的懲罰、雙手和膝蓋因爲工作而疼痛，痛到自己無法入睡……那些我在那見到的暴行……我有沒有對妳提過那個女僕，因爲一頭夜魔溜進我們的房間而被嚇死？」

「有，妳提過！」美琪緊靠在她身邊，但她母親的雙手沈默下來。那雙手依然粗糙，因爲那些年的女僕工作，先是摩托娜的，後是山羊的女僕。「妳全都告訴我了。」美琪說：「就連最不堪的事都說了，但莫不願意相信！」

「因爲他覺得我們只會夢想著那美妙的一面，好像我經歷過許多似的。」蕾莎搖搖頭。她的手指又沈默了好一會，才繼續比劃起來。「每當我們可以外出到森林，採擷摩托娜用來調製毒藥的植物時，我都必須把握住一分一秒，有時是一整個寶貴的鐘頭。」

「但妳也有自由的那幾年！那些年妳喬裝打扮，在市場上當個代筆人過活。」扮成男人……美琪最常想像到的就是這個畫面：她的母親，頭髮剪短，穿著代筆人的深色袍子，指頭上有油墨，寫出墨水世界中最漂亮的字體。蕾莎是這樣對她說，藉此維生，在一個女性生活不易的世界。美琪很想立刻再聽聽這個故事，就算結局令人傷心，因爲悲慘的歲月跟著開始。然而，美妙的事不是也在這個時候發生？譬如肥肉侯爵城堡中的盛大慶典，摩托娜也會帶上自己的女僕參加，蕾莎在慶典上見到了肥肉侯爵、黑王子和他的熊、繩索上的雜耍藝人空中飛人……

然而，蕾莎來，並不是重新再講述這一切。她默不出聲。等到她的手指又再說話時，動作比平常緩慢許多。「忘了墨水世界吧，美琪。」她的雙手說。「讓我們一起忘了吧，至少暫時一下。爲了妳父親……也爲了我。不然妳會看不見周圍美麗的東西。」她又瞧著外頭，瞧著降臨的黃昏。「我反正已經告訴了妳一切。」她的雙手說。「妳問過的一切。」

是的，她是說了。美琪問過她許多問題，成千又成千的問題：妳有沒有見過巨人？妳穿什麼樣的衣服？那個摩托娜把妳帶去的森林碉堡是什麼模樣，妳提到的那位侯爵，那位肥肉侯爵，他的城堡是不是像夜之堡那樣大而華麗？講一下英俊的柯西摩的兒子，還有毒蛇頭和他的盔甲武士。他的城堡眞的一切都是銀做的嗎？那頭黑王子一直帶著的熊有多大，而那些樹眞的會說話嗎？那個被大家稱做蕁麻的老婦人是怎麼樣的人？她眞的會飛嗎？

蕾莎盡其所能回答了所有的問題，但就算有了成千的答案，還是拼湊不出整個十年，而有些問題美琪從來沒問過。譬如，她從來不問髒手指的事，不過蕾莎還是提到了他：墨水世界的每個人都知道他的大名，就算在他消失多年之後，她知道大家叫他火舞者，因此在這個世界第一次見到他時，蕾莎立刻認出他來……

還有一個問題美琪雖然常常想著，卻沒問過，因爲蕾莎也無法回答：那本先是吸走她母親，甚至最後自己創造的書，它的作者費諾格里歐過得如何？

自從美琪用費諾格里歐的文字和自己的聲音纏住他——直到他消失，彷彿被那些文字消化掉似的，已過了一年多。有時，美琪會在夢裡見到他那皺紋滿佈的臉，但她一直弄不清楚，那是幸福，還是悲傷的臉，不過，在費諾格里歐那張烏龜臉上，本來就難以看出任何表情。有一晚，當她被這樣一種夢嚇醒，再也無法入睡時，她開始在紙上寫下一則故事，關於費諾格里歐試著把自己再寫回家去看自己的孫子，回到那個美琪第一次見到他的村子。但她寫了三行就寫不下去，一如她已經開始寫的其他故事一樣。

美琪翻著莫拿走的那本筆記本——然後再次闔上。

蕾莎的手擱在她的下巴上，看著她的臉。

「別生他的氣。」

「我從不會氣他很久！他也知道。他會離開多久？」

「十天，或許更久。」

十天！美琪瞧著她床邊的架子。他們全在那裡，整整齊齊排列著：那些她這陣子偷偷稱爲邪惡的書，裡頭全是蕾莎的故事，有玻璃人、水妖、火精靈、夜魔、白衣女子和母親對她描述過的其他奇怪生物。

「那好吧，我會打電話給他。我會告訴他，等他回來後，幫這些筆記本造個箱子，但我要留下鑰匙。」

蕾莎在她額頭上吻了一下，然後手掌小心地摸著美琪懷裡的筆記本。「有沒有別人裝幀的書比妳父親的更漂亮？」她的手指問道。

美琪微笑地搖頭。「沒有。」她小聲說著。「在這個世界和在其他的世界都沒有。」

等到蕾莎下樓幫大流士和愛麗諾準備晚餐時，美琪仍坐在窗邊，瞧著愛麗諾的花園逐漸變黑。當一頭翹起毛茸茸尾巴的松鼠竄過草地時，她不得不想到葛文，髒手指那頭聽話的貂。奇怪的是，她這時候懂得了自己經常在牠主人臉上見到的那種渴望。

是的，莫也許眞的沒錯。她想了太多髒手指的世界，眞的太多。她甚至大聲朗讀過蕾莎的故事好幾次，雖然知道自己的聲音和文字結合在一起會多危險？如果要她誠實，知無不言的話，那她不是偷偷希望這些文字會讓她溜到那頭去？要是莫得知這些舉動的話，他會怎麼做？他會把這些筆記本埋到花園中，還是丟到湖裡，就像他不時威脅那些溜進他作坊中的流浪貓一樣？

沒錯，我要把他們鎖起來！美琪心想，而屋外已出現第一批星星。只要莫把裝他們的箱子造好。莫幫她心愛的書籍所造的箱子這時已快滿了。那是紅色的，像虞美人一樣紅，莫才剛剛補過漆。裝筆記本的箱子一定要別的顏色，最好像蕾莎常常對她描述的無路森林一樣綠。肥肉城堡的守衛不也是披著綠色的斗篷？

一隻蛾飛撞上窗戶，讓美琪想起藍皮膚的精靈和蕾莎對她說過的最美的精靈故事：在巴斯塔劃破髒手指的臉後，她們如何治癒髒手指的臉。那是巴斯塔報復髒手指，因爲他經常救出被商販關在鐵籠子中、拿到市場上當幸運符賣的精靈。他因此深入無路森林……別再想了！

美琪把額頭靠在冰涼的窗玻璃上。

夠了。

我會把所有的筆記本拿到莫的工作室，她心想，就是現在。等他回來後，幫我裝幀一本新的筆記本，只寫這個世界的故事。有一些她已經開始寫了：關於愛麗諾的花園和她的圖書館，關於下面湖岸旁的城堡。強盜曾經窩居在那裡，愛麗諾對她說過，以她一貫說故事的方式，添加上血腥的細節，害得大流士忘記把書分類，而他那厚鏡片後的眼睛因爲驚恐而睜得大大的。

「美琪，吃晚飯了！」

愛麗諾的聲音迴盪在樓梯間。她的聲音十分有力。比鐵達尼號上的霧笛還要響亮，莫總這樣說。

美琪滑下窗台。「我馬上來！」她朝走廊下喊道。

接著，她跑回房間，抽出架子上的筆記本，一本接著一本，直到自己的手臂幾乎拿不動那一堆本子，然後小心翼翼地走過走廊到莫當成辦公室的房間。這裡原本是美琪的臥室，在她和莫與髒手指來愛麗諾家投宿時，她便在這過夜，然而，這裡的窗戶只能瞧見屋子前的碎石子地、冷杉、一株大栗樹和愛麗諾不管任何天候都停在那裡的灰色旅行車，因爲愛麗諾認爲被車庫慣壞的車子只會鏽得更快。但是，在他們最後決定搬到愛麗諾家時，美琪希望有扇可以看到花園的窗。於是，莫現在在美琪曾經睡過的地方處理自己的工作，四周全是愛麗諾的舊旅遊指南收藏，那個時候，她還沒去過山羊的村子，還沒有母親，幾乎不跟莫吵架……

「美琪，妳到底在哪？」愛麗諾的聲音聽起來不耐煩。這一陣子，她的四肢常常會痛，但卻不願去看醫生。（「我幹嘛去看醫生？」是她唯一的結論。「他們難道發明了抗老藥了嗎？」）

「馬上下來！」美琪喊著，同時小心把筆記本推到莫的書桌上。兩本從那一堆本子中滑了下來，幾乎撞翻她母親擱在窗前、插著秋天花卉的花瓶。美琪即時抓住，沒讓水倒在帳單和汽油單據上。在她見到樹叢間那個身影時，就在從馬路一路蜿蜒上來的地方，她就這樣站著，手裡還拿著花瓶，手指沾著簌簌落下的花粉。她的心開始撲通跳著，花瓶幾乎要從指間滑落。

現在證明莫是對的。「美琪，別再看這些筆記本，不然妳很快就分不清什麼是妳的想像，什麼是眞實了！」他對她說過多少次，現在果眞實現。她不是才想著髒手指——而現在便見到有人在夜裡站在外面，和當時他守候在她家前面一模一樣，和外面那個身影一樣一動不動……

「美琪，眞是該死，我還要再叫幾次啊？」愛麗諾走上許多階梯，上氣不接下氣。「妳幹嘛站在那裡像生了根一樣？妳沒聽到我——見鬼了，那個人是誰？」

「妳也看到他了？」美琪鬆了口氣，幾乎想抱住愛麗諾。

「當然啦。」

那個身影動了起來，匆匆跑過白石子地，沒穿鞋子。

「是那個男孩！」愛麗諾的聲音聽來難以置信的樣子。「那個幫吞火柴的傢伙偷走書的小子。唉唷，他臉皮還眞厚，敢在這出現。他看來倒是很疲倦的樣子。難道以爲我會讓他進來？說不定吞火柴的傢伙也在。」

愛麗諾靠近窗戶，一臉擔心，但美琪已衝出門。她跳下樓梯，跑過入口大廳。她母親走出通往廚房的走廊。

「蕾莎！」美琪對著她叫。「法立德來了！法立德！」

法立德

「他像驢騾一樣頑固，像猴子一樣精明，像兔子一樣靈巧。」

——路易・佩高《鈕釦戰爭》

蕾莎把法立德帶到廚房，先幫他醫治他的腳。他的雙腳看來很糟，傷痕累累，而且流血。在蕾莎清理傷口，貼上OK繃時，法立德開始講述，舌頭因爲疲倦而顯得沈重。

美琪盡量不一直看著他。他仍然比自己高出一截——雖然他們最後一次見面之後，美琪長高了許多……在那一晚，他和髒手指偷偷離開，和髒手指與那一本書……她和莫把法立德從他的故事中唸出來的那天一樣，不曾忘記他的臉。就是《天方夜譚》。她沒見過其他男孩有這麼漂亮的眼睛，幾乎就像女孩子似的，頭髮一樣烏黑比以前短一些，讓他看來更加成熟。法立德。美琪察覺到自己的舌頭在細細品嘗他的名字——而當他抬起頭看她時，便快快移開自己的目光。

愛麗諾也一直盯著他看，一點也不覺得不好意思，同樣不懷好意，就像那時打量著髒手指坐在她的餐桌旁，拿麵包和火腿餵著自己的貂的模樣一樣。她並未同意法立德把貂帶到屋內。「哎呀，牠也只會吃我花園中的鳴禽！」當那頭貂竄過白石子地時，她說道，鎖上了門，好像葛文也能像牠主人一樣輕易打開鎖上的門似的。

法立德說著的時候，把玩著一小盒火柴。

「妳看看！」愛麗諾悄悄對美琪說。「和那個呑火柴的傢伙一模一樣。妳是不是也覺得他們兩個很像？」

然而，美琪沒有回答。她不想錯過法立德說的任何一個字，想聽髒手指回家的事，想聽另一個朗讀者和他的冥府之犬，想聽那個咆哮的東西，那可能是頭無路森林中的大貓——還有巴斯塔在法立德身後喊出的話：**你跑啊，我會逮到你的，你聽到了嗎？你、吃火的傢伙、魔法舌頭和他的小女兒，還有那個寫下這些該死的文字的老頭！我會殺了你們大家，一個接著一個！**

法立德說著的時候，蕾莎的目光不斷落在他擱在餐桌上那張髒兮兮的紙頁上。她看著那張紙，似乎感到害怕；彷彿紙上的文字又會把她拉了回去，回到墨水世界。在法立德重複巴斯塔嘶喊出來的威脅時，她一把摟住美琪，緊緊抱住她。而一直不出聲坐在愛麗諾旁邊的大流士，則把臉埋到雙手中。

法立德對自己如何赤著流血的腳來到愛麗諾的住處，並未多加著墨。在美琪問到的時候，他只喃喃提到一輛讓他搭便車的貨車。他的敘述戛然而止，彷彿自己的話突然間用盡似的，他一沈默下來，偌大的廚房變得十分寂靜。

法立德帶來一位隱形的客人，也就是恐懼。

「大流士，再去泡咖啡！」愛麗諾吩咐著，同時一臉陰沈地打量著沒人理睬、已準備好的晚餐。「這裡眞是冰冷。」

大流士立刻去忙，像隻戴著眼鏡的松鼠一樣匆促，而愛麗諾冷冰冰地打量著法立德，彷彿要他對帶來的壞消息負上全責似的。美琪還記得很清楚，過去這個眼神也嚇到了她。「有銅鈴眼的女人。」她當時偷偷這樣稱呼愛麗諾。有時，這個名字仍然適用。

「這故事可眞不錯！」愛麗諾脫口說道，而蕾莎過去幫大流士忙。法立德說的事顯然讓他相當緊張，都無法抓出咖啡粉正確的量。當蕾莎輕輕接過他手中的量杓時，他正開始第三次計算舀進濾網中的咖啡粉量。

「所以巴斯塔回來了，我猜他大概帶著一把嶄新的刀，嘴裡全是薄荷葉。眞是該死！」愛麗諾一擔心或惱怒時，就很喜歡破口大罵。「好像我每隔三個晚上大汗淋漓驚醒還不夠似的，只因自己在夢裡看到他那張醜臉，更別提他那把刀。但我們試著冷靜一下！事情應該如此：雖然巴斯塔知道我住在哪裡，但顯然他只在找你們，而不是我，所以你們在這基本上應該安全無慮。畢竟他不太可能知道你們搬來我這，對不對？」她得意洋洋地看著蕾莎和美琪，彷彿這樣想就已救了大家似的。

然而，美琪的話讓愛麗諾的臉立刻又陰沈下來。「但法立德也知道。」她表示。

「沒錯！」愛麗諾發出怨言，同時又再盯著法立德瞧。「你也知道。從哪得知的？」

她的聲音聽來刺耳，法立德不由自主地縮起頭來。「一位老太太對我們說的。」他不安地回答著。「在髒手指帶走的精靈化爲灰燼後，我們又去了山羊的村子一次。他想看看其他的精靈是不是同樣下場。整座村子空蕩蕩的，沒有人煙，連流浪狗都不見蹤影。只有灰燼，到處都是灰燼。我們到鄰村打探，到底發生了什麼事，然後……嗯，我們在那聽到，有個胖女人在那裡結結巴巴說著死去的精靈，表示好在死的不是現在住在她那的人……」

愛麗諾懊悔地低下眼睛，拿手指沾起自己盤子裡的一些碎屑。「該死。」她喃喃說著。「沒錯，或許我在打電話給你們的小店裡說了太多。我離開了那個空蕩蕩的村子後，眞的不知如何是好！我怎麼會知道那個長舌婦會剛好跟吞火柴的傢伙提到我？老太婆什麼時候會跟這種人說話了？」

或跟巴斯塔這樣的人，美琪在心裡接下去說。

不過，法立德只聳聳肩，貼著OK繃的腳開始在愛麗諾的廚房中一瘸一瘸來回走著。「反正髒手指也認爲你們全都在這。」他說。「我們有次甚至來這，因爲他想看看她是不是沒事。」他拿頭指著蕾莎的方向。

愛麗諾不屑地哼了一聲。「啊，他想這樣？可眞親切。」她從沒喜歡過髒手指，他消失前偷走莫的那本書，更是火上加油。然而，蕾莎就算試著不讓愛麗諾察覺，聽到法立德的話，還是微笑著。美琪還清楚記得那個早上，大流士把在房門口發現到的一個奇怪的小包包拿給她母親——一根蠟燭、幾根鉛筆和一小盒火柴，繫著藍色的婆婆納花。美琪立刻知道是誰送來的，蕾莎也一樣。

「聽著！」愛麗諾說，拿著自己的刀柄在盤子裡亂敲著。「我眞的很高興吞火柴的傢伙回到他的故鄉。很難想像他晚上在我屋子四處鬼鬼祟祟的！只可惜，他沒順道帶走巴斯塔。」

巴斯塔——愛麗諾一說出這個名字，蕾莎便突然從椅子中站起，跑到走廊上，拿了電話回來，急急遞給美琪，另一隻手開始激動地比劃著，就連美琪都難以讀出她在空中畫出的手勢，但她最後還是明白了。

她該打電話給莫。當然啦。

等了好久，他才來接電話，大概正在忙工作。莫出門時，總是工作到深夜，再匆匆回家。

「美琪？」他聽來吃驚的樣子。他或許以爲美琪是因爲吵架的事打來的，但現在誰還關心他們吵架的蠢事？

過了好一會，他才弄明白美琪那匆促激動的話。「慢點說，美琪！」他不停說著。「慢點。」但說的比做的容易，尤其心都快跳了出來，而巴斯塔說不定已守候在愛麗諾花園門口前。美琪不敢再想下去。

莫反而異常冷靜——彷彿像是在等著過去再次趕上他們一般。「故事從來沒有一個結局，美琪。」

他跟她說過一次。「就算書本喜歡用這點來作弄我們。故事總會一直進行下去，就像從第一頁開始時一樣，不會因爲最後一頁而有所結束。」

「愛麗諾打開警報器了嗎？」他問。

「打開了。」

「她通知警方了嗎？」

「沒有，她說反正他們不會相信她的話。」

「她還是該打電話給警察，並向他們描述巴斯塔的模樣。你們還記得他的樣子吧，對不對？」

什麼問題！美琪曾試著忘記巴斯塔的臉，但她明白，那會像張照片一樣，在她後半輩子黏貼在自己的記憶中。

「美琪，要小心！」或許莫並不像他表現得那樣泰然自若，聲音聽來不同以往。「我今天晚上就會趕回去。轉告愛麗諾和妳母親。最遲明天一早，我就會回來。鎖上所有的門，關上窗戶，明白嗎？」

美琪點點頭——忘了莫在電話中看不到。

「美琪？」

「是，明白了。」她試著讓自己聽來鎮定、勇敢，就算她沒有這種感覺。她害怕，非常害怕。

「明天見，美琪！」

她聽出他的聲音，他會立刻動身。但她望向夜裡的馬路，漫長的馬路時，突然冒出可怕的新念頭。

「那你呢？」她脫口而出。「莫！要是巴斯塔在某個地方埋伏你呢，該怎麼辦？」但她的父親已經掛斷電話。

愛麗諾決定讓法立德在髒手指曾經睡過的房間過夜，就在屋頂下，那裡裝書的箱子在窄床周圍堆得老高，睡在那的人一定會夢見自己被印刷的書頁殺死。美琪負責幫法立德帶路。當她問候他晚安時，他只心不在焉地點點頭。他坐在窄床上的樣子，看來相當絕望，就像那天莫把他唸到山羊的教堂中一樣絕望，一個無名的瘦小子，黑髮上包著頭巾。

愛麗諾這一晚在睡前還多次檢查警報器是否眞的打開。而大流士則拿出愛麗諾在逮到野貓來花園的鳥巢時，偶爾會朝空鳴射的霰彈槍。大流士穿著上回聖誕節愛麗諾送他的過大的橘色睡袍，坐在入口大廳的沙發椅上，懷裡抱著那把霰彈槍，盯著大門看，臉色果決。不過，當愛麗諾二度查看警報器時，他已睡死了。

美琪仍未入睡，瞧著擺過筆記本的架子，摸著空蕩蕩的隔板，最後跪在莫許久前爲她心愛的書所造、漆成紅色的箱子前。幾個月來，她沒再打開過。裡面再也放不下任何一本書，箱子這期間也重到不適合帶著旅行。因此，愛麗諾送她書櫃放新的心愛書籍，就立在床邊，有玻璃門和攀附在深色木頭上的木刻作品，彷彿沒有忘記自己曾經生機盎然。玻璃門後的隔板上，也已擺滿了書，畢竟這時不只莫會送書給美琪，還有蕾莎和愛麗諾，就連大流士不時也帶來一兩本給她。但老朋友，那些美琪已經有過的書朋友，在他們搬來愛麗諾這裡前，繼續住在箱子中，當她打開沈重的箱蓋時，彷彿有著幾乎被遺忘的聲音朝她逼來，彷彿有著熟悉的臉孔瞧著她。他們全都破舊不堪……「不是很奇怪嗎，一本書被讀過許多次後，會變得更厚？」在美琪上次生日再次瞧過她那些熟悉的書後，莫問道。「好像每次都有東西黏附在書頁上，感覺、想法、聲響、味道……等妳多年後再翻閱這本書時，妳會發現自己在裡面，稍微年輕些，稍微不同，好像這本書珍藏著妳，就像一朵夾在書裡的花，既陌生又熟悉。」

稍微年輕些，沒錯。美琪拿出擱在最上面的一本書，翻閱起來。這本書她至少讀過十幾次。那有她八歲時最喜歡的場面，有她十歲時拿紅筆劃過的地方，因爲覺得句子很美。她的手指劃過那彎曲的線——那時沒有蕾莎，沒有愛麗諾，沒有大流士，只有莫……不會眷戀著藍精靈，不知道有張帶疤的臉，不知道有頭有角的貂和一名總是赤腳的少年，不知道巴斯塔和他的刀。讀這本書的是另一個美琪，如此不同……而她留在這些書頁間，像個紀念品一樣被保存著。

美琪嘆了口氣，闔上這本書，擱回到其他的書之中。她聽到母親在隔壁來回走著，是不是和美琪一樣不停想著巴斯塔在法立德身後發出的威脅？我該過去找她，美琪想著。兩個人在一起，恐懼或許會減半。然而，當她剛剛起身，蕾莎的腳步聲便停了，隔壁沈寂下來，像安睡般沈寂。也許睡覺不失爲一個好辦法。莫一定不會只因美琪醒著，等候著他，便提早歸來。要是她能打電話給莫的話，那就好了，但他總是忘記打開手機。

美琪輕輕闔上自己的書箱蓋子，彷彿一有聲響就會吵醒蕾莎似的，她吹熄每晚點燃的蠟燭，儘管愛麗諾一而再地禁止她點蠟燭。正當她剛脫掉T恤時，便有人敲著她的門——輕輕的，非常的輕。她打開門，以爲門口會是她因爲無法入睡的母親，但卻是法立德——當他見到美琪只穿著一件內衣時，臉色一下緋紅。他結結巴巴道著歉，在美琪來不及回答前，又瘸著自己貼著OK繃的腳離開。而美琪追上去之前，差點又忘了套回自己的T恤。

「什麼事？」她小聲說著，顯得擔心，同時揮手示意要法立德回她的房間。「你聽到下面有什麼動靜？」

但法立德搖搖頭，手裡卻拿著那張被愛麗諾刻薄地稱做髒手指回程車票的紙。他遲疑地跟著美琪回她房間。他四處瞧著，就像個在密閉空間中感到不適的人一樣。自從他和髒手指無聲無息消失後，大概多數的日子都在露天度過。

「對不起！」他看著自己的腳趾結巴說著。蕾莎的ＯＫ繃已有兩個脫落了。「相當晚了，但是——」他第一次直視美琪的眼睛，臉跟著紅了起來。「奧菲流士說，他沒全部唸。」他繼續猶豫地說著。「他把應該將我也帶過去的字跳了過去。他是故意這樣做的，但我必須警告髒手指，所以……」

「所以什麼？」美琪推給他書桌旁的椅子，自己則坐到窗台上。法立德就像踏進美琪房間一樣，遲疑了一會才坐到椅子上。

「妳必須把我也唸過去，求求妳！」他又把那張髒兮兮的紙遞給她，黑色的眼睛中露出懇求的表情，讓美琪不知該往何處看。他的眼睫毛又長又密，她自己的沒他一半好看。「求求妳！妳一定可以的！」他結結巴巴著。「當時……在山羊村子那一夜……我記得清清楚楚——妳也只有這樣一張紙！」

當時在山羊的村子。美琪一想到法立德說的那一夜，心就會撲通跳著：那一夜，她把影子唸出來，但卻無法讓影子殺死山羊——直到莫過來幫她。

「奧菲流士寫下那些文字，是他自己說的！他只是沒有唸，但全在這裡，在這張紙上！我的名字當然不在上面，不然我不會還在這裡。」法立德愈說愈急。「奧菲流士說，訣竅在於盡可能只用出現在書中的文字，那本我們想改變故事的書。」

「他這樣說？」美琪的心跳停了一下，彷彿被法立德的話絆倒。盡可能只用出現在書中的文字……因此她無法唸出任何東西，也無法從蕾莎的故事中唸出任何東西，因爲她用的文字在《墨水心》裡面沒有？還是只在於她不太懂得寫作？

「是的，奧菲流士相當自誇自己能夠閱讀。」法立德吐出這個名字，像吐出一個李子核一樣。

「要是妳問我的話，我會說他根本比不上妳或妳父親。」

可能吧，美琪想，但他把髒手指唸回去了，而且他自己寫下這些文字。莫和我大概都做不到。她接過法立德手中寫有奧菲流士句子的紙頁。那筆跡難以辨識，卻是個漂亮的字體，非常糾結，十分獨特。

「髒手指到底是在哪一段消失的？」

法立德聳聳肩。「我不知道。」他懊悔地喃喃出聲。

喔，她忘了這點：他不會閱讀。美琪拿手指劃過第一句話：**髒手指在瀰漫著漿果和蘑菇味道的那一天回去**。

她若有所思地放下那張紙頁。「沒辦法，」她說：「我們根本沒有那本書，沒那本書怎麼行呢？」

「但奧菲流士也沒用上那本書！髒手指在他唸那張紙條前，已先把書從他那裡拿過來！」法立德推開椅子，走到她旁邊。他的靠近讓美琪感到不安，至於爲什麼，她不想知道。

「這不可能！」她喃喃說著。

但髒手指走了，幾行手寫的句子幫他打開了字母間的門，那扇莫曾如此徒勞搖撼的門。而且寫下這些句子的不是書的作者費諾格里歐，而是一個陌生人……一個有著奧菲流士這個怪名字的陌生人。

美琪比多數人知道更多文字後的東西。她自己也已打開過門，從泛黃的書頁中召喚出活生生的東西——也親眼見過自己的父親從一則阿拉伯童話中唸出，現在站在她身邊的這個少年。然而，這個奧菲流士看來比她，甚至比法立德仍一直稱做魔法舌頭的莫知道更多……突然間，美琪害怕起那張髒兮兮紙上的文字。她把紙擱到書桌上，像是被燙傷一樣。

「求求妳！至少試一下！」法立德的聲音近乎哀求。「要是奧菲流士已把巴斯塔唸過去了，那該怎麼辦？髒手指得知道他們兩個是一丘之貉！他還以爲現在在他的世界，可以躲開巴斯塔呢！」

美琪還一直盯著奧菲流士寫的字，那聽來悅耳，美得迷人。美琪察覺到自己的舌頭想要品嘗他們。其實已不缺什麼，她可以開始朗讀他們。她吃了一驚，一手摀住自己的嘴。

奧菲流士。

她當然知道這個名字和圍繞著這個名字的故事，就像花朵和荊棘編織出來的東西。愛麗諾把這則故事講得最好的書給了她。

喔，奧菲流士，鳥禽為你哭泣，痛苦不已，還有成群的野獸、高聳的岩石以及經常跟隨著你歌聲的森林。樹木褪去自己的葉子，光著枝幹哀悼著你。

她看著法立德，露出疑惑的表情。「他幾歲了？」

「奧菲流士？」法立德聳聳肩。「二十，二十五，我怎麼知道？那很難說，他眞的有張孩子臉。」

這麼年輕。紙頁上的文字聽來不像一個年輕人寫的，而是彷彿懂得許多東西似的。

「求求妳！」法立德仍一直看著她。「妳會試試看吧，對不對？」

美琪瞧著窗外，不得不想到那些空蕩蕩的精靈窩，想到消失的玻璃人和許久前髒手指跟她說過的事：**有時，一早去水井盥洗時，這些小精靈就已在水面上飛來飛去，不比你們的蜻蜓大多少，卻跟紫羅蘭花一樣藍。他們並不太友善，但晚上會像螢火蟲一樣閃閃發光。**

「好吧。」她說，但聽來幾乎像是別人在回答法立德。「好吧，我試試看，但必須先等到你的腳好一些。我母親講過的那個世界，可不是給跛腳的人去的。」

「胡說，我的腳根本沒問題！」法立德在柔軟的地毯上來回走著，好像這樣就能證明似的。「不信，妳現在就可試試看！」

不過，美琪搖搖頭。「不行！」她果斷地說著。「我得先讀得流暢。看著這樣的字體，並不容易，而且有些地方弄髒了，所以我大概要再抄寫下來。這個奧菲流士並沒說謊。他是有寫到你，但我還不確定這樣就夠了，再說……」她繼續說下去時，試著讓聲音聽來很不經意的樣子，「……如果要我唸的話，我也想一起去。」

「什麼？」

「是啊！爲什麼不？」美琪無法不讓自己的聲音重重傷到他那驚恐的眼神。

法立德沒回答。

難道他不懂自己也想看看髒手指和她母親說過的一切，聲音都因爲渴望而變柔軟：草地上成群的精靈、讓人以爲雲會絆在枝幹間的參天大樹、沒有路徑的森林、流浪藝人、肥肉侯爵的城堡和夜之堡的銀塔、翁布拉的市場、會舞動的火、有水妖會探出臉、輕輕低語的小池塘……

是的，法立德不懂這點。他自己大概從未渴望過另外一個世界，也沒有一絲讓髒手指牽腸掛肚的鄉愁。法立德只想著，他想去找髒手指，警告他注意巴斯塔，並再度留在他身邊。他是髒手指的影子。那是他想扮演的角色，不管在哪個故事中。

「算了吧！妳不能跟來！」他一瘸瘸走回美琪推來給他的椅子上坐下，沒看著她，並撕掉腳趾上蕾莎好不容易貼上的ＯＫ繃。「沒人可以把自己唸進一本書裡的，連奧菲流士也做不到！他對髒手指說過，自己試過了無數次，但就是不行。」

「是嗎？」美琪試著讓聲音聽來比自己感覺到的更加自信。「你自己不是說，我唸得比他好。說不定我做得到！」如果我不能寫得像他那樣的話，她在腦海裡接著說。

法立德不安地看了她一眼，同時把ＯＫ繃塞到自己的褲袋裡去。「但是那裡很危險。」他說。「尤其對一個女……」他沒說出那個字眼，反而開始緊張地打量著自己流血的腳趾。

笨蛋。美琪察覺到自己舌頭上一股苦澀的怒氣。他認爲自己在幹嘛？說不定，她比他更清楚他要去的那個世界。「我知道那很危險，」她激動地說。「我要不一起去，要不就不唸。你自己考慮看看。現在讓我一個人待著，我得想一想。」

法立德走向門口前，看了奧菲流士那張紙條最後一眼。「妳什麼時候想唸？」在他來到走廊前，他問道。「明天？」

「或許吧。」美琪只這樣回答。

然後著在他身後關上了門，和奧菲流士的文字單獨在一起。

流浪藝人的客棧

「謝謝。」露西說，打開了盒子，取出一根火柴。「大家注意囉！」她喊道，聲音響亮。「注意！不愉快的回憶，永別了！」

——菲利普·萊德利《達柯塔·品克》

髒手指花了整整兩天，才走出無路森林，一路上只碰到幾個人，幾個全身都是煤灰的燒炭人，一名衣衫襤褸的盜獵人，肩上扛著兩隻兔子，臉上寫滿了飢餓，還有一群全身上下武裝的侯爵獵衛，大概在找哪個爲了孩子而獵殺狍子的可憐傢伙。他們沒有發現髒手指。他知道如何隱身，直到第二晚，他在附近的山丘聽到一群狼在嚎叫時，才冒險召喚火舌。

火舌，和另外一個世界如此不同。再次聽到火舌劈啪，並能回答他的聲音，眞是舒暢。髒手指採來一些樹叢間到處蔓生的毯蘭和迷迭香乾枝，解開他從精靈那裡偷來、包在葉片中保持濕軟的蜜，把很小的一塊擱進嘴裡。他第一次嘗著這種蜜時，何等恐懼！生怕他珍貴的戰利品會燒掉他的舌頭，直到他失去自己的聲音。不過，他只是白白擔心著。那個蜜在舌間如火紅的炭一般燃燒著，不過疼痛會消退，只要能夠一直忍下去，之後便能和火說話，就算只是一個普通的人類。這一丁點的蜜效力達五、六個月，有時幾乎長達一年。只要輕輕說著火的語言，打個響指，火花就會劈啪從或乾或濕的木頭間冒出，甚至連石頭也行。

和以往相比，火舌舔著樹枝，起先顯得遲疑許多——好像忘了他的音調似的，好像不能相信他回來似的。然而，火舌接著開始低吟，歡迎他，愈來愈興高采烈，令他不得不勒住放肆竄燒的火焰，模仿著他們的劈啪聲響，直到火舌像頭野貓一般受到馴服，只要小心地順著牠的皮毛，便蹲在一旁呼嚕出聲。

在火舌吞噬著薪材，火光讓狼群不敢靠近之際，髒手指又不得不想起那個孩子。他數不清有多少個夜晚，自己不得不對臉色難看的法立德，只知道火是無聲的，描述火舌如何說話。「現在看看！」他自言自語著，同時在困倦的火光中溫暖著自己的手指。你還是一直想著他！不過，他高興至少那頭貂還在那孩子身邊，對付那些他到處都見到的鬼。

沒錯，髒手指惦念著法立德，不過，還有一些他惦念了十年之久的人事，如此強烈，每觸及那些渴望，他的心還依然會痛。因為他們，他的腳步愈來愈急迫，隨著自己逐漸接近森林邊的每一刻鐘以及等待在那後面的——人類世界。沒錯，在另一個世界煎熬他的，不只是對精靈、玻璃人和水妖的渴望，還有一些他惦記的人，雖然不多，但卻更加牽腸掛肚。

自從他落魄地站在魔法舌頭門前，聽他對自己解釋自己再也無法回去後，他便竭力想要忘記他們……是的，當時他明白自己必須做出選擇。忘了他們，髒手指！他對自己說過多少次。不然失去他們，只會讓你發瘋。然而，他的心就是不聽話。那些回憶如此甜蜜，如此苦澀……在那些年中吞食了他，同時也養活了他，直到不知什麼時候開始消失、模糊、朦朧起來，只剩下一種讓人想趕緊推開的痛楚，因為那會讓人傷心。因為回憶著已經失去的東西，又有什麼用呢？

你最好現在也別回憶什麼！髒手指自言自語著，而他周遭的樹木愈來愈年輕，頭上的葉冠也愈來愈稀疏。十年是段漫長的歲月，是會失去某些東西。燒炭人在樹叢間的小屋愈來愈常出現，但髒手指並不讓這些黑身子的人看到他。森林外的人說起他們，總帶著輕蔑，因爲燒炭人住在多數人不敢踏入的森林深處。工匠、農夫、商販和侯爵全都需要木炭，卻不太願意見到幫他們燒製木炭的人出現在自己的市鎮和鄉村裡。髒手指喜歡燒炭人，他們幾乎和他一樣瞭解森林，就算他們每天都要不斷和樹木爲敵。他經常坐在他們的火堆旁，聽著他們的故事，但這許多年後，他想聽聽其他的故事，發生在森林外的故事，而這些故事只在一個地方聽得到：在沿街開設的一間客棧中。

髒手指有個很明確的目標，就位於森林北邊，就在路從樹叢間冒出，開始蜿蜒上山丘，經過幾間孤零零的農家，一直通達翁布拉的城門，肥肉侯爵的城堡便高踞在這個城市的屋戶上。

城外街邊的客棧，一直以來都是流浪藝人的會面之處。有錢的商販、商人和工匠會租用這裡的客棧舉辦婚禮喪事，慶祝旅人安全歸來或喜獲麟兒。花上些錢，流浪藝人便會演奏音樂，講著葷腥笑話和表演特技，化解大憂小愁，要是髒手指想知道他不在的這些年有什麼變化，最好問問這群彩衣人。流浪藝人是這個世界的報紙。沒人比這些四海爲家的人更瞭解這個世界。

誰知道？髒手指離開了最後的樹叢時，心裡想著。要是走運的話，說不定還會碰到老朋友。

路上泥濘不堪，佈滿了水坑，車輪畫出一道道深深的痕跡，牛馬的蹄印中注滿雨水。在這個季節，往往會下好幾天的雨，就像昨天，他慶幸自己在濕透之前，便能躲在遮雨的樹下。而夜裡冰冷，儘管他睡在火堆旁，衣服還是有點潮濕，幸好今天除了飄過山頭的幾抹雲外，天空晴朗。

好在，他在自己的舊衣服中還找到幾個硬幣，希望夠喝上幾盤湯。髒手指沒從另一個世界帶任何東西過來。拿著那邊人印製出來、用來付帳的紙鈔，能在這裡幹什麼——這裡只有金子、銀子和響噹噹的銅錢才算數，最好上頭還有正確的公侯頭像。而硬幣一花完，那他就得在翁布拉或其他地方找個市集。

他要去的客棧，不管是好是壞，過去幾年並沒太大改變，仍然那樣破舊，幾扇窗子不過只是灰石牆中的洞而已。在三天前還收容他的世界中，大概不會有什麼客人踏過這麼骯髒的門檻，但這間客棧是進森林前最後的棲身之所，是吃到熱飯的最後機會和不被雨露打濕的下榻之處……還免費提供一些虱子和跳蚤當新的旅伴！髒手指心想著，同時推開了門。

門後的空間陰暗無比，他的眼睛必須先習慣這種昏暗的光線。另一個世界讓黑夜變成白晝的燈光和霓虹燈，毀了他的眼睛，讓他的眼睛習慣清楚辨識一切，習慣燈光可以任意開關。然而，現在他的眼睛必須再度適應一個昏暗與陰影的世界，漫長的夜漆黑如木炭，房中隔絕了常常熾熱曝曬的陽光。

客棧內唯一的光源，便是透過窗孔灑進來的少數幾道陽光。塵埃在其中飛舞，宛如一群細小的精靈。壁爐中，一堆火在一個凹凸不平的黑鍋下燃燒著。從那竄出的味道，就連髒手指飢腸轆轆的肚子也不怎麼感興趣，但這並不讓他意外。這間客棧從未有過一個懂得烹飪的老闆。一個不到十歲的小女孩在鍋旁拿著一根棒子攪拌著裡頭煮的東西。大約三十名客人蹲坐在暗處做工粗糙的長凳上，抽菸、喃喃說話、喝酒。

髒手指找到一個空位子坐下，悄悄四處打量著，找著一張他熟悉的臉，找著一些只有流浪藝人會穿的彩褲。一名魯特琴藝人就坐在窗旁，和一名穿著比他華麗許多，可能是個富商的男人在商談。當然啦，窮農夫是請不起雜耍藝人的，如果一名農夫希望自己的婚禮上有音樂的話，那只得自己抓起提琴來了。就連坐在窗邊的兩個吹笛藝人，他大概也付不起。他們鄰桌，一團演員正在大聲爭吵，大概在爭新戲裡最好的角色。其中一位還一直戴著在市集廣場上戴的面具，他坐在其他人中間，像個山妖一樣奇怪，但不管戴不戴面具，不管唱歌跳舞，在木頭搭起的舞台上表演粗俗的故事，還是噴火，他們全是外人。那群跟著他們遷徙的流浪浴療師、接骨師、寶石匠人、神醫等等，也是一樣，靠著雜耍藝人幫他們拉客。

老邁的臉、年輕的臉、快樂和不快樂的臉，在這煙霧瀰漫的店內多少都有些，但沒有髒手指熟悉的人。他同樣也被打量著，他可以察覺到這點，不過已經習慣。他那帶疤的臉到處都會惹人注意，而他穿的衣服更是分外醒目——噴火藝人的服飾，黑如煤灰，紅得讓人害怕如他要耍弄的火焰。有一會，他在這個曾經熟悉的喧鬧場景中，感到異常不自在，彷彿另一個世界還清楚地依附在他身上似的，自從魔法舌頭把他從自己的故事中揪了出來，偷走了他的生命後，這些年來，這無比漫長的歲月，這消失的光陰，就像路過時不小心踩碎一個蝸牛的殼一樣。

「看一下我啊！」

一隻手沈沈搭在他肩上，一名男子探身過來，瞪著他的臉。他的頭髮灰白，臉孔圓潤無鬚，雙腳站立不穩，髒手指起先還以爲這個人醉了。「哎唷，這張臉我怎麼會不認識！」他現在難以置信地脫口而出，同時用力抓著髒手指的肩膀，像是要檢查一下他是不是眞的有血有肉。「你到底從哪來的，你這個吞火的老傢伙，剛剛離開地獄？到底怎麼了，是不是精靈又讓你起死回生？那些藍色的小魔鬼一直都很迷你。」

幾個男人轉過身看著他們，但這個陰暗污濁的店裡，異常喧鬧，沒太多人會留意自己周遭發生的事。

「空中飛人！」髒手指起身擁抱了另一位。「你好嗎？」

「啊！我還以爲你忘了我！」空中飛人咧開大嘴，露出大黃牙。

喔，不，髒手指不會忘記他——就算他想要，也做不到，一如另外那些他惦記著的人一樣。空中飛人——最棒的走繩索藝人，在屋頂間來回漫步。儘管他的頭髮灰白，而左腳極爲僵直地叉開在一邊，髒手指還是立刻認出他來。

「過來，我們得慶祝一下，可不是每天都會碰到死掉的朋友的。」他迫不及待地拉著髒手指到一扇窗下有些許陽光的長凳來，然後對著那個仍一直在攪拌大鍋的小女孩招招手，跟她點了兩杯酒。這小東西癡迷地盯著髒手指的疤看了好一會，然後跑開到吧台，那後頭站著個胖男人，陰沈地打量著客人。

「你看來真不錯！」空中飛人強調著。「吃得不錯，沒有白頭髮，衣服幾乎沒有縫縫補補，就連牙齒看來也全都在的樣子。你去了哪裡？或許我也該過去那裡看看，那裡看來很好生活的樣子。」

「算了吧，還是這裡好。」髒手指拂去額頭上的頭髮，四處看著。「別再說我了，你過得怎麼樣？你有錢喝酒，但頭髮卻白了，還有你的左腿……」

「唉，這條腿。」

小女孩端來了酒。當空中飛人在袋子裡找著付帳的硬幣時，她又很好奇地瞧著髒手指搓著手指頭，小聲說著一些火的語言。髒手指伸出食指，朝她微笑，輕輕吹著指尖。一股小小的火焰，十分微弱，無法燃起大火，卻剛好夠亮，可以反射在女孩的眼睛中，並在他的指甲上竄來竄去，在污濁的桌上吐出金色的火花。那孩子站在那，像著魔似的，直到髒手指吹熄火焰，把手指浸到空中飛人推過來給他的酒杯裡。

「啊哈，你還是一樣喜歡玩火。」空中飛人說。而那小女孩擔心地瞧了胖老闆一眼，便趕緊回到鍋子旁去。「唉，可惜我的表演早已結束。」

「發生了什麼事？」

「從繩索上摔了下來，再也不是空中飛人了。一名大概被我搶走太多客人的商販，朝我丟了一顆甘藍菜。好在我落在一個布販的攤子上，所以只斷了這條腿和幾根肋骨，而不是脖子。」

髒手指若有所思地看著他。「你不能走繩索後，靠什麼過活？」

空中飛人聳了聳肩。「你大概不會相信，但我的腳還是很好用的，甚至還能騎馬——只要剛好有匹馬的話。我在當信差過活，雖然仍一直愛和流浪藝人混，聽他們的故事，坐在他們的火堆旁。現在是文字在養活我，雖然我還是不會閱讀。恐嚇信、哀求信、情書、買賣合約、遺囑，我遞交各種寫在羊皮紙或紙上的玩意，還有在我耳中輕聲私密吩咐的口信，我都確實轉達。我這樣過得還不賴，就算自己並不是千金難求最快的信差。不過，有信想要我轉交的人都知道我的大名，我也真的只會送到他們指定的人那去。這樣的信差並不好找。」

髒手指自然相信。花上幾個金幣，就可讀到公侯的信件。他那個時代，便這樣傳說著，只需找到懂得僞造破損火漆的人。「那其他人呢？」髒手指打量著窗邊的吹笛藝人。「他們都在做什麼？」

空中飛人喝了一口酒，拉下了臉。「呼，見鬼了，我還該叫點蜂蜜加進去的。其他人，唉——」他揉了揉僵直的腳。「有幾個死了，其他的就像你一樣，憑空消失。那後面，就在那個沮喪地盯著自己酒杯的農夫後面，」他頭指著酒吧。「我們的老朋友黑炭鳥靠在那頭，臉上掛著笑容，卻是最差勁的噴火藝人，雖然他一直積極在模仿你，也拚命在想爲什麼火舌比較聽你的話，而不是他。」

「他永遠也找不出原因。」髒手指悄悄看著另一邊那個噴火藝人。就他記憶所及，黑炭鳥的火把要的還是不錯，但火舌就是不會和他起舞。他就像個絕望的情人，不斷被女孩拒絕。很久以前，髒手指留給他一些火蜜，因爲看他努力無助，於心不忍，但就算有了火蜜，黑炭鳥還是不懂火焰的語言。

「據說，他目前在研究煉金術師的藥散，」空中飛人探身過桌子小聲說：「要我說，可是個昂貴的嗜好。火舌經常咬他，手和胳臂早已紅腫，只有臉做了保護。他上場表演前，總在臉上抹油，亮得跟塊肉皮似的。」

「他每次表演完後還一直喝酒嗎？」

「表演前，表演後，但他一直是個漂亮的傢伙，對不對？」

沒錯，他是的，有張總是帶有笑容的親切臉蛋。黑炭鳥是個靠著別人目光過活的雜耍藝人，靠著笑聲和掌聲，靠著大家駐足欣賞。他現在也逗著和他一起靠在吧台旁的所有人。髒手指背對著他，不想看到那個人眼中原有的欽佩與嫉妒。黑炭鳥並不是他惦記的人。

「我不以為我們這群彩衣人日子輕鬆多了。」空中飛人小聲說著。「自從柯西摩死後，肥肉侯爵只在節日時才讓我們上市場，要他的孫子大聲吵著要看雜耍藝人時，我們才會去到城堡。他可不是什麼可愛的小傢伙，這時候就會隨便吩咐僕人，動不動就拿鞭子和刑柱嚇唬他們，但他喜歡流浪藝人。」

「英俊的柯西摩死了？」髒手指幾乎被發酸的葡萄酒嗆到。

「是的。」空中飛人探身過桌子，好像不該大聲說著死亡和不幸似的。「不到一年前，他像個漂亮的天使出征，展現自己身為公侯的勇氣，前去剷除當時盤據在森林中的火幫份子。你大概還記得他們的頭頭，山羊？」

髒手指不得不微笑起來。「喔，是的，我記得他。」他輕輕說著。

「他和你一樣，大約在同一時間消失，但這幫人依然無惡不作。火狐狸成了他們的新頭頭。森林這一頭的村子和農家，全都無法躲過他們，所以柯西摩出征平亂。他消滅了這一幫人，但自己也未歸來，那時候起，大家也稱他那個愛吃的父親嘆息侯爵，想想他的一頓早餐可以養活三個村子的人。現在，肥肉侯爵只會嘆息。」

髒手指朝他頭上在陽光中舞動的塵埃伸出手指。「嘆息侯爵！」他喃喃說著。「唉，是這樣啊。那森林另一頭那個出身高貴的領主又在幹嘛？」

「毒蛇頭？」空中飛人不安地四處瞧著。「唉，可惜他沒死，仍自認是世界主宰，被他的獵衛逮到在森林抓隻兔子的農夫，全被挖出眼睛，沒有繳稅的人，便被貶為奴，讓他們採銀礦，直到吐血。他城堡前的絞刑架總是應接不暇，他最喜歡見到那裡吊著幾個我們這種彩衣人。然而，幾乎沒人說他壞話，因為他的密探比這間客棧的跳蚤還多，而且報酬豐厚。不過，」空中飛人小聲補上：「死神可是收買不了，而毒蛇頭年紀大了。據說，前一陣子，他很怕白衣女子和死亡，怕到夜裡像頭被打的狗一樣跪著哭嚎。我聽說，他的廚子每天早上給他做一客應該可以保持青春的小牛血布丁，據說，他的枕頭下擱著一位被絞死的人的指骨，用來避開白衣女子。他在過去七年中結了四次婚，妻子一個比一個年輕，但沒有一個為他生下他最想要的子嗣。」

「毒蛇頭還是沒有兒子嗎？」

空中飛人搖搖頭。「沒有，但他的孫子總有一天會統治我們的，因為這個老狐狸把自己的一個女兒嫁給英俊的柯西摩，那位只被大家稱做醜東西的薇歐蘭，在柯西摩出征赴死前，生下了一個兒子。據說，薇歐蘭的父親以一件珍貴的手稿當嫁妝，說動肥肉侯爵讓自己的兒子娶她，而且還附帶上一位他宮裡最出色的書籍畫家。沒錯，肥肉侯爵曾經對文字手稿和美食一樣激動，但現在他這些珍貴的書籍漸漸發霉！他對什麼都不感興趣，尤其是他的臣民。有些人偷偷表示，一切正如毒蛇頭的盤算，他甚至親自出手，不讓自己的女婿活著離開山羊的碉堡，好讓自己的外孫在肥肉侯爵死後可以登基即位。」

「或許這些耳語沒錯。」髒手指打量著擠在這個污濁的店內的男人，都是些流動商販、浴療師、工匠學徒、衣袖補過的吟遊歌手。其中一名帶著一頭山妖，一臉悲傷地蹲在他旁邊的地板上。許多人看來似乎不知該拿什麼來付酒錢。沒有憂慮，沒有疾病與妒忌的快樂臉孔，並不多見。難道他在期待別的東西嗎？希望自己不在的時候，這些不幸會不聲不響溜走？不，十年來，他只期望回來，不是來到天堂，只是回家而已。儘管水中已有惡鱸窺視，魚兒不是仍想回到水中？

一名醉漢踉蹌撞上桌子，幾乎撞翻發酸的葡萄酒。髒手指抓住杯子。「那山羊的手下，火狐狸和其他人呢？他們全死了嗎？」

「你在作夢嗎？」空中飛人苦澀笑著。「躲過柯西摩的火幫份子，全被夜之堡尊爲上賓。毒蛇頭封火狐狸爲自己的傳令官，就連山羊原來的吟遊歌手笛王，現在也在有著銀塔的城堡中吟唱自己陰森的曲子。他穿著絲綢，口袋全是金子。」

「笛王也還在？」髒手指一手抹過臉。「老天，難道你就沒有好消息可以說？任何讓我回到這裡眞的感到高興的事？」

空中飛人大笑，聲音大到就連黑炭鳥都轉過身瞧著他們這一頭。「最好的消息就是你的歸來！」他說。「我們很想你，玩火大師！自從你一聲不吭離開我們後，精靈們夜裡跳舞時都嘆著氣，而黑王子在睡前還一直對他的熊說到你。」

「王子也還在？那好。」髒手指鬆了口氣，喝了口酒，儘管酒的味道眞的噁心。他不敢問王子的事，就怕會聽到類似柯西摩的遭遇。

「喔，沒錯，他一切安好！」在鄰桌兩名商販開始爭吵起來時，空中飛人的聲音也大了起來。「仍然是個黑傢伙，嘴快，刀子更快，身邊絕對帶上那頭熊。」

髒手指微笑著。是的，這眞的是個好消息。黑王子……馴熊師，飛刀手……或許一直會讓這個世界惦念。髒手指小時候就認識他了，他們當時是兩個無父無母、無家可歸的孩子。十一歲時，兩個人就被綁在刑柱上公開示眾，在森林另一頭，他們的出生之地，兩天後，便臭得跟腐爛的蔬菜一樣。

空中飛人打量著他的臉。「怎麼樣？」他問。「在我拍了你的肩膀後，你到底什麼時候才會問那個你想問的問題？問吧！不然我醉了，就沒法回答了。」

髒手指實在忍不住，只得微笑。空中飛人一直懂得看透別人的心，就算你不瞧著他的圓臉也一樣。「那好吧，這算什麼。她好嗎？」

「唉呀，終於！」空中飛人自己笑得相當滿意，連兩顆缺掉的牙齒都露了出來。「首先……她仍然美艷依舊，現在有一間屋子，不再唱歌，不再跳舞，不穿彩裙，頭髮像個農婦一般高高攏起。她在城堡後的山丘有塊地，種著浴療師要的藥草，甚至蕁麻也跟她買，過得時好時壞，帶大自己的孩子。」

髒手指試著表現得無關痛癢，但從空中飛人的微笑中，他知道自己在裝模作樣。「那個一直在追她的香料商人呢？」

「他會怎麼樣？他幾年前便離開了，大概住在海邊的一棟大屋裡，靠著一袋袋自己的船運來的胡椒致富。」

「那她沒嫁給他？」

「沒有，她嫁給另一個。」

「另一個？……」髒手指又再試著讓聲音聽來無關痛癢的樣子，但又是白花力氣。

空中飛人樂得讓他坐立不安一會，跟著繼續說下去：「是的，另一個。可憐的傢伙，沒多久便去世了，但他們有個孩子，一個男孩。」

髒手指默不作聲，聽著自己的心撲通跳著。蠢東西。「那個女孩呢？」

「喔，那女孩。是的……到底誰是她的父親呢？」空中飛人又微笑起來，像個惡作劇成功的小男孩一樣。「布麗安娜出落得像她母親一樣標致，儘管她繼承了你的髮色。」

「那羅珊娜，那小的呢？」

她的頭髮像她母親一樣黑。

空中飛人臉上的笑容消失，彷彿被髒手指抹去一般。「小的早就去世了。」他輕聲說著。「因爲一場高燒，在你走後的第二個冬天。那時許多人都發燒而死，就連蕁麻也幫不了他們。」

髒手指沾著酒的食指在桌上畫出泛著光的濕線條。死了，十年中是會有些人離開。好一會，他拚命回憶著羅珊娜的臉，那麼小的一張臉，但卻模模糊糊，彷彿自己一直試著要忘記一樣。

空中飛人在這喧鬧中，陪他沈默了許久，最後終於費力地起身。靠著一條僵直的腿，可不容易從一張矮凳上站起。「我得走了，老朋友。」他說。「還有三封信要送，兩封送到山頭的翁布拉。我想天黑前到城門，不然守衛又要開不讓我進城的玩笑了。」

髒手指還在桌上畫線。在你走後的第二個冬天——這句話在他腦海裡燃燒著。「其他人正在哪裡紮營呢？」

「就在翁布拉的城牆前。我們侯爵的愛孫快要慶生了，這天堡裡歡迎所有的雜耍藝人和吟遊歌手。」

髒手指點了點頭，並未把頭抬起。「再看看吧，我說不定也會在那現身。」他突然從硬梆梆的長凳起身。壁爐旁的小女孩瞧著他們這頭。要不是高燒的話，他的小女兒現在大概也像她這麼大了。他和空中飛人一起穿過坐滿人的長凳和椅子往門口去。外頭天氣仍然不錯，一個晴朗的秋日，像名雜耍藝人一樣穿著彩葉。

「一起去翁布拉吧！」空中飛人一手擱在他肩上。「我的馬可以載兩個人，而在那總有落腳之處。」

但髒手指搖搖頭。

「晚一點吧。」他說，沿著泥濘的路瞧下去。「我現在應該去造訪一下了。」

美琪的決定

那個念頭仍像肥皂泡泡一樣，不眞實地閃爍著，萊拉不敢瞧得太仔細，免得破掉。不過，她熟悉這些念頭，於是讓他們繼續閃爍，不予理會，而想著其他的事。

——菲力普・普曼《黃金羅盤》

莫在他們剛坐下來吃早餐時回來，蕾莎吻了他，彷彿他離開了好幾個星期一般。美琪也比平常更用力地抱住他，見到他平安回來，鬆了口氣，但她不敢直視他的眼睛。莫太瞭解她了，會立刻看出她的內疚，而美琪現在十分內疚。

原因便在那張紙上，那張擱在樓上房間自己學校功課中的紙，上面密密麻麻寫滿了自己的筆跡，不過卻是別人的文字。美琪花了好幾個鐘頭抄下奧菲流士的字。只要一寫錯，她就從頭再抄一遍，就擔心一個錯會毀了一切。她只添上幾個字——在提到一個男孩的地方，在奧菲流士沒有唸出來的句子中。美琪補上了**還有一個女孩**幾個字，幾個不起眼、相當平常的字，平常到隨便在《墨水心》哪一頁都很有可能發現到的字。美琪無法查對，因爲這本她可以用上的書的最後一本，現在落入巴斯塔手中。巴斯塔……一提到他的名字，美琪便憶起那些因爲恐懼而顯得幽暗的日日夜夜。

莫像往常他們吵過架一樣，帶給她一份和解禮物：一本他自己裝幀的小筆記本，剛好可以放進夾克口袋，大理石紋紙封面。莫知道美琪特別喜歡這種紙，她九歲時，莫便教她自己染製這種紙。在他把小本子擱到美琪盤子中時，她心裡內疚不已，有一會，她想把一切都告訴莫，就像以前那樣。然而，法立德的一個眼神制止了她。不要，美琪！他的眼神說，他不會讓妳走，絕對不會。所以，她默不出聲，親了一下莫，小聲說著「謝謝」，便不再說話，趕緊低下頭，舌頭因爲自己沒說出的話而變得沈重。

好在，沒有人注意到她沮喪的臉。其他人依然擔心著巴斯塔的事。愛麗諾聽從莫的建議報了警，但警察上門並沒改善她的情緒。

「和我事先說過的一模一樣。」她罵道，同時拿刀對付著乳酪，彷彿麻煩全都來自乳酪似的。「他們根本不相信我的話，這些白癡。幾頭穿制服的綿羊還更願意聽我說話。你們知道我不喜歡狗，但我可能該去弄幾隻過來……幾隻能咬爛巴斯塔的大黑狗，只要他一躍過我的花園大門。對的，就是杜本狗。杜本狗！會吃人的狗是不是就是這種狗？」

「妳說的是杜賓狗。」莫朝著桌對面的美琪眨眨眼。

這讓她心碎。他對她眨眼，這個別有用心的女兒，計畫前往一個他大概無法跟來的地方。她母親或許會理解，但莫呢？不，莫不會，絕對不會。

美琪用力咬著嘴唇，咬到疼痛，而愛麗諾則繼續激動說道：「我也可以僱個守衛。有這種人，對吧？佩著一把手槍，什麼嘛，他應該全副武裝，有刀有槍，或不管什麼武器，大到巴斯塔一看到，黑心就停止跳動！這聽來如何？」

美琪看到莫努力忍住不笑。「聽來如何？我看妳犯罪小說讀太多了，愛麗諾。」

「喔，我犯罪小說讀太多。」她委屈地回答。「要是平常不太和罪犯打交道的話，這些小說可是極富啓發意義，而且我忘不了巴斯塔架在你喉嚨上的刀。」

「相信我，我也沒忘。」美琪看到他的手移向脖子，彷彿有一會又再感受到皮膚上銳利的刀刃。「不過，我認爲你們都在瞎操心。我回來時，有足夠的時間思索，我不相信巴斯塔會大老遠來這，只是爲了報仇。報什麼仇？因爲我們把他從山羊的影子救了出來？不會的，他早就讓自己唸回去了，回到那本書。對我們的世界，巴斯塔可不像山羊那樣激動，有些地方還讓他十分感冒。」

他接著把果醬塗在自己的乳酪麵包上。愛麗諾打量著他，一如以往一樣帶著不屑，但莫也像平常那樣不理會她那種厭惡的目光。

「那他在那孩子身後大喊出來的威脅呢？」

「唉，他氣他逃掉了，不然呢？我不需要對妳解釋，巴斯塔動怒的時候會說出什麼樣的話吧。我只是吃驚，他竟然聰明到能找出髒手指有那本書。我也很想知道，他在哪找到這個奧菲流士，不管怎樣，他看來眞的比我更懂得閱讀。」

「胡說！」愛麗諾的聲音聽來氣憤，但也鬆了口氣的樣子。「唯一同樣懂得閱讀的人，是妳的女兒。」

莫朝美琪微笑，又把一片乳酪蓋到果醬上。「謝謝，妳還眞會恭維，但不管怎樣——我們那個戀刀狂朋友巴斯塔不在了！他大概也帶走了那本該死的書，整個故事也就徹底告一段落。愛麗諾夜裡聽到花園中窸窣出聲，不用再嚇一跳，大流士也不會再夢到巴斯塔的刀子——也就是說，法立德基本上是帶了個天大的好消息給我們！我希望你們都已好好跟他道過謝了！」

當莫舉起咖啡杯祝賀他時，法立德尷尬地微笑著，但美琪看出他黑眼睛裡的憂慮。如果莫是對的話，那巴斯塔現在已在髒手指所在的地方，而他們大家全都願意相信莫沒說錯。大流士和愛麗諾的臉上可以看出如釋重負的樣子，而蕾莎摟著莫的脖子微笑，彷彿一切又再平安。

愛麗諾開始查問莫，那批因爲美琪一通電話而被他狠狠棄而不顧的書，而大流士試著對蕾莎解釋那個他用來重新安排愛麗諾圖書館的系統。然而，法立德瞧著自己的空盤子，或許在白瓷上已經看到巴斯塔的刀架在髒手指的喉嚨上了。

巴斯塔。這個名字對美琪來說，如鯁在喉，她只能想著一點：要是莫說的沒錯，巴斯塔現在已在她不久後也想去的地方，那個墨水世界。

這一晚，她想試試看，靠著自己的聲音和奧菲流士的文字，在字母叢林間殺出一條進入無路森林的路。法立德催她別再等下去，他十分擔心髒手指，而莫的話肯定不會改變什麼。「求求妳，美琪！」他不斷哀求著。「求求妳，唸吧！」

美琪看著莫。他小聲對蕾莎說了什麼，而她笑了起來。只有她笑的時候，大家才聽得到她的聲音。莫摟著她，卻瞧著美琪。她的床要是明天一早空著的話，他不會再像現在這樣無憂無慮。他會生氣，還是只是傷心？當他在蕾莎和愛麗諾面前裝出那位收藏家的驚恐時，蕾莎笑了，他的書因爲美琪一通電話而被狠狠棄而不顧，在聽到莫模仿那個可憐人的聲音時，美琪也不得不笑出聲。他的客戶顯然很胖，且有哮喘。

只有愛麗諾沒笑。「我不覺得好笑，莫提瑪。」她辛辣地表示。「要是你就這樣溜走，留下我有病且污斑點點的書，我大概會一槍斃了你。」

「嗯，大概吧。」莫拋給美琪一個心知肚明的眼神，每次愛麗諾對他或美琪長篇大論如何正確對待書籍或她圖書館裡的規定時，他就會這樣。

哎，莫，如果你知道的話，美琪心想，如果你知道的話，並覺得他下一秒鐘就會從她臉上讀出她的秘密。突然間，她推開椅子，喃喃說著「我不餓了」的話，便跑到愛麗諾的圖書館去。不然還會去哪？每回，她想甩開自己的念頭，便會在書中尋求慰藉。總可以找到什麼讓她分心的事，直到夜晚最終降臨，大家入睡，全都蒙在鼓裡……

愛麗諾的圖書館，看不出在一年前只有一隻紅色的死公雞掛在空蕩蕩的書架前，而她最珍貴的書都在外頭的草地上燃燒。那個愛麗諾裝滿了部分灰燼的玻璃瓶還一直擱在她床邊。

美琪的食指摸過書背，它們現在又像鋼琴琴鍵一樣排列在架子上。一些隔板上仍然空著，不過愛麗諾和大流士不斷出門，拿同樣出色的新書取代失去的寶貝。

奧菲流士——奧菲流士的故事在哪裡？

美琪走到希臘羅馬人輕吟著自己故事的架子旁，這時圖書館的門在她身後打開，莫走了進來。

「蕾莎說，妳有法立德帶來的那張紙條，在妳的房間裡。給我看看？」他盡量讓聲音聽起來自然，好像只是問著天氣，但他從來不會假裝，也一樣不懂得說謊。

「為什麼？」美琪靠著愛麗諾的書，彷彿可以撐住她的背似的。

「為什麼？因為我好奇，難道妳忘了？再說——」他打量著書背，好像能在那找到正確的字眼似的，「——再說，我認為最好把那張紙燒掉。」

「燒掉？」美琪看著他，難以置信。「為什麼要這樣？」

「是的，我知道，這聽來像是我見鬼似的。」他從書架中抽出一本書打開，心不在焉地翻閱著。

「但這張紙，美琪……我總覺得這是一道敞開的門，一道我們最好該永遠鎖上的門，不要讓法立德再消失在這個該死的故事中。」

「然後呢?」美琪實在忍不住，她的聲音聽來冷漠，好像在和一名陌生人說話似的。「你爲什麼不能明白這點?他只是想去找髒手指!警告他要小心巴斯塔。」

莫闔上那本他抽出來的書，擱回原來的位置。「他是這樣說。不過，要是髒手指根本不想帶著他，而是特地留下他，那該怎麼辦?妳會吃驚嗎?」

不，不，不會是這樣的。美琪默不作聲，書冊之間靜寂無比，在這些文字間，安靜得嚇人。

「我知道，美琪。」莫最後輕聲說著。「我知道，妳認爲那本書裡描寫的世界比這個世界要更刺激。我知道這種感覺。我自己也常想像進入一本自己心愛的書裡去。但我們兩個都知道，當想像成了眞實後，感覺就會完全不同。妳以爲這個墨水世界迷人，一個充滿神奇的世界，但相信我，我從妳母親那裡得知許多那個世界的事，是妳根本不會喜歡的。那裡殘暴危險，充滿陰暗和暴力，由權勢統治著，而不是法律，美琪。」

他看著她，在她臉上找著認同，是他以前總能找到的，但這回卻是徒然。

「法立德來自這樣一個世界。」美琪說。「而他並非自願來到這個故事中。是你把他弄過來的。」

她一說出口便感到後悔。莫轉過身，彷彿挨了她一拳似的。「那好吧，妳沒說錯，」他說，同時回到門邊。「我不想再和妳吵架，但我也不想那張紙條擱在妳房裡。把它還給法立德。誰知道，不然明天一早便會有個巨人坐在妳床上。」當然了，莫在試著逗她笑，他受不了兩個人又再如此說話。他看起來相當沮喪，相當疲憊。

「你很清楚，這是不可能發生的事。」美琪說。「你爲什麼一直要擔這種心?只要我們不去呼喚，不會有東西從字母中跑出來的。沒人比你更清楚這點!」

他的手還一直在門把上。

「沒錯。」他說。「沒錯，妳說的沒錯。但妳知道嗎？有時候，我很想把這個世界所有的書都加上一把鎖。至於這一本非常特別的書……有時，我會感到高興，要是當時山羊把最後一本也燒掉的話。這本書帶著不幸，美琪，只有不幸，就算妳不願相信我說的。」

然後，他帶上了圖書館的門。

美琪站著，一動不動，直到他的腳步聲消失。她來到一扇對著花園的窗，但當莫最後走過通往自己作坊的路時，並未再瞧房子這邊一眼。蕾莎陪著他，摟著他的肩，另一隻手比劃著，但美琪認不出是什麼意思。他們在說她嗎？

突然間，不再只有一位父親，而是有了一對父母，有時是種奇怪的感覺，他們互相說話，而自己並不在場。莫自己一個人去作坊中，蕾莎慢慢踱回屋子。她見到美琪在窗邊時，朝她揮了揮手，美琪也揮手示意。

奇怪的感覺……

美琪在愛麗諾的書堆中坐了好一會，時而翻翻這本，時而翻翻那本書，找尋一些可以壓過自己念頭的句子。然而，字母還是字母，既未組成圖像，亦未構成文字，美琪最後走到花園中，躺在草地上，瞧著作坊那頭，看著莫在窗戶後工作。

我不該做，她想著，這時風吹落樹上的葉子，葉片隨風飛舞，宛如繽紛的玩具。不，不行！他們都會十分擔心，而莫永遠不會再和她說話，永遠。

是的，美琪想著這一切，想了一遍又一遍，但同時也知道自己內心深處，早已下定決心。

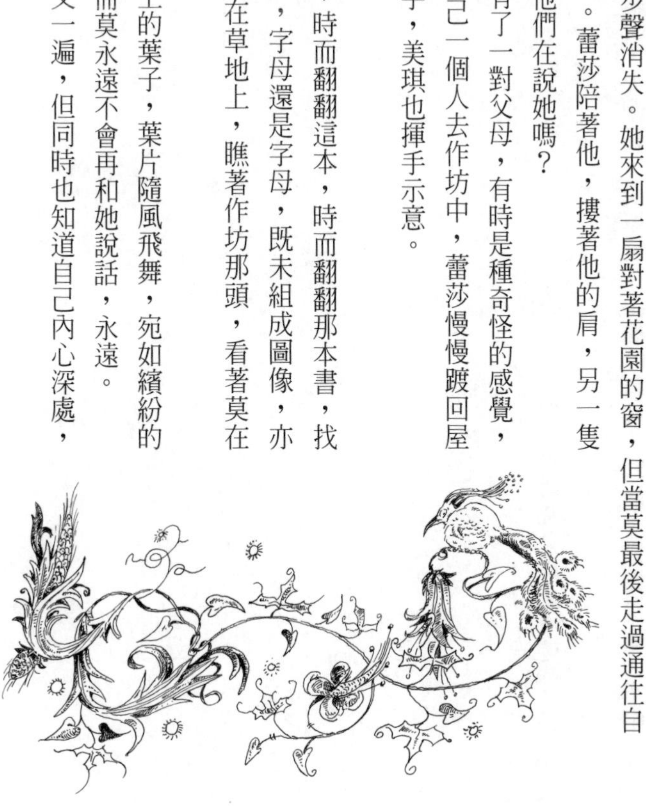

女藝人

吟遊詩人必須雲遊，
自古已然，
因而他的曲中
總飄著一絲別離。
是否會再歸來？
因爲愛情，哪能知曉，
死神沈沈的手
折去許多玫瑰蓓蕾。

——艾利馬・馮・蒙斯特貝格《吟遊詩人》

髒手指到達空中飛人描述的那個農家時，天剛亮。農家位在南面的斜坡，四周全是橄欖樹。空中飛人說過，這裡的土地貧瘠多石，但羅香娜種的藥草倒是珍惜這裡。屋子孤立，附近沒有可以庇護的村子，只有一道高不及胸的牆和一道木門。遠處，可以見到翁布拉的房舍屋頂，高聳在屋宅上的城堡塔樓和通向城門的道路——似乎伸手可及，但碰上見獵心喜，搶奪這個只住著一名女子和兩個小孩的農家的強盜或從某場戰役中歸來的士兵時，要逃往該處又太遠。

說不定她至少還有一位雇工，髒手指想，在幾叢染料木後止步。枝幹遮住了他，但卻能一覽無遺看著那間屋子。

房子和多數的農家一樣小，卻不像多數農家那樣寒酸，但也好不了太多。羅香娜過去跳舞演唱的任何一個大廳都可容下十幾間這樣的屋子，甚至連瞧不起彩衣人的毒蛇頭也邀她到自己的城堡來，因爲當時大家都想聽她唱歌，看她跳舞。富商、河下游的磨坊老闆、一年多來送她禮物的香料商……這許多人都想娶她，送她大量的珠寶和貴重的衣服，騰出他們家中的房間，每間鐵定都比她現在住的這間屋子大。然而，羅香娜留在彩衣人這裡，不像那些把自己的聲音和身體賣給一位老爺，換取些許安穩和固定住處的女藝人……

然而，不知何時，她也對遷徙流浪感到厭煩，希望有個家，給自己和她的孩子，因爲沒有任何法律保護街頭藝人。法律並不適用在彩衣人和乞丐與強盜身上。搶奪一名吟遊歌手，不需擔心任何刑罰。對一名女藝人施暴，可以大搖大擺回到自己固定的住屋，而打死一名雜耍藝人，並不必懼怕劊子手。他的未亡人只能打兇手的影子來報仇，那一道太陽投射在城牆上的影子而已，喪葬費用還得由未亡人自己支付。沒錯，彩衣人不受法律保護。他們被稱做魔鬼的誘餌，帶給人們歡笑，大家聽著他們的歌曲與故事，看著他們的表演——一到晚上，便關上房門與城門，不讓他們進入。他們必須待在城外與村子外，待在庇護的城牆外，總在四處漫遊。大家妒忌他們無拘無束，卻又瞧不起他們爲了生活而投靠不同的主人。

能夠離開路途上的流浪藝人並不多，離開奔波和孤單的路，但羅香娜顯然辦到了。

屋子有間圈廄、倉庫和爐灶間，院子中央有座水井，一座花園圍起籬笆，免得雞和山羊踩踏植物幼苗，屋後的山坡處，有十幾塊狹長的耕地，有些已經收成，其他的長著欣欣向榮的藥草，果實纍纍。風吹過來的香氣，讓早晨的空氣同時瀰漫著苦澀與甜味。

羅香娜跪在最後一塊耕地上，置身在亞麻、聚合草和野生錦葵之間。儘管晨霧依然掛在鄰近的樹叢間，但她看來已經工作了一段時間。一名小男孩站在她身旁，大約七、八歲的樣子。羅香娜和他說話，出聲笑著。髒手指多少次一個個部位地回想著她的臉，她的嘴、她的眼睛、額頭上高高的髮際。時光荏苒，她的臉愈來愈難回想起來，畫面也愈來愈模糊，不管髒手指再怎樣拚命回憶。光陰抹去了她的臉，覆上了塵埃。

髒手指躊躇不前，三次都想偷偷轉身離開，無聲無息，一如他來時那樣，但仍待了下來。風吹過染料木叢，推著他的背，彷彿在鼓勵他，髒手指終於橫下心，推開枝幹，朝著屋子和耕地走去。

小男孩先看到他，圈廄旁高大的草地中，冒出一頭鵝，鼓著翅膀、嘎嘎出聲，朝他奔來。農人不能養狗，那是公侯們的特權，不過，鵝也是可靠的守衛——一樣令人畏懼。然而，髒手指懂得避開大張的鵝嘴，摸著這頭發怒的鵝的白頸子，直到牠收起翅膀，像件剛剛熨燙過的衣服，安詳地踱步離開，回到草叢中自己的位置上去。

羅香娜站起身，在衣服上擦掉雙手上的泥土，看著他，只看著他。她真的像名農婦一樣，把頭髮高高攏起，不過，頭髮顯然像以前那樣長而濃密，除了幾絡灰髮外，依然烏黑。她的棕褐色衣服，一如她跪著的土地般，再也不像她以前穿的衣裙那樣繽紛。然而，她的臉依然如此熟悉，就像穹蒼一般，甚至勝過髒手指自己的倒影。

小男孩抓起身旁擱在地上的釘耙，板著臉，神色果決，似乎已習慣保護自己的母親，對付奇怪的陌生人。聰明的小子，髒手指心想，別相信任何人，更別說這樣一張突然從樹叢間冒出的刀疤臉。

要是她問他去了哪裡，他該怎麼說呢？

羅香娜對小男孩小聲說了什麼，他便慢慢放下了釘耙，眼睛依然露出猜疑。

十年了。

他常常會離開一段時間，到森林中，去海岸邊，在孤立在山丘周圍的村落間來回——像一隻只因爲飢腸轆轆而出現在人類農家中的狐狸一樣。「你有顆流浪的心。」羅香娜總這麼說。有時，當她和其他流浪藝人四處表演時，他還得去找她。他們在森林中一起生活過一段日子，就在一間荒廢的燒炭人小屋中，接著又在一頂帳篷中，周圍是其他的流浪藝人。有個冬天，他們甚至待在翁布拉的城牆內。想要離開的總是他，在他們的大女兒出生，而羅香娜愈來愈想待下來時——待在某個已經熟悉的地方，跟其他女藝人在一起，不要遠離能夠給予庇護的城牆——，他都單獨離開。不過，他總會回來，回到她和孩子身邊，惹得那些追求她、想娶她的有錢男人勃然大怒。

他一走十年，她會怎麼想？是不是像空中飛人一樣，以爲他死了？還是認爲他就這樣一走了之，沒有任何吩咐、沒有道別？他在羅香娜的臉上找不到答案，只見到呆楞，因爲憤怒，或許也因爲愛。或許。她小聲對男孩說了些話，抓起他的手，拉到自己身邊來。她慢慢走著，彷彿在壓制自己的腳不要走快。他很想跑向她，一步步擺脫掉那許多的歲月，但他已喪盡勇氣。他站在那，像生了根似的，只瞧著她走來，在這許多年後，這許多年，而他找不出任何解釋——除了一個她不會相信的解釋。

羅香娜停下來時，兩人間的距離已不到幾步。她的手臂摟著小男孩的肩，但被他推了開。他不想讓母親的手臂提醒自己有多小。

她翹著下巴，顯得驕傲。這正是他喜歡羅香娜的第一個地方——她的驕傲。他不得不微笑起來，但卻低下頭，以免她發現。

「顯然還是沒有任何動物能夠抗拒你。到現在爲止，我的鵝趕跑了每個人。」羅香娜說話時，聲音並沒有任何特別之處，沒有她歌唱時散發出來的力量與美麗。

「沒錯，這並沒什麼改變。」他說。「這些年來並沒有。」突然間，他瞧著她時，終於眞正覺得自己回家了。這感覺鋪天蓋地，讓他膝蓋發軟。再見到她，他感到無比幸福，那麼強烈，那麼激動。問我吧！他心想。問我去了哪裡。雖然他不知道該如何解釋這點。

但她只說：「在你在的那個地方，你看來過得不錯。」

「假象而已。」他回答。「我不是自願去那的。」

羅香娜打量著他的臉，彷彿忘記他的樣子似的，並摸了摸小男孩的頭髮。他的頭髮和她的一樣黑，但眼睛卻是另一個人的。那一對眼睛瞧著他，一副拒人於千里之外的感覺。

髒手指搓了搓雙手，對自己的手指悄悄說著火的語言，直到指間灑出火星，宛如下雨一般。在火花碰到石礫地面時，綻放出花朵，紅色的花朵，每朵花瓣便是一道火舌。

小男孩瞪著這些火花，混雜著陶醉和害怕。最後，他蹲了下來，伸手去碰那些火花。

「小心！」髒手指警告著，但已來不及。小男孩尷尬地把被燙傷的指尖伸進嘴裡。

「火也還是一樣聽你的話。」羅香娜說，而他第一次發現她眼中幾乎帶著一抹微笑。「你看來餓了。來吧。」她沒再多說，走向屋子。小男孩依然瞪著火花。

「我聽說妳爲醫士們種藥草。」髒手指站在門口，猶豫不決。

「是的，就連蕁麻也跟我買。」

矮小得跟苔蘚小仙一樣的蕁麻，總是一臉不高興，像個舌頭被割掉的乞丐一樣不多話，但這個世界沒有比她更出色的醫士了。

「她還一直住在森林邊那個老熊窟？」髒手指遲疑地穿過矮門，不得不縮著頭。剛烤好的麵包香味竄進他的鼻子。

羅香娜把一大塊麵包擱在桌上，拿來乳酪、油、橄欖。「是的，但她很少在那，脾氣愈來愈古怪，在森林中跑來跑去，跟樹木和自己說話，找著她還不認識的植物。有時，她一連幾個星期不現身，於是大家愈來愈常找我。蕁麻在過去幾年教了我一些東西。」她說這話的時候，沒看髒手指。「她教我如何在田裡栽培只在森林中生長的藥草，蝴蝶三葉草、鈴鐺葉，還有火精靈取蜜的紅銀蓮花。」

「我都不知道這種銀蓮花也可用來治病。」

「也沒用來治病，我種這種植物，只因它們讓我想起某人。」她這回看著他。

髒手指伸手去抓一束掛在天花板下的藥草，拿指頭揉碎乾燥的蓓蕾：薰衣草，毒蛇匿藏之所，有助解蛇毒。「這些藥草只在這裡生長，大概因爲妳會唱歌給它們聽。」他說。「過去大家不是一直說：羅香娜一唱歌，連石頭也開花？」

羅香娜切了一些麵包下來，把油倒在碗中。「我只爲它們唱。」她說。「還有我兒子。」她把那塊麵包遞給他。「吃吧，我昨天才烤製的。」她背對他，走向窗邊。

髒手指悄悄四處打量著，同時把一塊麵包浸在油中。床上有兩個乾草袋和幾床被褥，一張長凳、一張椅子、一張桌子、壺罐、籃子、瓶子和碗碟，天花板下的乾燥藥草束，就像在蕁麻的洞窟裡那樣密密麻麻掛著，還有一個在這簡陋的房間中顯得異常華麗的箱子。髒手指還清楚記得，那是一位布商送給羅香娜的，他的僕役可是吃力地搬來給她的。箱子裡裝滿絲綢衣服，繡上了珍珠，袖子飾有花邊。這些衣服是不是還一直擱在箱子中？從未穿過，也不適合農地活。

「羅珊娜生病後，我才第一次去找蕁麻。」羅香娜說著的時候，未轉過身來。「我根本不知道如何抑制高燒。蕁麻教了我她所知道的一切，但一點也幫不上我們的女兒。於是，在高燒愈來愈厲害時，我帶著她去找倉梟。我也帶她到森林中去找精靈，然而，他們並沒幫我。或許他們會看在你的份上——但你並不在。」

髒手指看著她拿手背擦過眼睛。「空中飛人對我說了。」他知道這話並不恰當，但就是找不到更合適的。

羅香娜只點點頭，又再拭了一下眼睛。「有些人說，我們可以在自己所愛的人死後見到他們。」她輕聲說。「他們會在夜裡，或至少來夢裡探望我們，是眷戀喚回他們，儘管只有短短的一瞬間……但羅珊娜並沒來。我去找那些據說可以和亡魂溝通的女人。我燒著據說香味可以召喚她的藥草，好多夜晚醒著，希望她至少會回來一次……但這都在騙人。沒有任何的方法使羅珊娜回來，還是你在那裡有發現到？」

「到亡靈那裡去？不。」髒手指搖搖頭，帶著一抹傷心的微笑。「不，我並沒去到那麼遠。但相信我，我也會在那裡找方法回到妳身邊的……」

她久久打量著他，沒有人會這樣看著他。而他又再找話，找話解釋他去了哪裡，但仍然徒勞。

「羅珊娜死的時候——」羅香娜的舌頭似乎被這個字眼嚇到，彷彿這樣又會再殺死她的女兒一次。「她死的時候，我抱著她，發誓自己在死神想奪走我所愛的人的時候，再也不要如此無助。那時候起，我學了很多，也許今天我會讓她痊癒，也許不行。」

她又瞧著髒手指，而他迎著她的目光時，並未像以往那樣，試著掩藏自己的痛楚。「妳把她葬在哪裡？」

她頭指著外面。「在屋後，她經常玩耍的地方。」

他轉過身，走向敞開的門，想至少看看她埋身的那塊地，但羅香娜拉住他。「你去了哪？」她輕聲說著，把額頭靠在他胸前。

他摸著她的頭髮，摸著那些像蛛網般蔓延在黑髮上的細緻灰色髮絡，把臉埋在其中。她洗頭髮時，依然在水中添入酸橙。這個香味喚回許多令他暈眩的記憶。「很遠，」他說。「我在很遠很遠的地方。」他就這樣站在那，緊摟著她，不敢相信她眞的又在眼前，而不再是個記憶，模糊不清，而是有血有肉……沒再打發他走。

他們這樣站了多久，他說不上來。

「那大的孩子呢？布麗安娜好嗎？」他不知何時問道。

「她住在城堡裡面，已經四年了。她是那個被大家稱爲醜東西的侯爵兒媳薇歐蘭的侍女。」她離開他的懷抱，摸著自己攏得緊實的頭髮。「布麗安娜爲醜東西吟唱，照顧她那寵壞的孩子，幫她朗讀。薇歐蘭十分迷戀書籍，但眼睛不好，因此不能自己閱讀，更別提必須偷偷摸摸的，因爲侯爵不喜歡會讀書的女人。」

「但布麗安娜能閱讀？」

「是的，我也教我兒子讀書。」

「他叫什麼名字？」

「我認識他嗎？」

「葉罕，和他父親一樣。」羅香娜走到桌邊，摸著擱在桌上的花。

「不認識。他留給我這間農莊——和一個兒子。火幫那夥人燒了我們的倉庫，他跑進去救動物們，被火燒死。這不是很奇怪嗎——我愛著兩個男人，一個被火保護，而另一個被火吞噬？」她沈默了好一會，然後才繼續說。「當時是火狐狸率領這一幫殺人放火的傢伙，他當頭頭，比山羊幾乎更惡形惡狀。巴斯塔和山羊，和你一樣同時消失，你知道嗎？」

「是的，我聽說了。」他喃喃說著──眼神無法離開她。她眞漂亮，如此美麗，看著她，幾乎會心痛。當她再走向髒手指時，那個動作讓他想起第一次見到她跳舞的那一天。

「精靈眞是巧手天工。」她輕輕說著，同時摸著他的臉。「要是我不知道的話，我會以爲有人拿了隻銀色筆在你臉上畫上疤痕。」

「妳這謊說得好。」他同樣輕聲回答。沒人比羅香娜更清楚這些疤痕怎麼來的。他們倆都不會忘記那一天，那天毒蛇頭要羅香娜在他面前跳舞唱歌。山羊也在──和巴斯塔及所有其他殺人放火的傢伙。巴斯塔盯著羅香娜看，像頭貓盯著一隻可口的鳥一樣。他追求她，日復一日，承諾給她金銀珠寶，威脅她，奉承她，等她依然一而再地拒絕他，不管是單獨，還是在其他人面前時，巴斯塔便到處問人她喜歡的是哪個男人。他在往羅香娜家的路上埋伏髒手指，巴斯塔劃破他的臉時，兩名幫手在旁緊抓著他。

「妳丈夫死後，妳沒再婚？」蠢蛋，他心想，你是在嫉妒死人嗎？

「沒有，這間農莊唯一的男人便是葉罕。」

小男孩突然出現在打開的門邊，好像一直在後面聽著，只等著自己的名字出現。他一聲不吭地走過髒手指身旁，坐在長凳上。

「那些花更大了。」他說。

「你有沒有燒到手指？」

「只有一點點。」

羅香娜把一壺冷水推給他。「喏，把手指擱進去。如果沒用的話，我再幫你打個蛋。治療燒傷的皮膚，一些蛋白最有效。」

葉罕乖乖把手指擱進壺中，眼睛一直瞧著髒手指。「他都不會燒到自己？」他問著母親。

羅香娜不得不微笑起來。「不，從來不會。火喜歡他，會舔他的手指，並親他。」

葉罕打量著髒手指，好像羅香娜揭穿他的血管裡流的不是人血，而是精靈的血一樣。

「小心，她在騙你！」髒手指說。「火當然會咬我。」

「你臉上的疤——不是火弄的。」

「沒錯。」髒手指又拿了些麵包。「這個薇歐蘭，」他說：「空中飛人告訴我說，她的父親是毒蛇頭。她是不是像他一樣討厭流浪藝人？」

「不。」羅香娜摸著葉罕的黑髮。「如果薇歐蘭討厭什麼的話，那就是她父親。他送走她時，她才七歲。十二歲時，她就嫁給柯西摩，六年後，她成了寡婦。她現在待在公公的城堡中，試著做她公公因爲喪子而早已忘記做的事——照顧他的臣民。薇歐蘭同情弱者。乞丐、殘障、飢兒寡婦、付不起稅的農人——統統來找她。但是，薇歐蘭是個女流，她那一點權力，全都因爲大家怕她父親，甚至在森林這一頭。」

「布麗安娜喜歡待在城堡中。」葉罕在褲子上把濕手指擦乾，擔心地瞧著紅通通的指頭。

羅香娜把他的手指再擱進冷水裡。「是的，可惜。」她說。「我們的女兒喜歡穿薇歐蘭不要的衣服，喜歡睡在柔軟的華蓋床上，聽高貴的傢伙恭維讚美。不過，我不喜歡這樣，她也知道。」

「醜東西有時也會讓人來接我！」葉罕的聲音中，有著掩飾不住的驕傲。「讓我跟他兒子玩。雅克伯會妨礙她和布麗安娜讀書，而且沒人想跟他玩，因爲只要有人跟他打鬥，他總是立刻大叫。要是他輸了，便叫著要把那個人的頭砍掉。」

「妳讓他和一個公侯的孩子玩？」髒手指不安地瞧了羅香娜一眼。「這些公侯根本不是朋友，不管他們年紀是大是小。妳忘了嗎？他們的女兒也一樣，更別說有個毒蛇頭這樣的老爸。」

羅香娜一聲不吭地走過他身邊。「你不用提醒我這些公侯是什麼樣的人。」她說。「妳女兒十五歲了，早就不聽我的勸，但誰知道，說不定會聽她十年來沒見過的父親的話。下個星期日，肥肉侯爵為自己的孫子慶生。你想的話，就去看看。一名出色的噴火藝人一定受到歡迎，尤其這些年來他們只能看黑炭鳥的表演。」她在門口停了下來。「過來，葉罕！」她說。「你的手指看來並不嚴重，我們還有許多工作要做。」

小男孩乖乖聽話，沒有牢騷。在門口時，他又好奇地瞧了髒手指最後一眼，然後便蹦蹦跳跳離開——髒手指一個人留在這間窄小的屋子內。他打量著火旁的鍋盆、木碗、角落裡的紡車和述說著羅香娜過去的箱子。沒錯，這是一間簡單的房子，並不比燒炭人小屋大多少，卻是一個家：羅香娜一直期望的東西。她從來不喜歡夜裡露宿在天空下，就算髒手指為她綻放看著她入睡的火花。

美琪唸了

每一本書，都是有靈魂的。這個靈魂，不但是作者的靈魂，也是曾經讀過這本書，與它一起生活、一起夢想的人留下來的靈魂。

——卡洛斯·魯依斯·薩豐《風之影》

等到愛麗諾的屋子整個安靜下來，花園灑滿月光時，美琪穿上蕾莎爲她縫製的衣服。自從她想向母親打聽墨水世界裡的女人都穿哪種款式的衣服後，又已過了幾個月。「什麼女人？」蕾莎問。「農婦？女藝人？公侯的女兒？女僕？」「那妳穿的是什麼衣服？」美琪反問，然後蕾莎和大流士到下一個鎮上買回布料，一塊相當粗糙的深紅色簡單布料。接著，美琪求愛麗諾把老縫紉機從地窖搬出來。「我在山羊碉堡中當女僕時，就是穿這樣的衣服。」當她把做好的衣服套在美琪頭上時，解釋道。「對農婦來說，這會太過精緻，但對有錢人的女僕來說，則是很不錯，摩托娜希望我們穿得只比公侯的女僕差一點——就算我們服侍的只是一群殺人放火的傢伙。」

美琪走到衣櫃的鏡子前，打量著不透明的玻璃。她覺得自己很陌生，就算在墨水世界，她也會是個陌生人，單單一件衣服是改變不了什麼的。就好像髒手指在這裡同樣是個陌生人，她心想——回想起他眼中的不幸。我在瞎扯！她惱怒地想著，梳攏著自己平順的頭髮。我可不想待上十年。

衣服的袖子已有點窄，胸口部分也緊繃起來。「天哪，美琪！」在愛麗諾第一次注意到美琪的胸部不再像書冊一樣平坦時說道。「現在終於跟長統襪皮皮說再見了，對不對？」

不管是在閣樓，還是地窖帶有樟腦丸和雪茄味道的衣箱中，他們都沒找到合適的衣服給法立德穿，但他似乎並不傷腦筋。「算了吧，要是順利的話，我們會先到森林。」他只這樣說。「那裡大概不會有人對我的褲子感興趣，而只要我們一到鎮上，我就會去偷點東西！」

對他來說，一切總是那樣簡單。他無法理解美琪對莫和蕾莎的內疚，如同無法理解她擔心合適的衣服一樣。「為什麼？」當美琪承認自己決定和他一起走後，都不敢看著莫和自己母親的眼睛時，他只問著，看著她，感到不解。「妳已經十三歲了！他們反正很快就會讓妳嫁人，不是嗎？」

「嫁人？」美琪感到血液直衝腦袋。她幹嘛要跟一個《天方夜譚》裡冒出來的男孩說這些事，那裡的女人不是僕役，就是奴隸，不然便住在後宮中。

「再說，」法立德補上話，好心地不去理會她還臉紅的樣子，「妳應該不會待上很久吧，不是嗎？」

沒錯，她不會。她只想嘗嘗、聞聞，感覺一下墨水世界，看看精靈和公侯——然後就回家，回到莫和蕾莎，回到愛麗諾和大流士身邊。這裡只有一個問題：奧菲流士的文字或許會把她帶到髒手指的故事中，但一定無法回來。只有一個人可以把她寫回來——費諾格里歐，杜撰出這個他們想鑽進去的世界，創造出玻璃人、藍精靈、髒手指，以及巴斯塔的人。沒錯，只有費諾格里歐可以幫她回來。每次美琪一想到這點，就勇氣盡失，想讓一切停止，刪掉那幾個她在奧菲流士句子中加上的字眼：**還有一個女孩……**

要是她找不到費諾格里歐，要是他根本不在自己的故事中的話，該怎麼辦？怎麼可能！他一定在那！每次只要這個念頭讓她心跳加快的話，她就這樣說。他不能就這樣把自己寫回來，沒有一個朗讀者！但如果費諾格里歐找到另外一名朗讀者，像奧菲流士或大流士這樣的人，那怎麼辦？這種天賦似乎並不像莫和她起先以爲那樣罕見。

是的，他還在那！一定沒錯！美琪心想——把給她父母，讀了上百遍的道別信，又讀了一遍。她自己也不知道，爲什麼挑莫和她一起做的紙來用，這樣幾乎不太可能讓他平靜下來。

親愛的莫！親愛的蕾莎！（美琪可以把信背下來了。）

請你們不要擔心，法立德一定要找到髒手指，警告他巴斯塔的事，我跟他一起去。我不會待很久的，我只想看看無路森林、肥肉侯爵、英俊的柯西摩，或許還有黑王子和他的熊。我想再見到精靈和玻璃人——以及費諾格里歐。他會把我寫回來。你們知道他辦得到的。不用擔心。山羊反正已不在那裡了。

再見，吻你們千萬遍，美琪

PS：莫，我會帶一本書給你，那裡應該有很漂亮的書，手抄的書，畫滿圖畫，就像愛麗諾玻璃櫃中的書一樣，只是更加漂亮。請不要生氣。

她把信撕掉三次重寫，但並沒有變得更好。因爲沒有任何字眼可以讓莫不生她的氣和蕾莎不擔心流淚的——就像那天她比平常晚了兩個小時從學校回家一樣。她把信擱在她的枕頭上——那裡他們一定會注意到的——然後再走到鏡子前。美琪，妳在幹嘛？她心想。妳在幹嘛？但鏡中的她並未回答。

等到午夜一過，她讓法立德進到自己房間，法立德看到她的衣服時，整個人愣住了。「我沒有合適的鞋子，」她說。「還好衣服夠長，幾乎看不到靴子，對不對？」

法立德只點著頭。「看起來很漂亮。」他不好意思地喃喃說著。

在法立德進到她房間後，美琪關上了門，拔掉鑰匙，好讓別人可以再把門打開。愛麗諾有副備用鑰匙，她一開始可能找不到，但大流士會知道擱在哪。她又瞧了一眼自己枕頭上的信……

法立德肩上背著美琪在愛麗諾閣樓裡找到的背包。「好，他可以拿去用。」美琪問的時候，愛麗諾這樣說：「這東西曾是我一位討人厭的叔伯的。那個孩子可以把那頭臭貂塞進去，沒問題。想到這點，我就高興。」

那頭貂！美琪的心抽了一下。

法立德不知道髒手指爲何留下那頭貂，而美琪也沒對他解釋，就算自己很清楚原因，畢竟是她親自對髒手指說那頭貂在他故事中的角色。他是爲葛文而死，幾乎是費諾格里歐寫過最殘忍血腥的一樁兇案。

在美琪問到那頭貂時，法立德只沮喪地搖了搖頭。「牠跑走了！」他說。「我把牠綁在花園中，因爲書蟲小姐一直不停跟我嘮叨著她的鳥，但牠把繩子咬斷。我到處找牠，但牠就是不出來！」

聰明的葛文。

「那他得待在這。」美琪說。「奧菲流士一點也沒寫到牠。蕾莎會照顧牠的，她滿喜歡牠的。」

法立德點點頭，難過地瞧著窗外，但沒反駁她。

無路森林——奧菲流士的句子會帶他們去那。法立德知道髒手指會從那裡去哪：去肥肉侯爵城堡所在的翁布拉。就是那個地方，美琪也希望在那找到費諾格里歐。當時，他們兩個被山羊關起來時，他便對美琪說了許多翁布拉的事。「嗯，要是我可以在墨水世界中挑個地方的話，」有一晚，他對美琪小聲說著，當時他們睡不著，因爲山羊的手下又在外面射殺流浪貓，「那我會選翁布拉。畢竟肥肉侯爵熱愛書籍，而他的對手毒蛇頭並不是。沒錯，在翁布拉，一位作家一定可以過得不錯。隨便哪一個房間，也許在鞋匠和馬鞍匠的巷子中，至少他們的味道不會糟，然後有個幫我削羽毛筆的玻璃人，床頭上有幾個精靈，我可以瞧著窗子下頭的巷子，瞧著形形色色的各種人……」

「妳要帶上什麼？」法立德的聲音把美琪從思緒中驚醒。「妳知道，我們不該帶太多東西。」

「我當然知道。」他在想什麼？因爲她是個女孩子，會帶上十幾件衣服？她只會帶上那個她還小的時候，莫旅行時總會帶上的舊皮袋。那會讓她念著他，並希望在墨水世界像她的衣服一樣，不會特別引人注目。但她塞在袋子裡的東西，便很醒目，如果有人看到的話：一把梳子，和擱在裡面的羊毛衫上的鈕釦一樣，都是會洩底的塑膠製品，幾根鉛筆，一把萬用摺疊刀，一張父母的相片，一張愛麗諾的相片。她想得最久的，便是該帶著哪一本書。在她覺得，沒帶著書，就像沒穿衣服出門一樣，但不能太重，那便只能帶平裝本。「穿著浴袍的書。」莫這樣稱呼這些書。「大部分的場合中，不太得體，但度假時，卻很實用。」愛麗諾的書架上沒有一本平裝書，但美琪有幾本。最後，她選了蕾莎送給她的一本故事集，全都發生在愛麗諾屋旁的湖邊。這樣一來，彷佛自己帶上了一小部分的家——因爲愛麗諾的房子已成了她的家，不再是之前的一個地點而已。誰又知道，說不定費諾格里歐會用書裡的文字把她寫回來，回到她自己的故事中……

法立德走到窗旁。窗子開著，一陣涼風吹進房間，吹動了蕾莎縫製的窗簾，讓穿著還不習慣的衣服的美琪感到一陣哆嗦。夜裡仍是相當溫和，但墨水世界現在會是哪種季節？說不定那裡已是冬天……

「我至少該跟牠道別。」法立德喃喃說著。「葛文！」他輕輕朝夜裡喊著，咂著舌頭出聲。美琪趕緊把他從窗戶旁拉開。「別這樣！」她喝叱他。「你想把大家都吵醒？我再說一次，葛文在這會很好。牠說不定早就找到一頭在這出沒的雌貂。愛麗諾老怕牠們會吃掉晚上在她窗前吟唱的夜鶯。」

法立德露出難過不已的臉色，但還是離開了窗旁。「妳為什麼讓窗戶開著？」他問。「要是巴斯塔……」他沒把話說完。

「愛麗諾的警報系統開著窗戶也有作用。」美琪只這樣回答，同時把莫給她的筆記本塞到自己的袋子裡。她不想關窗有個原因。那一晚，在離山羊村子不遠的一間海邊旅館中，她說服莫為她唸一首詩。一首關於在薄荷風中睡著的月鳥的詩。隔天早上，那隻鳥飛撞著自己旅館房間的窗戶，美琪忘不了牠的小腦袋一遍又一遍地撞著玻璃。不，窗戶必須開著。

「我們最好坐在沙發上，緊緊靠在一起。」她說。「然後把你的背包掛好。」

法立德照著吩咐去做。他像坐到椅子上時那樣，一樣猶豫地坐到沙發上。這是一張老絲絨沙發，褪色的淡綠色布料上綴滿流蘇和鈕釦。「讓妳有個舒服的地方唸書。」愛麗諾讓大流士把沙發擱到她房間時說道。當她發現美琪離開了，她會說什麼？愛麗諾會明白嗎？她大概會破口大罵！她心想，同時跪在自己的書包旁。然後，她會說：「混蛋，為什麼這個蠢東西沒帶著我？」沒錯，愛麗諾會這樣說。美琪現在已經開始思念她了，但試著不繼續想下去，不想愛麗諾，不想蕾莎和莫，尤其是莫，不然她會想像他發現自己的信時的那種表情……不！

她很快從書包中拿出自己的地理課本。法立德給他的那張紙就夾在她抄下來的那一張旁邊，但美琪只拿出自己寫下的那一張。當她坐到法立德身旁時，他滑向一旁，有一會，她以為自己在他眼中發現恐懼的神色。

「怎麼了？你改變主意了？」

「不是！只是……妳從沒出過問題，對不對？」

「什麼？」美琪第一次注意到他長出了鬍子，在他年輕的臉龐上顯得怪異。

「喔，就是……就是大流士弄出來的那種問題。」

原來如此。他害怕，怕自己到髒手指的世界時臉變形，腿瘸了一隻，或像蕾莎那樣成了啞巴。

「沒有，當然沒有！」美琪無法不讓自己的聲音聽來委屈。雖然——她真的確定費諾格里歐安然無恙地到了另一邊？費諾格里歐、錫兵……她從未再見過那些被她唸進文字中的人，只有那些從文字中出來的人！不管了。別想太多，美琪。唸吧，不然等到妳開始唸之前，早就沒了勇氣……

法立德清了清嗓子，好像要唸的是自己，而不是她。

她還在等什麼？等著莫來敲她的門，發現門鎖上了？隔壁早就安靜下來。她的父母睡了。別想他們了，美琪！別想莫，別想蕾莎或愛麗諾，只想著那些句子……想著那個妳會去的地方。充滿神奇與冒險。

美琪瞧著那些字母，黑且美麗。她找著第一個音節在自己舌頭上的感覺，想像著那些文字低聲訴說的世界，樹木、鳥禽、陌生的天空……然後，帶著忐忑的心，她開始唸了。她的心跳得跟那一晚一樣劇烈，她得用自己的聲音殺人的那一晚。這回，她要做到的事少了很多，她只想打開一道門，一道字母間的門，剛好夠她和法立德……

她聞到一陣清新的氣息，是成千上萬的樹葉，跟著一切消失，她的書桌、她身旁的燈和敞開的窗戶。美琪最後看到的東西是葛文，坐在窗台上嗅聞著，並盯著她看。

墨水世界

他們三個在害怕之際，還發現一個只是想像中的島嶼，和一個夢想成眞的島嶼是如何的不同。

——詹姆士・馬修・巴利《彼得潘》

天色明亮，陽光從無數的葉片中滲透下來，陰影在附近的一個池塘上舞動，一群紅色的精靈在暗沈的水面上嗡嗡飛翔。

我辦到了！這是美琪的第一個念頭。就在她發覺那些文字眞的讓她通過，自己已不在愛麗諾的屋子中，而是來到另一個完全不同的地方冒出來時，我辦到了，我把自己唸了進來，把自己。是的，她眞的鑽進那些文字，就像自己常常想的那樣。然而，她不必再化身成爲書中的一個角色——不，她自己就是一個，美琪就是其中一個角色。就連那個奧菲流士都辦不到。他把髒手指唸了回去，但自己卻不行。除了她之外，至今沒人成功過，奧菲流士沒有，大流士沒有，莫也沒有。

莫。

美琪四處瞧著，幾乎希望他就在她身後，就像每次到了一個陌生地方一樣。但是，那裡只站著和她一樣難以置信四處瞧著的法立德。愛麗諾的房子——遠遠不在了，她的父母——不在了。而且，沒有回去的路。

驀然間，美琪心中浮現這種恐懼，像一潭黑色的死水。她感到絕望，無比絕望，連肢體都感覺得到。她不屬於這裡！她做了什麼？

她瞪著自己手中的紙條，現在一無是處，一個被她吞下的誘餌，而這時，費諾格里歐的故事逮住了她。而剛剛讓她陶醉的勝利滋味，煙消雲散，彷彿從未有過一般。那是恐懼造成的，害怕自己犯了一個無法彌補的可怕錯誤。美琪拚命想在自己心中找出隨便一些什麼的其他感覺，但卻一無所獲，連一絲對周遭這個世界的好奇都沒有。回去，只要回去！她能想到的就只有這一點。

但法立德轉過身來對她微笑。「妳看這些樹，美琪！」他說。「他們真的高聳入雲。妳看看！」他的手指摸過臉，摸著鼻子、嘴巴，然後他低頭瞧著，等到確認自己顯然毫髮無傷，還是原來的他時，便開始像蚱蜢那樣到處跳著。他像蛇一般蜿蜒在又厚又軟的青苔間的樹根上顫巍巍走著，跳過一道又一道的樹根——大笑地轉著圈子，伸直手臂，直到頭暈，搖搖晃晃撞上下一株樹為止。他依然大笑著，背緊靠在五個大男人伸出手臂都無法抱住的樹幹，然後抬頭看，看著交錯的樹幹與枝枒。

「妳辦到了，美琪！」他喊著。「妳辦到了！聽到了沒，乳酪腦袋？」他在樹叢間大喊。「她辦到了！用你的文字。是你試了幾千遍都辦不到的！她辦到了，而你不行！」他又大笑起來，像個小孩一樣調皮，直到發現美琪默不出聲。「妳怎麼了？」他問道，指著她的嘴，露出驚恐的表情。「難道妳……」

……跟自己的母親一樣失去了聲音？她有嗎？她感到舌頭沈重，但還是說出話來：「不，不，我很好。」

法立德微笑起來，鬆了口氣。他的無憂無慮讓美琪不再那麼害怕，第一次真正四處打量起來。他們位在一個山谷，一個位在山丘間森林密佈的寬闊山谷，山坡上樹木密密相連，樹冠交錯生長。栗子樹和冬青櫟長在山坡，白蠟樹和白楊位在更下方，枝葉和柳樹的銀色葉片摻混在一起。無路森林果然名不虛傳，似乎無止無盡，有如綠色的大海，和自己那個波濤起伏的鹹水兄弟一樣，讓人輕易滅頂。

「這是不是不可思議？是不是棒得不可思議？」法立德縱情大笑，逼得一頭隱身在葉叢中的動物氣得對他們嗥叫。「髒手指對我描述過，但這裡還是美多了。怎麼可能會有這麼多種葉子？妳再看看那些花和漿果！我們在這不會餓肚子！」法立德摘了一顆藍黑色的圓圓漿果，聞了一下，便塞進嘴裡。「我認識一個老人，」他說，同時擦掉嘴角的汁液，「晚上會在火堆旁說著天堂的故事。他的描述和這一模一樣：青苔地毯、冰涼的池塘，到處是花朵和甜漿果，樹木參天，葉片和風在交談。妳有聽到嗎？」

是的，美琪聽到了，她也看見精靈，一群群小巧、紅皮膚的東西。火精靈。蕾莎說過他們。他們在一個池塘上像蚊子一般嗡嗡飛著，幾步外，便是樹葉的倒影。池塘周圍全是開著紅花的樹叢，凋零的葉片覆蓋著水面。

美琪沒見到藍精靈，卻發現蝴蝶、蜜蜂、鳥禽、在露水下銀光閃閃的蜘蛛網，儘管太陽已高掛天空，還有蜥蜴、兔子……她周圍窸窣作響，沙沙出聲，劈啪、扒抓、敲打的聲音不斷，唧啾咯咯嘶鳴穿雜其間。這個世界似乎充滿生命，卻又顯得安寧，靜謐美好，彷彿永恆一般，彷彿隨時都無始無終。

「妳想，他是不是也在這？」法立德四處看著，無比渴望，像是期望髒手指下一刻就會從樹叢中現身一般。「沒錯。奧菲流士一定把他唸到同一個地方，對不對？他提過那邊的池塘，提過火精靈和後頭那棵樹皮發白的樹，在那可以看到他們的窩巢。『一定要沿著一條溪而行，』他說過，『往北走，因為南邊是毒蛇頭的地盤，你還來不及說出自己姓什麼叫什麼，就會被吊死在絞架上。』我最好從上面瞧一下！」他爬上一株小樹，像隻松鼠般靈巧，美琪還沒明白過來，他就躍上一根粗大的鬚莖，鑽入一株大樹的樹冠中。

「你在幹什麼？」她在他身後喊著。

「從上面看得更清楚！」

在那些樹幹間，幾乎見不到法立德的蹤影。美琪把奧菲流士的那張紙條摺起來，塞到她的袋子裡。她不想再見到這些文字，那就像是有毒的甲蟲一樣，就像《愛麗絲夢遊仙境》中的杯子一樣：喝我！她的手指碰到那本包覆著大理石紋紙的筆記本，一下子，她的眼淚就湧了出來。

「『你要是見到一間燒炭人小屋，』髒手指說過，『那就知道你已離開了無路森林。』」法立德聲音傳了下來，像是某種怪鳥發出的聲音。「他說的每句話，我都記住。沒錯，只要我想，那些話就會留在我的記憶中，就像被樹脂黏到的蒼蠅一樣。我不需要紙來記下這些話，喔，我不需要。『你只需要找到燒炭人和他們在森林中燒炭的地方，你就知道離人類世界已不遠。』他這樣說。『沿著那條會帶你往北走的溪，沒錯，你必須往北，直到你在一個山丘的東側斜坡，見到肥肉侯爵的城堡高聳在一條河上，像一個灰色的馬蜂窩，周圍是個城鎮，可以在那廣場上把火高高噴向天空……』」

美琪跪在花叢之間，紫羅蘭和紫色的風鈴草，大部分的花已經枯萎，但依然芳香，甜美得令人暈眩。一隻馬蜂在花間來回飛舞——還是看來只是一隻馬蜂？有多少是費諾格里歐自己的實際觀察，有多少是杜撰出來的？一切看來如此熟悉，同時又讓人感到陌生。

「我能夠仔細打聽到這一切，算不算走運？」美琪看著法立德的光腳在令人暈眩的高度在樹葉間擺動著。「髒手指夜裡常常睡不著，他怕自己作的夢。要是噩夢的話，我就把他搖醒，然後我們就在火堆旁坐著，我就一直問他問題。這我可是高手。我是個包打聽，喔，沒錯，我是個包打聽。」

聽到他聲音中的驕傲，美琪不得不微笑起來。她抬頭瞧著那一片葉海，斑斕的葉片愈來愈多，一如愛麗諾花園中的景象。這兩個世界的呼吸節奏是不是一致？他們是不是一直以來便如此——還是在莫讓山羊、巴斯塔和髒手指從一個世界轉換到另一個世界的那天，這兩個故事才糾纏在一起，無法分割？她大概永遠不會得知答案，因爲又有誰會知道？

在一個多刺、漿果纍纍的灌木叢下，窸窣出聲。蕾莎也對她說過野狼、大熊與花斑大貓。美琪不由自主退了一步，但衣服卻被雪白種子的高大飛廉纏住。

「法立德？」她喊著，惱怒自己害怕的聲音。「法立德！」

但他似乎沒聽到，還一直在高高的樹枝間喋喋不休，像一隻陽光中的小鳥一樣無憂無慮，而美琪卻卡在下面的陰影中，那些陰影會動，有著眼睛，低吼出聲……是有條蛇在那嗎？她猛然一拉，衣服掙脫，卻扯出一道裂縫，接著繼續往後跌跌撞撞，直到背撞上一株橡樹粗糙的樹幹。那條蛇滑行離開，彷彿見到美琪也讓牠怕得要死，然而，灌木叢下仍然有東西在動，最後，一個腦袋從多刺的樹枝間冒出，毛茸茸，有個圓鼻子，兩耳之間有對小角。

「不！」美琪低喊著。「喔，不要！」

葛文瞪著她，幾乎是在責備，好像牠的皮毛上全是小刺，都要怪她一樣。

在她上面，法立德的聲音又聽得清楚了。他終於下來，顯然眺望完畢。「沒有小木屋，沒有城堡，什麼都沒有！」他喊道。「我們走出這座森林，大概要幾天的時間。不過，髒手指的本意正是如此，他想留點時間。我想，他是更加眷戀樹木和精靈，而不是人類。哎，我不知道妳怎麼想，這些樹很漂亮，非常漂亮，但我也想看看城堡，看看其他的流浪藝人和盔甲武士……」

他跳到草叢裡，單腳在藍色的花鋪成的地毯上跳著——在見到那頭貂時，發出一聲快樂的叫聲。「葛文！啊，我就知道你聽見我叫你了。過來，你這個魔鬼和蛇生的兒子！嗯，我們把他的老朋友帶來，髒手指一定會大吃一驚，是不是？」

喔，是的，他會的！美琪心想。他會膝蓋發軟，怕得喘不過氣來！

法立德蹲到草叢中時，那頭貂跳上了他的膝蓋。牠咬其他人，包括髒手指，但在法立德身邊，牠就像隻小貓似的。

「把牠趕走，法立德！」美琪的聲音比自己想像的要尖銳許多。

「趕走？」法立德笑著。「妳在那說什麼？聽到了嗎，葛文？你對她做了什麼？把一隻死老鼠擱在她寶貝的書上？」

「我說，把牠趕走！牠可以單打獨鬥，這你是知道的！求求你！」當她見到法立德驚愕地看著自己，她又補上一句。

法立德起身，把貂擱在手臂上，臉上露出她從未見過的憤恨表情。葛文躍上他的肩膀，瞪著美琪，好像聽得懂她的每句話。那好吧，那她只有實話實說。但怎麼說？

「髒手指沒告訴你吧，對不對？」

「什麼？」他瞧著她，很想打她一頓似的。

風在他們上頭吹過葉片，有如不懷好意的低語。

「如果你不趕走葛文，」美琪說著，就算每句話都那麼沈重，「那髒手指會趕走牠，也會把你一起趕走。」

那頭貂仍一直瞪著她。

「他爲什麼要這樣做？妳不喜歡他，就是這樣！妳從沒喜歡過髒手指，更別提葛文。」

「這不是事實！你根本不明白！」美琪的聲音變得響亮尖銳。「他是因爲葛文而死的！髒手指會死，費諾格里歐是這樣寫的！故事說不定有了改變，說不定這裡是個新的故事，而書裡面的一切，只是一大堆死文字而已，但是……」

美琪沒心情繼續說下去。法立德站在那，搖著頭，不停地搖，彷彿她的話像針一樣插在腦袋裡，疼痛不已。

「他會死？」他的聲音細不可聞。「他在書裡面會死？」

他站在那，感到絕望，那頭貂還一直在他肩膀上。他驚愕地打量著周圍的樹木，彷彿他們只想著殺死髒手指一般。「但……要是我知道的話，」他結結巴巴說著：「我就會撕掉乳酪腦袋那張該死的紙！我絕不會讓他把髒手指唸回來！」

美琪只是看著他。她還能說什麼？

「誰殺了他？巴斯塔？」

他們頭上有兩隻松鼠在追逐，帶著白斑的松鼠，好像有人拿顏料噴在牠們身上一樣。那頭貂想追過去，但法立德緊緊抓住牠的尾巴。

「山羊的一個手下，費諾格里歐並沒多寫什麼！」

「但他們全都死了！」

「這我們不知道。」美琪很想安慰他，卻不知如何是好。「要是他們在這都還活著，那該怎麼辦？就算沒有——莫和大流士也沒把他們全部唸出來，一定還有幾個在這。髒手指想從他們手上救下葛文，因而被殺。書裡面是這麼寫，髒手指知道，所以把貂留了下來。」

「沒錯，他是這樣做。」法立德四處瞧著，像在找條出路，任何一條可以把這頭貂送回去的路。葛文的鼻子頂著他的臉頰，美琪看到法立德眼中的淚水。

「在這等一下！」他說，突然轉身帶著那頭貂走開。只走了幾步，森林就呑沒了他，像青蛙呑了蒼蠅，像梟吃了老鼠般，美琪站在那，孤零零的——在一片花海中，愛麗諾的花園也有其中幾種。只是，這不是愛麗諾的花園，這也不是原來那個世界，這回，她不再只闔上書就能回去：回到自己的房間，坐在那個瀰漫著愛麗諾味道的沙發上。文字後面是個大世界——她不是早就知道了嗎？——大到會永遠迷失……只有一個人可以把她寫回去，一個老人，而美琪根本不知道他住在自己創造出來的這個世界的哪個地方。她不知道他是不是還活著。這個世界的造物主死了後，這個世界是不是還能存活？爲什麼不能？那一本書會不再存在，只因作者去世？

我做了什麼！美琪心想，同時站在那等法立德回來。莫，我到底做了什麼？你能不能帶我回去？

人去樓空

「我一醒來，就知道他走了。我立刻就知道他不在了。如果你喜歡某個人，自然就會知道這種事。」

——大衛・亞珥孟《月亮時代》

莫立刻知道美琪走了。在他敲她的門，沒人回應的那一瞬間，他就知道了。蕾莎和愛麗諾在樓下廚房準備早餐，餐盤碰撞的聲音傳了上來，但他幾乎沒聽見，只站在那，在那鎖起來的門前，聽著自己的心跳。他的心跳得太響，太快了。「美琪？」他壓下門把，但門鎖住。美琪從不鎖門，從來沒有。

他的心跳，彷彿想讓他窒息。門後的靜寂，熟悉得可怕，他已經聽過這個聲音一次了，那時候，他一遍遍喊著蕾莎的名字，等著回答，等了十年。

不要再來一次。老天，求求你，不要再來一次，不要是美琪。

他似乎聽見那本書在門後低語，費諾格里歐那個天殺的故事。他似乎聽到書頁沙沙作響，宛如雪白的牙齒般在吞食著。

「莫提瑪？」愛麗諾站在他身後。「早餐快涼了。你們在幹嘛？天哪！」她看著他的臉，抓著他的手，顯得擔心。「你怎麼了？你臉色跟死人一樣白。」

「你有美琪房門的備用鑰匙嗎，愛麗諾？」

她立刻明白了。沒錯，和他一樣，同樣猜出鎖著的門後發生的事，大概就在昨晚他們全都睡著的時候。她緊握住他的手，跟著一言不發地轉身，匆匆下樓。莫靠在鎖起來的門上，聽著愛麗諾叫著大流士，邊罵邊找著鑰匙，然後瞪著愛麗諾書架上沿著長長的走廊排列下去的書。蕾莎匆匆上了樓，臉色蒼白，問他發生了什麼事，雙手像受驚的小鳥般飛舞著。但他能怎麼回答？妳自己想不到嗎？妳不是對她說了很多？

他再一次按下門把，好像這樣能有所改變似的。美琪在整個門板上寫滿了著名的句子，現在在他看來，這些小手寫在白漆上的文字，有如魔法秘方一般。**帶我到另一個世界！快點！現在我知道你們辦得到。我父親示範給我看過**。奇怪，當一個人心痛如絞時，心卻不會乾脆停止不跳。十年前，他的心也沒停止跳動，那時候，那些文字吞噬了蕾莎。

愛麗諾把他拉開，顫抖的手指拿著鑰匙，焦急地插進門鎖中。她氣急敗壞地叫著美琪的名字——好像還不知道門後只會有寂靜在等候，就像那晚的寂靜一般，讓莫提瑪害怕起自己的聲音。

他最後才遲疑地踏進空蕩蕩的房間。美琪的枕頭上擱著一封信。親愛的莫……他沒繼續唸下去，不想知道那些只會讓他心碎的字眼。在蕾莎拿過信的同時，他四處瞧著——眼睛找著另一張紙，那個男孩帶來的紙，卻一無所獲。當然找不到，你這笨蛋！他對自己說。她帶走那張紙，畢竟她唸的時候得拿在手裡。幾年後，美琪才告訴他，奧菲流士的那張紙安然無恙地待在她房中，夾在一本書裡，不然會在哪呢？她的地理課本。要是他找到的話，又會如何？他會跟著美琪去嗎？不，大概不會。這個故事幫他安排了另一條路，一條更加幽暗與艱難的路。

「她說不定只是和那男孩離開而已！這個年紀的女孩是會這樣的，我是不懂，但是……」愛麗諾的聲音像是從遠方傳來似的，蕾莎只把那封等在枕頭的信遞給她，算是回答。

走了，美琪走了。

他沒有女兒了。

她會像她母親那樣再回來嗎？被某個聲音再從文字的大海中撈出來嗎？等上十年，就像蕾莎一樣？而她會長大，自己可能也認不出她了。他的眼前一片模糊，美琪的學校課本擱在窗前的桌上，衣服仔細掛在椅背上，好像眞的打算回來似的，她的毛絨玩具就擱在床邊，儘管好久都不必再陪美琪入睡，而那些毛茸茸的臉都被親得禿掉了。蕾莎哭了起來，無聲無息，一手摀住啞掉的嘴。莫想安慰她，但自己心頭絕望無助，又如何安慰她？

他轉身推開站在門口、露出悲傷的貓頭鷹眼的大流士——走到辦公室去，那些該死的筆記本還一直堆放在自己的單據間。他一本本把他們從桌上推開，好像這樣就能讓那些文字默不作聲，那些迷住他孩子的臭文字，就像童話中的捕鼠人一樣，誘她到一個當時他就無法跟去的地方。莫彷彿再次作著同一個噩夢，只是這回他連那本可以在書頁中尋找美琪的書都沒有。

當他後來自問自己如何捱過剩下的這一天，而沒瘋掉時——他根本什麼也不知道。他只記得自己在愛麗諾的花園中瞎晃了好幾個鐘頭，彷彿在那可以找到美琪似的，在某一株她喜歡坐下來唸書的老樹下。等到天黑，他去找蕾莎時，才在美琪房間見到她。她坐在空床上，抬頭瞪著三個在天花板下盤旋的小巧生物，好像在那找著他們來到這裡的門似的。美琪開著窗，但他們沒飛出去，或許陌生的黑夜讓他們感到害怕吧。「火精靈，」莫坐到她身旁時，蕾莎雙手說著：「要是他們停在你皮膚上時，你必須趕走他們，不然他們會燒了你。」

火精靈。莫記得有唸到他們，就在那本書中。這個世界似乎只剩下那本書似的。

「爲什麼是三個？」他問著。「一個是代替美琪，一個是那個男孩……」

「我想那頭貂也過去了。」蕾莎雙手說著。

莫幾乎想大笑。可憐的髒手指，顯然擺脫不掉這個不幸，不過莫沒辦法同情他，這一回不行。沒有髒手指，就不會有那張紙上的字，沒了那些字，他還會有個女兒。

「妳想她會喜歡那裡嗎？」他問道，頭靠在蕾莎懷裡。「畢竟妳也喜歡那裡，對不對？至少妳是不斷跟她這樣說的。」

「我很抱歉，」她的雙手說：「真的抱歉。」

但他抓住她的手指。「妳在那說什麼？」他輕輕說著。「是我把那本該死的書帶回家的，妳難道又忘了？」

接著，他們兩人沈默下來，看著茫無頭緒的可憐精靈，默不出聲。不知何時，他們還是飛到外面那個陌生的夜裡去。等到他們小巧的紅色軀體像漸漸熄滅的火花消失在黑夜裡時，莫問著自己，美琪是不是正好也迷失在同樣的黑夜裡。這個念頭一直跟著他到陰沈的夢裡。

不速之客

「你們有心的人，」他有次表示道：「擁有指導你們的東西，所以你們不需要做壞事。而我沒有心（……），因此我必須很小心。」

——法蘭克・包姆《綠野仙蹤》

美琪消失那一天，寂靜又再搬回愛麗諾的屋子中，但已不同以往書籍是愛麗諾唯一房客的那些日子。現在瀰漫在走廊和房間中的寂靜，帶有悲傷的味道。蕾莎以淚洗面，莫提瑪一言不發，好像紙和墨水不只吞噬了他的女兒，而是連同世界上所有的文字一起吞沒掉。他多半待在自己的作坊，吃得不多，幾乎不睡——到了第三天，大流士憂心忡忡地來通知愛麗諾，表示莫在作坊收拾東西。

等到愛麗諾來到作坊時，上氣不接下氣，因爲大流士十分著急把她一路拉了過來，莫提瑪正把燙金印模隨意往箱子一扔，他平常可是小心翼翼拿在手上，好像那是玻璃做的。

「見鬼了，你在這幹什麼？」愛麗諾向他問話。

「嗯，還會幹什麼？」他反問回去，開始清掉鎖線器。「我要換個工作，我無法再碰任何的書，他們全都該死。讓別人去聽書裡的故事，去修補書衣。我不想再理這些書了。」

愛麗諾想找蕾莎來幫忙，但她也只搖搖頭。

「好吧，可以理解，這兩個人一點用也沒有！」等到愛麗諾和大流士再次單獨吃早餐時，她表示道。「美琪怎麼可以這樣對他們？她在想什麼——讓自己可憐的父母心碎？還是她想徹底證明，書是危險的東西？」

大流士閉口不回答，一如過去他傷心的日子那樣。

「老天，大家都不說話，跟死魚一樣！」愛麗諾喝叱著他。「我們得想辦法把那個蠢東西弄回來！不管什麼辦法。天哪，這不會太難才對，畢竟這個屋子中同時住著兩位魔法舌頭！」

大流士驚恐地看著她，被自己的茶嗆到。他好久都沒再施展自己的天賦，在他看來，那大概跟自己不想再回想起的噩夢一樣。「好，好，你不必唸。」愛麗諾沒好氣地安撫他。天哪，那個貓頭鷹眼嚇成這樣。她眞該搖一下他。「莫提瑪可以唸！但他該唸什麼？想一下，大流士！我們想把她弄回來的話，唸的東西是該和墨水世界有關，還是我們的世界？唉，我都完全糊塗了。我們說不定可以寫些什麼，大概就像這樣：**很久很久以前，有個壞脾氣的中年女子，名叫愛麗諾，她只喜歡自己的書，直到有天，她的姪女和丈夫及女兒搬了過來。愛麗諾喜歡一家人的感覺，但是有天，女兒離開，進行了一趟很蠢很蠢的旅行，愛麗諾發誓，只要這個孩子回來，她會把她所有的書奉獻出來。她把書全都裝在大箱子中，等她把最後一本放進去時，這時美琪又漫步……**

「上帝啊，別露出那種同情的樣子！」她大聲罵著大流士。「我至少在試！你自己不是老在說：莫提瑪是個大師，他只需要幾個句子！」

大流士把眼鏡扶正。「沒錯，只要幾個句子。」他說道，聲音輕柔不安。「但那需要描述過一整個世界的句子，愛麗諾，文字裡面有音樂流洩出來，必須互相交織糾纏，密到聲音無法穿透。」

「算了吧！」愛麗諾粗聲回答——雖然很清楚他說的對。有次，莫提瑪幾乎也用這種方式試著對她解釋：讓人猜不透，爲什麼不是每個故事都會活過來。但她不想聽，現在不想聽。妳眞該死，愛麗諾！她心想。都該怪那些晚上，妳和那個蠢孩子一起度過，幻想要是能在另一個世界和精靈、山妖與玻璃人一起生活，該有多好。那許多許多的夜晚，每當莫提瑪懊惱地把頭探進門，問說她們是否可以破例談些其他的東西，而不是無路森林和藍皮膚的精靈時，她往往便嘲笑他。

唉，至少美琪知道一切有關那個世界的事，愛麗諾心想，同時擦掉睫毛上的眼淚。她知道自己要小心毒蛇頭和他的盔甲武士，知道不該深入森林，不然便有可能被吞食、被四分五裂或被踩死。要是經過絞刑柱時，最好不要抬頭看。她知道，當一名公侯騎馬經過時，必須躬身致意，而她還是個女孩，所以頭髮不用梳攏起來……該死，眼淚又來了！愛麗諾拿自己上衣的一角擦掉眼角的眼淚時，門鈴便響起。

許多年後，她仍然罵自己笨，開門之前，沒先從門上的窺視孔瞧一眼。她自然以爲是蕾莎或莫提瑪在門口。想當然耳。蠢愛麗諾，眞是夠蠢。直到她開了門，那個陌生人站在面前時，她才發現自己犯了錯。

他並不特別高大，有點養尊處優的樣子，皮膚白皙，金髮也一樣顯得白皙。無邊眼鏡後的眼睛有點吃驚地瞧著，幾乎像個孩子的眼睛一樣天眞。愛麗諾把頭探出門外時，他開了口，但被愛麗諾打斷話。

「您是怎麼來這的？」她對他咆哮。「這是私人土地。您沒看見下面街上的牌子嗎？」

他是開車來的。無恥的蠢蛋，就這樣開車上來。愛麗諾見到他的車子停在自己的旅行車旁，一輛髒兮兮的深藍色玩意。在駕駛座旁，她似乎注意到一條巨大的狗，天哪，還有這個玩意。

「喔，當然看到了！」陌生人的微笑如此天眞，和他的孩子臉倒是相配。「那個牌子還眞的難以忽視，羅倫當女士，這樣貿然不請而來，我很抱歉。」

老天，愛麗諾話都說不出來。這個怪胎的聲音幾乎和莫提瑪一樣動聽，深沈，像絲絨般的枕頭一樣，和那張圓臉及小孩眼根本不合，幾乎讓人以爲這個陌生人吃掉原來的主人，用這種方式強佔了這個聲音。

「您的道歉可以省了！」在從驚訝中回過神來後，愛麗諾粗暴說著。「快給我離開。」她正想關上門時，那個陌生人又微笑起來（那個微笑已不再那麼天眞），把自己的鞋子伸進門中，一只棕顏色的髒鞋子。

「對不起，羅倫當女士。」他溫柔地說著。「我是爲一本書來這的，一本眞的獨一無二的書。我當然聽說您有一座出色的圖書館，但我敢保證，您的藏品中還缺這一本。」

愛麗諾立刻就認出那本書，那本他從皺巴巴的淺色麻布夾克中拿出來的書。當然，那是唯一一本她見到，不是因爲書的內容或因爲特別漂亮或有價値，而心跳加快的書，不，這本書讓愛麗諾心跳加快，只有一個原因：因爲害怕，像怕一頭會咬人的動物一樣。

「您從哪裡弄來的？」她自己知道了答案，只可惜晚了點。突然間，突然間她想起了那個男孩說的故事。「奧菲流士！」她低聲說著——正想大叫，好讓作坊那頭的莫提瑪聽到，但她還來不及出聲，一名男子便像隻蜥蜴般身手敏捷地從房門旁的杜鵑花叢後閃現，用手摀住了她的嘴。

「怎麼樣，書蟲小姐？」他在她耳旁呼嚕出聲。愛麗諾在夢裡聽過這個聲音多少次了，每次都嚇得喘不過氣！就算在光天化日下，那種效果仍不稍減。巴斯塔粗魯地把她推進屋內。他手上當然會有刀。愛麗諾想像中的巴斯塔，可能沒有鼻子，但不會沒有刀。奧菲流士轉過身，朝那輛外來的車招手。一個高頭大馬的男人下了車，慢慢繞過車子，打開了後車門。一名老婦人伸出腳，抓住他的手臂。

摩托娜。

愛麗諾噩夢中的另一個常客。老太婆深色絲襪後的腿，纏著厚厚的繃帶，拄著一根枴杖，同時在那個高頭大馬的男人攙扶下，朝愛麗諾的屋子走來。她一瘸一瘸地進到入口大廳，一臉怒容，好像整個房子是她的一樣，那個瞧著愛麗諾的眼神，滿懷恨意。就算愛麗諾再怎麼努力掩飾自己的恐懼，膝蓋還是發軟。她的心中浮現出無數恐怖的記憶——那個瀰漫著生肉味道的籠子，那座刺眼的探照燈投射的廣場，還有恐懼，駭人的恐懼……

巴斯塔關上摩托娜身後的房門。他沒有任何改變：同樣瘦削的臉，眼睛總是喜歡瞇著，脖子上自然掛著護身符，好避開那些巴斯塔在每個梯子和每個樹叢後察覺到的晦氣。

「其他人在哪裡？」摩托娜喝叱著愛麗諾，而那個大塊頭綁著一張傻臉四處瞧著，見到這許多書，他似乎感到無比佩服，大概在想，天哪，要這麼多書不知用來幹嘛。

「其他人？我不知道您在說誰。」愛麗諾發現，對一個嚇得半死的女人來說，自己的聲音聽來倒是十分果斷。

摩托娜翹起圓圓的小下巴，不甘示弱。「妳清楚得很，我說的是魔法舌頭和他的女巫女兒，還有那個他說是他太太的女僕。我是不是要讓巴斯塔燒掉幾本妳的書，還是妳主動把他們三個叫來？」

巴斯塔？巴斯塔怕火！愛麗諾本想頂回去，但想想還是算了。拿一根火柴燒書，不是什麼難事。就連巴斯塔這個十分怕火的傢伙，應該也能勝任這種雞毛蒜皮的小事，而那個大塊頭看來並不太聰明，不懂得害怕的樣子。我得想辦法拖住他們！愛麗諾想著。畢竟他們並不清楚花園中的作坊和大流士的事。

「愛麗諾？」在這個節骨眼，她聽到大流士在喊她。她還來不及回答，巴斯塔的手又摀住她的嘴。她聽到大流士以他慣有的匆促腳步下了樓。「愛麗諾？」他又喊了一次，跟著腳步聲和他的聲音同時戛然而止。

「意外吧！」巴斯塔呼嚕出聲。「你高興嗎，結巴舌頭？幾個老朋友來這拜訪你。」巴斯塔的左手纏著繃帶。等他拿開她嘴上的手指時，愛麗諾才注意到這點，她想起法立德所說，那個從故事中跑出來替換髒手指的兇神惡煞。眞可惜，牠沒多吃一點我們這位愛刀的朋友！她心想。

「巴斯塔！」大流士簡直就在低語。

「是的，巴斯塔！相信我，我應該更早來的，但他們把我關了一陣子，因爲幾年前的一樁破事。山羊一走，他們全都膽大妄爲起來，那些以前嚇得都不敢出聲的傢伙。這算什麼？他們最後倒是幫了我一個忙，猜猜看，他們有天把誰跟我關在一起呢？他的眞名，我是沒辦法從他口中套出，所以我們就用他自己取的名字吧：奧菲流士！」他用力拍著那個被提到的人的背，害他往前絆了一下。「沒錯，好個奧菲流士！」巴斯塔摟住他的肩。「魔鬼挑他來當我的獄友，眞的別有用心——不然就是我們的故事大概還很想念我們，所以派了他來？不管怎樣，我們有段好時光，對不對？」

奧菲流士沒看他，只尷尬地拉正自己的夾克，打量著愛麗諾的書架。

「見鬼了，你們看看他！」巴斯塔拿手肘粗暴地頂了他的側身。「我對他不知解釋過多少次，不必爲坐過牢而不好意思，尤其那裡比我們家鄉的牢房舒服太多。快跟他們說說，我是怎樣知道你那寶貝天賦的。跟他們說，你夜裡把那頭笨狗從書裡唸出來時，被我逮個正著！他唸出一條狗！天知道，這我可有了什麼好點子。」

巴斯塔幸災樂禍笑著——而奧菲流士慌張地用手指扶正領帶。「凱伯魯斯還在車上。」他對摩托娜說。「牠不喜歡那樣。我們總該把牠帶到這裡！」

那個大塊頭轉向門，顯然一提到動物，他的心就軟了，但摩托娜不耐煩地揮手要他回來。

「那條狗就待在那裡，我受不了那個畜生！」她皺著眉頭，在愛麗諾的入口大廳四處打量。「眞是的，我原以爲妳的房子要再大一些。」摩托娜表示，露出刻意失望的表情。「我還以爲妳很有錢。」

「她是有錢！」巴斯塔粗魯地摟著奧菲流士的脖子，害他的眼鏡滑落。「但全都花在書上。她會花多少錢來買我們從髒手指那裡奪來的書呢？你以爲呢？」他捏著奧菲流士圓圓的臉蛋。「沒錯，對那個呑火的傢伙來說，我們這裡這位朋友可是個又大又肥的餌。他看來像頭牛蛙，但那些字母可是乖乖聽他的話，連魔法舌頭都比不上，更別提大流士了。去問問髒手指！奧菲流士把他送回了家，好像沒有比這再容易的事了！要不是呑火的傢伙——」

「住嘴，巴斯塔！」摩托娜粗暴地打斷他。「你就是太愛說話。好了！」她不耐煩地拿枴杖杵著愛麗諾自己感到非常驕傲的大理石磚。「他們在哪裡？其他人在哪裡？我不會再問一遍！」

快，羅倫當女士！愛麗諾心想。撒個謊！快！但她連嘴都沒有張開，就聽到鑰匙開門的聲音。不！不，莫提瑪！她默默祈求著。就待在那裡！和蕾莎回作坊去！把你們鎖在那裡，但求求你，求求你，不要這個時候進來！

她的祈求當然毫無作用。莫提瑪開了門，走了進來，摟著蕾莎的肩——見到奧菲流士時，陡然停住。在他還沒完全明白發生了什麼事之前，那個大塊頭在摩托娜示意下，已把他身後的門關上。

「哈囉，魔法舌頭！」巴斯塔輕聲說著，不懷好意，同時把自己的刀亮在莫提瑪的眼前。「這不是我們那位漂亮的啞巴蕾莎嗎？嘿，眞好，一石兩鳥，只剩那個小女巫了。」

愛麗諾看到莫提瑪閉了一下眼睛，好像希望再睜開眼時，巴斯塔和摩托娜會消失似的，但情況當然並非如此。

「去叫她！」摩托娜命令道，同時眼睛滿懷恨意地打量著莫，讓愛麗諾膽戰心驚。

「誰？」他反問著，眼睛沒離開巴斯塔。

「你別給我裝傻！」摩托娜喝叱他。「難道你想要我叫巴斯塔，在你老婆臉上畫上吞火傢伙臉上同樣的圖案嗎？」

巴斯塔的大拇指輕輕摸著閃閃發光的刀刃。

「如果妳說的女巫是我女兒的話，」莫提瑪沙啞地回答著：「她不在這。」

「是嗎？」摩托娜一瘸一瘸走向他。「你給我小心，老遠坐車過來，我的腿痛得很，這可讓我不是很有耐性。」

「她不在這裡！」莫提瑪重複著。「美琪走了，和那個你們拿走他書的男孩一起。他求美琪帶他去找髒手指，而她做了——和他一起走了。」

摩托娜瞇起眼睛，難以置信。「胡說！」她脫口而出。「她沒這本書，怎麼辦得到？」然而，愛麗諾看出她臉上的疑惑。

莫提瑪聳聳肩。「那男孩有張手寫的紙條，大概是把髒手指帶過去的那一張。」

「這怎麼可能！」奧菲流士看著他，驚訝不已。「您說的是真的？您的女兒靠了我的文字，把自己唸進那個故事裡去了？」

「啊，您就是那個奧菲流士？」莫提瑪打量著他的眼神，並不太友善。「所以我沒了女兒，還真要謝謝您。」

奧菲流士把眼鏡扶正，同樣敵視回去，跟著突然轉身面對摩托娜。「這就是那位魔法舌頭？」他問。「他在說謊！我敢肯定！他在說謊！沒人可以把自己唸進故事裡去的，不管是他，還是他女兒或其他什麼人。我自己試過幾百次。根本行不通！」

「是的。」莫提瑪疲憊地說道。「我四天前也是這樣認為。」

摩托娜盯著他看，然後給巴斯塔打了個手勢。「把他們統統關進地窖！」她下令。「然後去找那女孩，把整個屋子徹底搜一遍。」

費諾格里歐

「我在練習回憶，納尹。」我說。「練習寫作、閱讀，還有回憶。」

「你也該如此！」納尹單刀直入說。「你知道嗎，每次你寫下一件事，會發生什麼嗎？每次你給某個東西一個名字時，會怎麼樣嗎？你會奪去他們的力量。」

——凱文・克羅斯里—賀蘭德《魔鏡亞圖斯》

天黑後，並不容易在翁布拉通過城門守衛，不過，費諾格里歐認識所有的城衛。今晚拿長矛對著他的粗笨大漢，他已幫他寫了好些情詩——照他所言，成功達陣——，而這個笨蛋看來，大概還會繼續要他服務。

「但午夜之前要回來，大作家！」這個醜傢伙對他嘟噥後，才讓他過去。「因為換我班的是雪貂，雖然他的小情人會閱讀，但他對你的詩可不感興趣。」

「謝謝提醒！」費諾格里歐說，給了這個蠢蛋一個假笑，便從他身旁擠過。好像自己不知道雪貂開不了玩笑似的！一想起自己試著說一些好話，好從他身邊通過，卻被這個尖鼻子的傢伙拿長矛往腹部一捅，自己的肚子今天就還會痛。沒錯，這個雪貂沒法賄賂，不管靠詩，還是其他文字。雪貂只要金子，但費諾格里歐可沒太多，至少沒多到浪費在一個城門守衛身上的程度。

「午夜見！」他輕罵著，並沿著陡峭的小徑踉蹌而下。「好像流浪藝人到那時候才有興致似的！」

他女房東的兒子幫他拿著火把走在前面。伊沃，九歲，對自己這個世界的各種奇事好奇不已。每次，費諾格里歐去找流浪藝人時，他都跟妹妹爭著幫費諾格里歐拿火把，視之爲一種榮耀。每週，費諾格里歐爲自己棲身的房間付給伊沃的母親幾個硬幣。敏奈娃也幫他洗衣煮飯，縫補他的衣服，費諾格里歐便講睡前故事給她孩子聽，還耐心聽她說自己丈夫有時何等頑固，當作回報。是的，他眞算走運。

小男孩在他前面愈來愈不安地跳來跳去，等不及到那斑斕的帳棚那去，到那有音樂和火光穿透樹叢的地方去。他不斷回頭看，不太高興的樣子，好像費諾格里歐故意在拖時間。他在想什麼？一名老人還能像隻蚱蜢那樣飛快？

彩衣人在長不出任何東西的多石地面上紮營，就在耕種肥肉侯爵土地的農夫的屋舍後頭。自從翁布拉的侯爵不再願意聽到他們的笑話和歌曲後，他們便不像之前那樣常來，不過，好在侯爵的孫子不想過個沒有雜耍藝人的生日，因此，他們週日終於又能再擁入城門：噴火藝人、走繩索藝人、馴獸師、飛刀藝人、演員、諧星，以及一些會演唱出自費諾格里歐筆下曲子的藝人。

沒錯，費諾格里歐喜歡爲彩衣人創作：放肆的曲子、陰沈的曲子，讓人大笑或哭泣的故事，就看他心情如何，而最多只能賺到幾個硬幣。流浪藝人經常口袋空空。如果他想讓自己的文字賣點錢，那就得爲公侯或富商創作。不過，要是他想讓文字舞動，扮扮鬼臉，想說農夫和強盜的故事，想提一下那些並未住在城堡、拿金碗吃飯的平凡人，那就要爲流浪藝人創作。

其實，過了一些日子，他們才容許他待在他們的帳棚間。直到愈來愈多的吟遊歌手演唱費諾格里歐的歌曲，而他們的孩子追問著他的故事後，他們才不再趕走他。這期間，他們的首領甚至邀他一起坐在火堆旁，就像今晚一樣。

他們稱他爲黑王子，就算他沒有一點王公貴族的血統。王子好好照顧著自己的彩衣臣民，他們已兩次選他爲首領。他那些大方分給病人和殘廢者的金銀出處，大家都不太過問，但費諾格里歐知道一點：是自己創造了他。

是的！沒錯，我創造他們所有人！他想著，而劃破夜晚的音樂聲愈來愈清晰。王子和他那頭像狗一樣跟著他的聽話的熊、不幸從繩索上摔下來的空中飛人，還有許多其他人，甚至那兩個以爲自己制訂這個世界規範的兩個侯爵。費諾格里歐並未見過自己創造出來的所有角色，但每當某個角色有血有肉地站在他面前時，仍會讓他心驚——雖然他無法記得每個角色到底是不是出自他的筆下，還是來自其他地方……

那些帳棚終於出現，在黑夜裡像凌亂的花朵一樣繽紛。伊沃開始快跑，幾乎被自己的腳絆倒。一個頭髮像流浪貓的皮毛一樣凌亂的髒小孩，朝他們單腳跳了過來，對伊沃挑釁地咧嘴微笑——然後雙手倒立跑開。天哪，這些流浪藝人的孩子伸縮自如，彷彿體內沒有骨頭一般。

「去吧！」等到伊沃可憐兮兮地瞧著他時，費諾格里歐便這樣咕噥著。現在，他用不到火把，好幾個火堆在帳棚間同時燃著，有的帳棚只不過是幾塊髒布，拿繩子綁在樹木之間而已。費諾格里歐四處瞧著，心滿意足地嘆了聲氣，而那小男孩則蹦蹦跳跳離開。是的，他寫作時想像的墨水世界，正是如此：繽紛吵雜，充滿生氣。空氣中瀰漫著煙味、烤肉味、百里香和迷迭香的味道、馬味、狗味、髒衣服的味道，還有松針味和燃燒的木頭味。喔，他喜歡這樣！他喜歡這種混亂，甚至喜歡污穢，喜歡生活在眼前展開，而不是躲在關起來的門後。在這個世界，可以學上許多事——鐵匠如何打製鐮刀，印染工如何攪動顏料，製革匠如何讓皮脫毛，鞋匠如何裁製鞋子。這裡的一切，不是在無窗的牆後發生，而是在大街小巷中，在市場上，或像這裡，在寒酸的帳棚間，而他依然像小男孩一般好奇，可以駐足觀看，就算有時皮革鞣料和染料桶的臭味令他窒息。是的，他喜歡他這個世界，非常喜歡——雖然他迫不得已發現，一切並未如他預期那樣發展。

自找的。我應該寫本續集的！費諾格里歐心想，同時在這片混亂擁擠中殺出一條路。我現在還可以寫，就在此時此刻。只要我有一位朗讀者，就可改變一切！他自然有找過某位魔法舌頭，只是一無所獲。沒有美琪，沒有莫提瑪，甚至連大流士這樣的半吊子也沒有。

費諾格里歐只好安於作家的角色，寫著美麗的文字，過得不算太壞，而那兩位他創造出來的侯爵正在糟蹋他的世界。眞是讓人氣憤！

其中那位毒蛇頭，尤其讓他擔心。

他安坐在森林南方夜之堡的銀色寶座上，君臨大海。還不算差的角色，眞的不差。嗜血成性的暴君——但壞人畢竟是故事中不可或缺的人物，只要受到控制就行。爲此，費諾格里歐安排肥肉侯爵來對抗毒蛇頭，他是一位喜歡流浪藝人的粗俗笑話，勝過打仗的公侯，還有他那位體面的兒子——英俊的柯西摩。誰會想到他就這樣死去，獨留他的父親哀痛欲絕，就像過早出爐的蛋糕一樣？

又不是我的錯！費諾格里歐說了不知多少遍。不是我的點子，不是我的錯！但事情還是發生，好像有哪個該死的爛作家接替他繼續敘述故事，只留給創造這個世界的他一個窮作家的角色似的！

嚇，現在夠了。你並不算窮，費諾格里歐！他心想，並在一位吟遊歌手前停了下來，他坐在帳棚間，唱著一首他的曲子。不，他不窮。肥肉侯爵只想聽他寫的輓歌，紀念他死去的兒子，而他爲侯爵孫子雅克伯所寫的故事，則由這裡最出名的書籍畫家巴布盧斯親自記載在珍貴無比的羊皮紙上。沒錯，他的情況眞的不差！

此外，在他看來，他的作品在吟遊歌手的口中，要比閤在書頁中積灰塵，更受重視。像飛鳥一樣無拘無束，沒錯，他希望自己的作品這樣！他們太過強大，無法任由某個笨蛋印製出來，讓他不知如何是好。這樣看來，這個世界沒有印刷書籍，倒是令人感到安慰。這裡以手抄寫，使得文字價昂，只有王公貴族可以負擔。其他人必須把文字擱在腦袋裡，或聆聽流浪藝人演唱。

一名小男孩拉著費諾格里歐的衣袖，他的衣袍破破爛爛，流著鼻水。「織墨水的！」他從背後拿出一副面具，像演員們所戴的，趕緊罩在臉上。龜裂的皮革上黏著幾根淺褐色和藍色的羽毛。「我是誰？」

「嗯！誰呢？」費諾格里歐皺起皺紋一堆的額頭，像是得費力思考的樣子。

面具下的那張嘴露出失望的樣子。「松鴉！當然是松鴉！」

「當然了！」費諾格里歐捏了捏那個小紅鼻子。

「今天你會跟我們說個他的新故事？求求你！」

「可能吧！我得承認，我想像中的他的面具，要比你的稍微漂亮些。你怎麼看？你是不是還要多弄些羽毛過來？」

小男孩從頭上取下面具，不高興地看著。「那些羽毛不好找。」

「你去下面的河那邊看看，就連松鴉也逃不過在那出沒的貓。」他想繼續前進，但那小男孩緊抓著他。流浪藝人的小孩雖然瘦小，但小手十分有力。

「就一個故事，求求你，織墨水的！」

另外兩個小矮子在他身邊冒了出來，一個女孩，一個男孩。他們滿臉期待地瞧著費諾格里歐。是的，松鴉的故事……他的強盜故事一直很受歡迎——另一個世界的孫子也喜歡聽。但在這杜撰出來的強盜故事，更受歡迎。這時，到處都會聽到這些故事：**勇猛過人的強盜，高貴無畏的松鴉那些令人難以置信的事蹟**。費諾格里歐還清楚記得自己創造出他的那一晚。寫作的時候，他的手憤怒到發抖。

「毒蛇頭又抓到一名吟遊歌手。」那晚黑王子告訴他。「這回是駝背。他們昨天中午吊死他了。」

駝背——他筆下的一個角色！一個心地善良的傢伙，比任何人更會倒立。「這個侯爵算什麼？」費諾格里歐這晚寫到，好像毒蛇頭會聽到似的。「我是這個世界的生死主宰，只有我，費諾格里歐！」這些話流洩到紙上，就像他那一晚杜撰出來的強盜一樣憤怒狂暴。松鴉正是費諾格里歐在自己的世界中想要成爲的人物：像鳥一樣無拘無束，不臣服於任何人，無畏勇敢，高貴（偶爾也風趣），劫富濟貧，在一個無法無天的世界中鋤強扶弱……

費諾格里歐再次覺得有人拉他的袖子。「求求你，織墨水的！就一個故事！」這個小男孩還眞是固執，愛聽故事到不行。說不定他會成爲一位著名的吟遊歌手。「他們說，松鴉偷走了毒蛇頭的幸運符！」小傢伙偷偷說著。「就是那個他用來避開白衣女子、被絞死的人的指骨。他們說，松鴉現在自己掛在脖子上。」

「眞的？」費諾格里歐抬起眉毛，那看來效果十足，又濃又密。「這樣啊，我還聽到更膽大妄爲的事，但我現在得先跟黑王子談談。」

「求求你，織墨水的！」他們拉住他的袖子，幾乎扯下他花了幾個硬幣請人縫在粗布上的滾邊，不讓自己看來像在市場上幫人撰寫遺囑與信件的代筆人那樣寒酸。

「不行！」他厲聲說，同時掙脫自己的袖子。「說不定晚一點。現在都給我滾！」

那個流鼻水的哀怨地看著他的背影，讓費諾格里歐一下想起自己的孫子。每當皮波拿來一本書擱在他懷中要他唸的時候，也總是這樣看著他。

小毛頭！費諾格里歐心想，同時往黑王子所在的那個火堆走去。他們在哪都一樣，貪婪的小野獸，卻是最佳的聽眾，不管在哪一個世界。獨一無二的聽眾。

黑王子

「好像熊有自己的靈魂似的……」萊拉說，世界上有許多事她一無所知。

——菲力普・普曼《黃金羅盤》

黑王子並不是單獨一個人，當然不，一如以往，他的熊在他身邊。牠蹲在火堆旁牠主人身後，像一道毛髮蓬亂的影子。費諾格里歐還記得很清楚自己創造出王子的那些句子。就在《墨水心》開頭，第二章。費諾格里歐朝他走去時，輕聲自言自語說出那一段：**「一個無父無母的男孩，皮膚幾乎和那頭鬈髮一樣黑，耍刀就跟說話一樣快，隨時保護著自己所愛——不管是他的兩位小妹、一頭被虐待的熊，還是他最最好的朋友髒手指……」**

「……而我卻讓他慘死！」費諾格里歐輕聲接著說，同時對王子揮手示意。「好在我的黑王子不知道，否則我在他的火堆旁大概不會再受歡迎！」

王子問候著他。他或許以爲大家是因爲他的膚色而叫他黑王子的，但費諾格里歐知道得更清楚。他的名字是偷來的——從他原來那個世界的一本故事書中偷來的。一位著名的騎士曾經用過這個名字，既是王子，也是大盜。一名飛刀手，一位流浪藝人之王用上他的名字，不知他是否高興？要是不高興，他也無法改變，費諾格里歐心想，因爲他的故事早已結束。

王子左側坐著那位半路出家的浴療師，費諾格里歐拔牙時，幾乎被他弄斷下巴，王子右側蹲坐著黑炭鳥，一名差勁的噴火藝人，火候不夠，技術和那位浴療師拔牙差不多。費諾格里歐不太敢確定浴療師是不是自己的角色，但黑炭鳥絕對不是。天知道他從哪冒出來的！所有看他躲火唯恐不及的差勁噴火表演的人，立刻便想到另一個名字：髒手指——火舞者——馴火師……

當費諾格里歐坐到火堆旁牠主人身邊時，那頭熊低嚎著，用黃色小眼睛打量著他，像是想確定這個老骨頭還有多少肉可以啃。你自找的，費諾格里歐心想，誰叫你在王子身邊安排一頭溫馴的熊，一條狗也辦得到。市場上的商販逢人就說，這頭熊是個中魔的人，被精靈或山妖施法變成的（到底是哪一個，大家的意見並不一致），但這點費諾格里歐也知道得更清楚。這頭熊只是一頭熊，一頭眞正的熊，爲感謝黑王子多年前救牠擺脫鼻圈和原來的主人，因爲他拿帶刺的棒子打牠，逼牠在市場上跳舞。

火堆旁還有其他六位男子和王子坐在一起。費諾格里歐只認識其中兩位，一位是演員，費諾格里歐老忘記他的名字。另一位是個魁梧的男人，靠著在市場上扯斷鍊條、舉起大男人和弄彎鐵條維生。費諾格里歐走過來時，他們全都默不出聲。他們容忍他，但要打成一片，還早得很。

只有王子對他微笑。「嘿，織墨水的！」他說。「你又帶給我們一首關於松鴉的新歌？」

費諾格里歐接過裝著熱蜂蜜酒的杯子，是其中一個男的在王子的示意下遞給他的，然後蹲坐在多石的泥土地上。他的老骨頭可不怎麼喜歡蹲坐在地上，就算今晚溫溫和和的也一樣，但流浪藝人可不是椅子或其他可以拿來坐的東西的朋友。

「事實上，我來這裡，是要把這個東西交給你。」他說，伸手到自己的衣袍下。要把上了火漆的信交給王子前，費諾格里歐四處打量著，但在這片擁擠喧鬧中，幾乎察覺不出是否有彩衣人之外的人在觀察他們。王子點點頭，收下了信，塞到自己的腰帶下。「謝謝你。」他說。

「我很樂意！」費諾格里歐回答，試著不去吸入太多那頭熊難聞的氣味。和多數他的彩衣子民一樣，王子大字識不了幾個，但費諾格里歐很樂意幫他處理這事，尤其碰到像是這樣一封信。這封信是要交給肥肉侯爵的一名林衛。他的手下已經在路上三度攻擊女藝人和她們的孩子。這種事沒人會管，不論是傷心欲絕的肥肉侯爵，還是應該爲他維持秩序的手下，因爲牽涉到流浪藝人。所以，他們的首領只好出面。隔夜，這個林衛便在自己門口發現到費諾格里歐的信。信裡的內容讓他再也無法安枕，只希望未來離那些彩衣女子愈遠愈好。費諾格里歐對自己的威脅信感到十分驕傲，程度幾乎不下那些強盜之歌。

「你有沒有聽到最新的消息，織墨水的？」王子摸著他那頭大熊的黑嘴。「毒蛇頭在懸賞捕捉——松鴉。」

「松鴉？」費諾格里歐被自己的酒嗆到，浴療師猛拍打著他的背，害得熱酒又灑出到手指上。「嗯，這並不壞！」他喘過氣後，脫口而出。「這樣大家又有得說，文字可不是什麼過眼雲煙的東西！看來，這個毒蛇要找這名強盜，可有得找的！」

瞧他們那種神色，好像比他懂得還多似的，這算什麼？

「你還不知道嗎，織墨水的？」黑炭鳥悄悄說著。「你的歌曲看來成眞了！毒蛇頭的稅務官兩度被一個戴著鳥面具的男人搶，他的一名以兇殘爲樂的獵衛，被人發現死在森林中，嘴裡有根羽毛。猜猜看，是哪種鳥的？」

費諾格里歐難以置信地朝王子看去，但他只瞧著火堆，拿根木棒撥弄著炭火。

「但……但這太好了！」費諾格里歐喊出聲——但見到其他人四處張望，顯得憂心時，他便趕緊壓低聲音。「這眞是好消息！」他壓低聲音後繼續說。「不管那裡發生了什麼——我會立刻再寫首新曲子！建議一下！快點！這個松鴉下回該幹些什麼？」

王子微笑著，但浴療師很不屑地打量著費諾格里歐。「你說得好像這些全是一齣遊戲似的，織墨水的！」他說。「你坐在你的房間，在紙上寫些字，但不管誰是你的強盜，他可是要冒生命危險，他可絕對不是文字，而是有血有肉的人！」

「沒錯，但沒人見過他，因爲松鴉戴著面具。你很聰明，織墨水的。毒蛇頭怎麼知道該找誰？這樣一副面具可眞實用，什麼人都可戴。」說話的又是那名演員。當然啦，巴布提斯塔，那是他的名字。是我杜撰出來的嗎？費諾格里歐自問著。無所謂了。沒人比巴布提斯塔更懂面具，或許因爲他的臉長滿麻子的緣故。許多演員請他縫製帶著笑臉或哭臉的皮面具。

「可以這樣說，但在歌曲中，他被描述得相當仔細。」黑炭鳥審視著費諾格里歐。

「沒錯！」巴布提斯塔一躍而起，手擱在破舊的腰帶上，好像那裡有把劍似的，查探著四周，似乎在找敵人一樣。「他身形高大，這沒什麼特別，英雄多半這樣被人議論著。」巴布提斯塔開始踮起腳尖來回走著。「他的頭髮，」他摸過自己的頭，「是黑色的，像鼴鼠的毛一樣黑。如果我們相信歌裡的描述的話，但這並不尋常，不管大家怎麼想像，多數的英雄是金髮的。我們不知道他的出身，但他的血管裡，」巴布提斯塔換上一副高尚的表情，「一定流著最正統的貴族血液，不然怎麼會如此高貴勇敢？」

「錯了！」費諾格里歐打斷他的話。「松鴉出身民眾。生在城堡裡的人，怎麼會是強盜？」

「你們聽聽這位大作家的話！」巴布提斯塔裝著像是拿手抹掉臉上的高貴。其他人大笑著。「現在我們來談談羽毛面具後的那張臉。」巴布提斯塔手指抹過自己那張麻臉。「那當然是英俊高貴——像象牙般白！歌裡絲毫沒有提及，但我們都知道，英雄有這樣的膚色理所當然。抱歉了，陛下！」他繼續說，向黑王子嘲弄地鞠了個躬。

「喔，不要這樣，不要這樣，我一點也不介意。」他只這樣說，臉色沒有絲毫改變。

「別忘了那個疤！」黑炭鳥說。「他左臂上那個被狗咬過的疤。每首歌裡都有提到。快點，把袖子捲起來。讓大家看看，松鴉會不會就坐在我們當中？」他環視一遍，一臉敦促的樣子，不過只有那個魁梧的男人笑著把袖子捲起來。其他人默不出聲。

王子把長髮往後梳攏，自己的腰帶上插著三把刀。流浪藝人被禁攜帶武器，包括他們視為國王的人，但他們為何又要遵守並不保護著他們的法律呢？他的刀子能一次射中蜻蜓的眼睛，大家都是這樣說著王子的刀藝，正如費諾格里歐曾經寫過那般。

「不管這個照我歌曲力行的人長得什麼樣，我都為他乾一杯。就讓毒蛇頭去找這個我所描述過的人吧，他是永遠找不到的！」費諾格里歐對著在場的人乾杯。他自覺了不起，飄飄然的，而這一定不是因為那糟糕透頂的酒。怎麼樣，是誰說的，費諾格里歐？他心想。你寫的東西成真了！而且沒有朗讀者……

不過，那個魁梧的傢伙掃了他的興。「說眞的，織墨水的，我可沒心情慶祝。」他嘟囔著。「據說，毒蛇頭最近高額懸賞唱些嘲諷他歌曲的吟遊歌手的舌頭，應該已有可觀的收藏了。」

「舌頭？」費諾格里歐不由自主地碰了碰自己的。「也包括我的曲子？」

沒人回答他，大家全不出聲。他們後面的一座帳棚傳來一名女子的歌聲——一首搖籃曲，祥和甜美，彷彿來自另一個世界一般，一個大家只能夢想著的世界。

「我不斷告訴我的彩衣子民，別出現在夜之堡附近！」王子把一塊油膩膩的肉塞到那頭熊的嘴裡，在自己的褲子上把刀擦乾淨，再插回腰帶中。「我告訴他們，我們只是毒蛇頭的烏鴉吃的東西！

自從肥肉侯爵寧可以淚洗臉，而不開懷大笑後，大家全都阮囊羞澀，有一餐沒一餐的，逼得他們到另一頭去。森林那一頭可有許多富商。」

見鬼了。費諾格里歐揉著疼痛的膝蓋。他的好心情哪去了？消失了——像朵被人踩爛的花的花香。他又喝了一口蜂蜜酒，悶悶不樂。孩子們又來找他，求他講故事，但費諾格里歐把他們全都趕走。他心情不好的時候，腦袋可是空空。

「還有一件事，」王子說：「大漢子今天在森林帶回一個女孩和一個男孩。他們說了件奇怪的事：山羊的刀手巴斯塔已經回來或快要回來了，他們來這要警告我的一名老友小心他，也就是髒手指。想必你已聽說過他？」

「什麼！」費諾格里歐吃了一驚，又被自己的酒嗆到。「髒手指？當然啦，那個噴火藝人。」

「有史以來最棒的。」王子匆匆瞄了一眼黑炭鳥，但他正在給浴療師看自己一顆發炎的牙齒。「十年多來，他無聲無息。他怎麼死和死在那裡的各種傳聞，滿天都是，好在看來都不是真的。不過，那女孩和那男孩不只要找髒手指。那女孩也問到一名老人，一位有張烏龜臉的作家。這有沒有可能是你呢？」

費諾格里歐的腦袋裡找不出任何話來回答。王子抓住他的手臂，把他拉了起來。「跟我來！」他說，而那頭熊也在他們身後低吼起身。「他們兩個餓得半死，說什麼去過無路森林。女人們正給他們東西吃。」

一個女孩和一個男孩……髒手指……費諾格里歐思緒翻攪，但可惜兩杯酒後，他的腦袋已不再那麼清醒。

在營地旁的一株椴樹下，十幾名小孩蹲坐在草地上。兩名女子分湯給他們。他們貪婪地從遞到他們髒手中的木碗舀著稀薄的湯水。

「你看一看，又來了多少小孩！」王子小聲對費諾格里歐說。「因爲我們的女人心腸太軟，我們全會餓死的。」

費諾格里歐只點點頭，同時打量著那些瘦弱的臉龐。他知道，王子自己也常帶回捱餓的孩子。只要他們在耍球、倒立，或其他能讓別人一笑，而掏出幾塊錢的技藝上，表現不是太糟的話，彩衣人通常都會收容他們，讓他們和自己一起一個個市場、一座座城鎮流浪。

「那兩個在那裡。」王子指著兩個頭特別深埋在碗中的孩子。等費諾格里歐一朝他們走去，女孩就抬起頭，好像聽到他叫她名字似的。她瞪著他看，難以置信的樣子——並擱下了湯匙。

美琪。

費諾格里歐迎著她的目光，一臉不知所措，讓她不得不微笑起來。是的，眞的是她。他清楚記得那個微笑，就算當時在山羊那裡，她並沒太多機會笑。

她一下躍起，穿過其他孩子，摟住了他的脖子。「啊，我就知道你還在這裡！」她脫口而出，又笑又哭的。「但你的故事裡，一定要有野狼嗎？還有那些夜魔和紅帽子。他們拿石頭丟法立德，拿他們的爪子抓我們的臉。好在法立德生起火，不然……」

費諾格里歐張開嘴——又無助地闔上。他的腦袋裡有成千個問題：她是怎麼來這的？髒手指怎麼了？她父親在哪？山羊怎麼了？死了嗎？他們的計畫有用嗎？如果有用，那爲什麼說巴斯塔還活著？這些問題像嗡嗡的昆蟲般，一個蓋過一個，但黑王子在他身邊盯著他看，費諾格里歐是一個都不敢問。

「我看得出，你認識他們倆。」他確認著。

費諾格里歐只點點頭。蹲坐在美琪旁的那個男孩，他是在哪認識的？是不是在髒手指身旁見過，當時，在那個值得紀念的日子，他第一次和自己角色面對面？

「喔，這兩位是……我的親戚。」他結結巴巴說。對一個會編故事的傢伙來說，這個謊撒得可真差勁！

王子的眼裡露出嘲弄的神色。「親戚……原來如此，原來如此。我必須說，他們兩個長得並不像你。」

美琪鬆開了費諾格里歐，瞧著王子。

「美琪，我來介紹一下，」費諾格里歐說：「黑王子。」

王子帶著微笑在她面前鞠躬致意。

「黑王子！沒錯。」美琪幾乎虔誠地重複著他的名字。「那裡那個是他的熊！法立德，過來看一下！」

法立德，對了。費諾格里歐現在記起來了。美琪常常提到他。那男孩起身，並匆匆把碗裡剩下的湯一口氣喝完。他站在美琪後面，和那頭熊保持安全距離。

「她一定要跟來！」他說，拿手臂擦過油膩膩的嘴。「眞的！我不想帶她來，但她就跟駱駝一樣死腦袋。」

美琪正想不客氣地回答，但費諾格里歐摟住她的肩。「我的寶貝小子，」他說：「美琪在這，你眞的無法想像我有多高興！幾乎可說，少了她，我在這個世界也不快樂！」

他匆匆和王子道別，拉著美琪和法立德跟自己走。「來！」他小聲說著，和他們經過帳棚。「我們有很多話要說，眞的很多，但最好在我房間說，別讓陌生人聽見。現在畢竟已晚，城門守衛只讓我們在午夜前回到城裡。」

美琪只心不在焉地點點頭，睜大眼睛瞧著周圍的熙熙攘攘，但法立德粗魯地掙脫費諾格里歐的手。「不，我不能一起去。我必須找到髒手指！」

費諾格里歐難以置信地看著他。所以那是眞的了？髒手指……

「是的，他回來了。」美琪說。「女人們說，或許法立德可以在過去和他在一起的那個女藝人家找到他。她在那邊山丘上有個農莊。」

「女藝人？」費諾格里歐瞧著美琪所指的方向。她說的那個山丘，在月光下只見一個黑色的輪廓。當然啦！羅香娜。他記起來了。她是不是眞的像他描述那樣不可思議？

那男孩的腳趾不耐煩地蹺動。「我得走了。」他對美琪說。「我在哪裡可以找到妳？」

「在鞋匠和馬鞍匠的巷子。」費諾格里歐代替美琪回答。「只要問敏奈娃的家就行。」

法立德點點頭——仍一直看著美琪。

「夜裡動身，可不是什麼好主意。」費諾格里歐說，就算自己明白這個男孩不會理會他的建議。「這裡的路並不安全，還不一定是在晚上。強盜、流浪漢……」

「我懂得防身的。」法立德抽出腰帶中的刀。「好好照顧她。」他抓住美琪的手，然後突然轉身，消失在流浪藝人間。費諾格里歐注意到，美琪還到處找了他好幾次。

「天哪，可憐的傢伙！」他嘟噥著，同時趕走幾個擋著路、又要他說故事的小孩。「他喜歡妳，對不對？」

「別鬧了！」美琪抽出握在他手中的手，但他倒是讓她微笑起來。

「好啦，我閉嘴！妳父親知道妳在這嗎？」

這個問題問錯了，她臉上又露出那種愧疚。

「喔！那好吧，妳再統統跟我說。妳是怎麼到這的，關於巴斯塔和髒手指，到底怎麼回事，統統都要說！妳長大了！還是我縮小了？天哪，美琪，妳在這裡，我真高興！我們現在又可控制這個故事！用我的文字和妳的聲音……」

「控制？你指的是什麼？」她打量他的臉，神色疑惑。他們被山羊關起來時，她也常常這樣瞧著他，皺起眉頭，眼睛水汪汪的，好像可以一直看穿他的心。不過，這裡並不是解釋的好地方。

「晚點吧！」費諾格里歐小聲說著，拉著她繼續走。「晚點，美琪。這裡耳目眾多。混蛋，那個幫我拿火把的現在躲哪去了？」

陌生的夜，陌生的聲音

這個世界如此寂靜，
暮色中，棲身之處
如此安適，如此甜蜜！
還有一間幽靜的房間，
讓你們休憩、忘卻
白日的悲痛。

——馬提亞斯・克勞丟斯《晚歌》

美琪後來試著回想自己是怎麼來到費諾格里歐的房間，不過，剩下的只是一些模糊的畫面了——一名拿著長矛對著他們的守衛，等到認出費諾格里歐後，便一臉不高興地讓他們通過，然後跟著拿著火把的小男孩穿過幽黑的巷子，接著是道通往一面灰色屋牆的陡峭階梯，在他們腳下嘎嘎作響。她跟著費諾格里歐上樓梯時，已累得暈頭轉向，害他不得不擔心地抓住她的手臂。

「我想，我們最好明天再聊我們最後一次見面後，雙方所經歷過的事。」他把美琪推進自己的房間時說道。「我會請敏奈娃帶一床草褥上來給妳，但今晚妳睡在我的床上。在無路森林三天三夜，死神和墨水啊，我大概怕都怕死了！」

「法立德有帶刀。」美琪喃喃說著。他們晚上睡在樹上，而下頭傳來各種抓刨和低吼聲時，那把刀眞的讓她感到安心。法立德一直握在手中。「當他見到鬼時，」她睡眼惺忪說著，而費諾格里歐點燃一盞燈，「他就點起火。」

「鬼？這個世界沒有鬼，至少沒有我寫進去的鬼。那你們這幾天都吃什麼？」

美琪摸索到床邊。床看來十分誘人，就算只有一張草褥和幾床草草織成的被褥。「漿果，」她喃喃說著：「很多漿果，以及我們從愛麗諾廚房拿來的麵包——和法立德抓到的兔子。」

「我的老天！」費諾格里歐難以置信地搖著頭。見到他那張皺紋臉眞的很棒，但美琪現在眞的只想睡覺。她脫掉靴子，爬到扎人的被褥下，伸直疼痛的雙腿。

「妳怎麼會這麼瘋狂，把你們唸到無路森林裡去？爲什麼不是這裡？髒手指一定對那男孩說過一些這個世界的事。」

「奧菲流士的字。」美琪不得不打起哈欠。「我們只有奧菲流士的字，而髒手指讓他把自己唸到森林裡去。」

「當然啦，看來像是他的風格。」她察覺費諾格里歐把被褥一直拉到她下巴下。「我現在最好別問妳說的是哪個奧菲流士。我們明天再聊。好好睡吧，並歡迎來到我的世界！」

美琪費了好大勁，才又睜開眼睛。「那你睡哪？」

「喔，別操心。敏奈娃家樓下，每晚都有一些親戚一起擠在床上，多一個人也無所謂。相信我，這一點點不舒服，很快就會習慣的。我只希望，她丈夫不會像她宣稱那樣，打鼾很大聲。」

他接著把門拉上，美琪聽到他費力走下陡峭的木梯，低聲罵著。她頭上，老鼠窸窸窣窣跑過屋樑（她希望那是老鼠），而附近城牆門衛的聲音從唯一的窗戶傳來。美琪閉上眼睛，她的雙腳疼痛，耳中還迴響著流浪藝人營地間的音樂。黑王子，她心想，我見到了黑王子……還有翁布拉的城門……我也聽到無路森林中的樹木如何相互低語。要是她能跟蕾莎或愛麗諾說這一切該多好。或是莫，但他現在一定再也不想聽到任何有關墨水世界的事。

美琪揉著疲憊的眼睛。床上方，精靈的窩攀在天花板的木樑間，正如費諾格里歐所希望那樣，但那個黑沈沈的出口後面，沒有任何動靜。費諾格里歐的閣樓房間，只比山羊關他和美琪的房間稍大一些，除了他大方留給她的床外，還有一個木箱子、一張長凳和一個深色木頭製成的寫字檯。那個寫字檯閃閃發亮，還飾有木刻，和粗製濫造的長凳、簡單的箱子等其他家具不搭調，似乎像從另一個故事中走失到這裡一般，和美琪的情況一模一樣。檯子上擱著一個插著一束羽毛的陶罐，兩個墨水瓶……

費諾格里歐看來真的心滿意足。

美琪拿手臂抹過疲憊的臉。蕾莎縫給她的衣服一直還有母親的味道，也有無路森林的味道。她把手伸進她在森林中差點兩次丟失的皮袋中，抽出那本莫送給她的筆記本。大理石紋紙上混著夜藍和孔雀綠——莫最喜歡的顏色。**在陌生的地方有他的書，會感到好過些的**。莫這樣對她說過多少次了，但他指的有沒有包括這個地方？在森林的第二天時，當法立德獵取兔子時，她試著讀自己帶來的那本書。她連第一頁都沒唸完，接著就忘了那本書，就這樣靜靜擱在一條成群的藍精靈盤旋其上的小溪旁。對故事的渴望，會不會因爲自己待在一個故事中而消失？還是她只是太筋疲力竭而已？我至少該寫下到現在爲止發生的事，她心想，再一次摸著筆記本的裝幀，然而倦意像有棉花在她腦袋和肢體中一樣。明天就寫，她想著。明天我也要告訴費諾格里歐，把我寫回去。我見到了精靈，甚至火精靈，還有無路森林與翁布拉。沒錯。他畢竟也要幾天的時間找出合適的句子……她頭上的一個精靈窩窸窣作響著，但沒見到藍色的小臉探出來。

房間涼爽，而一切顯得陌生，如此陌生。美琪已經習慣待在陌生的地方，畢竟莫爲患病的書籍不得不出門時，總會帶著她同行。但在所有這些地方，她都有一個依靠，就是莫在她身旁，一直如此。美琪臉頰貼著粗糙的草褥。她想念母親和愛麗諾及大流士，但最想念的人還是莫，讓她心裡感到一股牽扯。愛與愧疚，一種無奈的糾葛。要是他能一起來的話，該有多好！他讓她看了許多他們的世界，現在她也想這樣做。她知道，他會喜歡他們的：火精靈、低語的樹木和流浪藝人的營地……

喔，眞的，她很想莫。

費諾格里歐呢？他不思念任何人嗎？他不會想家，想他住過的村子，他的孩子、朋友、鄰居嗎？他的孫子呢，美琪常和他們在他屋子裡亂跑？「我明天帶妳看看這裡的一切！」當她緊跟在那個拿著快要燒完的火把、走在前頭的小男孩身後時，他對她小聲說道，聲音無比驕傲，聽來彷彿一位公侯準備在隔天向他的賓客展示自己的領地一般。「守衛可不喜歡見到晚上有人在巷子中瞎晃。」他接著說，而這些緊緊相依的屋舍間，果然十分安靜，很像山羊的村子，美琪幾乎以爲會見到黑衣人拿著把獵槍靠在某個角落。然而，他們只遇見幾隻在陡坡巷子中齁齁出聲流竄的豬，和一位衣衫襤褸的男人，他在屋舍間把垃圾清掃到一輛手推車上。「妳慢慢會習慣這些臭味的！」美琪拿手摀住鼻子時，費諾格里歐悄悄對她說道。「妳該慶幸，我沒住在印染工或製革匠那頭，他們的味道連我自己都還沒辦法忍受。」是的，費諾格里歐並不懷念任何人與事，這點美琪可以肯定。他又爲什麼要呢？這是他腦袋中的世界，他相當熟悉，就跟自己的想法一樣。

美琪仔細在夜裡聽著，除了老鼠的窸窣聲外，還有一個聲音——一個輕微的鼾聲，似乎來自寫字檯那頭。她掀開被褥，小心地朝那摸索過去。一個玻璃人睡在裝著羽毛的罐子旁，頭枕著一個小枕頭。他那透明的軀體沾上了墨水。他大概做些削尖羽毛、在大腹玻璃瓶中蘸墨水、在未乾的墨水上撒些沙子的工作吧……一如費諾格里歐所期望的那樣。而他床頭上的精靈窩，真的會帶來幸運和美夢嗎？美琪似乎在寫字檯上發現一些精靈粉末，拿手指在上面劃了一下，若有所思的樣子，打量著沾在她指頭上閃閃發亮的粉末，然後抹在額頭上。不知道精靈粉末能不能治療思鄉病？

沒錯，她一直在想家。周圍全是些美好的東西，而她卻不斷想著愛麗諾的家，想著莫的作坊……她的心真是荒謬。每次聽到蕾莎說著墨水世界時，不是都會心跳加速嗎？而現在，她到了這裡，真的來到這裡，自己的心卻似乎不知所措。因爲他們不在這裡！她的心輕輕說著，彷彿想要辯駁似的。因爲他們全都不在這裡。

至少法立德在她身邊就好了——

她眞羨慕他，可以在不同的世界進進出出，就像換件襯衫一樣。他唯一看得出來的渴望，便是髒手指那張刀疤臉。

美琪走到窗邊，那裡只掛著一塊布。她推開布，瞧著下面的巷子。那個衣衫襤褸收垃圾的人正推著手推車經過，幾乎和他那沈重惡臭的垃圾在房舍之間動彈不得。對面的窗幾乎一片漆黑，只有一扇窗後亮著燭光，一個孩子的哭聲竄到夜裡來。屋頂櫛比鱗次，彷彿冷杉毬果上的鱗瓣，而城堡暗沈的城牆和塔樓在星空中高聳其上。

肥肉侯爵的城堡，蕾莎仔細描述過。月亮蒼白地掛在灰色的雉堞上，把城垛和在城牆上來回巡邏的守衛染成銀白。這和愛麗諾屋後山巒間升沈的月亮，似乎是同一個。「侯爵明天會幫他那個沒教養的孫子辦慶祝會。」費諾格里歐對美琪說。「我得到城堡交出一首新曲子。我會帶上妳，我們只需要幫妳找件乾淨的衣服，敏奈娃有三個女兒，一定會有適合妳的衣服。」

美琪最後瞧了沈睡的玻璃人一眼，便回到精靈窩下的床。慶祝會後，她想著，同時脫掉自己的髒衣服，又鑽回粗糙的被褥中，慶祝會一完，我就請費諾格里歐把我寫回家。她一閉上眼，便又見到那群在無路森林幽暗的綠光中圍著他們飛的精靈，扯著他們的頭髮，直到法立德拿毬果丟他們。她聽到樹木低語，那種聲音似乎半是土地，半是空氣一般，想起她在深水潭見到的鱗片臉孔，還有黑王子和他的熊……

床底下窸窣作響，不知道什麼東西爬上她的手臂。美琪睡眼惺忪地把它揮掉。希望莫不要太生氣，她一直掛念著，跟著便入睡，夢到愛麗諾的花園，還是無路森林呢？

只是個謊言

被褥在這，但包圍溫暖他的，卻是那男孩的擁抱。

——傑瑞・史賓尼利《瘋狂麥基》

法立德很快就發現費諾格里歐說的沒錯，在夜裡莽撞趕路，實在很笨。當他爬上那個流浪藝人所描述，而這時灑滿月光的山丘時，雖然暗處沒有強盜現身，路上甚至連一隻狐狸都沒見到，但他要如何從這些位於夜裡樹叢間的簡陋農莊中找出自己要找的？他們看來全都一個樣——一間不比茅屋大多少的灰石頭屋，周圍種著橄欖樹，有口水井，有的有牲口欄圈，幾塊細長的農地。農莊中全無動靜，住民勞碌一天都睡了，法立德經過的圍牆和門愈多，自己的希望就愈顯渺茫。突然間，他在這個世界第一次感到茫然無措，正想縮在一棵樹下睡覺時，就見到了火光。

火光在山坡上頭亮起，像一朵木槿花般鮮紅，才剛綻放，就又凋謝。法立德加快腳步，急忙衝上山坡，眼睛緊盯著他見到火花的地方。髒手指！火光又在樹叢間亮起，這回是硫磺色，如陽光般燦爛。那一定是他！不然誰會在夜裡讓火起舞？

法立德愈跑愈快，不久便拚命喘氣。他來到一條沿山坡蜿蜒而上的路，經過樹身剛被砍掉的樹墩。這條佈滿石子的路，因露水而潮濕，他鬆了口氣，光著腳的他暫時不用跑在多刺的百里香叢上。那頭，黑暗中又是一朵紅花。在他頭上，一棟屋子從夜色中浮現。後頭的山丘依然繼續高升，農地像階梯般沿坡而上，周圍堆著石頭。這棟屋子和別的房子一樣簡陋樸素。一扇簡單的門和一道扁平石塊的牆就是路的盡頭，牆只到法立德的胸部高。他在門前停下來時，一頭鵝拍著翅膀，嘎嘎出聲，朝他撲來，但法立德並沒理會。他找到他要找的人了。

髒手指站在院子中，讓火花在空中開展，在他彈指下，火花綻放，開出一片片火的花瓣，然後凋謝，接著枯枝中冒出金色火焰，再度盛開。這火似乎來無影，髒手指只靠雙手或聲音來呼喚，只隨著他的氣息燃燒——沒有火把，沒有喝到嘴裡的油瓶——，法立德見不到任何他在另一個世界需要的東西。他就只是站在那，燃燒著夜。愈來愈多新的火花在他的周遭瘋狂起舞，在他腳前吐出宛如金色種子的火光，直到他置身在流動的火裡。

法立德常常看著髒手指耍弄火時露出的安詳表情，但從未見過他如此快樂的樣子……那頭鵝一直嘎嘎叫著，但髒手指似乎沒有聽見，直到法立德打開門，鵝呼天搶地喊著，他才轉身——而火花消逝，彷彿被夜的黑手指捻熄，一如髒手指臉上的快樂表情。

房門前，一名坐在門檻上的女子起身，還有一名小男孩，法立德這時才注意到他。他走過院子時，小男孩的目光跟著他。髒手指依然待在原地沒動，只是看著他，而他腳下的火光熄滅，只剩一絲紅色的餘燼。

法立德在那張熟悉的臉上找著一絲歡迎的表情，找著一抹微笑，但只見到呆楞。最後，法立德勇氣盡失，站著不動，而心在自己胸膛內顫抖，彷彿凍結一般。

「法立德？」

髒手指走向他，那名女子跟著他，她很漂亮，但法立德沒理會她。髒手指穿著那件他在另一個世界雖然一直帶著，卻從未穿過的衣服。紅與黑……在他在法立德面前一步停下來時，法立德不敢看著他，只低著頭站在那，瞪著自己的腳趾。說不定髒手指壓根兒沒想帶上他，說不定他和乳酪腦袋講好不唸最後的句子，而現在髒手指氣他還是跟了來，從一個世界跟到另一個世界……他會不會打他？他從未打過他（嗯，有一次幾乎打成，那時他不小心燒了葛文的尾巴）。

「我怎麼會以為可以阻止你不跟著我呢？」法立德察覺到髒手指把手擱到他下巴下，等他抬頭看時，終於發現他眼裡自己所期望的東西：快樂。「你躲到哪去了？我至少喊了你十幾次，找著你……火精靈一定認為我瘋了！」他打量著法立德的臉，十分擔心的樣子，好像不確定是不是有了什麼變化。感覺到他會擔心，讓法立德感到好過。他幾乎可以高興地跳著舞，就像剛剛為髒手指舞過的火一樣。

「好吧，你看來還是老樣子！」他終於確認道。「一個瘦巴巴的焦黃烤肉。等一下，你這麼安靜！難道你的聲音沒了？」

法立德微笑起來。「不，我很好！」他說，迅速瞄了一眼一直站在髒手指身後的那個女子。「但不是乳酪腦袋把我帶來這的，你一走，他就停下來不唸了！美琪把我唸過來的，靠著奧菲流士的字！」

「美琪？魔法舌頭的女兒？」

「是的！但你怎麼樣呢？你是不是也沒事，還是？」

髒手指嘴角露出一個法立德再熟悉不過的嘲弄微笑。「喔，你看到啦，疤痕都還在，但其他都完好無缺，如果你指的是這個的話。」他轉過身，看著那個女人，那種樣子，法立德一點都不喜歡。

她的髮是黑色的，眼睛也幾乎和他的一樣烏黑。她真的非常漂亮，就算已經年華老去，怎麼說呢，反正年紀比他大很多——但法立德不喜歡她。他不喜歡她，也不喜歡那小男孩。畢竟，他跟著髒手指來到他的世界，不是要和其他人分享他的。

那女人走到髒手指旁邊，手搭著他的肩。「這是誰？」她問，打量法立德的樣子，和他打量她一樣。「你許多的秘密之一？一個我不知道的兒子？」

法立德覺得血液直衝臉上。髒手指的兒子。他喜歡這個想法。他不動聲色地瞧著那個陌生的小男孩。誰是他的父親呢？

「我兒子？」髒手指溫柔地撫摸她的臉。「妳怎麼會這樣想，不，法立德是個噴火藝人。他跟我學習過一陣子，那時候起，他便以爲我不能沒有他，眞的深信他會到處跟著我，不管山高水遠。」

「什麼嘛！」法立德的聲音比自己所想的要惱怒許多。「我來這裡是要警告你！不過，你願意的話，我也可以再離開。」

「好啦，好啦！」他轉過身時，髒手指緊緊抓住他的手臂。「天哪，我都忘了你多容易激動。警告？警告什麼？」

「巴斯塔。」

當他說出那個名字時，那女人手緊摀住嘴——而法立德開始講述自髒手指消失，從山裡那條孤零零的路上消失，他不存在後的一切。他說完時，髒手指只問了一點：「所以巴斯塔拿到那本書了？」

法立德把腳趾往硬梆梆的土裡鑽，然後點頭。「是的！」他喃喃說著，感到懊惱無比。「他把刀架在我脖子上，我能怎麼辦？」

「巴斯塔？」那女人抓住髒手指的手。「所以他也還活著？」

髒手指只點點頭，然後又看著法立德。「你想他是不是已經在這了？你看奧菲流士是不是把他唸到這來了？」

法立德聳了下肩，感到無可奈何。「我不知道！我擺脫他時，他在我後面喊著，他也會找魔法舌頭報仇。但魔法舌頭並不相信，他說，巴斯塔只是生氣……」

髒手指瞧著仍然開著的門。「是的，巴斯塔生氣時，話是很多。」他喃喃說著，然後嘆了口氣，一腳踩熄了一些仍在地上發光的火星。

「壞消息，」他喃喃說道：「全是壞消息，現在只差你把葛文帶來了。」

還好天色已黑，在黑暗中，謊話不像在光天化日下那麼容易被揭穿。法立德盡可能讓自己的聲音聽來吃驚的樣子。「葛文？沒，沒，我沒帶牠來。你不是說，牠該待在那頭，而且美琪也阻止我這麼做。」

「聰明的女孩！」髒手指鬆了口氣的嘆息聲，直竄到法立德心中。

「你把那頭貂留下來？」那女人難以置信地搖著頭。「我一直以爲你最心疼那頭小怪物呢。」

「妳是知道，我這個人最不可信。」髒手指回答，但他聲音裡流露出來的無所謂，連法立德都騙不過去。「你餓了嗎？」髒手指問。「你到這多久了？」

法立德清了清嗓子，那個關於葛文的謊，讓他如鯁在喉。「四天前，」他脫口而出：「流浪藝人給了我們些吃的，但我還是覺得餓……」

「我們？」髒手指的聲音一下子起疑。

「美琪，魔法舌頭的女兒，她跟我一起來的！」

「她在這裡？」髒手指目瞪口呆地看著他，然後發出呻吟，撥開額頭前的髮。「這下可好了，這會讓她父親好看，她母親也一樣。你是不是還帶了其他人來？」

法立德搖搖頭。

「她現在在哪裡?」

「在那個老頭那!」法立德頭指著他來的方向。「他住在城堡那裡。我們在流浪藝人的營地碰到他,美琪很高興,反正也正要去找他,讓他帶她回去。我猜她很想家……」

「那個老頭?見鬼了,你現在說的又是誰?」

「喔,那個作家!那個有烏龜臉的,你也知道的,你躲開的那位,當時在……」

「知道了,知道了,別說了!」髒手指手摀住他的嘴,似乎不想再聽到任何話,瞧著那個翁布拉城牆隱身在黑夜中的地方。「天哪,這可愈來愈精彩了……」他喃喃說著。

「這……是不是又是一個壞消息?」法立德幾乎不敢問。

髒手指轉過臉,但法立德還是見到他的微笑。「當然。」他說。「大概從沒有一個男孩,一次帶來這麼多壞消息的,而且還是在半夜中。我們怎麼處理這種不幸的信差,羅香娜?」

羅香娜,所以這是她的名字。有一會,法立德以為她會建議趕走他,但她聳了聳肩。「我們除了給他吃的,還能怎樣?」她說。「就算他看來不是很餓的樣子。」

給山羊的禮物

「他是我父親的敵人，那我就更不能相信他！」那個現在真的吃了一驚的女孩喊道。「您不和他談一下嗎，海華少校，這樣便可聽聽他的聲音。這可能有點蠢，但您應該常聽到，我很看重人們的聲音。」

——詹姆斯・F・庫伯《最後的莫希干人》

過了傍晚，過了深夜，沒人過來打開愛麗諾的地窖。他們默不出聲坐在那，在番茄醬、小餃子罐頭和其他堆在架子上的存糧中間——試著不去看其他人臉上的恐懼。

「嗯，我的屋子其實也沒那麼大！」愛麗諾不知何時打破寂靜。「這時候，連巴斯塔這個笨蛋也該弄明白美琪眞的不在這裡了。」

沒有人說什麼。蕾莎緊靠著莫提瑪，彷彿這樣就能讓他避開巴斯塔的刀子似的，而大流士第一百次擦著自己乾淨到發亮的眼鏡。等到最後有腳步聲靠近地窖門時，愛麗諾的錶卻停了。在他們從自己吃東西的橄欖油桶上費力地起身時，記憶淹沒了他們疲憊的理智，那些沒有窗戶的牆面和發霉的乾草的記憶。他們的地窖比起山羊的棚屋，是個舒服許多的監牢，更別提他教堂下那個墓室，但開門的人是同一個——巴斯塔讓愛麗諾在自己的房子中感到一樣的恐懼。

上次見到他的時候，他自己也是個囚徒，被他鍾愛的主人關在狗籠裡。難道他忘了嗎？摩托娜如何讓他再次效命於她的？愛麗諾可不想蠢到去問巴斯塔，而是自己找出答案：因爲一條狗需要一個主人。

巴斯塔來帶他們時，那個大塊頭跟在一旁。他們畢竟是四個人，而巴斯塔一定還清楚記得髒手指逃脫他的那一天。「唉，對不起，魔法舌頭，讓你們久等了。」他推著莫提瑪走過通往愛麗諾圖書館的走廊時，用他那貓般聲音說道。「在你那女巫女兒顯然真的開溜後，摩托娜就是猶豫不決，不知道現在該怎麼報仇。」

「然後呢？她想到什麼點子了嗎？」愛麗諾問，雖然自己怕聽到答案，而巴斯塔又是樂於回答。

「喔，她起先想把你們統統斃了，然後沈到湖底，雖然我們對她說，只要把你們草草埋在外頭的灌木叢下，也就夠了。但她接著認爲，這樣太仁慈了，讓你們死的時候，知道那個小女巫逃過她的手掌心。沒錯，摩托娜一點也不喜歡這個念頭。」

「是嗎，她不喜歡？」愛麗諾的雙腿因爲害怕而異常沈重，停而不前，直到大塊頭不耐煩地推了她，在她還來不及問，摩托娜現在有何打算，而不一槍斃了他們時，巴斯塔也已打開圖書館的門，嘲弄地躬著身，示意他們進去。

摩托娜端坐在愛麗諾最喜歡的沙發椅上，一頭眼睛滴淚、頭大得可以擱上盤子的狗，趴在離她不到一步的距離。牠的前腳和摩托娜的腿一樣纏著繃帶，腹部也一樣包紮起來。一頭狗！在她的圖書館裡！愛麗諾緊緊閉著嘴唇。這大概是此刻最不用擔心的事，愛麗諾！她對自己說著。所以最好視而不見。

摩托娜的枴杖靠在一個她用來存放自己最珍貴書籍的玻璃櫃上。怪胎站在老太婆身旁。奧菲流士——這個白癡在想什麼，怎麼有資格用上這個名字，難道他的父母真是這樣叫他？不管怎樣，他看起來和他們一樣，一夜未眠的樣子，倒是讓愛麗諾放心一下。

「我兒子老說，報仇像是一道菜，最好涼了以後品嘗。」摩托娜表示，同時打量著她階下囚疲憊的臉孔，露出滿意的表情。「我承認，昨天我沒心情照本宣科，我眞的很想馬上看你們死，不過，小女巫失蹤一事，倒是給了我時間好好想想，所以我決定稍微推遲我的復仇行動，以便好好冷冷享受一番。」

「你們聽，你們聽！」愛麗諾喃喃說著，卻被巴斯塔的獵槍口頂了一下。不過，摩托娜的鳥眼只瞧著莫提瑪，似乎再也不看其他人，不看蕾莎，不看大流士，不看愛麗諾，只盯著他。

「魔法舌頭！」她十分不屑地說出這個名字。「你那柔柔的聲音殺死了多少人？十幾個？闊仔、扁鼻子，而最後的高潮，便是我的兒子。」摩托娜聲音中的憤恨，聽來如此新鮮，彷佛山羊死了不是一年多，而是昨晚一般。「你殺了他，你要爲此償命。我發誓，你會死，而我會看著你死，就像看著我的兒子喪命一樣。出於切膚之痛，我知道，不管在這裡或另外一個世界，什麼痛楚都比不上自己孩子的死，所以我想在你死前，讓你看著自己的女兒魂歸西天。」

莫提瑪站在那，臉色木然。一般來說，他的任何感情都會寫在臉上，但在此刻，就連愛麗諾都說不出他心裡在想什麼。

「她不在了，摩托娜，」他只沙啞說著：「美琪不在了，而我想妳無法把她弄回來，不然妳早就做了，不是嗎？」

「誰說要把她弄回來？」摩托娜薄薄的嘴唇露出一絲悲傷的微笑。「你以爲我還想繼續待在你這個可笑的世界，在我有了這本書後？爲什麼要？不，我們會跟著你的女兒到我的世界去。巴斯塔會在那逮到她，像抓小鳥一樣，然後，我會把你們兩個送給我兒子當禮物。我們又會慶祝，魔法舌頭，但這回山羊不會死。喔，不。他會坐在我身邊，握著我的手，看著死神先奪走你的女兒，再來是你。沒錯，就是這樣！」

愛麗諾看著大流士，同樣在他臉上見到無法置信的訝異。

但摩托娜輕蔑地微笑著。「你們幹嘛這樣看著我？你們以爲山羊死了？」摩托娜的聲音幾乎變了。「胡說。是的，他在這是死了，但這代表了什麼？這個世界是個玩笑，是個流浪藝人在市集上演出的假面舞會。在我們那個眞實的世界，山羊還活著，所以我才從吞火的傢伙那裡，把這本書拿回來。小女巫當時在你們殺死他的那一晚也說過：只要這本書在，他就會在。我知道她說的是吞火的傢伙，但他可以，我的兒子也同樣可以！他們全都還在那裡，山羊、扁鼻子、闊仔和影子！」

她得意洋洋地一個個瞧著他們，但每個人都默不出聲，除了莫提瑪。「妳簡直在瞎扯，摩托娜！」他說。「沒有人比妳更清楚這點了。山羊和巴斯塔與髒手指一起消失的時候，妳自己還在墨水世界中。」

「他出門去了，那又怎樣？」摩托娜的聲音變得尖銳起來。「只不過沒再回來，這根本無關緊要。我兒子必須不停出門辦事。毒蛇頭如果需要他效命的話，偶爾會半夜派差役過來，而他隔天一早便不在了。但現在他回來了，正等著我把殺他的兇手帶去他在無路森林中的碉堡。」

愛麗諾有股莫名其妙想大笑的衝動，但還是因爲害怕而吞了回去。毫無疑問！她心想。這個老喜鵲瘋了！可惜，這讓她變得更加危險。

「奧菲流士！」摩托娜不耐煩地把怪胎招到她身邊。

他刻意慢慢踱到她那，像是想證明自己絕非像巴斯塔那樣聽命，並一邊走一邊從自己夾克的內袋抽出一張紙。他煞有介事地把紙攤開，擱在摩托娜枴杖所靠的玻璃櫃上。那頭狗喘著氣，跟著他的每一個動作。

「這並不容易！」奧菲流士表示道，同時朝狗彎下身，溫柔地輕拍著那個醜陋的腦袋。「我從未試過一次唸這麼多人過去，或許，我們最好一個接著一個試試看……」

「不！」摩托娜粗魯地打斷他。「不，像我們事先講好那樣，你一起把我們唸過去。」

奧菲流士聳聳肩。「那好吧，就照妳說的。我說過，這有風險，因爲……」

「住嘴！我不想聽。」摩托娜瘦骨嶙峋的手指猛戳著沙發椅的扶手。（我再也無法坐進那個玩意裡去了，一坐進去，就會想到她，愛麗諾想著。）「要我提醒你那個牢房嗎，要不是我買通的話，你出得來嗎？我只要說一句，你又會再蹲進去，沒有書，沒有紙。相信我，要是你出問題的話，我會讓你吃不完兜著走。畢竟，聽巴斯塔說，你很輕易便把吞火的傢伙唸過去了。」

「沒錯，但那個容易，非常容易！就像我把某個東西擱回原位一樣。」奧菲流士出神地看著窗外，彷彿又見到髒手指消失在草地上。

他轉過身對著摩托娜，皺著眉頭。「他不一樣！」他說，同時指著莫提瑪。「那不是他的故事，他不屬於那裡。」

「他的女兒也不屬於那裡。難道你想說，她唸得比你好？」

「當然不是！」奧菲流士筆直地站起身。「沒人比我更行。我不是已經證明過了？妳不是說，髒手指十年來在找人把他唸回去？」

「好，好，就這樣，別再說了。」摩托娜抓起自己的楞杖，吃力地起身。「要是像吞火傢伙上次那樣，從故事裡又再跑出一頭兇惡的大貓代替我們的話，不是很有趣嗎？巴斯塔的手一直還沒好，但他還有刀子和那頭狗幫忙。」她惡毒地瞧了一眼愛麗諾和大流士。

愛麗諾往前踏了一步，不理會巴斯塔的槍口。「這是什麼意思？我當然也一起去！」

摩托娜抬起眉毛，故作吃驚狀。「喔，妳想，誰會有決定權呢？我要妳幹嘛？或是大流士那個蠢蛋。雖然，我兒子一定不會反對把你們倆也餵給影子，但我可不想增加奧菲流士的負擔。」她拿著枴杖指著莫提瑪。「我們帶上他！其他人都不帶。」

蕾莎緊抓住莫提瑪的手臂。摩托娜帶著個微笑走向她。「沒錯，小鴿子，我也會把妳留在這！」她說著，粗魯地捏著她的臉頰。「我現在再把他從妳身邊帶走，一定很難受，對不對？妳才剛剛回到他身邊，在這許多年後……」

摩托娜示意巴斯塔，而他粗魯地抓住蕾莎的手臂。她反抗，仍緊緊抓著莫提瑪，臉上表情無比絕望，讓愛麗諾心如刀割。但她想過來幫蕾莎時，大塊頭擋住她的去路，而莫提瑪輕輕鬆開蕾莎的手。

「沒事的。」他說。「畢竟我是家裡唯一一個還沒去過墨水世界的人。我答應妳，沒有美琪一起，我不會回來。」

「沒錯，因為你根本不會回來！」巴斯塔譏嘲說，同時粗魯地把蕾莎推給愛麗諾。

摩托娜一直微笑著。愛麗諾眞想打她。想點辦法，愛麗諾！她想著。但她能做什麼？抓住莫提瑪？撕爛怪胎小心撫平擱在自己玻璃櫃上的那張紙？

「怎麼樣，我們現在是不是可以開始了？」奧菲流士問道，舔了舔嘴唇，好像等不及再次展示自己的技藝。

「當然。」摩托娜吃力地撐著自己的枴杖，示意巴斯塔到她身邊。

奧菲流士不安地瞧了他一眼。「妳會讓他不去動髒手指的，對不對？」他對摩托娜說。「妳答應過的！」

巴斯塔拿手指劃過咽喉，對他眨眼。

「妳看到了嗎？」奧菲流士悅耳的聲音一下變了。「你們答應過的！這是我唯一的條件。你們放過髒手指，不然我就一個字也不唸！」

「好，好，沒事的，別這樣亂喊，那會毀了你的聲音。」摩托娜不耐煩地回答。「我們有了魔法舌頭，那個吞火的臭傢伙我才懶得再去理。現在給我唸吧！」

「嘿！等一下！」這是愛麗諾第一次聽到那個大塊頭的聲音，對一個他這種身材的男人來說，尖銳得可以——好像一頭大象用蟋蟀的聲音在說話似的。「你們走了後，其他人怎麼辦？」

「我怎麼知道？」摩托娜聳聳肩。「讓他們被代替我們跑出來的東西吃掉算了，讓那個胖子當你的女僕，大流士幫你擦靴子。隨你怎麼樣……我才不管。現在快給我唸吧！」

奧菲流士聽命。

他走向玻璃櫃，那張寫有他的字的紙等在那裡，他清了清喉嚨，扶正了眼鏡……

「山羊的碉堡位於森林中巨人足跡最先出現的地方。」一句句話像音樂般從他嘴唇間流洩出來。「不過，已很久沒人在那見過他們，但比他們更嚇人的生物，夜裡會在牆附近徘徊——夜魔和紅帽子和搭起這座碉堡的人類一樣殘酷。碉堡用灰色石頭建起，和碉堡所倚的岩石坡地一樣灰暗……」

想點辦法！愛麗諾想著。想點辦法，不然就來不及了，扯掉怪胎手上那張紙，踢開喜鵲的枴杖……但她就是無法動彈。

這聲音眞美！還有文字的魔力——依附在她腦海裡，讓她陶醉到昏昏欲睡。等到奧菲流士唸到菝葜和欏柳花時，愛麗諾似乎都可聞到。他眞的唸得和莫提瑪一樣好！那是她腦海裡唯一不受控制的念頭。其他人也沒好到哪兒去，全都盯著奧菲流士的嘴唇，彷彿熱切期待著下一句話似的：大流士、巴斯塔、大塊頭，就連莫提瑪也不例外，甚至喜鵲也一樣。他們一動不動地聆聽著，籠罩在文字的音韻中，只有一個人在動，蕾莎。愛麗諾見到她抗拒著那個魔力，如同涉入一潭深水中，來到莫提瑪身後，抱住了他。

跟著，他們全都消失了，巴斯塔、喜鵲、莫提瑪和蕾莎。

摩托娜的報復

我不敢，
不敢寫下：
如果妳死了。

——聶魯達《死者》

彷彿有幅類似彩繪玻璃的透明的畫，倒在蕾莎剛剛還見到的東西上——愛麗諾的圖書館、一本本大流士仔細分類後，並列在一起的書背——，這一切漸漸模糊起來，另一個畫面漸漸清晰。石頭吞噬掉了書，被燻黑的牆垣取代了書架，雜草從愛麗諾的木頭地板中長出，而白色的天花板換成了烏雲密佈的天空。

蕾莎依然一直抱著莫。他是唯一沒有消失的，她沒放開他，就怕再次失去他，像過去那次那樣，發生在許多年前。

「蕾莎？」她在他轉過身，明白她跟了過來時，見到他眼裡的驚恐。她很快拿手摀住他的嘴。他們左側，香忍冬沿著被燻黑的牆面攀爬而上。莫伸手去摸葉片，好像他的手指要先確認自己眼睛早已見到的東西。蕾莎記起自己當時也是如此，也觸摸著所有東西，無法相信文字後頭的世界亦是如此眞實。

要不是自己聽到奧菲流士唸出來的句子，蕾莎也無法認出摩托娜讓他們唸到哪兒去。從她最後一次站在院子中後，眼前山羊的碉堡已面目全非。當時，到處都是山羊的手下，武裝的手下，在樓梯上，在門前，在碉堡牆上。以前爐灶所在的地方，現在只剩燒焦的木樑，而她和其他女僕曾在樓梯旁那頭拍打掛毯，那是摩托娜在特別場合時才拿出來裝飾空無一物的房間用的。

那些房間全都沒了。碉堡的牆垣倒塌，被火燻黑，煤灰遮覆住石頭，彷彿被人用黑筆塗過一般，過去光禿禿的院子，現在歐蓍草蔓生。歐蓍草偏愛燒過的泥土，到處蔓生，過去一道通往守衛塔樓的窄梯處，森林正在逼近山羊的棲身之處。小樹在廢墟各處生根，似乎只在等候收復人類居所佔走的地方似的。飛廉從空洞的窗孔中冒出，青苔覆蓋住被毀的樓梯，長春藤攀上山羊過去的絞刑柱，現在只是燒剩的木頭。蕾莎見過上面吊死許多人。

「這是怎麼回事？」摩托娜的聲音在死寂的牆垣中迴盪著。「這個破廢墟是怎麼回事？這不是我兒子的碉堡！」

蕾莎緊靠莫的身旁。他依然麻木著，簡直像是在等著自己醒來，再次看到愛麗諾的書，而不是這些斷垣殘壁一般。蕾莎很清楚他的感受，對她來說，第二次已沒那麼難受。畢竟，她這次不是單獨一人，也知道會發生什麼事。不過，莫似乎忘了一切，摩托娜、巴斯塔——以及爲什麼他們帶他過來。

然而，蕾莎沒忘，她打量著摩托娜穿過歐蓍草，跌跌撞撞往被燒黑的牆垣走去，摸著石塊，彷彿在摸著自己死去的兒子的臉，心裡感到七上八下。

「我會親手割掉這個奧菲流士的舌頭，配上毛地黃，讓他自己吃下去！」她脫口而出。「這會是我兒子的碉堡？絕不可能！」她四處張望時，頭像鳥頭一般不停抽動著。

巴斯塔只站在那，獵槍對著蕾莎和莫，一言不發。

「你說說話啊！」喜鵲對他喊著。「說啊，你這白癡！」

巴斯塔彎身撿起他腳前一頂生鏽的頭盔。「要我說什麼？」他嘟噥著，同時一臉不悅地把頭盔丟回草中，踢了一腳，讓頭盔哐噹朝牆頭滾去。「這當然是我們的城堡，還是妳故意不看牆上的那隻山羊？甚至那個魔鬼也在，只不過現在戴了一頂長春藤冠，而那頭還有一個開膛仔畫在石頭上的眼睛。」

摩托娜瞪著那個巴斯塔所指的紅眼睛看，然後一瘸一瘸走向那扇殘餘的木門，在黑莓叢和人高的蕁麻間，幾乎隱而不見，而且殘破脫落。她站在那，一言不發，四處看著。

不過，莫終於回過神來。「他們在說什麼？」他小聲對蕾莎說著。「我們在哪？這是山羊過去的巢穴嗎？」

蕾莎只點點頭。然而，喜鵲聽到他的聲音，立刻轉過身來瞪著他，然後朝他走來，跌跌撞撞，彷彿頭暈一般。

「沒錯，這是他的城堡，但山羊不在這裡！」她刻意輕聲說著。「我兒子不在這裡。看來巴斯塔沒說錯，他是死了，不管在這，還是另一個世界，死了，怎麼死的？因爲你的聲音，你那該死的聲音！」

摩托娜的臉滿是恨意，蕾莎不由自主想把莫往後拉，隨便什麼地方，只要避開這個眼神就好。然而，他們身後只有一堵燻黑的牆，上頭那隻山羊圖案依然醒目，紅眼睛，羊角燃燒著。

「魔法舌頭！」摩托娜吐出這個字眼，彷彿毒藥一般。「說殺人舌頭更合適吧。你的小女兒還猶豫不決，不敢讀出那些殺了我兒子的字眼，但你——**你一絲一毫都沒遲疑！**」她繼續說下去時，幾乎是在低語：「我還清清楚楚看著你在我眼前，彷彿昨晚發生一般——從她手上拿走那張紙，把她推開，然後那些話就從你嘴中冒了出來，就像你讀過的一切那麼悅耳，你唸完後，我兒子已倒地而死。」有那麼一會，她把手指壓在嘴上，像是要忍住不啜泣出聲。等她放下手時，嘴唇依然哆嗦著。

「這—怎—麼—可—能？」她繼續說道，聲音顫抖。「告訴我，這怎麼可能？他根本不屬於那裡，不屬於你們那個狡詐的世界。他怎麼可能在那死去？你那該死的舌頭把他誘了過去，就只是要殺了他？」她跟著又轉過身，瞪著被燒毀的牆垣，握緊瘦削的拳頭。

巴斯塔又彎下身，這次拾起了一根箭簇。「我眞想知道這裡發生了什麼事！」他喃喃說著。「我一直說山羊不在這裡，但其他人去哪兒了？火狐狸、倒楣鬼、駝背、笛王和開膛仔……他們全死了嗎？還是被關到肥肉侯爵的地牢去了？」他不安地看著摩托娜。「要是他們全都不在了，我們該怎麼辦，妳說說看啊！」巴斯塔的聲音聽來像個害怕夜晚的小男孩。「妳想要我們像山妖一樣窩在洞穴中直到被野狼發現爲止？妳難道忘了那些狼嗎？還有夜魔、火精靈，以及還在這出沒的各種玩意……我可沒忘記他們，但妳一定要回到這個該死的地方，每株樹後都躲著三個鬼！」他抓著掛在脖子上的護身符，但摩托娜看都不看他一眼。

「赫，給我閉嘴！」她厲聲說道，巴斯塔嚇得縮起腦袋。「我還要跟你說幾遍，根本不用怕鬼！至於野狼，你不是有刀嗎，是不是？我們不會有事的，我們在他們的世界都沒事，而在這個世界，我們可比他們更熟。再說，我們在這還有一個大靠山，難道你忘了？我們會去造訪他，沒錯，我們會去。但在此之前，我還有些事要處理，一些我早該做的事。」她又只盯著莫看，無視旁人。

接著，她轉身，走向巴斯塔，步伐堅決，拿過他手中的獵槍。

蕾莎抓住莫的手臂，試著把他拉到一旁，但摩托娜槍開得更快。喜鵲用過幾次獵槍，當時在山羊的院子中，便經常開槍射那些啄食她園圃中種子的鳥。

鮮血在莫的襯衫上滲開，宛如一朵盛開的花，紫紅色的花。當莫倒下，突然一動不動躺在那時，蕾莎聽見自己的叫聲，而他周圍的草一下染紅，一如他的襯衫。她急忙跪倒，把莫轉過來，雙手壓住傷口，似乎這樣便能抑住血似的，那些帶走他生命的血。

「來吧，巴斯塔！」蕾莎聽到摩托娜說。「我們還有一段路要走，必須找個安全的地方，免得天黑。這座森林晚上可不是什麼好地方。」

「妳要把她留在這？」那是巴斯塔的聲音。

「是啊，爲什麼不？我知道你一直喜歡她，但野狼會來收拾他們的，鮮血會把牠們引過來的。」血，血還是快速湧出，莫的臉霎時雪白。「不，喔，天哪，不！」蕾莎低聲說著。她的聲音。她的手指頂著自己哆嗦的嘴唇。

「現在妳看看，小鴿子又能說話了！」她耳中轟鳴，幾乎聽不見巴斯塔嘲諷的聲音。「只可惜他再也聽不到了，對不對？保重了，蕾莎！」

她沒回頭看，腳步聲遠去後，也沒回頭。「不！」她只聽見自己不停低語。「不！」聽來像在默禱。她撕下自己一片衣服——要是手指不那麼顫抖就好了——拿來壓住傷口，雙手被他的血和自己的淚染濕。蕾莎！她喝叱自己。流淚根本幫不上他。想想看！山羊的手下受傷時，是怎麼弄的？他們燒灼傷口，但她不願去想這點。不是還有一種植物，一種葉子毛茸茸，有小小淡紫色鐘形花的植物，大黃蜂老在上頭嗡嗡飛。她四處找著，淚眼模糊，彷彿寄望著奇蹟一般……

兩個藍皮膚的精靈在香忍冬的藤蔓間飛舞。要是髒手指現在在這就好了——他一定知道怎麼誘來他們。他會輕聲召喚，說服他們留下一些唾液或頭髮上撒下來的銀色粉末。

她又聽到自己的啜泣，染血的手指拂去莫額前的黑髮，她喊著他的名字。他不能死，不是現在，不是在這許多年後……

她不停喊著他的名字，手指擱在他唇上，察覺到他的氣息淺短不穩，而且吃力，彷彿有人坐在他胸口上似的。死神，她心想，死神……

一陣聲響讓她嚇了一跳，一陣腳步聲，走在柔軟的葉片上。難道是摩托娜改變主意？遣巴斯塔回來帶走她？還是狼已經來了？要是她有把刀就好了。莫身上總帶著一把。她的雙手急忙伸到他褲袋中摸索著刀把……

腳步聲愈來愈響。沒錯，那是腳步聲，毫無疑問，人的腳步。突然間，一切靜寂下來，令人不安。蕾莎的手指接觸到刀把，匆匆從莫口袋中抽出，彈開。她幾乎不敢轉過身，但最後還是做了。

一名老婦人站在過去曾是山羊大門之處，在那些依然高聳的墩柱間，看來像個小孩一般。她肩上背著個袋子，一身衣服看來像是用蕁麻編成的，皮膚被太陽曬成棕色，佈滿皺紋的臉有如樹皮一般。她的灰髮短如貂毛，纏著樹葉和牛蒡。

她朝蕾莎走來，一言不發。她的雙腳裸露，但在這個殘破的碉堡院子中蔓生的蕁麻和飛廉，似乎並沒妨礙到她。她面無表情，把蕾莎推到一旁，探身看著莫，把蕾莎一直壓在傷口上的血布條拉開，顯得無動於衷。

「我還從沒有見過這種傷口，」她斷言道，聲音聽來沙啞，似乎不常用上似的。「是什麼東西造成的？」

「一把槍。」蕾莎回答，對自己又能用上舌頭，而不是雙手說話，感到怪異。

「一把槍？」老婦人看著她，搖了搖頭，又探身看著莫。「一把槍，現在又是怎麼回事？」她喃喃說著，同時拿棕色的手指觸摸著傷口。「是啦，他們發明新的武器，比孵小雞還快，我又可以讓自己想想該怎麼把他們刺破割裂的玩意縫補起來。」她把耳朵靠上莫的胸口聆聽，跟著起身，嘆了口氣。「妳這件衣服下還有襯衣嗎？」她粗魯問道，沒瞧蕾莎。「脫掉，撕破，我需要長布條。」她伸手到自己腰帶間的一個皮袋，拿出一個小瓶子，拿蕾莎遞給她的布條沾了沾。「蓋到傷口上！」她說，把布條塞到她手指間。「傷口很嚴重，說不定我得劃開或燒灼，但不是在這。單單我們兩個人搬不動他，但流浪藝人有個照顧老人和病人的營地離這不遠。我說不定能在那找到幫手。」她包紮傷口，手指無比靈巧，彷彿天生一般。「讓他保持溫暖！」她說，同時起身，袋子往肩上一扔，接著指了指蕾莎掉到草裡的刀。「留好。我盡量趕在野狼出現前回來。要是有哪個白衣女子現身，注意，別讓她看著他，或輕喊他的名字。」

她跟著離開，來無影去無蹤，而蕾莎跪在山羊碉堡的院子中，手壓著滲血的繃帶，聽著莫的氣息。

「你聽到了嗎？我的聲音回來了，」她悄聲對他說著：「好像就在這等著你似的。」然而，莫一動不動，臉色慘白，彷彿石頭和草叢飲盡他所有的血。

不知過了多久，蕾莎聽到身後有聲低語，一如雨水般不清不楚與柔和。等她四處張望，便見到站在毀損的樓梯上，一名白衣女子，宛如水中倒影般朦朧。蕾莎很清楚，白衣女子出現意味著什麼。她對美琪說過太多白衣女子的事。只有一樣東西會誘來她們，比血引來野狼還快：停頓的氣息，愈跳愈弱的心……

「別亂來！」蕾莎對那蒼白的身影喊道，同時彎身護住莫的臉。「滾開，別妄想看他。他不會跟妳走的，不是今天！」要是她們想帶走妳，會低喊著妳的名字，髒手指對她這樣說過。但她們不知道莫的名字！蕾莎心想。她們不會知道的，因爲他不屬於這裡！但她依然摀住他的耳朵。

太陽開始落下，不斷在樹叢後下沈。被火燻黑的牆垣間，天色暗了下來，樓梯上的蒼白身影愈來愈清晰，站在那等候著，一動不動。

生日一早

「不，要是我的心沒受傷的話，我是不會離開這座城的……我在這些街道上灑下許多片段的想法，而我渴望的孩子太多了，他們赤身在這些山丘中徜徉。」

——紀伯倫《先知》

美琪從沈睡中驚醒。她作了夢，噩夢，卻不知道夢了什麼，只有恐懼還在，像心中的一根刺。嘈雜聲傳入她耳中，叫喊、大笑、孩子的聲音、狗吠、豬嚎、搥打聲、鋸木聲。她察覺到臉上的陽光，還有竄進她鼻子的空氣，帶著糞肥和剛出爐的麵包味。她在哪？直到看見費諾格里歐坐在寫字檯前，她才想起——翁布拉。她在翁布拉。

「早安！」費諾格里歐顯然睡得不錯，看來對自己和這個世界相當滿意。也是，要不是創造這個世界的人，誰會對這個世界滿意？昨晚美琪見到睡在羽毛筆罐旁的玻璃人，立在他一旁。

「薔薇石英，問候一下我們的客人！」費諾格里歐說。

玻璃人僵直地朝美琪的方向鞠躬，接過滴著墨水的羽毛筆，在一小塊布上擦乾淨，然後擱回裝著其他筆的罐子中，探身看著費諾格里歐寫的東西。「啊，換花樣了，不寫關於松鴉的歌曲了！」他挖苦地表示道。「您今天要帶這去城堡嗎？」

「沒錯！」費諾格里歐高高在上回答著。「現在你可以注意一下，別把墨水給弄糊了。」

玻璃人皺起鼻子，彷彿自己從未發生過這種事一樣，兩隻手伸進擱在羽毛筆旁的沙盤中，熟練地把那些細小的顆粒撒在剛寫好的羊皮紙上。

「薔薇石英，我還要告訴你幾次？」費諾格里歐責備著他。「你拿太多沙，動作也太大，這樣全會糊掉的。」

玻璃人拍掉手上的一些沙粒，雙手交叉抱胸，一臉委屈的樣子。「那你來顯顯身手！」他的聲音讓美琪想到拿指甲敲玻璃時發出的聲響。「是啊，真的，我很想瞧看看！」他挖苦地說，一臉不屑地打量著費諾格里歐瘦骨嶙峋的手指，害得美琪不得不笑出來。

「我也想看看！」她說，同時套上自己的衣服。幾片無路森林中乾枯的花瓣，還沾在上面，美琪自然又想到法立德。他是不是已經找到了髒手指？

「您聽到了嗎？」薔薇石英拋給她一個友善的眼神。「她說的話，像個聰明的女孩。」

「喔，沒錯，美琪很聰明。」費諾格里歐回答。「我們兩個一起經歷過一些事，要不是她，我現在也不會坐在這裡，對一個玻璃人解釋怎麼在墨水上撒沙子了。」

薔薇石英好奇地看了美琪一眼，但並沒追問費諾格里歐那個神秘兮兮的說法是什麼意思。

美琪走到寫字檯，從老人背後瞧著。「你的筆跡好讀多了。」她表示道。

「喔，多謝。」費諾格里歐喃喃說著。「這妳最清楚了。但妳看看，這個P是不是模糊了？」

「您眞要怪罪於我的話，」薔薇石英發出清脆的聲音說：「那我就不會再當您的筆童，你立刻幫我找個代筆人，不用早餐前就得開始工作的。」

「好啦，好啦，我又沒怪你，是我把這個P弄糊的，是我好吧！」費諾格里歐對美琪眨眨眼。

「他很容易生氣，」他對美琪悄聲說著。「自尊心跟他的身體一樣易脆。」

玻璃人背對著他，一言不發抓起自己擦筆用的布，並努力擦掉手臂上一塊未乾的墨水漬。他的身體不像愛麗諾花園中的玻璃人，並非完全透明，全身散發著一種細緻的玫瑰色，像野玫瑰的花瓣一般，只有頭髮的顏色較深。

「你還沒對新曲子表示任何意見，」費諾格里歐表示。「很棒，對吧？」

「不差啦！」薔薇石英沒轉身便回答，開始擦亮自己的腳。

「不差？這可是傑作，你這個蛆蛆色、只會弄糊墨水的筆童！」費諾格里歐用力拍著寫字檯，害得玻璃人像甲蟲一樣往後一倒。「我今天就去市集，找個新的玻璃人，懂得文章，也會欣賞我的強盜之歌！」他打開一個長盒子，拿出一根火漆。「至少你這次沒忘記封印的火！」他嘟噥著。

薔薇石英一下奪過他手上的火漆，對著筆罐旁一根燃燒的蠟燭。他把融化的一端壓在羊皮紙卷上，表情木然，自己的玻璃手還在紅色的印痕揮動了幾下，跟著看了費諾格里歐一眼，催促著他，而費諾格里歐則神情嚴肅，把戴在右手中指上的戒指摁在未乾的火漆上。「費奇絕，費是費諾格里歐，奇是奇幻，絕是絕妙，」他宣稱著。「算是大功告成。」

「早吃早餐，我現在會覺得更好。」薔薇石英說，但費諾格里歐沒加理會。

「妳覺得寫給侯爵的曲子如何？」他問美琪。

「你們在那吵來吵去，我……還沒唸完。」美琪避而不答。她不想表示自己好像見過這些詩句，火上加油，讓費諾格里歐心情更差。「為什麼肥肉侯爵想要這種傷感的詩句？」她換了別的問題問。

「因為他兒子死了。」費諾格里歐回答。「傷心的曲子一首接著一首，柯西摩死後，他只想聽這些東西。我都覺得難受！」他嘆了口氣，把羊皮紙擱回寫字檯，走向窗戶下的箱子。

「柯西摩？英俊的柯西摩死了？」美琪掩飾不住自己的失望。蕾莎對她說了許多有關肥肉侯爵兒子的事：人見人愛，毒蛇頭都怕他，還有，農人把自己生病的孩子帶到他面前，因爲相信像天使般俊美的人，能治癒任何的病症……

費諾格里歐嘆著氣。「是啊，眞是可怕。慘痛的教訓！這個故事已不再是我的故事！而是爲所欲爲！」

「我的天哪！又開始了！」薔薇石英發出抗議。「他的故事。我永遠搞不明白這是什麼廢話。您可能眞的要去找個治療腦袋問題的浴療師了。」

「我親愛的薔薇石英，」費諾格里歐只回答：「你那個透明的小腦袋實在太小，容不下你說的這個廢話。但相信我，美琪非常清楚我在說什麼！」他一臉不悅，打開箱子，取出一件深藍色的長袍。「我得再讓人縫製一件新的。」他喃喃唸著。「沒錯，我眞得去。這件袍子不是給全國上下唱著他的作品，還受公侯所託創作哀子詩句的男人穿的！看看袖子就知道了！全是洞！有了敏奈娃的薰衣草，蛀蟲還是照來不誤。」

「對一個窮作家來說，絕對夠了！」玻璃人乾巴巴地表示道。

費諾格里歐把長袍擱回箱子，讓箱蓋轟然一聲關上。「總有一天，」他說：「我會拿硬的東西丟你！」

這個威脅似乎沒怎麼讓薔薇石英感到不安。兩個人繼續爲這爲那吵著，好像是他們兩人間的一種遊戲一樣，顯然完全忘了美琪的存在。她走向窗邊，把布簾推到一旁，看著外頭。這會是個陽光普照的日子，儘管周遭的山丘還有霧氣徘徊著。法立德要去登門造訪尋找髒手指的女藝人，會住在哪一座山丘上？她已記不起來。如果法立德眞的找到髒手指，會再回來嗎，還是像上次那樣，乾脆和髒手指一起流浪，忘了她也在這裡？美琪根本不試著去想自己思緒中的那股感覺，她心裡已夠混亂，亂到很想向費諾格里歐要面鏡子，看著自己一會——自己所熟悉的這張臉孔面對著周遭的陌生，面對著心裡湧現的陌生感受。然而，她只是任由自己的目光在霧氣徘徊的山丘間游移著。

費諾格里歐的世界到底有多大？正好像他所勾勒出來的那樣大？「有意思！」巴斯塔把他們兩人帶到山羊的村子時，費諾格里歐曾小聲說過。「妳知道嗎，這個地方和我在《墨水心》中杜撰出來的一個場景看來很像？」他當時指的應該是翁布拉。

周遭的山丘眞的和當時髒手指從山羊的地牢中救出美琪、莫及愛麗諾後，他們逃亡跋涉的山丘一樣，只不過這裡更顯綠意盎然，可能的話，更顯魔幻，彷彿每片葉子都讓人察覺到樹下有著精靈和火精靈的窩。而費諾格里歐房間外的屋舍和巷子，要不是這樣紛亂吵雜的話，簡直就是山羊的村子了。

「妳看看，這麼多人，大家今天全想到城堡去，」費諾格里歐在她身後說。「流浪商販、農夫、工匠、富商和乞丐，他們全都會去慶生，賺些小錢，或花些小錢，玩樂一下，特別是看看那些達官貴人。」

美琪瞧著城堡的城牆，高聳在紅褐色的屋頂上，顯得巍峨駭人。塔樓上，黑旗迎風飄揚。

「柯西摩死了多久了？」

「快一年了，我才剛搬進這個房間。妳可以想像一下，妳的聲音正好把我移到影子離開故事的地方：就在山羊的碉堡中。好在那裡亂成一團，因爲那個怪物不見了，那些火幫份子沒人注意到那個突然來到他們之中一臉傻相的老傢伙。我在森林中過了幾天可怕的日子，可惜我身旁沒有妳那個小滑頭同伴，懂得用刀、抓兔子，還會用些乾材點火。最後，黑王子碰上了我——妳想像一下，他突然來到我面前時，我可是目瞪口呆地看著他！他身邊的手下，我沒一個認識，但我承認，我對自己故事中無足輕重的角色可說記憶模糊，可能根本就記不住……不管怎樣……他們其中一位把我帶到翁布拉，我當時可是衣衫襤褸，身無一物。好在，我有一枚可以典當的戒指。一名金匠買下戒指，錢夠我在敏奈娃這裡租個房間，一切看來不錯，眞的，可說好極了。我的故事一個個冒出來，好久都未曾如此，文字就這樣泉湧而出，但就在我爲肥肉侯爵寫下第一批曲子，小有名氣後，就在吟遊歌手喜歡上我的詩句後，火狐狸便燒毀下面河岸旁的幾間農莊——柯西摩便動身準備一舉消滅這幫人。好！我心想。有何不可？我哪知道他會被殺？枉我還爲他安排了好些美妙的計畫！他會成爲一位眞正偉大的公侯，是臣民的福祉所在，最後會從毒蛇頭手中救下這個世界，讓我的故事有個完美的結局，但誰知道他會在無路森林中被一群殺人放火的傢伙給幹掉！」費諾格里歐嘆著氣。「他的父親起先不願相信。和其他被帶回來的死者一樣，柯西摩的臉部被燒毀，完全無法辨識，但幾個月後，他依然音訊全無……」費諾格里歐又再嘆氣，再次伸手到那個箱子中，那裡擱著他那件被蛀蟲蛀過的袍子，然後遞給美琪兩條淡藍色的長毛襪、皮帶和一件褪色的深藍色布料製成的衣服。「我怕這件衣服會太大，那是敏奈娃二女兒的。」他說。「但妳現在穿的得趕快洗一洗了。妳可以用皮帶固定長襪，有點不舒服，但得習慣一下。老天，美琪，妳眞的長大了。」他說，並轉過身，讓美琪換衣服。「薔薇石英！你也轉過身去。」

這件衣服眞的並不合身，美琪突然慶幸費諾格里歐沒有鏡子。最近，她在家裡常照著鏡子，看著自己的身體起著變化，感覺眞的很奇怪，彷彿是隻變成蛹的蝴蝶一般。

「好了嗎？」費諾格里歐問道，並轉過身。「嘿，還可以嘛，雖然這麼漂亮的女孩應該要有件體面的衣服。」他嘆了口氣，瞧著自己的一身穿著。「嗯，我最好就這樣穿，至少這件袍子沒有洞。反正今天城堡中擠滿了雜耍藝人和達官貴人，不會有人注意到我們倆的。」

「你們兩個？這是什麼意思？」薔薇石英把剛削過一根羽毛筆的刀子擱到一旁。「你們會帶著我吧？」

「你瘋了嗎？難道要我把碎掉的你帶回來？不可能，再說，你還得聽我獻給侯爵的爛詩呢。」

費諾格里歐關上身後的門時，薔薇石英還一直咒罵著。美琪昨晚累得幾乎爬不上的樓梯，往下通往一個被房舍包圍的院子，小小的地方全被豬圈、木棚和菜圃佔去，一條涓涓細流蜿蜒而過，兩個小孩把一頭豬從菜圃中趕走，一名抱著嬰孩的婦女正餵著一群瘦巴巴的雞。

「敏奈娃，很棒的早晨，不是嗎？」費諾格里歐對她喊著，而美琪則慢吞吞地跟著他走下最後一級陡峭的階梯。

敏奈娃走到樓梯腳，一名大約六歲的小女孩緊抓著她的裙子，狐疑地抬頭瞧著美琪，然後不再走動，顯得不安。說不定大家看得出來！美琪心想。說不定大家看得出她不屬於這個地方……

「小心！」小女孩對她喊道，但美琪還沒明白過來，就感到有東西扯著她的頭髮。小女孩丟了一把土，一隻精靈空著雙手飛了開，罵聲連連。

「天哪，妳是從哪來的？」敏奈娃問道，同時把美琪從樓梯旁拉開。「妳那裡是沒有精靈這樣的東西嗎？他們很迷人類的頭髮，尤其像妳這樣漂亮的頭髮。如果妳不把頭髮挽起來，遲早會變成光頭的，而且妳早就過了披髮的年紀，還是妳想讓人把妳當成一名女藝人？」

敏奈娃矮小敦實，不比美琪高多少。「老天，妳可是個瘦東西！」她說。「衣服幾乎都要滑下肩膀了。我會幫妳把衣服改小，就今天晚上。妳吃過早飯了嗎？」她問，在見到費諾格里歐茫然無措的表情時，便搖了搖頭。「天哪，你該不會忘了讓小姐吃點東西吧？」

費諾格里歐舉起雙手，顯得無助。「我是個老傢伙，敏奈娃！」他喊著。「這種事總記不起來！今天早上到底是怎麼回事？我心情可是好得不得了，但大家全都來找我的碴。薔薇石英已讓我快發瘋了。」

敏奈娃只把嬰兒塞到他懷裡，算是回答，然後拉著美琪走。

「這是哪來的小嬰兒啊？」費諾格里歐喊道，同時跟著她們。「這裡的孩子不是已夠多了？」

小嬰兒認眞地研究著他的臉，好像在找什麼有趣的東西，最後一把抓著他的鼻子。

「那是我大女兒的孩子。」敏奈娃只這樣回答。「你已見過幾次。難道你現在這麼健忘，要我把我的孩子再介紹一次嗎？」

敏奈娃的孩子，一個叫黛絲皮娜，一個叫伊沃。小男孩昨晚幫費諾格里歐拿火把，當美琪和他母親走進廚房時，便對著她微笑。

敏奈娃逼著美琪吃一碗玉米粥和兩片塗上一種有橄欖醬味道的麵包，而她推過來的牛奶，濃到美琪嘗第一口就覺得自己的舌頭毛茸茸的。她吃東西時，敏奈娃把她的頭髮挽起來。等她把一個洗手盆推過來，讓她瞧著自己的倒影時，美琪幾乎認不出自己來。

「妳的靴子哪來的？」伊沃問，而他妹妹仍一直打量著美琪，好像她是一頭走失到他們廚房的奇怪動物似的。

是啊，從哪來的？美琪趕緊試著把衣角拉去蓋住靴子，但卻太短。

「美琪從遠處來。」跟著她們進到廚房，注意到她尷尬表情的費諾格里歐解釋道。「老遠的地方，那裡的人甚至有三條腿，還有鼻子長在下巴上的人。」

孩子們先瞪著他，然後看著美琪。

「住嘴，你又在那說什麼？」敏奈娃拍了他後腦杓一下。「你說的話，他們全都信，總有一天，他們會去找那些你說過的有的沒的地方，而我就孤苦無依了。」

美琪被濃牛奶嗆到。她幾乎已不再想家，但敏奈娃的話又勾起她的思念——還有良心上的不安。如果沒算錯的話，她已經離開五天了。

「你和你的故事！」敏奈娃把一杯牛奶推給費諾格里歐。「好像你不停對他們說那個強盜的故事還不夠似的。你知道，昨天伊沃對我說什麼嗎？他說等我長大，我也要去當強盜！想要像松鴉一樣！看你幹了什麼好事？依我看，你對他們說說柯西摩、巨人或那個王子及他的熊，但不要再提那個強盜，懂嗎？」

「是，是，沒問題，不會再說了。」費諾格里歐嘟噥著。「但妳兒子不小心在那聽到哪一首強盜之歌的話，可別怪我，大家都在唱囉。」

他們聊的，美琪聽得一頭霧水，不過她的心思早已飄到城堡上去了。蕾莎對她說過，城堡城牆上的鳥巢密密麻麻的，有時啁啾的鳥聲都會蓋過吟遊歌手的歌聲。精靈也在那築巢，由於經常偷吃人類的食物，不像他們靠著花果過活的野生品種，顏色因而變得和城牆一樣灰白。城堡內庭的花園中，長著一般只在無路森林最深處才有的大樹，樹葉在風中呢喃低語，有如人聲合唱，而在沒有月亮的夜晚，則訴說著未來——只是沒人聽得懂他們的話。

「妳還要吃點嗎？」

美琪從思緒中驚醒過來。

「死神和墨水啊！」費諾格里歐起身，把小嬰兒交還給敏奈娃。「妳現在就想把她餵胖，好讓她撐起那件衣服？我們得走了，不然便會錯過大半的節目。侯爵請我中午前就把新曲子帶過去，妳也知道，他可不喜歡人家遲到。」

「不，這我不知道。」敏奈娃沒好氣地回答，而這時費諾格里歐已把美琪往門口推。「因爲我不像你在城堡中進進出出。這次你又謅了什麼東西給侯爵大人，又是一首輓歌？」

「是的，我也覺得無聊，但他的報酬高。難道妳願意我很快口袋沒錢，而妳得再找個新的房客嗎？」

「好啦，好啦。」敏奈娃喃喃唸著，同時收走桌上孩子吃完的空碗。「你知道嗎？這位大人大概會哀怨悲嘆而死，然後毒蛇頭就會派出他的盔甲武士。他們會像見到馬糞的蒼蠅一樣，在這到處出沒，找藉口來保護他們主人，沒有父親的可憐小外孫。」

費諾格里歐突然轉過身，幾乎撞到美琪。「不會的，敏奈娃，不會的！」他態度堅決地說道。「這不會發生，只要我活著就不會——希望這還會很久！」

「是嗎？」敏奈娃把兒子的手指從奶油桶裡拉出來。「那你想怎麼辦？靠你那些強盜之歌？你以為，某個常聽你曲子、戴上羽毛面具扮英雄的笨蛋，便能阻止盔甲武士侵略我們的城市？費諾格里歐，英雄都死在絞刑台上。」她繼續壓低聲音說，美琪聽出她嘲弄語氣後的恐懼。「你的曲子中，或許一切會不一樣，但在眞實生活中，他們會被吊死，再漂亮的文字也改變不了任何事。」

兩名孩子不安地看著他們的母親，敏奈娃撫摸著他們的頭髮，彷彿這樣便能抹去自己說的話似的。

但費諾格里歐只聳聳肩。「算了吧，妳把一切看得太黑暗了！」他說。「相信我，妳低估了文字的力量！文字的力量相當強大，比妳所想還要強大。妳問美琪！」

不過，敏奈娃還來不及問，美琪已被費諾格里歐推出門外。「伊沃，黛絲皮娜，你們想跟來嗎？」他朝孩子喊道。「我會像以往那樣，平平安安把他們帶回來！」當敏奈娃一臉擔心地把頭探出門外時，他喊著。「各地最棒的雜耍藝人，今天都會到城堡上去，他們可是長途跋涉而來，這兩個小傢伙可不該錯過！」

他們一來到巷子中，就被人潮帶著走。人群來自四面八方——穿著寒酸的農夫、乞丐、帶著孩子的女人和顯赫的男子，他們不只穿著衣袖繡花的華服，還有僕役在人群中幫他們吆喝開路。騎士策馬穿過人潮，毫不理會被擠到牆邊的人，轎子卡在人群中動彈不得，不管轎夫怎麼大聲咒罵。

「見鬼了，這比市集還要糟！」費諾格里歐越過往來的路人對美琪喊道。伊沃像條鮭魚在擁擠的人群中靈活穿梭著，但黛絲皮娜看來驚恐無比，費諾格里歐最後只好把她扛在肩上，免得她被籃子和人們的肚腹擠扁。在這種混亂、推擠、成千種味道和瀰漫在空氣的各種聲音中，美琪的心跳也跟著加快。

「美琪，妳看看！這是不是很棒？」費諾格里歐驕傲無比地喊著。

是的，真的很棒，一如那些夜晚，蕾莎對她講述墨水世界時，美琪所勾勒出來的景象一樣。她的感官彷彿麻木一般，耳朵、眼睛……幾乎容納不下她周圍的動靜於萬一。某處傳來音樂，鼓聲、鈴聲、小號聲……跟著小巷子豁然開朗，他們和其他所有人全擁到城堡牆前。在這些屋舍間，城堡顯得高聳巍峨，彷彿是巨人所建，而非現在擁入城門的人類。全副武裝的守衛立在城門前，晨光幽幽倒映在他們的盔甲上，披肩呈深綠色，一如他們鎖子甲上的罩衫，兩種服飾上的肥肉侯爵紋章十分醒目——蕾莎對美琪描述過：綠底，上有一頭位在白玫瑰中的獅子——，然而，這個紋章有了改變，現在獅子流著銀色的淚，而玫瑰纏繞著一顆破碎的心。

多數擁入的人群，守衛都未加盤查便放行，只偶爾以長矛或戴著手套的拳頭把某些人推開。不過，似乎沒人理會這點，大家全都繼續擁入，美琪最後也置身在寬大的城牆陰影下。她當然去過城堡，那是和莫一起去的，但感覺完全兩樣，這裡經過持著長矛的守衛，而那裡則是賣著明信片的小屋。城牆看來更加有壓迫感和拒人於千里之外似的。你們看看！城牆似乎這樣喊著。你們多麼渺小、無力和脆弱。

費諾格里歐似乎沒有這種感覺，反而像個過聖誕節的小孩一樣容光煥發。他既未瞧著他們頭上的升降閘門，也沒理會可朝不速之客傾倒滾燙瀝青的洞口。美琪從下方經過時，則是不由自主抬頭看，不清楚龜裂的木頭上那些瀝青痕跡是多久前留下的。最後，她又來到清澈湛藍的天空下，彷彿爲了公侯的生日而被打掃乾淨一般——美琪來到了翁布拉城堡的外院中。

來自森林另一頭的訪客

「黑暗總有自己的角色要扮演。沒有黑暗，我們怎會知道自己走在光明之中？只有在黑暗野心勃勃之際，才需對抗、懲戒，如果需要的話，有時還需暫時擊退。接著黑暗必然又會甦醒。」

——克里夫・巴克《阿巴拉特》

美琪的眼睛首先便找到蕾莎提過的鳥巢，果真，全都攀附在那，就在城垛之下，彷彿城牆長著膿包似的。黃胸的鳥兒飛出洞口，一如蕾莎對她描述那樣，有如在陽光下舞動的金色雪片，而她說的沒錯。美琪頭上的天空彷彿被迴旋的金片覆蓋一般，全來祝賀王子的生日。城門口不斷擁入人群，儘管庭院中早已人滿爲患。城牆間搭起了攤子，而在城堡中生活工作的鐵匠、馬夫及所有其他人所在的廄房與作坊前，也設有攤位。侯爵邀請自己的臣民慶祝孫子和爵位繼承人生日這天，吃喝全都免費。「很慷慨是不是？」莫大概會小聲說。「來自他們的田地，靠他們雙手辛勤工作換取來的吃喝。」莫並不特別喜歡城堡，但費諾格里歐的世界就是這樣安排著：農夫揮汗墾殖的土地屬於這位公侯所有，所以大部分的收成也是他的，而他穿著錦衣華服，自己的農人則穿著扎人的補丁罩衫。

他們經過城門前的守衛時，黛絲皮娜瘦瘦的手臂緊緊摟著費諾格里歐的脖子，但當她見到第一位雜耍藝人後，便趕緊從他背上滑下。

一名在城垛間高懸一條繩子的藝人，正在上頭靈巧地漫步著，彷彿一隻在銀色蛛網上的蜘蛛，穿的衣服和頭上的天空一樣藍，因爲藍色是走繩索藝人的顏色，這點美琪也是從母親那裡得知。要是蕾莎在這該有多好！攤子間，到處都是彩衣人：吹笛藝人、雜技藝人、飛刀藝人、大力士、馴獸師、舞蛇藝人、演員和諧星。就在城牆前，美琪見到一名噴火藝人，穿著紅黑色，那是他們的服裝，有一會，她以爲那是髒手指，但等他轉過身，才發現是個臉上無疤的陌生人，而他對著周圍人群躬身時露出的微笑，和髒手指的完全兩樣。

如果他眞的回來的話，一定會在這！美琪心想，同時四處查看著。她爲什麼會這麼失望？她自己心知肚明，她想的是法立德。要是髒手指不在這的話，那她大概也見不到法立德了。

「來，美琪！」黛絲皮娜說出她的名字，好像還不習慣這個聲音似的。她拉著美琪來到一個賣著淋有蜂蜜的蛋糕攤子前。就算在這天，蛋糕也不是免費的。賣蛋糕的商販一臉嚴肅地看著蛋糕，好在費諾格里歐身上有幾個硬幣。黛絲皮娜再把細小的手指讓美琪牽著時，已經黏答答的。她瞪著大眼四處瞧著，不斷停下來，但費諾格里歐不耐煩地招手要她們繼續走。她們經過一個聳立在攤子後頭、點綴著常綠枝幹和花朵的木製看台。在城垛和塔樓上飄舞的黑旗子，也掛在這裡，而左右三張居高臨下的沙發座椅，扶手上繡有流淚獅子的紋章。

「爲什麼有三張座椅，眞是奇怪？」費諾格里歐小聲對美琪說，同時繼續推她和孩子前進。「肥肉公爵反正也不會現身。快點，我們已經遲到了。」他步履堅定，背對著外院上的熙熙攘攘，往城堡的第二道城牆殺出一條路來。他一路奔去的城門，並不像第一道那麼高聳，但看來一樣拒人於千里之外，而費諾格里歐迎上去的守衛，長矛交叉，同樣不太友善的樣子。「好像他們不認識我似的！」他惱怒地對美琪小聲說。「但每次都是同樣的把戲。通知侯爵，作家費諾格里歐到了！」他提高聲音說，而那兩個孩子縮在他身側，打量著長矛，好像在找矛尖上乾掉的血跡一般。

「侯爵在等你嗎？」從盔甲下露出的臉部來判斷，這位提問的守衛看來還很年輕。

「沒錯！」費諾格里歐懊惱地回答。「要是他再久等下去，我就要怪罪於你，安傑摩。還有，要是你像上個月那樣，還要我寫些動人的文字的話——」這名守衛緊張地看了另一位一眼，但他裝著沒聽到的樣子，抬頭瞧著走繩索藝人，「那麼——」費諾格里歐壓低聲音說完話，「我也就讓你等下去。我是個老傢伙，還有其他要事可做，而不是在你的長矛面前枯等。」

安傑摩臉可見的部位，紅得跟費諾格里歐在流浪藝人火堆旁喝的酸葡萄酒一樣，但他仍未把長矛撤開。「織墨水的，請你體諒一下，我們有客人。」他壓低聲音說。

「客人？你在說什麼？」

不過安傑摩不再理會費諾格里歐。

他身後的門吱吱嘎嘎打開，好像無法承擔自己的重量似的。美琪把黛絲皮娜拉到一旁，費諾格里歐抓住伊沃的手。士兵騎進外院，是些盔甲騎士，大衣和護腿全是銀灰色，胸口上的紋章不是肥肉侯爵的。一條捕住獵物的蛇從細長的軀體中探出頭，美琪立刻便認了出來。那是毒蛇頭的紋章。

外院不再有任何動靜，一下變得死寂。雜耍藝人被拋到九霄雲外，就連高踞在繩索上的藍色舞者也一樣，大家全盯著騎士們看。母親緊抓住自己的孩子，男人縮起頭，連穿著華服的也不例外。蕾莎仔細描述過毒蛇頭的紋章，她經常在近處瞧著。夜之堡的使者曾是山羊碉堡上的座上嘉賓。當時大家傳聞，某些山羊手下燒毀的農莊，便是毒蛇頭下的令。

盔甲武士騎過他們身邊時，美琪趕緊把黛絲皮娜拉在身邊。他們的胸甲在陽光下閃閃發光，就算弩箭大概也無法貫穿，更別提一般的弓箭了。兩名男子騎在隊伍前面，一前一後，全副武裝，一位留著橘紅色的頭髮，穿著狐尾製成的大衣，另一位穿著銀光閃閃的綠色長袍，連公侯見到都會肅然起敬。然而，大家先注意到他的，並不是那件袍子，而是他的鼻子，不像其他人的是血肉之鼻，而是銀製的。

「妳看看他們，好個搭檔！」費諾格里歐對美琪小聲說道，同時那兩名騎士並行騎過噤聲的人群。「兩個都是我杜撰出來的，也都曾是山羊的手下。妳母親大概跟妳提過他們。火狐狸曾是山羊的副手，而笛王是他的吟遊歌手。不過，那個銀鼻子可不是我的點子，同樣我也不想他們在柯西摩攻擊山羊碉堡時，逃出柯西摩的部隊，而現在效命毒蛇頭。」

院子中依然靜寂得詭異，只聽得到蹄聲、馬的鼻息聲、盔甲、武器與馬刺的鏗鏘聲響——異常響亮，彷彿這些聲響像鳥隻一樣，困在高牆之間。

毒蛇頭最後一個騎進廣場上。人們不會認錯他。「他像名屠夫。」蕾莎講過。「一名穿著公侯服裝的屠夫，殺人的樂趣便寫在他那粗獷的臉上。」他所騎的白馬，和主人一樣粗笨，幾乎全罩在一條斗篷下，上面的圖案只有蛇的紋章一種。毒蛇頭自己穿著一件黑袍，繡有銀色的花，皮膚曬得黝黑，稀疏的頭髮呈灰色，嘴特別的小，在那粗獷無鬚的臉上只是一道沒有嘴唇的裂縫而已。他的身體顯得沈重多肉，不管是手臂、大腿、粗笨的脖子和寬大的鼻子。他沒佩戴任何珠寶首飾，不像院子中肥肉侯爵的富有臣民，脖子上沒有粗大的項鍊，臃腫的手指上亦無鑲有寶石的戒指，只有鼻角有寶石閃閃發光，有如血滴一般豔紅，還有左手手套上戴著一個判處死刑的戒指。他的眼睛在有皺摺的眼皮下，顯得細長，宛如變色龍一般，不停在院子中游移，而在所看到的人物上，似乎都會停上一瞬間，就跟蜥蜴黏糊的舌頭一樣：那些流浪藝人、走繩索藝人，那些等在飾有花朵的空看台旁的富商，一當他的眼睛掃過他們，便臣服地低下頭來。沒有任何東西能夠逃過這對變色龍眼睛。不管是害怕地緊靠在母親裙子上的孩子、美女，還是抬頭敵視著他的男子。不過，他只在一個人面前勒住了自己的馬。

「看看，流浪藝人之王！上回我見到你，你的腦袋還塞在一根刑柱上，就在我城堡的院子中。你什麼時候再來看看我們？」毒蛇頭的聲音穿透十分寂靜的院子，聽來相當低沈——彷彿來自他臃腫的身體最黑暗的深處。美琪不由自主緊靠到費諾格里歐身旁。不過，黑王子鞠了個躬，角度剛好讓這個躬像是個嘲弄。「很抱歉。」他回答，聲音大到大家都聽得見。「但這頭熊對您的好客不敢恭維。牠說，那個刑柱對牠的脖子來說，有點太緊。」

美琪見到毒蛇頭的嘴露出一絲惡毒的微笑。「這樣，下次你們來訪時，我可以準備好一條合用的粗繩和一座橡木絞刑架，就連你這頭老肥熊都撐得住。」他說。

黑王子轉身對著他的熊，像是在和牠討論一樣。「很抱歉。」他說，同時大熊低吼一聲，熊掌摟著黑王子的脖子。「大熊說，牠喜歡南方，但您的影子在那實在太過黑暗，只要松鴉也看上閣下您的話，牠一定也不推辭。」

人群竊竊私語著——但當毒蛇頭在馬鞍上轉身，變色龍般的眼睛掃視在場的人時，頓時鴉雀無聲。

「此外，」王子繼續大聲說道：「大熊也很想知道，為何您沒讓笛王綁著一條銀鍊子跟在您的馬後面跑，這樣才符合像他這樣一位聽話的吟遊歌手身分？」

笛王轉過馬來，但還來不及衝向黑王子時，毒蛇頭便舉起手制止。「只要松鴉前來作客的話，我會通知你的！」他說，而銀鼻子很不情願騎回原位。「相信我，那不用等太久。我已吩咐手下建造絞刑架了。」然後，他策馬而行，盔甲武士再又前進。似乎過了好久，最後一名武士才從門口消失。

「是的，滾吧！」費諾格里歐低聲說，而城堡院子慢慢又再瀰漫著無憂無慮的喧鬧聲。「他看著這裡，好像一切已經屬於他了，他難道以爲可以在我的世界像個潰瘍一樣爲所欲爲，扮演一個我沒賦予他的角色……」

守衛的長矛突然讓他默不作聲。「好啦，大詩人！」安傑摩說。「現在你可以進去了，快走！」

「快走？」費諾格里歐吼叫著。「跟侯爵的作家說話，是這種口氣嗎？聽好！你們乖乖待在這裡，」他對兩個小孩說。「別吃太多蛋糕，別太靠近噴火藝人，因爲那個傢伙很差勁，還有，別去惹王子的熊，懂嗎？」

那兩個點了點頭——立刻跑向最近的蛋糕攤子。費諾格里歐則抓起美琪的手，和她昂頭大步走過守衛。

「費諾格里歐！」等到他們身後的門關上，外院的喧鬧逐漸消失時，她低聲問著。「誰是松鴉？」

大門後陰冷，彷彿冬天在這築了巢似的。大樹遮蓋住另一個院子，空氣裡瀰漫著玫瑰和美琪不認識的花的花香，在一個宛如月圓般的石池子中，倒映著肥肉侯爵所住的城堡。

「喔，沒那個人！」費諾格里歐只這樣回答，同時不耐煩地招手要她跟在後面。「我晚點再對妳解釋。現在走吧，我們得把我的詩句交給肥肉侯爵，不然我就成了他任職最久的宮廷詩人。」

嘆息侯爵

他不能對國王說「我不喜歡」，不然他該怎麼過活？

——籃子中的國王，義大利民間童話

肥肉侯爵接待費諾格里歐的大廳窗戶掛著黑色布簾，廳裡聞起來像是在墓穴中，瀰漫著花和燭煙的味道。立像前點著蠟燭，全是同一張臉，有的像，有的不像。英俊的柯西摩！美琪心想。當她在費諾格里歐身旁走向肥肉侯爵時，他那無數的大理石眼睛俯視著她。

肥肉侯爵端坐在上的座椅，兩側各有一張高背椅。他左側的椅子，深綠色的座墊上只擱著一頂頭盔，飾有孔雀羽毛，金屬打磨得十分光亮，似乎在等候著自己的主人。右側的椅子上，坐著一名男孩，約莫五、六歲，穿著一件黑色錦緞上衣，綴滿了珍珠，看來像是被眼淚覆蓋一般。那一定是壽星雅克伯，肥肉侯爵的孫子，也是毒蛇頭的外孫。

小男孩顯得無聊的樣子，不安地擺動著短腿，好像忍不住想要跑到外頭看雜耍藝人，吃甜蛋糕，坐到菝葜和玫瑰點綴的看台上早等候他的座椅。相反地，他的祖父看來似乎不再想起身一樣，穿著過於寬大的黑袍子坐在那，宛如一個木偶，眼睛像他死去的兒子一樣麻木。蕾莎如此描述過他：身材並不特別高大，卻胖得跟兩個男人一樣，很難見到他油光的手指上沒有吃的東西，他那並不特別強壯的腿不得不撐著一直讓他不時喘著氣的全身重量，但是，他總是心情愉快。

然而，美琪見到坐在城堡暗處的侯爵，卻非如此。他的臉色蒼白，皮膚皺了起來，像是曾經屬於另一個身材高大些的人。憂傷融化了他身上的肥肉，而他的臉部僵直，彷彿凍結在聽到自己兒子死訊的那一天，只有眼睛中還有那種驚恐，對生命加諸於他的一切，感到不知所措。

除了他的孫子和默默站在後頭的守衛外，他身旁還有兩位女子。一名恭順地低著頭，像是位侍女，只不過穿著一件也和女侯爵可匹配的衣服。她的主人站在肥肉侯爵和那張擱著羽毛頭盔的空椅子間。薇歐蘭！美琪心想。毒蛇頭的女兒，柯西摩的未亡人。沒錯，那一定是她，醜東西，一如大家稱呼她那樣。費諾格里歐對美琪提過她——並強調她雖然出自他的筆下，但一直是個次要角色：一位不幸的母親和一位十分差勁的父親生下的不幸孩子。「把她嫁給英俊的柯西摩，實在是個荒謬的點子！」費諾格里歐說過。「但我得承認，這個故事變得荒腔走板了！」

薇歐蘭和她兒子與公公一樣穿著黑衣，衣服一樣綴滿眼淚般的珍珠，但這些閃閃發亮的珍貴珍珠並不特別適合她。而她的臉看來，像是有人拿著淺色的筆在一張有斑點的紙上描繪出來一樣，只讓深色的絲綢更加不起眼。這張臉只有一個顯著之處：那個像罌粟花一般大的紫紅色的疤，毀掉了左邊的臉頰。

當美琪和費諾格里歐穿過陰暗的大廳時，薇歐蘭正躬身對她公公輕聲說話。肥肉公爵臉上毫無表情，但最後點了點頭，那名小男孩鬆了口氣，從自己的座椅上滑下來。

費諾格里歐打了個手勢，要美琪停下來。他必恭必敬地低下頭來，走到一旁，不動聲色地指示美琪模仿他的動作。薇歐蘭昂首走過他們身旁時，對費諾格里歐點了點頭，但卻沒瞧美琪一眼，對她死去丈夫的石頭立像，也不予理會。醜東西似乎急著逃離這個陰森的大廳，和她兒子差不多。跟在她身後的侍女，緊貼著美琪而過，衣服幾乎掃到她。她看來並未比美琪大多少歲，頭髮泛著紅光，彷彿有道火光一般，披著頭髮，在這個世界，基本上只有女藝人才會如此。美琪從未見過這麼漂亮的頭髮。

「你來晚了，費諾格里歐！」門在女人和他孫子身後一關上，肥肉侯爵便出聲說道，壓抑的聲音聽來仍是一個過去很胖的男人的。「你是不是腸枯思竭了呢？」

「大人，要等我斷氣後，我才會腸枯思竭。」費諾格里歐鞠了個躬回答。美琪不知道是不是該照著他的樣子做，最後只笨拙地點點頭。

從近處看，肥肉侯爵更顯虛弱，皮膚一如枯葉，眼白有如泛黃的紙。「這女孩是誰？」他問，無精打采打量著美琪。「你的侍女？當情人，她還太年輕吧，對不對？」

美琪只覺得血液直衝臉龐。

「陛下，您怎麼會這樣想！」費諾格里歐駁斥回去，摟住美琪的肩。「這是我的孫女，她來看我。我兒子希望我幫她找個男人，除了今天您舉辦的這個精彩慶典外，哪裡還能讓她好好瞧瞧？」

美琪更加面紅耳赤，但仍強迫自己露出微笑。

「啊，你有個兒子？」這位悲傷的侯爵，聲音聽來十分嫉妒的樣子，彷彿不願見到自己的臣民有個活生生的兒子一樣。「讓孩子遠離並不明智。」他喃喃說著，眼睛未曾離開美琪。「他們很容易就永遠回不來了！」

美琪不知該看哪裡。「我很快會回去。」她說。「我父親知道這件事。」但願如此，她在腦海中繼續說著。

「是，是，當然了。她會回去，時間都講好了。」費諾格里歐的聲音聽起來不耐煩。「我們現在來看看我來訪的目的。」他從腰帶中抽出薔薇石英仔細封好的羊皮紙卷，必恭必敬低著頭，走上通往爵位所在的階梯。肥肉侯爵似乎感到痛苦，往前探身接過羊皮紙時，緊抿著嘴唇，儘管廳裡陰涼額頭上卻是冒著汗。美琪想起敏奈娃的話：**這位大人大概會哀怨悲嘆而死**。費諾格里歐似乎想著同樣的事。

「大人，您不舒服嗎？」他擔心地問著。

「並沒有！」肥肉侯爵激動地脫口而出。「可惜今天毒蛇頭也注意到這點。」他嘆了口氣，往後一靠，敲著座椅的一側。「圖立歐！」

一名像侯爵一樣穿著黑衣的僕從，從座椅後冒了出來。要不是臉上和雙手上纖細的皮毛，他看來就跟一個矮了半截的人類一樣。圖立歐讓美琪想起愛麗諾花園中化成灰燼的山妖，就算他看來明顯較像人類。

「快去幫我找個吟遊歌手，但要能夠閱讀的！」侯爵下令。「他得唸費諾格里歐的詩給我聽。」圖立歐像條小狗一樣，匆匆離去。

「您有照我建議那樣，招來蕁麻嗎？」費諾格里歐的聲音聽來急迫，但侯爵只惱怒地揮了揮手。

「蕁麻？做什麼？她不會來的，就算會來，大概也是要來毒殺我，因為我砍了幾株橡樹做我兒子的棺木。她寧可和樹木，而不和人類聊天，我又有什麼辦法？他們全都幫不了我，不管是蕁麻，還是那些浴療師、接骨師、寶石匠人，我早喝過他們那些難聞的飲料。沒有藥草可以醫治憂傷。」他揭開費諾格里歐的印記時，手指顫抖，而他唸著時，整個陰暗的大廳幽靜無比，美琪都可聽到燭火嗶剝蠶食著燭芯的聲音。

侯爵的嘴唇幾乎無聲息動著。當他黯淡的眼睛盯著費諾格里歐的文字時，美琪聽到他低語著：**「啊，他永遠，永遠不再醒來。」**她不動聲色地瞧著費諾格里歐。他察覺到她的目光時，臉紅起來，自知有罪。是的，他剽竊了這些字眼，而且一定不是這個世界的詩人的。

肥肉侯爵抬起頭，擦掉自己黯然眼中的一滴淚。「好句子，費諾格里歐。」他聲音苦澀地說著。「沒錯，你眞的會寫，但什麼時候你們作家才會找到那些字眼，打開死神拉走我們的那扇門？」

費諾格里歐看著周遭的立像，出神地打量著它們，彷彿初見一般。「大人，很遺憾，但沒有這些字眼。」他說。「死亡是最大的沈默。要描述死亡在我們後面關上的那道門，就連作家都會腸枯思竭。現在還望大人海涵——我房東的孩子還在外面等候著，要是我不盡快抓回他們，他們大概就和雜耍藝人跑了，他們和所有孩子一樣，都夢想著馴服大熊，走在天堂與地獄間的一根繩索上。」

「好，去吧，快去吧！」肥肉侯爵說，疲憊地揮著自己戴著戒指的手。「如果我想再要你的詩，會通知你的。他們眞是可口的毒藥，但靠著詩句，就連痛苦的味道暫時都顯得苦中帶甜。」

啊，他永遠，永遠不再醒來！……愛麗諾一定知道這詩句是誰寫的，美琪心想，同時和費諾格里歐退出了陰森的大廳。撒在大廳地上的藥草在她的靴子下窸窣作響，冰涼的空氣中瀰漫著藥草香，彷彿想讓悲傷的侯爵記起這個在外頭等候他的世界，但或許只是讓他想起點綴柯西摩墓室的花朵。

在門口，圖立歐帶一名吟遊歌手迎著他們的面而來，在他面前又蹦又跳，像一頭被馴服過的毛茸動物。那名吟遊藝人腰間掛著鈴鐺，背上背著一把魯特琴，又高又瘦，嘴角顯得不悅，衣著繽紛，相比之下，就連孔雀的尾巴都顯遜色。

「這傢伙能閱讀？」費諾格里歐小聲對美琪說，同時把她推過門。「我看是謠言吧！而且他的歌聲聽來就像烏鴉的叫聲。在他的馬齒唸起我可憐的詩之前，我們快溜吧！」

十年

光陰如駒，在心中奔馳，一匹
在夜街上奔馳的快駒，沒有騎士。
理智靜坐在那，仔細聽著光陰奔馳而過。

——史蒂文斯《所有的幸福前奏曲》

髒手指靠在城牆上，在那些人來人往的攤子後，蜂蜜和炒栗子的香味飄來，而上頭高處，走繩索藝人顫巍巍表演著，從遠處看，他那藍色的身影讓他不得不想到空中飛人。他拿著一根長棍，像血滴般的紅色小鳥停駐在上頭，只要這位走繩索藝人一改變方向——動作靈巧，彷彿站在一根晃動的繩索上，是件再自然不過的事了——，鳥兒便飛起，在他身邊啁啾盤旋。髒手指肩上的貂抬頭看著牠們，舔著圓圓的嘴。牠還很小，身形比葛文小巧纖細，但不那麼會咬人，最重要的是牠不怕火。髒手指心不在焉地撓著牠那個有角的小腦袋。他來到羅香娜的農莊後不久，便在廄棚後抓到這頭貂，那時牠正想獵捕雞隻。他給牠取了偷偷摸摸這個名字，因爲這頭小野獸喜歡無聲無息潛行，然後突然跳向他，幾乎嚇他一跳。你瘋了嗎？他自問著，那時他拿著一顆鮮雞蛋正在誘捕牠。那是一頭貂，你又怎麼知道死神在乎牠叫什麼？但他還是把牠留下，或許已把自己所有的恐懼留在另一個世界，恐懼、孤獨、不幸……

偷偷摸摸學得很快，會跳過火，彷彿天生一般。和牠在市集上賺些錢，大概輕而易舉，和牠和法立德。

貂拿嘴頂著髒手指的臉頰。幾名雜耍藝人在一直候著壽星的空看台前疊起羅漢。法立德想說服髒手指也表演一下，但他這天並不想被人盯著看。他自己想瞧一瞧，想飽覽這一切他懷念許久的東西，所以，他也只穿著羅香娜死去丈夫的衣服。他們的身材顯然差不多大。可憐的傢伙！不論是奧菲流士，還是魔法舌頭，都不能把他從所在之處帶回。

「為什麼今天你不去賺一下錢，變化一下？」他對法立德說。這小子感到自豪，先是滿臉通紅，接著臉色慘白——然後踏入喧鬧的人群中。他學得很快。只用上一丁點的火蜜，法立德便已能和火對話，彷彿天生就懂得這種語言似的。當然，這孩子彈手指時，火舌並不那麼聽話地從地裡竄出，不像他彈的那樣，但當他輕聲呼喚火的時候，火已和他說話——高傲、嘲諷，但火已回應著。

「他真的是你的兒子！」法立德一早從水井中拉出一桶水，冷敷自己燒傷的手指，罵聲連連時，羅香娜說道。「他不是！」髒手指回答——但她的眼睛看來並不相信他的話。

他們出發前往城堡前，他和法立德又練習了幾道把戲，葉罕在一旁看著。但當髒手指招手要他靠過來一點時，他跑開了。法立德大聲取笑他，不過髒手指摀住了他的嘴。「火吞噬了他父親，你忘了嗎？」他小聲對他說，法立德羞愧地低下頭。

他站在其他雜耍藝人中，顯得多自豪。髒手指穿過攤位，以便好好看著法立德。他脫掉自己的襯衣，和髒手指偶爾的動作一樣——易燃的布料比皮膚上的焦痕還要危險，而赤裸的身體可以抹上些油脂來避開噬人的火舌。這小子表演精彩，就連商販都目不轉睛地看著他，髒手指便有機會釋放幾個被人關在籠子中、當成吉祥物賣給某個笨蛋的精靈。也難怪羅香娜會懷疑你是他的父親！他心想。你看著他時，可是驕傲無比。幾個諧星就在法立德旁邊盡力開著粗鄙的玩笑，黑王子和他的熊則在他的右側角力，不過，有愈來愈多的人在這忘情玩火的小子面前駐足。髒手指注意到黑炭鳥擱下火把，嫉妒地看過來。他永遠學不會，仍和十年前一樣差勁。

法立德鞠了個躬，硬幣像雨般落在羅香娜給他的木碗中。他渴望讚美，就像狗巴望著骨頭似的，等髒手指也拍手時，他更樂到滿臉通紅。他還眞是個孩子，儘管幾個月前還自豪地向他展示下巴上第一次冒出的短髭！

髒手指擠過兩個叫賣幾隻小豬的農夫，通往城堡內的門再度打開——這回不像剛才爲毒蛇頭而開，那時他還來得及藏身在一個蛋糕攤後，避開了笛王搜尋的目光。這回顯然壽星終於現身自己的慶典——還有陪同小男孩的母親及她的侍女。他那不爭氣的心突然急遽跳著。「她有你的髮色。」羅香娜說過。「和我的眼睛。」

侯爵的吹笛藝人盡力彰顯他們的駕臨。他們驕傲地站著，宛如公雞，銅號朝空高伸。所有自由的吟遊歌手對這些只向一位主人獻藝的藝人感到不屑，但這些人因而穿著出色許多，而不像在街頭賣藝的同儕般襤褸色雜，清一色是效命的王公的顏色。對肥肉侯爵的吹笛藝人來說，便是金綠色。

他的媳婦身著黑衣。英俊的柯西摩去世近一年，但儘管這位年輕的寡婦臉上有那個黑如焦斑的疤，一定也有了幾位追求者。薇歐蘭和兒子一就座，人群便圍擠在看台四周。髒手指不得不爬上一個空桶子，才能在這些腦袋和身軀後瞄一眼她的侍女。

布麗安娜站在那個小男孩後頭。除了明亮的頭髮外，她和自己的母親一個樣，而她穿的衣服，讓她看來相當成熟，不過，髒手指仍在她臉上發現那個小女孩的蛛絲馬跡，那個試著奪下他手中燃燒的火把，或不准她摸那些從天空紛紛落下的火星時，氣得跺腳的小女孩。

十年，他在另一個故事中度過的十年，這十年中，死神奪走一個女兒，留下的只有記憶，如此蒼白模糊，彷彿這個女兒從未有過似的，而這些年中，另一個女兒長大，哭過，笑過，但他卻不在場。僞君子！他對自己說，而眼睛離不開布麗安娜的臉。難道你現在想騙自己，說自己是被魔法舌頭誘到他的故事裡，是個盡責關心的父親？

柯西摩的兒子大聲笑著。他的小手指一下指著這個，一下指著那個雜耍藝人，接住女藝人拋給他的花朵。他多大了？五歲？六歲？

魔法舌頭的聲音帶走他時，布麗安娜也這麼大。她才到他的手肘，而且當她爬上他的背時，輕得幾乎注意不到。每次他一忘了時間，許多個星期不在，到她從未聽過的地方時，她就會拿她的小拳頭打他，把帶給她的禮物丟到腳前，而隔天晚上，她就會偷溜下床去拿禮物：柔軟如兔毛的彩色帶子，可以插在她髮間的布花，能夠模仿雲雀或貓頭鷹聲音的小笛子。

她從未告訴他，當然不會了，她很高傲，比她母親還高傲，但他一直知道她把禮物藏在哪裡——她衣服間的一個袋子。不知道她是不是還留著？

沒錯，她保存著他的禮物，但只要他一久離，這些禮物也無法在她臉上變出一個微笑，那只有火才做得到。有那麼一刻，他無法忍受，想走出這些看熱鬧的人群，站到其他爲侯爵孫子表演技藝的雜技藝人中，爲他的女兒喚出火舌來。但他一動不動，隱身在眾人後，看著她拿手掌順著頭髮，和她母親經常梳弄的方式一個樣，看著她悄悄揉著鼻子、交換著腳踩，好像寧可在下頭一起跳著舞，而不是呆立在台上。

「大熊，咬他！快點咬他！他眞的回來了，不過，你認爲他會來看看老朋友嗎？」

髒手指轉過身，動作突然，幾乎從自己一直站立的桶子上絆倒下來。黑王子抬頭看著他，身後是那頭熊。髒手指原本就希望在這和他見面，周遭都是陌生人，而不是流浪藝人的營地，那會有許多人問他，問他到哪去了……他們年紀和端坐在那上頭的侯爵孫子一樣大的時候，便已認識——雜耍藝人的孩子，無父無母，早熟，髒手指一樣非常懷念這張黑臉，和對羅香娜的思念不相上下。

「我從桶子上下來，牠眞的會吃我？」

王子笑著，聽來仍和以前一樣無憂無慮。「說不定。畢竟牠發覺我眞的對你很不滿，一直都不現身，而且——你們上次見面時，你不是燒了牠的毛？」

當髒手指跳下桶子時，偷偷摸摸縮在他肩上，在他耳邊激動地嗥叫著。「別擔心，這頭熊不會吃像你這樣的東西的！」髒手指小聲對牠說——跟著緊緊抱著王子，彷彿一個擁抱便可彌補這十年。

「你的味道還是像熊，不像人。」

「那你的味道像火。快說說看吧，你去了哪呢？」王子稍微推開髒手指，打量著他，好像可以從他臉上看出他不在時所發生的一切事。「那幫殺人放火的傢伙沒像有些人宣稱那樣，把你給吊死，你看來好得很。至於另一個說法——毒蛇頭把你關到他濕氣重重的地牢中？還是你像一些曲子中所唱的那樣，暫時變成一株樹，一株在無路森林深處葉片會燃燒的樹？」

髒手指微笑起來。「我喜歡這樣。不過，相信我，眞正的故事，大概連你都不會相信。」

群眾中響起一陣低語。髒手指越過眾人的腦袋張望過去，見到法立德滿臉通紅地迎納掌聲。醜東西的兒子用力拍著手，差點從座椅中摔下來。但法立德只在人群中找著髒手指的臉。他對那小子微笑——察覺到王子正若有所思地看著他。

「那孩子眞的是你的？」他說。「不，別擔心，我不會再問其他問題。我知道你喜歡有自己的秘密，看來也不會有什麼改變。但你說的那個故事，我還是想找個時間聽聽，而且你還欠我們一場表演。大家都需要一點鼓舞，這些時日不好，就連森林這一頭也一樣，就算今天看來並非那樣……」

「嗯，我已有所聞。而毒蛇頭顯然仍一直盯著你。你到底幹了什麼，竟然讓他用絞刑架來威脅你？是你的熊抓走了他的一頭鹿？」髒手指摸著偷偷摸摸豎直起來的毛，那頭貂眼睛不離那頭熊。

「喔，相信我，毒蛇頭根本摸不清我幹了什麼，不然我早就吊在夜之堡的城垛上了！」

「是嗎？」他們上頭，那名走繩索藝人坐在自己的繩索上，周圍是他的鳥，雙腳盪來盪去，好像下頭那些擁擠的人群跟他無關似的。「王子，我不喜歡你眼裡的那種表情。」髒手指說，同時抬頭瞧著那位雜技藝人。「別再激怒毒蛇頭，不然他會追捕你，就跟之前追捕其他人一樣。那時候，你在森林這頭也都不會安全！」

有人拉著他的袖子。髒手指突然轉過身，嚇了法立德一跳。

「對不起！」他結結巴巴說著，朝王子點了頭，顯得不安。「美琪在那，和費諾格里歐一起！」他說得很激動，好像親自見到肥肉侯爵似的。

「在哪？」髒手指四處看著，但法立德只盯著那頭把嘴輕輕擱在王子腦袋上的熊。黑王子微笑起來，把熊嘴推了開。

「在哪？」髒手指不耐煩地重複著。費諾格里歐是他最不想見到的人。

「在那後頭，就在看台後！」

髒手指瞧著法立德所指的方向。果真，那個老傢伙在那，身旁有兩個小孩，跟他當時第一次見到他時一樣。魔法舌頭的女兒站在他旁邊。她長大了——更像她母親。髒手指低聲詛咒了一下。他們來到他的故事中想幹什麼？他們和這裡根本沒什麼關係，就跟他和他們的故事一樣扯不上關係？是嗎？他心裡的一個聲音嘲弄說道。那老傢伙可不這樣看。你難道忘了，他宣稱自己是這裡一切的創造者？

「我不想見到他。」他對法立德說。「那老傢伙身上沾著不幸與厄運，你要記住。」

「這孩子說的是織墨水的傢伙？」王子走近髒手指身側，那頭貂對他齜牙咧嘴。「你爲什麼要針對他？他可寫出一手好曲。」

「他還寫了其他東西。」誰知道他怎麼寫你！髒手指在腦海中接下去說。「幾個恰到好處的字眼，你就一命嗚呼了，王子。」

法立德還一直往女孩那邊瞧。「那美琪呢？你也不想見她？」他的聲音聽來很失望的樣子。「她有問到你。」

「幫我問候她。她會明白的，快過去吧！我看得出來，你還一直愛著她。你當時是怎麼形容她的眼睛的？一小塊天空？」

法立德臉色一下緋紅起來。「別這樣！」他懊惱地說。

但髒手指抓著他的肩，把他轉過去。「去吧！」他說。「去找她，幫我問候她。但告訴她，別隨便拿她那個魔法嘴巴唸我的名字，懂嗎？」

法立德最後又瞧了那頭熊一眼，點點頭——漫步回女孩那頭，速度刻意放慢，像是要證明自己並不急著回到她那。她也盡力不一直往他的方向瞧過來，只尷尬地扯著自己的衣袖。她看來像是這裡的人——一名並非大富人家的女僕，或許是個農夫或工匠的女兒。怎麼說，他的父親是個工匠，不是嗎？就算有特殊天賦，也是個工匠。她看起來，或許有點大方無拘。女孩們在這裡一般不會這樣，而是低著頭——有時，在她這個年紀便已結婚。髒手指的女兒是不是也想到這些事？羅香娜什麼都沒說。

「這小子不錯，現在已比黑炭鳥出色。」王子伸手去摸那頭貂——當偷偷摸摸露出小牙齒時，便又把手縮回。

「這不是什麼大不了的事。」髒手指的目光移向費諾格里歐。織墨水的，所以他們這樣稱呼他。那個男人，那個寫下他死狀的男人，看來相當心滿意足的樣子。背後一刀，深入心臟，他是這樣安排他的。髒手指不由自主抓著肩胛骨。沒錯，不知何時，他終於讀到費諾格里歐那段致命的文字，在另一個世界的某個晚上，當時他又醒來，試圖回想羅香娜的臉，卻徒勞無功。你不能回去！他不斷聽到美琪的聲音說這些字眼。**是山羊的某一個手下，一個一直在等著你的。他們想殺葛文，你想幫牠，他們就殺了你**！他把那本書從自己的背包中拿出來，手指顫抖，打開書，找著他死去的那幾頁，然後讀著白紙黑字上的東西，一遍又一遍。之後，他決定，如果可以回去的話，便把葛文留下……髒手指摸著偷偷摸摸毛茸茸的尾巴。是的，或許再抓一頭貂，眞的並不明智。

「怎麼了？你的臉突然看來像是劊子手在跟你招手似的。」王子搭著他的肩，而他的熊則好奇地嗅聞著髒手指的背包。「那小子一定跟你說過我們在森林中遇到他的事，對嗎？他激動無比，表示來這是要警告你。等他說出要你小心誰時，我的幾個手下都緊張地握住刀。」

巴斯塔。髒手指手指摸過自己帶疤的臉頰。「是的，他大概也回來了。」

「和他的主人？」

「不，山羊死了，我親眼見到的。」

黑王子把手伸進熊的嘴裡，輕撓著牠的舌頭。「這是個好消息。但他回來，也沒什麼東西留下了，只有一些被燒毀的牆。唯一偶爾在那晃的人，就是蕁麻，她發誓，在那些殺人放火的碉堡處，可以找到最好的歐著草。」

髒手指看到費諾格里歐朝他這個方向瞧來，美琪也往這裡望過來，趕緊背對他們。

「我們現在在那附近有個營地，你知道的，就在原來的山妖洞窟。」王子壓低聲音繼續說。「自從柯西摩剷除了那幫殺人放火的傢伙後，那些洞窟又是很好的落腳之處，只有流浪藝人知道。老人、體弱多病的人、殘障、還有帶孩子在街上難以討生活的女人——都可在那稍事歇息。你知道嗎？那個秘密營地是個聽你說你故事的好地方！就是那個令人難以相信的故事。我常因爲我的熊到那去，牠在牢固的牆中待太久的話，會脾氣不好。羅香娜可以幫你指路，這陣子，她幾乎和你一樣熟悉森林了。」

「我知道原來山妖的那些洞窟。」髒手指說。他自己曾在那裡躲避山羊的手下許多次，但他不確定，自己是不是眞的想對王子講述過去十年的事。

「六根火把！」法立德又站到他身旁，在褲子上擦掉手指上的煤灰。「我要了六根火把，一根都沒掉。我想她會喜歡。」

髒手指忍住了微笑。「大概吧。」兩名雜耍藝人把王子拉到一旁。髒手指不確定自己是不是認識他們，便背對他們，以策安全。

「你知道嗎，大家都在談論你？」法立德的眼睛激動得圓如硬幣。「大家都說你回來了，我想，有些人已經認出你了。」

「是嗎？」髒手指不安地四處看著。他女兒仍一直站在小王子的座椅後。他沒對法立德提過她，他嫉妒羅香娜便已夠了。

「他們說，從來沒有像你這樣的噴火藝人！那邊那個被叫做黑炭鳥的。」法立德塞了一小塊麵包到偷偷摸摸的嘴裡，「向我打聽你，但我不知道你是不是想見他。他說他認識你，對嗎？」

「是的，但我還是不想見他。」髒手指轉過身，走繩索藝人終於從繩索上下來，空中飛人和他聊著，並指著自己的方向。是離開的時候了。他很想再見到大家，但不是今天，不在這裡……

「我差不多了。」他對法立德說。「你待在這裡，再幫我們賺一些錢。你要找我的話，我在羅香娜那裡。」

看台上，醜東西遞給她兒子一個繡金的袋子。小傢伙把小圓手伸進去，朝雜耍藝人丟出幾個硬幣。他們趕緊蹲下，從地上拾起。髒手指瞧了黑王子最後一眼，便離開了。

要是羅香娜聽到自己沒和女兒說上一句話的話，不知道會說什麼！

他知道答案。她會笑，她很清楚自己有時眞是個膽小鬼。

冰冷與蒼白

我如金匠　日夜捶擊敲打
只爲把痛苦延伸成
薄如蟬翼的金飾

——席慕容〈詩的價值〉

她們又來了，莫察覺她們靠近過來，閉著眼睛也看得到她們——白衣女子，臉色慘白，眼神透明冰冷。這個世界還剩下的一切，便是黑暗中的白影和他胸口的痛，血紅的痛。每次呼吸，都把他帶了回來。呼吸，這不是曾經輕而易舉的事嗎？現在卻這麼難，這麼重，好像自己已被掩埋，好像泥土堆在胸口上，堆在那個刺痛、敲擊著的痛楚上。他無法動彈，身體無濟於事，只是個火熱刺痛的監獄。他想張開眼睛，但眼皮沈重如石。一切都完了，只剩下那些字眼：痛楚、恐懼、死亡。白色的字眼，沒有顏色，沒有生氣。只有痛楚是紅色的。

這就是死亡嗎？莫心想。這種空無一物，只瀰漫著蒼白的影子？有時，他以爲察覺到那些蒼白女子的手指，伸向他那疼痛的胸口，像是想要壓碎自己的心臟似的。她們的氣息拂過自己滾燙的臉，朝他低喊著一個名字，但那並不是他所記得的名字。松鴉，她們低語著。

她們的聲音似乎是由冰冷的渴望構成，只有渴望。這很容易，她們低語著，你連眼睛都不必張開。不會再痛，沒有黑暗。起來，她們低語，是時候了，然後把她們白色的手指伸向他的，在他那火熱的皮膚上感覺起來涼得非常舒服。

但另一個聲音不讓他走，模模糊糊，幾乎聽聞不到，彷彿來自遠方，穿透了那些低語。那聲音聽來陌生，在那些低語的影子間幾乎顯得刺耳。住嘴！他想用自己重如石頭的舌頭對那聲音說。請住嘴，讓我走！因爲只有這個聲音緊緊把他困在這個是他身體的火熱屋子中。但那個聲音繼續說著。

他聽過那個聲音，但在哪呢？他記不起來。他最後聽到那個聲音，是在許久以前，許久……

愛麗諾的地窖中

在成千沈睡的靈魂下
書架彎曲高聳。
安靜，滿懷希望——
每回，我打開本書，
有個靈魂會被喚醒。

——西川《書》

我眞該把自己的地窖弄得舒服點！愛麗諾心想，同時看著大流士幫一個在儲物架後頭找到的充氣床墊充氣。另一方面——她哪會知道有天會這麼慘，睡在自己的地窖中，而一個戴著眼鏡的怪胎正和他那頭流口水的狗坐在她寶貝的圖書館，扮成屋主一般？那頭討厭的狗差點吃掉從奧菲流士文字中冒出來的精靈。一隻藍精靈和一隻雲雀驚恐地飛撞著窗玻璃，出來的就是這兩個東西——代替了四個人！「怎麼樣！」奧菲流士趾高氣昂地宣稱著。「兩個換四個！出來的東西愈來愈少，總有一天，我一定會一個都不漏。」眞是一個自以為是的臭東西！誰會管跑出來的東西是什麼。蕾莎和莫提瑪走了！而摩托娜和巴斯塔……

快點，愛麗諾，想想別的！

她眞希望接下來有個多少可以幫得上忙的人敲敲她的家門！只可惜這樣的訪客根本不可能出現。她從來不是熱愛交友的人，而在大流士幫她照顧書籍，莫、蕾莎和美琪搬過來後，就更別說了。和別人往來，又能給她什麼？

她的鼻子開始莫名其妙發癢。別亂想，愛麗諾！她警告自己——好像過去幾個鐘頭想著其他事似的。他們沒事的！她不停對自己這樣說。如果他們出事，妳會感覺到的，所有的故事不都這樣說嗎？如果自己所愛的人出事了，不是都會察覺到，譬如胸口會刺痛？

大流士怯生生地對她微笑，而腳則不停踩著風箱。充氣床墊看來已像條毛毛蟲，一條被踩扁的巨大的毛毛蟲。她該怎麼睡在上面？一定會滾下來，掉到冰冷的水泥地板上。

「大流士！」她說。「我們得想些辦法！我們不能就這樣被關在這裡，而摩托娜……」

喔，天哪，那個老巫婆看著莫提瑪的樣子。別去想，愛麗諾！根本不要想！也別去想巴斯塔和他的獵槍，還有一個人孤零零在無路森林中瞎竄的美琪。沒錯，她一定是孤單一人！那小子大概早被巨人踩扁了……還好大流士不知道自己在那胡思亂想，不知道自己一直想哭……

「大流士！」愛麗諾小聲說，因爲那個大塊頭一定守在門前。「大流士，一切都靠你了！你得把他們唸回來！」

大流士猛搖著頭，眼鏡差點從鼻頭上滑下來。「不行！」他的聲音聽來顫抖，彷彿風中的一片樹葉，而腳又開始打氣，好像再沒什麼東西比這個蠢床墊更重要的。跟著，他突然停了下來，把臉埋到雙手中。「妳知道會發生什麼事！」愛麗諾聽到他壓低聲音說著。「妳知道我一害怕的話，他們會怎樣。」

愛麗諾嘆了氣。

是的，她知道。被壓扁的臉，瘸掉的腿，失掉的聲音……他當然會怕，或許比她還怕，因爲大流士認識摩托娜和巴斯塔更久……

「好，好，沒事了。你說的對。」她喃喃說著，開始心不在焉地把一些罐頭擺好——番茄醬、小餃子（味道普通）、紅豆——莫提瑪喜歡紅豆。她鼻子中的搔癢又來了。

「那好！」她說，果斷地轉過身。「那就要這個奧菲流士來做。」她的聲音聽來冷靜、深思熟慮的樣子。沒錯，她是個天才演員。當時在山羊的教堂，似乎一切都完蛋了，愛麗諾便發現到這點……如果她好好計畫一下的話，那當時看來會更加陰森一點。

大流士莫名其妙地看著她。

「天哪，別這樣看我！」她斷聲道。「我也不知道怎麼讓他這樣做，還不知道。」

她開始不斷來回走著，在架子間，在罐頭和瓶子間。

「大流士，他很自負！」她小聲說。「非常自負。你有沒有看到，當他知道美琪辦到他幾年來辦不到的事時，臉色有多難看？他一定很想問她——」她突然停下來看著大流士，「——是怎麼辦到的。」

大流士不再打氣。「是！但這得美琪在這裡。」

他們互看著。

「我們就這樣做，大流士！」愛麗諾小聲說。「我們讓奧菲流士把美琪弄回來，然後她再用奧菲流士的文字把莫提瑪和蕾莎唸回來！這樣一定可以！沒錯！」她又開始不斷來回走著，像她喜歡的那首詩中的豹子一樣……只不過她的目光早已不再絕望。她必須手段靈活，這個奧菲流士很聰明。妳也很聰明，愛麗諾，她對自己說。就去試試看！

她不能三心二意，不得不再想摩托娜看著莫提瑪的表情。要是早就來不及的話，該怎麼辦，要是？……什麼跟什麼嘛！

愛麗諾抬起下巴，挺起胸膛——大步朝地窖門走去，毫不猶豫，拿手掌拍著刷上白漆的金屬門。「嘿！」她喊著。「嘿，大塊頭！開門！我得跟那個奧菲流士說話！馬上就要。」

不過，門後毫無動靜——愛麗諾又垂下手。有一會，她有個可怕的念頭，那兩個人已經離開，任他們獨自留下，關在地窖裡……而這下面連個開罐器都沒有！愛麗諾突然想到。這樣死實在可笑，在一堆罐頭間餓死。她正舉起雙手準備再敲門時，便聽到外頭有腳步聲，離去的腳步聲，從地窖到她家大廳入口的樓梯。

「嘿！」她聲嘶力竭，在她身後的大流士嚇了一跳。「嘿，等一等，大塊頭！開門！我得和奧菲流士談談！」

但門後悄然無息，愛麗諾頹然跪在門前。她察覺到大流士走到她身旁，怯生生把手擱在她肩上。「他會回來的。」他輕輕說。「至少他們還在，不是嗎？」接著，他又回到充氣床墊那頭。

然而，愛麗諾坐在那，背靠著冰涼的地窖門，聽著那片死寂。在這下頭，聽不到鳥聲，聽不到細微的蟋蟀叫聲。美琪會把他們接回來，美琪會把他們接回來！但要是她父母早就？……

別亂想，愛麗諾，別亂想。

她閉上眼睛，聽到大流士又開始打氣。

我會感覺到的！她心想。是的，我會的。如果他們出事的話，我會感覺到的。所有的故事都這樣說，不可能全在騙人！

森林裡的營地

我想，他每分每秒都在說：
我病得要命，病得要命，病得要命；
喔，死神，快來，快來，快來。

——法蘭西絲・康福德《錶》

蕾莎不知道自己這樣坐了多久，就這樣坐在流浪藝人拿來睡覺的昏暗的洞窟中，握著莫的手。一名女藝人給她些吃的東西，而不時會有孩子跑進來，靠著洞窟壁，聽著她輕聲對莫說的話——提到美琪、愛麗諾、大流士、圖書館、書和他的作坊，在那治癒和他一樣生病受傷嚴重的書籍……這些來自另一個從未見過的世界的故事，在這些流浪藝人聽來，一定非常奇怪。而她和一個一動不動躺在那，眼睛閉著，似乎再也不會張開的人說話，他們一定更覺得奇怪。

老婦人和三個男人一起回到山羊的碉堡，就在第五名白衣女子出現在階梯上時。路並不是特別遠。蕾莎踏進營地時，見到樹之間有守衛。他們看管的，全是老弱婦孺——但顯然也有在外忙碌奔波，只是來這休息的人。

當蕾莎問到這些人的衣食從哪裡來的，把莫抬來這裡的一名流浪藝人回答：「王子提供的。」當她問到是哪一位王子時，他只把一塊黑石頭塞到她手中，算是回答。

他們叫她蕁麻——那位突然間出現在山羊碉堡門前的老婦人。大家都尊敬她，其中大概也有一絲畏懼。她燒炙消毒莫的傷口時，蕾莎應該在旁幫忙的。但她一回想起來，仍覺得難受。後來，她幫老婦人重新包紮傷口，記住她的各種吩咐。「如果三天內他還有氣，大概就可活下來。」她這樣說，便留蕾莎單獨一人在避開野獸、遮陽躲雨，但卻擺脫不掉害怕與絕望的黑暗洞窟中。

三天，外頭天黑了又亮，亮了又暗，每次蕁麻前來，探身看著莫時，蕾莎都在她的臉上，絕望地找著些希望，但老婦人面無表情。三天過了，莫還在呼吸，但就是不願張開眼睛。

洞窟裡瀰漫著蘑菇的味道，山妖最愛吃的食物，說不定以前這裡有一大群山妖住著。現在蘑菇的味道混雜著乾葉。流浪藝人在冰冷的洞窟地上撒上葉片和香草，百里香、合葉子、香車葉……蕾莎拿手指揉碎枯葉，同時坐在那，涼敷著莫早已不再冰涼的額頭，而是又熱又燙……百里香的香味讓她想起一則他唸給她聽的精靈故事，那是好久以前的事，他還不知道自己的聲音可以從文字中誘出山羊這樣的人。**別把野生的百里香帶回家**，書裡說，**上頭沾著不幸**。蕾莎丟開乾枝，在衣服上擦掉手指上的香味。

一名女子又再帶吃的東西給她，並在她身旁默默坐了一會，彷彿想在一旁給她安慰似的。不久後，又有三名男人進來，但只站在洞口，從遠處打量她和莫。他們一邊互相竊竊私語，一邊朝這裡看過來。

「我們在這不受歡迎嗎？」蕁麻來的時候沈默寡言，有次蕾莎問她。「我想他們在說我們。」

「讓他們說吧！」老婦人只這樣回答。「我告訴他們，你們被強盜搶了，但他們當然不會相信。一位美女，一名有個奇怪傷口的男人，他們打哪兒來？發生了什麼事？他們會好奇。要是妳聰明的話，就別把他手臂上的疤露出太多。」

「爲什麼？」蕾莎不明就裡地看著她。

老婦人打量她，彷彿想看她的心似的。「嗯，要是妳眞的不知道，那最好就這樣。」她最後說。「讓他們說吧。他們又能怎麼樣？有的人來這等死，有的人又再重生，又有的人只靠別人說的故事過活。走繩索藝人、噴火藝人、農人、王宮貴族——他們全都一樣，有血有肉，還有一顆不知何時會停止跳動的心。」

噴火藝人。蕁麻說出這個字眼時，蕾莎的心跳了一下。她爲什麼沒早點想到呢？

「請等一下！」當老婦人又回到洞窟入口時，她說著。「妳一定認識很多流浪藝人，是不是其中有位叫做髒手指？」

蕁麻慢慢轉過身，好像得先決定是不是想回答的樣子。「髒手指？」她最後一臉不悅地重複著。「妳大概找不到不認識他的流浪藝人，但幾年來，沒人見過他，雖然有些謠傳，說他已經回來了……」

沒錯，他是回來了，蕾莎心想，而他會幫我，就像我在另一個世界幫他那樣。

「我得告訴他！」她聽到自己絕望的聲音。「求求妳。」

蕁麻打量著她，自己棕色的臉上毫無表情。「空中飛人在這。」她最後說道。「他的腿又痛了起來，但等好一點之後就會動身。妳去問他，看看是不是能幫妳打聽一下，並捎上妳的訊息。」

跟著，她便離開。

空中飛人。

外頭天又黑了，隨著黑暗降臨，男人、女人和小孩都進到洞窟，躺在葉片上睡覺——遠離他們，彷彿莫的一動不動會感染別人似的。一名女人帶了一根火把給她，在石壁上畫上了抖動的陰影，扮著鬼臉、在莫蒼白的臉上伸出黑色手指的鬼臉。火舌並未驅走白衣女子，就算她們對火又愛又怕也一樣。她們不斷在洞窟中現身，像蒼白的倒影，臉孔宛如白霧一般。她們靠了過來，跟著又消失，或許蕁麻擱在莫周遭的葉片那股刺鼻的味道，逼走了她們。「這不會讓她們靠過來，」老婦人說：「但妳還是得小心。」

有個孩子在睡夢中哭了，母親撫慰地摸著他的頭髮——蕾莎不由想起美琪。她是一個人，還是那個男孩仍陪著她？她是高興、傷心、生病，還是健健康康？這個問題問了不下千百次，像是期望隨時隨地都能得到答案似的……

一名女子帶給她乾淨的水，她微笑表示感謝，並向她打聽空中飛人。「他比較喜歡睡在戶外。」她說，並指著外頭。蕾莎好一陣子沒再見到白衣女子，但還是搖醒一名願意在夜裡代她班的女人，然後跨過那些睡著的人，朝外頭走去。

月亮穿透濃密的樹冠，光線比火把還要明亮。幾名男子圍坐在一個火堆旁。蕾莎慢慢朝他們走去，穿著完全和這裡不相搭配的衣服，對女藝人來說，都太短，高過踝骨，而且還被扯破……男人們瞪著她，既多疑，又好奇的樣子。

「你們哪位是空中飛人？」

一名沒有牙齒的瘦小男人，年紀大概沒他外表一半大，拿手肘撞了一下坐在他身旁的流浪藝人身側。

「妳問他幹什麼？」那張臉看來友善，但眼神小心翼翼。

「蕁麻說，他或許可以幫我帶一個訊息。」

「一個訊息？給誰？」他伸直自己的左腳，揉著膝蓋，好像那裡痛著。

「他是一名噴火藝人，名叫髒手指，他的臉……」

空中飛人手指摸著臉頰。「……有三道疤，這我知道。妳找他幹什麼？」

「我希望你幫我把這個帶給他！」蕾莎跪在火堆旁，伸手到自己的衣服口袋中。她身上總帶著一些紙和一根鉛筆，那些年來，紙筆代替了她的舌頭。現在，她又能說話了，但給髒手指的訊息，木製舌頭還是比較有用。她開始寫，手顫抖著，沒理會那些盯著自己的多疑目光，彷彿那隻手犯了什麼禁忌似的。

「她會寫字。」那個沒牙齒的傢伙表示，聽得出一股厭惡。那是好久以前的事了，蕾莎穿著男人服飾，把頭髮剪短，坐在森林那頭的城鎮市集上，不知如何維生，只好幫人代筆——那是女人在這個世界不能從事的行業。違者貶爲奴隸，而她也成了一名女奴，摩托娜的女奴，因爲是她發現她女扮男裝，於是可以納她爲自己的報酬，帶走她到山羊的碉堡中。

「髒手指看不懂的。」空中飛人平靜地表示著。

「不，他看得懂，是我教他的。」

他們難以置信看著她。文字，謎般的東西，富人的工具，不是給雜耍藝人，更不是給女人用的……只有空中飛人微笑著。「你們看看，髒手指會認字了。」他輕聲說。「很好，但我不會，所以最好告訴我妳寫的是什麼，要是妳的紙條掉了，我還是能把話帶到。寫下來的字常會掉，比腦袋裡的東西更常掉。」

蕾莎看著空中飛人的臉。**妳太快相信人了……**髒手指常這樣對她說，但自己又有什麼選擇？她小聲重複著自己寫的東西：**「親愛的髒手指，我和莫在流浪藝人的營地，在無路森林深處。摩托娜和巴斯塔把我們帶過來，而摩托娜——」**當她說出那個名字時，聲音不聽使喚，**「——摩托娜對莫開槍。美琪也在這裡，我不知道在哪，但請你去找她，帶她到我這！保護她，就像你曾試著保護我那樣。小**

心巴斯塔！蕾莎。」

「摩托娜？不是和那群殺人放火的傢伙在一起的老太婆？」問這個問題的流浪藝人缺了右手，是個小偷——偷麵包砍掉左手，偷肉的砍掉右手。

「沒錯，據說她毒殺的男人，比毒蛇頭的頭髮還多！」空中飛人把一塊木頭踢回火中。「而巴斯塔當時劃花了髒手指的臉。他大概不太喜歡聽到這兩個名字。」

「但巴斯塔死了！」沒牙齒的流浪藝人插話道。「大家也這樣說那個老太婆！」

「他們是說給孩子聽的。」背對著蕾莎的一個人說道：「讓他們好入睡。像摩托娜這種人是死不了的，她只會讓別人死。」

他們不會幫我！蕾莎心想。聽到這兩個名字後，他們不會再幫我。唯一顯得友善一點的，是個穿著噴火藝人紅黑衣服的男人。不過，空中飛人仍打量著她，似乎不知道該拿她怎麼辦，她和她的信息。最後，他一言不發拿過她手指間的紙條，塞在一個他掛在腰帶間的袋子中。「好吧，我會把妳的訊息轉達給髒手指，」他說：「我知道他在哪裡。」

他幫她，蕾莎幾乎不敢相信。

「謝謝你。」她起身，累得搖搖晃晃的。「你想他什麼時候會收到這個訊息？」

空中飛人摸著下巴。「首先我的腿得好一點。」

「那當然。」蕾莎把想求他快點的話吞了回去。不要催，不然他可能會改變主意，那還有誰會幫她找髒手指。一根木頭在火中爆裂，熾熱的火花噴到她腳前。「我沒錢付給你，」她說：「不過你可以收下這個。」她取下手指上的結婚戒指，遞給空中飛人。沒牙齒的那個男的貪婪地打量著那個金戒指，好像很想伸手過去接似的，但空中飛人搖了搖頭。

「不行，別這樣。」他說。「你丈夫受了傷，拿掉結婚戒指，會帶來不幸，不是嗎？」

不幸。蕾莎趕緊把戒指套回手指上。「沒錯。」她喃喃說著。「沒錯，你說的對，謝謝你，眞的非常謝謝你！」

她轉過身。

「嘿，妳！」先前背對她的那個流浪藝人看著她，右手上只有兩根手指。「妳丈夫……他的頭髮是深顏色的，像鼴鼠的毛一樣黑，而且他相當高大。」

蕾莎看著他，感到困惑。「然後呢？」

「然後那個疤，就在歌曲所唱的那個地方。我有看到，大家都知道那是怎麼來的，那是他在夜之堡附近私獵，殺了一頭鹿，被毒蛇頭的狗所咬的，那是只有毒蛇頭才能獵捕的白鹿。」

他在說什麼？蕾莎想起蕁麻的話：**要是妳聰明的話，就別讓他手臂上的疤露出太多**。

沒牙齒的笑了。「你們聽聽兩指說的，他以爲松鴉就躺在洞窟裡。你什麼時候相信起童話了呢？他身旁有沒有那個羽毛面具呢？」

「這我哪知道？」兩指的喝叱他。「是我把他帶過來的嗎？但我告訴你們，他就是松鴉！」

蕾莎察覺到那名噴火藝人若有所思地打量她。「我不知道你們在說什麼。」她說。「我不認識松鴉。」

「是嗎？」兩指抓起擱在他身旁草地上的魯特琴。蕾莎從未聽過他輕聲唱著的那首曲子：

希望眞的來自幽暗的森林，
王公貴族愁眉苦臉。

他的頭髮黑如鼴鼠，
大人物聞風喪膽。
臉上戴著羽毛面具，
他偷自松鴉那裡，
把兇手終於繩之以法。
他捉弄公侯的探子，
獵捕他們的野味，
偷走他們的金銀，
在他們破口罵他之前，
他便消失無蹤，他們白白追捕的
不過只是一個影子。

大家看著她的那個樣子，嚇得蕾莎退了一步。

「我得回我丈夫那了。」她說。「這首歌……和他沒有任何關係，相信我。」

她往洞窟走去時，都可感受到自己背後的目光。別管他們！她心想。髒手指會收到妳的訊息，這點最重要。

那個接替她的女子，默默起身，又和其他人睡在一起。蕾莎疲憊不堪，跌跌撞撞跪在鋪著葉片的地上。淚水又再湧出，她拿袖子拭去，把臉埋在味道熟悉無比的衣服中……愛麗諾家的味道……舊沙發的味道，她和美琪坐在上面，對她講述著這個世界。她開始啜泣，聲音大得都怕吵醒別人，嚇得自己拿手摀住嘴。

「蕾莎？」那聲音小得像是低語。

她抬起頭。莫看著她，她看著他。

「我聽到妳的聲音了。」他小聲說道。

她不知道該如何反應，先哭，還是先笑。她探身過去，不停吻著他的臉，然後又哭又笑著。

費諾格里歐的計畫

只要一張紙和可以寫字的東西，我就會徹底改變這個世界。

——尼采

城堡上的慶典之後兩天，費諾格里歐帶著美琪看過翁布拉的每個角落。「但今天，」在他們準備去敏奈娃那裡吃早餐前，他說道：「今天我帶妳去看那條河。下坡很陡，對我這把老骨頭來說，有點不舒服，但那裡說話不會被人打擾。此外，如果我們走運的話，妳還可在那見到水妖。」

美琪很想見到水妖，在無路森林中，她見到的唯一一個水妖，是在一個暗沈的小水塘中，當美琪的倒影落在水面上時，水妖一下就閃開。費諾格里歐想私底下在那聊什麼？答案其實不難猜到。

這回她該把什麼東西唸出來？她該把誰唸出來——又從哪呢？從另外一則費諾格里歐也寫過的故事？下坡路蜿蜒過陡降的田地，農人彎著腰在晨光中工作。好好墾殖多石的土地過冬，想必非常辛苦，還有那些暗中不放過這一點點存糧的食客：老鼠、麥蟲和蛆。在費諾格里歐的世界中，生活要艱難許多，但美琪覺得，隨著每個新的一天，他的故事網住了她的心，像蜘蛛網一般擺脫不掉，同時又美得迷人……

她周遭的一切，這時看來都很眞實，想家的感覺幾乎消失了。

「來吧！」費諾格里歐的聲音把她從思緒中驚醒。那條河在他們面前，在陽光下閃爍，河岸綴著在水中載沈載浮的枯葉。費諾格里歐抓著她的手，拉她走到河岸的大石頭間。美琪探身看著緩緩流動的河水，但沒發現任何水妖。

「哎，她們膽子很小，太多人了！」費諾格里歐厭惡地指著幾步遠外洗衣服的女人。他示意美琪繼續走，直到聲音漸漸變小，只剩下淙淙的水聲。翁布拉城的屋頂與塔樓高聳在他們身後淡藍的天空中。屋舍像鳥隻窩在一個窄小的鳥巢裡，擠在城牆之間，而城堡的黑旗在上方飄揚，彷彿想把肥肉侯爵的悲痛寫在天上似的。

美琪爬上一塊深入河面的平坦石頭上。河並不寬，但看來很深，河水比對面河岸的陰影來得暗沈。

「妳有看到水妖嗎？」費諾格里歐走到她旁邊時，幾乎在濕滑的石頭上滑倒。美琪搖搖頭。「妳怎麼了？」他們一起在山羊屋裡度過的那幾天幾夜後，費諾格里歐已很瞭解她。「妳是不是又想家了？」

「沒有，沒有。」美琪跪了下來，手指劃過冰冷的河水。「我只是又做了那個夢。」

前一天，費諾格里歐帶她參觀了麵包師巷、那些富有的香料商與布商所住的房子、每個調皮的孩子、每朵花和翁布拉技藝高超的石匠在房子上點綴上去的豐富壁飾。從費諾格里歐帶著美琪走過城裡各個隱蔽的角落時的那份自豪來看，似乎認為這一切都是他獨特的創造——「唉，也不是所有的東西」，有次她想拉他進一條之前還未見過的巷子時，他承認道。「翁布拉當然也有醜陋的一面，但妳這個漂亮的腦袋為什麼要再多想呢？」

當他們回到敏奈娃家的房間時，天已黑了，費諾格里歐和薔薇石英爭吵起來，因為這個玻璃人拿墨水弄髒了精靈。儘管兩人的聲音愈來愈大，美琪還是在窗下的草褥上打起瞌睡，那是敏奈娃為她從陡峭的樓梯弄上來的——突然間，那一片紅就出現了，一片沒有光澤、泛著濕氣的紅，她的心開始愈跳愈快，直到激烈的跳動讓她從睡夢中驚醒……

「在那，妳看！」費諾格里歐抓住她的手臂。

鮮豔的鱗片在河水潮濕的皮膚下閃閃發光。乍看之下，美琪幾乎認爲那是葉片，但她跟著看到那對瞧著自己的眼睛，像是人類的，卻又非常不同，因爲眼裡沒有眼白。水妖的手臂顯得嬌弱，幾乎透明，再看一眼，那條鱗尾便拍著水面，然後再也見不到任何蹤影，只有一群像蝸牛黏液般呈銀色的魚游過，還有一群她和法立德在森林中見到的火精靈……他讓一朵火花在她腳前綻放，只爲她而做。髒手指眞的教了他許多奇妙的東西……

「我想一直是同一個夢，但我記不來，只記得很恐怖……像是發生了什麼可怕的事！」她轉過身對著費諾格里歐。「你想會有這種事嗎？」

「胡說八道！」費諾格里歐揮掉這個念頭，像趕走一隻討厭的昆蟲一樣。「妳的噩夢全是薔薇石英害的，精靈夜裡一定坐到妳的額頭上，因爲他惹他們生氣！他們可是有仇必報的小東西，至於找誰報仇，他們可就不管了。」

「原來如此。」美琪又把手指浸到水中，冰冰冷冷的，讓她打了個寒戰。她聽到洗衣婦人的笑聲，一隻火精靈停駐在她手臂上，人臉上一對昆蟲眼睛瞪著她，美琪趕緊把那個小生物驅走。

「很聰明。」費諾格里歐表示。「妳得小心火精靈，他們會燒焦妳的皮膚。」

「我知道，蕾莎對我說過。」美琪看著精靈的身影，手臂上剛被停過的地方刺痛著，有了一塊紅斑。

「他們是我杜撰出來的。」費諾格里歐驕傲地解釋著。「他們製造出一種蜜，能夠讓人和火說話，很受噴火藝人歡迎，但這些精靈會攻擊靠近他們巢穴的任何人，幾乎沒人知道該如何偷這種蜜而不被嚴重燒傷。就我所知，髒手指大概是唯一一個懂得偷蜜的人。」

美琪只點點頭，幾乎沒在聽。「你想和我談什麼？你想要我唸些東西，對嗎？」幾片枯萎的紅葉在水面上漂過，紅得像乾掉的血，美琪的心又再激烈跳動起來，不得不拿手壓住胸口。她到底是怎麼了？

費諾格里歐解開自己腰帶上的袋子，把一塊扁平的紅石頭倒在自己手上。「是不是很漂亮？」他問。「我今天早上弄到的，妳還在睡。這是綠柱石，一種閱讀用的石頭，功用就像眼鏡一樣。」

「我知道，然後呢？」美琪的指尖摸著那塊平滑的石頭，莫有好幾個，就擱在作坊的窗台上。

「然後呢？別這麼沒耐性嘛！薇歐蘭瞎得跟鼴鼠一樣，而她那個好兒子把她原來的閱讀石藏了起來，我只好幫她找個新的（就算這幾乎讓我破產）。我希望她會感激涕零，告訴我們一些關於她死去丈夫的事！我知道，是我杜撰出柯西摩的，但我寫下他，已經是陳年往事。說真的，我的記憶並不太好，再說……自從這個故事堅決要自行發展下去，誰知道他又有什麼改變！」

美琪心裡冒出一股不祥的感覺。不，他不可能這樣打算，就算是費諾格里歐，也不可能這樣想，不是嗎？

「聽好，美琪！」他壓低聲音，好像那些在上游洗衣服的女人會聽到似的。「我們兩個要把柯西摩召回來！」

美琪突然站了起來，幾乎滑倒，掉進河裡。「你瘋了，徹底瘋了！柯西摩已經死了！」

「有人可以證明嗎？」她一點也不喜歡費諾格里歐的微笑。「我不是跟妳說過——他的屍體被燒到無法辨識的程度，就連他父親都無法確定是不是真是柯西摩！過了半年後，他才讓死者葬入準備的石棺中。」

「但那是柯西摩吧，對不對？」

「有誰說得準呢？那是一場慘烈的屠殺。據說火幫份子在自己的碉堡裡存放著鍊金師的某種火藥，火狐狸點燃火藥，以便逃脫。大火吞噬了柯西摩和大部分他的手下，牆倒在他們身上，之後，沒人說得出來在瓦礫堆中找到的死者是誰。」

美琪感到毛骨悚然，但費諾格里歐似乎很喜歡這一切。她幾乎不敢相信他的表情會相當滿意的樣子。

「那一定是他，你心知肚明！」美琪壓低聲音，低語道。「費諾格里歐！我們不能召回死者！」

「我知道，我知道，或許不行。」他的聲音聽來相當遺憾。「雖然——妳在召喚影子的時候，那些死者不是也都回來了？」

「不！他們又全都化成灰燼！不到幾天的時間。愛麗諾哭得要命——儘管莫試圖勸她，她還是去了山羊的村子，但那裡也沒有任何人，他們全都離開了，永遠離開了。」

「嗯。」費諾格里歐瞪著自己的雙手，那看來像是農夫或工匠的，而不是只拿筆的手。「那就不要，好吧！」他喃喃說著。「這樣或許比較好。要是每個人隨時都可以從鬼門關歸來，那故事該如何進行下去？那會亂得可以，再也不緊張刺激！是的，妳說得對：死者就讓他安息吧。所以我們也不必喚回柯西摩，而只是一個像他的人！」

「……像他的人？你瘋了！」美琪低聲說。「絕對瘋了！」

但這麼說，絲毫沒有影響到費諾格里歐。「那又怎樣？所有的作家都是瘋子！相信我，我會很小心斟酌字眼的，小心到我們全新的柯西摩會堅信自己是原來的那個。妳懂嗎，美琪？就算他只是個替身——他也不用知道。他不應該知道！妳怎麼說呢？」

美琪只搖搖頭，她來這不是要改變這個世界，只是想看一看！

「美琪！」費諾格里歐把手擱在她肩上。「妳已見過肥肉侯爵，他隨時會離開人世，然後呢？毒蛇頭並不只會吊死流浪藝人！要是農夫在森林中捕捉兔子，他會挖出他們的眼睛，也讓小孩在自己的銀礦工作直到他們又瞎又瘸，他把火狐狸封爲自己的傳令官，那可是個殺人放火的傢伙！」

「是嗎？那是誰這樣杜撰他的？是你！」美琪氣到把他的手甩開。「你一直就偏愛自己的反派角色。」

「哎呀！可能吧。」費諾格里歐聳聳肩，好像那件事他完全無能爲力似的。「但我能怎麼辦？誰會想唸兩個好好侯爵的故事，統治著一群幸福快樂的臣民？這種故事成何體統？」

美琪探身到河面上，撈起一朵紅花。「你就喜歡杜撰他們！」她輕聲說。「杜撰這些惡人。」

對此，費諾格里歐自己亦無言以對，於是兩人默不作聲，女人在那一頭把自己的衣物擱在石頭上晾乾。儘管河水不斷把枯萎的花朵沖上岸，但陽光依然暖洋洋的。

最後是費諾格里歐打破沈默。「求求妳，美琪！」他說。「就這一次。如果妳幫我再次控制住這個故事，我就幫妳寫下最棒的字眼，讓妳回家——隨時都可以！要是妳有可能改變主意，喜歡待在我的世界，那我也可以把妳父親……還有妳母親……甚至那個女書蟲招過來，雖然我認爲，依妳對我說的，她這個人很糟糕！」

美琪不得不笑起來。沒錯，愛麗諾會喜歡這裡，她心想，蕾莎一定也願意再過來。但莫，不，莫不會，絕對不會。

美琪突然站了起來，撫平衣服，抬頭瞧著城堡，想像要是有變色龍眼睛的毒舌頭在那上面統治的話，會是什麼模樣，就算是肥肉侯爵，她都不怎麼喜歡。

「美琪，相信我。」費諾格里歐說。「這眞的是好事。妳會幫一位父親把他兒子帶回來，幫一名妻子把她丈夫帶回來，幫一個孩子把自己的父親帶回來──嗯，他並不是特別可愛的孩子，但我們不管了！有妳相助，便會打亂毒蛇頭的計畫。這可說光明正大！求求妳，美琪！」他幾乎是哀求地看著她。「幫幫我，這可是我的故事！相信我，我知道怎麼做最好！把妳的聲音借給我，就再這麼一次！」

把妳的聲音借給我……美琪仍然抬頭看著城堡，但見到的再也不是塔樓與黑旗，而是影子和化爲灰燼的山羊。

「好，我會想想看。」她說。「但法立德現在等著我。」

費諾格里歐目瞪口呆地瞧著她，彷彿她憑空長出翅膀一樣。「這樣啊，他在等妳？」可以聽出他顯然不表贊同。「但我想和妳上城堡，把石頭交給醜東西。我希望妳能聽到她所描述的柯西摩……」

「我已經答應他了！」他們約在城門口，這樣法立德便不用經過守衛。

「答應？那又怎樣？妳又不會是讓追求者等候的第一個女孩。」

「他沒在追我！」

「這樣更好！妳父親不在這，那我就得看好妳！」費諾格里歐一臉不悅地打量她。「妳眞的長大了！這裡的女孩在妳這個年紀便會結婚。沒錯，妳別這樣看我！敏奈娃的二女兒五個月前結婚，才剛滿十四歲。那小子幾歲了？十五？十六？」

美琪沒回答，只是背對著他。

薇歐蘭

隔天，我的祖母便開始講故事給我聽，她這樣做，大概是想讓我們擺脫悲痛。

——羅德・達爾《女巫》

費諾格里歐乾脆說動法立德跟他們一起到城堡去。「怎麼樣，這樣不是兩全齊美！」他小聲對美琪說。「他可以和侯爵那個被慣壞的孩子玩，我們就有機會和薇歐蘭從容不迫閒聊。」

這個早晨，城堡的外院空無一人，只有幾根乾樹枝和被踩扁的蛋糕，還讓人想起在這舉辦過的慶祝會。僕役、鐵匠、馬夫，早就回到自己的工作崗位上，但牆垣之間似乎瀰漫著一股讓人窒息的寂靜。守衛認出費諾格里歐時，便一言不發讓他們通過，在內庭的樹下，一群穿著灰袍的男子迎面而來。「浴療師！」費諾格里歐喃喃說著，同時瞧著他們的身影，露出擔心的神色。「十幾個男人一臉苦相，可不是什麼好事。」

在大廳前，攔下費諾格里歐的僕役看來臉色蒼白，徹夜未眠的樣子。他低聲對費諾格里歐說，肥肉侯爵在自己孫子的慶生會時，便已就寢，那時候就沒再起床。他不吃不喝，並遣信差到幫他刻鑿石棺的石匠處，勒令他趕工。

然而，見薇歐蘭，他們並未受阻擋。肥肉侯爵不想見他的兒媳和孫子，甚至遣走浴療師，只准他那毛臉的侍童圖立歐留在身邊。

「她又在那個不該去的地方！」那名僕役帶著他們穿過城堡時，低聲說著，好像房裡生病的侯爵會聽到似的。每個走廊上，都有一尊柯西摩的塑像低頭瞧著他們。自從美琪知道費諾格里歐的計畫後，那些石頭眼睛便讓她更感不安。「這些雕像全都是同一張臉！」法立德小聲對她說，但美琪還來不及解釋之前，那名僕役便默默示意他們登上一道迴旋梯。

「巴布盧斯讓薇歐蘭進圖書館，拿了不少錢吧？」他們的嚮導在一扇安有黃銅字母的門前停下時，費諾格里歐輕聲問著。

「那可憐人幾乎已把自己所有的首飾都給了他。」那僕役低聲回答。「但有什麼好奇怪的，他曾經待在夜之堡，大家都知道，森林那一頭過來的人，全都貪得無厭，除了女主人外。」

「進來！」他敲門後，一個氣呼呼的聲音喊道。在走過那些陰暗的走道和樓梯後，他們踏進的房間，亮到美琪不得不瞇起眼。日光穿過高窗，落在許多雕刻精美的寫字檯上。站在最大的那個寫字檯前的男人，年紀中等，有頭黑髮，而轉過身看著他們時，那雙棕色的眼睛顯得不太友善。

「啊，織墨水的！」他說，把手上的兔爪勉強擱到一旁。拿兔爪打磨羊皮紙，會讓皮紙柔軟，那裡也有顏料，那些名字莫都得不斷重複告訴她。「再說一次！」她常常這樣要求，讓他不堪其擾，因為那些名字百聽不厭：煙黃、天青石藍、紫羅蘭和孔雀石綠。「為什麼顏色還是這麼鮮豔，莫？」她問著。「這些顏料已經年代久遠！到底是用什麼做成的？」而莫對她解釋——解釋如何製造這些顏料，這些美麗的顏料過了幾百年依然鮮豔，彷彿竊自彩虹一般，則是因為書頁擋掉了光線和空氣。人們搗碎野生的蝴蝶花，摻入黃色的一氧化鉛，製作孔雀石綠，紅色則來自紫螺和蝨子……他們常常一起欣賞莫要清理的珍貴手稿中的圖畫。「妳只要看那細緻的藤蔓！」他跟著會說。「妳能想像拿來畫這些東西的畫筆和羽毛要多細嗎，美琪？」他常抱怨現在沒人懂得製造這類工具——而她現在親眼瞧著：整束擱在釉罐中的髮細般的羽毛和細小的畫筆，在羊皮紙和紙上畫下大頭針般大小的花朵和臉孔的筆，沾上一些讓顏色更易附著的阿拉柏樹膠。她覺得手指癢癢的，想從那一束筆中抽出一根帶去給莫……只是讓他體會一下！她心想。站在這個房間中的感覺。

一名書籍畫師的作坊……費諾格里歐的世界似乎還要奇妙好幾倍。愛麗諾會犧牲自己的小指，只爲到此一遊，美琪想，並想走到一張寫字檯前，就近打量畫筆、顏料、羊皮紙這一切東西，但費諾格里歐拉住了她。

「巴布盧斯！」躬身示意。「大師今天好嗎？」可以聽出他聲音中的嘲弄。

「織墨水的要找女主人薇歐蘭。」僕役慢吞吞解釋著。

巴布盧斯指著他背後的一扇門。「您是知道圖書館在哪，說不定，我們最好把圖書館改稱『被遺忘的藏寶室。』」他囁嚅出聲，舌頭頂著牙齒，好像自己嘴裡的空間不夠似的。「薇歐蘭正在欣賞我最新的作品，其實只能說她能辨認出來的部分。那是您寫給她兒子的故事的抄本。我得承認，我寧可把羊皮紙用在其他作品上，但薇歐蘭就是堅持己見。」

「哎，我真抱歉，讓您不得不大材小用。」費諾格里歐回答，一眼也不瞧巴布盧斯正在忙的工作。法立德似乎也對那幅畫沒興趣，而瞧著窗外比細小畫筆上所有顏料還要鮮豔的藍天。不過，美琪想看看巴布盧斯的技藝高不高超，是不是有理由擺出高傲的神色。她悄悄往前走了一步，見到一幅周圍鑲著金箔的畫，畫中有座位於綠色山丘間的城堡，一片森林，在樹叢間穿著華麗的騎士，在他們四周飛舞的精靈，一隻逃竄的白鹿。她從未見過這樣一幅畫，像繽紛的玻璃一樣鮮豔——彷彿羊皮紙上的一扇窗。她很想探身細看那些臉孔、轡具、花朵和白雲，但巴布盧斯冷冷瞧了她一眼，害她臉紅地退了開。

「您昨天送來的詩，」巴布盧斯百無聊賴地說著，同時又再埋頭工作，「還不錯。您應該多寫這類的東西，但我知道，您寧可寫故事給小孩子或寫曲子給彩衣人。爲什麼呢？好讓您的作品隨風而逝？口耳相傳的作品，壽命不比昆蟲要長！只有書寫的作品會永垂不朽。」

「永垂不朽？」費諾格里歐脫口說出那個字眼，彷彿世上再也沒比這更可笑的事了。「沒有東西永垂不朽，巴布盧斯——作品能被吟遊藝人傳唱，才是好事！沒錯，當然，每次吟唱都會有所改變，但這樣不是很棒嗎？下次再聽到的故事，不斷換上不同的面貌——還有更棒的事嗎？一個會成長的故事，像栩栩如生的東西一般綻放！您再看看閤在書裡的東西！沒錯，或許存活得更久，但只在有人打開書時，那些作品才得呼吸。他們是被擠壓在紙頁間的音樂，只有當某個聲音喚醒他們時，才會甦醒！他們跟著湧現火花，巴布盧斯！像飛到世界中的鳥一般自由。是的，也許您說得對，紙讓他們不朽，但這跟我有什麼關係？難道我會和我的作品繼續工工整整活在書頁中嗎？當然不可能！我們不會不朽，再好的作品也無法改變這點，不是嗎？」

巴布盧斯面無表情地聽他說著。「看法可眞獨特，織墨水的！」他說。「我認爲自己的作品會永垂不朽，而對吟遊藝人較爲不屑。不過，您現在爲什麼不去找薇歐蘭？她一定很快會離開，聽某個農夫抱怨，或某個商販痛訴在路上爲惡的強盜。這時候要拿到可用的羊皮紙，幾乎不太可能。這些東西總是被搶，然後在市場上高價販賣！您想得到嗎，要抄寫您的故事得殺掉多少山羊？」

「大約每兩頁一隻。」美琪說著，又被巴布盧斯冷冷瞧了一眼。

「聰明的女孩。」他說話的語氣，聽來不像讚美，而像在侮辱人。「但爲什麼呢？因爲那些牧羊的笨蛋總把羊群趕過荊棘叢和矮樹叢，沒想過羊皮可以用來寫字！」

「唉，我一直跟您解釋。」費諾格里歐說，同時把美琪往圖書館門口推去。「紙，巴布盧斯，紙是未來的材料。」

「紙！」巴布盧斯不屑地哼了一聲。「天哪，織墨水的，您比我所想的還要瘋狂。」

美琪和莫已經參觀過許多圖書館，多到數不勝數。許多都比肥肉侯爵的圖書館大，但都沒它漂亮。大家仍可看出，這裡曾是這位主人最喜愛的地點。這裡只有一尊柯西摩的胸像，有人在雕像前擱了玫瑰花。點綴牆壁的掛毯，比大廳的還要美麗，而且這裡的燭台更沈，顏色更溫暖，美琪已飽覽了巴布盧斯的作坊，知道這裡包圍她的寶藏非同小可。這裡的寶貝用鍊子鎖在架上，不像在愛麗諾的圖書館中，書背相接，而是書緣切口朝外，因爲那有書名。架子前列著閱讀檯，或許是留給最新的珍品。那些書和他們架上的兄弟姊妹一樣用鍊子鍊著，而且鎖上，以免有害的光線照到巴布盧斯的畫。圖書館的窗戶額外掛上厚重的布簾，顯然肥肉侯爵知道陽光喜愛噬書。只有兩扇窗戶透進有害的光線，醜東西站在其中一扇窗前，深埋在一本書裡，鼻子幾乎快碰到書頁了。

「巴布盧斯愈來愈棒了，布麗安娜。」她說。

「他貪得無厭！要顆珍珠，才讓您進您公公的圖書館！」她的侍女站在另一扇窗前，看著外頭，而薇歐蘭的兒子拉著她的手。

「布麗安娜！」他嘟囔著。「來啦，這好無聊，我們去院子，妳答應過的。」

「巴布盧斯拿珍珠買新的顏料！不然他要錢幹什麼？在這城堡裡，金子只花在一名死者的立像上。」費諾格里歐把身後的門關上時，薇歐蘭嚇了一跳。她自知有罪，把書藏在背後，等發現面前的人是誰時，臉色才緩和下來。「費諾格里歐！」她說，拂開額頭上的棕髮。「您一定要這樣嚇我嗎？」她臉上的疤像個爪印。

費諾格里歐露出微笑，伸手到自己腰間的袋子中。「我給您帶了個東西來。」薇歐蘭的手指貪婪地握住那塊紅石頭。她的雙手像孩子般的小而圓潤。她趕緊又打開藏在背後的書，把綠柱石擱在一隻眼睛前。

「布麗安娜，快來，不然我告訴他們，把妳的頭髮剪掉！」雅克伯抓著侍女的頭髮，用力扯到她喊叫起來。「我外公也這樣做，他剃光女藝人和住在森林裡的女人的腦袋。他說，她們晚上會變成貓頭鷹，在窗前叫喊，直到別人死在床上。」

「別這樣看我！」費諾格里歐小聲對美琪說。「這個小混球可不是我杜撰出來的。嘿，雅克伯！」他手肘示意地頂了法立德一下，而布麗安娜仍試圖讓自己的頭髮掙脫那些小手指。「我給你帶來一個人。」

雅克伯鬆開布麗安娜的頭髮，不怎麼興奮地打量著法立德。「他沒有劍。」他表示。

「劍！誰需要這種東西？」費諾格里歐皺起鼻子。「法立德是個噴火藝人。」

布麗安娜抬起頭瞧著法立德，但雅克伯依然不怎麼激動地看著。

「喔，這塊石頭眞棒！」他母親喃喃說著。「我原來那個沒這一半好，我能認出所有的字，布麗安娜，所有的字！我有對妳說過，我母親爲了教我閱讀，幫每個字母都編了一首小曲嗎？」她開始輕聲唱著：「**一頭棕熊咬下一大口**B……我那時就看得不太清楚，但她在地板上把字母寫得大大的，用花瓣或小石頭拼出字母。A，B，C，**吟遊藝人睡在三葉草中**。」

「沒有。」布麗安娜回答。「您從未說過。」

雅克伯依然一直瞪著法立德。「他有在我的生日會上！」他發現道。「他有拋火把。」

「那不算什麼，小孩子的玩意。」法立德打量著他，一臉不屑，彷彿他才是公侯之子似的。「我還會其他把戲，但我想你還太小，不適合看。」

美琪看到布麗安娜忍住了一個微笑，同時鬆開自己金紅色頭髮上的髮夾，再重新別好，動作十分優雅。法立德在一旁瞧著——而美琪突然希望自己也有同樣漂亮的頭髮，就算不確定自己能不能那麼優雅地別上髮夾。好在，雅克伯交叉手臂輕咳著，又讓法立德注意到他，估計這動作是從他外公那看來的。

「表演給我看，不然我會讓人鞭打你。」這樣一個清脆的聲音說出這種話，聽來可笑——但同時比出自大人的嘴裡更加可怕。

「喔，眞的。」法立德的臉毫無動靜，顯然從髒手指那裡看來的。「那你以爲我會怎麼對付你？」

雅克伯一下說不出話來，正當他想向他媽媽求救時，法立德朝他伸出手。「好，來吧。」

雅克伯猶疑不定，而有一會，美琪想握住法立德的手，跟他一起到院子中，而不是在這聽費諾格里歐打探一名死者的蛛絲馬跡。不過，雅克伯快了一步，他那短小白皙的手指緊緊握住法立德棕色的手，而他在門口再度轉過身時，完全是個平平凡凡、快樂的男孩的樣子。「他會表演給我看，妳聽到了嗎？」他自豪地問著，但她母親連頭都沒抬一下。

「喔，這塊石頭眞棒。」她只低聲說著。「要不是紅色就好了，要是每個眼睛都有一個的話——」

「嗯，我正在想辦法解決，但可惜還找不到個合適的玻璃工匠。」費諾格里歐在閱讀檯間一張誘人的椅子上坐定。椅墊上原來沒有流淚的獅子紋章，仍然醒目，其中幾個，皮革磨損嚴重，明顯看得出肥肉侯爵因爲悲痛而對書失去樂趣之前，在這度過多少時光。

「玻璃工匠？爲什麼呢？」薇歐蘭透過綠柱石瞧著費諾格里歐，一隻眼看來幾乎像是著火一般。

「我們可以把玻璃打磨到讓您的眼睛看得更清楚的程度，效果比石頭還要好很多，但翁布拉所有的玻璃工匠都不懂我在說什麼！」

「是的，我知道，這裡只有石匠還有點用！巴布盧斯說過，無路森林以北沒有一個像樣的書籍裝幀師傅。」

我知道一個很棒的，美琪不由自主想著，有一會，還很希望莫到這來，想到自己都心痛。不過，醜東西又去瞧自己的書。「我父親的領地，有不錯的玻璃工匠。」她說道，並沒抬頭看。「他城堡中的幾扇窗戶嵌上了玻璃，不得不賣掉幾百名農夫當傭兵。」她似乎認為這個價格非常合理。

我想我不喜歡她，美琪心想，開始走過一個個閱讀台。上面的書的裝幀，非常漂亮，她眞想偷偷把其中一本藏到衣服下，然後在費諾格里歐的房間好好打量，但扣住鍊子的扣環被釘死在書的包木封面上。

「妳儘管看！」醜東西突然對美琪說話，嚇了她一跳。薇歐蘭一直把那塊紅石頭拿在眼前，讓美琪不由自主想起毒蛇頭鼻角的那顆血紅珠寶。他女兒有著毒蛇頭的許多特點，大概比她所以爲的還多。

「謝謝。」美琪喃喃說道——打開了一本書。她記起莫對她解釋爲什麼要叫「打開」書的那一天。「打開書，美琪。」他說著，把一本書推給她，兩個銅扣扣住了包木的封面。她看著莫，不知所措，而他對她眨了眨眼，拳頭重重敲在銅扣間的書緣，那兩個銅扣便像小嘴一樣彈開，書打開了。

美琪在肥肉侯爵圖書館中打開的書，沒有任何其他書流露出來的歲月痕跡，沒有任何霉點毀掉羊皮紙，不像她所知道莫修復的抄本，有被甲蟲、蠹蟲咬過。歲月不會安然放過羊皮紙和紙的，一本書有太多敵人，時間一樣會讓書的軀體凋零，就像對待人體一樣。「美琪，我們看得出，」莫總這樣說：「書是有生命的東西！」要是她能給他看看這本，該有多好！

她十分小心地翻過書頁——但無法全然專注，因爲風把法立德的聲音吹了進來，彷彿那是另一個世界的小禮物一般。美琪聽著外頭的動靜，同時又扣起書的銅釦。費諾格里歐和薇歐蘭仍在說著差勁的書籍裝幀師，都沒理她。美琪走向一扇被遮住的窗，拉開窗簾朝外張望，目光落在一座沒有圍籬的花園，花圃中覆滿彷彿彩色泡泡的花朵，而站在其間的法立德，讓火舌舔著他光溜溜的手臂，一如髒手指的把戲，那是當時在愛麗諾花園中，美琪第一次看到他表演噴火的時候，在他出賣他們之前……

雅克伯興高采烈笑著，拍著手——當法立德把火把掄得跟轉輪一樣時，嚇得踉蹌後退。美琪不得不微笑起來。沒錯，髒手指眞的教了他很多，就算法立德還不像老師那樣把火噴得老高。

「書？不，我老實告訴您，柯西摩從不來這！」薇歐蘭的聲音突然明顯尖銳起來，美琪轉過身來。「他覺得書沒意思，他喜歡狗、好靴子、快馬……有些時候，他甚至會喜歡他兒子，不過我不想談他。」

外頭笑聲又再響起，連布麗安娜也走到窗邊。「那男孩是個很棒的噴火藝人。」她說。

「眞的？」她主人近視的眼睛瞄了她一眼。「我還以爲妳不喜歡噴火藝人，妳不是一直說他們不可靠。」

「這個很棒，比黑炭鳥厲害多了。」布麗安娜的聲音聽來沙啞。「我在生日會上已經注意到他了。」

「薇歐蘭！」費諾格里歐的聲音顯得不耐煩。「我們能不能先不理會那個噴火的小子？柯西摩不喜歡書，那好吧，是會有這種情況的，但您應該可以跟我多說一點他的事！」

「做什麼呢？」醜東西又把綠柱石拿到眼前。「讓柯西摩好好安息吧，他已經死了！死人不想留下，爲什麼就沒人明白這點？如果您想聽什麼關於他的秘密，那他可沒有！他可以聊武器聊好幾個小時，他喜歡噴火藝人、飛刀手和在夜裡騎馬飛馳。他會去瞭解如何鑄劍，和守衛在下頭的院子鬥劍幾個小時，直到和他們一樣熟悉各種劍招，但一聽歌手唱歌，就開始打哈欠。他大概不會喜歡您寫的有關他的歌，說不定強盜之歌更符合他的口味，但那些像音樂一般能讓人心跳加速的詩作……他是根本不聽！甚至處決人犯比詩還更讓他感興趣——雖然從不像我父親那樣樂在其中。」

「眞的？」費諾格里歐的聲音聽來吃驚，但一點都不失望。「在夜裡騎馬飛馳，」他喃喃說著：「快馬。是啊，爲什麼不？」

醜東西沒理會他。「布麗安娜！」她說。「帶上這裡這本書。如果我對巴布盧斯的新書讚不絕口的話，他說不定會把這本書留給我們一陣子。」她的侍女一臉心不在焉地接過這本書，又走到窗前。

「但民眾喜歡他，不是嗎？」費諾格里歐從座椅起身。「柯西摩對他們，對農夫、窮人……流浪藝人都不錯……」

薇歐蘭摸著自己臉頰上的疤。「沒錯，大家都喜歡他。他長得英俊，讓人不得不喜歡他，但至於農夫——」她揉著自己的近視眼，顯得疲累。「您知道他怎麼說他們嗎？『他們爲什麼都這麼難看？難看的衣服，難看的臉』……要是他們有什麼法律上的爭議，前來找他，他眞的盡力公平處理，但卻覺得無聊的要命。每次，他都等不及出去找他父親的士兵、他的馬和他的狗……」

費諾格里歐默不出聲，一臉無助的樣子，讓美琪幾乎可憐起他來。他現在不會再讓我唸吧？她想——有那麼不可思議的一瞬間，她幾乎湧現一種失望的感覺。

「布麗安娜，過來！」醜東西命令道，但她的侍女一動不動，而低頭盯著院子，彷彿這一輩子沒見過噴火藝人似的。

薇歐蘭皺起眉頭，走到她身旁。「妳看什麼看得這麼起勁？」她問著，瞇起近視眼瞧著外頭。

「他……用火弄出花來。」布麗安娜結巴說道。「開始像是金色的蓓蕾，然後像真正的花綻放開來。這種手法，我只見過一次……那時我還很小……」

「很好，但現在走吧。」醜東西轉過身，朝門口走去。她走路的方式怪異，略低著頭，卻身體筆直。布麗安娜看了外頭最後一眼，便緊追著她而去。

他們踏進作坊時，巴布盧斯正研磨著顏料，天空用藍色，大地用紅棕色和赭色。薇歐蘭朝他低聲說了些話，大概在恭維他，指了指布麗安娜幫她拿著的那本書。

「殿下，我先告辭了！」費諾格里歐說。

「好，走吧！」她回答。「不過，下次您來看我時，不要再問我死去丈夫的任何事，而是給我一首您爲流浪藝人寫的曲子！我很喜歡這些曲子，特別是那個惹火我父親的強盜。他叫什麼名字？啊，對了——松鴉。」

費諾格里歐那被太陽曬成褐色的皮膚，變得有些蒼白。「您……您怎麼知道那些曲子是我寫的？」

醜東西笑了起來。「喔，難道您忘了？我是毒蛇頭的女兒，自然有我自己的探子！您怕我會對我父親說出作者的身分？別擔心，我們彼此只說必要的事。而且，他對曲子裡的那個主角更感興趣，而不是寫曲子的人，再說，要是我是您的話，我暫時會待在森林這一頭的！」

費諾格里歐鞠了個躬，勉強微笑著。「殿下，您的建議，我會謹記在心。」他說。

他們帶上那扇包覆銅片的門時，門沈沈關上。「該死！」費諾格里歐喃喃說著。「該死，眞該死。」

「怎麼了？」美琪看著他，感到憂心。「跟她說的柯西摩的事有關？」

「胡說！才不是！要是薇歐蘭知道誰寫了關於松鴉的曲子，那毒蛇頭也會知道。他的探子比她的多得多，要是他不久後就來到森林這一頭，那該怎麼辦？還好，還有時間策劃一下……」

「美琪。」他小聲對她說，同時拉著她走下陡直的迴旋梯。「我不是告訴過妳，我寫的松鴉有個眞人樣本。妳要不要猜猜看是誰？」他滿心期待地看著她。「妳得知道，我喜歡拿眞人當我角色的樣本。」他低聲對她說，像是同謀一樣。「不是每個作家都這樣做，但我有過經驗，這樣角色會更加鮮活！臉部特徵、手勢、身體動作、聲音，或許一個胎記或一個疤——我偷來偷去，然後他們開始有了生命，直到聽過或讀過他們的人，能夠碰觸到他們！松鴉並沒有太多的眞人樣本，不能太老，也不能太年輕——當然也不能過胖或矮小，從來沒有英雄人物矮小、肥胖或長得難看的，現實中或許有，但絕不會在故事中……不，松鴉必須高大魁梧，是大家會喜歡的人……」

費諾格里歐默不作聲，樓梯傳來腳步聲，急促的腳步聲，布麗安娜出現在他們上方隨意鑿成的石階上。

「對不起！」她說道，不安地四處打量，好像是偷溜出來，沒讓自己的女主人知道。「那個男孩——您知道他是跟誰學會玩火的？」她看著費諾格里歐，一副想要知道答案，同時又一副無所畏懼的樣子。「您知道嗎？」她又問了一次。「您知道他的名字嗎？」

「髒手指，」美琪代替費諾格里歐回答：「髒手指教他的。」直到她第二次說出那個名字時，才明白布麗安娜的臉和頭髮上那狐狸紅的光澤，讓她想起了誰。

說錯話

要是你還記得那頭紅髮
還有我美妙的笑聲。
那我的好好壞壞
會像枯葉在水中飄盪。

——法蘭斯瓦・維永《小公主法蘿蕾斯形的歌謠》

布麗安娜往農莊騎來之際，髒手指剛把偷偷摸摸趕出羅香娜的雞圈。見到她，他的心幾乎停止跳動。她穿的那件衣服，讓她看來像是一名富商的女兒。侍女什麼時候開始穿這種衣服的？還有她騎的那匹馬——馬身上貴重的挽具、包金的鞍子及烏黑發亮、彷彿三位馬夫整天在梳理的毛皮，都和這裡格格不入。一名身著肥肉侯爵代表顏色的士兵陪著她，面無表情地打量著這棟儉樸的屋子和農地，但布麗安娜瞧著髒手指。她翹著下巴，和她母親那個常常出現的動作一模一樣，把髮夾插好——並看著他。

他要是能夠隱形該多好！她的目光充滿敵意，既像是大人的，又像個委屈的小孩的眼睛。她真像她母親。那名士兵幫她下馬，然後讓馬在井邊喝水——一副視而不見，聽而不聞的樣子。

羅香娜走出屋子，見到她，顯然和髒手指一樣吃了一驚。

「妳爲什麼沒告訴我他回來了？」布麗安娜訓斥著她。

羅香娜張開嘴——而跟著又闔上了。

你說說話啊，髒手指。那頭貂從他肩上跳下去，消失在廄棚後。

「是我要她不要說的。」他的聲音聽來沙啞。「我認爲最好親自告訴妳。」但妳父親是個膽小鬼，他在心裡繼續說，怕自己的女兒。

她怒氣沖沖地看著他，和以前一模一樣，只不過這時候已經長大，不好再打他。

「我看到那個男孩，」她說：「他在慶祝會上，而且今天還爲雅克伯表演噴火，和你表演的一模一樣。」

髒手指見到法立德在羅香娜身後出現。他待在她後面，但葉罕鑽過他，不安地看了那位士兵一眼，便跑向他姊姊。「妳的馬哪裡來的？」他問。

「薇歐蘭給我的，謝謝我晚上帶她到流浪藝人那去。」

「妳帶她一起去？」羅香娜聽來不安。

「爲什麼不，她喜歡這樣！而且黑王子也同意。」布麗安娜沒看她。

法立德慢慢走向髒手指。「她來這裡幹嘛？」他低聲說。「她是那個醜東西的侍女。」

「她也是我的女兒。」髒手指回答。

法立德看著布麗安娜，難以置信的樣子，但她沒理他，她是爲自己的父親而來的。

「十年了！」她指責說道。「你離開十年，就這樣回來？大家都說你死了！說毒蛇頭就這樣讓你在他的地牢中腐爛！說那些放火的傢伙把你抓去，因爲你不願告訴他們你所有的秘密！」

「我告訴他們了，」髒手指平淡說道：「差不多都說了。」而他們在另一個世界放火爲惡，他在腦海裡繼續說。另一個世界，沒有任何我可以回來的門。

「我作夢都會夢到你！」布麗安娜的聲音大到嚇到自己的馬。「我夢到那些盔甲武士把你綁在柱子上燒死！我都可以聞到那股煙味，聽到你試圖和火說話，但火卻不聽使喚，把你吞噬。我幾乎每晚都作這個夢！直到今天。十年來，我怕上床睡覺，而現在你毫髮未損地站在這，彷彿什麼事都沒發生！你—到—底—在—哪—裡？」

髒手指瞧了羅香娜一眼——見到她眼中同樣有這個疑問。「我沒辦法回來。」他說。「沒辦法，我試過了，相信我。」

說錯話了，就算百分之百是眞的，但聽來就像在說謊。一直以來，他不是清清楚楚嗎？說出的話毫無用處，沒錯，有時這些話聽來美妙，但眞的需要的時候，便往往起不了作用。大家從未找到過正確的字眼，從來沒有過，但就算要找，又要到哪去找呢？就算舌頭努力想要出聲，心裡還是沈默得像條魚。

布麗安娜轉過身背對他，臉埋在馬鬃裡——而那名士兵依然站在井邊，裝著像是空氣一般。

空氣，是啊，我現在也想變成空氣，髒手指心想。

「那是眞的！他沒辦法回來！」法立德站到他面前，好像必須保護他似的。「沒有任何辦法！就像他說的一樣！他在另外一個完全不同的世界，和這裡這個一樣眞實。有許多許多的世界，全都不同，全都寫在書裡！」

布麗安娜轉過身對著他。「我看起來還是個會相信童話的小女孩嗎？」她鄙夷地問道。「過去，每當他又離開一陣子，讓我母親早上都紅著眼時，其他的流浪藝人也會對我說些關於他的故事，講他和精靈說話，講他在巨人那裡，講他到海底尋找連水也滅不了的火。那時候，我就不相信這些故事了，但我會喜歡，而現在我連喜歡都不再喜歡，我不再是小孩子，早就不是了。幫我上馬！」她大聲吩咐那個士兵。

他聽命，一言不發。葉罕則盯著掛在他腰帶上的劍。

「留下來吃飯吧！」羅香娜說。

但布麗安娜只搖搖頭，默默把馬掉轉過來。士兵對一直瞪著他那把劍的葉罕眨眨眼。然後，兩人絕塵而去，對通往羅香娜農莊那條小石徑而言，那兩匹馬著實過大。

羅香娜把葉罕拉進屋子，而髒手指仍待在廄棚前，直到兩名騎士消失在山丘間。

等法立德最後打破沈默時，聲音因為憤怒而顫抖著。「你眞的沒辦法回來！」

「是的……但你得承認，你說的事眞的很難讓人相信。」

「但事實就是這樣！」

髒手指聳聳肩，瞧著他女兒消失之處。「有時，我自己也以為這一切只是夢。」他喃喃說著。

一隻雞在他身後呼天搶地大叫著。

「混蛋，偷偷摸摸躲到哪去了？」髒手指罵了一聲，打開廄門。一隻白母雞鼓著翅膀飛過他到外頭去，另一隻躺在乾草堆中，羽毛血淋淋的，而一頭貂蜷伏在一旁。

「偷偷摸摸！」髒手指斷聲說道。「混蛋，我不是跟你說過，別碰這些雞嗎？」

那頭貂看著他。

血淋淋的嘴上沾著幾根羽毛。牠伸直身體，豎起毛茸茸的尾巴，朝髒手指走來，像頭貓一樣磨蹭著他的腳。

「看看是誰！」髒手指低聲說著。「你好，葛文。」

他的死神回來了。

新主人

那位暴君微笑撒手人寰，
他知道，自己死後
專橫獨裁只會轉手，
而奴役不會告一段落。

——海涅《大衛王》

在美琪和費諾格里歐離開城堡後，幾乎不到一天，肥肉侯爵便過世了。他在黎明時告別人世，三天後，盔甲武士便騎馬進入翁布拉。他們來的時候，美琪和敏奈娃在市場上。在她公公去世後，薇歐蘭在城門口佈下雙崗哨，但盔甲武士人數眾多，守衛任由他們進城，沒有任何抵抗。笛王一馬當先，臉上的銀鼻子像個鳥嘴，閃閃發亮，彷彿笛王特意爲此擦過似的。窄巷中迴盪著馬的鼻息，而當騎士們在屋舍間現身時，市場上悄然無聲。而笛王勒住馬，不屑地打量著熙來攘往的人群時，商販的叫聲、攤子間女人們的聲音，全都沈寂下來。

「讓路！」他喊道，聲音聽來相當低緊，不過一個沒有鼻子的人，還能發出什麼不同的聲音？「讓路給毒蛇頭的特使。我們是來弔唁你們死去的侯爵，祝賀他的孫子接任的。」

市場上仍然一片鴉雀無聲，但接著冒出了一個聲音：「星期四是翁布拉集市的日子，一直都是如此，要是大人們能下馬的話，那就不會有問題！」

笛王在那些抬頭瞪著他的臉孔中找著說話的人，但人群淹沒了他，而市場上同時響起竊竊的附和聲。

「好啊，原來如此！」笛王朝著嘈雜的人群喊道。「你們以爲我們騎過那片混蛋森林，只是要在這下馬，擠過你們這群臭農夫嗎？老貓一死，老鼠便開始稱王。不過，我要告訴你們一個新消息。你們這座爛城市，又有一頭新貓了，爪子比原來那頭還要利！」

他在鞍上轉過身，不再多說，舉起戴著黑手套的手——朝他的騎士打了個手勢，跟著便驅馬進入人群。

市場上原本鉛重的死寂，突然像塊布般裂開，屋舍之間喊聲此起彼落。愈來愈多的騎士從屋舍之間擁出，武裝得像是鐵蜥蜴，頭盔遮去大半的臉，只見得到嘴和介於頭盔邊緣與護鼻間的眼睛。馬刺鏗鏘作響，光亮無比的護膝、胸甲，反射出驚恐的臉。敏奈娃把自己的孩子推開，黛絲皮娜絆倒，美琪想幫她，但自己踢到幾顆甘藍菜而摔倒。就在被馬踏傷之前，一名陌生人把她拉了起來。美琪聽到他的馬在自己頭上呼呼出聲，察覺他那亮閃閃的馬刺擦過她的肩膀。她雖躲到一個陶匠被撞倒的攤子後，雙手仍被碎片劃傷。她蹲在那裡發抖，周遭是碎掉的碗盤、裂開的桶子和破裂的袋子，無助地看著其他不太走運的人被馬蹄踐踏。有的人被騎士拿膝蓋或矛桿頂開，馬匹受驚，騰躍而起，打破壺罐和人的腦袋。

一如他們匆匆的來，他們也去得匆匆，只聽到他們的馬的蹄聲，奔過通往上頭城堡的巷子。市場上彷彿捲過一陣風，一陣惡風，吹得壺罐破裂，人們破皮傷骨。美琪從桶子間爬出來時，空氣中瀰漫著恐懼的味道。農民撿拾起自己被踩爛的蔬菜，母親們擦掉孩子臉上的淚和膝蓋上的血，女販站在原本想販賣的碗盤破片前——市場上又是一片死寂，悄然無聲。咒罵騎士的聲音，軟弱無力，就連哭聲和呻吟也刻意壓抑。敏奈娃走向美琪，顯得擔心，黛絲皮娜和伊沃在她身旁啜泣。

「唉，我猜，我們有個新主人了。」她苦澀地說道，同時幫美琪站起來。「妳能帶孩子回家嗎？我還要待在這裡，看看有沒有能幫忙的地方。一定有人摔斷骨頭，但好在市場上總有幾個浴療師。」

美琪只點點頭，不知道有何感受？害怕？憤怒？絕望？她心裡的感受，似乎無法形諸筆墨。她牽起黛絲皮娜和伊沃的手，一起打道回府，一言不發。她的膝蓋隱隱作痛，跛著走路，但仍然盡快穿巷過弄，兩個孩子幾乎都跟不上她。

「現在！」當她一瘸一瘸走進費諾格里歐的房間時，先脫口而出的就是這個字眼。「讓我現在唸，馬上。」她的聲音顫抖，又因為自己疼痛的雙膝發抖，不得不靠著光禿禿的牆。她的心裡和身體都在顫抖。

「發生了什麼事？」費諾格里歐坐在自己的寫字檯旁，擱在面前的羊皮紙上，密密麻麻寫滿了字。薔薇石英站在他旁邊，手裡拿著一根滴著墨水的羽毛筆，瞧著美琪，目瞪口呆。

「我們現在就得開始！」她喊著。「現在！他們騎了進來，騎到人群中！」

「啊，盔甲武士已經到了。嗯，我不是告訴過妳，我們得快一點。帶頭的是誰？火狐狸嗎？」

「不是，是笛王。」美琪走到床邊坐下。突然間，她只感到害怕——彷彿又跪在那些七零八落的攤子間，彷彿自己的怒氣消失殆盡一樣。「他們人太多了！」她低聲說。「已經太遲了！柯西摩又能拿他們怎麼樣？」

「唉，這讓我來操心！」費諾格里歐拿過玻璃人手上的羽毛筆，開始繼續寫。「肥肉侯爵也有不少士兵，只要柯西摩再出現，他們都會跟隨他的。當然，他父親還活著的時候，妳就把他唸來，那會更好。肥肉侯爵死得太急，但這已無法挽回！不過其他事還來得及。」他皺著眉頭，讀著自己寫的東西，劃掉幾個字，又添上其他的——朝玻璃人招招手。「薔薇石英，沙子，快點！」

美琪拉起衣服，瞧著自己擦傷的膝蓋，其中一個已經腫了起來。「但你確定，柯西摩回來後，眞的會更好？」她輕聲問道。「醜東西提到的他，聽起來並不保險。」

「當然啦，一切都會好轉！妳這是什麼問題？柯西摩是個好人，一直都是，不管薇歐蘭怎麼說他，而且，妳唸來的，是個新版的柯西摩，一個所謂的改良版。」

「但……爲什麼一定要有個新的侯爵？」美琪拿袖子擦了擦自己哭腫的眼睛，耳裡還一直迴響著甲冑的鏗鏘聲、馬的鼻息與嘶鳴以及叫喊——那些沒有盔甲的民眾的叫喊。

「有什麼比一名可以任我們擺佈的侯爵更好的方法呢？」費諾格里歐取來另一張羊皮紙。「還有幾行，」他喃喃說著，「不多了。喔，眞混蛋，我討厭在羊皮紙上寫東西，希望你有去訂新的紙，薔薇石英？」

「沒錯，訂了好久了。」玻璃人惱火地答覆著。「但早就沒有任何貨了，畢竟紙坊位在森林另一邊。」

「是，是，可惜。」費諾格里歐皺起鼻子。「但眞的很不實用！」

「費諾格里歐，你好好聽我說！爲什麼我們不把那位強盜唸過來，而挑柯西摩？」美琪把衣服又拉好。「你知道的，你曲子中的那位強盜！松鴉。」

費諾格里歐大笑。「松鴉？我的天！我眞想看看妳的臉，但——算了，不開玩笑。不過，不行！不行，不行！強盜不適合統治，美琪！羅賓漢也沒稱王！他們適合煽風點火，別無其他長處，就連黑王子，我也不能讓他登上肥肉侯爵的寶座。這個世界是由公侯統治，而不是強盜、雜耍藝人或農夫。我當時是這樣構思的，相信我，我們需要一名侯爵。」

薔薇石英削尖一根新的羽毛筆，沾了墨水──費諾格里歐繼續寫著。「對了！」美琪聽到他低聲說著。「對了，要是妳唸的話，聽來一定很棒。毒蛇頭會大吃一驚，他以爲自己可以在我的世界爲所欲爲，那他可就搞錯了。他會扮演我要他扮演的角色，就是這樣！」

美琪從床上起身，一拐拐走到窗邊。外頭又開始下雨，天空一樣無言哭泣著，和市場上的人一模一樣，而上頭的城堡，已經升起毒蛇頭的旗幟。

柯西摩

「是的。」亞柏森回答。「我是個巫師，但不是普通的巫師。其他人喚醒亡魂，我則讓他們永遠安息。」

——賈斯・尼克斯《莎蓓兒》

費諾格里歐終於擱下筆時，天已黑了，巷子安安靜靜的，那裡一整天都安安靜靜的，好像大家全都躲到自己的屋裡，像躲狐狸的老鼠似的。

「你寫好了？」費諾格里歐往後一靠，揉著疲倦的眼睛時，美琪問道，聲音聽來虛弱畏懼——不像是能喚醒一名侯爵的聲音，然而，這個聲音畢竟已從費諾格里歐的文字中喚出一頭怪物，就算那是許久以前的事——而且是莫代她唸完最後的字眼。莫。自從市場上發生的事後，她又非常惦念著他。

「是的，我寫好了！」費諾格里歐說來心滿意足的樣子，就像他和美琪在山羊的村子第一次一起改掉他的故事一模一樣。當時，結局圓滿，但這一回……這一回，他們兩個自己都卡在故事之中。這會讓費諾格里歐的文字更加無力，還是強大？美琪對他提過奧菲流士——最好只使用已經出現在故事裡的文字——，但費諾格里歐只不屑地揮手否定。「胡說。妳還記得那個我們幫他寫下快樂結局的錫兵吧，我那時有查證過，自己是不是只使用他故事中的文字？沒有。這個規則或許只適用像奧菲流士這種狂妄自大、以爲可以瞎改別人故事的人，但無法套用在一位想改變自己故事的作者身上！」

希望如此。

費諾格里歐劃掉了許多字句，但筆跡眞的易讀多了。美琪的眼睛掃視著這些文字，沒錯，這回是費諾格里歐自己的作品，而非從其他作家那裡竊取過來的……

「不錯吧，對不對？」他把一塊麵包在敏奈娃幾個小時前拿上來的湯裡浸了一下，滿懷期待地看著她。湯當然早就涼了，他們都沒想到吃飯，只有薔薇石英吃了些。他整個身體都因此變色，直到費諾格里歐粗魯地從他手上奪下那把小湯匙，質問他是不是想自殺爲止。

「薔薇石英！別再吃了！」等到那個玻璃人把根透明的手指伸向他的盤子時，他這時也說了重話。「夠了！你知道自己受不了人類的食物。難道你要我再帶你去找那個上次差點弄斷你鼻子的浴療師嗎？」

「老吃沙，好無聊！」玻璃人發著牢騷，委屈地抽回手指。「而你帶給我的沙子，味道又不怎麼好。」

「你這傢伙眞沒心肝！」費諾格里歐大聲罵道。「我特地到下面的河裡幫你打撈回來，上一回，水妖還開我玩笑，把我拉下水，我差點因爲你而淹死。」玻璃人對此似乎無動於衷，坐到筆罐旁，一臉委屈的樣子，閉上眼睛裝睡。

「兩個玻璃人已經因爲這樣而死！」費諾格里歐小聲對美琪說。「他們就是忍不住要碰我們的食物，蠢東西。」

然而，美琪只心不在焉地聽著，拿著羊皮紙坐在床邊，又一字一字唸了一次。雨被吹進窗裡，像是想提醒她那一個夜晚——那個她第一次聽到費諾格里歐的書，而髒手指站在雨中的夜晚……髒手指在城堡大院中看來滿幸福的樣子，費諾格里歐也是，還有法立德、敏奈娃和她的孩子……應該這樣下去。我會爲他們大家而唸！美琪心想。爲流浪藝人，免得他們爲了一首曲子而被毒蛇頭吊死，爲了市場上蔬果被馬踩爛的農夫。那醜東西呢？如果薇歐蘭突然又有了個丈夫，她會高興嗎？她會注意到，那是另一個柯西摩嗎？對肥肉侯爵而言，這些文句來得太遲了，他永遠無法得知他兒子的歸來。

「唉，給點意見吧！」費諾格里歐的聲音聽來不安。「妳是不是不喜歡？」

「不，不，這很棒。」

他臉上的表情一下輕鬆下來。「那妳還在等什麼呢？」

「她臉上的那個疤，我不知道……聽來像是在變魔術。」

「哪會，我覺得很浪漫，絕不會有事。」

「你都這麼說，那好吧，反正是你的故事。」美琪聳聳肩。「不過，還有一點，誰會代替他而消失？」

費諾格里歐一下臉色煞白。「天哪！我完全忘了這點。薔薇石英，快躲到你的窩裡！」他吩咐著玻璃人。「還好精靈都不在。」

「那沒有用的。」美琪小聲說著。而玻璃人這時也爬上被棄置的精靈窩，他生悶氣的時候，會跑到那，有時也在那裡睡覺。「躲起來一點也沒用。」

巷子裡傳來達達的蹄聲，一名盔甲武士騎了過去，笛王顯然要讓翁布拉的住民在睡夢中也不要忘記誰是他們真正的新主人。

「妳看，這是個跡象！」費諾格里歐小聲對美琪說。「要是那個傢伙消失，並不算是什麼損失，而且——妳怎麼知道會有人不見？這說不定只發生在把某人唸過來，而原來故事中的空缺需要被補上的時候，但我們嶄新的柯西摩還沒有自己的故事！他今天會從這些句子中在這誕生！」

是的，他說不定沒錯。

達達的蹄聲和美琪的聲音摻雜在一起：「翁布拉的夜寂然無聲，」她唸道：「盔甲武士留下的傷口還未痊癒，有的大概永遠無法痊癒。」驀然間，她不再想著早上的那種恐懼，而只念著那股怒意，那股看著全副武裝的男人拿尖銳的鐵靴踢著女人與孩子的背而湧現的怒意。這股怒意讓她的聲音有力飽滿，喚醒生命。「門窗都已門上，孩子們在後頭暗暗啜泣，彷彿恐懼摀住了他們的嘴，而他們的父母瞧著外頭的夜，擔心在他們的新主人統治下，未來將會暗無天日。突然間，鞋匠和馬鞍匠的巷子那，傳來馬蹄聲……」——這些句子來得多麼輕易，從美琪嘴中流瀉出來，彷彿就等著有人來唸，好在今夜甦醒似的。「大家趕緊來到窗邊，瞧著外頭，害怕無比，以為會見到一名盔甲武士，甚至是有銀鼻子的笛王本人。然而，騎上城堡的是別人，一個他們無比熟悉，卻又讓他們面無血色的人。這位騎士，穿過不眠的翁布拉，有張他們過世的侯爵的臉，那位現已在墓室中安息許久的英俊的柯西摩。他的化身騎著一匹白馬，沿著巷弄一路而上，俊秀非凡，一如歌詠柯西摩的曲中所唱。他騎過飄著毒蛇頭旗幟的城堡大門，在夜裡寧靜的庭院中勒住坐騎。對那些在月光下見到他高坐在白馬上的人來說，柯西摩彷彿一直活著。這時，哭泣停了，哭泣和恐懼。翁布拉的民眾歡欣鼓舞，有人自偏僻的村落前來看這位有張亡者臉龐的人，然後交頭接耳說著：『柯西摩回來了，英俊的柯西摩回來了，他回來承繼他父親的位子，保護翁布拉，對抗毒蛇頭。』正如大家所言，騎士登上寶座，醜東西臉上的疤消褪。然而，英俊的柯西摩傳喚父親的宮廷詩人前來商議諮詢，因為他的智慧受人推崇，一個偉大的時代降臨了。」

美琪擱下那張羊皮紙。一個偉大的時代……

費諾格里歐趕緊來到窗邊，美琪也聽到了——馬蹄聲——，但並未起身。

「那一定是他！」費諾格里歐悄聲說。「他來了，喔，美琪，他來了！妳聽！」

但美琪仍坐在那，瞧著自己膝上那些文字，在她看來，似乎那些文字有著氣息，紙般的肉，墨水般的血……她突然感到疲累無比，到窗口的幾步路，顯得遙不可及，覺得自己像個單獨來到地窖的孩子，忽然害怕起來。要是莫在這裡就好了……

「快了！他就快騎過來了！」費諾格里歐把身子猛向窗外探去，彷彿想一頭墜到巷子去。他至少還在這——沒像當時她召喚影子時那樣消失無蹤。但他又能消失到哪去？美琪心想。看來只剩下一個故事，這則故事，費諾格里歐的故事，彷彿沒頭沒尾。

「美琪！快點過來！」他激動地朝她招手。「妳唸得眞棒，太厲害了！但妳自己也知道這點。有些句子並非我最出色的句子，有時會有點不通順，但稍微加油添醋並不要緊，那又怎樣！至少成功！一定可以成功的！」

有人敲門。

有人敲著門。薔薇石英從自己的窩裡探出頭，一臉擔心，費諾格里歐轉過身，既吃了一驚又生氣。

「美琪？」有個聲音輕喊著。「美琪，妳在嗎？」

那是法立德的聲音。

「這小子來這想幹嘛？」費諾格里歐低低咒罵出聲。「要他走！我們現在眞的用不上他。喔，在那！他來了！美琪，妳眞是個魔法師！」

蹄聲愈來愈響，但美琪沒往窗邊走去，而是跑向門口。法立德站在門前，臉色凝重，看來幾乎像是哭過一樣。「美琪，葛文……葛文又出現了。」他結結巴巴說著。「我不懂牠是怎麼找到我的！我甚至都拿石頭丟牠！」

「美琪！」費諾格里歐聽來很不高興。「妳在哪裡？」

她抓起法立德的手，一言不發，帶他來到窗邊。

一匹白馬沿著巷子而來，上頭的騎士一頭黑髮，臉和城堡中的雕像一樣年輕俊美，只有眼睛並非石灰色，而和頭髮一樣暗黑，並且生氣勃勃。他四處張望，彷彿剛從夢中醒來一般，一個和他現在所見並不太吻合的夢。

「柯西摩！」法立德不知所措，低聲說道。「死掉的柯西摩。」

「嗯，也不全是。」費諾格里歐喃喃說著。「首先，他沒死，這你很容易看得出來，其次，那並不是那位柯西摩，而是美琪和我一起創造出來的全新的柯西摩。當然，除了我們，不會有人注意到。」

「他妻子也不會？」

「嗯，有可能她會注意到！但有誰會理會？她幾乎足不出城堡一步。」

柯西摩勒住馬，就在敏奈娃的屋前。美琪不由自主從窗邊退開。「那他自己呢？」她小聲說著。

「那他認爲自己是誰？」

「妳這是什麼問題，當然是柯西摩了！」費諾格里歐不耐煩地回答著。「老天，別把我弄糊塗了。我們這樣做，只是想讓故事照我以前計畫那樣進行下去，沒多什麼，也沒少了什麼！」

柯西摩在鞍上轉過身，瞪著他騎來的那條巷子——像是丟了什麼東西，但又記不起來的樣子。他輕輕咂了舌頭，驅馬繼續前進，經過敏奈娃丈夫的作坊和那個費諾格里歐經常抱怨他拔牙技術的浴療師的小屋。

「這樣不對。」法立德從窗邊退開，彷佛魔鬼本人從那騎過一樣。「召喚亡靈會帶來不幸。」

「眞是混蛋，他根本沒死過！」費諾格里歐喝叱他。「我還要再解釋幾次？他今天才誕生，因爲我的文字和美琪的聲音，所以別在那瞎說。你來這到底想幹什麼？什麼時候開始，大家會在半夜來找乖乖女？」

法立德臉色一沈，然後默默轉過身，向門口走去。

「你別煩他！他隨時都可以來找我！」美琪對費諾格里歐大叫。樓梯因爲下雨而濕滑，她到了最後一個階梯才趕上法立德。他看來傷心無比。

「你對髒手指怎麼說？說葛文跟著我們來？」

「不，我不敢說。」法立德靠在屋牆上，閉上眼睛。「妳眞該看看他見到那頭貂時的表情。妳想他現在會死嗎，美琪？」

她伸出手，撫摸他的臉。他眞的哭過了，都可感覺到他皮膚上乾掉的淚水。

「乳酪腦袋這樣說過！」她幾乎聽不懂他悄聲說出的話。「我會給他帶來不幸。」

「你在說什麼？有了你，髒手指會很高興！」

法立德抬頭看著還下著雨的天空。「我得回去了。」他說。「我來是要告訴妳，我必須先留在他那。我現在要看好他，妳懂吧？我會寸步不離，那就不會有任何事發生。妳可以來找我，就在羅香娜的農莊！我們大部分時間都在那。髒手指很迷她，幾乎離不開她，老是羅香娜長，羅香娜短的……」他的聲音中明顯流露出嫉妒。

美琪知道他的感受，還清楚記得在愛麗諾家的第一個禮拜，記得莫和蕾莎出去散步幾個鐘頭，而沒問一下她願不願意跟來時，自己心中的那種迷惘，記得站在關起來的門前，聽到後頭傳來父親因爲母親而不是她所發出的笑聲時，自己心裡的感覺。「妳在看什麼？」有回愛麗諾逮到她打量著花園中的父母時，這樣問道。「他一半的心還是屬於妳的，這樣還不夠嗎？」她感到非常羞愧，法立德至少只是吃陌生人的醋，而她是吃她母親的醋……

「眞的，美琪！我得留在他身邊，不然還有誰會看著他？羅香娜？她對貂的事一無所知，反正……」

美琪轉過頭去，不讓他看到自己的失望。討厭的葛文。她的腳趾在被雨淋濕的地上畫著小圈圈。

「妳會來，對吧？」法立德抓起她的雙手。「羅香娜的田地上，長著很神奇的植物，她有一頭自認爲是條狗的鵝，還有一匹老馬。她的兒子葉罕咬定圈棚中住著一個林卸托，誰知道那是什麼，葉罕說，只要對他放屁，他就會跑開。唉，葉罕還只是一個小傢伙，但我想妳會喜歡他的……」

「她是髒手指的兒子嗎？」美琪把頭髮梳弄到耳後，設法微笑著。

「不是，不過，妳知道嗎？羅香娜以爲我是，妳能想像嗎！眞的，美琪！來找羅香娜，好嗎？」他雙手搭上她的肩，吻了她，就在她的唇上。他的皮膚被雨淋濕。由於她沒避開，他便雙手捧著她的臉，又再吻了她，額頭、鼻子，再又是嘴唇。「妳會來，對吧？答應我！」他低聲說道。

接著，他跑開，步履輕巧，就像美琪第一次見到他那天起那個樣子。「妳一定要來！」在他消失在通往巷子的陰暗門洞中前，他又朝她喊道。「說不定妳最好在我們那待幾天，在髒手指和我那裡！那個老頭瘋了，怎麼可以和亡魂開玩笑！」

他離開了，而美琪則靠著敏奈娃屋子的牆，就在法立德剛剛站過的地方。她的手指滑過嘴唇，像是在確認並未因爲法立德的吻而變形。

「美琪？」費諾格里歐站在樓梯上，手裡拿著個提燈。「妳在下面幹什麼？那小子走了嗎？他來這想幹嘛？就是和妳待在下面黑漆漆的地方！」

美琪沒回答，她不想和任何人說話，只想聽著自己沒有頭緒的心在說什麼。

愛麗諾

然後，從一本珍愛的書中
挑出妳喜歡的詩來唸
賦予詩人的韻腳
妳美麗的聲音

於是夜裡瀰漫著樂音
於是日間的煩憂
就像阿拉伯人，收拾起帳篷
輕悄悄地溜走

——朗費羅《這一天結束了》

愛麗諾在自己的地窖中過了難受的幾天幾夜。大塊頭早晚會帶吃的給他們——至少他們認爲那是早晚，只要大流士的腕錶還正常運作的話。那個塊頭魁梧的傢伙第一次拿著麵包和一瓶水出現時，愛麗諾拿起塑膠瓶朝他頭上丟過去。她原本是想這樣，只不過那個大塊頭及時躲開，瓶子在牆上炸開。

「再也不要，大流士！」等大塊頭嘲弄了一聲，又把他們關上後，愛麗諾低聲說道。「我再也不讓自己被關起來，當時在那個臭籠子，那些殺人放火的傢伙拿著獵槍劃過鐵欄杆，把還燃著的菸屁股朝我臉上彈過來時，我就發過誓了。但現在呢？現在我卻被關在自己的地窖中！」

第一晚，她從讓自己每根骨頭都在痛的充氣床墊起身，拿罐頭朝牆上丟。大流士只窩在那，窩在那個鋪在花園椅凳座墊上的罩子上，瞪大眼睛瞧著她。第二天下午（還是第三天？），愛麗諾已打破杯子——割傷自己的手指時，啜泣了起來。大流士正把玻璃碎片掃起來時，大塊頭便來接她。

大流士想跟著她，但大塊頭粗魯地推了他瘦薄的胸一把，讓他絆倒在橄欖、煮熟的番茄和愛麗諾打破的杯子中流出來的東西間。

「混蛋！」她厲聲罵著大塊頭，但他只咧嘴笑著，像個推倒積木樓房的孩子一樣心滿意足，並在帶愛麗諾去她的圖書館時，一路哼唱著。哎，是誰說壞人不會是個快樂的人？她心想，然後他打開門，點頭示意要她先走。

她的圖書館慘不忍睹，到處擱著骯髒的杯盤——窗台上，地板上，甚至擺放她最珍貴的寶物的玻璃櫃上——，但這還不是最可怕的。不，可怕的是她的書！幾乎沒有一本擱在原來的位置上，而是堆在地上，擺在骯髒的咖啡杯間和窗戶前，有的甚至打了開，書背朝上。愛麗諾簡直看不下去！難道這個混球不知道書這樣擺，書背會斷裂？

就算他知道，他也不會在乎。奧菲流士坐在她心愛的沙發椅上，那隻醜狗在他旁邊，腳爪間抓著什麼東西，看來很像她的園藝鞋。牠主人的胖腿掛在一邊的扶手上，手裡拿著一本配有美麗插圖、關於精靈的書，那是愛麗諾兩個月前才從一間拍賣行拍來的，花了許多錢，大流士嚇得臉都埋到雙手中去。

「那……」她聲音略微顫抖地說著：「是一本非常、非常珍貴的書。」

奧菲流士轉過頭對她微笑。那是淘氣孩子露出的笑容。「我知道！」他那個絲絨般的聲音說道。「您擁有很多、很多珍貴的書，羅倫當女士。」

「沒錯。」愛麗諾冷冰冰地回答。「所以我也不把書當成蛋盒或乳酪片那樣堆放，每一本都有自己的位置。」

這個說法只讓奧菲流士笑得更燦爛。他在書頁上摺了個角後，闔上了書。愛麗諾猛吸了口氣。

「親愛的，書並不是花瓶。」奧菲流士說，同時坐正。「他們既不那麼脆弱，也不是用來裝飾，他們是書！裡面的內容最重要，要是把書堆起來，那些東西也不會掉出來。」他的手掌摸著自己的直髮，像是擔心自己的髮型變樣。「糖糖告訴我，您想跟我談談？」

愛麗諾瞧了一眼大塊頭，顯得難以置信。「糖糖？」

那巨人微笑起來，露出了難得一見的滿口爛牙，愛麗諾便不再費心去琢磨他的名字了。

「是的，沒錯。這幾天，我就想跟您談談。我要您讓我和我的圖書館員離開地窖！我受不了在自己的屋裡還要在桶子裡尿尿，受不了不知晝夜。我要您把我的姪女和她先生弄回來，他們因爲您而身陷險境，我要您那胖手指別再碰我的書，眞該死！」

愛麗諾閉上嘴——用各種立刻想到的髒話罵著自己。喔，不！大流士一直跟她說過什麼？而她自己在下頭躺在那個爛充氣床墊上時，不是也對自己說過無數次？控制一下自己，愛麗諾，放聰明點，愛麗諾，別亂說話……全都沒用。她像個吹得過脹的氣球一樣洩了氣。

然而，奧菲流士仍坐在那，雙腿交叉，嘴角上露出那個虛假的微笑。「我可能可以把他們弄回來。是的，有可能！」他說，同時輕拍著他那頭狗的醜腦袋。「但我爲什麼要呢？」他那根粗短的食指摸著那本剛剛被粗暴摺了一角的書的封面。「這封面很漂亮，不是嗎？可能有點俗氣，而且我想像中的精靈是別種樣子，不過……」

「是的，是很漂亮，我知道，但我現在對這封面沒興趣！」愛麗諾試著不大聲，但就是辦不到。「眞該死，要是您能把他們兩個弄回來，那就動手啊！免得來不及。那老太婆想殺了他，難道您沒聽見？她想殺了莫提瑪！」

奧菲流士帶著一副無所謂的表情，扶正自己皺巴巴的領帶。「哎，據我瞭解，他殺了摩托娜的兒子。一本不是很出名的書裡說得很好，以眼還眼，以牙還牙。」

「她兒子是個兇手！」愛麗諾握起拳頭，很想衝向那個怪胎，從他雙手搶下書，那雙看來柔軟白皙的雙手，彷彿這輩子除了翻書外，沒做過其他事的雙手，但糖糖堵住她的去路。

「是，是，我知道。」奧菲流士嘆了一口大氣。「我知道山羊的一切，我唸過那本講他故事的書無數遍，我不得不說，他是個很棒的壞人，是我在文字世界中見過最棒的一位之一，就這樣隨便殺人，如果您要問我的話……還眞算是個小小的惡行，所以我爲髒手指感到慶幸。」喔，要是她能揍他的話，只要那麼一次，不管是打在那個大鼻子，或是那張微笑的嘴上都行！

「山羊綁走了莫提瑪！他把他的女兒關起來，囚禁他的妻子好幾年！」愛麗諾眼中湧現淚水，憤怒與無助的淚水。「求求您！奧菲流士先生，或不管您叫什麼！」她盡全力克制自己，讓自己聽來友善點。「求求您！把他們倆弄回來，如果可以的話，也把美琪帶回來，免得她在那被巨人踩死，或被長矛叉死。」

奧菲流士往後一靠，打量著她，像瞧著一幅畫架上的畫。他佔走愛麗諾的沙發椅，一副理所當然的樣子——好像愛麗諾從未坐過，不管是跟美琪，還是更早以前，抱著當時還是個小東西的蕾莎坐在膝上。愛麗諾按下自己的怒氣。控制自己！她命令自己，同時緊盯著奧菲流士戴著眼鏡的蒼白臉孔。

控制自己，為了莫提瑪、蕾莎和美琪！

奧菲流士清了清喉嚨。「喔，我根本不知道您想幹什麼。」他說，同時瞧著自己的指甲，被咬得像個小學生的指甲一樣。「我還羨慕他們三個呢！」

有一會，愛麗諾沒聽懂他說什麼，直到他繼續說下去時，她才明白過來。

「您為什麼以為他們想回來？」他輕聲問著。「要是我在那的話，根本就不會想回來！這個世界沒有任何地方像肥肉侯爵城堡所在的那個山丘，那樣讓我渴望。我在翁布拉的市場上逛過無數次，抬頭瞧著那些塔樓，那些中央有頭獅子的旗幟。我想像過在無路森林中漫步的情形，在那觀察髒手指偷火精靈的蜜。我想像那位他愛上的女藝人羅香娜的模樣。我曾站在山羊的碉堡中，聞著摩托娜用烏頭與毒人參熬煮的湯。毒蛇頭的城堡今天仍常常出現在我夢中，有時，我待在城堡裡的某個地牢中，有時，我和髒手指溜過大門，抬頭看著被毒蛇頭叉起來示眾的流浪藝人的頭顱，只因他們唱了不該唱的曲子……全世界的文字可以見證！摩托娜對我提到她自己的名字時，我還以為她瘋了。沒錯，她和巴斯塔和他們所宣稱的角色很像，但真的有人把他們從我心愛的書中帶到這裡來？真的還有其他人能像我這樣閱讀？直到髒手指到那個有霉味、分類差勁的圖書館來找我時，我才相信這一切。喔，天哪，當我見到他那張被巴斯塔的刀子畫出三道蒼白疤痕的臉時，心跳得多厲害！比我初吻時的心跳還要劇烈。他真的是我最心愛的書中的那位悲劇英雄，而我又讓他消失在那書中。但我自己呢？卻毫無希望。」他笑了起來，苦澀憂傷。「我只希望，他不會在那又死去，像那位瘋子作家幫他安排那樣。不會的！他沒事的，我敢確定，畢竟山羊死了，而巴斯塔是個膽小鬼。您知道嗎？我十二歲時寫信給那位費諾格里歐過，要他必須改掉他的故事，或至少寫部續集，讓髒手指回來。他從來沒回答過我，而《墨水心》也一樣沒有續集。唉。」奧菲流士深深嘆了口氣。

髒手指、髒手指……愛麗諾緊抿住嘴唇。誰管那個吞火柴的傢伙怎麼樣了?冷靜點，愛麗諾，別再沈不住氣，這回妳得放聰明點，小心行事……這可不是什麼輕而易舉的事……

「您聽好，要是您那麼想到那本書裡去的話……」她果眞辦到，聲音聽來彷彿並不在乎自己所說的事。「那您爲什麼不乾脆把美琪弄回來?美琪知道怎麼樣把自己唸進故事裡去，她可是辦到了!她一定能對您解釋怎麼做，或把您也唸過去!」

奧菲流士的圓臉一下陰沈下來，愛麗諾馬上明白自己犯了個該死的錯誤，她怎麼會忘記這個傢伙十分自以爲是?

「沒人——」奧菲流士輕聲說著，同時刻意慢慢從沙發椅中起身，「——沒人有必要對我解釋閱讀的技藝，更別說是個小女孩!」

他現在馬上會把妳再關到地窖裡去!愛麗諾心想。現在怎麼辦?快，愛麗諾，快在妳的笨腦袋中找出適合的答案!快點!妳一定會有什麼點子的!

「當然不!」她結結巴巴說。「除了您，沒有人可以把髒手指唸回去，沒有人，但是……」

「妳給我小心點，沒有但是。」奧菲流士的姿勢像是要在舞台上唱詠歎調的樣子，從沙發椅上拿起那本被他隨意擱在一旁的書，正好打開那個有摺角的乳白色書頁，舌尖滑過嘴唇上，彷彿想讓嘴唇柔順，免得黏住唸出來的字眼——接著，他的聲音又瀰漫在愛麗諾的圖書館中:那個和他外貌不合的迷人的聲音。奧菲流士讀起來，彷彿是讓自己心愛的食物在嘴中融化一般，享受、渴望著文字的音韻，彷彿那是舌尖的珍珠，能夠孕育生命的文字種子。

沒錯，他可能眞是這門技藝的大師，因爲他展現出無比的熱情。

「這是牧羊人涂杜爾．馮．郎戈仁的故事，有天，他碰上一群精靈，正隨著一名個子一丁點大的

小提琴師的樂音起舞。」愛麗諾身後響起一陣細小的唧唧聲，當她回頭看時，卻只見到一臉訝異聽著奧菲流士唸書的糖糖。**「涂杜爾試圖抗拒那迷人的弦音，但最後把帽子往空中一拋，喊道『不管了，你拉吧，你拉吧，你這老魔鬼！』然後一起瘋狂起舞。」**

琴音愈來愈尖銳，這回愛麗諾回過頭時，見到一名男子站在她的圖書館中，周遭是一群穿著樹葉的小生物，光著腳轉著圈子，而一步之遙處，有個頭頂著一朵風鈴草的小東西在演奏一把跟榭果差不多大的小提琴。

「小提琴師頭上立刻長出一對角，而一條尾巴從他大衣底下冒了出來。」奧菲流士讓自己的聲音宏亮起來，最後彷彿在歌唱一般。**「那些跳舞的傢伙變成了山羊、狗、貓和狐狸，和涂杜爾一起瘋狂轉著圈子，讓人眼花撩亂。」**

愛麗諾雙手摀住嘴。他們在那，從沙發椅後湧現，跳過書堆，骯髒的蹄子在打開的書頁上跳著。那頭狗一躍而起，朝他們吠叫。

「別唸了！」愛麗諾對奧菲流士喊道。「別再唸了！」

他露出一抹勝利的微笑，闔上了那本書。

「把他們趕到花園去！」他命令站在那呆若木雞的糖糖。他走向門，腳步笨重，迷迷糊糊的，打開門——讓那一群傢伙從他身邊歡跳過去，拉著小提琴、尖喊、吠叫、咩咩出聲，沿著愛麗諾的走廊，經過她的臥室，直到吵鬧的聲音逐漸消失。

「沒有人，」奧菲流士重複道，圓圓的臉上再也沒有一絲微笑，「沒有人需要對奧菲流士解釋閱讀的技藝。您有沒有注意到？沒有任何人消失！說不定是有幾隻蠹蟲，要是您的圖書館裡有的話，說不定是幾隻蒼蠅……」

「說不定是下面街上的幾名汽車駕駛。」愛麗諾聲音沙啞地補充道，可惜仍掩飾不了自己的訝異之情。

「說不定吧！」奧菲流士說，聳了聳圓滾滾的肩膀，一副無所謂的樣子。「但這根本無損我的絕技，對不對？現在呢，我希望您懂一點烹飪，因爲我再也受不了糖糖的大鍋菜了，而且我餓了，每一次我一唸了什麼，我就會飢腸轆轆。」

「烹飪？」愛麗諾幾乎氣得窒息。「我要在自己的家裡當你的廚師？」

「嗯，當然啦。妳出點力吧，還是妳想讓糖糖認爲妳和我們那個結巴朋友相當多餘？他已經不高興了，因爲他到現在沒在妳屋裡找到任何值得偷的東西。不，我們眞的不該讓他有那種蠢念頭，不是嗎？」

愛麗諾深呼吸，試著不理會自己顫抖的下巴。「不，不，我們當然不想。」她說，然後轉身——走向廚房。

錯認

「她把藥草擱進他嘴裡——他立刻入睡。她小心幫他蓋好。他睡了一整天……」

——迪特・昆恩《沃夫拉姆・馮・埃森巴赫的帕西法》

那四男兩女進來的時候，洞窟裡空無一人，只有蕾莎和莫在。兩名男的曾和空中飛人坐在火堆邊：噴火藝人黑炭鳥和兩指。在天光下，兩指的臉看來並不怎麼友善，其他人也懷有敵意，蕾莎不由自主往莫身邊挪過去些。

只有黑炭鳥顯得尷尬。

莫睡著，他發燒昏睡不只一天，讓蕁麻擔心地搖著頭。六個人只離他沒幾步遠，遮去了外頭的天光。

其中一名女的走到眾人之前，她並不特別老，但手指卻彎曲得像鳥爪一樣。「他必須離開！」她說。「而且要在今天。他不是我們的人，妳也一樣。」

「妳是什麼意思？」蕾莎不管怎麼努力讓聲音聽來冷靜，但依然顫抖著。「他不能離開，他還太虛弱。」

要是蕁麻在這就好了！但她走了，嘴裡喃喃說著什麼生病的小孩——還有一種根部或許可以驅熱的藥草。這六個人對蕁麻又怕又敬，但對流浪藝人來說，蕾莎不過是個陌生人，一個陪著重病丈夫的絕望的陌生人——就算這裡沒人發現自己在這個世界一樣受人排擠。

「孩子們……妳必須為我們想想！」另一個女人還很年輕，還懷了孕，一隻手擱在腹部護著。「像他這樣的人，會危及我們的孩子，瑪塔說的沒錯，你們不是我們的人。這是我們唯一可以待的地方，沒人會趕我們，但是等他們聽聞松鴉在這的話，那就完了。他們會說我們把他藏起來。」

「但他不是松鴉啊！我不是已經告訴你們了，還有，『他們』又是誰？」

莫在高燒中囈語著，手緊抓著蕾莎的手臂。

她不安地摸著他的額頭，強讓他喝了一口蕁麻調製成的藥汁。那些不速之客默默地打量著她。

「妳還眞會裝！」一名男人說，一名激烈乾咳的高瘦男子。「毒蛇頭在找他。他會派來盔甲武士，會把我們統統吊死，因為我們把他藏在這裡。」

「我再跟你們說一次！」蕾莎抓住莫的手，緊緊握著。「他不是強盜，或你們故事裡的人！我們幾天前才到這裡的！我丈夫裝幀書籍，那是他的手藝，就這樣！」

他們不以為然地看著她。

「這麼差勁的謊話，我還很少聽過！」兩指歪著嘴，聲音並不好聽，從他身上補丁的彩衣來看，應該是在市場上插科打諢、讓觀眾忘懷大笑的喜劇演員。「一個書籍裝幀師在無路森林山羊原來的碉堡幹什麼？由於有白衣女子和其他在那廢墟出沒的怪物，沒有人會自己去那裡的。還有摩托娜，她和書籍裝幀師會有什麼瓜葛？她為什麼要用那種聞所未聞的怪武器射殺他？」

其他人點頭認同——朝莫再走上一步。她該怎麼辦？她能說什麼？一個沒有人要聽的聲音，又有什麼用？「妳別在意自己不能說話，」髒手指常對她說。「大家反正不怎麼仔細聽，不是嗎？」

她或許可以呼救，但誰又會來呢？空中飛人和蕁麻一大早就動身，葉片那時還被剛升起的太陽染紅，那些帶東西給蕾莎吃，並偶爾代她照顧莫，讓她可以睡上幾個鐘頭的女人──全帶著孩子，在附近的河邊洗衣服。外頭只有幾名被人遺棄、來這等死的老人。他們根本幫不上她。

「我們不會把他交給毒蛇頭！我們只是把他帶回蕁麻發現你們的地方，那個該死的碉堡去。」又是那個咳嗽的男人在說話，一頭烏鴉站在他肩膀上。蕾莎知道這些烏鴉，那時她在市場上幫人寫證書和陳情信──烏鴉主人訓練牠們，在他們表演雜耍時，額外偷些硬幣。

「在曲子中唱著，松鴉保護彩衣人。」烏鴉主人繼續說。「他所殺的，都是威脅到我們女人和小孩的人。我們對此當然感激，大家都傳唱著他的歌，但我們還不想爲他而上絞刑台。」

他們早就決定好了。他們會把莫帶走，蕾莎想對他們大喊，但卻再也無力喊叫。「你們帶他回去的話，他會死的！」她的聲音不過只是喃喃的低語。

蕾莎看著他們的眼睛，他們才不管。又怎麼會呢？她心想。要是外頭是她的孩子的話，她會怎麼做？她想起毒蛇頭有次造訪山羊的碉堡，是來處決一名共同的敵人。那天起，她知道以別人的痛苦爲樂的人，長的是什麼樣子。

手指彎曲的女人跪在莫身旁，在蕾莎還來不及阻止前，拉起他的袖子。「這裡，你們看到了嗎？」她得意洋洋說著。「他的疤和曲子裡描述的一模一樣──就在被蛇頭的狗咬過的地方。」

蕾莎用力把她推開，她一踉摔倒在其他人跟前。「狗不是毒蛇頭的，而是巴斯塔的！」

這個名字讓他們全都嚇了一跳，但依然沒有離開。黑炭鳥幫那個女人站起來，而兩指走近莫。

「來吧！」他對其他人說。「我們把他抬起來。」他們全都走到莫身側，只有噴火藝人猶豫著。

「求求你們！你們相信我！」蕾莎推開他們的手。「你們怎麼會認爲我在騙你們？你們這樣幫我，我怎麼會不知感激？」

沒人理她。兩指拉開莫蓋的被褥，那是蕁麻給他們的，因爲夜裡洞窟冷冰冰的。

「啊，看看你們！你們來看我們的客人，眞是好心。」

他們全轉過身來，像是在惡作劇時被逮到的小孩一樣。洞口站著一個男人。有一會，蕾莎以爲那是髒手指，還奇怪空中飛人怎麼可能那麼快便把他帶了過來。然後，她看出那六個人自知理虧盯著看的男人，是個黑人，全身都黑，長髮黑，皮膚黑，眼睛黑，甚至衣服也是黑色的。他身旁立著一頭和主人一樣黑的熊，幾乎高過他一個頭。

「這一定是蕁麻對我說過的客人了，對嗎？」那頭熊跟牠主人進洞時，咕噥一聲，縮起了頭。「她說，他們認識一位我很要好的老朋友髒手指，你們大家當然都聽過他的大名，不是嗎？你們一定知道，他的朋友也一直是我的朋友，他的敵人當然也是我的敵人。」

那六個人跌跌撞撞閃開，幾乎急匆匆的樣子，彷彿想讓這個外人看一下蕾莎。噴火藝人緊張地笑著。「怎麼會這樣，王子，什麼風把你吹到這來的？」

「喔，什麼風都有。還有，爲什麼外頭沒有守衛？你們以爲山妖吃膩了我們的存糧了嗎？」他慢慢朝他們走來，而他那頭熊四腳著地，笨重地跟在他後頭嗅聞著，好像不喜歡這個狹窄的洞窟似的。他們叫他王子。當然了！黑王子！她在翁布拉的市場上聽過他的名字，也從山羊碉堡中的女僕，甚至從山羊手下那裡聽過。然而，她從未見過他，在當時，在費諾格里歐的故事第一次呑噬她的時候。他是名飛刀手、馴熊師……和髒手指的朋友，兩個人成爲朋友時，年紀還沒美琪一半大。

王子和他的熊走過來時，其他人退了開，但他沒理他們，而是低頭瞧著蕾莎。雖然流浪藝人不准帶武器，但他那彩繡的腰帶間插著三把刀，閃亮細長，「這樣便能輕輕鬆鬆把他們穿刺而死！」髒手指常常這樣嘲弄著。

「歡迎到秘密營地來。」黑王子說，同時目光在莫血淋淋的繃帶上來回瞧著。「髒手指的朋友在這永遠受到歡迎——就算剛剛看來不是這個樣子。」他嘲弄地打量著周遭的人，只有兩指倔強地迎著他的目光，但跟著也低下了頭。

王子又低頭瞧著蕾莎。「妳在哪認識髒手指的？」

她該怎麼回答呢？在另一個世界？那頭熊嗅聞著擱在她旁邊的麵包，野獸的熱息讓她毛骨悚然。說實話吧，蕾莎，她心想。妳不需要說是在哪個世界就行。

「我在那群殺人放火的傢伙那當了幾年的女僕，」她說。「我逃走，但被一條蛇咬傷，髒手指遇見我，幫了我，要不是他，我早就死了。」他把我藏了起來，她在腦海繼續說著，但巴斯塔他們很快便找到我，把他打個半死。

「那妳丈夫呢？我聽說他不是我們這一夥的。」他的黑眼睛審視著她的臉，似乎老於揭穿謊言。

「她說他是書籍裝幀師，但我們知道得更清楚！」兩指不屑地吐了口口水。

「你們知道什麼？」王子瞧著他們，大家全都一聲不吭。

「他是書籍裝幀師！等他好一點，給他紙、膠和皮革，他會證明給你們看。」別哭，蕾莎，她想著。過去幾天妳已哭夠了。

那個瘦高的傢伙又咳了起來。

「好，你們聽到她說的話了。」王子蹲坐在她身旁的地上。「這兩個待在這裡，直到髒手指過來證實她的話。他會告訴我們，那個人是個不會傷人的書籍裝幀師，還是你們一直在胡扯的強盜。髒手指認識他，妳的丈夫吧，對不對？」

「喔，是的。」蕾莎輕聲回答。「他認識他，比認識我要早。」

莫轉過頭，低聲叫著美琪的名字。

「美琪？那是妳的名字嗎？」當那頭熊又聞著麵包時，王子推開了牠的嘴。

「那是我們女兒的名字。」

「你們有個女兒？她多大了？」熊翻過身躺著，像頭狗一樣讓人撓著肚子。

「十三歲。」

「十三歲？幾乎和髒手指的女兒一樣大。」

髒手指的女兒？他從未跟她提過有個女兒。

「你們還站在那裡幹什麼？」王子喝叱著其他人。「去拿些清涼的水！你們沒看到他燒得很厲害？」

兩名女人趕緊離開，在蕾莎看來，他給她們機會離開洞窟，像是鬆了口氣，但男人們仍待在那裡，拿不定主意。

「要是他真的是他，怎麼辦，王子？」瘦高的傢伙問道。「要是毒蛇頭在髒手指到這之前，便打聽到他的話，又該如何？」他咳得非常厲害，一隻手不得不按住胸口。

「要是他是什麼？松鴉？胡說！這個傢伙可能根本不存在。就算有！那我們什麼時候出賣過我們這一邊的人了？要是那些曲子唱的都是真的，要是他保護過我們的女人、我們的孩子的話……那又該怎麼做？」

「歌裡面的東西根本是假的。」兩指的眉毛烏黑，彷彿拿煤灰畫過似的。「他可能只不過是個攔路強盜，一個利欲薰心的殺人犯而已……」

「可能是，可能也不是。」王子頂了回去。「我只看到一個受傷的人和一名需要幫忙的女人。」

男人們默不出聲，但他們投射在莫身上的眼光，依舊滿懷敵意。

「現在快滾，快點！」王子喝叱他們。「你們這樣盯著他看，他怎麼會好起來，還是你們以爲他太太喜歡你們這些醜傢伙陪？幫點忙，外頭還有很多工作要做。」

他們果眞走了，一臉不高興地踱步離開，心有不甘。

「他不是那個人！」他們走後，蕾莎低聲說道。

「或許不是！」王子摸著自己那頭熊圓圓的耳朵。「但我怕外面那些人想的是另一回事，而且毒蛇頭高額懸賞松鴉的人頭。」

「懸賞？」蕾莎看著洞口，兩名男人依然站在洞口前。「他們會回來，」她小聲說：「試著再把他帶走。」

但黑王子搖搖頭。

「只要我在這的話，就不會，而我會待到髒手指過來。蕁麻說妳送了個訊息給他，那他大概很快會到這，並告訴我們妳沒說謊，對不對？」

女人們拿了一碗水回來。蕾莎把一塊布沾了水，冷敷著莫的額頭。那個懷孕的女人彎下身，把一些乾燥花擱在她懷間。「拿去，」她對她耳語著。「擱在他心口前，會帶來好運。」

蕾莎摸著乾黃的花朵。

「他們都聽命於你。」等女人們再度離開後，她說。「爲什麼？」

「因爲他們選我當他們的國王。」黑王子回答。「因爲我是個十分出色的飛刀手。」

精靈之死

看著遠處的一切：
男人、女人、男人、男人、女人
和小孩，那麼不同，那麼形形色色。

——里爾克《童年》

法立德告訴髒手指自己在費諾格里歐房間所見所聞的事時，他起先還不願相信。不，那個老頭還不至於那麼瘋狂，自以爲能夠插手死神的事。但就在同一天，來跟羅香娜買藥草的幾名女人，便說著那小子所說的同一件事：英俊的柯西摩回來了，從死神那裡回來了。

「女人們說，白衣女子太愛他了，最後又放他走。」羅香娜說。「而男人們說，他想躲開自己那個醜妻子一陣子。」

瘋狂的故事，但還沒事實來得瘋狂，髒手指心想。

至於布麗安娜，那些女人並沒什麼好說的，他不喜歡她待在城堡中，沒人知道那裡接下來會發生什麼事。據說笛王和五、六名盔甲武士仍在翁布拉，其他的被柯西摩趕到了城外。他們等著自己的主人，因爲到處都在說：毒蛇頭想來親自看看這位死而復生的侯爵。他可沒那麼輕易就接受柯西摩再次奪走他外孫的寶座。

「我會親自過去看看她過得如何。」羅香娜說。「他們大概連外門都不讓你進，不過，你可以幫我其他的忙。」

那些女人不只是過來買藥草和議論柯西摩的，也受蕁麻之託向羅香娜訂貨——她在翁布拉印染工那裡治療兩名病童。她需要精靈之死的根，一種危險的藥物，既能治病，亦能奪命。她要這種根治療哪個可憐人，那老太婆並沒說。「秘密營地裡的某個傷患吧，蕁麻還想今天趕回去。對了，還有一件事……空中飛人和她一起來，他有個訊息給你。」

「訊息？給我的？」

「是的，是個女人的。」羅香娜看著他好一會，然後進屋去拿根藥。

「你要去翁布拉？」法立德突然來到髒手指身後，讓他嚇了一跳。

「沒錯，羅香娜要去城堡。」他說。「你就待在這照顧一下葉罕。」

「那誰照顧你？」

「我？」

「對啊。」他看著他的那種神色，他——和那頭貂。「免得出事。」法立德輕聲細語，髒手指幾乎沒聽明白。「就是書裡面寫的事。」

「啊，那件事。」那小子打量著他，憂心無比，彷彿他下一刻會死掉一樣。髒手指不得不忍住笑，雖然這事攸關自己的生死。「是美琪告訴你的嗎？」

法立德點點頭。

「唉，算了吧，聽到沒？反正都白紙黑字寫下了，可能會成真，可能也不會。」

但法立德猛搖頭，黑髮都散落到額頭上。「不！」他說。「不，那不會成真的！我發誓，我對夜裡在沙漠中哭嚎的魔鬼發誓，我對吞食死人的鬼魂發誓，我對所有我害怕的東西發誓！」

髒手指若有所思地看著他。「小瘋子！」他說。「但我喜歡你發的誓。那我們最好把葛文留在這裡，讓你看著牠！」

葛文不喜歡這個安排，當髒手指要圈住牠時，牠咬了髒手指的手，還想咬他的手指——而當偷偷摸摸鑽進他的背包時，嗥叫得更加凶悍。

「你帶上新的貂，而原來那頭就得被圈起來？」羅香娜拿蕁麻的根藥給他們時問道。

「是的，因爲有人警告牠會帶給我不幸。」

「你什麼時候相信起這些了？」

是啊，什麼時候？

在我碰上一個自稱杜撰出妳和我的老頭那時起，髒手指心想著。葛文依然怒叫著，他很少見到這頭貂這麼生氣過。他鬆開牠項圈上的鍊子，一言不發，不理會法立德驚恐的目光。

往翁布拉的一路上，葛文蹲在法立德肩上，像是在向髒手指示意自己尚未原諒他似的。而只要偷摸摸一從他背包中伸出鼻子，葛文便齜牙咧嘴，作勢低吼，法立德不得不摀住牠嘴巴好幾次。

城門前的絞刑台空蕩蕩的，只有幾隻烏鴉蹲踞在木樑上。儘管柯西摩歸來，在翁布拉，仍是醜東西在執法，一如肥肉侯爵在世時那樣，而她不喜歡執行絞刑，或許因爲她孩提時見過太多人吊在繩索上，舌頭變藍，臉孔腫脹。

「聽好，」他們來到絞刑台時，髒手指對法立德說。「我把根藥拿去給蕁麻，向空中飛人查問給我的訊息，你把美琪帶到這來。我必須和她談談。」

法立德臉紅起來，但點了點頭。髒手指開玩笑似地打量著他的臉。「怎麼了？那晚你去找她時，除了柯西摩從死神那裡歸來，還發生了其他事？」

「這不關你的事！」法立德喃喃說著，臉色變得更紅。

一名農夫推著一輛滿載圓木桶的手推車，一路罵聲不斷，朝著城門而去。牛隻橫在那裡，守衛不耐煩地抓住轡繩。

髒手指利用這個機會，和法立德擠了過去。「不管怎樣，把美琪帶過來。」他們在城門後分開時，髒手指說。「但你可不要愛昏了頭，迷了路。」

他瞧著那男孩的背影，直到他消失在屋宇間。難怪羅香娜以爲他是他兒子，他有時也懷疑自己心裡這麼想。

空中飛人的訊息

是的，親愛的，
我們的世界流血了
不只因爲愛情的痛楚，還因爲更多的痛楚。

——阿梅德．法伊茲《我曾經給過你的愛》

世界上最臭的味道，大概是印染工染缸裡冒出的味道。髒手指穿行在鐵匠們敲敲打打的巷子中時，便已聞到那刺鼻的味道。鍋匠、馬蹄鐵匠和對面比行會兄弟名望顯赫，相對而言，更爲高傲的武器工匠。各類鎚子敲打紅鐵的嘈雜聲響，和印染工巷子冒出的味道，幾乎一樣令人難受。他們寒酸的住屋位在翁布拉城的偏僻角落，沒有哪個城市會容許他們惡臭的染缸出現在較好的城區附近。不過，正當髒手指朝隔開染工巷和其他城區的大門走去時，一名踏出一間武器作坊的男人便撞上了他。

笛王。他那銀鼻子一眼就讓人認了出來，就算髒手指對他的印象，仍停留在他那個有血有肉的鼻子。你還眞是走運，髒手指！他心想，同時轉過頭，試圖趕緊躲開山羊的吟遊藝人。好死不死，你就一定要碰上這個惡徒。就在他幾乎希望笛王沒注意到自己撞上誰的時候，就在他剛以爲自己掠過他身邊的時候，銀鼻子便抓住他的手臂，用力把他轉過來。

「髒手指！」他低緊的聲音喊道，聲音和以前聽來完全兩樣，總讓髒手指想起甜甜的蛋糕。山羊只聆聽他的聲音，同樣也只聽他唱的曲子。笛王能寫出殺人放火的好曲子，好到幾乎讓人相信殺人放火是種高尙的行業。他是不是爲毒蛇頭唱著同樣的曲子——還是那些曲子對夜之堡的銀色大廳來說太過粗糙？

「你們看看，我幾乎以爲最近大家都從鬼門關回來了。」笛王說，而他身邊的兩名盔甲武士正飢渴地打量著鐵匠作坊前展示出來的武器。「我還以爲巴斯塔幾年前就把你大卸八塊，草草埋了呢。你知不知道，他也回來了？他和那老太婆摩托娜，你一定記得她。毒蛇頭很高興收留了她。哎，你知道的，他一直看重她那致命的烹飪藝術。」

髒手指露出一個微笑，掩飾著自己心中蔓延開來的恐懼。「看看你，笛王，」他說，「新鼻子很適合你，比原來的好多了，可以昭告大家你的新主人是誰，而且屬於一位可被金銀收買的吟遊藝人。」

笛王的眼睛沒有什麼改變，淡灰色的，宛如雨天的天空，呆滯地打量著他，一如鳥眼一般。髒手指從羅香娜那裡得知他是如何失去自己的鼻子的，那是被一個男人切下來，因爲笛王拿自己邪惡的曲子誘騙了他的女兒。

「髒手指，你的舌頭還是那麼毒。」他說。「是該有人把它割下來了。不是有人曾經試過，只是被你跑掉，因爲黑王子和他的熊護住了你？那兩個傢伙還一直在照料你嗎？我沒看到他們喔。」他四處搜尋打量著。

髒手指迅速瞥了那兩個盔甲武士一眼，兩個至少比他高一個頭。要是法立德現在看到我，會怎麼說呢？他心想。我是該把他留在身邊，這樣他才能信守誓言？當然啦，笛王有把劍。他的手已經擱在劍柄上。他顯然和黑王子一樣，對流浪藝人禁止攜帶武器的法律不屑一顧。好在，鐵匠們敲打的聲音震耳！髒手指心想。不然，便可能聽到他的心因爲害怕，跳得怦怦響。

「我得走了。」他盡可能不關痛癢說著。「如果你見到巴斯塔，幫我問候他，至於把我草草埋了，他還是可以再補上。」他轉過身，試一下還是値得的，但笛王緊捉住他的手臂。

「當然啦，你的貂也在！」他嘶聲說道。

髒手指察覺到偷偷摸摸濕潤的嘴巴舔著他的耳朵。不是這一頭貂，他試圖安撫自己劇烈跳動的心。不是這一頭。不過，費諾格里歐安排他死的時候，到底有沒有提到葛文的名字？他自己再怎麼努力也記不起來。我得求求巴斯塔，把那本書再給我，讓我好查看一下，他懊惱地想著。他揮了一下手，把偷偷摸摸趕回背包中。最好別去想。

笛王仍抓住他的手臂。他戴著淺色的皮革手套，像女士手套一樣精細縫製。「毒蛇頭快到這了。」他對髒手指悄悄說道。「聽到他的女婿奇蹟般復活，他可不怎麼高興，認爲這一切只是個惡意的騙局，想奪走他那毫無防備的外孫的寶座。」

四名守衛沿著巷子而來，穿著肥肉侯爵代表色的衣服，柯西摩的顏色。髒手指從未這樣樂意見到武裝的士兵。

笛王鬆開他的手臂。「我們會再見的。」他那沒有鼻子的聲音嘶嘶說道。

「或許吧。」髒手指只這樣回答，然後便快步擠過幾名瞪著大眼、站在一把劍前、衣衫襤褸的男孩，經過一位拿著破鍋給一名鐵匠的婦女，消失在染匠巷的大門後。

沒有人跟著他，沒有再抓住他，不讓他走。髒手指，你眞是到處樹敵！他心想，直到來到冒出染坊污水蒸汽的大圓木桶時，他才放慢腳步。這些木桶亦懸掛在穿過城牆，把臭氣熏天的污水帶往下頭河邊的溪水上。難怪大家只在溪水和河水匯流處的上方，才看得到水妖。

來到髒手指敲門的第二棟屋子，便知道在哪可以找到蕁麻。他要找的那名女人，哭紅了眼，臂彎裡抱著一個小孩，一言不發地揮手要他進屋，如果那算是個屋子的話。蕁麻探身在一名臉頰通紅、眼睛呆滯的女孩身上，等她發現髒手指時，一臉不悅地直起身子。

「羅香娜要我把這個拿給妳！」

她瞄了一眼根藥，緊閉著薄薄的嘴唇——然後點點頭。

「那女孩是什麼病？」他問著，而那位母親又坐到床邊。

蕁麻聳聳肩，穿的好像還是十年前那一件草綠色袍子——顯然也像以前那樣，不怎麼受得了他。

「高燒，但她會熬過去的。」她回答。「不像要了你女兒命的那一次那麼嚴重……那時她父親還到處周遊！」她說著的時候，瞧著他的臉，像是想確定自己的話會傷人，但髒手指知道如何掩飾痛楚，幾乎就像他玩火一樣高明。

「這種根藥滿危險的。」他說。

「你以爲我還要你來對我解釋？」老太婆惱怒地打量著他，像是被他罵過一樣。「這種根藥要醫治的傷口也很危險，還好他很健壯，不然早就死了。」

「我認識他嗎？」

「你認識他妻子。」

這老太婆在說什麼？髒手指瞧著那名病童，小臉因爲高燒而通紅。

「我聽說羅香娜又讓你上她的床。」蕁麻說。「告訴她，她比我想的要笨多了。現在到屋後去，空中飛人在那裡，他可以告訴你更多關於那女人的事，她託他帶個訊息給你。」

空中飛人站在一株長在染工小屋間、奇形怪狀的夾竹桃旁。

「可憐的孩子，你看到她了嗎？」髒手指朝他走來時，他問道。「我就是沒辦法看他們生病的樣子，還有那些母親……哭得多麼傷心。我還記得羅香娜——」他突然打斷自己的話。「對不起，」他喃喃說著，把手伸進自己骯髒的袍子，「我完全忘了，那也是你的孩子。拿去，這是給你的。」他從衣袍下抽出一張紙條，紙張精美雪白，髒手指在這個世界還從未見過。「有個女人要我把這交給你。蕁麻在無路森林、山羊原來碉堡那裡發現到她和她丈夫，把他們帶到秘密營地。那個男的受了傷，十分嚴重。」

髒手指慢慢打開那張紙，立刻就認出那筆跡。

「她說她認識你。我告訴她，你不識字，但——」

「我識字，」髒手指打斷他，「她教我的。」

她是怎麼來到這的？當蕾莎的字在他眼前跳動時，那是他所能想到的唯一的事。那張紙皺得不得了，很難辨識出字，要是閱讀能再容易些就好……

「沒錯，她也這樣說：『我教過他。』」空中飛人好奇地瞧著他。「你在哪認識這個女人的？」

「說來話長了。」他把紙條塞進自己的背包。「我得走了。」他說。

「我們今天就會回去，蕁麻和我！」空中飛人在他身後喊著。「要我轉達那女人什麼嗎？」

「好，你告訴她，我會帶她女兒過去。」

柯西摩的士兵依然站在鐵匠巷中，仔細打量著一把對普通士兵來說高攀不起的劍。完全見不到笛王的蹤影。巷子兩側的窗外掛著彩色的布條，翁布拉在慶祝死去的侯爵歸來——但髒手指沒心情慶祝。他背包中的訊息沈甸甸的，就算他不得不承認，見到魔法舌頭在這個世界，顯然比他在他那個世界，更不走運時，感到竊喜。他現在知道來到不是自己的故事中，是何種滋味了嗎？還是根本來不及有任何感覺，就被摩托娜射傷了呢？

在通往上頭城堡的巷子中，人群像在市集日時那樣擁擠。髒手指抬頭看著依然掛著黑旗的塔樓，他女兒女主人的丈夫回來了，不知女兒怎麼想？就算你問她的話，她也不會告訴你！他心想，同時又往城門走去。是該離開了，免得又在路上碰到笛王，甚至他的主人……

美琪已和法立德等在下頭空蕩蕩的絞刑架旁。那小子對她悄悄說了些什麼，而她笑了起來。眞是見鬼了！髒手指想。看看那兩個多高興，而你又帶來壞消息。爲什麼老是你？很簡單，他自己回答著，因爲壞消息比較合你的臉。

墨水藥

對我父親的記憶，就像人們帶去上工時，
包在白紙中的麵包一樣。
一如魔術師從自己的帽子中
拉出巾帕和兔子，他從自己瘦薄的身體中
喚出了愛。

——耶胡達・阿米亥《父親》

美琪一見到髒手指朝自己走來時，立刻不再笑了。他的臉爲什麼這麼嚴肅？法立德不是說他很高興。是因爲看到她，才讓他看來這樣嚴肅？是因爲他跟著他來到他的故事，看到她的臉，讓他想起那些他一定想淡忘的歲月，而生她的氣嗎？「他想跟我談什麼？」她問過法立德。「大概談談費諾格里歐，」他回答，「還有柯西摩吧。他想知道那老傢伙的企圖！」好像她能對髒手指說什麼似的……

等他來到她面前時，臉上沒有一絲讓她經常感到疑惑的微笑。

「哈囉，美琪。」他說著，背包中冒出一頭睡眼迷濛的貂，但那不是葛文。葛文坐在法立德肩上，一當牠同類的鼻子從髒手指肩頭探出時，便齜牙咧嘴起來。

「哈囉。」她回答著，顯得尷尬。「你好嗎？」

再見到他，她感覺有點奇怪，既高興，又猜疑。

在他們身後，人們不斷擁向城門，農夫、商販、雜耍藝人、乞丐，那些聽到柯西摩回來的所有人。就算這個世界既無電話，也無報紙，只有富人們還寫寫信，這些消息仍傳得很快。

「好，眞的很好！」他現在終於微笑起來，但不像以往那樣不可捉摸的樣子。沒錯，法立德沒說謊。髒手指很高興，幾乎讓他感到尷尬，他的臉雖然有疤，卻看來年輕許多，但跟著又變得嚴肅起來。當主人把背包從肩上卸下，拿出一張紙條時，另一頭貂跳到地上去。

「我本來想跟妳談談柯西摩，我們那位突然死而復生的侯爵。」他說，同時把皺巴巴的紙攤開。「但現在我大概得先給妳看這個。」

美琪莫名其妙地接過紙條，等見到上頭的字跡時，便瞧著髒手指，難以置信的樣子。他怎麼會有一封她母親的信？在這裡，在這個世界？

但髒手指只說：「讀吧。」而美琪讀了，那些字像根套索一樣套在她脖子上，每讀一個字，就縮緊一圈，直到自己幾乎喘不過氣來。

「怎麼了？」法立德不安地問道。「上頭寫什麼？」他看著髒手指，但他並沒回答。

而美琪盯著蕾莎的字看著。「摩托娜射傷了……莫？」

他們身後，人們擠著去看柯西摩，那個嶄新的柯西摩，但那跟她有什麼關係？她什麼都不關心，只想知道一件事。

「爲什麼，」她絕望地看著髒手指，「他們爲什麼會在這裡？莫的情形如何？並不嚴重吧，對不對？」

髒手指避開她的目光。「我也只知道上頭寫的。」他說。「摩托娜射傷妳父親，蕾莎和他在秘密營地，而我得來找妳。一名朋友把她的紙條帶給我，他今天就會回去營地，和蕁麻一起。她——」
「蕁麻？蕾莎對我提過她！」美琪打斷他。「她是個醫士，很棒的一個……她會治好莫吧，對不對？」
「當然。」髒手指說，但仍然沒看著她。
法立德的目光從他身上移到美琪那，沒明白過來。「摩托娜射傷了魔法舌頭？」他結結巴巴說道。「那根藥是給他用的！但你說過那種藥很危險！」
髒手指示警地瞥了他一眼——法立德便默不作聲。
「危險？」美琪小聲說著。「什麼東西危險？」
「沒什麼，什麼都沒有。我會帶妳到他們那去，就是現在。」髒手指背上背包。「去找費諾格里歐，告訴他妳要離開幾天，告訴他法立德和我陪著妳。這大概不會讓他特別安心，但又能怎樣？別告訴他我們去哪，也別說爲什麼！在這些山丘間，事情傳得很快，而摩托娜，」他壓低聲音繼續說：「最好不要知道妳父親還活著。他所在的營地，只有流浪藝人知道，他們全都發誓不會對任何不是我們的人透露那個地方，但是……」
「……有人不把誓言當一回事！」美琪接完他的話。
「妳說的。」髒手指瞧著城門那頭。「現在去吧，要穿過人群，並不容易，但妳盡量快點。告訴那老頭，山丘那頭住著一名女藝人，他……」
「他知道誰是羅香娜。」美琪打斷他。
「當然了！」這回髒手指的微笑苦澀。「我老忘記他知道關於我的一切。所以，他得要告訴羅香娜，我必須離開幾天，而他也該看著我的女兒，她是誰，想必他也知道了，對不對？」

美琪只點點頭。

「好，」髒手指繼續說：「那就再告訴那老頭，只要他那些該死的文字，有一個傷到布麗安娜的話，那他就會悔不當初創造出一個能召喚火的傢伙來。」

「我會告訴他這點！」美琪喃喃說著，接著便跑開。她擠過那群和她一樣想進城的人。莫！她心想著。摩托娜射傷了莫。她的夢又回來了，那個紅色的夢。

美琪跌跌撞撞走近費諾格里歐房間時，他正站在窗邊。

「天哪，妳看起來怎麼這樣糟？」他問。「我不是跟妳說，這群人把城裡擠得水泄不通時，妳不要出去！但那小子大概只需吹個口哨，妳就像一隻乖小狗一樣跳了出去！」

「別鬧了！」美琪喝叱著他，十分粗暴，費諾格里歐果然不再出聲。「你得幫我寫點東西，快點，求求你！」

她把他拉到書桌旁，薔薇石英正在上頭輕輕打著鼾。

「寫，寫什麼？」費諾格里歐莫名其妙地坐到椅子上。

「我父親，」美琪結結巴巴著，同時顫抖的手指從罐子中抽出一根剛削過的羽毛筆，「他在這裡，但摩托娜射傷了他，他的情況很糟！髒手指不想告訴我，但我從他臉上看得出來，所以求求你，寫些什麼，什麼都好，只要讓他康復就行。他在森林中，在流浪藝人的一個秘密營地。求求你，快點！」

費諾格里歐不知所措地看著她。「被射傷，妳的父親？他在這裡？爲什麼？我不明白！」

「你不用明白！」美琪絕望地喊著。「你只要幫他就行。髒手指要帶我過去他那，我要把他唸到康復，你懂了嗎？他現在是在你的故事中，你連死人都能召回來，那你爲什麼不能治好一名受傷的人？求求你！」她把羽毛筆蘸了墨水，塞到他手中。

「天哪，美琪！」費諾格里歐喃喃說著。「這眞糟糕，但……我眞的不知道該寫什麼，我連他在哪都不知道，至少讓我知道那裡是什麼樣子的話……」

美琪瞪著他，突然間，她一直忍住的淚水撲簌簌流了出來。「求求你！」她小聲說著。「你就試試看！髒手指在等著，他在城門外等著。」

費諾格里歐看著她——輕輕接過她手中的羽毛筆。

「我試試看。」他沙啞地說。「妳說的對，這是我的故事。在另一個世界，我可能幫不了他，但在這裡說不定眞的可行……」

「到窗戶那頭去！」當她拿來兩張羊皮紙給他時，他命令道。「看著窗外，看看人或天空的鳥，找什麼東西分散一下自己的注意力，就是不要看我，不然我會寫不出來。」

美琪聽了他的話。她在下頭的人群中見到敏奈娃和她的孩子、住在對面的婦人、在人群中擠來擠去、咕咕出聲的豬隻，還有胸前佩著肥肉侯爵紋章的士兵——但她並非眞的看著這一切。她只聽到費諾格里歐在墨水瓶裡蘸著羽毛筆，在羊皮紙上沙沙寫著，停了下來——再繼續動筆。幫幫忙！她心想，幫幫忙，讓他找到合適的字眼。幫幫忙。羽毛筆沙沙作響的聲音停了，長得令人揪心，而下頭巷子中，一名乞丐拿著枴杖推開一個小孩。時間一點一滴過去，像個慢慢伸長的影子。人們在巷子中摩肩接踵，一隻狗朝另一隻吠叫著，城堡那頭的號角聲響遍屋宇。

等到費諾格里歐嘆了口氣，擱下羽毛筆時，美琪已不知過了多久。薔薇石英仍在打鼾，像支尺一樣筆直地躺在沙罐後。費諾格里歐抓了一把，撒在未乾的墨水上。

「你有想到怎麼寫?」美琪畏怯地問著。

「對,對,但別問我那有沒有用。」

他把羊皮紙遞給她,她的眼睛飛快瀏覽著上面的字,並不多,但要是有用的話,那就夠了。

「我沒杜撰出他,美琪!」費諾格里歐柔聲說著。「妳父親不像柯西摩、髒手指或山羊,並不是我的角色,他不屬於這,所以妳別抱太大的希望,聽到了嗎?」

美琪點點頭,同時捲好羊皮紙。「髒手指說,他不在的時候,你要照顧一下他的女兒。」

「他的女兒?髒手指有女兒?我有寫過嗎?啊,對的,但不是有兩個嗎?」

「其中一個,你反正認識,就是布麗安娜,醜東西的侍女。」

「布麗安娜?」費諾格里歐難以置信地看著她。

「沒錯。」美琪抓起自己從另一個世界帶過來的皮袋,走向門口。「照顧好她。髒手指還要我轉告你,不然你會後悔創造出一位能夠呼喚火的人。」

「他這樣說?」費諾格里歐把椅子往後一推,大笑起來。「妳知道嗎?這樣我更喜歡。我想我真的會再為他寫個故事,他是主角,而且不會……」

「……死?」美琪打開門。「我會轉告他的,不過,我想他已經受夠窩在你的故事中了。」

「但他現在就窩在裡面,他甚至是自願回到我的故事中的!」美琪急忙下了樓梯,費諾格里歐在她身後喊道。「我們全都窩在裡面,美琪,無法脫身!妳什麼時候回來?我還想介紹柯西摩給妳認識!」

然而美琪沒回答,她怎麼知道自己什麼時候會回來?

「這叫趕快？」當她再次站在髒手指面前，上氣不接下氣，把費諾格里歐的羊皮紙塞進自己的袋子時，髒手指問道。「那個羊皮紙是幹什麼用的？那個老頭給了妳他的一首曲子，讓妳在路上打發時間？」

「差不多吧。」美琪回答。

「好吧，只要沒有我的名字出現就行。」髒手指說，朝路上走去。

「那裡遠嗎？」美琪在後面追著他和法立德時喊道。

「我們晚上會到。」髒手指回過頭說。

叫喊

我想在音節中
見到渴望，
想在聲調中
碰觸火焰。
我想在叫喊中
察覺黑暗。我想要
文字，像未被摸過的石頭般
粗糙的文字。

——聶魯達《文字》

白衣女子仍然在那。蕾莎似乎再看不到她們，但莫察覺得到她們，就像陽光下的陰影。他沒對她提這一件事，她看來疲憊無比，讓她還能撐下來的唯一一件事，便是希望髒手指很快會到——並帶著美琪。

「你看著吧，他會找到她。」當他燒到顫抖時，蕾莎便不停在他耳邊這樣說著。她怎麼這麼確定？好像髒手指從未棄她於不顧，從未偷走那本書，從未背叛過她……美琪，想再見她一次的願望，仍然勝過白衣女子的誘惑與低語，勝過他胸口的痛楚……又有誰敢說，這個該死的故事說不定會再好轉？雖然莫清清楚楚記得費諾格里歐偏愛不堪的轉折。

「對我說說外頭的樣子。」他偶爾對蕾莎小聲說著。「來到另一個世界，卻除了這個洞窟外，見不到其他風景，實在很蠢。」於是，蕾莎對他描述著他看不到的東西——那些比他見過的樹木還要巨大許多、高齡許多的樹木，那些在樹枝間像蚊群般眾多的精靈，那些在高大的蕨類中出沒的玻璃人，那些夜裡莫名的驚恐。有一回，她幫他抓來一隻精靈——髒手指告訴過她怎麼捕捉。她雙手包覆住那個小生物，緊貼到他耳邊，讓他聽著那個憤怒的唧唧聲。

這一切顯得那麼眞實，儘管他仍常常對自己說，這一切不過是用墨水和紙構成的。他躺著的堅硬的地面，當他發著高燒，輾轉難安時，那些窸窣的枯乾葉片，那頭熊熾熱的氣息——還有那位他最後是在書頁中遇到過的黑王子。現在，他偶爾坐在他身旁，冷敷他的額頭，和蕾莎輕聲聊著。還是這一切只不過是高燒後的幻想？

在這個墨水世界中，連死亡感覺起來都很逼眞。在這裡，在一個出自一本書的世界中遇見死亡，實在怪異。然而，就算死亡出自文字，就算不過是種文字遊戲——他的身體仍眞實地感受到死亡。而且，就算蕾莎沒見到她們，那些白衣女子還是沒有離開。莫察覺到她們就在他身邊，分分秒秒，時時刻刻，日日夜夜。費諾格里歐的死亡天使。她們會不會讓死亡比在他那個世界，變得更加輕鬆？不，沒什麼能讓死亡變得更加輕鬆的。人們會失去所愛，那便是死亡，不管在這，還是在那。

莫聽到第一聲叫喊時，外頭天還亮著。他起先以爲，自己又再發高燒，但跟著看到蕾莎的臉，她也聽到了：武器的鏗鏘作響，叫喊，恐懼的喊聲……

死亡的叫喊。莫試圖坐起身子，但痛楚一下襲來，彷彿一頭咬住他胸口的動物一般。他見到王子拔出劍，站在洞口，看到蕾莎一躍而起。高燒讓他看不清她的臉，但卻讓莫突然見到另一幅畫面：他看到美琪坐在費諾格里歐的廚房，驚恐地瞪著那位老人，而他卻志得意滿地對她說，他很高興讓髒手指死掉。喔，費諾格里歐喜歡傷心的場面，他說不定剛又寫了個新的。

「蕾莎！」莫咒罵著自己高燒到動不了的舌頭。「蕾莎，躲起來，躲到森林裡去。」

但她留在他身邊，一如以往——直到他自己的聲音把她送走的那一天。

滿是血的禾稈

山妖在地裡挖掘，妖精在樹間歌唱：那是閱讀最為神奇之處，然而，在這後頭，在故事中，文字可以驅使事物，才是真正的神奇所在。

——法蘭西絲．史普福特《書裡的孩子》

美琪和法立德在無路森林中，往往感到害怕，但和髒手指在一起，感覺就不一樣，好像他經過之際，樹木沙沙作響得更厲害，好像樹叢朝他伸出枝幹似的。精靈像花上的蝴蝶般，停駐在他背包上，扯著他的頭髮，和他說話，直到他把他們趕走。其他生物也不時出沒，都是些不知名的生物，美琪沒聽蕾莎說過，也未在其他地方聽過，有些生物只在樹叢間露出一對眼睛而已。

髒手指帶著他們朝目的地前進，彷彿他眼前有條紅線在牽引似的。他沒有停下休息，只是不停帶著他們走，上山，下山，愈來愈深入森林，遠離人群。等他終於停了下來時，美琪的腿已累得顫抖起來。那差不多快要傍晚了。髒手指摸著一片樹叢上斷掉的枝幹，彎下身子，打量著潮濕的地面，拾起一把被踩爛的漿果。

「怎麼了？」法立德擔心地問著。

「太多腳印，特別是太多靴子印。」

髒手指輕聲咒罵，開始加快腳步。太多靴子印……等到秘密營地出現在樹叢中時，美琪才明白他說的話。她見到被撞倒的帳篷和一個被踐踏過的火堆……

「你們待在這！」髒手指命令道，而他們這回聽從他的吩咐，驚恐地打量著他走出庇護的樹叢，四處張望，掀起帳篷帆布，摸著涼掉的灰燼——翻過一動不動躺在火堆旁的兩個人。美琪見到那些死者時，想跟上去，但法立德緊抓著她。等到髒手指進到一個洞窟，再一臉蒼白地出來時，美琪便掙脫開來，跑向他。

「我父母在哪裡？他們在裡面嗎？」她的腳踢到另一名死者時，讓她嚇了一跳。

「不在，裡面沒有任何人，但我找到這個東西。」髒手指遞給她一條布。

蕾莎的一件衣服有著同樣的花色。這條布沾滿了血。

「妳認得出來？」

美琪點點頭。

「那妳父母眞的在這待過，上頭的血可能來自妳父親。」髒手指抹了一把臉。「可能有人逃了開，有人能告訴我們這裡發生了什麼事。我去四處看一下。法立德！」

法立德一下就來到他身側。美琪想擠過他們兩人，但髒手指制止住她。「美琪，聽好！」他說，雙手擱在她肩上。「妳父母不在這裡是好事，說不定表示他們還活著。洞裡有個舖位，妳母親大概在那照顧著妳父親。而且，我還發現了熊的足跡，也就是說，黑王子來過這裡。這裡這一切，說不定是針對他，雖然我不知道，他們爲什麼把其他所有人都帶走……我弄不明白。」

他指示美琪等在洞內，然後才跟法立德動身去找倖存者。洞口又高又寬，足夠一個男人直立站著，後頭的洞窟一直深入山中，而地面撒著葉子，被褥和禾稈鋪成的鋪位並列著，有的只夠小孩睡。莫躺在哪裡，並不難認出來。那頭的禾稈滿是血，旁邊的被褥也一樣。一碗水和一個木頭杯子被撞翻，還有一束乾掉的花……美琪拾起花束，手指撫摸著花朵，並跪了下來，盯著沾著血的禾稈看。費諾格里歐的羊皮紙頂在她胸口，但莫已經不在了。費諾格里歐的文字又該怎麼幫他？

試試看吧！她心裡低聲說著。妳不知道他的文字在這個世界有多強大，畢竟這個世界都是他的文字構成的！

她聽到身後的腳步。法立德和髒手指回來了。髒手指抱著一個小孩，一個小女孩。她張著大眼，瞪著美琪看——彷彿那是一場醒不來的噩夢似的。

「她不想跟我說話，但好在法立德看起來比較可靠的樣子。」髒手指說，同時輕輕把那孩子放下來。「她說她叫做黎安娜，五歲大，還說有好多男人，拿著劍、銀光閃閃的男人，胸口有蛇。要我說，這並不怎麼讓人吃驚。他們顯然殺了守衛和幾個抵抗的人，然後帶走了剩下的人，就連婦女和小孩都不放過。受傷的人，」他瞧了美琪一眼，「顯然被抬上了推車，他們沒有馬。小女孩會在這裡，只是因為她母親要她躲在樹叢間。」

葛文溜進洞裡，後頭跟著偷偷摸摸。當兩頭貂跳上髒手指身上時，小女孩嚇了一跳。她入迷地瞧著法立德把葛文從髒手指肩上拿過來擱在自己懷裡。

「問一下她，是不是還有其他小孩在這。」髒手指小聲說著。

法立德伸出五根手指頭到小女孩面前。「有多少小孩，黎安娜？」

小女孩看著他，先輕扣著第一根，跟著是法立德的第二根及第三根手指。「麥哲、法比歐、婷卡。」她小聲說著。

「還有三個。」髒手指說。「大概不比她大。」

黎安娜怯生生伸手去摸葛文毛茸茸的尾巴，但髒手指抓住她的手指。「妳最好不要！」他柔聲說著。「牠會咬人，去摸另一隻吧。」

「美琪？」法立德走到她身邊，但美琪沒回應他。她手臂緊摟住自己的膝蓋，臉埋在衣服中，不想再看到這個洞窟，不想再看到費諾格里歐的世界，連法立德、髒手指或那個像她一樣，不知道自己父母在哪的小女孩，也不想見到。她想坐在愛麗諾的圖書館，在那張愛麗諾喜歡拿來讀書的大沙發椅中，看著莫把頭探進門，問她放在她懷中的是哪一本書。但莫並不在，說不定永遠都不回來了，而費諾格里歐的故事伸出黑乎乎的墨水手臂緊緊抓住他們大家，在她耳邊低語著可怕的東西──武裝的男人，抓走了小孩、老人和病人……母親和父親。

「蕁麻和空中飛人很快會到這裡。」她聽到髒手指說。「她會照顧這個小孩的。」

「那我們呢？」法立德問。

「我會去跟蹤他們。」髒手指說。「打聽一下多少人還活著，會被帶到哪去，雖然我可以想得到。」

美琪抬起頭。「夜之堡。」

「猜得好！」

那女孩伸手去摸偷偷摸摸，她還小，摸著一頭動物的皮毛，就會忘記憂傷。美琪羨慕這點。

「你去跟蹤他們，是什麼意思？」法立德把葛文從自己懷裡趕走，站起身來。

「就是這個意思。」髒手指的臉像扇關著的門般拒人於千里之外。「我去跟蹤他們，而你們在這等著空中飛人和蕁麻，告訴他們，我試著去追些蛛絲馬跡，並要空中飛人帶你們回翁布拉。反正他的腿瘸了，無法跟上我。然後，你們告訴羅香娜發生了什麼事，免得她以爲我又開溜了，而美琪便待在費諾格里歐那裡。」他看著他們時，一臉鎮定沈著，一如以往那樣，但美琪在他眼中看出她自己也感受到的一切：害怕、憂心、憤怒……無助的怒氣。

「但我們得幫他們！」法立德的聲音顫抖著。

「怎麼幫？王子本來可能可以救他們的，但他們顯然現在也抓了他，我不知道還有誰會願意爲幾個流浪藝人冒生命危險。」

「那個大家都在說的強盜，松鴉呢？」

「根本沒這個人。」美琪的聲音幾乎低不可聞。「那是費諾格里歐杜撰出來的。」

「眞的？」髒手指看著她，若有所思。「聽起來好像不是這樣，但不管了……只要你們一到翁布拉，空中飛人就得去找流浪藝人們，通知他們發生的事。我知道黑王子有些忠於他、大概也有武器的手下，但我不知道他們在哪。說不定那些流浪藝人中有人知道，甚至空中飛人自己，他得想辦法通知他們。在森林另一頭，有個磨坊，被人稱作老鼠磨坊，沒人知道爲什麼，但一直以來是森林南方少數可以聚會或交換消息，而不會立刻被毒蛇頭打聽到的地方。磨坊主人很有錢，根本不怕盔甲武士。想見我的人，或有人有什麼點子救出那些被抓的人，可以捎個訊息去。我會不時去打聽，懂了嗎？」

美琪點點頭。「老鼠磨坊！」她輕聲重複著——眼睛卻離不開那滿是血的禾稈。

「好，美琪可以搞定這一切，但我跟你去。」法立德的聲音聽來十分固執，嚇得那個一直默默跪在美琪身旁的小女孩，不安地抓起她的手。

「我警告你，別又再說你得照顧我！」髒手指的聲音聽來嚴厲，法立德不得不垂下目光。「我自己去，就這樣。你照顧好美琪和這孩子，直到蕁麻來，然後讓空中飛人帶你們回翁布拉。」

「不！」

美琪見到法立德眼中的淚水，但髒手指只一言不發地朝洞口走去。葛文竄到他前面。

「他們還沒來之前如果天黑了，」他再次回過頭對法立德說：「就把火點起來，不是因爲那些士兵，而是野狼和夜魔老是飢渴，一個要你們的肉，另一要你們害怕。」

然後他便離開，法立德站在那，淚眼朦朧。「混蛋傢伙！」他低聲說。「該死的龜兒子，但有他好看的。我會偷偷跟著他，我會看好他的！我發過誓的。」他突然跪在美琪面前，抓住她的手。「妳會去翁布拉，對吧？求求妳，我必須跟著他，妳明白這點吧！」

美琪沒說話，她又該說什麼？和他一樣也不想回去？他大概只會試圖說服她。偷偷摸摸摩擦著法立德的腿，跟著也竄到外頭。小女孩追著貂跑，但到了洞口，卻停了下來，一個絕望的小身影，孤孤單單的。像我一樣，美琪心想。

她沒看著法立德，便從腰帶間抽出費諾格里歐的羊皮紙，在瀰漫在洞窟的昏暗光線下，那些文字幾乎無法辨識。

「那是什麼？」法立德站了起來。

「字，只有字，但好過什麼都沒有。」

「等等！我幫妳點火。」法立德搓揉著指尖，低聲說了些什麼，直到拇指指甲上冒出一個微小的火舌。他輕輕吹著小火，直到展延成燭火般大小，然後把拇指移到羊皮紙上方。搖曳的光線讓上頭的字母發光，好像薔薇石英剛拿墨水描摹過似的。

沒用的！美琪心裡低聲說著。這些字沒有用的！莫離開了，離得遠遠的，說不定都不在人世了。住嘴！美琪喝叱著心裡的聲音。我不想聽。沒有任何我能做的事，一件都沒有！她抓起沾著血的被褥，把羊皮紙擱到上頭——手指劃過嘴唇。那小女孩仍站在洞口前，等著母親回來。

「唸吧，美琪！」法立德朝她點頭鼓勵。

她唸了，手指抓著被褥，上頭莫的血已經乾了。**「莫提瑪覺得痛……」**她覺得自己也感到痛，在舌尖上的每個字，唇間冒出的每句話中。**「傷口刺痛，像摩托娜射傷他時，她眼中的仇恨般那樣銳利。或許，吸走他生命，讓他愈來愈虛弱的正是她的仇恨。他察覺到自己皮膚上又濕又暖的血，感覺到死神伸出手來抓他。然而，在那一瞬間，那裡還有其他的東西：話語，減輕痛楚的話語，冷敷了他的額頭，訴說著愛，只有愛，讓他的呼吸再度輕鬆，治癒死神留下的東西。他的皮膚和心靈深處，察覺到那一陣陣的話語，穿透想吞噬他的黑暗，愈來愈響，愈來愈清晰，突然間，他認出說出這些話的那個聲音，那是他女兒的聲音——白衣女子抽回蒼白的手，彷彿被她的愛燙到似的。」**

美琪的手指摀住臉，羊皮紙在她懷裡捲成一團，像是已盡到自己的本分。禾稈隔著衣服扎著她，和在當時山羊關住她和莫的棚屋裡一模一樣。她察覺到有人撫摸著她的頭髮，在那一瞬間，那麼瘋狂的一瞬間，她以爲費諾格里歐的文字眞的把莫帶了回來，回到這個洞窟，健健康康，毫髮未損，然後一切又再好轉。但當她抬起頭時，那只是站在她身旁的法立德而已。

「眞美。」他說。「妳會發現，那一定有用的。」

然而，美琪搖搖頭。「不！」她低聲說。「不，那只是漂亮的文字，但我父親不是出自費諾格里歐的文字，而是有血有肉的人。」

「然後呢？這是什麼意思？」法立德把她的雙手從哭腫的臉上拉開。「說不定一切都是文字構成的，妳看看我，咬咬我，我像是紙做的嗎？」

不，他不是。當他親她時，美琪不得不微笑起來，雖然自己還在哭著。

髒手指沒走多久，他們就聽到樹叢間的腳步聲。法立德按髒手指的吩咐點起了火，美琪緊坐在他身旁，小女孩的頭枕在她懷裡。蕁麻從黑暗中現身，看著被毀的營地時，並沒說話。她默默走過一個接著一個的死者，找著再也找不到的活口，而空中飛人一臉呆滯地聽著髒手指轉達給他的話。等到美琪要空中飛人帶口信給羅香娜和流浪藝人以及費諾格里歐時，法立德才明白美琪和他一樣不想回翁布拉。在他面無表情的臉上，看不出他對她的決定是感到生氣，還是高興。

「給費諾格里歐的訊息，我已經寫了下來！」美琪從莫送給她的筆記本中撕下一頁來，感到心痛，但另一方面，拿這來救他，不是更好。要是她眞能救他的話……「你在鞋匠巷的敏奈娃家，可以找到費諾格里歐。只有他才能讀這訊息，這點很重要。」

「我認識織墨水的！」空中飛人瞧著蕁麻把一件破大衣蓋住另一名死者的臉，然後皺著眉頭瞪著那張寫過字的紙。「已有信差因爲帶在身上的文字而被吊死，我希望這封信不是那一種？但別跟我說！」當美琪想回答時，他表示拒絕。「通常，我總是帶口信，但這一次，我覺得最好還是不要知道。」

「她又會寫什麼？」蕁麻挖苦說。「說不定是要謝謝那老頭，因爲他的曲子，讓她父親上了絞架！不然要他寫首安魂曲，松鴉的最後一首曲子？我見到他手臂上的疤時，就聞到了不幸，我一直以爲松鴉就像曲子裡所唱的所有高貴的王子公主一樣，是個幻象。怎樣，或許妳搞錯了，蕁麻！我對自己說，而妳一定不是第一個注意到那個疤的人。但那個織墨水的一定要把那個疤描述得仔仔細細，那個老笨蛋和他那些幼稚的曲子去死吧！已經有幾個被當成松鴉的人被吊死了，但現在毒蛇頭大概抓到眞的了，英雄遊戲要告一段落了。鋤強扶弱……是，聽起來很了不起，但英雄只在歌曲中永遠不死，妳父親很快也會明白，一副面具是阻擋不了死神的。」

美琪只坐在那，瞪著那個老太婆。她在說什麼？

「妳幹嘛那樣呆呆地看著我？」蕁麻喝叱著她。「難道妳以爲毒蛇頭派出手下，只是爲了幾個老邁的吟遊歌手和懷孕的女人，或是爲了黑王子？簡直荒唐。他從來沒躲過毒蛇頭。不，有人偷跑到夜之堡，向毒蛇頭密告松鴉受了傷，躺在流浪藝人的秘密營地，只需要過來逮住他和掩護他的可憐雜耍藝人。有個熟知營地的人這樣做了，一定也因爲密告，拿了豐厚的賞金。毒蛇頭會大張旗鼓來處決，織墨水的會寫出一首動人的曲子，說不定很快又有其他人戴上那副羽毛面具，因爲就算妳父親早已死了，並被草草埋在夜之堡後頭，那些歌曲還是會被傳唱下去。」

美琪聽到自己的血液直衝腦袋。「妳到底在說什麼疤呀？」她的聲音低不可聞。

「不就是他左臂上那個疤，妳應該知道吧！在曲子中唱著，松鴉在獵捕毒蛇頭的白鹿時，被毒蛇頭的狗咬了一口……」

費諾格里歐。他幹了什麼事？

美琪的手摀住了嘴，聽到費諾格里歐的聲音從通往巴布盧斯作坊的迴旋梯傳來。**妳得知道，我喜歡拿真人當我角色的樣本，不是每個作家都這樣做，但我有過經驗，這樣角色會更加鮮活！臉部特徵、手勢、身體動作、聲音，或許一個胎記或一個疤——我偷來偷去，然後他們開始有了生命，直到聽過或讀過他們的人，能夠碰觸到他們！松鴉並沒有太多的真人樣本……**

莫。費諾格里歐以她父親爲樣本。美琪瞪著那個睡著的小女孩，她也常常這樣睡，頭枕在莫的懷裡。

「美琪的父親是松鴉？」法立德在她身旁笑出聲，難以置信。「簡直胡說八道，魔法舌頭連殺隻兔子都不忍心。美琪，妳放心，毒蛇頭很快也會發覺到的，然後會放了他。現在走吧！」他站起來，朝她伸出手。「我們得走了，不然絕對趕不上髒手指！」

「你們現在想跟著他？」蕁麻對這種蠢行大搖其頭，而美琪則把小女孩的頭枕在草中。

「如果你們在夜裡找不到他的蹤跡，就往南走。」空中飛人說。「一直往南，然後就會遇到大路，但要小心野狼，這個地區有很多。」

法立德只點點頭。「我有火！」他說，讓一小片火花在自己手掌中舞動。

空中飛人咧嘴笑了。「大家注意囉！說不定你眞的像羅香娜以爲那樣，是髒手指的兒子？」

「誰知道？」法立德只這樣回答——便拉上美琪。

她麻木地跟著他來到陰暗的樹下。一名強盜！她只想著這件事。他把莫變成了強盜，成了他故事的一部分！這一刻，她像髒手指一樣，恨死了費諾格里歐。

接見費諾格里歐

「寇拉女士，」他說：「我們有時候不得不做些不怎麼愉快的事，如果是大事的話，就不能戴著絲質手套來處理。沒錯，我們在創造歷史。」

——梅雯・皮克《葛門蓋斯特，第一卷：年輕的提圖斯》

費諾格里歐在自己房裡來回走著，七步到窗邊，七步回到門口。美琪離開了，沒有人可以告訴他，她見到自己的父親時，他是不是還活著。眞是亂七八糟！每當他剛以爲一切又在自己的掌握中，就發生完全和他計畫背道而馳的事。說不定某個地方眞有一個魔鬼般的說書者，在那繼續瞎掰他的故事，老有新的起伏轉折，無法預知的惡意的起伏轉折，把他的人物角色當成棋子推來推去，或乾脆在棋盤上添上一個和他故事毫無瓜葛的角色。

而柯西摩仍未派遣任何信差來！又能怎樣，有點耐性吧！費諾格里歐對自己說道，他畢竟才剛剛登上寶座，待辦事項一定很多。所有想見他的臣民，請願者、寡婦、孤兒、他的管事、獵衛、他兒子、他妻子……「什麼嘛。簡直在胡鬧！我——我才是他應該最先召見的人。」費諾格里歐氣到脫口而出，聽到自己的聲音時，還嚇了一跳。「我！我這個把他從鬼門關召回，我這個最先創造出他的人！」

他走向窗邊，瞧著上頭的城堡。蛇頭的旗幟在左邊的塔樓飄揚。沒錯，毒蛇頭到了翁布拉，他一定拚命趕來，想親眼瞧瞧自己這位從死神手裡歸來的女婿。這回，他沒帶上火狐狸，說不定這傢伙正在某處爲他主人燒殺擄掠，但笛王仍在翁布拉的巷弄中出沒，幾名盔甲武士總隨侍在一旁。他們在這還想幹什麼？難道毒蛇頭還眞以爲能讓他外孫登上寶座？

不，柯西摩不會同意。

有那麼一會，費諾格里歐忘了自己低迷的情緒，臉上悄悄有了微笑。沒錯，要是他能告訴毒蛇頭，是誰破壞了他美好的計畫的話，該有多好。一位作家！那他可會大發雷霆！他們眞是讓他大吃一驚，靠著他的文字和美琪的聲音……

可憐的美琪，可憐的莫提瑪。

她看著他，一臉苦苦哀求的樣子，而他卻那樣隨便應付她！但是，這可憐的小東西怎麼會相信靠他的幾個字就能幫上她的父親，他可沒帶他來這！更甭提他還不是自己創造出來的角色。但她的那種眼神！看她的希望破滅，他就是辦不到！

薔薇石英坐在寫字檯上，透明的腿交叉著，朝精靈丟著麵包屑。

「住手！」費諾格里歐喝叱著他。「你又想要他們抓住你的腿，把你丟到窗外去？但你看著，這一回我不會救你了。你在下頭的豬糞中摔成一堆碎片，我是不會把你掃起來的。就讓清垃圾的把你清到他的推車上去。」

「好，好，就把你的氣發在我身上！」玻璃人背對著他。「就算這樣，柯西摩也不會早點宣召你！」

可惜，他說的對。費諾格里歐走到窗邊，下頭巷子中，柯西摩回來時的那份騷動已經平息，或許也因爲毒蛇頭在這的關係，而被抑制下來。大家又各司其職，豬隻在垃圾堆中翻找，孩子們在櫛比鱗次的屋舍間追跑，偶爾有名騎馬的士兵穿過人群。士兵比平常更常見，柯西摩顯然讓他們到處巡邏，或許在阻止盔甲武士再次騎馬撞傷他的臣民，只不過因爲擋住了他們的去路。沒錯，柯西摩會整頓這一切！費諾格里歐心想。他會盡可能成爲一位賢明的侯爵。誰又知道，說不定他很快又會讓流浪藝人在一般的市集日子進城。

「沒錯，這會是我的第一個建議，他應該再讓流浪藝人進城。」費諾格里歐喃喃說著。「要是他到今晚還不召見我，我就不請而去。那個不知感恩的傢伙到底在想什麼？難道他以爲死裡逃生的人都是這樣嗎？」

「我想他根本沒死？」薔薇石英爬上到自己的窩，他很清楚，他在那裡天高皇帝遠。「美琪的父親呢？你想他還活著嗎？」

「我怎麼會知道？」費諾格里歐惱怒地回答著。他不願去想莫提瑪。「但至少沒人會要我對這些亂七八糟的事負責！」他嘟噥著。「他們全到我的故事中瞎攪和，好像那是一株果樹，必須徹底修剪一番，才會結果似的。」

「修剪？」薔薇石英假惺惺說。「他們可是加油添醋，你的故事愈長愈茂密，簡直就是一堆雜草！要是你問我的話，還不是什麼好看的雜草。」

費諾格里歐正想要不要拿墨水瓶丟過去時，敏奈娃的腦袋便從門口探進來。

「有個信差，費諾格里歐！」她的臉通紅，好像跑得太快似的。「城堡來的信差！他想見你！柯西摩想見你！」

費諾格里歐衝向門口，順了順敏奈娃幫他縫製的長袍。他這幾天一直穿著，皺得可以，但現在已沒辦法再改了。他原想付錢給敏奈娃，但她只搖搖頭說他已經付過了——用他日日夜夜說給她孩子聽的故事。然而，就算是用童話故事買來的，這件袍子仍然華麗出色。

那名信差等在屋前的巷子中，一臉嚴肅，額頭上露出不耐煩的皺紋。他披著黑色的悼服，彷彿嘆息侯爵依然在位似的。

這算什麼，一切都會不同的！費諾格里歐心想。一定的！從現在起，又是我在主講這個故事，而不是我的角色。當他在巷子中追著他的嚮導跑時，那位嚮導連頭都不回。蠢物一個！費諾格里歐心想。不過，連他都有可能出自他的筆下，那些他拿來塡滿這個世界的無名小卒之一，免得自己的主角太過孤單。

在城堡的外院，一群盔甲武士在廄房前閒晃。費諾格里歐不明白他們在那幹什麼。上頭城堞間，柯西摩的手下來回巡視，宛如一幫監視著狼群的狗。盔甲武士抬頭瞪著他們，滿懷敵意。是啊，你們瞪啊！費諾格里歐心裡想著。在我的故事中，你們那位陰險的主人不會成爲主角的，只會像個稱職的壞人那樣好好退場。哪天，他說不定會再杜撰出另一個惡棍，沒有稱職的壞人的話，故事很快便會變得無聊，但要創造出這樣一號人物，美琪大概不會出借她的聲音吧。

內院大門口前的守衛舉起長矛。

當費諾格里歐一踏進內院，毒蛇頭的聲音便已迎面傳來。「你這個滿身蝨子的毛臉，你是說，他要讓我繼續等下去？」

「這是什麼意思？」

有個聲音輕輕回答，嚇破了膽，怯生生的。費諾格里歐看見肥肉侯爵侏儒般大小的侍從圖立歐，站在毒蛇頭面前，高度只及毒蛇頭的銀質腰帶。兩名肥肉侯爵的守衛站在他身後，但毒蛇頭身後至少立著二十位全副武裝的手下，就算火狐狸不在，笛王也不見蹤跡，這個畫面仍是令人不安。

「您女兒會接見您。」圖立歐的聲音像風中的落葉般顫抖著。

「我女兒？如果我要薇歐蘭陪的話，我會讓她到我的城堡來。我只想見到這個回到活人堆來的死人！所以你這個臭山妖雜種，現在立刻帶我去見柯西摩！」

可憐的圖立歐開始顫抖起來。「翁布拉侯爵，」他重新有氣無力地說著：「不願接見您！」

這些話讓費諾格里歐踉蹌後退，像是胸口被人打了幾下——退到最近的玫瑰叢中，剛剪裁好的袍子便被荊棘鉤住。這到底是什麼意思？不接見？這是他的計畫嗎？

毒蛇頭噘起嘴唇，好像舌頭沾上了什麼難吃的東西似的，兩鬢旁的血管鼓起，暗暗浮現在紅斑的皮膚上。他垂下自己變色龍般的眼睛，盯著圖立歐瞧，然後，從最近的一名士兵手上拿過一把弩，對準天上一隻鳥，而圖立歐則像一隻受驚的兔子，縮成一團。那一箭命中，鳥正好落在毒蛇頭的腳前，黃色的羽毛被血染紅。那是一隻金諷，是費諾格里歐特別為肥肉侯爵的城堡所杜撰出來的。毒蛇頭彎身，從那小巧的胸口拔出箭矢。

「給我拿著！」他說，把死鳥塞到圖立歐手中。「然後告訴你的主人，他的理智顯然留在冥界了。這回，這算是個警告，下回我來的時候，他要是再派你送這種無恥的訊息的話，那他拿到的將不是鳥，而是一把箭插在胸口的你。這你會轉達嗎？」

圖立歐瞪著自己手中那隻血淋淋的鳥——然後點點頭。

毒蛇頭接著猛然轉身，揮手要手下跟著他。他們經過的時候，費諾格里歐的嚮導害怕地低下頭。就在毒蛇頭走過，距離近到費諾格里歐簡直可以聞到他的汗味時，費諾格里歐心想，看著他！他是你杜撰出來的！但他還是像頭察覺到危險的烏龜，縮起頭來，一動不動，直到大門在最後一名盔甲武士身後關上爲止。

圖立歐依然等在謝絕毒蛇頭進入的門前，盯著手上那隻死鳥看。「我該拿給柯西摩看嗎？」他們朝他走去時，他一臉茫然問著。

「你願意的話，可以把鳥送去廚房烤來吃！」費諾格里歐的嚮導喝叱著他。「但不要擋路。」

寶座大廳沒有改變，和費諾格里歐上次來的時候一樣，黑布依然掛在窗前，蠟燭是唯一的光線，立像空洞的眼神迎著每個朝寶座走來的人，但那裡現在坐著宛如自己石頭雕像的活人，讓費諾格里歐覺得這個幽暗的大廳有如一座鏡廳。

柯西摩單獨一人，醜東西和他兒子都不在，只有六名守衛站在後頭，在陰暗的光線下，幾乎察覺不到。

費諾格里歐來到寶座階前該有的距離，便停了下來，躬身致意。雖然，他認爲在這個世界或另一個世界，沒人值得他費諾格里歐屈服，更別說被他文字創造出來的人物，但他不得不遵循自己這個世界的規則，在那些穿著絲綢的王宮貴族前卑躬屈膝，在這裡，就和他原來那個世界中的握手致意，一樣理所當然。

快點，低下頭去，老頭，就算背痛也要低頭！他心想著，同時低下頭，看來更加恭順的樣子。是你自己這樣安排的。

柯西摩打量著他，彷彿不確定自己是否記得他的臉。他穿著白衣，全身通白，似乎想再刻意凸顯他和雕像的共通之處。

「您是費諾格里歐，那個作家，對不對，那個被大家叫做織墨水的？」費諾格里歐把他的聲音想得更加渾厚，而柯西摩瞧著一尊又一尊的立像。「有人建議我要召見您，我想是我的妻子。她聲稱您是我和毒蛇頭領地間最精明的傢伙，而我又需要精明的人，但我並不是因爲這樣而召見您……」

薇歐蘭？薇歐蘭推薦他？費諾格里歐試圖掩飾自己的訝異之情。「沒有？爲什麼呢，殿下？」他問。

柯西摩看著他，一副心不在焉的樣子，彷彿看穿他似的，跟著低頭打量自己，拉了拉身上華麗的袍子，扶正腰帶。「我的衣服不再合身。」他表示。「不是有點過長，就是太寬，好像是爲那些雕像縫製的，而不是我。」

他對費諾格里歐微笑著，有點無可奈何。那是個天使的笑容。

「您……呃……捱了過來，殿下。」費諾格里歐說。

「是，是，大家都這樣對我說。您知道嗎，我記不起來，只記得一點點，腦袋空得可以。」他撫過額頭，再次盯著雕像。「因此我召見您。」他說。「您是個大文人，我希望您能幫我恢復記憶。我要委託您寫下有關柯西摩的事，您可以聽別人怎麼說，我的士兵、我的僕役、我的奶媽、我的……妻子。」他遲疑了一會，才說出那個字眼。「巴布盧斯會把您的故事抄寫下來，配上彩飾，然後我會讓人朗讀給我聽，靠著圖畫和文字再度塡滿我空洞的腦袋和內心。您覺得自己可以勝任這個任務嗎？」

費諾格里歐趕緊點頭。「喔，可以，可以，當然可以，殿下。我會記下一切，您童年的事，那時您受人敬重的父親還在世上，您第一次進入無路森林的事，您夫人來到城堡那一天，以及您兒子誕生那一天的所有事。」

柯西摩點點頭。「好，好！」他鬆了口氣說。「我看得出您明白我所想的，還有，別忘了我肅清那幫殺人放火的傢伙和我在白衣女子的日子。」

「絕不會忘。」費諾格里歐盡可能偷偷打量那張英挺的臉。怎麼會這樣呢？他當然很希望他是眞正的柯西摩，能和那位死者分享所有的記憶……

柯西摩從不久前他父親仍坐著的寶座起身，開始來回邁著步子。「有些事，我自己已經聽過，是我妻子說的。」

醜東西，又是她。費諾格里歐四處查看著。「您夫人在哪？」

「她去找我兒子，他跑走了，因爲我沒接見他外公。」

「殿下，容我一問——爲什麼您不接見他？」

那扇沈重的大門在費諾格里歐身後打開，圖立歐竄了進來，當他在階梯上蹲伏在柯西摩腳前時，手上沒再拿著那隻死鳥，但臉上仍有恐懼的神色。

「我不打算再接見他。」柯西摩站在寶座前，撫摸著自己家族的紋章。「我已指示大門守衛，不准我岳父和效命他的任何人再踏進這座城堡。」

圖立歐抬頭看著他，既驚恐，又難以置信，彷彿察覺毒蛇頭的箭已經插在自己毛茸茸的胸口。

然而，柯西摩無動於衷地繼續說。「我聽人說過我領地上發生的事，那時我——」他又遲疑了一下，才繼續說，「——不在。好，我們就這樣說：我不在。我仔細聽了我的管事、獵衛、商人、農夫、士兵和我妻子說的話，因爲這樣，我發現了很有趣的東西，讓人不安的東西。大作家，您想像一下，幾乎所有我聽到的壞事，都和我的岳父有關！據說您在流浪藝人那裡出沒，告訴我，那些彩衣人怎麼說毒蛇頭？」

「彩衣人？」費諾格里歐清了清喉嚨。「就跟大家說的一樣，他十分強大，或許有點過於強大？」

柯西摩冒出一聲惱怒的笑。「喔，沒錯，他是這樣。然後呢？」

他想幹什麼？這你該知道，費諾格里歐，他不安地想著。如果你不知道他腦袋裡在想什麼，還有誰會知道？「嗯，他們說，毒蛇頭統治十分無情。」他遲疑地繼續說著。「除了他說的話和他的印璽之外，他的領地上沒有任何法律。他有仇必報，自負虛榮，壓榨自己的農夫，讓他們忍飢挨餓，把不聽話的臣民，甚至小孩，送去自己的銀礦場，直到吐血。在他森林中被逮到的偷獵者，眼睛會被戳瞎，而小偷會被砍掉右手——好在您父親已經廢除好一陣子——而唯一可以在夜之堡附近自由出沒的吟遊藝人，便是笛王——要是他沒和火狐狸一起去掠奪村落的話。」天哪，這都是我所寫的嗎？費諾格里歐心想。大概吧。

「是的，這些我也聽過。還有呢？」柯西摩手臂交叉在胸前，開始來來回回走著。他真的和天使一般俊美。或許我不該把他塑造得那樣俊美，費諾格里歐心想。幾乎看起來有點不眞實。

「什麼？對的……還有呢？」他皺起眉頭。「毒蛇頭一直怕死，但隨著年歲漸長，他幾乎著了魔。據說，他夜裡躺著啜泣，跪著哀求，怕到發抖，深恐白衣女子帶走他。據說，他每天洗好幾次澡，就怕疾病與感染，派遣使節帶著金銀珠寶到遙遠的國度，購買長生不死的靈丹妙藥。此外，他不斷迎娶年輕的女子，希望終能獲得子嗣。」

柯西摩停下來。「沒錯！」他輕聲說。「沒錯，這些我也聽過。但還有更糟的事，您什麼時候才會說到——還是要我來告訴您？」費諾格里歐還來不及回答，他就代替他說下去：「據說，毒蛇頭夜裡派火狐狸越界過來勒索我的農民。據說，他佔去整個無路森林，只要我的商人一停靠在他的港口，便洗劫他們，只要他們通過他的道路橋樑，便訛詐稅款，還收買攔路搶劫的強盜。據說，他在我的森林伐木，造他的船，甚至這個城堡中和翁布拉的各個巷弄中，都有他的奸細。就連我兒子都被他收買，向他報告我父親在這個大廳和顧問們討論的各種事情。最後一點——」柯西摩刻意停頓下來，才繼續說道，「——有人確認，向那幫殺人放火的傢伙通風報信的信差，是我岳父的手下。他大啖銀粉鶺鴒，慶祝我一命歸天，並致信慰問我父親，但羊皮紙上卻巧妙地塗上毒藥，每個字都像蛇毒一樣致命。唉，您是不是還會問我為什麼不願接見他嗎？」

上了毒的羊皮紙？天哪，是誰想到這點的？費諾格里歐心想。一定不是我。

「無話可說了，大詩人？」柯西摩問。「唉，相信我，我聽到這些聞所未聞的事時，反應和您也差不多。您對毒蛇頭毒害我妻子的母親，因為她太愛聽一名吟遊藝人唱歌的傳聞怎麼說？他派他的盔甲武士增援火狐狸，以免我從那幫殺人放火的碉堡回來，您又怎麼說？我的岳父試圖消滅我，大詩人！我忘了自己整整一年的生命，之前的一切也都模模糊糊，好像是別人的似的。他們說我死了，他們說白衣女子帶走了我，他們問：你去了哪裡，柯西摩？而我不知道答案！但現在我知道，誰希望我死，我像一條清掉內臟的死魚一樣空洞，比自己的兒子還要稚嫩，是誰造成的。告訴我，對我和其他人犯下這樣聞所未聞的罪刑，要如何懲罰，才算合理？」

然而，費諾格里歐只能看著他。他是誰？他自問著。老天，費諾格里歐，你知道他長的什麼樣子，但他是誰？「您告訴我吧！」他終於沙啞地回答道。

柯西摩再次對他露出自己天使般的微笑。「大詩人，只有一種合理的懲罰方式！」他說。「我要開戰，對自己的岳父開戰，直到夜之堡不復存在，他的名字被人遺忘為止。」

費諾格里歐站在那，在那個隔開光線的大廳，聽到自己的血液在耳際娑娑作響。戰爭？我一定聽錯了！他心想。我根本沒有寫到戰爭。然而，他心裡開始喃喃說道：偉大的時代，費諾格里歐！你不是寫了什麼偉大的時代嗎？

「他放肆無恥，帶著曾經為山羊殺人放火的手下來到我的城堡，把我要斬除的火狐狸提拔為自己的傳令官，派笛王來保護我的兒子！您想像一下這種無恥的行徑！他或許可以這樣嘲弄我父親，但我不行。我要讓他明白，他不再和一個只會哭或只會吃的侯爵打交道了。」柯西摩的臉微微紅了起來，憤怒只讓他更加俊美。

戰爭。想一下，費諾格里歐，想一下。戰爭！那是你想要的嗎？他察覺自己老邁的膝蓋開始顫抖起來。

然而，柯西摩幾乎輕柔地握著自己的劍，慢慢從劍鞘中抽出。「死神就是爲此而放過我，大詩人。」他說，同時在空中揮著細長的劍身。「讓我帶給這個世界公理正義，推翻魔鬼本人。爲此值得一戰，對不對？甚至爲此值得從容就死。」

他站在那，手裡拿著拔出的劍，眞是個迷人的畫面。而且沒錯！他說的不是很對嗎？戰爭或許是唯一能夠制止毒蛇頭的方式。

「您得幫我，織墨水的！他們是這樣稱呼您，對嗎？我喜歡這個名字！」柯西摩十分優雅地把劍插回劍鞘。一直坐在他腳前台階上的圖立歐，見到銳利的劍身擦過皮革時，不禁毛骨悚然。「您要爲我撰寫號召臣民的檄文，您要爲他們解釋我們的行動，喚起他們心中的熱情，對我們的敵人不假顏色。我們也需要流浪藝人，您是他們的朋友，爲他們寫些激昂的曲子，大詩人！樂於捨命一戰的曲子。您鑄造文字，我鑄造劍，許許多多的劍。」

他站在那，像個憤怒的天使，對他來說，不過只少了一對翅膀，而第一次，費諾格里歐這輩子第一次對自己創造出來的角色感到憐惜。我會給他一對翅膀，他心想。沒錯，我會的，就靠我的文字。

「殿下！」這回他低下頭，不再感到難受，有那麼美妙的一刻，他幾乎覺得自己寫出了自己從未有過的兒子。你不要臨老就變得多愁善感！他對自己說，然而，這個提醒已改變不了他心中非比尋常的溫柔。

我應該和他一起出征！他心想。沒錯，我應該這樣做。我會和他一起討伐毒蛇頭……就算我是個老頭。費諾格里歐，自己世界裡的英雄，既是作家，又是戰士。這是他會喜歡的角色，彷彿爲他量身打造一般。

柯西摩再次微笑。費諾格里歐敢拿自己所有的手指打賭，不管在這個世界，還是任何其他的世界，再也沒有這樣迷人的微笑了。

儘管心裡仍懼怕著毒蛇頭，圖立歐似乎也臣服在柯西摩的魅力之下。他抬頭瞧著自己失而復得的主人，一臉陶醉，小手擱在懷中，彷彿仍拿著那隻被劍刺穿胸口的小鳥。

「我已聽到了，那些字眼！」柯西摩說，同時回到自己的寶座。「您知道嗎，我妻子喜歡寫下的文字，像死蒼蠅一樣黏在羊皮紙和紙上的文字，我父親應該也一樣，但我喜歡聽到文字，而不是去讀！當您找著合適的文字時，您要想著那些文字聽起來的感覺，您必須自己琢磨！因爲激情而黏稠，因爲悲傷而陰沈，因爲愛情而甜美，文字就應該如此。寫下那種我們因爲毒蛇頭的暴行而義憤填膺的文字，很快大家都會跟著義憤填膺。您要控訴，奮不顧身去控訴，我們會在每個市集廣場公告出來，再讓流浪藝人傳誦開來：**毒蛇頭，小心囉**！連森林那頭他的地盤上，都要聽得見。**你無惡不作的日子就要結束了**！不久後，所有農人都想爲我奮戰，所有的年輕人、老人，全會擁來這裡，因爲您的文字而到我的城堡來！我聽說，毒蛇頭至今喜歡在自己城堡的壁爐中燒掉他不喜歡的書，但他有什麼辦法燒掉那些大家口耳相傳吟唱的文字呢？」

他可以燒死說出那些話的人，費諾格里歐心想。或寫下那些文字的人。這個不安的念頭讓他激動的心稍微冷卻下來，但柯西摩似乎聽到了一般。

「我當然會立刻親自保護您。」他說。「您未來會住到城堡這裡，在宮廷詩人該有的房間中。」

「住到城堡來？」費諾格里歐清了清喉嚨，這個提議讓他十分尷尬。「殿下……眞是大量。」新的日子降臨了，嶄新、壯麗的日子，偉大的日子……

「您會是位賢明的侯爵，殿下！」他感動地說道。「賢明偉大的侯爵，幾百年後，大家仍會傳唱我關於您的曲子，而毒蛇頭則早已被人遺忘。這點我敢向您保證。」

他身後響起腳步聲。費諾格里歐轉過身，惱怒這樣動人的一刻竟然被人打斷。薇歐蘭匆匆走過大廳，牽著自己的兒子，後面跟著她的侍女。

「柯西摩！」她喊道。「你聽一下，你兒子想要道歉！」

費諾格里歐覺得雅克伯並沒想道歉的樣子。薇歐蘭一定把他拉來，他的臉陰沈沈的。對他父親歸來，他似乎不怎麼高興，他母親卻是容光煥發，費諾格里歐從未見過她這個樣子，她臉上的疤看來不過只是太陽在她皮膚上落下的一道影子而已。

醜東西臉上的疤消褪。喔，美琪，謝謝妳，他心裡想著。眞可惜妳不在這裡……

「我不道歉！」當他母親粗暴地把他推上通往寶座的台階時，雅克伯表示。「他才該跟外公道歉！」

費諾格里歐不動聲色地退了一步，該是離開的時候了。

「你還記得我嗎？」他聽到柯西摩問。「我是個嚴厲的父親嗎？」

雅克伯只聳聳肩。

「喔，是的，你很嚴厲。」醜東西代替他回答。「如果他像現在這樣胡鬧的話，你會拿走他的狗，還有他的馬。」

喔，她很精明，比費諾格里歐所想得還要精明。他輕輕朝門口走去。眞好，他不久後就可住到城堡裡來。他得看好薇歐蘭，不然她很快就會按其所願填滿柯西摩空洞的記憶——像填火雞一樣。當僕役幫他打開大門時，他看到柯西摩心不在焉對他妻子微笑著。他很感激她，費諾格里歐心想。他感激她的話填滿了他的空洞，但他並不愛她。

唉，這點你自然又沒想到，費諾格里歐！他罵著自己，同時走過內院。你爲什麼不寫說柯西摩愛他妻子呢？你自己以前不是也對美琪說過愛錯人的花女孩的故事？如果不能從中學到什麼，要那些故事幹什麼呢？唉，至少薇歐蘭愛柯西摩，只要看看她就知道，是有些情愫在……

另一方面……薇歐蘭的侍女，那個有著一頭美髮的布麗安娜，美琪說她是髒手指的女兒——她不是也如癡如醉地看著柯西摩？而柯西摩——不是更常瞧著那位侍女，而不是他妻子？小事情！費諾格里歐心想。這裡很快就有比愛情更重要的事情發生，重要許多的事情……

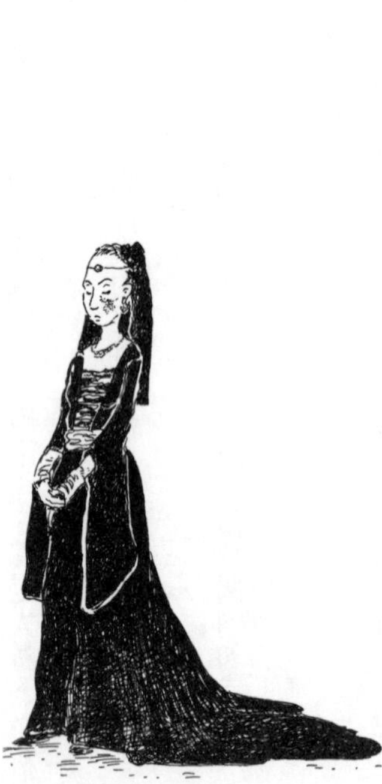

又來一名信差

好記性不如爛筆頭。

——中國諺語

費諾格里歐踏出內城堡大門時，毒蛇頭和他那群盔甲武士已經離開了。很好！費諾格里歐心想。他這一路回去，一定氣得要死。這樣一想，讓他微笑起來。外院中，聚著一群男人，就算他們為了謁見侯爵，徹底洗刷過了，但從他們黝黑的雙手，還是不難看出他們從事的行業。翁布拉鐵匠巷中的所有鐵匠，似乎都來到城堡中。**您鑄造文字，我鑄造劍，許許多多的劍**。柯西摩是否已經開始備戰了？那我也該動手撰文了，費諾格里歐心想。

等他轉進鞋匠巷時，他似乎聽到身後有腳步聲，但他轉過身時，只見到一名獨腳乞丐一拐拐吃力地走過他身邊，每走兩步，枴杖就滑向堆在屋舍間的垃圾——豬糞、菜渣、從窗中倒出的污水。唉，不久後會有更多的殘障，費諾格里歐心裡想著，同時朝敏奈娃的家走去。這樣一場戰爭，簡直就是殘障製造工廠……這是什麼想法？難道你在質疑柯西摩的計畫，想澆他冷水？這算什麼……

所有字母為證！我住到城堡上後，絕不會懷念這種攀爬！在他踩著通往他房間的樓梯，吃力往上爬的時候，心裡這樣想。我只需請柯西摩不要把我安排到某個塔樓上就行，到巴布盧斯的作坊，爬那些樓梯也已經夠累了！唉唷，就這幾個台階，你就嫌陡，我就不相信你這身老骨頭還能去打仗！他心裡有個輕微的聲音，總會在最不恰當的時候冒出來嘲弄，但費諾格里歐早就習慣置之不理。

薔薇石英不在，大概又從窗戶爬出去找住在麵包師那頭那個代筆人的玻璃人。精靈似乎也全飛出去了。費諾格里歐的房裡安安靜靜，不太尋常。他嘆了口氣，坐在床上，自己都不知道爲什麼會想念他的孫子，想念他們瀰漫在他屋內的吵鬧與笑聲。那又怎樣？他心想，怪罪到自己。敏奈娃的孩子一樣吵鬧，而你不是常常把他們趕到院子去，只因自己受不了！

樓梯上有腳步聲。嘿，一說到魔鬼，魔鬼就來了！他沒興致說故事，而必須打包——還要委婉告知敏奈娃，她得去找新的房客。

「你們走開！」他朝門口喊道。「去惹院子裡的豬或雞，織墨水的沒時間，因爲他要搬到城堡去了！」

門依然打了開，但冒出來的並不是兩張孩子的臉，而是一名男子——臉上有斑點，眼睛略微凸出，費諾格里歐從未見過他，但卻覺得很眼熟。他補過的皮褲髒兮兮的，但他披風的顏色，讓費諾格里歐心跳加快。那是毒蛇頭的銀灰色。

「這算什麼？」他厲聲問道，並站起來，但那個陌生人已經穿過門，兩腳叉開站在那，一抹冷笑和他的臉一樣醜陋，不過，等見到他的同伴時，費諾格里歐的老腿便軟了下來。巴斯塔對他微笑著，像個許久不見的老朋友。他也披著毒蛇頭的灰銀。

「倒楣，倒楣，眞是倒楣！」他說，同時四處在房裡打量。「那女孩不在這裡。我們像貓一樣，特地偷偷從城堡跟著你，以爲我們會一石兩鳥，但現在只抓到一頭難看的老烏鴉。唉，有總比沒有好。人不會那麼走運，畢竟你剛巧被召見到城堡裡去，不是嗎？我立刻就認出你那張難看的烏龜臉，但你根本沒注意到我，對吧？」

沒錯，費諾格里歐沒注意到。他眞該打量一下毒蛇頭身後的每個手下！你要是聰明的話，費諾格里歐，他對自己說，你就該這麼做！你怎麼會忘記巴斯塔回來了？莫提瑪的遭遇，不就是很好的警告？

「眞是讓人吃驚！巴斯塔！你是怎麼逃過影子的？」他大聲說著——並悄悄後退，直到察覺到自己身後的床。自從隔壁一個男的在睡夢中被人割斷咽喉後，他就擱了一把刀在枕頭下，但不確定刀是不是還在。

「很抱歉，但他大概沒見到籠子中的我。」巴斯塔那個貓一樣的聲音呼嚕說著。「山羊比較不幸，但摩托娜還在，她告訴我們的老朋友毒蛇頭我們在找的那三隻鳥，危險的巫師，靠文字殺人。」巴斯塔慢慢走向費諾格里歐。「你想誰會是這些鳥呢？」

另一個男的靴子一踢，關上了門。

「摩托娜？」費諾格里歐試著讓自己的聲音聽來冷靜，並挖苦對方，不過聽來卻像一頭垂死的烏鴉在呱呱叫。「不是摩托娜把你關在籠子裡餵影子的嗎？」

巴斯塔只聳聳肩，把銀灰色的披風往後一甩。當然了，他的刀插在那裡。看來是把嶄新的刀，比他在另一個世界有過的每一把刀還要華麗，而且一定一樣銳利。

「是的，那並不怎麼愉快。」他說，同時手指在刀把上輕撫著。「不過，她眞的道了歉。現在，你知道我們在找的鳥是誰嗎？我可以幫一下你。其中一隻已經被我們扭斷脖子了，是那隻叫得最大聲的。」

費諾格里歐一屁股坐到床上，如他所願，一臉面無表情。「我猜你說的是莫提瑪。」他說，同時一隻手慢慢伸到枕頭下去。

「答對了！」巴斯塔微笑著。「摩托娜開槍時，你眞該在場。一槍便命中胸口，就像她射殺那些啄食她田裡種子的烏鴉一樣。」想到這點，讓他的微笑更加邪惡。喔，費諾格里歐很清楚他那邪惡的心裡在盤算什麼！畢竟，他和有著天使微笑的柯西摩一樣，都是他杜撰出來的。巴斯塔一直喜歡鉅細靡遺地描述自己和其他人的惡行。

巴斯塔的同伴似乎並不多話，百無聊賴地在費諾格里歐的房裡四處打量。還好，玻璃人不在，殺他可是輕而易舉的事。

「我們大概不會槍殺你。」巴斯塔更逼近費諾格里歐，一張臉像頭在窺視狩獵的貓一樣。「我們大概會吊死你，一直等到你的舌頭從那老脖子中掉出來。」

「你還眞能想像！」費諾格里歐說，同時手指仍一直往枕頭下伸進去。「但你知道接下來會發生什麼事，你一樣會死。」

巴斯塔的微笑一下消失，像一隻鑽進自己洞裡的老鼠一樣。「是喔！」他不懷好意地壓著嗓子說，自己的手卻不由自主抓著脖子上的護身符。「這我差點忘記。你眞以爲你創造了我，那他呢？」他指著另一個男的。「他是開膛仔，他也是你創造出來的？他畢竟也爲山羊效過命。很多放火的傢伙現在都投效到蛇頭那裡，就算我們其中幾個認爲在山羊手下辦事更加有趣。夜之堡上那一堆文謅謅的規矩……」他在費諾格里歐的地上不屑地吐了口口水。「毒蛇頭在他紋章上放上一條蛇，大概並不偶然。這個尊貴的主人喜歡見到大家在他前面爬行。那又怎樣？他可是出手大方。嘿，開膛仔？」他問著自己那位一直默不出聲的同伴。「你怎麼想，這個老傢伙看來像是創造出你的人嗎？」

開膛仔扭了扭自己的醜臉。「眞他媽的，要眞是他的話，那他可夠差勁的，不是嗎？」

「沒錯！」巴斯塔笑著。「單單他給你的那張臉，基本上就該讓他嘗嘗我們的刀，對吧？」

開膛仔。是的，沒錯，他也是他杜撰出來的。費諾格里歐一想到為什麼給他取這個名字時，胃裡就愈來愈難受。

「老頭，現在快說吧！」巴斯塔緊緊欺近他，一口薄荷味拂上他的臉。「那女孩在哪裡？如果你透露出來的話，我們搞不好還讓你多活一會，先把那小的送去見她老爸。她一定很想見他。他們兩個可眞是哥倆好啊。快說，她躲在哪，別憋著不講！」他慢慢從腰間抽出那把略彎的長刀。費諾格里歐吞了口口水，好像這樣就可把他的恐懼強嚥下去。他把手再稍微伸入枕頭下，但自己的指尖只碰到一塊八成是薔薇石英藏在那裡的麵包。這樣更好，他心想。有把刀又能幫我什麼？刀還沒好好拿在手上，大概就被巴斯塔一刀刺死，更甭提開膛仔。他發覺汗水流進自己的眼睛。

「嘿，巴斯塔！我知道你喜歡聊，但我們乾脆帶上他吧。」開膛仔的聲音聽來像夜裡在山丘間呱呱亂叫的蟾蜍那樣扁平。當然啦，他的聲音在費諾格里歐筆下就是這個模樣，聲如蟾蜍的開膛仔。「我們可以晚點再盤問他，現在得去趕上其他人了！」他催促著。「誰知道那個死侯爵下一步會幹什麼！要是他不讓我們離開他的城門，那該怎麼辦？要是他讓他的士兵追捕我們的話，又怎麼辦？其他人一定離我們好幾哩遠了！」

巴斯塔遺憾地嘆了一聲氣，把刀插回腰帶。「好好，知道了，你說的對。」他沒好氣地說道。「這種事得慢慢來，盤問是種藝術，一種如假包換的藝術。」他粗魯地抓住費諾格里歐的手臂，把他拉起來，朝門邊推了過去。「就像過去一樣，不是嗎？」他在他耳邊低語著。「我有回把你從你家拖了出來，你還記得嗎？給我乖乖像上次那樣，你便能多活一會。要是我們碰上那個在院子餵豬的女人的話，你就對她說，我們帶你去見一位老朋友，懂嗎？」

費諾格里歐只點點頭。敏奈娃根本不會相信他說的話，但說不定她會去找幫手？

巴斯塔的手握住門把時，樓梯上又傳來腳步聲。老舊的木板嘎吱作響。是孩子們，天哪。但穿透門的並不是孩子的聲音。

「織墨水的？」

巴斯塔擔心地瞧了一眼開膛仔，而費諾格里歐已認出那個聲音：空中飛人，以前那位走繩索藝人，幫他帶給黑王子幾次訊息過。他那隻瘸腿一定是幫不上什麼忙！但他是帶了什麼消息過來？難道黑王子聽到什麼關於美琪的事？

巴斯塔招手要開膛仔到左邊，而自己則站在門的右邊，然後朝費諾格里歐打了個手勢——又再抽出腰帶中的刀。

費諾格里歐打開了門。那門又低又矮，每回經過時，他都要縮起腦袋。空中飛人站在他面前，揉著膝蓋。「臭樓梯！」他罵著。「又陡又爛。算我走運，你在家裡，不用我再爬一次。這個東西。」他四處瞧著，彷彿這棟老屋子有耳朵似的，然後伸手到那個裝著信件四處分送的皮袋中。「那個住在你這的女孩要我把這個東西交給你。」他遞給他一張紙，對摺了好幾次，像是美琪記事本裡的一頁。美琪討厭撕書，而這本一定更加特別，因爲那是她父親裝幀的。所以這個消息一定相當重要——而巴斯塔會立刻拿走。

「怎麼搞的，拿去啊！」空中飛人不耐煩地把那張紙遞到他眼前。「你知道，把這張紙帶來給你，我有多趕？」

費諾格里歐勉強地接了過來——只知道不該讓巴斯塔拿到美琪送來的消息。絕對不行。他手指緊緊握住那張紙，一角都不露出來。

「聽好！」空中飛人繼續輕聲說道。「毒蛇頭派人襲擊了秘密營地，髒手指……」

費諾格里歐幾乎不動聲色地搖著頭。「很好，多謝，只是我現在剛好有客人。」他說，拚命試著用眼睛來告訴空中飛人自己嘴巴說不出來的事。他把眼睛往左右瞟，彷彿能像手指一樣指出等在門後的巴斯塔和開膛仔。

空中飛人退了一步。

「快跑！」費諾格里歐脫口而出，然後躍出門口。費諾格里歐竄過他身邊時，空中飛人幾乎是衝下樓梯，但接著便跌跌撞撞尾隨著他。費諾格里歐則是滑下樓梯，而不是走下來。他來到下頭時，才回頭看，聽到巴斯塔在他身後破口大罵，還有開膛仔的蟾蜍聲音。他聽到孩子們在院子中嚇得大喊，而敏奈娃的聲音也不知從何處傳來，但他已跑到木棚和她晾曬衣物的繩子間。一頭豬穿過他雙腳，讓他跌跌撞撞，倒在污泥中，等他站起來，便發現空中飛人的身手沒他這麼快。有一隻瘸腳，又怎麼快得起來？巴斯塔抓住他的領子，而開膛仔把拿著一把耙擋住他去路的敏奈娃推了開。費諾格里歐縮著身子，先是躲在一個空桶子後，跟著來到豬槽後，手腳著地，爬向一個木棚。

黛絲皮娜。

她瞪著他，一臉驚愕。他手指擱在嘴唇上，繼續爬，鑽過幾片木板，來到敏奈娃孩子們的藏匿地點，剛好可以容身。這個地方並不是給腰圍漸漸變寬的老頭用的。兩個孩子只要睡不著，或想躲掉工作時，就會來這。只有費諾格里歐知道他們這個藏匿地點，算是一種友誼的證明——也藉此交換一個精彩的鬼故事。

他聽到空中飛人大喊，聽到巴斯塔嘶吼和敏奈娃的哭聲。他差一點就要爬出去，只是恐懼癱瘓了他，再說，他又能拿什麼對付巴斯塔的刀和開膛仔掛在腰際的劍？他靠在木板上，聽著豬咕嚕出聲，拿著鼻子在地上戳來戳去。在他眼前，美琪的訊息一片模糊，紙頁沾上他一路爬來的污泥，但還是可以辨識出她所寫的東西。

「我不知道！」他聽到空中飛人喊道。「我不知道她寫了什麼！我根本不識字！」勇敢的空中飛人。他說不定知道，一般他會把所有轉交的訊息附上口信。

「不過，你可以告訴我她在哪裡，不是嗎？」那是巴斯塔的聲音。「快給我說，她是不是和髒手指在一起？你可是悄悄告訴賈諾格里歐！」

「我不知道！」他又大喊，而敏奈娃哭得更響，並大聲呼救，聲音迴盪在狹窄的屋舍間。

毒蛇頭的手下把我父母和流浪藝人全都帶走了，費諾格里歐讀著。**髒手指跟了下去……老鼠磨坊**……眼前的文字模糊起來。他又聽到外頭的喊聲。他咬著自己的指節骨，重到出血。**寫些什麼，費諾格里歐。救救他們！寫點東西——**他好像聽到美琪的聲音。這時，又是一聲叫喊。不，他不能呆坐在這裡。他不斷往外爬，直到可以起身爲止。

巴斯塔仍抓著空中飛人，把他壓在屋牆上。原來那位走繩索藝人的袍子血跡斑斑，劃得破破爛爛，開膛仔手裡拿著刀，站在他面前。敏奈娃在哪裡？到處都沒有她的蹤影，但黛絲皮娜和伊沃躲在木棚間，看著一個男人對付著另一個，嘴角還掛著微笑。

「巴斯塔！」費諾格里歐走上一步，聲音中全是憤怒和恐懼——並高舉那張寫得密密麻麻的紙。

巴斯塔轉過身，裝著吃驚的樣子。「啊，你躲在這！」他喊道。「跟豬在一起。我就知道。你最好把那封信交給我們，免得開膛仔把你這位朋友千刀萬剮。」

「你們得自己來拿！」

「爲什麼？」開膛仔大笑。「你可以唸給我們聽！」

沒錯，他可以。費諾格里歐站在那，不知如何是好。那些謊話都到哪去了，那些他平常輕而易舉說出口的應急謊話怎麼都不見了？空中飛人盯著他瞧，臉因痛苦和恐懼而扭曲——突然間，彷彿他再也不願害怕下去，掙脫了巴斯塔，朝費諾格里歐跑來。儘管瘸著腿，他仍快步跑著，但巴斯塔的刀更快，快似追風，直沒入空中飛人的背，一如毒蛇頭穿透金諷鳥胸口的箭。這位流浪藝人倒在污泥中，費諾格里歐站在那，開始顫抖起來。他抖得厲害，美琪的信都滑落手中，飄到地面。空中飛人臥倒在那，再也不動，臉埋在泥污中。不管伊沃怎麼努力要拉她回來，黛絲皮娜還是走出藏匿之處，大眼瞪著費諾格里歐腳下一動不動的軀體。院子中悄然無聲。

「臭作家，快給我唸！」

費諾格里歐抬起頭。巴斯塔站在他面前，手裡拿著剛剛還插在空中飛人背上的刀。費諾格里歐瞪著刀刃上的血——和巴斯塔手上美琪的。他不加思索，握起拳頭，朝巴斯塔胸口揮去，彷彿那把刀不存在，彷彿開膛仔不在場。巴斯塔踉蹌後退，臉上盡是憤怒與驚訝。他被一個桶子絆倒，那是敏奈娃拿來裝她從菜圃中拔掉的雜草。他破口大罵，又站了起來。「老傢伙，別再這樣！」他嘶聲說道。「我現在最後一次告訴你，快給我唸！」

但費諾格里歐從堆在豬圈前的髒草堆中拔出敏奈娃的糞叉。「殺人兇手！」他低聲說著，把粗製濫造的鐵齒叉對著巴斯塔。他的聲音到哪去了？「殺人兇手，殺人兇手！」他重複道，聲音愈來愈大，把叉耙戳向巴斯塔黑心肝所在的胸口。

巴斯塔躲了開，氣得臉孔扭曲。

「開膛仔！」他吼道。「開膛仔，過來，拿下他的糞叉！」

但開膛仔走到房舍間，手裡握著劍，仔細聽著。外頭巷子中傳來達達的蹄聲。「我們得走了，巴斯塔！」他脫口而出。「柯西摩的衛士來了！」

巴斯塔瞪著費諾格里歐，細長的眼睛裡滿是恨意。「老傢伙，我們會再見面的！」他低聲說道。「那時你就會像他一樣倒在污泥中。」他漫不經心地跨過一動不動的空中飛人。「至於這個，」他說道，同時把美琪的訊息塞到自己腰帶中，「摩托娜會唸給我聽。誰會想到，那第三隻小鳥會親手寫信告訴我們到哪找她呢？還會免費得到那個吞火的傢伙！」

「巴斯塔，別再拖了！」開膛仔不耐煩地揮手示意。

「好，好，你激動個什麼勁？難道你以爲他們會把我們吊死，只因爲現在少了個流浪藝人？」巴斯塔泰然回答道，卻讓費諾格里歐待在那裡。巴斯塔在屋舍間消失前，最後還朝他揮了揮手。

費諾格里歐似乎聽到了武器鏗鏘的聲音，但也有可能是別的東西。他跪在空中飛人身旁，輕輕把他翻過身躺著，耳朵貼上他的胸口——好像之前沒見到他氣絕身亡的臉。他察覺到那兩個小孩來到他身邊。黛絲皮娜一手擱在他肩上，像片樹葉般細薄輕盈。

「他死了嗎？」她小聲問道。

「妳都看見了。」她哥哥說。

「白衣女子現在會帶走他？」

費諾格里歐搖搖頭。「不，他是自己一個人去她們那裡。」他輕聲回答。「妳都看見了，他已經走了，但她們會在白色城堡迎接他。那是骨頭搭成的，卻很漂亮。那裡有個院子，全是芬芳的花朵，上頭有條月光做成的繩子，是給空中飛人的……」這些話自然就冒了出來，安慰人的好聽話，但眞是如此嗎？費諾格里歐並不知道。他對死後的事，從未感興趣過，不管是在這個世界，還是另一個世界。說不定死後的世界全然靜寂，沒有任何安慰的話語。

敏奈娃從屋舍間跌跌撞撞跑了出來，額頭上有道血痕。住在角落的浴療師陪著她，還有兩名嚇得臉色蒼白的女子。黛絲皮娜跑向她母親，但伊沃仍留在費諾格里歐身邊。

「沒有人願意過來。」敏奈娃啜泣著，同時在死者身旁跪了下來。「他們害怕，全都害怕！」

「空中飛人……」浴療師喃喃說道，大家叫他接骨的、寶石匠、庸醫，有時候，死了個客戶時，便被稱做索命天使。「一個禮拜前，他還問我能不能幫他的膝蓋止痛。」

費諾格里歐記得自己在黑王子處見過這位浴療師。他該不該告訴他空中飛人提到的秘密營地的事？他可以相信他嗎？不，最好什麼人都別相信，什麼都別說。毒蛇頭的奸細太多了。

費諾格里歐起身。過去，他從未覺得自己很老，老到自己似乎再也過不了明天。媽的，美琪提到的磨坊到底在哪？那名字好像聽過……當然啦，因為他描寫過，就在《墨水心》的最後幾章。雖然磨坊主人的磨坊就在夜之堡附近，在無路森林南邊一個陰暗的谷地中，但他並不是毒蛇頭的朋友。

「敏奈娃，」他問：「一名騎士從這騎到夜之堡需要多久？」

「如果他不想累死他的馬，兩天跑不掉。」敏奈娃小聲回答。

兩天或不到兩天，巴斯塔便會得知美琪信裡的訊息，要是他帶著信騎到夜之堡的話，而他一定會這樣做！費諾格里歐心想。巴斯塔不識字，所以會把信帶給摩托娜，而喜鵲一定窩在夜之堡。所以大概還剩兩天的時間，摩托娜便會讀到美琪的訊息，派巴斯塔到老鼠磨坊。美琪大概已等在那裡……費諾格里歐嘆了氣。兩天。說不定還有時間警告他們，但大概沒時間寫下她希望他寫下的文字——能夠救她父母的文字。

寫些什麼，費諾格里歐。寫點東西……

好像這很簡單似的！美琪、柯西摩，他們全都要他寫些東西，但他們說得容易。要找到合適的字眼，是要時間的，而他缺的就是時間！

「敏奈娃，告訴薔薇石英，我得去趟城堡。」費諾格里歐說，突然感到疲累不堪。「告訴他，我晚點會來接他。」

敏奈娃摸了摸在她裙子上啜泣的黛絲皮娜的頭髮，點了點頭。「好，快去城堡！」她聲音沙啞地說。「去告訴柯西摩，他得派兵追捕那些兇手。上帝明鑑，我會站在第一排，看他們被吊死！」

「吊死！妳在說什麼？」浴療師順了順自己稀疏的頭髮，低頭瞧著死者，一臉陰沈。「空中飛人是個流浪藝人，捅死一名流浪藝人，不會被吊死，而在森林中殺死一隻兔子，處罰反而更重。」

伊沃瞧著費諾格里歐，難以置信的樣子。「他們不會受到懲罰？」

他該如何回答？不，沒有人會懲罰巴斯塔和開膛仔。或許哪天黑王子會，或那個戴著松鴉面具的男人，但柯西摩不會派一兵一卒去追捕那兩人。不管在森林這頭或那頭，彩衣人都不受法律保護。他們不臣服於任何人，也不受任何人保護。但我要是求柯西摩，他會給我一名騎士，費諾格里歐心想，一名飛快的騎士，能夠警告美琪小心巴斯塔——告訴她，我在努力寫出恰當的字眼。**寫些什麼，費諾格里歐。救救他們！寫點東西，能救出他們大家，殺死毒蛇頭的東西……**沒錯，他會這樣做。他會幫柯西摩寫戰歌，幫美琪寫出強大的字眼，然後她的聲音最後會讓這個故事圓滿結束。

絕望

芥末碟起身，踩著細長的銀腳走到自己的盤子，像貓頭鷹一樣搖搖擺擺……「喔，芥末碟眞是迷人！」守衛說。「你們從哪弄來的？」

——懷特「永恆之王」第一部《石中劍》

好在大流士懂得烹飪，不然奧菲流士在第一頓飯後，大概便又把愛麗諾關到地窖，自己從她的書中把食物唸出來。多虧了大流士的廚藝，他們待在上面的時間愈來愈多——就算一旁有糖糖在監視也一樣——，因爲奧菲流士愛吃善食，而大流士的菜也對他的胃。

由於擔心奧菲流士可能只讓大流士上樓，他們裝成像是愛麗諾一手包辦這些讓人食指大動的美味，而大流士是個在旁不停切菜、攪拌和嚐味道的助手一樣，但只要糖糖百無聊賴地在門口踱著步，瞪著書架上的洞時，大流士便接過烹飪杓子，而愛麗諾切菜——不管她在這方面和烹飪一樣笨手笨腳。

不時，會有某個四處張望、看來迷路的玩意闖進廚房，有時是個人，有時候是什麼長著毛或有翅膀的東西，還有一次是個會說話的芥末碟子。大半時候，愛麗諾猜得出奧菲流士白皙的雙手上正捧著她哪一本可憐的書。有著老式髮型的小人——大概便出自《格列佛遊記》。芥末碟子？很有可能來自梅林的小屋，那個有天中午踩著小巧的羊蹄匆匆闖進來、顯得不知所措、迷人的人羊，絕對出自《納尼亞傳奇》。

愛麗諾當然會擔心那些剛好沒呆呆站在廚房的生物，會不會都在自己的圖書館中瞎闖，最後她求大流士借問想吃什麼菜的藉口，去那刺探一下。他回來時，答案讓人放心，雖然她那聖殿看來依然怵目驚心，但除了奧菲流士、他那條難看的狗及一位讓大流士懷疑出自《古堡幽靈》（The Canterville Ghost）裡的蒼白男士外，沒有人在亂碰、弄髒、嗅聞或糾纏著她的書。

「謝天謝地！」她鬆了口氣。「他顯然又讓他們消失無蹤，這討厭的傢伙還眞有本事。看來，他眞能把這些玩意唸出來，而不讓其他人消失到書裡去！」

「毫無疑問。」大流士確認道——而愛麗諾似乎在他溫柔的聲音中聽到一絲嫉妒。

「唉，所以他是個怪物。」她說道，笨笨地安慰著他。「只可惜這屋裡不缺存糧，不然他早派大塊頭去買東西，而得單獨應付我們兩個。」

日子就這樣一天天過去，他們仍然改變不了自己被關及莫提瑪和蕾莎可能生死交關的事實。愛麗諾根本試著不去想美琪，至於奧菲流士，那個看來唯一能夠輕易把這一切恢復正常的人，卻坐在她的圖書館中，像隻白白胖胖的蜘蛛，拿她的書和裡頭的住民來打發時間，彷彿是些可以打開再闔起的玩具一般。

「我眞不知道，他還想這樣玩多久！」她不知什麼時候又咒罵起來，少說上百次了，而大流士正把飯倒進一個大碗盆裡——當然煮得恰到好處，香Q，又粒粒皆清楚。「難道他打算後半輩子把我們當成他的免費僕役，幫他煮飯打掃，而他自己卻把玩著我可憐的書？在我自己的家？」

對此，大流士一言不發，而是默默盛好四個盤子的飯菜——這種美味當然不可能趕走奧菲流士的。

「大流士！」愛麗諾小聲說著，一手擱上他單薄的肩膀。「你難道不想試試看嗎？他雖然一直把那本書擱在旁邊，但說不定我們會有辦法弄到手。你可以在他飯菜裡加點什麼東西——」

「他會讓糖糖先嘗的。」

「是，我知道。那好，那我們得想出其他的法子，不管什麼，然後你把我們也唸進去，去找他們！要是這個討厭的傢伙不想把他們帶回來，那我們就去找他們！」

不過，大流士搖著頭，和以往每一次一樣，只要愛麗諾稍微換個方式提出同一個建議時。「我辦不到，愛麗諾！」他小聲說著，眼鏡上蒙了一層霧氣，不知是菜飯的熱氣，還是湧出來的淚水，她可不想知道。「我從沒有把任何人唸進去一本書過，只唸出來，而妳也知道他們的下場。」

「那好吧，那就把某個孔武有力的英雄人物唸出來，把那兩個傢伙趕出我的屋子！沒人會在乎他是不是塌鼻子，還是像蕾莎那樣沒了聲音，要緊的是他力大無窮！」

好像聽到有人提到他似的，糖糖把頭探過門口。他的腦袋幾乎不比脖子粗多少，每回見到，愛麗諾總會吃上一驚。「奧菲流士問飯做好了沒。」

「剛剛做好。」大流士回答，把一盤熱騰騰的飯菜遞給他。

「又是米飯？」糖糖嘮叨道。

「是的，沒辦法。」大流士說，自己端著奧菲流士的盤子擠過他身邊。

「妳把飯後甜點弄好！」當她正想吃上第一口時，糖糖便吩咐著愛麗諾。

不，不能再這樣下去。在自己家裡當傭人，而一個討厭的傢伙待在她的圖書館，把書本扔到地上，好像糖果盒似的，一下從這，一下從那拿東西出來吃。

一定有辦法的！她心想，同時把胡桃冰淇淋舀進兩個小碗中，一臉陰沈。一定有，一定有。爲什麼她這個笨腦袋就是想不出來呢？

囚犯隊伍

「那您是不相信他死了？」

他戴上帽子。「我當然會搞錯，但我相信他還活著。所有的徵兆都這樣顯示。你自己去看看他，等我回來，我們再一起確定一下。」

——哈波．李《梅岡城故事》

美琪和法立德動身去找髒手指時，天色早已暗了下來。空中飛人說過，往南，一直往南，但沒有可以指路的太陽，沒有穿透陰暗葉片的星光，又怎麼知道自己是在往南走呢？黑暗似乎吞噬了一切，周遭的樹木，甚至腳前的地面都不見了。夜蛾被法立德像頭小動物般護在手指間的火嚇到，飛撲向他們的臉。樹木似乎有眼睛有手，而風帶來輕微的聲音，在美琪耳邊悄悄說著無法理解的話語。要是在其他夜裡，她說不定會停下來，或跑回去空中飛人和蕁麻可能還圍坐在火堆旁的那個地方，但這一晚，她只想著一點——她得找到髒手指和她父母，因爲不管是黑夜還是森林帶來的驚恐，都不會大過她見到乾草堆中莫的血時盤據在她心中的恐懼。

起先，法立德靠著火，還不時發現髒手指的靴子印、折斷的樹枝、貂的足跡等，但不知何時，他只能不知所措地站在那，不知何去何從。樹木在慘白的月光下櫛比鱗次，每個他所瞧過去的方向，似乎樹幹間都無任何小徑，而美琪見到前後左右都是眼睛……飢渴的眼睛，憤怒的眼睛，多到都希望滲透過葉片的月光不要那麼明亮。

「法立德！」她低聲說道。「我們還是爬上一棵樹，等太陽出來吧。要是我們繼續走下去，我們可能再也找不到髒手指的蹤跡。」

「我也這樣認爲！」髒手指無聲無息地從樹木間冒出，彷彿已在那站了一陣子似的。「一個鐘頭前，我就聽到你們在森林裡跟著我，像一整群野豬。」他說，而偷偷摸摸這時把腦袋從他腿間探出。「這可是無路森林，而且還不是比較舒服的角落。你們應該慶幸，我讓那邊白蠟樹的樹精相信你們不是故意折斷他們的枝幹的。還有夜魔呢？你們以爲他們聞不到你們？要不是我趕走他們，你們大概就像乾枯的木頭一樣硬梆梆，臥倒在樹木間，像兩隻被蛛網裹住的蒼蠅一樣，裹在噩夢之中了。」

「夜魔？」法立德小聲說著，自己指尖上的火光跟著滅去。夜魔。美琪又緊靠了上來。她記得蕾莎對她說的那個故事。還好，她事先沒有想到……

「是的，我還沒對你說過嗎？」髒手指朝他們走來時，偷偷摸摸躍了過去，興奮地嗥叫，問候著葛文。「或許他們不像你一直提到的沙漠幽靈，會把你生吃掉，但他們可也不怎麼友善。」

「我不回去。」美琪說，死死地看著他。「不管你說什麼，我都不回去。」

髒手指只看著她。「是，我知道。」他只這樣說。「跟妳母親一模一樣。」

他們整晚跟著盔甲武士在森林中留下的大片痕跡，這一晚，和接下來的一天。只有在髒手指見到美琪累得跌跌撞撞時，才休息一會兒。等到太陽又再低沈，觸及樹梢時，他們來到一個山丘的山脊，美琪發現山丘腳下的森林綠地中有條深色的路徑，路邊有些屋子：一棟長屋及院子周圍的廄房。

「這是邊界附近唯一的客棧，」髒手指低聲對他們說：「他們大概把馬安置在那裡。在森林裡，步行還比較快。想去南方，再往海邊的人，都會在這客棧休息：信差、商人，甚至還有一些流浪藝人，雖然大家都知道店主是毒蛇頭的探子。要是我們走運的話，我們會比我們跟蹤的人先到那裡，因爲推著推車，帶著囚犯，他們不可能走下斜坡，而得繞路，而我們可以立刻從這下去，在客棧等候他們。」

「然後呢？」有那麼一會，美琪似乎在他眼中見到催促自己進入夜裡森林的那種憂心。但他是在擔心誰呢？黑王子，其他的流浪藝人……還是她的母親？她還清楚記得在山羊墓室那一天，他求蕾莎和他一起逃，留下女兒不管……

髒手指說不定也想了起來。

「妳幹嘛這樣看我？」他問。

「沒有，沒什麼。」她喃喃說著，低下了頭。「我只是在擔心。」

「妳當然有理由擔心了。」他說，突然背對著她。

「但等我們趕上他們後，要怎麼辦？」法立德趕緊跟上他，腳步踉蹌。

「我不知道。」髒手指只這樣回答，同時開始找條通下斜坡的路，並一直以樹爲掩蔽。「看你們一定要跟來的樣子，我還以爲你們有人已經有點子了呢。」

他挑的小路相當陡峭，美琪幾乎跟不上他，但突然間，她看見那條路——佈滿石礫和不知何時從山丘上流下來的涓涓細流。他們從山丘頂上看到的廄房和屋子，位於路的另一頭。髒手指示意他們到路邊可以躲開人們好奇打量的矮樹叢間。

「他們看來眞的還沒到這，但應該快了！」他小聲說。「說不定他們會過夜，然後吃飽喝足，忘掉森林裡嚇人的事。只要天還亮，我便不好在那露臉。我一定會撞見哪個現在幫毒蛇頭效命的殺人放火傢伙。但你，」他手擱到法立德肩上，「你可以溜過去，如果有人問你哪裡來的，你就回答你的主人在客棧裡喝酒。等到他們到了，你算一下有多少士兵，多少囚犯和多少孩子。懂嗎？而這時候，我會在上頭打量這條路，我已有了個點子。」

法立德點點頭，把葛文誘到他身邊。

「我跟他一起去！」美琪以爲髒手指會生氣，不准她跟去，但他只聳了聳肩。

「隨妳便，我大概很難綁住妳。我只希望妳母親認出妳時，不會露出馬腳。還有一點！」當美琪想跟上法立德時，他抓住她的手臂。「妳不要以爲我們能幫妳父母什麼。我們說不定可以救出孩子們，說不定還有其他一些人，只要他們手腳夠快的話。但妳父親不能跑，而妳母親會待在他身邊，不會棄他不顧，就像她當時對妳那樣。我們都還記得，不是嗎？」

美琪點點頭，別過臉，不讓他見到她流淚。不過，髒手指仍輕輕把她轉過來，拭去她臉頰上的淚。「妳真的很像妳母親。」他輕聲說。「就算她不得不流淚，她也不想別人見到她哭。」當他再次打量他們倆時，臉繃得緊緊的。「去吧。你們髒得可以。」他確認道。「大家會以爲你們是馬童或廚房僕役。只要天一黑，我們就在廏房後碰面。現在去吧。」

他們沒等很久。

美琪和法立德在廏房間瞎晃不到一小時，就見到那個囚犯隊伍沿路而來——女人、小孩、老人，雙手綁在背後，兩旁列著士兵。他們沒穿盔甲，沒有頭盔遮住自己悶悶不樂的臉，但胸前全都有自己主人的蛇形徽紋，披著銀灰色的披肩，腰際佩著一把劍。美琪立刻認出他們的首領，那是火狐狸，從他的臉來判斷，他似乎並不怎麼樂意走路的樣子。

「別那樣瞪著他們！」見到美琪一動不動站在那，法立德小聲說道，把她拉到停放在院子中的一輛推車後。「妳母親沒受傷，妳有見到嗎？」

美琪點點頭。沒錯，蕾莎走在兩名女子之間，其中一名懷了孕。但莫在哪裡呢？

「嘿！」火狐狸吼道，而他的手下正把囚犯驅趕到院子來。「這些推車是誰的？我們地方不夠。」

士兵們把推車推到一旁，一位用力過猛，車上裝載的袋子都滑落下來。一名男子衝出客棧，可能是物主，正想抗議，便見到那些士兵，話到嘴邊，只好吞了回去，然後對著趕緊把推車扶正的雇工大喊。商人、農夫、雇工——愈來愈多人從廄房和主屋蜂擁而出，查看院子中爲何喧鬧。一名流著汗的胖男人擠過人群，朝火狐狸走去，一臉不悅地站在他面前，一堆難聽的話連珠砲般冒出。

「好啦，好啦！」美琪聽到火狐狸發著牢騷。「不過我們需要地方。你沒看見我們有囚犯？還是我們可以把他們趕到你的廄房去？」

「好，好，去找個廄房！」胖男人喊道，語氣緩和下來，並揮手招來幾名自己站在那瞧著囚犯的雇工。其中幾個囚犯已在自己剛立足的地方跪了下來，臉色因爲疲憊和恐懼而變得蒼白。

「過來！」法立德對美琪小聲說，然後兩人肩並肩擠過罵聲不斷的農夫和商人之間，還有那些仍在搬動院子中散落袋子的雇工及眼巴巴瞧著客棧的士兵。似乎沒有人特別理會囚犯，而那也沒什麼必要，因爲沒人看來還有力氣逃跑。就算手腳可能夠快的孩子們，也只眼神空洞地攀住自己母親的衣裙，或一臉驚恐地瞪著把他們帶來這的士兵。蕾莎扶著那位懷孕的婦女。是的，她的母親沒有受傷，但她看到的也不少，儘管努力克制自己別太靠近蕾莎，就怕髒手指的擔心成眞。蕾莎絕望地四處張望，抓住一名臉上沒有鬍鬚、像個年輕人的士兵的手臂，然後——

「法立德。」美琪不相信自己所看到的。蕾莎在說話，不是用雙手，而是用嘴。在這些嘈雜中，她的聲音幾乎低不可聞，但那是她的聲音。這怎麼可能？那名士兵沒聽她說話，而粗魯地把她推開。

這時蕾莎轉過身，黑王子和他的熊拉著一輛車子來到院子。一人一熊像牛一樣被套在車前。一條鐵鍊圈住熊的黑嘴，另一條則套住牠的脖子和胸口。不過，蕾莎並沒看著熊及王子——只是盯著車子看，美琪立刻明白那代表著什麼。

她一聲不吭，便跑了開。「美琪！」法立德在她身後喊著，但她並不聽。沒有人可以阻止她。這輛車破破爛爛的，而她起先只見到那個腿受傷的流浪藝人和坐在他懷中的孩子，接著便見到了莫。

她的心簡直要停止跳動。他閉著眼睛躺在那，蓋著一條骯髒的毯子，但美琪仍然看到了血。他整件襯衫全是血，那是他喜歡穿的一件襯衫，雖然袖子已經破損。美琪忘了一切，法立德、士兵們、髒手指的警告、自己在哪，又爲什麼在這……她只看著她的父親和他安靜的臉龐。世界突然空空蕩蕩，她的心宛如一件死寂的東西。

「美琪！」法立德抓住她的手臂，不管她再怎麼掙扎，還是把她拉了過來，等她開始啜泣時，便把她摟在懷裡。

「他死了，法立德！你看到了嗎？莫……他死了！」她不斷結結巴巴說著那可怕的字眼，死了，離開了，永遠走了。

她推開法立德的手臂。「我得過去他那。」**這本書帶著不幸，美琪，只有不幸，就算妳不願相信我說的**。他不是在愛麗諾的圖書館裡說過這話？現在每個字都讓人心痛。死神守候在這本書裡，他的死神。

「美琪！」法立德依然緊抓著她，搖晃著她，像是必須把她搖醒。「美琪，聽好。他沒有死！妳難道以爲他們會帶著死掉的他一起上路？」

他們會嗎？她什麼都不知道了。

「過來吧，好了，快過來吧！」法立德拉著她，無動於衷地擠過人群，似乎對這些騷動不感興趣。最後，他停在士兵趕囚犯進去的廄房旁，一臉百無聊賴的樣子。美琪擦掉眼淚，盡量讓自己看來一樣無動於衷，但帶著一顆疼痛、像是被人切開的心，又怎麼辦得到這一點？

「你吃的東西夠嗎？」她聽到火狐狸問店主。「離開了那個天殺的森林，我們可是餓得要命。」

美琪看到他們把蕾莎連同其他女子一起推進陰暗的廄房，而兩名士兵鬆開了黑王子和他的熊。

「當然夠啦！」胖店主憤怒地說著。「而你們也會認不出你們的馬，牠們都會容光煥發的。」

「好，我也希望這樣。」火狐狸回答。「不然的話，毒蛇頭會讓你一直待在這個破客棧中。我們明天天一亮就出發。我的手下和囚犯待在廄房，但我要一張床，而且是單獨一張床，我可不要和一堆打鼾放屁的陌生人一起睡。」

「當然，當然！」店主趕緊點頭。「但那頭畜生呢？」他擔心地指著那頭熊。「牠會嚇到我的馬。你們爲什麼不殺了牠，留在森林裡算了？」

「因爲毒蛇頭想把牠和牠主人一起絞死。」火狐狸回答。「因爲我的手下相信那種瞎話，說他是個喜歡以熊的樣子到處出沒的夜魔，所以一箭插進牠的皮毛，並不是什麼好點子。」

「夜魔？」店主吃吃笑著，顯得緊張，顯然他也相信這個故事。「不管牠是什麼，牠是不能到我的廄房。照我看，你就把牠綁在烘焙房後。在那裡，馬大概聞不到牠的味道。」當一名士兵拿鐵鍊拉著那頭熊時，牠低吼著，但黑王子輕聲安撫牠，像是在安慰小孩一樣，同時一人一熊被推到主屋後頭去。

載著莫和那老人的車子仍停在院子中。幾名雇工在一旁閒晃，交頭接耳，大概在猜測毒蛇頭到底抓的是誰。難道就像謠傳那樣，躺在車中像死人一樣的男人是松鴉？臉上無鬚的士兵趕走了那些雇工，把孩子從車上拉下來，一樣把他推到廄房去。「受傷的人怎麼辦？」他對火狐狸喊道。「是不是就這樣留在車上？」

「好讓他們明天死掉或跑掉？你這個豬頭，在那瞎說什麼？畢竟其中有個人是我們闖進那個要死的森林的原因，不是嗎？」火狐狸又轉身對著店主。「你的客人中有浴療師嗎？」他問。「我得讓個囚犯活命，因爲毒蛇頭想大張旗鼓把他絞死。要是死人的話，可就不太好玩的吧，我想你懂我的意思。」

……活命……法立德按了一下美琪的手，對她微笑，欣喜不已。

「喔，是的，當然，當然！」店主好奇地瞧了車子一眼。「要是犯人在行刑之前死掉，一定讓人惱火。聽說，今年已經發生兩次了。可是，我可沒有浴療師，但有一個在廚房幫忙的地衣女，她倒是治好過一些客人。」

「好！叫她過來！」

店主不耐煩地招手要一個靠在廄門旁的少年過來，而火狐狸則喊來兩名士兵：「快點，傷者也送進廄房！」美琪聽到他說。「門口加強守衛，你們四個今晚看著松鴉，懂嗎？什麼酒都不能喝，要是有人睡著的話，就等著瞧！」

「松鴉？」店主張大眼睛。「你們車上的是松鴉？」等火狐狸瞧了他一眼示警時，他趕緊拿胖手指摀住嘴。「守口如瓶！」他脫口說。「守口如瓶，我不會透露給任何人知道。」

「我也建議你這樣做。」火狐狸咕噥著，然後四處打量，彷彿想確定沒人聽到他的話。

等士兵把莫抬下車時，美琪不由自主地往前踏上一步，但法立德拉住了她。「美琪，妳是怎麼了？」他斷聲道。「要是妳再這樣，他們馬上也把妳關起來。妳以爲這樣能幫上他們嗎？」

美琪搖搖頭。「法立德，他眞的還活著，對不對？」她低聲說著，幾乎害怕去相信這點。

「是的，一定，我不是跟妳說了。現在別那麼難過的樣子，妳會看到，一切會好轉！」法立德撫摸她的額頭，吻掉她睫毛上的眼淚。

「嘿，你們兩個小情侶，別擋住馬！」

笛王立在他們面前。就算確信他認不出她，美琪還是低下頭。她只不過是個穿著髒衣服的女孩，差點在翁布拉市場上被他的馬踩過。到了今天，他的穿著還是要比美琪至今所見到的流浪藝人來得華麗。他那絲綢衣服像孔雀尾巴般光彩奪目——手指上的戒指和他的鼻子一樣是銀製的。毒蛇頭顯然對自己喜歡的曲子出手大方。

笛王又對他們眨了眼，然後慢慢走向火狐狸。「看看，你總算從森林回來了！」他在遠處就對他喊道。「還大有斬獲。看來你的探子這回倒是沒撒謊，終於有個好消息回報給毒蛇頭。」

火狐狸回答，但美琪沒在聽。那個少年和地衣女回來了，一個矮小的女人，幾乎只到他的肩。她的皮膚像樺樹皮呈灰色，臉皺得跟乾癟的蘋果一樣。地衣女，醫術師……法立德還沒明白她想幹什麼時，美琪已掙脫他。地衣女會知道莫的情況……她慢慢靠近那個矮女人，直到她們中間只夾著那個少年爲止。女人的衣袍上滿是油漬，而且光著雙腳，但卻打量著她周遭的男人，毫無懼意。

「眞的，眞是一個地衣女。」火狐狸咕噥出聲，而他的士兵都對這小女人退避三舍的樣子，彷彿她和黑王子的熊一樣危險。「我還以爲她們不會走出森林。那好吧，顯然她們懂得醫術。那個老巫婆，蕁麻，不是有個地衣女母親嗎？」

「是的，但她的父親一無是處。」那小女人死死打量著火狐狸，彷彿想看出他流的是什麼血液。「你喝太多酒了！」她表示。「看看你的臉。要是再這樣下去，你的肝很快就像熟透的南瓜一樣破裂。」

周圍的人爆出笑聲，但火狐狸一眼就讓大家默不作聲。「聽好，妳這個巫女，妳不是來這幫我出主意的！」他喝叱著地衣女。「我要妳看一看我們的一名囚犯，因爲他得活著抵達毒蛇頭的城堡。」

「好，好，這我已知道。」地衣女回答，同時仍一臉不悅地打量著他的臉。「好讓你的主人好好殺了他。給我水，熱水和乾淨的布，此外，我還要人幫我。」

火狐狸給那少年打了個手勢。「如果妳要幫手的話，妳就自己找一個吧。」他嘟噥著，不動聲色地摸了摸自己的肚子，大概以爲他的肝在那裡吧。

「你的手下？不，謝了。」地衣女不屑地皺起自己的小鼻子，四處看了看，直到目光停在美琪身上。「這個，」小女人說：「她看來不太笨的樣子。」

在美琪還沒明白過來前，一名士兵便粗魯地抓住她的肩。在她跌跌撞撞跟著地衣女進到廄房前，最後瞥見的便是法立德驚恐的臉龐。

一張熟悉的臉

「相信我，有時當生命看來走到絕境時，在事物的深處，總會有光。」

——克里夫・巴克《阿巴拉特》

地衣女跪在莫身旁時，他已清醒。他背靠著潮濕的牆坐在那，眼睛在那些蹲縮在昏暗廄房裡的囚犯中找著蕾莎的臉。直到地衣女不耐煩地示意要她隨侍在旁時，他才注意到美琪。他當然立刻明白，一個微笑都有可能洩漏她的身分，但即使無法把她拉到身邊，也難以掩飾見到她時自己心中衝擊不已的快樂與害怕。

「妳怎麼還站在那？」老婦喝叱著美琪。「現在快給我過來，妳這個笨東西。」莫有可能會搖搖她，但美琪只趕緊跪到她身邊，接過老婦從他身上粗魯剪下來的血淋淋繃帶。別瞪著她！莫心想，逼著自己到處看，看著老婦的雙手，看著其他的囚犯，就是不看自己的女兒。蕾莎是不是已經看到她了？她沒事，他想。是的，一定是這樣。她既沒比以前瘦，也似乎沒有生病或受傷。要是他能和她說上話該多好！

「眞是被精靈吐口水了，妳是怎麼搞的？」在美琪幾乎把遞給她的水灑出來時，那女人沒好氣地問著。「那我還不如隨便找個士兵。」她那粗糙的手指開始觸碰莫的傷口。那可眞痛，但他咬牙忍住，不讓美琪發覺。

「妳對她一直這麼兇？」他問那老婦。

那女人沒看他，喃喃說著些讓人聽不懂的話，但美琪趕緊瞧了他一眼，而他也對她微笑，希望她別看出他眼裡的憂心，他們在這種地方相逢，在這些士兵中間，讓他感到害怕。小心啊，美琪！他試著用眼睛來表示。她的嘴唇顫動著，大概也是因爲那些和他一樣說不出來的話。見到她眞好，就算是在這種地方。在那些日日夜夜發燒的時候，他老以爲自己再也見不到她了。

「你們快點好嗎？」火狐狸突然站到美琪身後，她聽到他的聲音時，趕緊低下頭，又把水盆遞給矮小的老婦人。

「這傷口很嚴重！」地衣女表示。「我眞訝異你還活著。」

「對，很少見，不是嗎？」莫察覺到美琪的目光，彷彿那是她的手一般。「說不定精靈們在我耳邊說了些救命的話。」

「救命的話？」地衣女皺起鼻子。「那會是什麼話？精靈的那些廢話跟她們自己一樣又笨又沒用。」

「那就一定是別人對我輕聲細語了。」

莫見到美琪幫著老婦重新包紮沒有奪去他性命的傷口時，臉色變得蒼白。沒事的，美琪，他想這樣說，我很好。不過，他只能再看她一眼，不動聲色，彷彿她的臉和其他人的臉一樣。

「不管妳相不相信，」他對老婦人說：「我聽到了那些話，神奇的話。我起先以爲那是我妻子在說話，但我跟著發現那是我女兒的聲音。我清楚聽到她的聲音，彷彿她就坐在我旁邊一樣。」

「是，是，發燒的時候是會聽到這種東西的！」地衣女沒好氣地回答。「我聽人說過，他們發誓死神和他們說過話，死神、天使、魔鬼什麼的……高燒把他們一堆全都叫了來。」她轉身對著火狐狸。「我有種有用的藥膏，」她說：「我會拌點東西進去，他得喝下去，再來我就幫不上忙了。」當她背對他們時，美琪很快把手擱在他手上。沒人注意到這個動作，也沒發現他輕按著她的手，回應了她。他又對她微笑著。直到地衣女再轉過身，才趕緊把目光挪到一邊去。「妳也該看一下他的腿！」莫說，腦袋指著筋疲力竭睡在他身旁草堆中的流浪藝人。

「不，不用！」火狐狸插話進來。「他是活是死，都無所謂，但這傢伙卻不一樣。」

「啊，我懂了！你們仍然認爲我是那個強盜。」莫把頭靠在牆上，閉上一會眼睛。「要是我再跟你們說我不是，大概也沒什麼用吧？」

火狐狸不屑地瞧了他一眼，當作回答。「你跟毒蛇頭說，他或許會相信你。」他說，然後粗暴地把美琪拉了起來。「快點，你們給我出去！這就行了！」他喝叱著她和老婦。他的手下把兩人推向廄房門，美琪試圖再打量一下，找一找坐在其他犯人中的母親，並試著再看看莫，但火狐狸抓住她的手臂，把她推到外面——而莫希望能唸些字句，殺死山羊那樣的字句。他的舌頭想嘗嘗這些字句，讓火狐狸聽聽看，想見他像他以前的主人那樣倒在塵土裡。但是，沒人爲他寫下這些字句，到處只見費諾格里歐的故事，把他們包覆在驚恐與黑暗之中——說不定在接下來的某一章，已安排好他的死期。

紙與火

「好，那就這樣決定了，」地牢另一端的一個聲音不耐煩地說著，那是仍被綁住的山妖在出聲。吐克完全忘了他。「那有沒有人也可以幫我解開鐐銬？」

——保羅．史都沃《邊境大冒險：獵風海盜團》

髒手指輕手輕腳越過大路時，客棧的窗戶像是混濁的黃眼睛朝他照射過來。偷偷摸摸躍在他面前，在黑暗中只不過是個影子。這夜不見月色，院子中和廄房間漆黑無比，他那帶疤的臉在這也只不過是個蒼白的斑點。

在他們關著囚犯的廄房前，立著守衛，剛好四位，但他們並未注意到他。他們百無聊賴地瞧著黑夜，雙手握著劍，不斷貪婪地望向明亮的窗戶那頭。客棧中傳出聲音，響亮的醉酒聲——幾聲彈撥美妙的魯特琴後，是一陣特別闇啞的歌聲。唉，笛王也從翁布拉回來了，放聲唱著自己的一首曲子，裡面沾滿著血，沈醉在殺戮之中。銀鼻子在這，那就多了一個不露臉的原因。美琪和法立德按照約定等在廄房後，但他們卻在那爭吵，聲音大到髒手指來到男孩身後，摀住他的嘴。「這是怎麼回事？」他惱怒地對他嗤聲說道。「你們難道想和其他人關在一起？」

美琪低下頭，眼裡又有淚水。

「她想進廄房！」法立德低聲說。「以為他們都睡了！好像——」

髒手指又摀住他的嘴，院子裡有聲響，顯然有人拿吃的東西給廄房守衛。「黑王子在哪裡？」等到安靜後，他低聲問道。

「和他的熊在一起，在烘焙房和主屋間。你跟她說，她不能去廄房！裡面至少有十五個士兵。」

「王子那有多少個？」

「三個。」

三個。髒手指抬頭看著天空。月亮躲在雲後，黑暗宛如一件黑色大衣遮蔽下來。「你想救他嗎？三個並不多！」法立德的聲音聽來激動，沒有絲毫恐懼。這種天不怕地不怕的個性，遲早會要了他的命。「我們割斷他們的喉嚨，不讓他們出聲，簡直輕而易舉。」他常這樣說。髒手指總在想，他只是說著玩，還是眞的幹過。

「天哪，你可眞是熱血沸騰！」他輕聲說。「但我不善於割喉，這你很清楚。有多少囚犯？」

「十一名女的，三個孩子，九個男的，不算魔法舌頭！」

「他怎麼樣？」髒手指瞧著美琪。「妳見到他了嗎？他能走嗎？」

她搖搖頭。

「那妳母親呢？」

她迅速瞧了他一眼，她不喜歡他提到蕾莎。

「快說，她好嗎？」

「我想是的！」她一手緊貼著廄房的牆，彷彿這樣便能察覺到牆後的雙親。「但我無法和她說話。求求你！」她眼巴巴地看著他。「大家一定都睡了，我會很小心的！」

法立德絕望地抬頭看著星星，好像星星對這種無理取鬧的情形也該打破沈默似的。

「守衛不會睡的。」髒手指說。「所以妳得撒個謊騙過他們。妳有東西可以寫嗎？」

美琪難以置信地看著他，眼神跟自己母親一個樣，接著手伸進身上的袋子。「我有紙，」她小聲說，同時趕緊從她的小冊子中撕下一頁，「還有一支筆！」有其母必有其女，身上總有可以寫的東西。

「你讓她去？」法立德目瞪口呆看著他。

美琪滿懷期待地看著他。

「對！」

「妳寫：明天他們要走的路上，會有一棵倒下的樹。等樹起火時，有氣力和不太老的，都要往左跑到森林裡去。左邊，這很重要！妳再寫：我們會等他們，把他們藏匿起來。妳都記下了嗎？」

美琪點頭。她的筆匆匆劃過紙頁。他只希望，蕾莎能在昏暗的廄房中辨識出這纖細的字體，因為他不會在那幫她點火。

「妳是不是想好跟守衛說什麼了？」他問。

美琪點點頭。有那麼一會，她幾乎看來又像一年多前那個小女孩，而髒手指不確定讓她進去是不是個錯誤，但他還來不及改變主意前，美琪已經離開了。她快步跑過院子，消失在客棧中。等她再出現時，手裡拿著一個罐子。「對不起！地衣女派我過來！」他們聽到她一字一句對守衛說。「我得拿牛奶給小孩子。」

「你看看，她像胡狼一樣聰明！」等守衛退到一旁時，法立德低聲說。「像獅子一樣勇敢。」他聲音中的那種崇拜佩服，讓髒手指不得不微笑起來。這小子真的戀愛了。

「是的，她可能比我們兩個加起來都要聰明。」髒手指對他耳語著。「但她更勇敢，至少比我勇敢。」

法立德只點點頭，瞪著敞開的廄房門——等美琪再現身時，鬆了口氣微笑著。

「好！」髒手指說，示意要法立德到一旁來。「那就祝我們現在得解決的事一樣輕鬆。你看怎樣，法立德？有沒有興致玩一下火？」

這小子和美琪一樣從容不迫地完成自己的任務，顯得忘我的樣子，讓看守王子的守衛可以清楚瞧見，他開始讓火舞動，無拘無束，彷彿自己待在某個平靜的市場上，而不是火狐狸和笛王坐鎮的客棧前。守衛互相推碰著大笑，感謝在這個無眠的夜還有這種調劑。看來，我是這裡唯一擔心害怕的傢伙，髒手指心想，同時輕手輕腳溜過惡臭的屠宰廢料和腐爛的蔬菜。顯然胖店主的廚子把不能端給客人的東西全都丟到屋後。幾隻老鼠聽到髒手指的腳步，一溜煙竄開，灌木叢間，一頭山妖飢餓的眼睛隱隱發光。

他們把王子綁在一堆骨頭旁，而他的熊則剛好無法碰觸到骨頭。牠繫著鍊子，蜷伏在那，被綁住的嘴難受地喘著氣，不時發出低沈的哀嚎。

守衛把一根火把插在不遠處的地上，但當風帶來髒手指輕微的聲音，火舌立刻熄滅，只剩下一絲火星——黑王子抬起了頭。他立刻明白，火會這樣突然安眠，會是誰在暗處出沒。緊接著幾個無聲的快步，髒手指便蜷縮在大熊毛茸茸的背後。

「那小子真厲害！」王子悄聲說，沒轉過身去，其實只要一把利刃，就夠他割斷綁住他的繩子。

「喔，沒錯，他很棒，而且和我相比，他天不怕地不怕。」髒手指檢查著熊身上的鍊鎖，全都生了鏽，但並不難打開。「你到森林裡散步一下如何？但大熊得像貓頭鷹那樣小聲點。牠辦得到嗎？」

一名守衛轉過身時，他蹲了下來，但他顯然只是聽到那個踏出廚房，把一桶垃圾倒在屋後的女僕。她好奇地瞧了一眼被綁住的王子，便又消失——同時帶走了從門口竄出的喧鬧聲。

「那其他人呢？」

「四名守衛站在廄房前，火狐狸又再派四名專門看守魔法舌頭，一定還有另外十名看守其他囚犯。我們不太可能轉移所有人的注意力，更沒時間救出受傷和行動不便的人。」

「魔法舌頭？」

「沒錯，就是他們要找的人。你怎麼稱呼他？」一個鎖開了，大熊低吼著，可能是偷偷摸摸讓牠感到不安。最好先別解開第二條鎖鍊，不然牠有可能吃了貂。髒手指開始割斷綁住黑王子的繩子。他得快點，在法立德手瘊之前，他們必須離開。第二把鎖喀的一聲開了。趕緊再瞧一眼那小子……精靈之火喔！髒手指心想。他這期間把火把拋得差不多跟自己一樣高了！但正當王子掙脫鐐銬時，一名胖男人大步朝法立德走去，後頭跟著一位女僕和一名士兵。他對法立德大喊，怒氣沖沖地指著火。法立德只微笑著，蹦跳地往後退，並繼續拋耍燃燒的火把，而葛文則在他腳邊跳著。喔，眞的，他和美琪一樣聰明！髒手指示意王子跟著他。大熊笨重地跟在後頭，四腳著地，緊隨著自己不太出聲的主人。可惜，牠只是一頭熊而不是夜魔，不然就不用要牠安靜了。不過，至少牠黑乎乎的，像牠主人一樣，夜色吞沒了他們，彷彿他們是夜的一部分似的。

「我們在下面路上那棵倒下的樹旁碰面！」王子點點頭，融入夜色之中，而髒手指動身去找那小子和蕾莎的女兒。院子中，士兵們亂吼亂叫，他們已發現黑王子和他的熊逃脫了，就連笛王都出了客棧。然而，髒手指卻找不到法立德和美琪。

士兵們開始拿火把到森林邊和屋後的斜坡搜尋。髒手指對著夜細語，直到火舌昏昏欲睡，火把一個接著一個熄滅，彷彿被微風吹熄一般。那些男人不安地待在路上，四處張望，眼裡全是懼意——懼怕黑暗，懼怕那頭熊和所有夜裡仍在森林中出沒的東西。

他們沒人敢走到倒下的樹阻斷的地方。那頭的森林與山丘無比靜謐，彷彿杳無人跡一般。葛文蜷縮在樹幹上，法立德和美琪等在樹下的另一頭。那小子嘴唇流血，女孩則疲倦地把頭枕在他肩上。髒手指出現時，她尷尬地坐直起來。

「他逃出來了嗎？」法立德問。

髒手指一手扶著他的下巴，打量被打破的嘴唇。「是的，明天的事，王子和他的熊會幫我們的。這是怎麼一回事？」兩頭貂竄過他身邊，並肩消失在森林中。

「啊，沒什麼啦。一名士兵想抓住我，但我逃開了。好了，告訴我吧！我棒不棒？」好像他不知道答案似的。

「很棒，我都擔心起來，要是你再這樣下去，我很快便要失業了。」

法立德微笑著。

然而，美琪看來傷心的樣子，和在被洗劫的營地中找到的小女孩一樣迷惘，就算不認識她的父母，也可以想像她心裡的境況。雜耍藝人、女藝人、一個四處流浪的浴療師……髒手指有過好幾位父母……彩衣人中總有人照顧著不知那裡來的孩子。快點，對她說點什麼，髒手指，什麼都好！他心想。她母親不是也安慰過你好幾次，雖然多數時候只有一會時間……一段偷來的時間。

「聽好。」他跪到美琪面前，看著她。「如果我們明天眞的救出一些人，黑王子會帶他們到安全之處——但我們三個繼續跟著其他人。」

她瞧著他，無法置信的樣子，彷彿他是條自己得踩上去的易斷的繩子——在高高的空中。

「爲什麼？」她輕聲問著。她這樣輕聲說話時，根本感受不到她聲音所能散發出來的力量。「你為什麼想幫他們？」她沒說出：上一次你不是沒幫，那時是在山羊的村子。

他該怎麼回答？在一個陌生的，而不是自己的世界，只是袖手旁觀比較容易？

「我們這樣說，或許我能有所彌補吧？」他終於說道。他知道自己不用對她解釋他想表達的。他們兩個都記得他把她出賣給山羊的那一夜。還有，他幾乎想脫口而出：我想妳母親已受夠當囚犯了，但卻沒說出來。他知道，美琪不喜歡聽到這種話。

一個多鐘頭後，王子毫髮未損地帶著他的熊和他們會合。

燃燒的樹

你看到，火焰在那吞吐
竄燒，擺弄火舌
火焰在那舞動、跳躍
纏繞並吞噬掉乾材？

——雅姆仕・克呂斯《火》

蕾莎的雙腳流血，這一路上滿是石礫和早晨潮濕的露水。除了小孩以外，他們又把所有人的雙手縛住。孩子們眞怕士兵們不讓他們和其他的囚犯走在一起，而是裝載在車上！「要是他們想逼你們，就放聲大哭！」他們對孩子小聲說道。「大哭大喊，逼他們讓你們和我們走在一起。」好在，這招並沒必要。那三個孩子──兩個女孩和一個男孩一副膽戰心驚的樣子，還不包括米娜肚中的寶寶。最大的女孩才剛滿六歲，走在蕾莎和米娜之間。每回蕾莎看著她時，總會想著美琪這個年紀時的樣子。莫給她看過她的照片，許許多多她不在的那些年拍的照片，但那並不是她的回憶，而是莫的，和美琪的。

勇敢的美琪。蕾莎一想到美琪來到廄房把紙條塞給她時，心仍然緊抽著。她現在在哪？是不是在森林裡打量著他們？一直到外頭因黑王子脫逃而騷動起來後，她才就著夜裡在廄房中的火把火光讀著那些字母。其他人都不識字，她只好把髒手指的訊息小聲地轉告給蜷縮在她身旁的女人知道，之後，她沒機會通知男人們，但那些能走動的人，自然會這樣做。蕾莎擔心的是孩子，不過現在他們知道怎麼做了。

另一個女孩和男孩走在自己母親，和那個想把莫送回山羊碉堡的彎手指女人間。蕾莎也沒告訴她髒手指的訊息，她每看她一眼，便對自己說：我沒做錯！但米娜看著她時便微笑著，懷孕的米娜有太多理由爲著即將發生的事而憎恨她。說不定她帶到洞窟中給她的花，眞的可以帶來幸運。莫的情況好轉，好轉許多——在那許多無止無盡的時刻中，她不斷以爲他就要嚥下最後一口氣了。王子脫逃後，換成一匹馬拉著他躺臥的車。其他人交頭接耳說是那頭熊救了王子，終於證實牠是一個夜魔。牠那幽靈般的眼神變走了鐵鍊，自己化身爲人形，割斷綁住牠主人的繩索。蕾莎猜這個人的臉上應該有疤。夜裡喊聲大作時，她很擔心髒手指、美琪和那男孩，但隔天早上見到士兵們一臉惱火時，她便知道他們安然脫逃。

美琪紙條上所寫的那棵倒下的樹，到底在哪？

她身旁的小女孩緊抓著她的衣服。蕾莎對她微笑——察覺到笛王從馬上低頭打量著她，她趕緊轉過頭去。幸好他和火狐狸都沒認出她。她在山羊的碉堡聽夠了笛王殘忍的曲子——那時他臉上還有個有血有肉的鼻子——，而她也幫火狐狸擦過靴子，但好在他不是那些追求過她和其他女僕的人之一。

士兵們在她上頭天花亂墜談論自己的主人，如果再次抓到黑王子和牠那頭魔熊的話，會怎麼對付他們。他們上了自己的馬後，臉色顯然好多了。笛王不時在鞍上轉身，補上個特別的殘酷手段。蕾莎很想摀住自己身旁女孩的耳朵。她的母親天眞地跟著一些流浪藝人遷徙，以爲自己的女兒會安全待在秘密營地。

小女孩會跑開，另外兩個孩子連同自己的母親，一樣會逃掉，彎手指的女人也一定會嘗試，還有黑炭鳥和多數其他的男人……那個腳受傷，和莫一起坐在車上的吟遊歌手會留下來，兩指也一樣，因爲他怕弓弩，而那個踩高蹺的老人已不再信任自己的腿。眼睛幾乎瞎了的班奈狄塔會待下來，還有即將臨盆的米娜……和莫。

下坡的路愈來愈陡，他們頭上的樹枝枒交錯。這個早晨無風，陰沈沈，像要下雨的樣子，但髒手指的火在雨裡一樣可以燃燒。蕾莎從馬匹間看過去，樹木森然羅列，就算在白天，都漆黑一片。他們該往左邊跑。美琪會希望她也試試看嗎？她這時已自問過多少次了……一直都是同樣的答案：不，她知道我不會單獨留下她父親的，她也一樣深愛著他。

蕾莎慢了下來。在那，那棵倒下的樹橫過路面，樹幹覆滿青苔。小女孩瞪著大眼，抬頭瞧著她。她怕會有孩子說出來，但他們整個早上像死魚一樣安靜。

火狐狸發現樹時，咒罵出聲，勒住馬，命令前頭四位騎士下馬，清除路上的障礙。他們聽命，但臉色難看，把韁繩塞給另一名士兵，大步走向樹幹。蕾莎不敢瞧著路邊，就怕自己的目光會洩漏髒手指和美琪的形跡。她似乎聽到一聲喀嚓，然後一聲低語，幾乎輕不可聞。不是人類的語言，而是火的語言。髒手指有次說給她聽過，在另外一個世界，在那，這些話沒有作用，而火又聾又啞。「如果我在那裡說的話，聽來美妙多了。」他這樣說過，提到他從精靈那裡取來的火蜜。她仍清楚記得這個聲音——彷彿火焰咬著黑炭，貪噬著白紙一般。沒有其他人聽到，在葉片窸窣中、在雨滴中、在啁啾的鳥鳴和蟋蟀唧唧聲中的低語。

火在樹皮下竄燒而出，有如一窩蛇般。他們並沒注意到，直到第一道火舌高高竄出，貪婪、熾熱，幾乎燒焦葉片之際，他們才踉蹌後退，感到吃驚，難以置信。沒了騎士的馬騰躍而起，試圖掙脫，同時只見火舌齜牙咧嘴舞動著。

「快跑！」蕾莎小聲說著，小女孩跑開，像頭小鹿，輕手輕腳的。孩子、女人、男人，全都跑向樹那頭，受到驚嚇的馬，進到森林暗處的安全之地。兩名士兵朝著他們身後射箭，但他們的馬也因火而受驚躍起，箭矢插進樹皮，而不是人體。蕾莎見到他們一個個消失在樹後，而士兵們大呼小叫著，站著不動，眞是難受，難受不已。

那棵樹繼續燃燒著，樹皮轉黑……蕾莎站在那，心裡卻想著，跑，快跑！儘管自己的腳只想跑開，跑向等在樹後某處的女兒，但她卻留了下來。她站在那，試著不去想：他們會把她再關起來。不然，雖然有莫，她還是想跑開，不斷跑著，再也不停下來。她被囚禁太久了，她只靠著思念過活太久了，思念著莫，思念著美琪……在那些年，她先是伺候摩托娜，後來伺候山羊的那些年，她是靠著他們而撐下去的

「你別動什麼腦筋，松鴉！」她聽到一名士兵在她身後喊著。「不然我射死你！」

「你說動什麼腦筋？」莫回答。「我看來像是很笨的樣子，想逃開你的弩弓？」

她差點笑出來。他總能輕易讓她發笑。

「你們還等什麼？去把他們抓回來！」笛王大吼。他的銀鼻子滑落，無論怎麼拉住韁繩，自己的坐騎仍安靜不下來。一些手下聽命，心不甘情不願地闖進森林，但見到矮林叢間有個影子低吼著，又退了出來。

「夜魔！」其中一個喊道，大家便又都站到路上，臉色慘白，雙手顫抖，彷彿手中的劍無法制伏守候在樹叢間令人驚恐的東西。

「夜魔？這是光天化日下，你們這些白癡！」火狐狸對他們大吼。「那是一頭熊，只是一頭熊！」

他們又再邁步走向森林，拖拖拉拉的，一個個緊靠在一起，像一群躲在母雞身後的小雞。蕾莎聽到他們咒罵出聲，拿著劍在菟絲子和黑莓叢間殺出一條重圍，而自己的馬則留在路上噴著鼻息、觳觫發抖。火狐狸和笛王交頭接耳著——而一直待在路上看守著剩下的囚犯的士兵，張著大眼盯著森林看，彷彿化身爲熊的夜魔馬上就要跳出來吞掉他們整個身體，一如鬼怪們的行徑一樣。

蕾莎見到莫向她瞧來，他發現她時，臉上鬆了一口氣的樣子——以及她還待在這裡的失望之情。他依然臉色蒼白，但已不那麼慘白，彷彿死神拂過他的臉龐一般。她朝車子踏上一步，想到他身邊，握住他的手，看看是否還像發燒時那麼燙，但一名士兵粗暴地推開她

那棵樹依然燒著，火舌劈啪作響，像是在嘲弄著毒蛇頭，等到那群手下走出森林時，並未帶回任何一名逃掉的囚犯。

可憐的美琪

「哈囉。」一個音樂般輕柔的聲音響起，李奧納多抬起頭。他面前站著一位自己見過最美的年輕姑娘，要不是她藍眼睛裡憂傷的表情，這樣的姑娘有可能嚇到他：他太熟悉憂傷了。

——愛娃・易柏森《第七位女巫的秘密》

美琪沒說話，不管法立德怎麼試著鼓舞她，她只坐在那，在樹木間，手臂抱著腿，默不出聲。是的，他們救出了許多人，但她的父母不在裡面。

能脫逃的人，沒有一個受傷，除了一個小孩扭到了腳，但他還小，大人們可以背著他。森林一下便吞沒了他們，毒蛇頭的手下走了幾步後，便只能捕風捉影了。髒手指把孩子們塞進一棵中空的樹，女人爬進一叢菟絲子和野蕁麻躲著，而黑王子那頭熊則負責阻擋士兵。男人們爬上樹，高藏在樹葉間。等到髒手指和王子把士兵們耍得團團轉後，最後才躲起來。

王子建議獲救的人回翁布拉，先和還在那裡紮營的流浪藝人聯絡。他自己有其他的計畫。他走之前，還和美琪說話，之後，她的表情不再那麼絕望的樣子。

「王子不會讓人把我父親絞死。」她對法立德說。「他知道莫不是松鴉，王子會讓毒蛇頭明白他抓錯人了。」

她這樣說時，看來滿懷希望，法立德只能點頭，喃喃說「是，眞棒！」——儘管自己心裡只想著一點：毒蛇頭還是會把魔法舌頭處決掉。

「那怎麼對付笛王所說的奸細呢？」等他們再次上路時，他問髒手指。「王子會把他找出來嗎？」

「他不需要找很久。」髒手指只這樣回答。「他只需要等，看哪個流浪藝人突然荷包裡都是銀子。」

銀子。法立德得承認，自己對夜之堡的銀塔很好奇。據說連城垛都鍍上銀。但他們不會和火狐狸同一條路。「我們知道他們想去那。」髒手指對他們解釋。「去夜之堡有其他更安全的小徑。」

「那老鼠磨坊呢？」美琪問。「那個你在森林中提到的磨坊？我們不是先去那嗎？」

「並不一定。爲什麼這麼問？」

美琪默不出聲，顯然她很清楚髒手指不會喜歡那個答案。「我讓空中飛人把一封信交給費諾格里歐。」她終於說道。「我求他寫點什麼，任何能救我父母的文字，然後把寫好的文字送到磨坊。」

「一封信？」髒手指的聲音聽來十分尖銳，法立德不由自主摟住了美琪的肩。「好，眞好！要是不該讀到的人讀到的話，該怎麼辦？」

法立德縮起頭，但美琪沒有。不，她迎著髒手指的目光。「現在除了費諾格里歐外，沒人可以幫他們了。」她說。「而你知道這點，你很清楚。」

敲門聲

蘭斯洛瞧著自己的杯子。

「他沒人性。」他終於說道。「但他為什麼要有人性？您會期待天使有人性嗎？」

——懷特「永恆之王」第二部《空暗女王》

費諾格里歐派去送信給美琪的騎士，已經離開幾天了。「你要飛快如風。」他對騎士說——那是攸關一個年輕而且美麗女孩的生死大事。（畢竟他希望這傢伙真能竭盡所能！）「可惜你大概無法說服她和你一起回來，她是相當頑固。」他還補充說道：「所以和她這回約定一個新的安全會面地點，告訴她，你會盡快帶著我的信回來。你能記得住嗎？」

這個士兵還是一個毛頭小伙子，輕鬆地把話複述一遍，便騎馬揚長而去，並保證三天之內回來。三天。要是那小子信守承諾的話，那就快回來了——但費諾格里歐並沒任何信能讓他帶去給美琪。因為那些應該能讓整個故事撥亂反正的文字，一如大家所知，惡有惡報，善有善報，就是生不出來！

費諾格里歐日夜坐在柯西摩分派給他的房間中，瞪著敏奈娃帶來給他的羊皮紙，頗受驚嚇的薔薇石英自然也一起跟來。不過，好像中邪一樣；不管他再怎麼努力，整個人就像墨水一樣在潮濕的紙上渲染開來。那些該死的文字去哪了呢？為什麼都像枯葉一樣死氣沈沈的？他和薔薇石英吵，命他去拿酒、燒烤、甜食、其他的墨水和一支新的鵝毛筆——而外頭的城堡院子正在敲打鑄造，加固城堡大門，清理瀝青鍋、磨銳長矛。備戰是會導致噪音，尤其在迫不及待的時候，而柯西摩相當迫不及待。給他的文字倒是泉湧而出，那些義憤填膺的文字。柯西摩的傳令已在市場和村落中宣讀過這些文字。那時候起，自願從軍抵抗毒蛇頭的人擁入翁布拉。但那些同時能助柯西摩贏得戰爭，並讓美琪父親逃離生天的文字，到底去了哪？

喔，他這個老腦袋可眞是絞盡腦汁！就是什麼都想不出來！日子一天天過去，費諾格里歐心中逐漸感到絕望。要是毒蛇頭這時早已絞死莫提瑪的話，那該怎麼辦？美琪還會願意唸嗎？要是她父親死了的話，那柯西摩和這個世界對她不就無所謂了？「胡說八道，費諾格里歐。」他喃喃自語，又把幾個鐘頭前寫的東西一句句劃掉。「你知道嗎？就算你想不出來，柯西摩也會救出莫提瑪的！」

是嗎？要是他們攻陷毒蛇頭的城堡，所有關在火海城堡地牢中的人都死了的話，那該怎麼辦？他心中暗暗唸道。或柯西摩的部隊在夜之堡高聳的城牆前失利的話？

費諾格里歐把筆擱在一旁，臉埋在雙手中。外頭天又黑了，而他的腦袋和面前的羊皮紙一樣空無一物。柯西摩吩咐圖立歐請他出席宴會，但他沒有胃口，就算他很想觀察柯西摩眼神炯炯地聽著爲他所寫的曲子。不管醜東西再怎麼宣稱自己的丈夫覺得文字無趣——至少柯西摩喜歡費諾格里歐的作品：關於他過去英勇事蹟的美麗童話，還有他在白衣女子的時光及在山羊碉堡中的戰鬥。

沒錯，他深受這位英俊公侯的寵幸，一如他自己所寫那般——而醜東西卻愈來愈難受到丈夫召見，於是，她比柯西摩回來之前，更常待在圖書館中。自從她公公去世後，她不必再偷偷摸摸，或拿自己的珠寶首飾賄賂巴布盧斯，因爲柯西摩並不在乎她唸不唸書，只在乎她是否有捎信給她父親，或企圖和毒蛇頭接觸。彷彿她罪大惡極似的！

見到薇歐蘭孤單一人，費諾格里歐感到於心不忍，但卻安慰自己，表示她一直以來都是孤家寡人，就連她的兒子也改變不了。然而——她大概從未如此渴望過柯西摩的陪伴。她臉上的疤痕褪去，但現在卻有其他東西燃燒著——愛情，但就像有過的疤痕一樣無用，因爲柯西摩沒有回報。相反地，他讓人監視自己的妻子。一名禿頭的矮胖男子跟著薇歐蘭，他過去是幫肥肉侯爵訓練獵犬的。他跟著薇歐蘭，彷彿化身成了一條狗，不停嗅聞的狗，試著查探出她的每個想法。聽說，薇歐蘭令巴布盧斯寫信給柯西摩，哀求的信，信中確保自己的忠誠與服從，但她丈夫並未讀信。他的一名管事甚至宣稱柯西摩荒於閱讀。

費諾格里歐雙手離開了臉，滿懷妒意地打量睡在墨水瓶旁，安詳打鼾的薔薇石英。正當他重新抓起筆時，有人敲了門。

這麼晚了會是誰呢？這種時候，柯西摩多半騎馬出去了。

門前是他的妻子。薇歐蘭穿著一件柯西摩回來後便已不穿的黑衣。她的眼睛紅通通的，彷彿哭傷似的，但也有可能是過度使用綠柱石。

費諾格里歐從椅子起身。「請進！」他說。「妳的影子呢？」

「我買了一胎小狗，要他訓練牠們，給柯西摩一個驚喜。所以，他不時會消失一陣子。」

她眞聰明，喔，沒錯，甚至聰明過頭。他知道這點嗎？不，他幾乎記不得自己創造了她。

「請坐！」他把自己的椅子推給她——這裡沒有其他的椅子——自己坐在窗戶下的箱子上，裡面擺放著他的衣服，不是那些被蛀過的舊衣服，而是柯西摩爲他量身訂做的華麗衣服，給宮廷詩人穿的。

「柯西摩又帶上布麗安娜了！」薇歐蘭結結巴巴說著。「她可以和他一起出巡，一起用餐，甚至在他那裡過夜。現在是她對他說故事，而不是對我，爲他朗讀，爲他唱歌，爲他跳舞，就像以前對我那樣。我則孤單一人。您能不能說說她呢？」薇歐蘭雙手漫不經心地撫過自己的黑衣。「布麗安娜喜歡您的歌曲，她說不定會聽您的！我需要她。除了巴布盧斯，我在這個城堡內沒有其他人了，而他只想要我的金子買新的顏料。」

「您兒子呢？」

「他不喜歡我。」

費諾格里歐默不出聲，因爲她說的對。除了他那陰險的外公之外，雅克伯什麼人都不喜歡，而要喜歡他也不容易。夜色和鐵匠的捶打聲從外頭穿入。

「柯西摩計畫加固城牆。」薇歐蘭繼續說：「他想砍掉到河岸爲止的所有樹。蕁麻一定會爲此詛咒他，聽說她會要白衣女子把他帶回去。」

「別擔心，白衣女子不會聽蕁麻的吩咐。」

「您這麼肯定？」她揉揉自己受傷的眼睛。「布麗安娜是我的朗讀者！他沒權要走她。我希望您寫信給她母親。柯西摩檢查我所有的信，但您可以請她來，他相信您。寫給布麗安娜的母親，說雅克伯想和她兒子玩，要她中午時帶他來城堡。我知道，她以前是個女藝人，但現在卻種著藥草。城裡的浴療師都去找她。我的花園中有一些相當稀有的植物。在信裡告訴她，她可在那任意採用，不管是種子、草根、壓條，只要她來，便隨她取用。」

羅香娜。她要羅香娜過來。

「您爲什麼想和母親說，而不和布麗安娜本人？她已不是個小女孩了。」

「我試過了！她不聽我的，只默默看著我，喃喃說著對不起——又去了他那。不，我得和她母親談談。」

費諾格里歐不說話，按他所知的羅香娜，他不確定她會來。畢竟是他創造出她的性格：她的傲氣和對王公貴族的反感。但另一方面——他不是答應美琪要留心一下髒手指的女兒嗎？由於文字狠狠棄他不顧，讓他已無法信守承諾，他是不是至少該試試這一件事……天哪！他心想。我可不想接近髒手指，要是他得知自己的女兒在柯西摩那裡過夜的話！

「那好吧，我會送信給羅香娜。」他說。「但您不要抱太大期望。我聽說她並不高興自己的女兒待在宮廷中。」

「我知道！」薇歐蘭起身，看了一眼他寫字檯上的白紙。「您在寫新的故事嗎？是關於松鴉的嗎？您得先給我看看！」一下子，她又是毒蛇頭女兒的模樣。

「當然，當然。」費諾格里歐趕緊保證。「您會比流浪藝人先拿到的，我會把故事寫成您喜歡的樣子：陰森、絕望、令人毛骨悚然……」而且殘暴，他在腦海裡繼續說著。沒錯，醜東西喜歡陰沈的故事。她不希望故事裡滿是幸福美麗，而想聽到死亡、不幸、醜陋和欲哭無淚的秘密。她希望有個屬於自己的獨特世界，裡面從未有過美麗與幸福。

她仍一直看著他——以她父親看世界的那種自負目光。費諾格里歐記起他過去關於這個家族的描述：**貴族的血液——數百年來，毒蛇頭的宗族堅信，他們血管中流的血會讓他們比自己的臣民更加果敢、聰明與強大**。數百年來，都是同一種目光，就連醜東西也不例外，但就是這同一個宗族眞想在她出生後，便把她淹死在護城河中，跟一條一生下來就殘廢的狗一樣。

「僕人說，布麗安娜的母親唱得比她還要好聽。他們說，她可以讓石頭流淚，讓玫瑰綻放。」薇歐蘭摸著臉上不久前還有紅色疤痕的部位。

「沒錯，這我也聽過。」費諾格里歐送她到門口。

「甚至她以前也在我父親的城堡中演唱過，不過我並不相信。我父親從未讓流浪藝人進過他的大門，最多只把他們吊死在城門前。」是的，因爲傳說您母親和一名吟遊歌手騙過他，費諾格里歐心想，同時幫她打開門。

「布麗安娜說她母親再也不唱了，因爲她認爲自己的聲音會帶給她所愛的人不幸。布麗安娜的父親就是這樣。」

「是的，這我也聽過。」

薇歐蘭來到走廊，就算就近打量，也幾乎看不出她的疤了。「您明天一早就會送信給她？」

「就照您的吩咐。」

她瞧著陰暗的走廊深處。「布麗安娜從不提自己的父親。一名女廚子說，他是個噴火藝人，布麗安娜的母親十分愛他，但那些殺人放火的傢伙也有一個喜歡上她，劃花了那個噴火藝人的臉。」

「這個故事我也聽過！」費諾格里歐若有所思地看著她。髒手指的故事苦澀甜美，一定很合薇歐蘭的口味。

「她把他帶到一名浴療師那，直到治好他的臉。」她的聲音聽來心不在焉似的，彷彿迷失在這些字句間，費諾格里歐的字句。

「但他仍然離開了她。」薇歐蘭把臉轉開。「寫信！」她粗暴說道。「今晚就寫！」跟著便匆匆離開，一身黑衣，倉促不已，好像突然覺得來他這裡相當羞愧似的。

「薔薇石英，」費諾格里歐關上門後說：「你是不是認爲我只會創造哀傷或邪惡的人物呢？」

不過，玻璃人仍繼續睡著，在他一旁，鵝毛筆上的墨水滴落在空白的羊皮紙上。

羅香娜

她的眼不像陽光那般明亮；
她的唇沒有石榴的紅豔；
白雪雪白，她的酥胸無法比擬；
髮如金？她的金業已轉黑。

——莎士比亞《十四行詩》

費諾格里歐在平常城堡接待請願者的房間中等候羅香娜，一般的民眾會在這向柯西摩的管事訴苦，同時一名書記坐在一旁，在紙上（羊皮紙對這種場合來說過於珍貴）記下他們的話。然後，他們被人遣走，一心希望侯爵有天會對他們的苦楚表態。在肥肉侯爵統治下，這情形很少見，大半時候是在薇歐蘭的催促下，所以他的臣民多半私下調解他們之間的紛爭，就看大家的脾氣和影響力，採行流血或不流血的手段。希望柯西摩也會盡快改變這點……

「我在這幹嘛？」費諾格里歐喃喃自語，同時打量著這個狹長高聳的空間。醜東西的跑腿出現時，他還躺在床上（的確比敏奈娃家的舒服許多）。薇歐蘭表示歉意，並請他這位最懂貼切表達的人，代她和羅香娜談談。眞棒，有權有勢的人最會這招——把生活中棘手的事推給別人。但另一方面……他一直想見一下髒手指的妻子。她是不是眞的像他所描述的那般美麗？

他嘆了口氣，坐到平常柯西摩治事所坐的座椅中。自從柯西摩回來後，城堡中便出現大量的請願者，所以未來只准他們一週兩次前來訴願。他們的侯爵這時想的是其他事，而非豬隻被鄰人偷走的農夫的苦水；買到一名商販劣質皮革的鞋匠的抱怨；或控訴自己丈夫喝酒回家每晚打她的女裁縫。當然，每個較大的城鎮都有一名調解這類紛爭的法官，但多數這類人士都聲名狼藉。不管在無路森林哪一頭，只有能讓法官荷包滿滿的人，才會獲得正義。於是，沒錢的人便前來城堡，找他們天使般的侯爵，卻不明白他正忙著備戰。

羅香娜走進來時，帶著兩個小孩：一名約莫五歲的女孩和一名大一點的男孩，那大概是布麗安娜的弟弟葉罕——那個不時有榮幸和雅克伯玩的小男孩。她皺著眉頭打量牆上展示肥肉侯爵年少事蹟的掛毯。獨角獸、龍、白鹿……顯然沒有東西躲得過他的寶矛。

「欸，我們爲什麼不乾脆去花園？」當費諾格里歐注意到羅香娜厭惡的目光時，他建議道，並趕緊從寶座中起身。她說不定比他所描述的還要美麗，畢竟當他寫出《墨水心》中髒手指第一次見到她的那一幕時，可是用上了最美妙的字眼。然而——當她突然活生生站在他面前時，他一下子便像個笨小子一樣愛上了她。見鬼了，費諾格里歐！他罵著自己。你創造出她，現在你卻像這輩子第一次見到女人一樣盯著她看！最糟的是——羅香娜似乎注意到了這點。

「好，我們去花園！我常聽人提過這個花園，卻一直沒見過。」她說道，露出一個讓費諾格里歐整個人都糊塗的微笑。「還是您想先告訴我，爲什麼想跟我談談？您信中只說和布麗安娜有關。」

他爲什麼想和她談——哈。他罵著薇歐蘭的妒意、柯西摩的不忠和他自己。「讓我們先去花園。」他說，說不定在戶外會比較容易對她說出醜東西託付他的事。

不過，事情當然不是這樣。

他們一到戶外，小男孩便去找雅克伯，但那女孩留在羅香娜身邊。她緊緊握著她的手，同時走過一株株的植物——而費諾格里歐仍未脫口說出任何話。

「我知道我爲什麼該來這裡。」當他剛把合適的話想到第十遍時，羅香娜說道。「布麗安娜自己沒跟我說，她也絕不會跟我說。但幫柯西摩送早餐，也常向我請教她母親病情的侍女對我說，布麗安娜幾乎沒有離開過他的房間，連夜裡也不例外。」

「是，是，的確如此……薇歐蘭因此擔心，而她希望您……」見鬼了，他怎麼結巴成這樣，不知道如何說下去，整個亂成一團。這個故事的人物顯然太多了。他怎麼能預見到他們在想什麼？簡直不可能，特別是年輕女孩的心。沒人指望他會懂得這些。

羅香娜打量著他的臉，似乎仍在等他說完話。你這該死的老笨蛋，你該不會這樣就臉紅吧！費諾格里歐心想——察覺到血液直衝他皺巴巴的臉，像是想要趕走老朽似的。

「那男孩提過您。」羅香娜說。「法立德。他愛上住在您這的那個女孩，美琪，是不是？他一說到她的名字，看來就像嘴裡含著珍珠一般。」

「是，我怕也是，美琪也喜歡他。」

那小子到底跟她說了我什麼？費諾格里歐不安地想著。說我杜撰出他和那個她所愛的男人——只爲了再殺死他？

小女孩仍一直抓著羅香娜的手。她微笑著，把一朵花插到小女孩深色的長髮中。你知道嗎，費諾格里歐？他心想。這都是一派胡言！你怎麼會杜撰出她？在你的文字出現之前，她一定就在那了。她這樣的女人，不可能只由文字構成！一直以來，你都搞錯了！他們早都在那了，髒手指、山羊、巴斯塔、羅香娜、敏奈娃、薇歐蘭、毒蛇頭……你只是記下他們的故事，但他們並不喜歡，現在自己來寫了……

小女孩的手指摸了摸花，微笑起來。

「這是髒手指的女兒嗎？」費諾格里歐問。

羅香娜吃驚地看著他。「不。」她說。「我們的第二個女兒已經死了，那是好久以前的事。不過您是在哪認識髒手指的？他從未對我提過您。」

費諾格里歐，你這個笨蛋，該死的笨蛋。

「喔，是，是，我認識髒手指！」他結巴說著。「我甚至很熟悉他。您知道，我常待在流浪藝人那裡，只要他們在城牆下紮營的話。嗯，我是在那遇見他的……」

「眞的？」羅香娜摸著一樹叢羽毛狀的葉片。「我竟然不知道他已在那露面過。」她走向另一個花圃，一臉沈思貌。「野錦葵，我的田裡也有。它們漂亮吧？還很有用……」她繼續說著，沒看費諾格里歐。「髒手指又離開了。我只得到消息，他去跟蹤擄走一些流浪藝人的毒蛇頭手下。她的母親，」她摟住那小女孩，「也在裡面，還有黑王子，他的一個好朋友。」

他們也抓了王子？費諾格里歐試著掩飾自己的驚駭。顯然一切比他所想的還要嚴重——而他所寫的，仍沒起什麼作用……

羅香娜摸過一排薰衣草的種子，空氣中立刻瀰漫著一股甜香。「聽說空中飛人被殺的時候，您也在場。您認識殺他的兇手嗎？我聽說，那是巴斯塔，森林中那群殺人放火的其中一個傢伙。」

「您聽到的並沒錯。」每晚，費諾格里歐都見到巴斯塔的刀破空而來，在夢裡追殺著他。

「那男孩對髒手指說過巴斯塔回來了，但我卻希望他在撒謊。我眞的擔心。」她細聲細語，費諾格里歐幾乎沒聽懂她的話。「只擔心自己老是站在那，瞧著森林那頭，彷彿巴斯塔下一刻就會在樹叢中現身，就像他回來的那天早上一樣。」她摘下一個種子莢，倒出一些小種子在手中。「我能拿這些嗎？」

「您想要的都可以。」費諾格里歐回答。

「種子、草根、壓條，這是薇歐蘭要我轉告您的——只要您能說服您女兒，以後陪伴她，而不是她丈夫柯西摩就行。」

羅香娜瞧著手中的種子……然後撒落到園圃中。「我沒辦法。我女兒幾年前就不再聽我的話了。雖然她知道我不喜歡，她還是喜歡這裡的生活，她第一次見到柯西摩在婚禮當天騎馬出城門時，就愛上他了，那時她還不滿七歲，之後，她只想來這，到城堡中來，就算當個女僕也行。要不是薇歐蘭有天聽到她在廚房唱歌，那她可能還在倒夜壺、拿廚餘去餵豬，偶爾偷偷溜到上面瞧著柯西摩的雕像。然而，她卻成了薇歐蘭的小妹……穿著她的衣服，照顧她的兒子，爲她歌唱跳舞，成了和她母親一樣的女藝人，卻不是一個穿著鮮豔的裙子，有著一對髒腳，夜宿路邊，拿著刀子對付夜裡試圖鑽進自己被窩的流浪漢，而是有著絲綢衣服和一張軟床的。她依然沒挽起頭髮，就像我那樣，也和我一樣，感情豐富。不！」她說，把種子莢擱到費諾格里歐手中。「請您轉告薇歐蘭，就算我很願意，卻幫不上她。」

小女孩瞧著費諾格里歐。她的母親現在會在哪裡？

「聽好！」他對羅香娜說，她的美麗讓他暈眩。「種子您就盡量拿，在您的田裡，植物會欣欣向榮，遠比這灰牆內好多了。髒手指和美琪一起離開，我已遣人送信給她，只要他一回來，您會得知他帶回來的消息：他們現在在哪，會離開多久等等！」

羅香娜又接過他手中的種子莢，再摘了滿滿一手，小心地塞到自己腰帶上的袋子。「謝謝您。」

她說。「不過，要是我無法很快聽到髒手指的消息，我自己會去找他。我常常只在那等著他平安歸來，而現在我只想著巴斯塔又回來了！」

「但您想怎麼找到他？我最後聽美琪說，他們想去一座磨坊，老鼠磨坊，位在森林另一頭，是毒蛇頭的地盤！那裡很危險！」

羅香娜對他微笑，像個對孩子解釋世界是什麼樣子的女人一樣。「這裡不久後也會變得危險。」她說。「還是您以爲毒蛇頭還未得知柯西摩正在日夜鑄劍？說不定您也該找找其他可以創作的地方了，別等到燃燒的箭像雨般落在您的寫字檯上。」

羅香娜的馬等在城堡外院，是匹老黑馬，骨瘦如柴，嘴鼻部位是灰色的。「我知道老鼠磨坊。」她說，同時把小女孩舉上馬背。「我會騎過去看看，如果在那沒找到他們倆，會再去蒼梟那裡試試。他是我在森林裡頭所見過最棒的浴療師，髒手指還年輕時，他照顧過他。說不定他知道他的消息。」

當然了，蒼梟！費諾格里歐怎麼會忘了他？要是髒手指有過父親這樣的親人的話，那非他莫屬。他是和流浪藝人一起流浪的浴療師之一，從一個村子到另一個村子，從一個市集到另一個市集。可惜，他對他所知不多。該死，費諾格里歐！他心想。你怎麼可以忘記自己的故事？現在別再拿你的年紀作藉口。

「您看見葉罕時，就叫他回家。」羅香娜說，同時跳上馬，坐在女孩身後。「他知道路。」

「您想騎這匹老馬穿過無路森林？」

「不管我想去哪，這匹老馬還載得動我。」她說，拿起轡繩時，小女孩把頭靠著她的胸。「保重！」她說，但費諾格里歐抓住她的轡繩。他有了個點子，一個走投無路後的點子，但他該怎麼做？等他派出去的騎士，直到爲時已晚？

「羅香娜，」他抬頭小聲對她說：「我必須捎封信給美琪。我派了名騎士去找她，他要向我報告她的行蹤與狀況，但他還沒回來，等到我再請他捎封信過去時（別提巴斯塔和開膛仔的事，費諾格里歐，那只會刺激她！），所以，我想說的是（天哪，費諾格里歐，別這樣盯著她看，別像個老沒用結結巴巴的！）：要是您真的去找髒手指，能不能帶個信給美琪？這樣您大概會比我派去的信差早些見到她！」什麼信？他心裡自嘲著。一封告訴她你什麼都想不出來的信？但他像往常一樣不理會那個聲音。「是封很重要的信！」要是他能再小聲的話，他會更小聲的。

羅香娜皺起眉頭，就連這樣都很好看。「您拿到的上一封信，害空中飛人沒了命。不過，好吧，如果您願意的話，把信拿給我。正如我說的，我不會再久等下去。」

她走後，城堡院子在費諾格里歐看來，顯得異常空蕩。薔薇石英在他房中已帶著責備的眼神等在仍空白著的羊皮紙旁。「你知道嗎，薔薇石英？」費諾格里歐對玻璃人說，同時嘆了口氣，又坐到自己的椅子上，「我猜，要是髒手指知道我盯著她老婆的樣子，會扭斷我的脖子的。但這有什麼！他反正很想扭斷我的脖子，多一個理由，少一個理由，根本沒差。他根本不配羅香娜，老是把她單獨留下！」

「有人心情又不好囉！」薔薇石英強調著。

「住嘴！」費諾格里歐低吼著。「現在這張羊皮紙要填滿文字，我只希望你已把墨水攪拌好了？」

「這張羊皮紙一直空白著，根本不是墨水的問題！」玻璃人尖刻地回答著。

費諾格里歐雖然手指蠢蠢欲動，但沒把筆朝他丟去。薔薇石英那張蒼白的嘴中吐出的，的確是實話。事實如此醜陋，又怎能怪玻璃人呢？

海邊的城堡

有時，一本老書中
會有捉摸不定的黑暗。
你曾經在那過，又想逃到哪去呢？

——里爾克，卡布里《冬天即興曲（III）》

莫想像中的夜之堡就是這個模樣：高大的塔樓，圓敦粗笨，銀色屋頂下的箭孔宛如牙齒缺口。當疲憊的囚犯在他前面搖搖晃晃走過城堡大門時，莫似乎見到費諾格里歐的文字出現在眼前，奶白色紙上的黑字……夜之堡，海邊陰森的玩意，每塊石頭都被嘶喊打磨過，高牆因爲淚水和血水，又濕又滑……是的，費諾格里歐是個優秀的說書人。城垛和大門鑲著銀邊，彷彿牆上沾上了蝸牛的黏液。毒蛇頭喜歡這種金屬，他的臣民稱之爲月亮的唾液，或許因爲曾有個煉金術士騙他說用銀能避開白衣女子，因爲她們討厭銀會映照出自己蒼白的臉孔。

墨水世界中，莫最不想來的地方便是這裡，但可以確定的是，他在這個故事中選擇不了自己的路。他們甚至還給了他一個新名字。有時，他已覺得那彷彿眞是自己的名字，彷彿他已擁有松鴉這個名字，就像一顆現在在這個文字構成的世界中開始發芽的種子。

他覺得好多了，燒雖然還在，彷彿眼睛蒙上一層毛玻璃，但痛楚和在流浪藝人營地洞窟中撕咬他的那頭猛獸相比，已是隻溫順的小貓。只要咬著牙，他便可以坐起，可以回頭瞧著蕾莎。他眼睛幾乎不離開她，像是這樣可以護著她，不讓她被士兵們打量與踢打。見到她，比傷口更讓他痛心。等到夜之堡大門在她和其他囚犯後頭關上時，她已累得幾乎站不住了。她停下來，抬頭瞧著圍住他們的城牆，像一隻落入陷阱並四處打量的老鼠。一名士兵拿著長矛繼續推著她，莫眞想雙手掐住他的脖子。他察覺到舌頭上與心中顫動的恨意，詛咒著自己的虛弱。

蕾莎看著他，試著微笑，但她實在太累，他看到她的恐懼。士兵們勒住了馬，圍住囚犯，彷彿高聳的城牆間還有脫身之處。從托住屋頂與窗台的蛇頭來看，誰是城堡的主人，便一目了然了。牠們從四面八方瞧著這群無助的囚犯，細長的嘴中伸出分叉的舌頭，眼睛鑲著紅色的寶石，銀色的鱗片在月光下像魚皮一樣閃閃發光。

「把松鴉帶進塔樓！」火狐狸的聲音在寬大的城堡院子中幾乎聽不太見。「其他人把他們帶進地牢。」

他們想要分開他們。莫見到蕾莎吃力地踩著疼痛的雙腳走向火狐狸。一名騎士粗暴地一腳把她踢倒，莫感到胸口一陣抽搐，彷彿仇恨孕育出什麼似的。一顆想要殺戮的嶄新的心，冷酷殘暴。

武器，要是他有武器就好了，一把他們腰間佩著的醜陋的劍，或一把他們的刀。彷彿這世上再也沒有任何東西比得上一塊銳利的金屬，比得上費諾格里歐寫下的所有的字。

他們把他從車上拉下。他幾乎站不住，但卻仍直挺挺立著。四名士兵圍住他，抓住他，而他想像著自己一個接一個殺死他們，此時他胸中那顆冷酷的新心隨之起舞。

「嘿，對他小心一點，好嗎？」火狐狸喝叱那些手下。「你們難道以為我大老遠把他弄到這來，是要讓你們這些蠢蛋現在宰了他？」

蕾莎在哭。莫聽到她喊著他的名字，一遍又一遍。他轉過身，但已見不到她，只聽得到她的聲音。他喊著她的名字，試著掙脫，隨著拉住他的士兵走進一座塔樓。

「嘿，別再給我這樣！」一名士兵大聲吼他。「你激動什麼？你們很快又會相見。毒蛇頭喜歡女人們在一旁看著行刑。」

「是啊，他愛死她們的眼淚和呼天喊地。」另一個嘲諷道。「你會見到，就是因爲這樣，他才會讓她多活一會，而你會死得很有派頭，松鴉，這點你大可放心。」

松鴉，一個新的名字，一顆新的心，像塊冰在胸中，邊緣銳利如刀刃。

磨坊

我們一直騎著，什麼事都沒發生。所到之處，
寧靜、祥和，而且美麗。
可以說，那是在山中幽靜的夜
我心想，要不是出事的話。

——林德格蘭《獅心兄弟》

髒手指帶著美琪和法立德，花了三天多才抵達老鼠磨坊。三個灰沈漫長的日子，不管法立德如何努力鼓舞她，美琪幾乎不發一言。多半時候，天空下著濛濛細雨，不久後，他們再也不記得穿著乾衣服睡覺是什麼感覺了。直到一天傍晚，磨坊所在的那條幽暗山谷在他們面前展開時，陽光才穿破雲層。太陽低沈在山丘上，在河中和瓦屋上灑下金光。周圍沒有任何其他建築，只有磨坊老闆的屋子、幾間廄房和磨坊本身，巨大的水輪深入水中。河岸邊淨是柳樹、楊樹和尤加利樹，磨坊所在之處則是黃連木和野梨。磨坊的階梯前擱著一輛車。一名沾滿麵粉的魁梧男子正把一包包袋子裝上車。除了一名小男孩外，附近沒有其他人，而他見到他們來的時候，便跑到屋子那頭去。一切看來平平靜靜的，除了連蟬聲都蓋過去的潺潺水聲外。

「妳不會失望的！」法立德對美琪小聲說著。「費諾格里歐寫了些東西，一定的，不然我們就等

下去……」

「我們什麼都不幹！」髒手指粗暴地打斷他的話，同時四處張望，顯得疑懼。「我們問了信就離開。有許多人來這，路上那件事發生後，第一批士兵很快就會在這出現。在我來看，等一切稍微平靜後，我們再來這裡比較好，但現在沒辦法……」

「要是信還沒到怎麼辦？」美琪一臉擔心地看著他。「我寫信給費諾格里歐，說我會在這裡等的！」

「是，我也記得我從未准妳寫任何東西給他，對不對？」

美琪沒出聲回答，髒手指再次瞧著磨坊那頭。「我只希望空中飛人安全把信帶過去，而那老頭沒到處拿給人看。我大概不用再對妳解釋文字會造成什麼禍害。」

他最後一次四處張望，便從樹叢間走出來，然後示意法立德和美琪跟著他，朝那些屋舍走去。跑去屋子的男孩，又蹲坐在磨坊門前的階梯上，葛文衝上去時，幾隻雞咯咯跑開。

「法立德，抓住那頭該死的貂！」髒手指吩咐道，同時吹了聲口哨把偷偷摸摸叫過來。不過，葛文對法立德齜牙咧嘴，牠不咬他（牠從不咬法立德），但也不讓他抓住自己。牠從法立德雙腳間竄過，追著一隻雞。那隻雞咯咯飛上磨坊台階，但貂仍緊追不捨，竄過那名仍蹲坐在台階上的男孩，毫不理會周遭的世界，跟著雞消失在敞開的門後。沒一會，咯咯叫聲沈寂下來——美琪不安地瞧了髒手指一眼。

「唉，眞好！」他喃喃說著，同時讓偷偷摸摸跳進自己的背包。「一頭沾著麵粉的貂和一隻死雞，我們在這可眞受歡迎！要說見鬼了……」

那個把貨裝上推車的男子，在褲子上擦掉雙手上的麵粉，朝他們走來。

「對不起！」髒手指對他喊道。「磨坊老闆在哪？我一定會付雞的錢，不過我們來這是想拿些東西，一封信。」

那男的站在他們面前，比髒手指整整高出一個頭。「我現在是老闆。」他說。「我父親已經去世了。您說一封信？」他打量他們，一個接著一個，目光停留在髒手指的臉上最久。

「是的，翁布拉來的一封信！」髒手指回答，同時抬頭看著磨坊。「磨坊爲什麼不運轉？是農夫們不把穀子帶來，還是您的雇工都不在？」

磨坊老闆聳聳肩。「昨天有人帶了潮濕的小麥過來，麥糠黏住了磨石，幾個鐘頭前，我的雇工就在清理了。是封什麼樣的信？給誰的？有沒有名字？」

髒手指若有所思看著他。「到底有沒這樣一封信？」

「是給我的。」美琪說，走到他身旁。「美琪．弗夏特，那是我的名字。」

磨坊老闆仔細地打量她——她骯髒的衣服，她糾成一團的頭髮——，點了點頭。「信在裡頭，」他說。「我會問這麼多，因爲信到了別人手中不會有好事，不是嗎？進來吧，我再把袋子裝上去那。」

「把水壺裝滿，」髒手指對法立德小聲說，同時把自己的背包掛到他肩上。「我去抓那頭該死的貂，賠雞的錢，美琪一拿到信，我們就離開。」

法立德還來不及抗議，他已和美琪進了磨坊。那男孩胳臂抹過骯髒的臉，看著他們的身影。

「把水壺裝滿！」法立德喃喃自語著，同時下了斜坡到河邊。「去抓貂。他在想什麼？以爲我是他的佣人嗎？」

他站到冰冷的河水中，把南瓜壺壓進水裡時，那男孩仍蹲坐在台階上。那男孩有什麼地方讓法立德感到不對勁，他臉上的某種表情。恐懼。沒錯，就是恐懼。他在害怕。怕什麼？不太可能怕我，法立德心想，四處看著。這裡有什麼不對勁，他聞得出來。他一直都能聞出來，就算那時在另一個世界，他得看守、刺探、跟蹤、打聽……也一樣，喔，是的，他知道危險的味道。他把水壺擱到背包中，撓了撓睡著的偷偷摸摸的腦袋。

他想涉水回河岸時，才見到那名死者。他還年輕，法立德覺得曾見過他的臉似的。他不是在翁布拉城堡慶典會上丟了一塊銅幣到他的碗中嗎？屍體卡在垂下的樹枝間，但仍可清楚見到胸部的傷口。一把刀。法立德的心開始急遽跳著，那麼突然，讓他幾乎喘不過氣來。他瞧著磨坊。男孩坐在前面，緊抱著自己的肩，像是怕自己因恐懼而散開一般。不過，那個磨坊老闆已經不見蹤影。

磨坊中沒傳出任何聲響，但這並不意味著什麼。潺潺水聲蓋過了一切——叫喊、刀劍鏗鏘聲……快點，法立德！他喝叱著自己。溜過去，查探一下那裡發生了什麼事。你早已駕輕就熟，什麼嘛，簡直熟能生巧。

他彎著身子，涉水沿河，在水輪後爬上河岸。他靠上磨坊的牆時，心幾乎要跳出來，但他也知道這點。他的心撲通跳著，偷偷接近一棟建築，一扇窗戶，一道鎖上的門，早已不下幾千次。他把髒手指那個裝著睡著的貂的背包靠在牆面上。

葛文。葛文跑了進去，髒手指則跟了進去。這可不妙，一點都不妙，而美琪還跟著他。法立德抬頭看著磨坊。下一扇窗戶在他頭上還有一段距離，但好在牆面粗糙。「像蛇一般無聲無息。」他小聲說著，同時往上攀爬。窗台沾上麵粉而變白。法立德屏住呼吸朝內窺視。他見到的第一個人，是個矮胖的傢伙，一臉笨相，可能是磨坊老闆的雇工。他旁邊那個男人，法立德從未見過，但再過去的一位，可就不用說了。

巴斯塔。同樣瘦削的臉，同樣邪惡的微笑，只有衣服起了變化。巴斯塔不再穿著他的白襯衫和黑西服，鈕釦口別著一朵花。不，巴斯塔現在穿著毒蛇頭的銀灰色服飾，腰際佩著一把劍，刀自然還插在腰帶中，不過，他的左手拿著一隻死雞。

他和髒手指之間，只有那塊磨石——而蹲坐在圓石頭上的葛文，貪婪地盯住那隻雞，同時不停不安地抖著尾尖。美琪緊靠著髒手指。她是不是和法立德想的一樣？想著費諾格里歐致命的文字？大概吧，因爲她試著把葛文誘過來，但那頭貂並不理她。

我現在該怎麼做？法立德心想。我現在能怎麼做？爬進去？瞎說！這有什麼用？他那把小破刀根本對付不了兩把劍，而且還有雇工和磨坊老闆在。他就站在門邊。

「怎麼樣？你們等的是他們嗎？」他問巴斯塔。他看來對自己很滿意，對自己和自己的謊話。法立德眞想拿刀把他嘴上那個狡猾的微笑割下來。

「是，就是他們！」巴斯塔滿意出聲。「小女巫再加上吞火的傢伙，還眞是沒有白等，就我的肺全是該死的麵粉，也不要緊。」

想想辦法，法立德，快點。他四處打量，眼睛到處搜尋，彷彿這樣可以在牢固的牆上看出一條逃生之路似的。那還有一扇窗戶，但那名雇工站在前面，一道木梯直達屋頂，上面可能存放著穀子。透過那個穿出天花板的木頭漏斗，穀子會倒在磨石上。木頭漏斗！對了！就在磨石上方穿出天花板，彷彿一張木嘴。要是……

法立德抬頭看著磨坊。上面那頭是否還有一扇窗戶？沒錯，是有一扇，幾乎只算是牆上的一個洞，但他已鑽過狹小的孔洞。他繼續往上爬時，心依然激烈跳著。左手邊，河水濺起水花，一隻烏鴉在一棵柳樹上瞪著他看，顯得疑懼的樣子，像是想在下一刻向磨坊老闆告密似的。法立德的肩擠過狹小的牆洞時，呼吸變得沈重起來，等到雙腳接觸麵白的厚木板時，嘎吱的聲響像是會洩漏他的行蹤，但被潺潺的水聲蓋了過去。法立德趴了下來，爬到漏斗處，往下窺視。巴斯塔就站在那，在磨石旁邊……他對面，磨石的另一邊，一定就是髒手指和美琪。法立德看不見他，但可以清楚想像出髒手指在想什麼，想費諾格里歐的字句，關於自己死亡的字句。

「開膛仔，去抓那頭貂！」巴斯塔對旁邊那個男人說。

「你自己去。你以爲我想染上狂犬病？」

「葛文，過來！」那是髒手指的聲音。他在做什麼？難道想嘲笑自己的恐懼，就像自己偶爾被火燒傷皮膚時的那種樣子？葛文跳下磨石，應該會坐在髒手指肩上瞪著巴斯塔。笨葛文，根本不知道那些文字……

「漂亮的新衣喔，巴斯塔！」髒手指說。「唉，當下人找到新的主人，是得穿上新衣，不是嗎？」

「下人？這裡誰是下人？你們聽他說的。眞是放肆，好像他還沒嘗過我的刀一樣！你難道忘了，我的刀在你臉上劃過時，你是怎樣哭天喊地？」巴斯塔的一隻靴子踩上磨石。「要是你敢動根手指看看。把雙手舉高。快點，舉起來！我知道你在這個世界玩火的本事，一聲低語，一個響指，我的刀就插到小女巫胸口。」

一個響指。是的，終於可以幹活了，法立德！他四處找著，趕緊把一些乾草捲成一根火把，開始低語。「快點！」他哄著，咂著舌頭，嘶嘶出聲，就像髒手指第一次把一些火蜜塞進他嘴中後，教他的那樣。他每晚都和他練習火的語言，在羅香娜的屋後，嗶剝的文字……法立德輕輕說出所有的火語，直到乾草中竄出一絲火焰。

「呼！開膛仔，你看看，那小女巫瞪我的樣子了嗎？」巴斯塔在他下方假裝吃驚地喊道。「只可惜她需要文字才能施展魔法，而這裡根本沒有書。她是不是很貼心啊，親自寫信告訴我們在哪可以找到你們？」巴斯塔裝出假嗓音，尖銳到像是女孩的一樣：「**毒蛇頭的手下把我父母和流浪藝人全都帶走了。寫些什麼，費諾格里歐！**差不多就是這樣……妳知道嗎，妳父親還活著，我還眞失望。是，別一臉難以置信的樣子，小女巫，我還不識字，我也不想去學，但識字的笨蛋到處都是，在這個世界也一樣。就在翁布拉城門前，我們撞上一個破書生。他花了一些時間，才認出妳的塗鴉，但趕在你們之前到這，可是綽綽有餘。我們還可以及時幹掉那個老頭派來向你們示警的信差。」

「你比以前更聒噪了，巴斯塔！」髒手指的聲音聽來百無聊賴。他眞是善於掩飾自己的恐懼！法立德每次都佩服他這點，幾乎勝過他玩火的技藝。

巴斯塔慢慢從腰帶抽出他的刀。髒手指不喜歡刀，他多半塞在背包裡，可現在背包靠在外頭牆上。法立德求過他多少次，把刀插在腰帶中，但不，他就是不願聽！

「聒噪，這樣啊。」巴斯塔在閃亮的刀刃上打量自己的影子。「是啊，沒人會這樣說你的，但你知道嗎？因爲我們已認識這麼久，我會親自把你死的消息轉告給你老婆知道！你看怎樣，吞火的傢伙？你想羅香娜會不會高興再見到我？」他的兩根手指沿著刀鋒溫柔地摸著。「至於妳，小女巫……我覺得妳把信交給一個走繩索的老藝人，眞是貼心，他那瘸腿可快不過我的刀。」

「空中飛人？你殺了空中飛人？」髒手指的聲音現在不再那般百無聊賴。

別動，求求你！法立德耳語著。求求你，站著別動。他趕緊拿其他的草莖餵食火焰。

「啊，這點你還不知道！」巴斯塔的聲音因爲心滿意足而軟化。「是的，他可是爲老朋友鞠躬盡瘁。你問開膛仔，他也在場。」

「你說謊！」美琪的聲音顫抖著。

法立德小心往前探身，見到髒手指用力把她推到身後，眼睛打量著逃生途徑，但卻沒有發現到任何出路。他和美琪身後堆著麵粉袋，他們右邊被開膛仔阻斷，左邊是那咧嘴蠢笑的雇工，法立德窺視過的窗前，站著磨坊老闆本人。但他們腳下都是乾草，多得可以，那燒起來就像紙一樣輕易。

巴斯塔大笑，跳上了磨石，低頭瞧著髒手指。他現在就站在溜槽的旁邊。快點，就是現在，法立德低語著，又點燃一束乾草，拿到了溜槽上方。希望漏斗的木頭別先燒起來，希望乾草可以滑過去。老天保佑了。他把燃燒的草束塞進去時，燒到了自己的手指，但他並不在乎。髒手指落入陷阱，而美琪跟著他。燒傷幾根手指又算什麼？

「是啊，可憐的空中飛人手腳太慢了。」巴斯塔滿意說道，同時把刀在雙手中拋來拋去。「我知道，你手腳倒是快，吞火的，但你還是逃不掉的。現在我不只要劃破你的臉，現在我要把你的皮從頭到腳一片片割下。」

就是現在！法立德鬆開燃燒的乾草，就像一袋穀子，被漏斗吞噬掉，吐向巴斯塔的靴子。

「火！從哪來的火？」那是磨坊老闆的聲音，而那位雇工叫得像是一頭見到屠宰刀的牛。

法立德的手指疼痛，皮膚已經起了水泡，但火舌舞動著——在巴斯塔的腳下舞動著，朝他的手臂舔來。他吃了一驚，踉蹌後退，從磨石上往後摔了下來，頭撞在石頭邊緣，流出了血。喔，沒錯，巴斯塔怕火，更勝過他護身符該讓他避開的不幸。

法立德從通往下頭的樓梯上跳下，推開像見到鬼般瞪著他的那名雇工，躍向美琪，把她拉了過來，朝窗戶而去。

「跳！」他對她喊。「跳出去！快點！」

美琪顫抖著，頭髮滿是麵粉，跳之前，她閉上了眼睛，但她跳了。

法立德回頭找著髒手指。他在跟火說話，而磨坊老闆和雇工這時拿著空袋子絕望地拍打著燃燒的乾草，但火焰舞動著，爲髒手指而舞。

法立德蹲坐在敞開的窗上。「快來！」他對髒手指喊著。「現在快點過來！」

巴斯塔在哪裡？

髒手指把磨坊老闆推到一旁，穿過煙與火，朝他而去。法立德躍出窗戶，已攀在外面的窗台時，便見到巴斯塔昏昏沈沈攀住磨石站了起來，他摸了自己的後腦杓，手上全是血。「抓住他！」他對開膛仔喊著。「抓住那個呑火的傢伙！」

「快點！」法立德喊著，同時腳趾在外頭牆上找著支撐，但髒手指朝他跑去時，被一個空袋子絆倒。葛文從他肩上跳下，竄向法立德。等髒手指再站起來時，開膛仔已來到他和窗戶之間，一手拿著劍，猛咳著。

「快來啊！」法立德聽到美琪喊著，她就站在窗下，眼睛因爲恐懼而大張著，抬頭盯著他看。然而，法立德又跳回起火的磨坊。

「這算什麼？快走！」髒手指對他喊著，同時拿著一個燃燒的袋子甩向開膛仔。他的褲子著了火，跌跌撞撞拿著劍在自己周圍揮著，時而向火，時而向髒手指，正當法立德再度跳進燃燒的乾草堆時，銳利的劍身便劃傷了他的腿。髒手指步履蹣跚，一手壓住傷口，就在這時，開膛仔半是因爲憤怒，半是疼痛，重新舉起劍。

「不！」法立德躍向他時，驚聲尖叫，震耳欲聾。他咬住他的肩，踢他，直到那把刺向髒手指胸口的劍脫手。儘管開膛仔比他高不只一個頭，他還是把他推向火中，絕望讓人力大無窮。見到巴斯塔從煙霧中咳著出現時，他也想衝向他，但髒手指把他拉回來，對著火焰嘶嘶出聲，直到火舌向巴斯塔撲去，彷彿憤怒的毒蛇一般。法立德聽到他叫喊，但他沒轉過身，只踉蹌奔向窗戶，而髒手指在一旁，手指壓住自己流血的腿，咒罵出聲，但他還活著。

而火舌吞噬了巴斯塔。

最美好的夜

「吃。」梅洛說。
「我不能這麼做。」德斯皮羅說，避開了那本書。
「爲什麼不能？」
「那樣會破壞故事。」德斯皮羅說。

——凱特·狄卡密歐《雙鼠記》

之後，他們沒人知道他們是怎麼離開那座磨坊的。法立德只記得幾個畫面，他們跌跌撞撞下到河邊時的美琪的臉，髒手指跳進河中滴落水中的血，還有他們在冷水中跋涉一個多鐘頭後，那依然直衝天空的煙。不過，沒有人追來，不管是開膛仔、磨坊老闆、他的雇工，還是巴斯塔，只有葛文不時在河岸出沒。笨葛文。

髒手指離開水中時，已是深夜，臉因筋疲力竭而變得蒼白。他倒在草地上時，法立德仍憂心地聽著黑暗中的動靜，但他聽到的只是一種嘩啦作響的聲音，響亮且規律，彷彿一頭巨大的動物在呼吸。

「那是什麼？」他小聲問著。

「海，你難道忘了海的聲音？」

海。當法立德查看髒手指的腿時，葛文跳上他的背，但他並未趕走牠。「滾開！」他大聲罵著那頭貂。「去獵捕去！你今天闖的禍已夠多了。」他跟著把偷偷摸摸從背包放出來，找著用來包紮傷口的東西。美琪擰乾自己的濕衣服，蹲在他們旁邊。

「很痛嗎？」

「這算什麼！」髒手指說，但法立德清洗深深的傷口時，他抽了一下。「可憐的空中飛人！」他喃喃說著。「他已逃過一劫，那冷血的傢伙還是要了他的命。誰知道，或許白衣女子不喜歡錯過從她們指尖溜過的人。」

「我很抱歉。」美琪輕聲說著，法立德幾乎聽不明白。「我眞的很抱歉，這全是我的錯，他就這樣白白死了，這樣一來，就算費諾格里歐寫了些什麼，現在也不知到哪交給我們了？」

「費諾格里歐。」髒手指口中的這個名字彷彿是個疾病似的。

「你也感覺到了？」美琪看著他。「我以爲，自己的皮膚都感覺到了他的文字，我以爲，他們現在要殺了髒手指，而我們束手無策。」

「我們沒有束手無策。」法立德倔強說著。

不過，髒手指往後靠著，抬頭看著星星。「眞的嗎？我們再瞧瞧吧。說不定那老頭對我有了其他的打算，說不定死神就等在另一個角落？」

「讓他去等吧！」法立德只這樣說，從髒手指的背包中拿出一個小袋子。「一點精靈粉末只有好處，」他喃喃說著，同時把那亮晶晶的粉末撒在傷口上，然後直接從頭上脫下上衣，拿自己的刀割下一條布，小心地包紮住髒手指的腿。用燒傷的手指做這件事並不容易，但他盡力而爲，就算臉都痛到扭曲。

髒手指抓住他的手，皺起額頭打量著。「天哪，你的手指起了這麼多水泡，好像火精靈在上面飛舞過，」他表示。「我估計，我們倆大概都要找個浴療師了，可惜羅香娜不在這裡。」他嘆了口氣，又躺了下來，抬頭看著夜空。「你知道嗎，法立德？」他說，像是在跟星星說話一樣。「有一點眞的很妙，要不是美琪的父親把我從自己的故事中揪了出去，那我大概永遠碰不到像你這樣一條出色的看門狗。」他朝美琪眨眨眼。「妳有看到他怎麼咬人嗎？我敢打賭，開膛仔一定以爲是王子的熊在啃他的肩膀。」

「啊，別這樣！」法立德不知道該往那看，尷尬地拔出光腳趾間的一根草莖。

「是啊，但法立德比那頭熊聰明！」美琪說。「聰明多了。」

「沒錯，他也比我聰明！」髒手指表示。「而他玩火的本事，眞的慢慢讓我擔心起來。」

法立德只能咧嘴笑著，自豪無比，血液直衝耳際，但好在黑暗中，沒人看得出來。

髒手指摸摸自己的腿，小心地站起來。第一步時，他臉都變了形，但跟著在河岸上來回跳了幾下。「看吧！」他說。「比平常慢一點，但還過得去，也得過得去。」他跟著來到法立德面前。「我想，我虧欠你些什麼，」他說。「我該怎麼報答呢？是不是再教你些新東西？除了我以外，沒人會的玩火把戲？你看怎麼樣？」

法立德屏住呼吸。「什麼樣的把戲？」他問。

「那只能在海邊耍。」髒手指回答。「但我們反正得去那裡，因爲我們兩個都要看浴療師，而最棒的那一位便住在海邊，就在夜之堡的陰影下。」

他們決定輪流守衛。法立德排第一班，而美琪與髒手指便睡在後方一棵冬青櫟深垂而下的枝幹下。他坐在草中，抬頭瞧著夜空，上頭閃爍的星星比在河面上飛舞的螢火蟲還多。法立德試著回想過去有哪一個夜晚像今天這樣讓他感到無比滿足，但卻找不出來。這一夜是最美好的——儘管有那些驚恐，儘管自己燒傷的手指仍在疼著，雖然已被髒手指用精靈粉末和羅香娜製造的冰涼膏藥塗抹過。

他感到生氣勃勃，就像火一樣。

他救了髒手指，他比那些文字還要強大。一切都平平安安。

那兩頭貂在他身後爭吵著，可能在搶某個獵物吧。「月亮到山丘上時，便叫醒我！」髒手指吩咐過，但當法立德走過去時，他沉沉睡著，一臉安詳的樣子，法立德決定讓他繼續睡，回到剛剛在星空下坐的地方。

不久後，他聽到身後的腳步聲，但站在他後面的，不是髒手指，而是美琪。「我不停醒來。」她說。「我就是無法不去想。」

「費諾格里歐現在該怎麼找到妳？」

她點頭。

她對文字眞是執著，而法立德對其他的東西執著，他的刀、狡詐、勇氣，以及友情。

美琪把頭靠在他肩上，兩個人默不出聲，一如天上的星星。不知何時，颳起一陣大風，冰冷，帶著海水的鹹味，美琪坐直身子，手臂兜攏住膝蓋，直打哆嗦。

「這個世界，」她說：「你到底喜不喜歡？」

這算什麼問題，法立德從未問過自己這種問題，能再待在髒手指身邊，他就心滿意足了。至於在哪，他就無所謂。

「這裡殘暴無情，你不認爲嗎？」美琪繼續說。「莫常常對我說，我老會忘記這裡殘暴無情的事實。」

法立德燒傷的手指摸過她連在夜裡都會發光的淺色頭髮。「他們全都殘暴無情。」他說。「我的世界，妳的世界，還有這裡這個。在妳的世界，或許沒那麼快見到殘暴的事，那都隱而不現，但仍然存在。」

他摟住她，感受著她的恐懼、她的憂心、她的憤怒……他幾乎能聽到她的心在低語，像火的語言一樣清晰。

「你知道嗎，最奇怪的是什麼？」她問。「就算我現在能夠——我也不會回去。我簡直瘋了，不是嗎？那就好像我一直想來這，來這樣的一個地方。為什麼？這裡眞是可怕！」

「可怕卻美麗。」法立德說，並吻了她。吻她的味道眞好，好過髒手指的火蜜許多，好過他至今所嘗過的一切。「妳反正回不去。」他對她輕聲細語。「只要我們一救出妳父親，我就會對他解釋這一切。」

「解釋什麼？」

「喔，他可得把妳留在這裡，因為妳現在是我的，而我會待在髒手指這。」

她大笑著，難為情地把臉埋在他肩上。「莫一定不想聽到這些。」

「那又怎樣？妳就告訴他，這裡的女孩像妳這麼大的時候就結婚了。」

她又笑了，接著又嚴肅起來。「莫說不定也會待下來。」她輕輕說。「我們大家說不定都會……蕾莎和費諾格里歐。我們之後再把愛麗諾和大流士接過來，然後快快樂樂過一輩子。」憂傷又悄悄溜回她的聲音中。「他們不該絞死莫的，法立德！」她低語著。「我們會救他的，對嗎？還有我母親及其他人。故事裡總是這樣：先是坎坷多舛，最後皆大歡喜，不是嗎？」

「沒錯！」法立德說，就算他怎麼也想像不出那個皆大歡喜的結局會是何種模樣，但仍然感到高興。

美琪不知何時在他身旁睡著，而他坐在那，守著她——她和髒手指，一整夜，最美好的一夜。

合適的字眼

沒有邪惡能在這種殿堂中安身。
因爲，如果邪惡棲身在這種美麗的居所，
那良善也想和他一起過活。

——莎士比亞《暴風雨》

廏房小廝是個笨傢伙，折騰好久，才把那匹該死的馬上了鞍。那種傢伙絕不是我杜撰出來的！費諾格里歐心想。還好我現在心情愉快。沒錯，他心情無比舒暢。幾個鐘頭前，他就已輕輕吹起口哨，因爲他辦到了。他找到解決辦法了！那些文字就那麼自然流洩出來，彷彿只等著他把他們從文字之海中一一釣出來似的。那些合適的字眼，再合適不過了。現在故事可以繼續進行下去，一切都會好轉。他可眞是個魔法師，第一流的文字魔法師。別人全不如他，喔，也許有幾個啦，但不在這個世界中，不在他的世界中。要是這個笨小廝手腳能稍微俐落一點的話，畢竟該是去羅香娜那裡的時候了，不然她就不帶著信離開了——那美琪又該如何拿到信呢？畢竟那個他派去找她的毛頭小伙子，不知是死是活，說不定在無路森林中迷得團團轉，眞是嘴上無毛，辦事不牢……

他摸了摸自己披風下的那封信。好在文字跟羽毛一般輕，就算最重要的也一樣。羅香娜應該不難把這個毒蛇頭的死亡令帶給美琪吧，而她還會把其他東西一起帶到海邊的那個侯國——柯西摩必勝無疑。要是他沒在美琪開始唸之前就出發的話！

柯西摩迫不及待，期待早日領軍攻入森林另一頭。「因爲他想查出他是誰！」費諾格里歐腦海裡（還是在他心裡？）有個細細的聲音在低語著。「因爲這個英俊的復仇天使像個空無一物的盒子一樣空虛，只有一些借來的記憶，幾尊石頭雕像，這個可憐的小子就只有這些，還有那有關他英雄事蹟的故事，讓他空虛的心絕望地找著共鳴。眞應該想辦法把眞的柯西摩弄回來，直接從亡靈的國度，但就是不敢！」

住嘴！費諾格里歐懊惱地搖搖頭。爲什麼這些煩人的想法老冒出來？只要科西摩坐上毒蛇頭的寶座，一切都會沒事，那他每天就會有自己的新記憶，很快就會忘了空虛。

終於，他的馬上好了鞍。那個廏房小廝嘲弄地歪著嘴，幫他上了馬。眞是蠢蛋！費諾格里歐很清楚自己坐在馬上不怎麼好看。那又怎樣？這些馬神秘兮兮的，不合他的口味，但一名住在公侯城堡中的作家，可不能像農夫一樣步行吧。此外，這樣他也會快點——只要這個畜生聽他駕馭的話。要讓馬動起來，不知得費多少力氣……

蹄聲響過鋪著石塊的院子，經過柯西摩堆放在牆上的瀝青桶和鐵矛。鐵匠的搥打聲仍不斷在夜裡的城堡迴盪著，而牆邊的木棚中睡著柯西摩的士兵，像螞蟻窩中的幼蟲一般擠在一起。果然，他在這創造出一位好戰的天使，但天使一直以來不都好戰嗎？唉，我就是不會杜撰出和平的角色！費諾格里歐心想，同時騎馬穿過院子。我那些善良人物，要不是像髒手指一樣不幸，就是全成了像黑王子這樣的強盜。他能不能杜撰出像莫提瑪這樣一號人物？大概沒辦法吧。

費諾格里歐騎向外門時，突然起了一陣騷動，害他起先眞的以爲那些守衛終於懂得對他們侯爵的詩人必恭必敬，不過，看他們低頭的樣子，他便知道不可能是針對他。

柯西摩從敞開的大門迎面而來，騎著一匹看來幾乎不太眞實的白馬。他在夜裡，比在白天還要俊美，但不是所有的天使都是這樣嗎？只有七名士兵跟著他，他夜裡出巡從不多帶守衛，不過，他身旁還有別人：布麗安娜，髒手指的女兒，她不像以前那個樣子，穿的再也不是她女主人的衣服，那位可憐的薇歐蘭，而是柯西摩送給她的衣服。他送她許多禮物，同時又不准他妻子和他們的兒子離開城堡。然而，儘管有這些愛的表示，布麗安娜看來仍不是特別高興的樣子。爲什麼會呢？如果情人想去打仗，又有誰會高興呢？

這些事情似乎沒有影響到柯西摩的心情。相反地，他看來無憂無慮的樣子，彷彿未來只有好事發生。他每晚都出巡，幾乎不需要睡眠，有人告訴費諾格里歐，他像是不要命地在騎，幾乎沒有一名衛隊成員能跟上他——像是一個自以爲死神無法抓住他的人。這又怎麼樣，他反正記不得自己的死，也記不得自己活過？

巴布盧斯日日夜夜以美麗無比的圖畫點綴這段遺失的生命，十幾名文抄師傅爲他趕製手稿。「我丈夫仍不想踏進圖書館！」費諾格里歐上次見到薇歐蘭時，她苦澀地表示。「但他拿有關他的書擺滿了閱讀台。」

是的，這些都再明白不過了：費諾格里歐和美琪一起創造出他的文字，對柯西摩來說並不夠。就是不夠。而他所聽到有關自己的一切，彷彿是另一個人似的。他或許因此特別喜歡髒手指的女兒，因爲她不屬於之前死去的那個他。費諾格里歐不得不一直爲他寫出給布麗安娜的火熱的新情詩。他一直能清楚記住詩句，而美琪又不在場揭穿他剽竊的行徑。每當布麗安娜聽著一名現在又是城堡貴賓的吟遊歌手演唱的曲子時，眼中都噙著淚。

「費諾格里歐！」柯西摩勒住馬，費諾格里歐自然在這名年輕的侯爵面前低下了頭。「你想去哪，我的詩人?!一切都整裝待發了！」他的聲音就像他那來回蹦跳的坐騎那般暴烈，正試著把自己的不安傳染給費諾格里歐的馬。「還是你寧可待在這裡，備好你的羽毛筆，寫下所有關於我的凱歌？」

整裝待發？

費諾格里歐四處瞧著，感到迷糊，但柯西摩笑道。「你難道以爲我在城堡中集結部隊？那早已容不下了。不，他們駐紮在下頭的河邊。我只等著一群我在北方招募來的傭兵，說不定他們明天就會抵達！」

明天就要出發？費諾格里歐趕緊瞄了布麗安娜一眼，所以她才看來如此傷心。「殿下！」費諾格里歐掩飾不了自己聲音中的憂心。「這太早了！再等等吧！」

但柯西摩只微笑著。「月亮都轉紅了，我的詩人！占卜師認爲這是好兆頭，不該錯過的兆頭，不然就會轉成惡兆。」

胡說八道！費諾格里歐低下頭，不讓柯西摩看出他臉上的不滿。他本來就知道，費諾格里歐討厭他這位年輕的主子接近占卜和算命師父，認爲他們全是貪財的騙子。「殿下，我再說一次！」費諾格里歐重複警告了多少次，慢慢都讓人感到無趣了。「唯一會造成不幸的事，便是提早出兵！」

然而，柯西摩只搖了搖頭，表示諒解。「您老了，費諾格里歐。」他說。「您的血流緩慢，但我年輕！我還要等什麼？等毒蛇頭同樣招募傭兵，進駐夜之堡？」

他說不定早這樣做了，費諾格里歐心想。所以你得等那些文字，我的文字，等美琪唸出來，就像她把你唸出來一樣。等她的聲音！「再一兩個禮拜，殿下！」他迫切說道。「您的農人還得把莊稼入倉，不然他們靠什麼過冬？」

但柯西摩不想聽這些事。「這眞的是老人家的廢話！」他不悅地說著。「您那激昂的文字到哪去了？他們可以靠毒蛇頭的存糧，靠我們勝利的喜悅，靠夜之堡上的銀塊，我會把這些分到村裡去的！」

銀塊可不能吃啊，殿下，費諾格里歐心想，但他沒把話說出來，反倒是瞧著天空。天哪，月亮已經高掛了！

然而，柯西摩心裡還有其他的記掛。

「我很早前便想問您了。」正當費諾格里歐想吞吞吐吐找個理由告辭之際，他說道。「您和流浪藝人的關係不錯，大家都提到那位據說能和火說話的噴火藝人……」

費諾格里歐從眼角看到布麗安娜低下了頭。「您說的是髒手指？」

「是，人們這樣稱呼他。我知道，他是布麗安娜的父親。」柯西摩溫柔地瞧了她一眼。「但她不想提到他，而且表示不知道他在哪裡。不過，也許您會知道？」柯西摩輕拍著自己坐騎的頸子，臉因爲俊美而容光煥發。

「爲什麼？您找他有什麼事？」

「嗯，這不是很明顯嗎？他能和火說話！據說他能讓火燒得老高，而不會被火吞噬。」

柯西摩說出來之前，費諾格里歐便已明白。「您想要髒手指爲您而戰。」他實在忍不住大笑起來。

「這有什麼好笑？」柯西摩皺起眉頭。

髒手指，火的舞者，被當成武器！費諾格里歐搖搖頭。

「嗯。」他說。「我很瞭解髒手指。」他看到布麗安娜驚訝地瞪著他。「他有各種身份，但絕對不是戰士。他會取笑您的。」

「嗯，他最好別這樣。」柯西摩聲音中帶有明顯的怒意。然而，布麗安娜看著費諾格里歐，彷彿嘴邊有成千的問題。要是現在有時間就好了！

「殿下，」他趕緊說：「我現在很抱歉！敏奈娃的一個孩子病了，而我答應她要到布麗安娜母親那拿些藥草。」

「這樣啊，沒問題，沒問題，您先離開，我們晚點再談。」柯西摩又拿起韁繩。「如果孩子沒有好轉的話，再通知我，我會派位浴療師過去。」

「謝謝您。」費諾格里歐說，但在他眞正動身之前，他自己還有個問題不得不問。「我聽說您夫人也不太舒服？」巴布盧斯告知他的。他是薇歐蘭現在唯一能夠見的人。

「喔，她只是生氣。」柯西摩抓住布麗安娜的手，好像提到他妻子時，不得不這樣安慰她似的。「薇歐蘭很容易生氣，跟她父親一個樣。她就是不願明白我爲什麼不讓她離開城堡。這不是很明顯嘛，她父親的奸細遍佈各處，而他們會先向誰打探？當然是薇歐蘭和雅克伯。」

從這樣一張俊美的嘴中說出的話，很難不去相信，尤其說得一副誠懇無比的樣子。「嗯，您或許說的沒錯！但您別忘記，您夫人也恨自己的父親。」

「我們可以憎恨某人，但又聽命於他。不是這樣嗎？」柯西摩看著費諾格里歐，眼裡的表情赤裸裸的，就像一個小小孩一樣。

「是，是，大概吧。」他不愉快地回答著。每回柯西摩這樣看著他時，費諾格里歐總覺得像是在一本書中見到一頁空白，在一張編織精細的文字地毯中找到一個被蛀蟲蛀掉的洞。

「殿下！」他說，再一次點頭示意，便不太優雅地驅馬騎出城門。

布麗安娜詳細對費諾格里歐描述了到農莊的路。羅香娜來訪後，他立刻就去問她，裝著無辜的樣子，稱說是骨頭的毛病。髒手指的女兒是個奇怪的孩子，不想知道自己父親的事，顯然也不太理會自己的母親。好在她提醒他注意那頭鵝，所以見到牠嘎嘎朝他衝來時，他已緊緊握住了馬的韁繩。

他騎進院子時，羅香娜坐在家門前。那是一棟寒酸的宅子，她的美似乎和這一點都不搭配，就如一件珠寶插在一名乞丐的帽子上。她兒子睡在她身旁的門檻上，像條小狗那樣蜷縮著，頭枕在她膝上。

「他想跟來。」費諾格里歐笨拙地滑下馬時，她說道。「我跟他說我得離開時，小女孩也哭了。但我無法帶他們去毒蛇頭那，他也曾吊死過孩子。一名女友會照顧他們，還有植物和動物……。」

她撫摸著兒子的黑髮，有那麼一會，費諾格里歐不想她離開。那他的文字會如何？還有誰會找到美琪？難道又要他再求柯西摩派名不會再回來的騎士？唉，誰知道，說不定羅香娜也不會回來，他心裡又幸災樂禍地悄悄說著。你那寶貴的文字就跟著完蛋？「胡說！」他懊惱地說著。「我當然抄寫了一份。」

「你說什麼？」羅香娜吃驚地看著他。

「沒什麼，沒什麼！」天哪，他現在都自言自語起來了。「我得再跟您說一些事。別騎去那個磨坊！一名爲柯西摩表演的吟遊歌手帶給我黑王子的消息。」

羅香娜一手摀住了嘴。

「不，不，沒那麼嚴重！」費諾格里歐趕緊安撫她。「只是，美琪的父親顯然成了毒蛇頭的階下囚，但我必須誠實說，這也是我所怕的事。至於髒手指和美琪——我長話短說吧：美琪等我送信過去的那座磨坊顯然被燒毀了。磨坊老闆到處說有頭貂讓火從天花板落下，而臉上有疤的一個巫師則跟火說話。同時有魔鬼在旁，化身成一名深膚色的男孩，在他受傷時救了他和一名女孩。」

羅香娜神情恍惚地看著他，像是得先弄清楚他在說什麼似的。「受傷？」

「是的，但他們脫逃了！這點最重要！羅香娜，您想您眞能找到他們？」

羅香娜撫過自己的額頭。「我試試看。」

「您別擔心！」費諾格里歐說。「您不是聽到，髒手指現在有個保護他的魔鬼在身旁。而且——他不是最能單打獨鬥的？」

「喔，沒錯！他是這樣。」

費諾格里歐詛咒著自己老臉上的每條皺紋，她眞漂亮。爲什麼他沒柯西摩的臉？只是——她會喜歡嗎？她喜歡髒手指，要是根據他曾寫過的故事，那個髒手指基本上早就死去了。費諾格里歐！他心想。這太過份了。你簡直就像個妒意中燒的情人！

但羅香娜一直沒理會他，而是低頭瞧著睡在她懷中的男孩。「布麗安娜知道我要去找她父親時，氣得要命。」她說。「我只希望柯西摩會照顧她，而我回來前，他別開戰。」

這點費諾格里歐就不提了。他爲什麼要跟她提柯西摩的計畫？讓她更加操心？不。他從披風下取出給美琪的信。文字，能化爲聲音的文字，強大的聲音……他從未讓薔薇石英如此小心翼翼地封起一封信。

「這封信能救出美琪的父母，」他急匆匆說著：「能救出她父親，能救了我們大家，所以留心看好！」

羅香娜翻看了那被火漆封好的羊皮紙，在她看來，彷彿小到容不下那麼重要的文字。「我從未聽過一封信能打開夜之堡的地牢。」她說。「您認爲讓那女孩無謂地期望著，這樣對嗎？」

「這不是無謂的期望。」費諾格里歐說，見到她不太相信他的文字，感到有點委屈。「好吧。只要我找到髒手指，而那女孩還跟他在一起的話，她就會拿到這封信。」羅香娜又一次撫摸自己兒子的頭髮，輕輕柔柔的，彷彿在擦拭一片葉子般。「那女孩愛她父親嗎？」

「喔，當然，她很愛他。」

「我女兒也一樣。布麗安娜愛髒手指愛到不和他說一句話。每當他一早離開，到森林中，去海邊，到火或者風呼喚他的地方去時，她就會試圖踩著自己的小步伐跟著他。我想，他從未注意到這點，他總是一眨眼就不見，快得像隻偷了雞的狐狸。然而，她依然愛著他。爲什麼？那男孩也愛他。他甚至以爲髒手指需要他，但他不需要任何人，只要火。」

費諾格里歐若有所思看著她。「您錯了！」他說。「他離開您那麼久，他其實相當難過的。您眞應該看看他的樣子。」

她難以置信地打量著他。「您知道他在哪裡？」

現在怎麼辦？老糊塗，他又在那說了什麼？「嗯。」他結結巴巴道。「是，是，我自己也在那。」快點撒謊。他們在哪？這時候實話實說沒什麼用的，得要撒些漂亮的謊，解釋這一切。他爲什麼不能換換口味，爲髒手指說些好話呢——就算自己嫉妒他擁有這樣美麗的妻子？

「他說，他沒辦法回來。」她不相信，但從羅香娜的聲音聽來，她很想相信的樣子。

「的確如此！他日子並不好過！山羊派巴斯塔追捕他，他們把他帶到很遠的地方……試圖誘他說出和火說話的秘密。」好了，謊言來了。但有誰能這樣說呢？說不定這些謊話還很接近事實？「相信我，巴斯塔眞在挾怨報復您選了髒手指，而不是他！他們把他關了好幾年，最後他逃掉，但不久後便找到他，把他打得半死。」這是美琪對他說的，加點事實無傷大雅，而羅香娜並不需要知道那是因爲蕾莎的緣故。「眞可怕，眞是可怕！」費諾格里歐察覺到自己說故事的慾望蠢動起來，那種打量著羅香娜眼睛大張，盯著自己嘴唇，渴望著他下一個句子的慾望。他是不是該貶損一下髒手指呢？不了，他已經殺了他，今天就幫他個忙吧。今天，他就讓他妻子徹底原諒他離開了十年這件事吧。有時，我還眞是個好人！費諾格里歐心想。

「他以爲自己會死，以爲自己再也見不到您，那是他最痛苦的事。」費諾格里歐不得不清清嗓子，自己都被自己的話感動了——羅香娜也是。喔，是的。他見到她眼裡的猜疑消失，見到她軟化，因爲愛而軟化。「之後，他就在陌生的國度中流浪，像條被丟掉的狗，找著一條路，在路的盡頭，等候著他的是您，而不是巴斯塔或山羊。」現在這些話自然湧現，彷彿他眞的知道髒手指這些年來的感受似的。「他感到絕望，眞的絕望，因爲那些孤單，讓他的心跟石頭一樣冰冷。他心裡只有渴望，渴望著您，還有他的女兒。」

「他有兩個女兒。」羅香娜的聲音幾乎聽不明白。

該死，他忘了這點。當然，是兩個！但羅香娜已被他的話裹住，這個錯誤不會扯破他的網子。

「您是從那裡知道這一切的？」她問。「他從未對我說過你們這麼熟。」

喔，沒人比我更瞭解他了！費諾格里歐心想。我的美人，這點我敢向您保證。

羅香娜拂去臉上黑髮。費諾格里歐見到其中有絲灰白，彷彿她拿了一把滿是灰塵的梳子梳過一般。「我明天一大早就出發。」她說。

「再好不過了。」費諾格里歐把馬拉到身側。好好騎上這些畜生，爲什麼這麼難？羅香娜一定會以爲他眞的是個手腳不靈的老頭了。「保重了！」他說，終於騎了上去。「您和信都要保重，並幫我問候一下美琪，告訴她，一切都會好轉。這我敢保證！」

等他騎馬離開後，她帶著沈思的臉容起身，站在熟睡的兒子身旁，看著他的背影。他眞希望她會找到髒手指，不只因爲美琪會拿到他寫的東西。不，這個故事有些快樂，並無傷大雅，而羅香娜沒有髒手指的話，並不會快樂。他是這樣安排的。

但他眞不配擁有她！費諾格里歐又再想著，同時朝翁布拉的燈火騎去，雖不像他原來那個世界那樣燈火通明與眾多，至少一樣讓人感到安慰。不久後，護城牆後的屋裡便會沒有男人。沒錯，大家都會跟隨柯西摩。敏奈娃的丈夫——儘管她求他留下——和隔壁有個作坊的鞋匠，就連每個星期二在城裡到處撿破爛的傢伙，都想對抗毒蛇頭。要是我把柯西摩變醜，他們還會這樣心甘情願跟隨他嗎？費諾格里歐心想。就像有張屠夫臉的毒蛇頭一樣醜……不，一張俊美的臉更容易讓人相信那些高貴的意圖——他把一名天使安置在寶座上，眞是聰明之舉。是的，相當聰明，無比明智。費諾格里歐突然發現自己在輕聲哼唱著，而他的馬這時載著他奔過了守衛。他們一言不發，讓他通過，這位他們侯爵的詩人，寫出他們世界的人，拿文字創造出他們的人。沒錯，向費諾格里歐致敬吧！

這些守衛也會追隨柯西摩而去，還有城堡上的士兵及不比跟著髒手指流浪的那個男孩大多少的僕役。要是敏奈娃同意的話，就連她兒子伊沃都想跟去。他們全都會回來，費諾格里歐心想，同時朝廄房騎去。至少大多數的人。一切都會好轉，是的，一定會。什麼嘛，不只是好，而是棒極了！

憤怒的奧菲流士

所有的文字都是用同一種墨水寫成的，
「Fleur」（花）和「peur」（害怕）幾乎一樣，
而我可以把「sang」（血）寫在整頁紙上，
從上到下，不會弄髒紙，
也不會傷到我。

——雅各岱《話語》

愛麗諾躺在自己的充氣床墊上，瞪著天花板。她又和奧菲流士吵了一架，雖然明知自己會被關到地窖受罰。早點睡吧，愛麗諾！她心裡憤恨想著。妳老爸過去也這樣懲罰妳，只要被他逮到妳看著一本他認爲不是妳年紀該看的書的話。沒錯，早點上床，有時候下午五點就得睡了，在夏天時，更是悽慘，外頭小鳥鳴叫，而她妹妹則在窗下戲耍——那個根本對書沒有感覺，卻喜歡告發愛麗諾的妹妹，只要沒跟她玩，而把頭埋在一本父親禁止她閱讀的書的話。

「愛麗諾，別跟奧菲流士吵！」大流士提醒她多少次了，但沒辦法！她就是控制不了自己！又怎麼可能控制住自己，看到他那頭討厭的狗把幾本她最珍貴的書弄得全是口水，只因爲他主人好玩讀過後，卻懶得擱回書架上！

然而，最近他倒是不再從書架中取書出來，算是個小小的安慰。「他只讀《墨水心》！」他們在廚房一起洗碗碟時，大流士悄悄對她說。她的洗碗機壞了，好像她在自己家裡當個廚房女傭還不夠似的，現在雙手還因爲洗碗而腫大起來！「他似乎想找出些字眼，」大流士小聲說著，「他重新組合，抄寫下來，不斷抄著，整個字紙簍都滿了。他不停試著，然後大聲唸著自己寫下的東西，要是沒有動靜的話——」

「然後呢？」

「沒什麼！」大流士避而不答，猛刷著一個油膩膩的鍋子，但愛麗諾明白「沒什麼」不會讓他這樣尷尬與默不出聲。

「然後呢？」她重複道——然後大流士終於紅著耳朵對她說，奧菲流士把她的書朝牆上丟去，她那些寶貝的書！他氣到把書摔在地上，沒錯，偶爾還有本書會飛出窗外，而這一切只因他辦不到美琪辦到的事：他進不去《墨水心》，不管他那柔細的聲音再怎麼婉轉哀求，不斷讀著那些他無比渴望進入的句子。

當他們聽到他喊叫時，當然都跑了過去。去救那些被印製出來的孩子！「不！」奧菲流士喊著，聲音大到廚房都聽得見。「不，不，不！讓我進去，你這個該死的臭東西！是我把髒手指送回去的！你給我明白！你沒了他算什麼？我把摩托娜和巴斯塔都還給你了！這樣我是不是該有個報酬，對不對？」

大塊頭沒站在圖書館門前制止愛麗諾，大概才去屋裡其他地方瞎晃，看看是不是能找到可以偷的東西（屋裡最值錢的東西是書，他大概再一百年也想不到）。愛麗諾後來記不清自己罵了奧菲流士什麼話，只記得他手中高舉的書，一本威廉・布雷克（William Blake）詩集的精美版本。雖然她怒聲大罵，他還是把書丟出窗外，而大塊頭這時也從她身後抓住她，往地窖階梯而去。

喔，美琪！愛麗諾心想，躺在充氣床墊上，瞪著地窖天花板上剝落的灰泥。妳爲什麼沒帶上我？妳爲什麼不至少問一下我？

倉梟

每位醫生都該知道，上帝賦予藥草偌大的奧秘，單單從讓人陷入絕望的精神狀態和奇思異想中，便能明白，這些救助不是來自魔鬼，而是自然。

——帕拉塞爾蘇斯《醫學文集》

海。自從他們和現在成了灰燼的精靈和山妖，一起離開山羊的村子到愛麗諾家的那一天起，美琪沒再見過海。「我提到的那個浴療師住在這裡。」等到那個海灣從樹叢後出現時，髒手指說道。海灣相當美麗，陽光讓海水閃爍，彷彿綠色的玻璃，捲起浪花的玻璃，被風吹起一波波新的皺摺。那是陣強風，吹來了遮住藍天的雲層，聞起來有鹽和遠方島嶼的味道。要不是遠方那聳立在綠色穹頂上的光禿禿山丘，和上頭一如主人臉龐一樣粗笨的城堡，儘管城堡上的屋頂和城垛鑲了銀，這陣風還眞是會讓人心情舒暢。

「沒錯，就是它。」髒手指注意到美琪驚恐的目光時說道。「夜之堡，而它所在的山丘被稱爲毒蛇山，像一個老人的頭顱一樣光禿，如此一來，便沒人可以靠著樹木的掩護接近。但別擔心，那座城堡不像看起來那麼近。」

「那塔樓，」法立德說：「全都是眞的銀塊嗎？」

「喔，沒錯。」髒手指回答。「從不同的山中開採出來的，烤小鳥、年輕女人、肥沃的土地……

還有銀——毒蛇頭可是有多樣口味。」

一片長長的沙灘圍住了海灣，而在沙灘延伸到樹叢中之處，聳立著一道長牆和一座塔樓。沙灘上不見人跡，白沙上沒有任何的船隻，只有那些建築——低矮的塔樓和牆後頭幾乎看不見的長長瓦房。一條路蜿蜒而上，像條毒蛇爬行的痕跡，但髒手指領著他們，在樹的掩護下來到這棟建築的後側。他焦急地朝他們揮手示意，跟著便消失在牆影中。他在一道木門前等他們，那木頭都爛了，上頭的門鈴也因海風而鏽蝕掉了。門邊長著野花，一隻精靈在凋零的花朵和棕色的種子架上翻找著吃的東西，皮膚比自己森林中的姊妹來得白皙。

一切看來很平靜的樣子。一隻馬蜂的嗡嗡聲竄入美琪耳中，混雜著海水的沙沙聲響，但她清楚記得那座磨坊一樣讓她感到平靜。髒手指也沒忘。他站在那仔細聽著，然後才伸手去拉那個鏽蝕掉的門鈴的鍊子。他的腿又再出血，美琪見到他把手壓在上頭，但來這的路上，他卻不斷催著他們趕快。「沒有更好的浴療師，」當法立德問他要帶他們去哪時，他只這樣說：「沒有我們更能信賴的人了，而且，從這去夜之堡也沒那麼遠，美琪不是一直都想去嗎，對不對？」他給他們葉片吃，又苦，又毛茸茸的。「吞下去！」當他們一臉作嘔的樣子時，他說道。「如果要在我們去的地方待下來，你們胃裡至少要有五片這種葉子。」

木門開了一條縫，一名女子從那探看著。「謝天謝地喔！」美琪聽到她低聲說著，跟著木門打開，一隻細瘦多皺的手示意他們進來。

那名趕緊在他們身後把門關上的女子，同樣細瘦，滿臉皺紋，和她的手一個樣，她盯著髒手指看，彷彿他一路從天而降似的。「昨天！昨天他還說！」她脫口而出。『『妳會看到的，貝拉，他回來了，不然是誰燒了那座磨坊？誰會和火說話呢？』他一整夜沒闔過眼，相當擔心，但你都好吧，是不是？你的腿怎麼了？」

髒手指把手指擱到嘴上，但美琪見到他微笑著。「不會有事的。」他小聲說。「妳說話還是和以前一樣快，貝拉，不過，妳現在能不能帶我們去找倉梟？」

「可以，可以，沒問題！」貝拉聽來有點委屈的樣子。「你那隻可怕的貂大概在裡面吧？」她問道，多疑地瞧了髒手指的背袋一眼。「你敢放牠出來看看？」

「當然不會。」髒手指保證道，並瞄了一眼法立德，顯然要他別提睡在他背袋中的第二頭貂。

老婦人二話不說，招手要他們跟著她走過一條幽暗樸實的柱廊。她的步子細碎快速，彷彿自己是隻穿著粗布長袍的松鼠一樣。「你從後面來是對的。」她壓低聲音說，同時領著她的客人走過一排關著的門。「我怕毒蛇頭這時連這都有他的耳目，但好在他給的報酬不高，那些奸細只願在我們治療病人的廂房工作。希望你有給他們兩個足夠的葉片？」

「當然！」髒手指點點頭，但美琪見到他不安地四處瞧著，悄悄地又把一片給過他們的那種葉子塞進嘴中。直到他們經過那些在柱廊圍繞的院子中坐著曬太陽的老弱人士時，美琪才明白髒手指帶他們到了哪裡。這是一間療養院。一名老人朝他們迎面而來時，法立德嚇得拿手摀住了嘴。那老人臉色慘白，彷彿死神早已帶走他似的，法立德只能驚慌地點點頭，回應他那沒有牙齒的微笑。

「別擺出那種樣子，好像你就要死了的樣子！」髒手指小聲對他說，儘管他自己看來也好不到哪去。「你的手指在這會得到最好的治療，而且我們在這比較安全，是森林這一頭許多地方無法相比的。」

「沒錯，因爲要是毒蛇頭眞怕什麼的話，」貝拉一派內行地補充道：「那不外是死神和帶他到死神那裡的各種疾病。但是，你們還是盡量少現身，不管在病人前，還是護理面前。如果我這輩子有學到什麼的話，那就是別相信任何人，倉梟當然例外！」

「那我呢，貝拉？」髒手指問。

「你更不用說！」她只這樣回答——在一扇簡陋的門前停了下來。「眞是可惜，你的臉讓人過目不忘。」她對髒手指悄悄說著。「不然你可以爲病人表演一下，一絲絲的快樂是最好的藥。」她跟著敲了門，點了個頭，走到一旁。

門後的房間陰暗暗的，因爲唯一的窗戶被書堆擋住了。那是個莫會喜歡的房間。他喜歡書看來剛被人擱下的樣子，跟愛麗諾完全不同，她不喜歡書打開等著下一位讀者的樣子。倉梟看來同莫一樣，在這些書堆中，幾乎見不到他的身影——有對近視眼和一雙大手的矮小男人。美琪覺得他像隻鼴鼠，只不過他的頭髮是灰白的。

「我不是說過了嗎？」他興匆匆朝髒手指走來時，撞掉書堆上兩本書。「他回來了，但她就是不願相信。顯然白衣女子最近讓愈來愈多的死者復活！」

兩個男人抱在一起，接著倉梟退了一步，好好打量髒手指。浴療師已是個老人，比費諾格里歐年紀還大，但他的眼神看來卻像法立德的一般年輕。「你看來很不錯的樣子。」他滿意地表示著。「除了你的腿以外。那是怎麼搞的？是在磨坊出的事嗎？他們昨天把我的一名女醫士接到城堡上去，治療兩名被火燒傷的男子。她回來說了件怪事，說什麼中了圈套和一頭會噴火的貂……」

城堡？美琪不由自主朝浴療師踏上一步。「那她也見到了被關的人嗎？」她插話進來。「他們應該剛把他們帶到那裡，流浪藝人、男男女女……我父親和母親也在裡面。」

倉梟滿懷同情地看著她。「你就是王子手下提到的那個女孩？妳父親——」

「——就是那個被大家認成松鴉的男人。」髒手指補完那句話。「你知道他和其他囚犯的情況怎樣？」

倉梟還來不及回答前，一名女孩便把頭伸進門內。她盯著陌生人瞧，吃了一驚似的，目光久久停在美琪身上，直到倉梟輕咳出聲。

「什麼事，卡拉？」他問。

那女孩緊張地咬著蒼白的嘴唇。「我來問還有沒有小米草。」她聲音膽怯地說道。

「當然有，去找貝拉，她會給妳，現在別打擾我們。」

那女孩匆匆點了頭離開，卻讓門開著。倉梟嘆了口氣，把門關上，再把門栓拴上。「我們說到哪？對了，那些囚犯。負責地牢的浴療師在照顧他們，他眞是差勁，但不然誰會願意待在上頭？他不是在治療，而是監督鞭刑拷打。好在他們沒讓他照顧你父親，負責毒蛇頭健康的浴療師不願讓囚犯玷污他的手，所以我最好的女醫士每天到城堡上頭看護他。」

「那我父親好嗎？」美琪試著不讓自己聽來像個勉強忍住淚水的小女孩，但卻做不到。

「他受傷嚴重，我猜妳也知道？」

美琪點點頭。她的眼淚又來了，不停流著，彷彿想把她心中的一切全部洗淨似的，憂心、渴望、恐懼等等……法立德摟住她的肩，卻只讓她更惦記著莫，惦記著他保護扶養她的那些歲月。而現在，他陷入困境時，她卻不在他身邊。

「他失血甚多，還很虛弱，但情況相當好，比我們讓毒蛇頭以爲的還要好。」倉梟聽來是那種得經常和憂心自己所愛的人交談的人。「我的女醫士要他別讓人發現他的狀況，好爭取時間。所以妳眞的不用擔心。」

美琪放下了心頭大石。不會有事！她心裡有聲音說著，那是髒手指把蕾莎的字條交給她後，她第一次感到放心。不會有事。她不好意思地擦掉臉上的淚。

「那個重創妳父親的武器——我的女醫士說，眞是相當可怕的東西。」倉梟繼續說。「希望那不是毒蛇頭的鐵匠在秘密打造的可怕發明！」

「不，這種武器來自另外一個地方。」那裡來的沒什麼好東西，髒手指的臉上說著，但美琪現在不願多想一把獵槍會在這個世界造成何種傷害。她的心思全在莫身上。

「我父親，」她對倉梟說：「會很喜歡這個房間。他喜歡書，而您的都非常漂亮。不過，他可能會對您說，有些書得重新裝幀，而那裡那本，要是您不盡快處理蛀蟲的話，很快便會毀了。」

倉梟拿起她指的那本書，摸著書頁，那樣子和莫對書的態度一樣。「松鴉喜歡書？」他問。「對個強盜來說，可眞不尋常。」

「他不是強盜。」美琪說。「他和您一樣，是個醫生，只不過他不醫治人，只醫治書。」

「眞的？所以毒蛇頭抓錯人的事，是眞的了？或許傳說妳父親殺死山羊一事，也不正確了？」

「不，那是眞的。」髒手指看著窗外，彷彿山羊的慶典廣場就在窗前似的。「而他只需要自己的聲音。你應該找時間聽聽他或他女兒朗讀。相信我，之後你會對你的書另眼相看，說不定會拿鎖鎖起來。」

「眞的？」倉梟興致盎然地打量著美琪，彷彿想多知道些關於山羊之死的事，但這時又有人敲門。這回拴上的門前傳來了男人的聲音。「師傅，您過來嗎？我們都準備好了，但最好還是由您執刀。」

美琪看到法立德臉色一下刷白。

「我馬上來！」倉梟說。「你先過去。」

「我希望有天能在這個房間接待妳父親。」他對美琪說，同時朝門口走去。「因爲妳說的沒錯，我的書眞的需要一位醫生。黑王子對那些被關的人有什麼打算？」他質問地瞧著髒手指。

「沒有，我想沒有。你有聽到其他囚犯的事嗎？美琪的母親也在裡面。」美琪感到一陣刺痛，竟然是髒手指問到蕾莎，而不是她。

「沒有，其他人我一無所知。」倉梟回答。「但現在我得告辭，貝拉一定對你們說過，最好只待在屋裡這一區。毒蛇頭付給奸細的銀子愈來愈多，他們幾乎無孔不入，連這也不例外。」

「我知道。」髒手指抓起一本擱在浴療師桌上的書。那是一本藥草書。美琪想像得到，愛麗諾會瞪大眼睛的——巴不得要據爲己有，而莫的手指會撫摸著帶有插畫的紙頁，彷彿這樣便能感受到細細畫下圖畫的畫筆一般。但髒手指會想到什麼？羅香娜田裡的藥草？「相信我，要不是磨坊的那件事，我是不會來這的。」他說。「這裡不是我們願意危及的地方，我們今天就會離開。」

但倉梟並不想聽。「說什麼話，你們給我待下來，等你的腿和那男孩的手指痊癒。」他說。「你很清楚，我很高興你來，也高興那男孩跟著你。他從未收過學徒的，你知道嗎？」他對法立德說。「我老跟他說，要他傳下他的技藝，但他就是不聽。我把我的教給許多人，也因此我現在必須離開你們。我得讓一名學徒看看怎樣動刀切斷腳，而不讓腳的主人死掉。」

法立德一臉驚愕地看著他。「切斷？」他低聲說著。「爲什麼要切斷？」但倉梟已經把門帶上離開了。

「我沒跟你說嗎？」髒手指說，同時摸著自己受傷的大腿。「倉梟是位一流的外科醫士，但我想我們可以保住我們的手指和腳。」

等到貝拉治療過法立德的水泡和髒手指的腿後，她把他們三個安置在一間偏僻的房中，就在他們來的那個門邊。美琪想到能再睡在屋頂下，就感到舒服，但法立德並不喜歡這個念頭。他一臉不悅地蹲坐在鋪著薰衣草的地上，猛嚼著那苦苦的葉片。「我們今晚不能睡在沙灘上嗎？那沙子一定很軟。」髒手指在一個乾草袋上舒展四肢時，他問著他。「或到森林裡？」

「行，我無所謂。」髒手指回答。「但現在讓我睡覺，別再擺出那種臉色，好像我把你帶到食人族來了，不然明天晚上我就不教你我答應過你的東西。」

「明天？」法立德把葉片吐到手中。「為什麼要到明天？」

「因為現在風太大，」髒手指說，背對著他，「還有這條該死的腿很痛……你還要其他的理由嗎？」

法立德搖著頭，後悔說出那些話，又把葉片塞進嘴中，瞪著門，彷彿死神隨時都會大駕光臨似的。

不過，美琪坐在那，在這間空蕩蕩的房裡，不斷回想倉梟說過的關於莫的話：他情況相當好，比我們讓毒蛇頭以為的還要好……所以妳真的不用擔心。

等外頭天黑，髒手指一拐一拐走到戶外，靠在一根柱子上，抬頭瞧著夜之堡所在的山丘。他一動不動地看著那些銀色的塔樓——而美琪一定懷疑不下幾百次了，他是不是只因為她的母親才幫她的。這個答案，連髒手指自己可能都不知道。

夜之堡的地牢中

冰冷的金屬踢著我的額頭，
蛛網找著我的心。
在我嘴中熄滅的是一道光。

——特拉克爾《深處》

米娜又哭了。蕾莎摟住她，好像這位孕婦還是個孩子似的，哼唱著一首曲子，輕搖著她，像她偶爾哄著美琪那樣，儘管她這期間幾乎長得和蕾莎一樣高了。

一位瘦弱羞怯的女孩每天會來兩次，送麵包和水給他們，有時也有麥粥，黏糊冰冷，但卻可以塡飽肚子——蕾莎想起那段她被摩托娜關起來的日子，不管她是做對了，還是做錯，而這粥的味道一模一樣。

當她向那女孩打聽松鴉的事時，她只嚇得縮起頭，留下蕾莎一人害怕著——怕莫早就死了，怕他已被吊死在那巨大的絞架上，而他在這世上最後見到的，不是她的臉，而是牆上吐著蛇信的銀色蛇頭。有時，那景象栩栩如生，她不得不雙手摀住眼睛，但那畫面仍揮之不去。

周遭的黑暗讓她感到一切只是個夢：在山羊慶典廣場上，突然見到莫站在美琪身旁的那一刻，在愛麗諾家的那一年，那所有的快樂……只是一場夢。

至少她不是單獨一人，就算其他人的目光充滿著敵意，但他們的聲音至少暫時讓她從自己陰鬱的想法驚醒過來……

有人不時說著故事，免得大家聽到其他牢房傳來的哭聲、老鼠窸窣的聲響、叫喊和早已沒有意義的喃喃結巴。多半都是女人在說，講著愛與死、背叛與友情，但所有的故事都有好結局，就像暗夜中的光亮，就像蕾莎口袋中濁芯已潮濕的蠟燭。

蕾莎說著莫唸給她聽的童話故事，那是好久以前的事，美琪的手指還又軟又小，而文字還未讓他們感到害怕的時候。

然而，流浪藝人說著他們周遭的世界：英俊的柯西摩和他對抗那幫殺人放火的惡徒的事蹟，還有黑王子——他怎麼碰上他的熊，以及他的朋友，那位火的舞者，能在漆黑無比的夜裡讓火光紛灑而下，開出朵朵火花。

班奈狄塔唱了一首關於那位火的舞者的曲子，聲音輕柔，一首美麗的曲子，最後連兩指都唱和著，直到守衛拿著木棒敲打柵欄要他們安靜為止。

「我見過他一次！」等到守衛走後，班奈狄塔小聲說著。「那是許多年之前，我還是個小女孩的時候。那眞棒，火光亮到連我的眼睛都看見，但大家說他已經死了。」

「他沒死。」蕾莎輕輕說著。「不然你們以爲是誰燒了路上的那棵樹？」他們看起來全都難以置信的樣子！但她累到不想多說，累到無法解釋任何事。她只想說，讓我跟我丈夫在一起吧，讓我和我孩子在一起吧。別再跟我說故事了，告訴我他們好不好，求求你們。

終於有人對她說到美琪和莫，但蕾莎寧可從其他人嘴中聽到。摩托娜到的時候，其他人都睡了。她帶著兩名士兵。蕾莎醒著，因爲她又見到那些畫面，他們把他帶到院子，在他脖子上繫上繩子……

他死了，而她是來告訴我的！見到喜鵲露出得意洋洋的微笑站在她面前時，那是她的第一個念頭。

「看看，這個不忠的女僕！」摩托娜說道，而蕾莎同時吃力地站了起來。「妳看來跟妳女兒一樣都是女巫。妳是怎麼讓他活下來的？好吧，可能我急了些，那又怎樣，再過幾個星期，他就會有力氣受刑了！」

活著。

蕾莎轉過頭，不讓摩托娜見到悄悄溜上她嘴角的微笑，但喜鵲沒看她的臉，而是津津有味地打量著她破破爛爛的衣服和血跡斑斑的光腳。

「松鴉！」摩托娜壓低聲音。「我當然沒告訴毒蛇頭他將處決錯人，又爲什麼要呢？一切都如我所願，我也會逮到妳女兒的。」

美琪。那剛讓蕾莎心中感到一絲溫暖的喜悅，突然又消失掉了。米娜被摩托娜沙啞的聲音吵醒，在她身旁坐起身子。

「沒錯，在這個世界，我的朋友強大有力，」喜鵲帶著自滿的微笑繼續說著：「毒蛇頭幫我抓到妳丈夫，爲什麼不能對妳那女巫女兒也如法炮製？妳知道，我怎麼說服他妳女兒是個女巫的嗎？我給他看一張她的照片。是啊，蕾莎，我讓巴斯塔帶上妳女兒的照片，那個女書蟲家裡到處都是，鑲在銀框中的漂亮照片。毒蛇頭自然認爲那是魔法畫，被施法到紙上的鏡子影像。他的士兵都不敢碰，但卻得到處拿給人看。只可惜，我們不能像妳那個世界那樣複製！但好在妳女兒和髒手指在一起，他是不需要任何魔法畫的。種田的全聽過他，他和他那個疤。」

「他會保護她的！」蕾莎說，她不得不說此話。

「是嗎？就像他保護妳那樣，就在妳被蛇咬的時候？」

蕾莎的手指緊抓著自己骯髒的衣服，不管在這個或另一個世界，沒有人像喜鵲這樣讓她無比憎恨，連巴斯塔都比不上。摩托娜是最先教會她憎恨的人。「這裡並不一樣，」她脫口而出。「火在這裡會聽命於他，而他也不像在另一個世界那樣，不是一個人單打獨鬥，他有朋友。」

「朋友！啊，妳大概是指其他的雜耍藝人，那個自稱黑王子的人，還有其他那些衣衫襤褸的傢伙！」喜鵲不屑地打量著其他囚犯，他們幾乎全都醒了。「妳自己看看，蕾莎！」摩托娜冷笑說道。「他們要怎麼救妳出去？靠幾個彩球，還是幾首感人的曲子？妳知不知道，他們中有人出賣了你們？至於髒手指——他又能怎樣？要他放火來救妳？那大概連妳也會被燒死，他鐵定是不敢冒險一試的，他一直都深愛著妳喔。」她露出個微笑，探身過來。「妳到底有沒有對妳丈夫說過你們倆的關係啊？」

蕾莎沒回答，她清楚摩托娜的把戲，她太瞭解了。

「怎麼樣，妳怎麼想？要我對他說嗎？」摩托娜在她耳邊小聲說著，就像守候在老鼠洞前的貓一樣。

「好啊。」蕾莎低聲回答。「告訴他，妳只會告訴他，他已經知道的事了。你們奪走我們的那些歲月，我全都還給了他，一字一句，每天每夜。莫也知道，妳的親兒子讓妳住在自己的地窖，讓全世界以為妳是他的管家。」

摩托娜試圖打她的臉，就像以往對所有女僕常幹的那樣，一巴掌揮向她的臉，但蕾莎擋下她的手。

「他還活著，摩托娜！」她對喜鵲小聲說。「這故事還沒完，裡面沒有提到他的死，但我女兒會在妳耳邊悄悄說出妳的死期，報復妳對她父親所做的事。妳等著瞧，總有一天，那時我會親眼看著妳死。」

這回她抓不住摩托娜的手，等喜鵲離開後，她的臉頰仍火辣辣地作痛許久。等她再坐到冰冷的地上時，其他囚犯看著她的目光，在她感覺像是撫過她臉的手指。米娜是第一個打破沈默的。「妳在哪認識這個老太婆的？她是幫山羊調製毒藥的人。」

「我知道！」蕾莎悄聲地說。「好幾年來，我是她的傭人。」

費諾格里歐的一封信

所以有個世界，
我能決定它的命運？
有段時間，被我用符號的鍊子綁住？
有個存在，因爲我的支配而存在？

——辛波絲卡《寫作的喜悅》

羅香娜到的時候，髒手指睡了，外頭天已黑了。法立德和美琪到沙灘上去，但他自己躺了下來，因爲腿痛。當他見到羅香娜站在門口時，起先還以爲自己的幻想又跟他開了個玩笑，就像過去在夜裡常愛玩的那樣。畢竟，好久以前，他曾和她來過這裡。當時的房間幾乎沒變，他同樣躺在一個乾草袋上，臉被劃破，沾著自己的血。

羅香娜沒把頭髮繫起來，或許因爲這樣，才讓他想起了那一夜。只要一想到那件事，他的心總會驚慌跳著，當時因爲痛苦和恐懼，而飛快跳著，他像頭受傷的動物躲了起來，直到羅香娜找到他，把他帶到這裡來。倉梟一開始幾乎認不出他來，灌了他些東西喝，讓他睡去，等他醒來時，羅香娜就站在門口，就像現在一樣。當浴療師也無法治癒那傷口時，羅香娜和他一起去森林中，逐漸深入，去找精靈——然後留下陪他，直到他的臉大致痊癒，他又敢再走入人群中時。大概沒有多少人的臉上被刀畫下自己對一個女人的愛。

當她突然站在那時，他是怎麼問候她呢？

「妳來這幹嘛？」他問，眞想咬掉自己的舌頭。他爲什麼不說他想她，好多次幾乎都想打道回府？

「沒錯，我來這幹嘛？」羅香娜反問，過去，聽到這種問話，她會掉頭就走，但現在她只微笑著，神情調皮，害他像個男孩一樣不知所措。

「妳把葉罕留在哪裡？」

「一位女友那。」她吻他。「你的腿怎麼樣了？費諾格里歐已告訴我你受傷的事。」

「已經好多了。妳怎麼會和費諾格里歐扯上關係？」

「你不喜歡他，爲什麼？」羅香娜撫摸著他的臉。

她眞是美麗，不可方物。

「我們這麼說，他對我有些打算，而我一點都不喜歡。那老傢伙是不是剛好要妳帶東西給美琪？一封信什麼的？」

她一言不發地從披風下拿出信。在那，那些文字——那些會成眞的文字。羅香娜把封好的羊皮紙遞給他，但髒手指搖搖頭。「妳最好交給美琪。」他說。「她在沙灘上。」

羅香娜吃驚地看著他。「你看來眞像怕一張羊皮紙似的。」

「沒錯。」髒手指說，握住她的手。「沒錯，我是怕吧，尤其是費諾格里歐所寫的。來吧，我們去找美琪。」

羅香娜把信遞給美琪時，美琪不好意思地微笑著，好奇瞧著她和髒手指一會，然後便只顧著看費諾格里歐的信。她趕緊拆了封印，差點撕破羊皮紙，裡面一共有三張，密密麻麻都是字。第一張是給她的信，美琪讀過後，便漫不經心地插到腰帶中，而她期待無比的文字塡滿了另外兩張。美琪的眼睛快速掃過那一行行句子，髒手指簡直不敢相信她眞的在唸。最後，她抬起頭，瞧著夜之堡——然後微笑著。

「怎麼樣，那老魔鬼寫了什麼？」髒手指問。

美琪把那兩張紙遞給他。「跟我原來想的不一樣，完全不同，但很棒，你自己拿去看。」

他指尖遲疑地接下羊皮紙，彷彿那比火更容易燒傷他似的。

「你什麼時候會識字了？」羅香娜的聲音聽來很吃驚的樣子，他不得不微笑起來。

「美琪的母親教我的。」笨蛋，你幹嘛要對她提這些？羅香娜久久打量著美琪，而他自己則同時吃力地解讀著費諾格里歐的字體。蕾莎寫的多半是印刷體，好讓他讀起來輕鬆些。

「有可能成功吧，對不對？」美琪回頭瞧了他一眼。

海水沙沙作響，彷彿同意她的話似的。沒錯，說不定眞的可行……髒手指隨著文字一路讀下去，像是走在一條險徑上，但那條小徑卻是直通毒蛇頭的心。然而，那老頭要美琪扮演的角色，髒手指一點都不喜歡，畢竟美琪的母親求過他要照顧她的。

法立德一臉不悅地瞧著那些文字，他一直還不識字。有時，髒手指覺得他以爲這些小小的黑色符號有魔力，在他經歷過這些風風雨雨後，他又會有什麼其他想法呢？

「快說！」法立德不安地換著腳。「他寫了什麼？」

「美琪必須上去城堡，直搗蛇頭的窩。」

「什麼？」那男孩先是驚愕地看著他，跟著是那女孩。「這怎麼可以！」他抓住美琪的肩，粗魯地把她轉過身來。「妳不能去，那太危險了！」

可憐的傢伙，她當然會去。「費諾格里歐是這樣寫的。」她說，推開了法立德的雙手。

「讓她去吧。」髒手指說，把那兩張紙遞了回去。「妳什麼時候想唸？」

「就是現在。」

當然啦，她不想浪費時間。又爲什麼要？故事愈早有新的轉折愈好，再壞也壞不到哪去了，不是嗎？

「你們這是在幹什麼？」羅香娜不知所措地看著他們，一個接著一個。她打量起法立德最不友善，她一直不喜歡他，或許要等到某些事讓她相信，他不是髒手指的兒子後，才會有所改變吧。「解釋一下！」她說。「費諾格里歐宣稱這封信能救出她的父母，但一封信能幫被關在夜之堡地牢中的人什麼忙？」

髒手指順了順她的頭髮，他喜歡她不再繫髮的樣子。「聽好！」他說。「我知道這很難讓人相信，但如果有什麼能打開夜之堡地窖的門，那就是這封信裡的文字——和美琪的舌頭。她能讓墨水寫的字栩栩如生，羅香娜，就像妳唱的歌一樣。她父親有同樣的本事。要是毒蛇頭知道的話，大概早就把他吊死了。美琪父親殺死山羊的文字，看起來和這些一模一樣。」

她看他的那副表情，就像聽到過去他不斷試著對她解釋去了哪裡的神情一樣難以置信。

「你說的是魔法！」她低語著。

「不，我說的是朗讀。」

她當然無法明白，又怎麼可能呢？也許她聽到美琪朗讀，突然見到文字在空中顫抖著，能聞得到，皮膚感覺得到的話，便會相信了……

「我讀的時候，想一個人待著。」美琪說，看著法立德，然後轉過身，回到療養院去，手裡拿著費諾格里歐的信。法立德想跟去，但髒手指緊抓著他。

「讓她去吧！」他說。「難道你以爲她會消失在文字中？那是不可能的。畢竟我們大家全都卡在她將唸出來的故事中，她只想改變風向，也會改變──只要那老頭寫下的字眼是正確的話！」

隔牆有耳

一首曲子沈睡在所有事物中，
他們在那不斷做著夢，
而世界開始歌吟，
你只見到那奇妙的字眼。

——艾森朵夫《探勘杖》

羅香娜把美琪一個人留在他們睡覺的房間之前，拿了一盞油燈過來給她。「文字需要光線，這是文字不實用的地方。」她說。「如果這些眞的如你們所說的那麼重要的話，那我能理解妳想一個人唸的原因。我也一直以爲自己的聲音在我一個人的時候，聽起來最美。」她繼續說下去時，已來到了門口：「妳母親——她和髒手指很熟嗎？」

我不知道，美琪幾乎要這樣回答，我從未問過我母親。「他們是朋友。」她最後說。沒有提到她一想到髒手指那些年來知道蕾莎在哪裡，卻沒對莫說，心中仍然感受得到的怨恨……但羅香娜沒繼續問下去。「如果妳需要幫忙的話，」她走之前只說：「我在倉梟那裡。」

美琪一直等到她的腳步聲消失在外頭陰暗的通道中，然後坐在一個乾草袋上，把羊皮紙擱在自己膝上。當那些文字在她面前耀武揚威之際，她不得不想到，要是我只是開玩笑唸的話，就那麼一次，不知道會怎樣，要是舌尖上察覺到文字的魔力，卻不管其中的生死悲喜的話，不知又會如何……有次，在愛麗諾家，她幾乎抵擋不住那種誘惑——她看著一本自己小時候很喜歡的書——一本關於穿著破衣服和小西裝的老鼠，煮著果醬，準備野餐的書。她把書闔上的時候，幾乎第一個字已到了嘴邊，因爲她突然看到一些可怕的畫面：一隻穿著衣服的老鼠在愛麗諾的花園中，被牠那些沒開化的親戚圍著，因爲牠們從不知道烹煮果醬這件事，還有那穿著破衣服的老鼠被經常在愛麗諾杜鵑花叢中出沒的貓整個吞了……不，美琪從未因爲好玩而把任何東西從文字中誘出來，今天晚上也不例外。

「美琪，全部的秘密，」莫有次對他說：「都在呼吸，那給妳的聲音力量，洋溢著妳的生命，而且不只洋溢著妳的。我有時候會覺得，好像在吐納之間，要去面對周遭的一切，構成並推動這個世界的一切，而那些跟著也融入文字之中。」

她試著做，試著像外頭沙沙作響的海洋一樣平靜沈穩地呼吸，吸氣，吐氣，吸氣，吐氣，彷彿這樣可以把海水的力量納入自己的聲音中。羅香娜帶來的油燈在房間中流洩出溫暖的光線，外頭有位女醫士輕手輕腳走過。

「我會繼續說下去！」美琪低語著。「我把正等候著的故事說下去。開始吧！」她想像著肥胖的毒蛇頭在夜之堡上頭睡不著而來回走著，不知道有個女孩企圖在同一個夜裡在死神耳際低聲說著他的名字。

她拿出腰帶間費諾格里歐寫給她的信，還好髒手指沒有讀到。

親愛的美琪，信裡說，我希望妳不會對我寄給妳的東西感到失望。那滿奇怪的，但我確信，我顯然只能寫出不牴觸和我至今寫過關於墨水世界的東西。我必須遵循我自己定下的規則，就算是常在我

不自覺的情況下安排的。

我希望妳父親沒事。據我聽到的，他這時已成了夜之堡的階下囚——而我可說難辭其咎。是的，我承認這點，妳這時一定已經發現，畢竟是我拿他來當松鴉的活範本的。我很抱歉，但我眞的認爲這個點子不錯。妳父親在我的幻想中，是個十分高貴的強盜，而我怎麼會知道，他眞的捲進了我的故事中？不管怎樣，他在這裡，而毒蛇頭不會放了他，只因我是這樣寫的。我沒有創造他，美琪。這個故事必須忠於原貌，那是唯一的辦法，因此我只能寄給妳這些文字，那雖然只能先阻止妳父親被處決，但希望到了最後，還是能救出他來。相信我。我想我附上的文字，是唯一能讓這個故事眞的圓滿結束的機會，而妳不是喜歡結局圓滿的故事嗎，對不對？

繼續把我的故事說下去，美琪！免得它自行發展！

我很想親自把這些文字帶給妳，但我得照看著柯西摩。我眞怕我們把他的事看得太簡單了。妳保重，等妳見到妳父親時（希望很快），幫我問候他，還有那個拜倒在妳石榴裙下的男孩——啊，對了，就算他一定不想聽，也告訴髒手指，他實在配不上他美麗的妻子。

擁抱一下！

費諾格里歐

附註：既然妳父親還活著，我便懷疑我讓妳帶到森林中給他的文字，是不是眞的有用？希望是這樣，美琪，那有可能，只是因爲我在某種程度上來說，把他變成了一個我的角色——那關於松鴉的所有故事不就會有好下場了，不是嗎？

哎，費諾格里歐。他可真是個會幫自己說好話的高手。一陣風吹進窗中，吹動著羊皮紙，彷彿這個故事等不及想快點聽到新的文字似的。「好，好，別急，我就開始了。」美琪低聲說著。

她並不常聽她父親唸書，但卻很清楚記得莫賦予每個字適合的聲調，每一個字……房間裡靜悄悄的，沒有一絲聲響，整個墨水世界，每個精靈，每棵樹，就連大海，似乎都等著她的聲音。

「好多夜晚以來，」美琪開始唸著，「毒蛇頭都靜不下來，妻子沈沈睡著，是第五任了，比他三個大女兒年紀還小。她的身子在被褥下隆起，懷著他的孩子。這回一定要是男孩，她已幫他生了兩個女兒。要是這回再是女孩的話，他會把她趕走，就像他趕走另外三任妻子一樣。他會把她送回她父親那，或山裡面哪個孤零零的城堡。

她儘管怕他，為什麼還是睡得著，而他卻在自己華麗的房中來回走著，像頭馬戲團的熊在自己的籠裡一樣？

因為那偌大的恐懼只衝著他來，對死神的恐懼。

他就等在窗外，在那些他拿自己身強體壯的農人換來的窗玻璃外。只要黑暗圍籠住他的城堡，像蛇纏住老鼠一樣時，死神便把自己的醜臉貼著窗子。他夜裡的火把愈點愈多，愈來愈多的蠟燭，但恐懼還是揮之不去——讓他哆嗦，讓他的膝蓋抖到站不起來，讓他看到自己的未來：骨肉分離，蠕蟲咬噬著他，最後白衣女子帶走了他。

毒蛇頭雙手摀住嘴，免得門口的守衛聽到他的啜泣。恐懼，恐懼著所有日子的結束，恐懼著空無，恐懼，恐懼，恐懼，恐懼著死神已盤據在他體內，無影無蹤，一直成長蔓生，吞噬著他！——那個他唯一無法打敗的敵人，無法燒死、刺死、吊死，唯一無法逃開的敵人。

在一個漆黑而且看來無止盡的夜晚，不同之前的那些晚上，他尤其恐懼，像從前經常出現的舉動

那樣，把大家都叫醒，那些不像他顫抖出汗、在自己床上安眠的所有人，他妻子、沒用的浴療師、訴願的人、文書、總管、他的信使和那個銀鼻子的吟遊藝人。他讓廚子在廚房忙著幫他煮頓大餐，但當他坐在自己餐桌前，手指油膩膩抓著剛烤好的肥肉時，一名女孩來到了夜之堡。她一無所懼地走過守衛，要和他談個交易，和死神的交易……」

沒錯，這會發生，因爲她唸了出來。那些文字擠出美琪的嘴唇，彷彿編織著未來，每個聲調，每個單字，都是一條線……美琪忘了周遭的一切：療養院、她坐著的乾草袋，就連法立德瞧著她時悶悶不樂的臉……她繼續編織著費諾格里歐的故事，她在這只是爲了這點，她用自己的呼吸和聲音編織著有聲的線——爲了救她父親和母親，還有這個她變出來的奇特世界。

等美琪聽到那些激動的聲音時，她起先還以爲是來自這些文字。她不情願地抬起頭，她還沒把整篇唸完，還有幾個句子等著，等著她教它們呼吸。看著字，美琪！她心想。專心——而當一陣沈沈的敲擊聲響徹療養院時，她嚇了一跳。那些聲音愈來愈大，急促的腳步聲朝她這傳來，羅香娜出現在門口。「他們從夜之堡來了！」她小聲說。「他們有張妳的畫，一張奇怪的畫。快點，跟我來！」

美琪試著把寫著最後幾句的那張羊皮紙塞進自己袖子中，但接著改變主意，把它塞進自己衣服的領口中，希望在那粗布料下，不會浮現出來。她舌尖上仍嘗得到文字，仍見到自己站在毒蛇頭面前，一如所唸過的那樣，但羅香娜抓起她的手，拉走了她。一個女人的聲音從柱廊傳來，貝拉的聲音，然後是一名男人的聲音，嘹亮粗暴。羅香娜沒放開美琪的手，繼續拉著她，經過那許多門，後頭的病人不是睡著，便是醒來聽著自己沈重的呼吸。倉梟的房間空著，羅香娜拉著美琪進去，推上門栓，四處看著。窗子上了欄杆，而腳步聲愈來愈近。美琪似乎聽到倉梟的聲音和另一個恐嚇者的粗暴聲音。接著，突然間靜了下來，他們停在門口。羅香娜摟住美琪的肩膀。

「他們會帶妳走！」她小聲對她說，而外頭倉梟正在極力勸阻著。「我們會通知黑王子，他在城堡裡有探子。我們會想辦法幫妳，妳聽到了嗎？」

美琪只點點頭。

有人猛敲著門。「開門，小女巫，還是要我們來抓妳？」

書，全是書，美琪退到書堆間，就算她想要，也沒有一本她可以拿來找救兵的。書裡保存的知識幫不上她。她瞧著羅香娜，想要求援——卻見到她臉上同樣的無助。

他們帶走她，會發生什麼事？還有多少句沒有唸？美琪絕望地回想著自己是在哪中斷的……

他們又再敲門。木門嘎吱作響，就快斷裂的樣子。美琪朝門口走去，推開門栓，打開了門。她無法一下數出來狹窄的走廊上站了多少位士兵，只知人數眾多。他們的首領是火狐狸。儘管他嘴和鼻子前繫了一條布，美琪還是認出他來。他們臉上全繫著布，而未被遮住的眼睛裡，滿是恐懼。我希望你們全都在這染上瘟疫，美琪心想。我希望你們像蒼蠅那樣死去。火狐狸身旁的一名士兵踉蹌後退，像是聽到她的想法似的，但讓他嚇到的，卻是美琪的臉。「女巫！」他脫口而出，瞪著火狐狸手中拿的東西。美琪立刻認出那細細的銀框，那是她的照片，放在愛麗諾圖書館中的照片。

那些帶著武器的男人中響起一陣竊竊私語，但火狐狸粗魯地抓住她的下巴，直到她的臉對著他。「我就知道，妳是那個廄房中的小妮子。」他說。「我得承認，妳在那裡不像一名女巫！」

美琪試圖把頭轉開，但火狐狸並不鬆手。「做得好！」他對一名站在那些身懷武器的男人間不知所措的女孩說，她赤著腳，穿著在療養院中工作的人所穿的簡單長袍。卡拉，那不是她的名字嗎？

她低下頭，瞧著士兵塞到她手中的一枚銀幣，彷彿從未見過這種閃亮動人的東西似的。「他說我會有工作。」她聲音小得幾乎聽不見。「在城堡廚房中工作，那個銀鼻子跟我這樣說的。」

火狐狸只不屑地聳聳肩。「那妳找錯人了。」他說，轉過身不理她。「我這回也得帶上你，切寶石的。」他對倉梟說。「你又讓不該來的訪客進門。我已告訴毒蛇頭，該放一把火燒了這裡，一場大火，這我仍然很擅長，但他並不想聽。有人對他說，他的死神來自火中，那時候起，他只讓我們點蠟燭。」他聲音中，顯然對他主子的優柔寡斷感到不屑。

倉梟看著美琪。我很抱歉，他的眼神說著。而她還從中看出一個疑問：髒手指在哪裡？是的，在哪裡？

「讓我跟她一起去。」羅香娜走到美琪身旁，試著摟住她的肩，但火狐狸粗暴地推開她。

「只要魔法畫上的這個女孩，」他說：「還有浴療師。」

羅香娜、貝拉和其他幾名女子跟著他們來到通往海邊的門。浪花在月光下發亮，沙灘上空無一人，除了幾處沒人仔細瞧著的足跡。士兵帶來載運囚犯的馬，美琪那匹馬在一名士兵把她舉上乾瘦的馬背時，緊貼著耳朵。直到馬馱著她往山上慢慢走去時，她才敢不動聲色地四處打量，但除了沙上的腳印外，沒有髒手指和法立德的蹤影。

火與水

文字記載的知識，不就是沒有文字記載的知識留下的影子？

——紀伯倫《先知》

髒手指揮手要法立德離開樹叢間時，療養院的牆後悄然無聲。沒人因爲夜之堡的人而哭，沒人咒罵。大多數的女人都回到病人和瀕死的人身旁，只有羅香娜還站在沙灘上，瞧著士兵們消失的方向。

髒手指拖著疲憊的步子走向她。

「我去追他們！」法立德在他身旁結巴說著，握住棕色的拳頭。「反正那座臭城堡跑不掉的！」

「混蛋，你在那說什麼？」髒手指喝叱他。「你難道以爲自己可以這樣大搖大擺走進去？那是夜之堡，他們可是拿砍下的頭裝飾城垛的。」

法立德縮起頭，瞧著那些直入雲霄、彷彿要刺穿星星的銀色塔樓。「但是——但是美琪……」他結結巴巴著。

「好，好，沒事的，我們會尾隨過去的。」髒手指激動地說著。「而且我的腿現在也想爬爬山路，但我們不這樣衝過去，你還要先學些東西。」

那男孩看著他，放下了心頭大石——好像已在期待爬進毒蛇窩中了。髒手指看他這樣盲目，也只能搖搖頭。

「學東西？學什麼？」

「就是那個我一直想教你的。」髒手指走向水邊，要是這條腿痊癒就好了……

羅香娜跟著他。「你在那說什麼？」她來到他和那男孩中間時，臉上混雜著憤怒與恐懼。「你不能去那座城堡！全都完了，你們神奇的信根本沒有扭轉乾坤！」

「這我們再看看。」髒手指只這樣回答。「那要看美琪有沒有唸或唸了多少。」

他試著推開她，但羅香娜擋開他的手。「我們去通知王子吧！」她聽來絕望無比。「你難道忘了城堡上那些殺人放火的傢伙？太陽還沒出來，你就一命嗚呼了！巴斯塔呢？還有火狐狸和笛王呢？有人會認出你的臉！」

「是誰說我想露臉的？」髒手指回答。

羅香娜退了開，仇視地瞧了法立德一眼，那男孩只得把臉轉開。「這是我們的秘密，至今你只告訴過我，而你自己也說過，除你之外，不會再有人會！」

「那孩子也辦得到！」

他朝浪潮走去時，沙在他腳步下嚓嚓作響，直到浪花舔著他的靴子，他才停了下來。

「她在說什麼？」法立德問。「你想教我什麼？會不會很難？」

髒手指回頭看著，只見羅香娜慢慢走回療養院。她沒再轉過身，消失在那扇單薄的門後。

「到底是什麼？」法立德迫不及待地拉著他的袖子。「快說。」

髒手指轉過身對著他。「水與火，」他說：「並不太相容，甚至可以說相斥，但當水與火相戀時，那可是激情強烈。」

他接著低吟出來的話，並沒花多久時間，但火聽懂了。一道火舌舔著被海水沖上沙灘上潮濕礫石。髒手指彎身，像誘小鳥般，把那道火舌誘入他空空的手中，小聲吩咐它要做的事，答應它來一幕這火舌從未演出過的夜戲，等它嗶剝回答，熊熊燃起，燙傷了他的皮膚時，他把火舌拋到濺起泡沫的浪花中，張開手指，彷彿仍拿著看不見的繩子綁著火舌。海水吞掉火花，像魚吞掉蒼蠅一般，但那火舌愈燒愈亮，而這時髒手指在岸邊張開了手臂。

那火嘶嘶作響，熊熊燃燒，模仿他的動作，沿著浪潮向左右而去，愈來愈寬，直到鑲上火焰的浪花朝岸上拍來，把一條火帶像個愛情信物一般，沖到髒手指腳前。他雙手伸進燃燒的浪花，等到再站起來，他的手指間有個精靈飛舞著。她和自己森林中的姊妹一樣是藍色的，但周身有著火紅的光芒，而眼睛就像孕育她的火焰一樣紅。髒手指雙手包覆著她，像捧著一種奇怪的蝴蝶般，等著讓皮膚搔癢起來的熱度，跟著熾熱沿著手臂而上，彷彿突然間自己的血管裡流的不是血，而是火，直到一直燒到他的肩下，他才讓那小東西惡聲咒罵地飛走，一如他們被誘來和海水演出火之戲時的舉止一樣。

「那是什麼？」法立德見到髒手指被染黑的雙手和手臂時，吃驚地問道。

髒手指從腰帶抽出一條布，小心翼翼擦掉皮膚上的煤灰。「這個，」他說：「便是帶我們進城堡的東西，只是這個煤灰，只在你親自從精靈那裡弄來才會有效，所以換你上工了。」

法立德難以置信地看著他。「我辦不到！」他結結巴巴說著。「我不知道你怎麼做的。」

「胡說！」髒手指從水邊回來，蹲坐在潮濕的沙上。「你當然做得到！只要想著美琪！」

法立德抬頭瞧著城堡，拿不定主意，而海浪正舔著他的赤腳，像是在邀他演出似的。

「上頭那裡看不到這個火光？」

「那座城堡比看起來要遠很多，相信我，我們往上爬的時候，你的腳會證明這點。就算守衛見到什麼，也只會以爲是閃電或火精靈在水上飛舞。不過，你什麼時候在表演前變得這麼婆婆媽媽的？我只知道一點——要是你再猶豫下去，我一定也會認爲上去那裡是個鬼主意。」

這說服了法立德。

他把火舌拋進浪花中時，滅了三次，但第四次，火焰照他吩咐，鑲著海浪——或許並不像髒手指那樣靈活，但海水也爲法立德燃燒著。火焰今晚二度和水演出。

「不錯。」等到那男孩驕傲地打量著自己手臂上的煤灰時，髒手指說。「把煤灰均勻塗在你胸口、腿上和臉上。」

「爲什麼？」法立德瞪大眼睛看著他。

「因爲這會讓我們隱形。」髒手指回答，同時把煤灰抹上自己的臉。「直到太陽升起。」

和風一樣無影無蹤

「眞是太抱歉了，血大人，伯爵先生，大爺。」他諂媚地說。「全都是小的錯，小的的錯——我沒看到您啊——我當然看不到了，您隱形了嘛——您大人不計小人過，就饒了皮皮鬼這一回吧，大爺。」

——J・K・羅琳《哈利波特：神秘的魔法石》

隱形的感覺眞怪。法立德既覺得無所不能，又感到絕望，彷彿自己在哪都不存在似的。最糟的是，他看不見髒手指，只能依賴自己的聽覺。「髒手指？」他不停小聲問著，同時跟著他走在夜裡，每次，他都會輕聲回答：「我在這，就在你前面。」

帶走美琪和倉梟的士兵不得不走一條路況不佳、許多地方幾乎被植物遮沒住的路，經過許多大彎道蜿蜒而上山丘。髒手指則挑了一條越過田野，然後登上斜坡的路，那對馬來說都太陡峭，更甭提盔甲武士了。法立德盡量不去想髒手指的腿有多痛，只是不時聽到他低聲咒罵，也不斷停下來，但卻無影無蹤，只有夜裡的呼吸氣息。

城堡果眞比從沙灘那裡看來遠得多，但城牆最後仍在他們面前直聳入雲。和這個要塞比起來，翁布拉的城堡在法立德看來，不過是個玩具，是由一名愛吃愛喝的侯爵興建出來，沒有任何作戰考量。而夜之堡的每塊石頭似乎都是爲備戰而鑿出來的，在法立德跟著髒手指喘氣時，滿懷恐懼地想像著，攻上這個陡坡，一定會面對城垛上傾倒下來的滾燙瀝青和急射過來的弩箭。

他們抵達城門時，離天明還早，仍可保有幾個小時的隱形，但大門嚴閉，法立德都快失望得哭出來了。「門關著！」他結結巴巴說著。「他們已經把她帶進去了！現在怎麼辦？」每吸口氣，他都感到疼痛，他們算是快馬加鞭了，但現在像玻璃一樣透明，像風一樣無影無蹤，又有什麼用呢？

他察覺到身旁髒手指的身體，在這個多風的夜裡顯得溫暖無比。「是的，門當然關著！」他小聲對他說。「那你以爲呢？我們倆會趕上他們？就算我沒像個老太婆一樣一瘸一瘸的，我們也辦不到！但你等著看——他們今晚一定會再爲某個人開門，就算只是一名他們的奸細也一樣。」

「我們說不定可以爬上去？」法立德期待地抬頭瞧著灰禿禿的牆，看到城垛間拿著長矛的衛哨。

「爬上去？我看你眞的是愛昏了頭。你有沒有看到這城牆又高又滑啊？算了吧，我們等下去。」

他們面前矗立著六個絞架，其中四個吊著死人。法立德很慶幸黑夜讓他們看來像一捆捆舊衣服似的。「該死！」他聽到髒手指喃喃說著。「爲什麼這個精靈粉末不能讓恐懼像身體一樣消失掉呢？」沒錯，法立德也會這樣想，但他不怕守衛、巴斯塔或火狐狸，而是擔心著美琪，非常憂慮。現在他隱了形，只讓情況更惡化，似乎除了心中的痛楚外，自己已一無所有了。

一陣冷風吹起，法立德正用自己的氣息溫暖著隱形的手指時，便聽到劃破深夜的蹄聲。

「太好了！」髒手指低聲說著。「看來換我們走運了！記住，不管發生什麼事，我們都得在破曉前離開。陽光讓我們現身的速度，幾乎和你呼喚火舌一樣快。」

蹄聲愈來愈響，一名騎士從黑暗中現身，不是穿著毒蛇頭的銀白色披肩，而是紅黑色的衣服。

「你看看！」髒手指低語著。「這不是黑炭鳥，還會是誰。」

一名守衛從城垛上朝下喊著，黑炭鳥應聲回答。

「來吧！」城門嘎吱開啓時，髒手指壓著嗓子對法立德說。他們緊跟著黑炭鳥，法立德幾乎可以碰到他坐騎的尾巴。叛徒！他心想。齷齪的叛徒。他真想把他拉下馬鞍，拿刀抵住他的脖子，問他送什麼消息到夜之堡來，但髒手指推著他往前，經過大門，來到院中。他拉著他，而黑炭鳥這時朝城堡的廄房騎去。那裡聚著一群盔甲武士，顯然夜之堡像他們被人議論紛紛的主人一樣，無法成眠。

「聽好！」髒手指小聲說，同時把法立德拉到一個拱門下。「這座城堡大得像一座城市，和迷宮一樣曲折。拿煤灰在你走過的地方做記號，我可不想後來去找你，只因你像個在森林中的孩子一樣迷路了，懂嗎？」

「但黑炭鳥該怎麼辦？是他洩漏了秘密營地的地點，對嗎？」

「大概吧，現在先別管他，想著美琪。」

「但他也是囚犯之一！」一隊士兵大步走過他們身邊，法立德嚇得避開，他還是不相信他們真的看不見他。

「那又怎樣？」髒手指的聲音聽來像是風自己在說話似的。「所有叛徒最古老的偽裝方法。你會把你的奸細藏到哪去？當然是你的祭品中了。笛王大概對他說過幾次，他是出色的噴火藝人等等話，跟著他就成了他最好的朋友。這個黑炭鳥挑朋友的品味很怪。但現在幹活去吧，不然等到陽光讓我們現身的話，我們還站在這裡呢。」

他的話讓法立德不由自主抬頭瞧著天空。這是一個漆黑的夜晚，就連月亮在這種漆黑中，似乎都顯得絕望，而他的眼神離不開那些銀色的塔樓。

「毒蛇的窩！」他低語著，接著察覺髒手指隱形的手又再粗魯地拉著他。

毒蛇頭

死亡的念頭
盤旋在我的幸福之上
如同烏雲
遮住了新月。

——布朗《死亡的念頭》

火狐狸把美琪帶來時，毒蛇頭正在吃東西，正如她所唸的那樣。他用餐的大廳華麗無比，而肥肉侯爵的寶座大廳一比之下，就像農屋一樣樸素。火狐狸拉著美琪朝他主人走去的地磚上，撒著白色的玫瑰花瓣。一片燭海在獸腳燭台上綻放，而燭台旁的柱子上鑲著銀片，在燭光照耀下，像蛇皮一樣閃閃發光。無數的僕役在這些鱗片柱子間穿梭，低著頭，無聲無息。侍女們恭順地列成一排，等候主人的召喚。他們全都看來疲憊，一如費諾格里歐描寫的那樣，被人從睡夢中拉起來。一些人悄悄地背靠著綴有掛毯的牆面。

毒蛇頭身旁，一名女子坐在似乎能夠容納百位客人的桌旁，像瓷娃娃一樣白皙，一張孩子臉，要不是美琪早知道的話，會以爲她是毒蛇頭的女兒。這位銀色爵士自顧自地貪婪大吃，彷彿吃著這些擺在黑布桌面上無數餐盤中的食物，亦可同時呑掉自己的恐懼似的，但他的妻子什麼都不吃。在美琪看來，見到自己大吃大喝的丈夫，彷彿讓她作嘔，她不斷用戴著戒指的雙手摸著自己隆起的身子。奇怪的是，懷了孕讓她看起來更像孩子，一個有著憤恨的薄唇和一對冷眼的孩子。

站在毒蛇頭身後，銀鼻子的笛王一腳踏在腳凳上，魯特琴倚在大腿上，輕聲唱著，同時手指百無聊賴地撥弄著琴弦。但美琪的目光沒在他身上久留，她在桌子末端見到了一個再熟悉不過的人。當摩托娜迎著她的目光，露出一個讓美琪膝蓋發軟的勝利微笑時，她的心一下踉蹌起來，跟個老太婆的腳一樣。摩托娜身旁懶懶坐著那名髒手指在磨坊中弄傷的男人，他的雙手纏著繃帶，額頭上的頭髮被火燒出一道痕跡。巴斯塔的情況更加嚴重，他坐在摩托娜旁邊，臉又紅又腫，美琪幾乎認不出他來，但他又再次逃出鬼門關，說不定他一直帶在身上的護身符還真的有點作用……

火狐狸緊抓著美琪的手臂，身穿厚重的狐毛大衣朝毒蛇頭走去——似乎想用這種方式，表示自己是親自抓到這個小東西的。他把她粗暴地推到餐桌前，把裱背的照片丟到餐盤之間。

毒蛇頭抬起頭，佈滿血絲的眼睛看著她，美琪在他眼神中，仍可見到費諾格里歐文字中那可怕的一夜所留下的跡象。他抬起自己的肥手後，身後的笛王便不再唱了，把魯特琴倚在牆上。

「這就是她！」火狐狸宣稱，而他主人這時則拿了一塊繡花布擦掉手指和嘴唇上的油膩。「我真希望我們要找的每個人都有這種魔法畫，那我們的探子就不會老是抓錯人了。」

毒蛇頭抓起那張照片，拿來和美琪比較。她試圖低下頭，但火狐狸逼她把頭抬起。

「不可思議！」毒蛇頭確認道。「我最傑出的畫師也不可能把這女孩畫得這麼像。」他百無聊賴地抓起一根銀籤，剔著牙齒。「摩托娜說妳是個女巫，是這樣嗎？」

「沒錯！」美琪回答，直視他的眼睛。現在得看看費諾格里歐的文字是不是又會成真。要是她能整個唸完就好了！她奔波了一大段路，但仍察覺自己衣服下那些文字仍在等候著。忘了那些字，美琪！她心想。現在得先讓唸出來的文字成真——並期望毒蛇頭會和妳一樣，扮演他自己的角色。

「沒錯？」毒蛇頭重複道。「所以妳不否認？妳知不知道我一般怎麼對付女巫和魔法師的？我燒死他們。」

是那些話，他說著費諾格里歐的話，和他安排他說出來的一模一樣，和她在幾個鐘頭前在療養院中唸出來的一模一樣。

她知道自己該回答什麼，那些話完全未經思索就浮現在腦海中，彷彿是她自己的，而不是費諾格里歐的。美琪瞧著巴斯塔和另一個男的。費諾格里歐沒寫到他們，但答案正好符合。「最後被燒到的人，」她平靜地說道，「是你的手下。這世界只有一個人可以駕馭火，那並不是你。」

毒蛇頭呆呆看著她——像一隻肥貓一樣等在那裡，不知道該如何對付剛抓到的老鼠才最有趣。

「喔！」他那低沈黏膩的聲音說道。「你說的大概是那個火舞者，愛和那些偷獵者及強盜爲伍。妳以爲他會來救妳嗎？那我便能把他送上那些最聽命於他的火堆，一勞永逸了。」

「我不需要任何人來救。」美琪反駁。「就算你沒找人來抓我，我無論如何都要來找你。」

那些銀柱間冒出了笑聲，但毒蛇頭探身到桌前，好奇打量著她。

「什麼！」他說。「眞的？爲什麼？爲了求我放了妳父親？那個強盜是妳父親吧，對嗎？至少摩托娜這樣表示，她甚至說，我們也抓了妳的母親。」

摩托娜！費諾格里歐沒想到她，沒有隻字片語提到她，但她卻坐在那，露出她那喜鵲的眼神。別去想，美琪！冷靜！就像那一晚妳召喚出影子時一樣無比冷靜。但她現在要從哪裡找到合適的答案？自己想吧，美琪，就像一名忘了台詞的女演員，她心想。快點！說妳自己的話，就這樣插到費諾格里歐所寫的劇情裡，像是新的調料一樣。

「喜鵲沒說錯。」她回答毒蛇頭，果然，她的聲音聽來鎮定，好像她的心不像被追捕的小動物那樣在胸口怦怦跳著。「在她幾乎殺死我父親後，你抓了他，我母親也被你關到地牢中。但是，我並不是來這求你高抬貴手，而是想和你談個交易。」

「聽聽這小女巫在說什麼！」巴斯塔的聲音恨到顫抖起來。「爲什麼不乾脆讓我把她削成一片片的，你們拿去餵狗算了？」

但毒蛇頭沒理他，目光沒離開美琪的臉，像是想在那裡找出她沒說出的話。想想髒手指，她心想。他也不會讓人看出自己的想法或感覺。試試看！應該不會太難的。

「交易？」毒蛇頭順帶抓起他妻子的手，像是剛好在自己盤子旁見到似的。「你想賣什麼我拿不到的東西？」

他的手下笑著，而美琪盡量不去理會自己怕到不聽使喚的手指。她嘴裡冒出來的，又是費諾格里歐的文字，那些她唸過的文字。

「我父親，」她盡量鎮靜地說下去：「不是強盜，他是個書籍裝幀師和魔法師，他是唯一不怕死神的人。你不是見過他的傷口？浴療師難道沒跟你說，那種傷應該會致死？然而沒什麼能殺死莫。摩托娜試過了，但他死了嗎？沒有。雖然白衣女子已把英俊的柯西摩交給死神，但莫把他召喚回來，只要你放了莫和我母親，你也不用再怕那些白衣女子，因爲我父親——」美琪緩緩說出最後的字眼，「——可以讓你永生。」

大廳裡悄然無聲。

直到摩托娜的聲音劃破寂靜。「她說謊！」她喊著。「這小女巫說謊！別相信她。那是她的舌頭，她那個魔法舌頭，那是她唯一的武器。她父親當然會死，沒錯！把他帶來這，我證明給您看。我親自動手，就在您面前，而這回我不會失手的！」

不！美琪的心開始狂跳，彷彿想跳出她胸口一般。她做了什麼？毒蛇頭瞪著她，但等他終於說話時，看來像是根本沒聽到摩托娜說的話似的。「怎麼做？」他只這樣問。「妳父親要怎麼辦到妳承諾的話？」他現在已經想到下一夜了。美琪看到他眼裡的神情。他想到等候著他的恐懼：比前一晚更強烈，更無情……

美琪探身到餐桌上，說出那些彷彿她又再朗讀出來的話：「我父親會幫你裝幀一本書！」她輕聲說著，除了毒蛇頭外，最多只有他那個娃娃般的妻子能聽到。「在我的協助下，他會幫你裝幀一本書，一本五百頁空白的書，會用木頭和皮革包覆，鑲上銅釦，你親手在第一頁寫下你的名字。但只要他把書交給你，你就要放了他，以資感謝，還有那些他要你放了的人，你再把書藏到只有你自己知道的地方，因爲只要這本書存在，你就不會死。沒有什麼東西可以殺了你，不管是疾病，還是武器——只要這本書完好無損的話。」

「果眞如此！」毒蛇頭那充滿血絲的眼睛瞪著她，氣息帶著甜味，像是陳年的酒一般。「要是有人燒了書或撕毀的話？紙可不像銀那麼牢靠。」

「你自己當然得好好照護著。」美琪輕聲回答——但那本書還是會殺了你，她在腦海裡繼續說著，彷彿聽到自己的聲音再次唸出費諾格里歐的文字（文字在舌尖的滋味眞是美妙！）；**但那個女孩有一點沒告訴毒蛇頭：那本書不只會讓他永生，也能殺了他，只要有人在書的空白頁上寫下三個字：心，血，死。**

「她在那偷偷說什麼？」摩托娜站了起來，骨頭突出的拳頭撐在桌面上。「別聽她的！」她對毒蛇頭吆喝著。「她是個女巫和騙子！我還要對您說多少次？殺了她，她和她父親，免得他們先殺了您！說不定那老頭幫她把那些話寫了下來，那個我對您提過的老頭！」

毒蛇頭第一次轉身面對她，在那一瞬間，美琪怕他可能眞會相信摩托娜，但跟著見到他臉上的怒意。「住嘴！」他對喜鵲吼道。「山羊可能會聽你的話，但他玩完了，跟那個幫他撐腰的影子一樣，而我會容忍妳待在這個宮廷中，只因妳對我還有些用！但我不想再聽妳瞎說那些會讓文字活過來的魔法舌頭，還是什麼老頭。再說一句，我就把妳丟到妳過去出身的地方——和那些廚房女僕在一起。」

摩托娜臉色慘白，彷彿血管中沒有一絲血液般。

「我警告過您！」她啞著嗓子說。「您別忘記！」接著她便鐵青著臉又坐回位置上。巴斯塔不安地瞧了她一眼，但摩托娜沒理他，只盯著美琪，滿是仇恨，美琪只覺得那眼神像是會在她臉上燒出個洞一般。

不過，毒蛇頭取出自己的刀，叉起面前銀盤中的一隻烤小鳥，津津有味地塞進嘴唇間。和摩托娜吵了一架，顯然讓他胃口大開。「我是不是沒聽錯？妳會協助妳父親工作？」他問，同時把細骨頭吐在一名急忙趨上前來的僕人手中。「就是說，他把自己的技藝教給了女兒，就像一般工匠師傅把技藝傳給兒子那樣？妳一定知道，在我的王國中，是禁止父傳女的，是不是？」

美琪無畏地看著他。就連這些話也是出自費諾格里歐筆下，一字一句，而她知道毒蛇頭接下來要說的是什麼——因爲她也唸過……

「妳這個漂亮的小妮子，觸犯這條法律的工匠，」他繼續說：「一般我會讓人砍掉右手，但不管了，這回我就破例，因爲那對我有好處。」

他同意了！美琪心想。他讓我跟莫在一起，一如費諾格里歐的計畫。她一高興，便得寸進尺。

「我母親，」她說，雖然費諾格里歐並未寫到，「她也可以幫忙，這樣會更快完成。」

「不，不！」毒蛇頭津津有味地微笑著，彷彿美琪眼中的失望比他面前銀盤中的所有食物，更有滋味一樣。「妳母親待在地牢，算是個小鼓勵，讓你們倆加緊工作。」他不耐煩地打了個手勢給火狐狸。「你還等在那裡幹什麼？帶她到她父親那！並告訴那個圖書館管事，要他今晚就把書籍裝幀師需要的東西全都弄來。」

「到她父親那？」火狐狸抓住美琪的手臂，但卻一動不動。「您該不會相信她那些女巫的瞎話吧！」

美琪幾乎忘了呼吸。現在會怎樣？沒有任何她唸過的痕跡。大廳裡沒有人走動，就連僕役都杵在他們剛剛待的地方，寂靜幾乎觸手可及。不過，火狐狸繼續說：「一本把死神關住的書！只有小孩才會相信這種故事，也是一個小孩想出來救她父親的詭計。摩托娜說的對，快點把他絞死，免得我們成了農夫們的笑柄！要是山羊的話，早就下手了。」

「山羊？」毒蛇頭吐出那個名字，就像他吐在僕人手中的一根細骨頭一樣。他說話的時候，沒瞧著火狐狸，但他臃腫的手指在桌上握成了拳頭。「摩托娜回來後，我便常聽到這個名字。但就我所知，山羊死了，就連他那個貼身女巫也制止不了，而你，火狐狸，顯然忘了誰是你的新主子。我是毒蛇頭！七代以來，我的家族統治著這片土地，而你那位舊主子只不過是一個滿臉煤灰的鐵匠的私生子！你原本是個殺人放火的傢伙，一個殺人犯，而我把你封爲我的傳令官。我想，要是多點感謝倒是說得過去，還是你想另尋新主？」

火狐狸的臉幾乎變得和他頭髮一樣紅。「不，陛下。」他幾乎聲不可聞地說著。「不，我不想。」

「那好！」毒蛇頭又起像栗子一樣堆在銀盤中的一隻鳥。「那就照我剛說的話去做。把這女孩帶去她父親那，並設法讓他盡快工作。你們有照我吩咐把那個浴療師倉梟帶來嗎？」

火狐狸點點頭，沒再看他主子。

「好，讓他每天去看她父親兩次。我們要讓我們的囚犯過得好，懂嗎？」

「懂了。」火狐狸沙啞地回答著。

他把美琪從大廳拉走時，左右都不瞧一眼。所有的眼睛尾隨著她——但只要她回看，便全都避了開。女巫。當時在山羊的村子，她便被人這樣稱呼過了。說不定眞是如此。在這時候，她覺得自己力量龐大，似乎整個墨水世界都聽命於她的舌頭。他們帶我去找莫，她心想。他們帶我去他那。不過，對毒蛇頭來說，這是他結束的開端。但當僕役在他們身後關上大廳大門時，一名士兵擋住了火狐狸的去路。

「摩托娜要我轉告您一些事！」他說。「您該徹底搜一下這個女孩，看看有沒有一張紙，或寫過字的東西。她說，您應該先檢查袖子，她曾在那藏過東西。」

美琪還沒完全明白過來時，火狐狸便已抓住她，粗魯地把她的袖子推高。等他在那沒發現任何東西時，便想伸手到她衣服內，但她推開他雙手，自己拿出那張羊皮紙。火狐狸從她手指中奪過，露出一個文盲茫然的眼神瞪著那些文字一會，然後一言不發地把羊皮紙交給那名士兵。

當他繼續拉著她，美琪怕到頭都暈了。要是摩托娜把那張紙給毒蛇頭看的話？要是，要是？……

「好了，快走！」火狐狸低吼著，推著她上了一道樓梯。美琪麻木地走上陡峭的階梯。費諾格里歐，她想著，費諾格里歐，幫幫我。摩托娜知道我們的計畫了。

「站住！」火狐狸粗暴地抓住她的頭髮。四名武裝士兵看守著上了三道鎖的門。火狐狸點頭示意他們開門。

莫！美琪心想。他們真的帶我來找你了。這個想法抹去了所有其他的念頭，連關於摩托娜的也不例外。

牆上的火

看哪！看哪！在白牆上
像人的手一樣冒了出來。
在白牆上一直寫著
火的文字，寫了後跟著消失。

——海涅《貝爾扎沙》

髒手指和法立德溜進夜之堡後，陰暗寬大的走廊上悄然無聲，只聽到成千隻蠟燭的蠟滴落到有著毒蛇頭紋章的石磚上。僕役輕手輕腳地從他們身邊匆匆經過，侍女則低著頭。無數的通道和像是為巨人打造的高聳門口都站著守衛。每道門上，毒蛇頭紋章中那攻擊獵物的蛇，都在銀鱗片中閃閃發光，門旁掛著巨大的鏡子，而法立德總是不斷在鏡子前停下來，在那光亮的金屬中確認自己真的隱了形。

髒手指在手中舞動著一團槲果大小的火，讓那小子能跟著他。僕役們從一間他們經過的大廳中端出美食，香味讓髒手指痛苦地想到自己隱形的胃，當他像毒蛇頭的蛇一樣無聲無息穿過那些男人身旁時，便聽到他們壓低聲音說著一名年輕的女巫和一樁會救下松鴉的交易。髒手指仔細聽著他們，跟他們的聲音一樣無形，弄不清自己心裡哪種感情較為強烈：是為費諾格里歐的文字顯然再度成真鬆了口氣，還是害怕那些文字，那老頭紡就出來的隱形紗線，就連毒蛇頭都被纏住的紗線，讓他夢想著長生不死，而同時費諾格里歐卻早已寫下他的死期。但美琪被帶走之前，是不是也真的唸出那些致命的文字？

「現在怎麼樣？」法立德低聲對他說道。「你聽到了嗎？他們把美琪和魔法舌頭關在一起，在一座塔樓中！我該怎麼去那？」他的聲音顫抖不已。天哪，愛情真是一種折磨。那些看法略有不同的人，是還未體會過那該死的心悸。

「算了吧！」髒手指對那小子小聲說。「塔樓中的牢房門禁森嚴，你就算隱形，也無法通過。而且，上面一定守衛眾多，畢竟他們仍認爲自己抓到了松鴉。你還是溜進廚房，聽聽那些男女僕役說什麼，在那往往可以打聽到最有趣的事，但要小心！我再說一次：隱形不代表不會死。」

「那你呢？」

「我會去城堡下面的地牢，去看看那些更可憐的囚犯，去找倉梟和美琪的母親。你看到那個大理石胖子了嗎？大概是蛇頭的某個祖先，我們約在那見。還有，別想跟著我！法立德？」但那男孩已經離開，髒手指按捺住一聲咒罵。好像他們聽不到他那被愛沖昏頭的心在跳！

走去地牢，又遠又黑，一名幫倉梟工作的女醫士對他描述了入口的所在。每當髒手指走過守衛身邊時，沒有一位轉過頭來。兩名看守在只有一支火把照明的潮濕通道中晃著，底端是一道門，門後便往下直通夜之堡致命的五臟六腑，像個鐵胃一般消化人類，並不時排泄出幾名死者。在那個沒人想走進去的門上，也有一條蛇在耀武揚威，但這條銀蛇纏住了一個死人骷髏。

守衛在爭執著，有關火狐狸，但髒手指沒時間細聽。他只慶幸自己從他們身旁溜過時，他們無暇他顧。他打開一道小門縫時，門輕輕嘎吱作響，剛好夠他鑽過去——一顆心幾乎要停止跳動——，但守衛沒有轉過身來。他要拿什麼來換取像法立德那樣無畏的心，就算那顆心顯得輕浮。

門後幽暗無比，他即時召出火舌，自己隱形的腳才沒跌下門後那道陡峭磨損的樓梯。絕望與恐懼像深處冒出的煙霧，在他心中湧現。據說，這道樓梯直通山丘底部，一如城堡的塔樓直聳雲霄，但髒手指還未碰過能夠證實這種說法的人。在被關到下面的熟人中，他沒有見過任何一位活著離開。

髒手指，髒手指，他心想，然後走下階梯，這一段路可是危機重重，而只不過是爲了和兩位老友打個招呼，再說，他的來訪根本幫不上他們。但還好，他多年來就像身邊的法立德一樣，跟在倉梟屁股後面跑，至於蕾莎——或許他最後念及她的名字，只是想讓自己相信，絕對不是因爲她的緣故，才走下這個混蛋無比的樓梯。

可惜，隱形的腳也會發出聲響，但好在有人迎面而來只有一次。那是三名看守，幾乎和他擦身而過，嘴中的大蒜味直撲他的臉，在那個最胖的傢伙碰上他之前，他緊貼著牆才好不容易躲過。他在樓梯漆黑的下半段，沒碰到任何人。不同於城堡上頭的精雕細琢，這裡粗鑿出來的牆面上，每隔幾公尺就燃著一根火把。髒手指經過一個房間兩次，衛哨坐在裡頭，在他潛行而過，比一陣風還輕，卻一樣無影無蹤時，他們頭抬都沒抬。

等到樓梯終於來到盡頭時，他差點就和一名一臉百無聊賴、在燭光通明的走廊上來回巡視的看守撞個滿懷。他悄無聲息溜過他身邊，查探著幾乎那些只是一個洞穴的地牢，裡頭低矮，無法站立，而另外的地牢則大得可以關上五十名男人。一名囚犯在這下面當然很容易被人遺忘，而髒手指一想像到蕾莎在這陰暗中的感受時，心就揪在一起。這許多年來，她不斷被關，而這回，她的自由之身還不到一年。

他聽到聲音，隨著聲響下到另一個通道，直到聲音轉大。一名矮小禿頭的男子迎面而來，緊貼著他的身子而過，髒手指屏住呼吸，但那個人沒注意到他，只喃喃唸著什麼笨女人，消失在轉角。髒手指背靠著潮濕的牆聽著。有人在哭——一名女子，而另一名正在安撫她。通道底只有一間牢房，一個裝上柵欄的陰暗洞穴，旁邊燃著一根火把。他該怎麼穿過那該死的柵欄？他緊緊擠入柱條間。蕾莎坐在那，摸著另一名女子的頭髮，安慰著她，而兩指的坐在一旁，拿一根小笛子演奏著一首悲傷的曲子。十指健全的人都無法像他七根手指這樣精彩演奏。髒手指不認識其他人，不管是蕾莎旁的女人，還是其他男人。倉梟不在其中。他們帶他去哪了？難道跟魔法舌頭關在一起？

他四處瞧著，仔細聆聽，不知何處傳來一個男人的笑聲，大概是守衛。髒手指把一根手指伸進燃燒的火把，低語著火的語言，一道火舌便像隻啄食麵包屑的麻雀般，跳上他的指頭。他第一次教法立德如何在牆上用火寫下自己的名字時，那小子的黑眼珠幾乎要迸出腦袋來。這其實不難。髒手指把手穿過柱條，手指在粗石頭上畫著。他寫著蕾莎二字，見到兩指放下笛子，瞪著燃燒的文字。蕾莎轉過身。天哪，她看來那麼悲傷！他應該早點來的。還好，她女兒沒看見她這個樣子。

她起身，朝自己的名字踏上一步，顯得猶豫不決。髒手指用火畫了一條像箭頭的線，指著他的方向。她走向柵欄，瞪著空蕩蕩的空氣，難以置信，又不知所措。

「對不起，」他說：「妳今天看不見我的臉，但還是像以前那樣帶著疤。」

「髒手指？」她朝空抓去，而他那隱形的手指握住了她的手。果真，她會說話了！黑王子說她會說話時，他還不相信呢。

「妳的聲音眞好聽！」他低語著。「和我一直以來的想像很接近，妳的聲音什麼時候恢復的？」

「摩托娜射傷莫的時候。」

兩指一直瞪著她這一邊，那個被蕾莎安慰的女人也朝他們轉過身來，只是一直不出聲……

「你還好嗎？」她小聲說道。「美琪怎麼樣？」

「她沒事，一定比妳好多了。她和那個作家合起來想讓這則故事好轉。」

蕾莎一手緊抓住柱條，一手握著他的手。「她現在在哪裡？」

「大概跟她父親在一起。」他見到她臉上的驚恐。「是的，我知道，他被關在塔樓上面，但她想這樣做。這一切都是費諾格里歐計畫的一部分。」

「那他怎麼樣？莫怎麼樣？」

嫉妒仍在，心眞是個笨東西。「他應該會沒事，而且因爲美琪，他暫時不會被絞死，所以不要難過。妳女兒和費諾格里歐想出了很不錯的辦法來救他，他、妳和其他人……」有腳步聲接近。髒手指放開蕾莎的手，退了回去，但那腳步聲又再遠去。

「你還在嗎？」她的眼睛在黑暗中搜尋著。

「在。」他再次握住她的手指。「我們最近似乎只在地牢中見面！妳丈夫裝幀一本書需要多久時間？」

「一本書？」

他又聽到腳步聲，但這回很快就逐漸消失。

「沒錯，這故事很瘋狂，但費諾格里歐寫了出來，妳女兒唸了，所以大概會成眞。」

她的手伸出柵欄，直到手指觸及他的臉。「你眞的隱形了！你怎麼辦到的？」她聽來像個小女孩般好奇。她對自己不知道的一切都很好奇，他愈來愈喜歡她這點。

「只是個精靈的老把戲！」她的手指摸過他帶疤的臉。你爲什麼幫不了她，髒手指？她在下面這裡會瘋掉的！要是他打倒一名守衛的話？但那還有那道無止盡的樓梯，然後是那座城堡，那個大院子和那個光禿禿的山丘——沒有地方可以藏身，沒有樹可以遮掩她，只有石頭和士兵。

「你太太呢？」她的聲音眞美。「你找到她了嗎？」

「找到了。」

「你對她怎麼說？」

「說什麼？」

「你離開的那段時間。」

「沒有。」

「我把一切都告訴莫。」

是的，她大概會這麼做。「只是，魔法舌頭知道妳在說什麼，但羅香娜大概不會相信我，不是嗎？」

「對，大概不會。」她低下頭一會，彷彿記了起來，記起那段他無法訴說的歲月。「王子跟我說，你有個女兒。」她低語著。「你爲什麼從來沒跟我提過她？」

兩指和哭腫臉的那個女人繼續瞧著他們這裡，希望他們這時候以爲那些火字是自己的幻想。牆上現在只見得到一絲煤灰痕跡，而對著空氣說話，畢竟在地牢中還滿常見的。

「我有兩個女兒。」不知哪裡有人大喊，嚇了髒手指一跳。「大的像美琪這樣，但跟我不太說話，她想知道我這十年去了哪。說不定妳知道什麼我能跟她說的故事？」

「那第二個女兒呢？」

「她死了。」

蕾莎默不出聲，緊握一下他的手。「我很遺憾。」

「是的，我也是。」他轉過身，一名看守站在通道入口前，對另一個喊了什麼，接著一臉不悅地又晃走開了。

「三週，或四週！」蕾莎小聲說著。「莫大概需要這些時間，要看書的厚薄而定。」

「好，這看來還可以。」他的手伸過柵欄，摸著她的頭髮。「蕾莎，和在山羊家那些年比起來，幾週根本不算什麼！要是妳想一頭撞牆的話，就考慮一下答應我。」

她點點頭。「告訴美琪，我很好！」她小聲說著。「也告訴莫，好嗎？你也會見到他們吧，是不是？」

「當然！」髒手指撒了謊。答應她又有何妨？不然他還能怎麼幫她？另一個女人又開始啜泣，哭聲在發霉的牆面間迴盪著，愈來愈響。

「混蛋，安靜點！」

看守朝門口走來時，髒手指緊貼著牆。那是個胖傢伙，一個大塊頭，他在他身旁停下來時，髒手指屏住呼吸。在那駭人的一瞬間，兩指正好盯著他的方向瞧，彷彿看得到他似的，但跟著眼睛飄移開來，在黑暗中查探著，或許找著牆上另一個火字。

「別再哀嚎了！」那名看守拿起木棒敲打柵欄時，蕾莎試著安撫那女子。髒手指幾乎找不到任何角落再縮進去了。那名在哭的女子把臉埋到蕾莎的裙中，而那名看守嘟噥了一聲，便轉身大步離去。髒手指等他的腳步聲消失後，才再來到柵欄前。蕾莎跪在將臉一直埋在她衣服間的女子身旁，輕聲安撫著她。

「蕾莎！」他低聲說著。「我得走了。他們今晚有沒有帶一名老人到下面這裡來？一名自稱倉梟的浴療師。」

她又再走到柵欄邊。「沒有，」她低語著：「但看守們提到一名被抓起來的浴療師，在治療城堡中的所有病人後，會和我們關在一起。」

「那就是他，幫我問候他。」把她孤零零留在黑暗中，他很難受。他很想救她出牢籠，就像他在市場上救出精靈一樣，但蕾莎無法逃脫。

樓梯腳下，兩名看守嘲笑著那個老被火狐狸搶走飯碗的劊子手。髒手指像條壁虎似的，靈巧地竄過他們身旁，但其中一名還是轉過身來，一臉茫然的樣子，說不定是聞到髒手指身上像第二件大衣般的火的味道。

夜之堡的塔樓中

你絕不會像你進來那樣出去。

——法蘭西絲・史普福特《書裡的孩子》

他們帶美琪來的時候，莫睡著了。只有高燒才讓他入睡，高燒讓他清醒的思想麻木，每時每刻，日日夜夜，他被關在一座銀塔樓高處通風的牢房，同時聽著自己的心跳。那些逼近的腳步聲驚醒他時，月光正穿過圍著柵欄的窗戶照射進來。

「起來，松鴉！」一根火把的光芒落在牢房中，火狐狸把一個瘦小的身影推進門。

蕾莎？怎麼會有這種夢？一場美夢？

但他們帶來的，並不是他的妻子，而是他女兒。莫吃力地坐起身子。當美琪用力抱住他，讓他痛得喘不過來，臉上卻察覺到了美琪的眼淚。美琪。他們也抓到她了。

「莫？說話啊！」她抓住他的手，憂心地看著他的臉。「你好嗎？」她低聲說著。

「你們看看！」火狐狸譏諷道。「松鴉還眞有個女兒。她一定會立刻對你說，她是自願來這，就像剛剛想騙毒蛇頭那樣。她和他達成一個交易，讓你不被吊死的交易。你該聽聽她說的那些瞎話，你簡直可以把這個甜言蜜語的丫頭賣給流浪藝人。」

莫問都沒問，一等守衛在火狐狸身後把門拴上後，便把美琪拉了過來，吻著她的頭髮、她的額頭，雙手捧著她的臉，確定是在森林廄房中最後一次見到的那張臉。「天哪，美琪。」他說，同時背靠著冰冷的牆，因爲自己仍站不起來。他很高興她在這裡，既高興又絕望。「他們怎麼抓到妳的？」

「根本不要緊，一切都會沒事，相信我！」她摸著他襯衫上一直有著乾血跡的地方。「你在廄房中，看來奄奄一息的樣子……我以爲自己再也見不到你了。」

「我在妳枕頭上見到那封信時，也這樣想過。」他拭去她睫毛上的淚水，就像多年來習慣那樣。她長得多大了，幾乎不再是個孩子，雖然自己還能清楚看到那個孩子。「天哪，見到妳眞好，美琪。我知道，我不該這樣說，一個好父親會說：親愛的女兒，每次我這樣做，妳都一定得把自己關起來嗎？」

她不得不笑出聲，但他看到她眼中的憂心。她的手指摸著他的臉，彷彿在那發現之前沒有過的影子似的。說不定，就算白衣女子沒把他帶走，卻留下了她們的指印。

「別這樣憂心地看著我！我好多了，眞的，而妳知道爲什麼。」他拂開她額頭上和她母親幾乎一樣的頭髮。想到蕾莎，讓他心痛，像根刺一般。「那是力量強大的文字，是費諾格里歐爲妳寫的？」

美琪點點頭。「他還寫了更多東西給我！」她悄聲在他耳邊說著。「會救出你的文字，你和蕾莎及所有其他的人。」

文字。他的一生似乎便是文字織就的，他的生和他的死。

「他們把妳母親和其他人帶到城堡下面的地牢去了。」他清楚記得費諾格里歐的描述：夜之堡的地牢，恐懼宛如黴菌一般依附在牆上，陽光從未溫暖過那些黑石頭……什麼樣的文字會把蕾莎從那裡救出來？把他從這個銀色的塔樓救出來？

「莫？」美琪把手擱在他肩上。「你想你能工作嗎？」

「工作？爲什麼？」他不得不微笑著，好久以來第一次。「你以爲，如果我幫他修復書，毒蛇頭就會忘了想把我吊死這件事嗎？」

當她輕聲對他講著費諾格里歐如何救他的點子時，他一次都沒打斷她的話。他在自己的乾草袋上坐起，仔細聽著美琪說話，過去那幾天幾夜，他躺在上面，數著其他不幸的人在牆上刻出的刻痕。她說得愈多，費諾格里歐的計畫就愈顯得瘋狂，等她說完後，莫搖搖頭——然後微笑著。

「不笨嘛！」他輕聲說。「沒錯，這個老狐狸眞的不笨，他知道自己的故事。」只可惜，摩托娜現在大概也知道這個修訂版本了，他在腦海中繼續說著。還有妳還沒唸完前，就被打斷。一如以往一樣，美琪似乎能從他額頭上讀出他的想法。他在她眼中看到這點，拿食指摸著她的鼻樑，像她還小的時候他習慣那樣，她那時手還幾乎不能握住他的手指。小美琪，長大的美琪，勇敢的美琪……

「老天，妳比我勇敢太多了。」他說。「和毒蛇頭打交道，我眞想看看。」

她摟住他的脖子，摸著他疲倦的臉。「你會看到的，莫！」她小聲說。「費諾格里歐的文字總會成眞，在這個世界比在我們的更有力量。畢竟那些文字也讓你復元過來，不是嗎？」

他只點了頭。不管他說什麼，她只要聽聽他的聲音，就能知道他並不認同她認爲結局會圓滿。美琪小的時候，只要他感到沮喪時，她立刻就會注意到，但當時還比較容易說個笑話，或玩文字遊戲，講個故事，來轉移她的注意。而這期間，事情再也不那麼簡單。除了她母親蕾莎外，沒人能像美琪那樣輕易看穿莫的心。蕾莎也是這個樣子看著他的。

「妳一定聽過，爲什麼他們把我帶到這裡的原因，對不對？」他問。「我是個大名鼎鼎的強盜。妳還記得，我們怎麼扮演羅賓漢？」

美琪點點頭。「你一直要當羅賓。」

「而妳就是諾丁罕的治安官。惡勢力比較強大，莫。聰明的孩子，妳總是這麼說。妳知道，他們怎麼稱呼我嗎？妳會喜歡那個名字的。」

「松鴉。」美琪幾乎低語出那個名字。

「沒錯，正是這個。妳怎麼想？說不定還有點希望，眞正的松鴉會在我被行刑前要回他的名字，對嗎？」

她相當認眞地看著他，好像知道一些他不知道的事。

「沒有另外一個，莫。」她輕聲說著。「你就是松鴉。」她沒再多說，抓起他的手臂，把他的袖子推高，手指摸著那巴斯塔的狗咬過的疤。「我們到費諾格里歐的家時，這些傷口剛要痊癒。他給了你藥膏，讓傷口比較好癒合，你還記得嗎？」

他一點都聽不懂，不知道她說什麼。「是啊，然後呢？」

「你就是松鴉！」她又說了一次。「沒有別人。費諾格里歐寫出松鴉的曲子，全是杜撰出來的，因爲覺得他的世界缺了個強盜——而他拿你當範本！妳父親在我的幻想中，是個十分高貴的強盜，他信裡是這樣寫給我的。」

隔了好一會，莫才眞的明白這些話在說什麼，突然間，他不得不笑出聲，聲音大到守衛打開門上的小活動柵欄門，疑惑地朝裡打探。莫收起臉上的笑容，回瞪回去，直到那守衛罵了一聲，又再消失爲止，然後，他頭枕著背後的牆，閉上了眼睛。

「我很遺憾，莫。」美琪低聲說著。「眞的很遺憾。費諾格里歐有時候是個很糟糕的老頭子！」

「喔，唉。」

說不定因爲這樣，奧菲流士才能輕易把他唸了過來，因爲他畢竟已經融入到這個故事中了。「妳怎麼想？」他說。「我現在應該感到榮幸，還是扭斷費諾格里歐的老脖子？」

美琪把手擱上他的額頭。「你發著高燒，躺下來吧，你必須休息一下。」

他對她說過同樣的話多少次，在她床邊坐了多少晚……痲疹、水痘、猩紅熱……「天哪，美琪。」當她又染上了百日咳時，他呻吟著。「妳就不能少生一樣兒童的疾病嗎？」

高燒幾乎讓他動彈不得，當美琪探身過來時，他還以爲是蕾莎坐在他身旁，但美琪的髮色比較淺。

「髒手指和法立德躲在哪？他們不是跟妳在一起，對嗎？他們也被抓了嗎？」高燒讓他舌頭沈重。

「不，我想沒有。你知道髒手指有妻子嗎？」

「知道，就是因爲她，巴斯塔才劃破他的臉。妳見過她嗎？」

美琪點點頭。「她很漂亮，法立德在吃她的醋。」

「真的？我還以爲他愛妳。」

她臉紅了。

「美琪？」莫坐起身。天哪，這高燒什麼時候才會退，讓他像個老頭一樣四肢無力。「喔，不！」他輕聲說。「我大概錯過了什麼。我的女兒戀愛了，而我卻錯過了！又有一個理由咒罵這本該死的書。妳應該留在法立德身邊的！我會沒事的。」

「不！你不會！他們不會吊死你！」

「那還是可能發生。那男孩現在一定非常擔心妳，可憐的傢伙。他吻了妳嗎？」

「莫！」她尷尬地轉開臉，但卻微笑著。

「我一定要知道，我想，我甚至一定要同意，對不對？」

「莫，別說了！」她拿手肘頂了他身側一下，就像每次他取笑她時，她的老動作一樣——而當他痛得臉扭曲時，她嚇了一跳。「對不起。」她小聲說著。

「還好，只要會痛，就代表我還活著。」

風把蹄聲吹了過來，武器鏗鏘作響，人聲迴盪在夜裡。

「妳知道嗎？」莫小聲說。「我們來玩玩我們以前的遊戲，想像自己在另一個故事中，像是在哈比人村子，那裡一片祥和平靜，不然和瓦特一起待在灰雁群中。妳覺得呢？」

她默不出聲好一陣子，然後抓住他的手，低聲說著：「我寧可想像我們一起在無路森林裡，你、我和蕾莎。那我便可以讓你們看看精靈、火精靈、低吟的樹和——或者，不，等一下！巴布盧斯的作坊！沒錯。我想和你一起去那。他是一名書籍彩繪師，莫！在翁布拉城堡上！最棒的一個。你可以看見那些畫筆和顏料……」

她聲音突然激動起來，她還是可以像孩子般忘掉一切——拴住的門和院子上的絞刑台，只要想到幾支畫筆就夠了。

「那好吧。」莫說，又摸著她淺色的頭髮。「妳想怎樣就怎樣。我們想像我們在翁布拉的城堡中，我真想看看那些畫筆。」

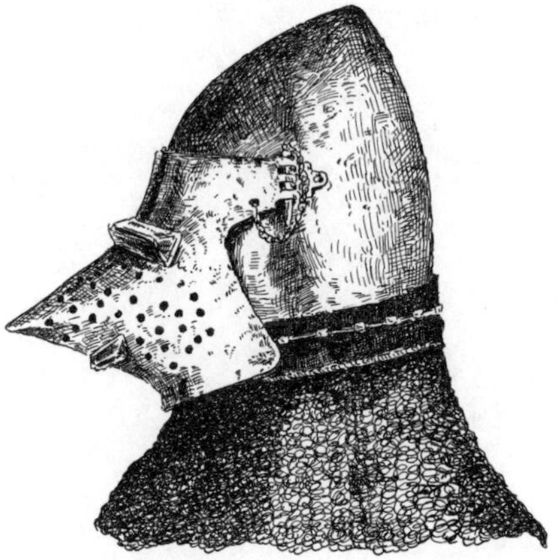

現在怎麼辦？

我夢到一本無限的書，
一本未被裝幀起來的書，
書頁裡散落著大量的幻想
每一行中，都畫出了一條新的地平線，
可能是新的天堂；
新的國度，新的靈魂。

——克里夫・巴克《阿巴拉特》

法立德像約定那樣，已等在雕像旁。他躲在雕像後，顯然還是難以相信自己是隱形的——而他沒見到美琪。髒手指從他聲音中聽得出來，因爲失望而沙啞。「我進了塔樓，甚至見到了牢房，但實在守衛森嚴。在廚房中，大家說她是個女巫，然後會殺了她，跟她父親一起！」

「那又怎樣？你以爲他們會說什麼？還有其他的嗎？」

「有，有關火狐狸的，說他會把柯西摩送回死神那去。」

「啊哈，沒有任何關於黑王子的？」

「只有說他們在找他，但沒找到。他們說，那頭熊和他會交換形體，所以有時候熊是王子，而王子是熊，而且他會飛和隱形，會救出松鴉！」

「眞的？」髒手指輕笑著。「王子聽到會高興的。好，來吧，該走了。」

「走了？」髒手指察覺到法立德手指緊抓著他的手臂。「爲什麼？我們可以躲起來，這城堡這麼大，沒人會發現我們！」

「是嗎？那你在這想幹什麼？就算你能把美琪從牢房後變出來，她也不會跟你走的。你忘了她和毒蛇頭的交易嗎？蕾莎說，裝幀一本書要好幾週，而毒蛇頭未拿到書前，大概不會傷他們一根毫髮，所以別再賴著了！先去找王子，我們得告訴他黑炭鳥的事。」

外頭仍然一片漆黑，彷彿永遠不會日出。他們這回藉著一群盔甲武士溜出城堡大門。髒手指很想知道他們這麼晚動身去哪。希望不是去抓王子，他心想，詛咒著出賣大家的黑炭鳥。

盔甲武士沿著毒蛇山往森林的路揚長而去。髒手指站在那看著他們的背影，突然間一個毛茸茸的東西跳到他身上。他嚇得踉蹌撞上一個絞刑架，兩條腿在他頭上晃來晃去，而葛文緊抓著他的手臂，如此理所當然，彷彿牠主人一直都是隱形的。

「混蛋！」他抓住那頭貂時，心都快跳出喉頭來了。「你還眞想置我於死地，是不是？你這畜生，」他斷聲對牠說。「你從哪來的？」

羅香娜從城堡圍牆的陰影中現身，像是在回答。「髒手指？」她低聲說，同時眼睛搜索著他隱形的臉。偷偷摸摸在她腿後冒出來，抬起鼻子嗅聞著。

「是啦，不然還有誰。」他把她拉了過來，緊貼著城牆，免得城垛上的衛哨看到她。他這次沒問她爲什麼跟著他們。他很高興她在這裡，就算她那鬆了口氣的臉有一瞬間讓他想起了蕾莎——以及臉上的悲哀。「我們現在在這做不了什麼。」他對她小聲說。「不過，妳知道黑炭鳥是夜之堡的座上嘉賓嗎？」

「黑炭鳥？」

「是啊，眞是壞消息。妳先回翁布拉，照顧葉罕和布麗安娜。我會去找黑王子，告訴他這件怪事。」

「那你要怎麼找到他？」羅香娜微笑，像是看得出他無所適從的樣子。「要我帶你去找他嗎？」

「妳？」

「是啊。」守衛在上方互喊著。羅香娜把髒手指再往牆側拉進來。「王子很照顧自己的彩衣人。」她小聲說。「你一定想得到，他花在殘疾老弱、孤兒寡母身上的金子，不只靠市集上的表演掙來的。他的手下全是身手矯捷的偷獵者和稅務官的眼中釘，他們在森林裡到處有藏身之所，往往用來照顧傷病之人……蕁麻不想和強盜有所瓜葛，地衣女也一樣，至於大多數的浴療師，這群強盜又信不過，所以他們終於找上我。我不怕森林，我在最陰森的角落待過。箭傷、斷骨、重感冒等，我都知道如何治療，而且王子相信我。對他而言，我一直是髒手指的妻子，就算我嫁給了另一個人。他說不定是對的。」

「是嗎？」髒手指嚇了一跳，一陣輕咳劃破了夜晚。

「你不是說我們必須在日出前離開嗎？」法立德的聲音帶著責備意味。

精靈與火爲證——他忘了那小子，而法立德說的對。離破曉已經不遠，而夜之堡的陰影下，絕不是談死去的丈夫的好地點。

「好，把貂抓好！」髒手指在夜裡嘶聲說。「但別再這樣把我嚇得要死，懂嗎？不然，我絕不准你再次隱形。」

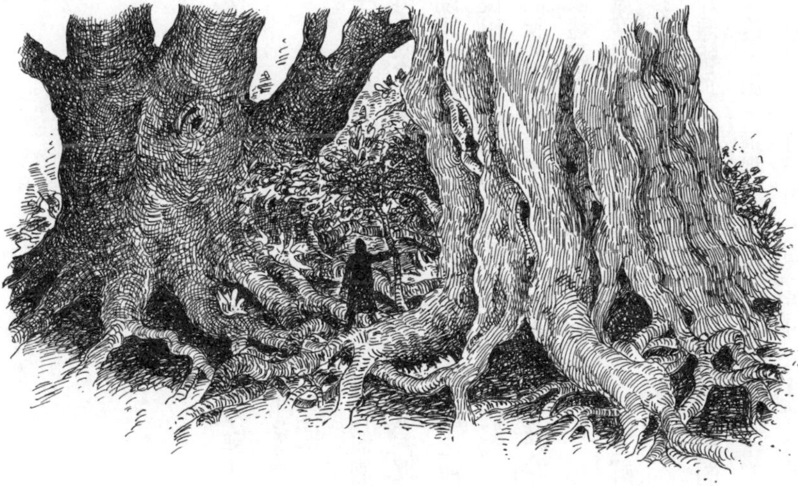

獾穴

「喔，莎拉，那聽起來像個故事一樣。」

「那是一個故事——我們大家都是一個故事——妳，我，敏菁小姐！」

——法蘭西絲・哈森・班妮特《小公主》

法立德板起一張臉跟著髒手指和羅香娜在夜裡走，臉色簡直和他們上頭的天色一樣陰沈。把美琪留在城堡上，讓他難受，不管再怎麼合理，現在，還又多了一個羅香娜。就算他不得不承認，她看來似乎知道要往哪去。他們不久後便安穩隱藏在荊棘叢的第一個藏匿之所，只是已經被棄置。在下一個時，他們碰上兩名男子，對方拔出刀有備無患，但在羅香娜和他們說了一會後，才把刀插回腰帶。雖然髒手指和法立德隱了身，他們說不定還是察覺到他們兩人在場。好在，羅香娜過去大概治療過其中一名的嚴重潰瘍，所以那人最後透露出在哪可以找到黑王子。

獾穴。法立德似乎聽到這個字眼兩次。「他們的大巢穴。」羅香娜只這樣說。「我們必須在天亮前到那，但他們也警告我，路上會有士兵，不少的士兵。」

在那之後，法立德時不時好像聽到了遠方有刀劍鏗鏘的聲音、馬的鼻息聲、行軍的腳步聲——但這些也可能只是他的想像。不久後，第一道陽光穿過了他們頭上濃密的葉片，他們的身子逐漸浮現，有如沈沈的水中倒影一般。不需要再找著自己的手腳，可以再見到髒手指，感覺眞好，就算他走在羅香娜身旁也一樣。

法立德不時察覺到她看著自己的樣子，彷彿仍想在他黝黑的臉上找出和髒手指類似的地方。在她的農莊中，她問過一兩次他的母親。法立德很想對她說，他母親是位公主，比羅香娜漂亮一大截，而髒手指非常愛她，留在她身邊十年，直到死神從他身旁奪走了她，只留給他這個黑皮膚、黑眼睛，形影不離跟著他的兒子。但他的年紀不合，此外，要是羅香娜向他打聽故事的眞實性，髒手指很可能勃然大怒，法立德最後只好回答說自己的母親死了——而那大概也是對的。要是羅香娜笨到相信髒手指會回到她身邊，只是因爲失去了另一個女人的話……那就更好。髒手指瞧著她的每一眼，都讓法立德滿懷嫉妒。要是哪天他留在她身邊，待在那個香草田地的農莊上的話，那該怎麼辦？要是他再也不想周遊集市，而是寧可留在她身邊，吻著她，和她一起歡笑，就像現在這段時間，而忘了火和法立德的話，那該怎麼辦？

在森林愈來愈密，夜之堡似乎只是個噩夢開端，十幾名在樹叢間的大男人突然圍住了他們，穿著破衣、拿著武器的男人。他們無聲無息冒了出來，連髒手指都沒聽到他們。他們站在那，臉露敵意，拳頭中握著刀劍，瞪著那兩個胸口和手臂幾乎還是透明的軀體。

「嘿，快嘴，你不認得我了嗎？」羅香娜問道，走向他們其中一人。「你的手指好了嗎？」

那男人的臉一下露出喜色，他是個大塊頭，脖子上有道疤。「啊，藥草女巫。」他說。「當然認得。妳一大早在森林裡瞎晃什麼？而那兩個鬼怪又是什麼？」

「我們不是鬼怪，我們要找黑王子。」髒手指來到羅香娜身旁時，他們全都拿起武器對著他。

「這算什麼？」羅香娜喝叱這些人。「你們看看他的臉，難道你們從未聽過火舞者的事嗎？要是王子知道你們威脅過他，看他不把他的熊放出來咬你們。」

男人們交頭接耳，不安地打量著髒手指帶疤的臉。

「三道疤，像蛛網一樣白。」快嘴喃喃說著。「沒錯，我們都聽過他，但只在歌裡……」

「那是誰說不能相信歌裡唱的？」髒手指在冰涼的晨間呼了口氣，低語著火的語言，直到一道火舌吞沒了他冒著氣的氣息。強盜們退了開，瞪大眼睛瞧著他，彷彿現在才敢確認他是個鬼似的。然而，髒手指雙手向空中抓去，把火滅掉，好像再容易不過。跟著，他彎身在露濕的草上冷卻一下自己的手掌。

「你們看到了嗎？」快嘴瞧著其他人。「和王子一直跟我們說的一模一樣——他抓火就像你們抓兔子一樣，和火說話，就像和情人說話似的。」

強盜們把他們圍在中間。法立德忐忑不安地打量著他們的臉，同時走在他們之間。他們讓他想起其他的臉孔，過去那些日子的臉孔，那些來自另一個不願再想起的世界的臉孔，而他盡可能貼著髒手指的身旁走。

「妳確定這些傢伙是王子的手下？」髒手指輕聲問著羅香娜。

「當然。」她小聲回答。「他總無法找出追隨他的手下。」

法立德對這個答案感到不安。

那些過去收留法立德的強盜，洞窟裡滿是自己的寶藏，比夜之堡的大廳還要華麗。快嘴帶他們過來的這個藏匿地點，根本不能和那些洞窟相比。在高大的山毛櫸間，入口隱藏在一個地縫中，窄到必須擠過去，而後頭的通道，連法立德自己都得縮著頭走，而那個洞窟本身也沒好到哪去。其他通道再從這個洞窟岔出去，顯然深達地底。

「歡迎來到獾穴！」快嘴說，而那些散坐在洞窟地上的男人打量著他們，顯得疑慮。「誰說只有毒蛇頭會往地下挖？這有幾個人在他的礦場中做牛做馬工作了好多年，之後，他們知道如何躲在地底，而不被壓死。」

黑王子一個人待在其中一個洞窟，只有他的熊陪著他，但見到髒手指時，臉上露出喜色，而他們帶來的消息，似乎並不是什麼新鮮事，不像原來想像的那樣。「喔，黑炭鳥。」他說，而快嘴在聽到這個名字時，手指在咽喉劃了一下。「其實我早就該懷疑了，他哪買得起自己玩火表演用的煉金術火藥，絕不可能從他在市集上賺來的那幾塊錢。可惜，我在秘密營地遭到攻擊後，才派人監視他。他很快就和我們救出來的其他人分開，在邊界和毒蛇頭的探子見面，其他被他出賣的人，則被關在夜之堡的地牢中。我卻幫不上他們！呆坐在士兵雲集的森林中。毒蛇頭在上頭集結部隊，在往翁布拉的路上。」

「柯西摩？」羅香娜脫口而出這個名字，王子點了點頭。

「是的，我派了三名信差過去，示警三次。一名回來後報告說，柯西摩只取笑了他。他不記得他這麼愚蠢。他不在的那一年，似乎喪失了理智，想靠一群農民和毒蛇頭開戰。那簡直就像我們和他開戰一樣。」

「我們還有機會。」快嘴說。

「是的，大概吧。」黑王子聽來氣餒，法立德心都揪了起來。他一直暗自抱著希望，更甚於費諾格里歐的文字，但這群像兔子一樣在森林挖洞、衣衫襤褸的男人，能拿夜之堡如何？

有人送吃的東西來，羅香娜察看了髒手指的腿，拿出一種讓洞窟一下瀰漫著春天味道的藥膏來塗抹傷口。法立德不得不想著美琪。他想起自己在寒冷的沙漠之夜的火堆旁聽到的故事，那是關於一位愛上公主的賊，他記得很清楚。他們倆深愛著彼此，能在相隔多哩之外互相訴說衷曲，他們就算隔著牆，也能聽到對方的想法，感受到對方是傷心，還是快樂……但不管法立德再怎麼聽著自己的心，卻什麼也感受不到。沒錯，他甚至不確定美琪是不是還活著。她似乎離開了，就這樣從他心中，從這個世界離開了。等他擦掉自己的眼淚時，才發覺髒手指在看著他。

「我得讓這條該死的腿休息，不然永遠治不好。」他小聲說著。「但我們會回去的，等時候到了……」

羅香娜皺起眉頭，但她一言不發。王子和髒手指開始小聲聊起來，法立德必須緊靠過去，才聽得明白。羅香娜頭枕在髒手指懷裡，不久後便入睡。不過，法立德像條小狗似的蜷縮在他身旁，閉上眼睛，聽著那兩個男人談話。

黑王子想知道魔法舌頭的一切——絞刑是否已經在籌備，他們把他關在哪裡，他的傷勢如何……髒手指告訴他自己所知的一切，也提到那本美琪爲了救她父親而拿來交易的書。

「一本能困住死神的書？」王子難以置信地笑著。「毒蛇頭最近相信童話了？」

對此，髒手指沒說任何話，沒提費諾格里歐，沒提他們全是一位老頭所寫的故事中的角色。換了是他，法立德也不會這樣做的。黑王子大概不會相信有可以決定他命運的文字存在，像擺脫不了的隱形道路般的文字。

那頭熊在睡夢中咕噥著，羅香娜不安地轉著頭。她握著髒手指的手，像是想帶著他一起到她夢裡去。

「你對法立德說，你們會回城堡去。」王子說。「你們可以跟我們一起去。」

「你們想去夜之堡？爲什麼？你想靠這幾個人攻擊那座城堡？還是想告訴毒蛇頭，他抓錯人了？

臉上戴著這個東西的人？」髒手指伸手到地上的被褥間，拿起一個鳥頭面具。松鴉的羽毛被縫在龜裂的皮革上。他把那個面具戴在自己帶疤的臉上。

「我們許多人都戴過這個面具。」王子說。「而現在他們又要因為我們所做的事，吊死一名無辜的人。我無法容忍這點！而這回是位書籍裝幀師。上一回，我們搶走他們運送的銀塊後，他們絞死了一名燒炭工人，只因他手臂上有個疤！他妻子大概還在傷心哭泣。」

「這不只你們幹的事，大部分都是費諾格里歐隨意杜撰出來的！」髒手指的聲音聽來沙啞。「混蛋，王子，你救不了魔法舌頭的，你只會去送死，還是你眞以爲毒蛇頭會因爲你自首，而放了他？」

「不，我沒那麼笨，但我總得做什麼。」王子把手塞進他的熊的嘴中，像以往常做的那樣，而每次，這隻黑手都像奇蹟一樣安然無恙地離開了熊嘴。

「是，是，好。」髒手指嘆了口氣。「你和你那不成文的規定。你根本不認識魔法舌頭！而你怎麼會想爲一個你不認識的人犧牲生命？」

「那你會爲誰而死？」王子反問。

法立德見到髒手指打量著羅香娜的睡臉——然後轉向他。他趕緊閉上眼睛。

「你會爲羅香娜而死。」他聽到王子說。

「或許吧。」髒手指說，而法立德從自己瞇起來的眼睫毛間，看著他的手指劃過羅香娜黑色的眉毛。「或許也不會。你在夜之堡有不少探子？」

「當然。廚房女僕、廄房小廝、幾名守衛，雖然他們都很貴，而最有用的是名馴鷹師，他不時會派出一隻機靈的老鷹送信給我。只要他們選好行刑的日子，我會立刻得知。你也知道，自從你劫了我的刑場後，毒蛇頭就不在隨便那個市集或在城堡院子中行刑示眾。畢竟他從不喜歡這類盛大場合。對他來說，處決犯人是件嚴肅的事，一位可憐的流浪藝人，吊死在城堡大門前的絞刑架便夠了，不用小題大作，但松鴉會死在門後。」

「沒錯，要是他女兒不能靠她的聲音爲他打開這道門的話。」髒手指回答。「靠她的聲音和一本永生不死的書。」

法立德聽到黑王子大笑著。「這聽來簡直就像費諾格里歐的一首新曲子一樣！」

「沒錯。」髒手指聲音嘶啞地回答。「很像他的風格，不是嗎？」

全都完了

開戰了！開戰了！上帝的天使在制止，
而你妖言惑眾！
可惜開戰了——我只希望
對此不用負責。

——馬提亞斯・克勞丟斯《戰歌》

休息幾天後，髒手指的腿好多了，而法立德正對兩頭貂講到他們現在很快就要溜進夜之堡，救出美琪和她父母之際，不幸的消息便傳到了獾穴。一名男子帶回自己在往翁布拉路上打探到的消息，他血流滿面，幾乎站不住腳。

「他們殺了他們！」他只結結巴巴重複說著。「他們殺死所有人。」

「在哪？」王子問。「到底在哪？」

「離這不到兩個鐘頭路程。」那名信差脫口而出。「一直往北。」

王子在獾穴留下十名手下。羅香娜試圖說服髒手指也留下來。「如果你不照顧自己的腿，會永遠治不好的。」她說，但他沒聽她的，於是她也跟著大家默默在森林匆匆趕路。

他們還沒見到事發地點，便早已聽到交戰的聲音。法立德聽到叫喊，痛苦的喊聲和馬匹的嘶鳴，因爲恐懼而變得尖銳。不知何時，王子打了個手勢，要大家放慢腳步。屈身走了幾步後，地面陡降，他們面前便是那條不知何時通達翁布拉城門的路。雖然沒有人往他們這邊瞧，髒手指還是拉著法立德和羅香娜趴下。他們下方，數百名男子在樹叢間戰鬥，但並不是強盜。一般攔路打劫的強盜不會穿著鎖子甲、胸甲，戴著飾有孔雀羽毛的頭盔，也很少騎馬，絲綢大衣上更不會繡有徽章。

羅香娜開始啜泣時，髒手指緊摟住她。太陽在山丘後沉落時，毒蛇頭的士兵一個接著一個殺死柯西摩的手下。這場戰鬥大概持續了一陣子了，屍橫遍野，只剩一小撮仍在馬上力抗。柯西摩也在其中，俊美的臉因爲憤怒和恐懼而扭曲。有一會，這幾名騎士看來似乎可以殺出重圍，但火狐狸接著率領一群宛如致命甲蟲般閃閃發亮的盔甲武士攻入。他們如秋風掃落葉般，屠殺柯西摩和他的隨從，豔紅的太陽這時落下山丘，彷彿在天空中反射出了血流成河。火狐狸親自把柯西摩刺下馬，髒手指把臉埋入羅香娜髮中，似乎不想再見到死神肆虐。然而，法立德沒有別過頭，反而一臉僵直，盯著大屠殺瞧，心裡不得不想著美琪——美琪大概仍相信可以靠著些墨水治癒這個世界裡的一切。要是她不得不瞧見自己剛剛所見的事，是否還會相信下去呢？

只有少數柯西摩的手下倖存下來，十個不到逃到樹叢中，但沒人費力去追殺他們。毒蛇頭的士兵發出勝利的呼聲，像一群人模人樣的禿鷹，開始掠奪屍體，但只放過柯西摩的。火狐狸親自趕走他的士兵，把那個俊美的死人裝載到一匹馬上運走。

「他們爲什麼這麼做？」法立德低聲問著。

「爲什麼？因爲他的屍體可以證實他這次是眞的死了！」髒手指憤恨說道。

「沒錯，他大概是死了。」黑王子低聲說。「要是有人從亡魂中歸來，說不定會認爲自己不會死！但他並不是，他的手下也一樣，而現在幾乎整個翁布拉都是寡婦和孤兒了。」

過了好幾個鐘頭，毒蛇頭的士兵才終於撤離，滿載著他們從死者身上掠奪來的東西。等到樹叢中終於靜寂下來，天色已黑，那種寂靜只在死者在場時出現。

羅香娜率先尋路下了斜坡，她早停止哭泣，臉孔僵直，但是因爲憤怒，還是痛苦，法立德說不上來。強盜們不情願地跟在她後頭，因爲第一批白衣女子這時已站在下面的死者間了。

故事的主宰

嗨！沒有鐵甲頭盔
可以護人不死，
英雄的血化爲烏有
壞人戰勝。

——海涅《女神》

那些強盜找到他時，費諾格里歐正在死者間亂走著。夜已降臨，但他不知道是哪一夜，也不清楚自己和柯西摩離開翁布拉大門後，過了多少天了。他只知道：他們全都死了——敏奈娃的丈夫、他的鄰居和那個老求他說故事的男孩的父親……全都死了。要不是他的馬被嚇到，把他摔下來，他可能也難逃一劫。他爬了開，來到樹叢間，像頭動物一樣躲起來，看著屠殺。

毒蛇頭的士兵離開後，他在一具具屍體間跌跌撞撞走著，詛咒著自己，詛咒著自己的故事，詛咒這個他創造出來的世界。當他察覺到自己肩膀上有隻手時，他起先眞的以爲柯西摩又再復活，但站在他身後的是黑王子。

「你在這想幹什麼？」費諾格里歐喝叱著他，他和他的手下。「你是不是也想找死？快滾，躲起來，別管我。」他拍打著自己的額頭。該死的腦袋，杜撰出他們所有人和那些不幸，讓他們像在烏黑惡臭的水裡跋涉一般！他跪了下來，在一名雙眼圓睜瞪著天空的死者旁，粗野地咒罵自己、毒蛇頭、柯西摩和他的草率倉促——而見到王子旁的髒手指時，突然間默不出聲。

「你！」他結結巴巴著，搖搖晃晃又再起身。「你還活著！雖然我寫了你會死，你卻一直沒死。」他抓住髒手指的手臂，緊緊抓著。

「沒錯，失望吧，不是嗎？」髒手指回答，同時猛地把他的手推開。「你是不是感到安慰，要不是法立德在場的話，我大概也和這些人一樣，冰冷冷地躺著了？畢竟你沒預見到他。」

法立德。喔，對了，那個莫提瑪從沙漠故事中揪出來的男孩。他站在髒手指身旁，瞪著費諾格里歐，彷彿想用自己的眼神殺了他似的。不，這個男孩眞的不屬於這裡，不管是誰派他來保護髒手指的，那人絕不是他費諾格里歐！但整件事可悲之處便在這裡！大家全都到他故事裡插上一腳。這樣怎麼會有好結局？

「我找不到柯西摩！」他喃喃說著。「我找他好幾個小時了，你們有人見到他嗎？」

「火狐狸把他弄走了。」王子回答。「他們可能會把屍體公開示眾，免得有人再宣稱柯西摩還活著。」

費諾格里歐瞪著他，直到那頭熊低吼起來，然後不停搖著頭。「我不明白！」他結巴說著。「這怎麼可能發生？難道美琪沒唸我寫的東西？羅香娜沒找到她嗎？」他絕望地看著髒手指。他還清楚記得自己描述他一命嗚呼的那一天，是他寫過最棒的場景之一。

「不，她把信交給了美琪。如果你不相信我，你自己問她，雖然她這時候大概沒心情說話吧。」髒手指指了指他在屍體間來來回回的妻子。羅香娜，美麗的羅香娜。她探身察看死者，瞧著他們僵直的臉孔，最後跪在一名白衣女子正在靠近的男人身旁。她的耳朵趕緊貼著他，探身察看他的臉，揮手招來兩名拿著火把跟著她的強盜。沒錯，她一定沒心情說話。

髒手指看著他。你爲什麼看來這麼不滿?費諾格里歐想喝叱他。畢竟我也杜撰出你妻子!但他把話吞了下去。「好，羅香娜把信交給了美琪。」他換了話說。「但她有沒有朗讀出來?」

髒手指一臉不屑地打量著他。「她試過了，但同一晚，毒蛇頭把她抓到了夜之堡。」

「喔，天哪!」費諾格里歐四處看著。柯西摩手下的死臉瞪著他。「就是這樣!」他喊道。「我還以爲這只是因爲柯西摩太早宣戰，原來不是這樣!那些文字，我那漂亮的文字……美琪無法唸出來，不然一切都會沒事!」

「才不會沒事!」髒手指厲聲說著，費諾格里歐不由自主往後退。「要不是你把柯西摩召回來的話，躺在這裡的人都不會死!」

王子和他手下難以置信地瞧著髒手指。當然，他們不懂他在說什麼，但髒手指顯然相當清楚。是美琪對他提過柯西摩，還是法立德?

「你們爲什麼這樣瞪著他?」法立德對強盜們大聲說道，同時站到髒手指身旁。「全都和他說的一模一樣!費諾格里歐把柯西摩從亡靈那裡召回。我當時在場!」

那些蠢蛋顯得畏畏縮縮!只有黑王子若有所思看著費諾格里歐。

「胡說八道!」他脫口而出。「沒有人可以從亡靈國度回到這個世界!那不就天下大亂?我創造出一個全新的柯西摩，而一切都該好轉，要不是美琪閱讀時被打斷!我的柯西摩會成爲一個傑出的王公，一個——」

在他繼續說下去前，王子的黑手摀住了他的嘴。「住嘴!」他說。「我們周遭都是死人的時候，別說這些話。不管你的柯西摩從哪來，他已經死了，而那個因爲你的曲子而被當成松鴉的男人，大概也快了。你看來喜歡和死神玩，織墨水的。」

費諾格里歐想抗議，但黑王子已轉向他的手下。「繼續找受傷的人！」他下令道。「快點！是該離開大路上了。」

他們找到二十幾名大難不死的人，數百名死者中才二十幾人活下來。強盜們帶著傷患再度動身時，費諾格里歐默默踉蹌跟在他們後頭，沒問去哪。「那老頭跟著我們！」他聽到髒手指對王子說。「不然要他去哪？」王子只這樣回答——髒手指便不再出聲，但他遠離費諾格里歐，彷彿他是死神本人一般。

空白的紙

我們造出永不消逝的東西，
把布做成永垂不朽的書，
我們把書送給印刷工匠印製，
他們賦予沒有生命的紙生命。

——米夏艾爾・康格爾《白紙之詩》

摩托娜讓人打開莫的牢房時，美琪正說到肥肉侯爵的慶典、黑王子和法立德的火把把戲。外頭門栓推開，摩托娜走進牢房，兩邊跟著巴斯塔和笛王，莫摟住她的肩護著她。灑進來的光線讓巴斯塔的臉看來像煮過的龍蝦。

「你們看，多感人的畫面啊！父女重逢。」摩托娜嘲弄說。「眞是感人！」

「您快點！」守衛透過門對她小聲說著。「要是毒蛇頭知道我放您進來，會把我綁在刑柱上示眾三天的！」

「要是眞是如此，那我給的報酬可不算少吧，是不是？」摩托娜只這樣回答，而巴斯塔面露邪惡的微笑朝莫走來。

「怎麼樣，魔法舌頭。」他呼嚕出聲，「我不是對你說過，你們全都會落入我們的陷阱中？」

「你倒是看起來落入了髒手指的陷阱中。」莫回嘴，而當巴斯塔彈開他的刀表示回答時，趕緊把美琪推到身後。

「巴斯塔！別亂來！」摩托娜喝叱他。「我們沒時間玩你的遊戲。」

摩托娜朝他們走來時，美琪從莫背後現身，想表示自己並不怕她（這自然只是故作勇敢）。

「妳藏在自己衣服下的文字，真是有趣。」摩托娜小聲對她說。「毒蛇頭對提到那三個特別字眼的地方，尤其感興趣。喔，你們瞧，她那漂亮的鼻子周圍變得多蒼白啊！沒錯，毒蛇頭知道妳的計畫了，小鴿子，而摩托娜也不像他想得那麼笨。妳答應他的書，可惜他仍然想要。那個瘋子眞的以爲你們倆能把他的死神關在一本書裡。」喜鵲對這些王公貴族的蠢行皺起鼻子，更靠近美琪。「沒錯，他是個會輕信別人的笨蛋，跟其他王公貴族一樣！」她低聲對美琪說。「我們兩個都知道，是不是？因爲妳帶在身上的那些文字，也提到英俊的柯西摩會攻佔這座城堡，殺死毒蛇頭——靠著妳父親爲他裝幀的那本書之助。但要怎麼進行呢？柯西摩死了，這回徹徹底底死了。沒錯，妳看來很吃驚的樣子，小女巫，是不是？」她那瘦骨嶙峋的手指捏著美琪的臉頰。

莫想推開她的手，但巴斯塔拿刀對著他。

「妳的舌頭失去魔力了，寶貝！」喜鵲耳語著。「那些文字不過只是文字而已，而妳父親爲毒蛇頭裝幀的那本書，只不過是本空白的書——等到銀爵士終於明白過來時，你們倆便躲不過劊子手了，而我摩托娜就報了大仇了。」

「別來煩她，摩托娜！」儘管有巴斯塔的刀，莫還是抓起美琪的手。美琪的手指緊握住他的，而腦袋裡千頭萬緒。柯西摩死了？又再一次？這意味著什麼？什麼都沒有，她心想。什麼都沒有，美琪。因爲妳沒有唸出可以保護他的文字！

摩托娜似乎注意到她如釋重負的樣子，一對喜鵲眼瞇得跟嘴唇一樣細薄。「啊，妳看，這沒讓妳不安？妳以爲我在騙妳？還是妳自己眞相信這本不死之書？妳知道嗎？」喜鵲乾瘦的手指戳著美琪的肩。「那是一本書，而妳和妳父親一定還記得我兒子怎麼對待書的！就算妳承諾他會永生，山羊也絕不會笨到把自己的生命託給一本書！此外……那三個不該寫進去的字眼……我現在也知道了……」

「這是什麼意思，摩托娜？」莫輕聲問著。「妳在夢想巴斯塔登上毒蛇頭的寶座嗎？還是妳自己呢？」

喜鵲趕緊瞧了牢房門口守衛一眼，但他背對著他們，她再面無表情地轉身對著莫。「不管我怎麼想，魔法舌頭，」她對他斷聲說。「你永遠不會知道。對你來說，這故事到此爲止。他爲什麼沒被拷上鐐銬？」她喝叱著笛王。「他還是個囚犯，不是嗎？至少路上綁住他雙手。」

美琪想抗議，但莫瞧了她一眼示警。

「相信我，魔法舌頭！」摩托娜低語著，而笛王粗魯地把他雙手綁在背後。「就算你完成了書後，毒蛇頭放了你——你也走不遠的。摩托娜的話可是比作家的文字更可靠。把他們兩個帶到老房間！」她下令道，同時又朝門口走去。「但他們裝幀書的時候，好好看著他們。」

老房間位在夜之堡最偏僻的地方，遠離毒蛇頭宮廷所在的大廳。巴斯塔和笛王帶他們走過的走廊，灰塵滿佈，而且荒涼。柱子上或門上，沒有銀飾，通風的窗孔上沒有玻璃。

最後，笛王故意在莫前躬身打開門，而那個房間似乎多年沒人居住。罩住床的淡紅色布料，已被蛀蟲咬壞，而小窗台壺罐中的花束，早已枯乾，灰塵落在褪色的花朵上，也在窗下的箱子上覆上一層灰白。房間中央架起一張桌子，支架上擱著一塊長木板，桌後立著一名男子，臉色蒼白如紙，滿頭白髮，手指上有墨水痕跡。他只瞄了美琪一眼，卻仔細打量著莫，彷彿有人要他鑑定他一番的。

「這就是他？」他問笛王。「這男的看來像是這輩子從未碰過書似的，更別提他會懂得裝幀。」

美琪看到莫的臉露出一抹微笑。他一言不發，走向桌子，打量擱在上頭的工具。

「我是泰德歐，這裡的圖書館管事。」那陌生人用沙啞的聲音繼續說著。「我猜，你根本不知道這些東西是什麼吧，但我可以向你保證，光你在那看到的紙，就比你可憐的強盜小命值錢多了，這些最出色的產品，全是來自附近幾千里最好的紙坊，足夠裝幀兩本以上五百頁的書。當然，眞正的裝幀師傅會偏愛羊皮紙，而不是這些精美的紙。」

莫把被綁的雙手伸到笛王面前。「也不一定。」他說，同時銀鼻子一臉不悅地鬆開他。「你該慶幸，我要的是紙，用羊皮紙裝幀這本書，可要不少錢，更別提有幾百頭山羊要因此喪命。至於這些紙的品質，倒不像你所說的那樣出色，做工相當粗糙，不過要是找不到更好的紙，也只能將就使用。我只希望，這些紙至少上好膠了。至於其他的，」莫那專業的手指摸著攤開來的工具，「看來還不錯的樣子。」

刀、摺紙器、固定紙頁的麻布、線團與針、膠水與加熱膠水的缽盆、製作書封的山毛櫸木與包覆書封的皮革……莫一一拿起來檢視，一如他在自己作坊中上工前的動作，然後四處瞧著。「壓床和鎖線器呢？還有，我要拿什麼來加熱膠水？」

「你……傍晚前會拿到你要的所有東西。」泰德歐感到困惑地回答著。

「扣鎖沒問題，但我還要一把銼刀和皮革與羊皮紙製作扣帶。」

「沒問題，沒問題，你說的都會有。」圖書館管事殷勤地點著頭，同時蒼白的臉上露出一個難以置信的微笑。

「好。」莫雙手撐著桌面。「對不起，我還有點虛弱，站不太住，希望皮革會比紙更有韌性，至於膠水，」他拿起缽盆聞了聞，「那就看看是不是夠好了。你再拿糨糊給我，膠水我只用在製作封面上，因爲書蠹很喜歡膠水的味道。」

美琪樂於見到那些吃驚的臉，就連笛王都難以置信地瞪著莫，只有巴斯塔一臉無動於衷。他知道自己帶給圖書館管事的，是個書籍裝幀師，而不是強盜。

「我父親需要一張椅子。」美琪露出敦促的目光對圖書館管事說。「您沒看見他受傷了嗎？難道要他站著工作？」

「站著？不……不，當然不會！絕對不會。我會立刻弄張有靠背的椅子過來。」圖書館管事心不在焉地回答，同時仍一直打量著莫。「您……嗯……對一名強盜來說，顯然很懂裝幀這門技藝。」

莫對他微笑。「沒錯，不是嗎？」他說。「說不定這個強盜過去曾是一名書籍裝幀師？不是常聽說無法無天的人當中，什麼行業都有？農夫、鞋匠、浴療師、流浪藝人……」

「管他過去做什麼，」笛王插嘴道。「他總是個殺人兇手，別被他那柔柔的聲音騙了，書蟲。他殺人可是不眨眼的。要是你不相信我，可以去問巴斯塔。」

「是的，沒錯！」巴斯塔揉著燒傷的皮膚。「他比一窩毒蛇還要危險，而他女兒也好不到哪去。我希望那些刀不會讓你動歪腦筋。」他對莫說。「守衛會定期清點的，每少一把，他們就會割掉你女兒一根手指。你要是想輕舉妄動，他們便會讓你吃不玩兜著走。聽懂了嗎？」

莫沒回答他，但瞧了瞧刀，像是想數一數，以防萬一。「現在快去弄張椅子來！」當莫又再撐著桌子時，美琪不耐煩地對圖書館管事說。

「是，當然！立刻去辦！」泰德歐匆匆離開，但笛王惡毒地笑了笑。

「你們聽聽看這小女巫！像個小王公貴族在這指揮來，指揮去的！這也難怪，畢竟她自稱是個能把死神關在兩片木板中的傢伙的女兒！你怎麼看，巴斯塔？你相信她說的話？」

巴斯塔抓住掛在脖子上的護身符，那不是他為山羊效命時戴的兔子腳，而是一根看來很像人指的骨頭。「誰知道！」他喃喃說著。

「沒錯，誰知道？」莫重複著，沒轉過身對著那兩人。「至少我能召喚死神，對不對，巴斯塔？美琪也可以。」

笛王趕緊瞧了巴斯塔一眼。

他那被燒傷的皮膚刷地變白。「我只知道，」他咕噥著，手仍抓著自己的護身符，「你早該死了下葬，魔法舌頭，而毒蛇頭最好聽摩托娜的話，而不是你的女巫女兒。銀爵士對她唯命是從，被她騙了。」

笛王直起身子，像自己主人紋章上的毒蛇一樣好鬥。「被騙？」他怪聲怪氣問道，比巴斯塔整整高出一個頭。「毒蛇頭不會受任何人的騙。他是個偉大的侯爵，無人能及。火狐狸和摩托娜一直忘了這點。你不要跟他們一樣。現在快滾。毒蛇頭不准過去為山羊效命的人看守這個房間，這是不是意味著他不相信你們？」

巴斯塔的聲音嘶啞起來。「你自己也為山羊效命過，笛王！」他把話從嘴裡擠出來。「沒有他，你什麼都不是。」

「是嗎？你看到這個鼻子了嗎？」笛王摸摸他的銀鼻子。「我過去和你一樣，有個不起眼的大鼻子，沒了鼻子可真難受，但毒蛇頭幫我弄了一個更好的，從那以後，我不再為你們那群酩酊大醉、殺人放火的傢伙唱歌，而只為他一人——一名真正的王公貴族，他的家族比這座城堡的塔樓還要古老。」

要是你不想爲他效命，那就回山羊的碉堡去。說不定他的鬼魂還在那斷垣殘壁中遊蕩，但你卻怕鬼，不是嗎，巴斯塔？」

這兩個人面對面近身站著，中間再容不下巴斯塔的刀刃。

「沒錯，我是怕鬼。」他嘶聲說。「但我至少不會像你那個高貴的新主人，每天晚上跪著哀泣，只因害怕白衣女子會帶走他。」

笛王往巴斯塔臉上狠狠打了一拳，讓他腦袋撞上門框，鮮血從他燒傷的臉頰流下。他拿手背抹去。「你就不要走在陰暗的走廊上，笛王！」他低聲說著。「你沒了鼻子，但總還有其他可以割下來的東西。」

圖書館管事帶著一張有靠背的椅子回來時，巴斯塔已經離開，而笛王在門口安置好兩名守衛後，也跟著消失。「除了圖書館管事，不准任何人進出！」他走之前，美琪聽到他粗聲下令。「隨時察看松鴉有沒有在工作。」

等到笛王的腳步聲在外頭消失後，泰德歐尷尬地對莫微笑著，像是要爲門口的士兵道歉似的。「對不起！」他輕聲說著，把椅子推到桌旁給他。「我有幾本受損不明的書，不知道您能不能看一下？」

美琪強忍住微笑，但莫的表現，就像這位圖書館管事問的是世界上最理所當然的問題一樣。「沒問題。」他說。

泰德歐點點頭，瞧了門口一眼，一名守衛在那來回走著，臉色悶悶不樂。「不能讓摩托娜知道，所以天黑後，我會再來。」他對莫小聲說道。「還好她睡得早。這座城堡中有好書，可惜沒人懂得珍惜。過去不是這樣，但過去的事都被忘了，也都過去了。我聽說，肥肉侯爵的城堡中這時也好不到哪去，但那至少還有巴布盧斯。毒蛇頭嫁女兒時，把我們最好的書籍彩繪師當嫁妝送了過去，我們當時都很火大！之後，我只准許兩名書記和一名還算可以的彩繪師幫我工作。我唯一能夠委託別人製作的抄本，便是和毒蛇頭祖先有關的手稿、銀礦的開採與加工或戰爭技藝等書。過去幾年，木材短缺的時候，火狐狸甚至拿走幾本我最漂亮的書到節慶大廳燒。」泰德歐抑鬱的眼裡湧出淚水。

「您隨時都可把書帶過來。」莫說。

老圖書館管事拿自己深藍色的衣袍邊擦著眼睛。「好！」他結巴說著。「好，我會的，謝謝您。」

他跟著離開，而莫嘆了口氣坐到他帶來的靠背椅中。「好，」他嘆氣說。「那我們開始工作吧，一本永生的書，眞是荒唐，只可惜是給那個屠夫。妳得幫幫我，美琪，幫我裁紙、裝訂、壓製……」

她點點頭。她當然會幫他，她喜歡做的事並不多。

看到莫又忙著工作，感覺好熟悉——看他攤好紙、摺疊、裁切和裝訂。他的動作比平常慢，手不時搗著胸口受傷的地方。但美琪看得出來，做著習慣的動作，讓他感到舒服，就算有些工具和他用習慣的不太一樣。不管在這個，還是另一個世界，整個工序數百年來沒變……

幾個小時後，這個老房間有了些讓人熟悉的味道，像是個避難之所，而不只是另一個牢房。外頭天黑時，圖書館管事和一名僕役拿了幾盞油燈給他們。溫暖的光線讓這個佈滿灰塵的房間看來又再恢復以往的生氣。

「這個房間亮起燈是好久以前的事了！」泰德歐說，同時把第一盞燈擱到莫的桌上。

「最後是誰住在這個房間中的？」莫問著。

「我們的第一任女侯爵。」泰德歐回答。「她女兒嫁給了肥肉侯爵的兒子。我懷疑薇歐蘭是不是已經知道柯西摩再次歸西的事。」他一臉憂傷地瞧著窗戶。一陣帶著濕氣的風吹了進來，莫拿一塊木頭壓住紙。「薇歐蘭生下來就有個胎記，毀了她的臉。」圖書館管事繼續說，聲音出神，彷彿不是對著他們說故事，而是一名遠方的聽眾。「大家都說，那是個懲罰，精靈的詛咒，因爲她母親愛上了一名吟遊歌手。毒蛇頭在她分娩後，立刻把她貶到城堡這一處來，她和孩子一起住在這，直到去世爲止……死得相當突然。」

「這故事眞悲傷。」莫說。

「相信我，要是把在這城堡裡見過的各種悲傷故事，寫進書裡的話，」泰德歐苦澀地回答著，「那可以擺滿這座城堡的每個房間了。」

美琪四處看著，彷彿可以見到那些書似的，那些悲傷的書。「薇歐蘭許配給柯西摩，前往翁布拉時，有多大了？」她問。

「七歲。我們現任女爵的女兒，甚至一滿六歲就被許配出去。我們大家都希望她這次會生下個兒子！」泰德歐瞧著莫裁切過的紙和桌上的工具……「很高興見到這個房間又有生氣！」他輕輕說。「等我確定摩托娜睡著後，我會帶著書再回來。」

「六歲，七歲，我的老天，美琪，」等他走後，莫說。「妳已經十三歲了，而我還沒把妳打發走，更別提許配給別人。」

能笑眞好，就算笑聲在這高聳的房間中詭異地迴盪著。

泰德歐幾個鐘頭後才回來，莫仍在工作，雖然摀住胸口的次數愈來愈頻繁，而美琪已好幾次想勸他躺下來睡。「睡覺？」他只說。「我在這座城堡還沒有一晚好好睡過，而且我想再見到妳母親，而這只有當我完成了這本書後，才有可能。」

圖書館管事帶了兩本書給他。「您看一下！」他把第一本遞給莫時，小聲說道。「裝幀上被蛀過的痕跡！那看起來幾乎像是墨水鏽蝕。羊皮紙千瘡百孔，有的字幾乎無法辨識！這會是什麼毛病？蠕蟲？甲蟲？我原本不需要管這些的，我有名熟知各種書的毛病的助手，但他有天早上消失不見，據說到森林當強盜去了。」

莫把第一本書拿在手中打開，摸著書頁。「天哪！」他說。「這是誰畫的？我從未見過這麼美麗的彩圖。」

「巴布盧斯。」泰德歐回答。「那名和薇歐蘭一起被送走的書籍彩繪師。他畫這本書的時候，還很年輕。您看，他的字跡還不太成熟，但這時已是完美無瑕。」

「您怎麼會知道？」美琪問。

圖書館管事壓低聲音。「薇歐蘭不時會寄書給我。她知道我很欣賞巴布盧斯的技藝，而夜之堡中，除了我，沒有人喜歡書，自從她母親死後，便沒有人喜歡書了。你們看到那裡那個箱子了嗎？」他指著門邊窗戶下那口佈滿灰塵的沈重大木箱。「薇歐蘭的母親把自己的書藏在裡面，藏在衣服間，只有到了晚上，才把書拿出來給小女兒看，雖然她當時根本聽不懂她母親唸的東西。但在山羊消失後不久，摩托娜來到這裡，因爲毒蛇頭要她教教廚房中的女僕，至於教什麼，就沒人提了。薇歐蘭的母親求我把她的書藏到圖書館去，因爲摩托娜至少每天會搜她的房間一次，至於找什麼，她根本不知道。而這——」他指著莫仍在翻閱的那本書，「——是她最心愛的一本書。小女兒指著一張圖，母親就對她說圖中的故事。薇歐蘭走的時候，我想把書一起給她，但她把書留在這個房間，或許因爲不想帶著在這裡的傷心回憶到自己新的生活中去。但我仍想挽救這本書，當作對她母親的紀念。您知道，我認為一本書總會在書頁中保留下一些自己主人的東西。」

「喔，是的，我也這樣認為。」莫說。「絕對是這樣。」

「那麼？」老人滿懷希望地看著他。「您知道，我該怎樣不讓書繼續損毀下去？」

莫小心翼翼地把書再闔上。「是的，不過並不容易。木蠹蛾、書蠹，誰知道還有什麼……第二本是不是也一樣？」

「喔，這本——」圖書館管事又緊張兮兮地瞧了門口一眼，「情況還沒那麼嚴重，但我想到您可能會想看一眼。巴布盧斯不久前才完成，受薇歐蘭之託。裡面——」他不安地看著莫，「——全是流浪藝人所唱的松鴉之歌。據我所知，只有兩本，一本是薇歐蘭所有，另一本就在您面前，是她親自為我訂製的抄本。歌曲作者大概不願曲子被抄錄下來，但只要花點錢，就能聽到流浪藝人演唱。薇歐蘭就這樣把歌曲收集起來，由巴布盧斯描繪。沒錯，這些流浪藝人……在這個書籍貧乏的世界中，他們可是活生生的書！您知道。」他小聲對莫說，同時打開那本書，「我有時認為，這個世界要是沒有彩衣人的話，早就喪失自己的記憶了。可惜毒蛇頭喜歡絞死他們！我已多次建議過，在他們受刑之前，派名書記過去把那些美麗的曲子記錄下來，免得那些文字隨著他們的死而逝去，但這座城堡裡，沒有人會聽一個老圖書館管事的話。」

「是，大概吧。」莫喃喃說著，但美琪聽得出他根本沒在聽泰德歐說的話。莫埋頭在那些文字中，那些美麗的文字，在他面前像一道涓涓的墨水小溪從羊皮紙頁中流洩出來。

「請原諒我的好奇。」泰德歐尷尬地清了清喉嚨。「我聽說您否認自己是松鴉，但如果您不介意的話，」他從莫手中拿過那本書，打開巴布盧斯畫滿插圖的一頁。在兩棵畫筆精湛的樹之間，美琪幾乎聽到樹葉婆娑的聲音，站著一名男子，臉上戴著一副鳥面具。「這是巴布盧斯所畫的松鴉。」泰德歐低聲說。「一如曲子所描述的那樣：深髮、魁梧……看來是不是像您？」

「我不知道。」莫說。「他戴著面具，不是嗎？」

「是，是，當然。」泰德歐依然緊盯著他看。「但您知道嗎，大家還說了其他關於松鴉的事。他的聲音很好聽，不像他名字中的那種鳥，據說，他說幾句話，就能安撫熊與狼。很抱歉我這樣放肆，但——」他壓低聲音，故作神秘，「您的聲音很好聽，關於您的聲音，摩托娜還說過些讓人難以置信的話，要是您還有那道疤的話……」他瞪著莫的手臂。

「喔，您是說這裡這個，對不對？」莫的手指指著巴布盧斯在一句話旁所畫的一群白狗：「**在左臂上方，那道疤永遠跟著他**……是的，我有這樣一道疤，只不過不是這首曲子裡所說的狗咬的。」他抓著自己的手臂，彷彿還記得巴斯塔在小屋發現他們的那一天，那間頹圮的小屋全是碎玻璃和破木瓦。

那位老圖書館管事卻退了一步。「那您眞的是他！」他輕吐了口氣。「窮人的希望，屠夫的夢魘，復仇的強盜，像熊和狼一樣以森林爲家！」

莫閤上書，扣住皮革裝幀上的金屬扣鎖。「不，」他說：「不，我不是，但我還是很感謝您的這本書。我雙手很久沒拿過書了，要是能再有書讀，會很舒服的，不是嗎，美琪？」

「沒錯。」她只這樣說，同時拿過他手裡的那本書。關於松鴉的歌曲。要是費諾格里歐知道薇蘭偷偷抄錄下這些曲子的話，會說什麼呢——而那書可是臥虎藏龍！她想到書可能帶來的機會，心跳了一下，但泰德歐一下便讓她的希望破滅。「我很抱歉。」他說，輕卻果斷地從她手裡把書拿了過去。「但我不能把任何一本書留在這裡給您。摩托娜看著我，看著跟圖書館有關的所有人，她威脅說，那怕有人只帶了一本書進這個房間，眼睛都得瞎。瞎眼，您想像一下！對我們這種只靠眼睛來探索文字世界的人來說，這種威脅眞是可怕。我來這，已經冒了太多險，但這些書對我太重要了，不得不來求助於您。求求您！告訴我該怎麼做才能挽救它們！」

美琪無比失望，很想回絕他的請求，但莫自然不這樣看，他只想到那些生病的書。「沒問題，」他對泰德歐說。「我最好寫下來給您，那需要時間，幾週、幾個月，我也不知道，您是不是能弄到您所需的所有東西，但還是值得一試。我不太願意這樣建議，但我怕您至少得將其中一本書拆開，因爲要挽救書，必須要在陽光下把紙曬白。如果您不知道該怎麼小心處理，我很願意幫您。摩托娜如果怕我搞鬼的話，可以在一旁看。」

「喔，謝謝您！」老人深深鞠了個躬，同時把兩本書緊緊夾在自己乾瘦的手臂下。「非常謝謝您。我眞的很希望毒蛇頭能饒您一命，要是他不放過您的話，也希望他能讓您好死。」

美琪眞想好好回他一句，但泰德歐已踩著自己那雙蚱蜢腳匆匆離開。

「莫！別幫他！」在門外的守衛重新拴上門時，她說道。「你爲什麼要幫他？他是個可悲的膽小鬼！」

「喔，我很明白他的處境，我也很不願意失去自己的眼睛，雖然我們的世界中有盲人文字這種有用的東西。」

「不管怎樣，我不會幫他的。」美琪喜歡她父親那慈悲得可以的心，但她自己可不會同情泰德歐。她模仿著他的聲音：「我希望他能讓您好死！像這種話，他怎麼說得出口？」

但莫根本沒聽她說話。「妳有沒有見過那麼漂亮的書，美琪？」他問著，同時在床上躺平。

「有，見過！」她倔強地回答。「我能唸的書，都比它們漂亮，不是嗎？」

但莫沒再回答，他背對著她，呼吸安詳沈穩，顯然終於有了睡意。

善心慈悲

看那，我們吊在這裡，五名同伴，
就算我們的身子還沐浴在陽光下，
吃過肉，啃過麵包的胖身子；
但不久後，死神就會吞噬掉我們的髮膚。

——法蘭斯瓦·維永《刑犯之歌》

「我們什麼時候回去？」法立德每天問髒手指這個問題好幾次，而每次都得到相同的答案：「還不到時候。」「但我們在這待了好久了。」自從森林中的屠戮後，幾乎快過兩個星期了，而待在獾穴中，他很難受，難受得要命。「美琪怎麼辦？你答應過要回去的！」「你要是再這樣逼下去，我就說話不算話。」髒手指只這樣說——然後去找羅香娜。

她日日夜夜照顧著他們在死者間找到的傷患，希望至少這些男人會回到翁布拉，但其中有些仍然不治。他會留在她身邊，每次見到髒手指坐在她身旁，法立德都這麼想。而我只能自己一個人回夜之堡。想到這點，讓他心痛，就彷彿火咬齧著他一樣。

到了第十五天，在法立德又覺得永遠無法洗掉皮膚上的老鼠屎和白蘑菇味道時，兩名黑王子的探子同時帶來了相同的消息：毒蛇頭生了個兒子，爲了大肆慶祝，他的傳令在每個市集廣場上宣布，爲了展現他的善心慈悲，他將在兩週後，釋放所有被關在夜之堡的囚犯，包括松鴉。

「胡說！」法立德對髒手指說到這事時，他這樣說。「別人有心臟的地方，毒蛇頭只有個烤鶴鶉。他絕不會因爲慈悲而放走任何人，不管他再生下多少個兒子。不，要是他眞想釋放他們的話，那也是因爲費諾格里歐這樣寫的，沒有其他理由。」

費諾格里歐似乎也持同樣的看法。在那場屠戮後，他多半都一臉沮喪地縮在獾穴某個陰暗的角落，幾乎一言不發，但他現在卻固執地對任何想聽的人表示，這些好消息全都要歸功於他。

沒人聽他的話，沒人知道他在說什麼——除了一直把他當成疫病躲開的髒手指。「你聽那老傢伙說的話！只會吹噓自誇！」他對法立德說。「柯西摩和他手下還屍骨未寒，他就忘了他們。他怎麼不中風算了！」

黑王子和髒手指一樣，當然也不太相信毒蛇頭會大發慈悲，儘管費諾格里歐信誓旦旦，探子的消息一定會成眞。強盜們聚在一起討論如何行動，直到深夜。他們不讓法立德在場，但髒手指可以。

「他們想幹什麼？快點說嘛！」等他終於走出強盜們交頭接耳幾個鐘頭的洞窟時，法立德問他。

「他們一週內動身。」

「去哪？夜之堡嗎？」

「是的。」髒手指似乎不像法立德那樣高興。「天哪，有風的時候，火一樣坐立難安，」他啞著嗓子喝叱他。「看看吧，等我們到了那裡後，你會不會還這麼高興。我們會像蠕蟲一樣，又再爬到地底下，那裡可比這裡深多了……」

「更深？」

當然了，法立德眼前浮現毒蛇山的景象：沒有任何可以藏身之處，沒有灌木叢，沒有樹木。

「在北邊山腳下，有個廢棄的礦坑。」髒手指臉都變形了，彷彿一想到那種地方，就讓他作嘔似的。「毒蛇頭的某個祖先大概在那挖得太深，一些坑道坍方了，但那是很久以前的事，顯然連毒蛇頭自己都不知道有這個礦坑。那不是什麼好地方，但用來躲藏倒是不錯，還是毒蛇山附近唯一的一個藏身之所，是那頭熊發現入口的。」

一個礦坑。法立德嚥了口口水。一想到那種地方，便讓他拚命喘氣。「然後呢？」他問。「我們到那後，跟著做什麼？」

「等，等毒蛇頭是不是真的信守承諾。」

「等？沒其他打算？」

「其他的你都會事先知道。」

「那我們一起跟去嗎？」

「你有其他打算嗎？」

法立德緊緊抱住他，他好久都沒再這樣做，就算他知道髒手指並不特別喜歡擁抱。

「不！」當黑王子想在他們動身之前，讓自己的一名手下陪羅香娜回翁布拉時，她說道。「我和你們一起去。如果你不怕缺個手下，那就派他告訴我的孩子，我很快會回家。」

很快！法立德都不知道那會是什麼時候，但他什麼都沒說。儘管現在知道他們何時離開，但接下來的幾天過得仍是慢得可以，他幾乎每晚都夢到美琪，噩夢，全是陰森的東西和恐懼。等到出發那天終於到的時候，仍有五六名強盜留在獾穴繼續照顧傷患，其他的都上路前往夜之堡：三十名衣衫襤褸的男子，但都全副武裝，還有羅香娜和費諾格里歐。

「你們也帶著那老頭？」髒手指在人群中見到費諾格里歐時，吃驚地問著王子。「你們瘋了嗎？把他送回翁布拉，隨便讓他去哪，最好直接交給白衣女子，但把他弄走！」

不過，王子並不想理會。「你幹嘛這樣針對他？」他問。「別再跟我說什麼他會召回死者！他只是一個老好人，連我的熊都喜歡他。他爲我們寫過一些美麗的曲子，也能說好聽的故事，就算他現在沒什麼興致，再說，他不想回翁布拉。」

「嗯，這並不奇怪，看看那些因爲他的緣故而成了孤兒寡婦的人。」髒手指憤恨地回答，而當費諾格里歐向他這裡瞧來時，他冷冷看著他，老頭立刻把臉別開。

一路上，大家默不出聲，樹木在他們頭上低語，像是想警告他們別往南走，有幾次，髒手指不得不召出火來驅走他們見不到卻察覺得到的生物。法立德累得要死，在銀色的塔樓終於從樹梢上浮現時，他的臉和手臂都被荊棘劃傷。「像禿頭上的一頂王冠。」一名強盜低聲說著，而在那一瞬間，法立德似乎察覺到那些衣衫襤褸的男人在見到那座巨大的碉堡時，所流露出的恐懼。王子帶領他們走向毒蛇山北坡，塔尖又再消失之際，他們大概都感到高興。這一邊的地面像縐巴巴的衣服一樣起起伏伏，稀疏的幾棵樹都彎縮著，像是經常聽到斧頭的聲音似的。法立德從未見過這種樹，葉片有如夜一般黑，樹皮像刺蝟的皮毛一般長滿了刺，枝頭上結了紅色的漿果。「摩托娜的漿果！」在他經過摘了滿手的漿果時，髒手指低聲對他說道。「她把這些漿果撒在山腳下，直到遍佈地上。這些樹生長快速，有如蘑菇一般，阻絕了其他的樹。大家稱之爲刺樹，樹身上下都是毒，漿果、葉片，而樹皮讓你皮膚刺痛，比火燒還要厲害。」法立德丟掉漿果，在褲子上擦著手。

沒多久，天色已漆黑，他們幾乎撞上一隊毒蛇頭定時派出來的巡邏士兵，好在那頭熊事先示警。那群騎士在樹叢間現身，有如銀色的甲蟲，月光反射在他們的胸甲上。法立德貼著髒手指和羅香娜縮在一條地縫中，等著蹄聲消失，幾乎不敢喘氣。他們像是貓眼下的老鼠，繼續潛行，直到抵達目的地。

菟絲子和卵石遮住入口，而王子率先從洞口擠進地底。法立德見到黑暗中的陡坡時，猶豫不定。「快點！」髒手指不耐煩地低聲對他說。「太陽就快升起，毒蛇的士兵絕不會把你當成松鼠的。」

「但這裡聞起來跟墓穴一樣。」法立德說，抬頭瞧了天空一眼，露出渴望的神情。

「啊，這小子的鼻子滿靈的！」快嘴說。「沒錯，這底下有很多死人，山呑噬了他們，因爲他們挖得太深。我們看不到他們，但聞得到，就像一堆死魚塞住了坑道一樣。」

法立德驚恐地看著他，但髒手指只在他背後推了一把。「我還要跟你說多少次，你該怕的是活人，而不是死人。快點，在你手指上弄些火花出來，讓我們有點光。」

強盜們在沒有坍方的坑道中待了下來，並額外加固天花板和牆壁，但法立德對那撐住石頭和泥土的大木樑並不放心。他們怎麼撐得住一整座山的重量？他似乎聽到木樑在嘆氣呻吟，同時將就地窩在那些強盜們在硬梆梆的地上攤開來的骯髒被毯上，這時突然又想起黑炭鳥。當他擔心地問著王子時，王子只笑著說：「不，黑炭鳥不知道這個地方，他不知道我們任何一個藏身地點。他常想說服我們帶著他，但誰會相信一個差勁至極的噴火藝人呢？他知道秘密營地，只因他是一位流浪藝人。」

然而，法立德並未感到放心。直到毒蛇頭釋放囚犯，差不多還有一星期！那會是段漫長的時日。他現在已懷念起獾穴中的老鼠屎了，夜裡，他一直盯著封住他們安睡的坑道的碎石，似乎聽到那些蒼白的手指刨抓著石頭。「那你乾脆也把耳朵摀住！」他爲了這點搖醒髒手指時，他只這樣說，便又摟住羅香娜。

髒手指又做噩夢了，就像他在另一個世界那樣，但現在有羅香娜安撫他，輕吟著讓他再度入睡。

她那溫柔輕軟的聲音，讓法立德想起美琪，他異常思念她，自己都覺得慚愧。在這種周遭都是死人的黑暗中，很難相信她也會想著他。要是她忘了他，就像羅香娜來了以後，髒手指經常忘了他那樣，該怎麼辦？……只有美琪才會讓他忘了妒意，但美琪並不在這。

第二晚時，一名男孩來到礦坑中，他在夜之堡廄房中工作，自從笛王絞死了他的哥哥後，便爲黑王子刺探消息。他說毒蛇頭想讓囚犯走上通往港口的那條路，要他們在那上船，永遠別再回來。

「通往港口的路，這樣啊！」那探子離開後，王子只這樣說——並在同一晚和髒手指上路。法立德根本不問自己是不是可以跟去，而是直接跟在他們後面。

那條路在樹叢間不過是條羊腸小徑，從毒蛇山筆直而下，彷彿急著想再鑽進樹冠下似的。「毒蛇頭曾經赦免過一群囚犯，讓他們從這條路離開。」他們站在路旁的樹叢下時，黑王子說。「而他們也眞的順利抵達海邊，一如他的承諾，但停泊在那的是一艘奴隸船，毒蛇頭應該是拿這十幾個人換了一副特別漂亮的銀色轡具。」

奴隸？法立德想起那些被當成牲畜的奴隸市集。金髮少女在那特別搶手。

「別露出這種眼神，好像美琪已經被賣掉似的！」髒手指說。「王子會想到辦法的，對不對？」

黑王子試著微笑，但卻掩飾不了自己抬頭打量這條路露出的憂慮。「他們絕不能被送到船上。」他說。「我們只能希望毒蛇頭不會派太多士兵陪同，我們得趕緊把他們藏起來，最好先藏在礦坑中，等一切平靜。說不定，」他幾乎是順帶提及，「我們會需要火。」

髒手指吹著自己的手指，直到火舌像蝶翼在上頭輕輕舞動。「你以爲我爲什麼還在這裡呢？」他問。「火會在場。要是你希望我拿起劍的話，我是不會做的。你知道的，我對這玩意笨手笨腳的。」

訪客

要是我不能逃出這棟屋子，
他心想，那我就是個死人了！

——羅伯・史帝文生《黑箭》

美琪從睡夢中驚醒時，起先弄不清楚自己在哪？愛麗諾家？她心想。費諾格里歐家？但她跟著看到莫，探身在那張大桌上裝幀一本書。那一本書。五百張空白的書頁。他們在夜之堡，而明天莫就該裝幀完成……一道閃電照亮了被燻黑的天花板，緊隨而來的雷聲聽來異常響亮，但吵醒美琪的並不是暴風雨。她聽到些聲音，守衛的聲音。有人在門口前。莫也聽到了。

「美琪，他不該工作那麼久，那會再發燒的！」倉梟早上被他們再帶去地牢前，還對她說。但她又有什麼辦法？只要她不停打著哈欠，莫就要她上床。（那是第二十三次了，美琪。快點上床，不然這本該死的書完成前，妳就先死掉了）但他自己卻一直不睡，裁切、摺疊並裝訂，直到破曉，就像今晚一樣。

一名守衛打開門時，美琪很怕會是摩托娜——來殺掉莫，免得毒蛇頭釋放他。不過，來人並非喜鵲。毒蛇頭站在門口，呼吸沈重，後面跟著兩名累得臉色蒼白的僕役，手裡拿著銀燭台，上頭的蠟不停滴到地板上。他們的主人踩著沈重的步子走向莫工作的桌子，瞪著那本幾乎快完成的書。

「您來這想幹什麼?」莫手裡還拿著裁紙刀。毒蛇頭盯著他看,眼裡的血絲比美琪和他談定交易的那一晚還要紅。

「還要多久?」他脫口而出。「我兒子哭喊著,整晚都在哭喊,像我一樣察覺到白衣女子。她們現在也想帶走他,我和他一起。在暴風雨夜,她們特別飢渴。」

莫把刀擱到一旁。「我照約定那樣,明天會完成。我本來可以更早完成的,但書封的皮革有荊棘扎過的洞孔和裂縫,所以耽擱了,而紙也不是最好的。」

「好,好,別說了,圖書館管事已經轉達過你的抱怨!」毒蛇頭的聲音聽來像是嘶啞喊過。「要是照泰德歐來看,你的下半輩子就乾脆待在這個房間,重新裝幀我所有的書。但我不會食言!我會放了你們,你、你女兒、你妻子和那些流浪藝人……他們全都可以離開,我只要這本書!摩托娜告訴我那三個你女兒刻意隱瞞的字眼了,但我無所謂——我會注意,不讓人在書裡面寫那三個字眼!我終於可以嘲笑冷血的死神和他那些蒼白的女人!要是再拖一晚,我會一頭撞牆,殺死自己的妻子、自己的孩子,殺死你們大家。你聽明白了嗎,松鴉,還是其他你的什麼鬼名字?你必須在明天天黑之前完成!」

莫摸著他前一天才貼上皮革的木板。「只要太陽一升起,我就會完成,不過,您要拿您兒子的命發誓,之後您會立刻放我們走。」

毒蛇頭四處瞧著,彷彿白衣女子已站在他身後似的。「好,好,我發誓,不管你要我拿什麼或拿誰來發誓!日出的時候,聽起來不錯!」他朝莫踏上一步,瞪著他的胸口。「讓我看看!」他低聲說著。「讓我看看摩托娜射傷你的傷口,用那把我的武器師傅拆解下來,卻無法組裝回去的魔法武器。那些笨蛋已經被我絞死了。」

莫遲疑了一下，最後解開了他的襯衫。

「這麼靠近心臟！」毒蛇頭把手貼著莫的胸口，像是想確認裡頭的心臟真的還在跳動似的。「沒錯！」他說。「沒錯，你一定眞的知道如何對付死神，不然你早就活不了了。」

他突然轉身，揮手要兩名僕役到門口。「那麼——日出後，我會讓人來接你，你和那本書，」他回頭說道。「快去弄些吃的東西到大廳裡去！」美琪聽到他在門口大吼，而守衛又再把門拴上。「叫醒廚子、侍女和笛王。叫醒所有人！我想吃東西，聽幾首陰森森的歌。笛王要大聲唱，免得我聽到孩子哭喊。」

跟著，他的腳步聲遠去，只剩下隆隆的雷聲。一道閃電照亮了那快完成的書的書頁，彷彿那有自己的生命似的。莫走到窗邊，站在那一動不動，瞧著窗外。

「日出前？你辦得到嗎？」美琪擔心地問著。

「當然。」他說，沒轉過身來。閃電在海上跳動，彷彿一盞遙遠的燈，被人開開關關——只是這個世界並沒有這樣的燈。美琪來到莫身旁，他摟住了她。他知道她怕雷雨，她還小的時候，當她爬到他床上時，他總對她說同一個故事：天空一直渴望著大地，便在暴風雨夜時，伸出閃亮的手指碰觸大地。

但莫今天沒說這個故事。

「你有見到他臉上的恐懼嗎？」美琪低聲對他說。「跟費諾格里歐描寫的一模一樣。」

「有，就連毒蛇頭都得扮演費諾格里歐爲他寫下的角色。」莫回答。「而我們也是，美琪。這種念頭妳喜歡嗎？」

前夜

沒錯，我說夢，
本是癡人腦中的胡思亂想，
本質像空氣一樣稀薄……

——莎士比亞《羅密歐與茱麗葉》

那是毒蛇頭大發慈悲那一天前的最後一夜。在幾個小時內，天還沒亮之前，他們全都會守在路邊。因犯什麼時候會來，沒有一名探子查知——只知道是這一天。強盜們坐在一起，大聲說著以前的冒險故事。說不定這是他們打發恐懼的方式，但髒手指既不想說話，也不想聽。他不停從睡夢中驚醒，但不是因爲那些吵雜的聲音，而是那些畫面，可怕的畫面，幾天來，已讓他不得安眠。

這回，那些畫面更加可怕，栩栩如生，讓他驚醒，好像葛文跳到他胸口上似的。他坐在那，瞪著黑暗瞧，一顆心仍撲通跳著。夢——在另一個世界的時候，已常讓他無法入眠，但他記不得有哪一次的夢像這回的這樣可怕。「那是死人的緣故，他們會帶來噩夢。」法立德總這樣說。「他們在你耳邊低語著可怕的事，然後躺在你胸口上，聽著你急遽的心跳。這會讓他們覺得自己又再復活！」

髒手指喜歡這種說法。他怕死神，但不怕死人。不過，要是事情並非如此，要是這些夢呈現出一個已在某處等候著他的故事，那該怎麼辦？事實是個脆弱的東西，魔法舌頭的聲音已徹底讓他認識到這點。

他身旁的羅香娜在睡夢中微微動著，她轉著腦袋，喃喃叫著在世的和死去的孩子的名字。翁布拉沒有傳來任何消息。在毒蛇頭把柯西摩的屍體連同他的隨從幾乎無人倖免的消息帶給他女兒後，就連王子都未聽到任何風聲，不管是來自城堡，還是城裡，沒有任何人提到那裡發生的事。

羅香娜又再低喊著布麗安娜的名字。她在他身旁的每一天，都讓她心如刀割，髒手指心知肚明。那他爲什麼不乾脆和她一起走？離開這個混蛋山丘，再找個不必像頭動物一樣躲在地底下的地方……或像個死人，他在腦海裡繼續說著。

你知道爲什麼？他心想。那只是夢，該死的夢。他低吟著火的語言，驅走讓夢開出嚇人的花朵的黑暗。一道火舌緩緩從他身旁的地面探出頭。他伸出手，讓那火舌跳上他的手臂，舔著他的手指和額頭，希望火舌能燒掉不愉快的畫面。然而，就連痛楚都無法驅走那些畫面，髒手指一巴掌滅了火舌。之後，他的皮膚熾熱，沾上煤灰，彷彿火舌留下自己焦黑的氣息，但那夢仍然徘徊不去，成了他心中的一個驚恐，對火來說，都太黑暗，太強大。

要是他夜裡會見到這類畫面的話——死者的畫面，一遍又一遍出現，全是血腥和死亡，他又如何能夠輕易離開？那些臉孔變換著，一下是蕾莎的臉，一下是美琪，接著又是倉梟的。他也已在夢裡見到黑王子，胸口全是血。而今天——今天是法立德的臉，就像前夜一樣。當那畫面又如此清清晰晰地回來時，髒手指閉上眼睛……他當然試著說服那孩子和羅香娜一起留在礦坑中，但只感到失望。

髒手指背靠著潮濕的石頭，那些早已消失的手便在這些石頭中鑿出狹窄的坑道，然後看著男孩那頭。法立德像個小孩似地縮成一團，膝蓋縮到胸口，身旁是那兩頭貂。牠們狩獵回來後，愈來愈常睡在法立德身旁，或許是知道羅香娜不喜歡牠們。

那孩子安詳地躺在那，不像髒手指剛剛在夢裡見到那個樣子，那張深色的臉龐上甚至還露出一抹微笑。說不定他夢到美琪，蕾莎的美琪，她母親宛如一道火舌，卻又如此不同。「你也認爲她沒事吧，對不對？」他白天一直問道。髒手指還清楚記得第一次戀愛的感覺，那時他幾乎不比法立德大，一顆心突然就繳了械，一個哆嗦顫抖的玩意，既快樂，又悲傷至極。

一陣冷風吹過坑道，髒手指看到那孩子在睡夢中哆嗦。他站起來，從肩頭脫下大衣，蓋在法立德身上時，葛文抬起了頭。「你幹嘛這樣看我？」他小聲對那頭貂說。「他一定也溜進你的心裡，就像溜進我的一樣。我們怎麼會讓這種事發生，葛文？」

那頭貂舔舔腳，烏黑的眼睛看著他。要是牠會作夢，一定只夢到獵捕，而不是死掉的男孩。

要是那個老頭派夢過來的話，該怎麼辦？髒手指想到這裡，不由哆嗦起來，同時又在羅香娜旁硬梆梆的地面攤平身子。沒錯，說不定費諾格里歐像過去幾天那樣坐在某個角落，幫他編織著一些噩夢。畢竟這和他處理毒蛇頭的恐懼沒有兩樣！瞎說！髒手指懊惱地想到，摟住了羅香娜。美琪不在這裡。沒了她，那老頭的文字不過只是墨水而已。現在試著好好睡一覺吧，不然你和其他人等在樹叢間時，會打盹的。

但他依然許久未闔上眼。

他只躺在那，聽著法立德的呼吸聲。

筆與劍

「當然不。」妙麗說。「我們需要的東西，都在這張紙上。」

——J・K・羅琳《哈利波特：神秘的魔法石》

莫整晚在工作，而外頭雷雨交加，彷彿費諾格里歐的世界不想知道永生不死已經來臨一般。美琪試著保持清醒，但最後又再打起盹，頭枕著桌面，莫把她帶上床，一如過往無數次那樣，並再次訝異她已長大，幾乎像是成人了，幾乎。

莫扣上釦鎖時，美琪醒來。「早安！」她的頭離開枕頭時，他說道——並希望這會是個不錯的早晨。外頭的天空一片紅，有如一張恢復血色的臉。釦鎖摸起來舒服，莫仔細銼過，直到沒有任何毛邊或尖刺。釦鎖固定住空白的書頁，彷彿死神現在已被關在裡面一般。裝幀上的皮革微微發出紅色光芒，像天生的皮膚一般包覆住木板。書背略成圓弧，裝訂扎實，書心紙頁細細磨過，然而，對這本書來說，這一切無足輕重。沒人會閱讀，沒人會把這本書擱在床邊，不斷翻閱書頁。這本書非常美麗，連莫都這樣覺得，儘管這是他的作品。它似乎有個聲音，幾乎低吟著自己空白書頁中沒有的文字。但那文字仍然存在，費諾格里歐寫了下來，在那遙遠的地方，那個女人和孩子爲死去的丈夫和父親哭泣的地方。沒錯，這些釦鎖很重要。

沈重的腳步聲迴盪在門前的走廊。士兵們的腳步聲，愈來愈近。外頭的夜色開始泛白。毒蛇頭果然把他的話當眞。**只要太陽一升起……**

美琪趕緊下床，順過頭髮，抹平縐巴巴的衣服。

「完成了嗎？」她低聲問著。

他點點頭，從桌上拿起那本書。「妳看，毒蛇頭會喜歡嗎？」

笛王打開了門，四名士兵陪同。銀鼻子戴在臉上，彷彿天生的一樣。

「怎麼樣，松鴉？你完成了嗎？」

莫從各個角度打量那本書。「是的，是的，我想是的！」他說，但等笛王伸手去拿的時候，他便把書藏到背後。「喔，不，」他說。「我先保管，等到你主人履行他的承諾。」

「是嗎？」笛王露出譏諷的微笑。「你不以爲我有辦法拿過來嗎？不過，你就好好再拿上一會。你遲早會怕得跪地求饒。」

從夜之堡過去那些怨婦幽魂所在之處，到毒蛇頭起居與發號司令的大廳，是段不短的路。一路上，笛王走在莫身後，踩著自己不可一世的步伐，像隻鸛鳥一樣僵直，他緊跟著莫，頸子上都可察覺到他的氣息。大多數他們經過的走廊，莫之前從未走過，但他覺得全都似曾相識一般——當時，他拿著費諾格里歐的書，一遍又一遍地讀著，試圖喚回蕾莎。現在眞的走在其中——來到了文字背後，卻又摸索著文字——反倒感覺奇怪。

莫也讀到那個大門終於爲他們而開的大廳，當他見到美琪驚駭的眼神時，他很清楚，她這時聯想到了哪個可怕的地方。山羊的紅教堂沒有毒蛇頭的寶座大廳這般華麗，但藉著費諾格里歐的文字描述，莫依然立刻認出這個藍本。兩旁刷成紅色的牆和柱子，和山羊教堂不同之處，只在這裡貼上了銀片。就連立像，山羊都是仿自毒蛇頭，但讓銀爵士永垂不朽的石匠，顯然技藝更爲高超。

山羊並未試圖模仿毒蛇頭的寶座。那是由一窩銀色的毒蛇構成，其中兩頭張開血盆大口昂首挺立，毒蛇頭的雙手正好可以擱在牠們的頭上。

儘管一大清早，夜之堡的主人依然穿著華麗，彷彿想恰如其份地迎接自己的永生一般。他在黑色絲綢長袍外套了一件銀白色鷺鷥羽毛大衣，身後的侍從像群毛色鮮豔的鳥等在一旁：總管、侍女、僕役以及一群穿著灰衣、一如自己未來的浴療師。

摩托娜自然也在場。她站在後頭，穿著黑衣，幾乎隱而不見，要不是莫刻意找她，可能便會視而不見。巴斯塔全無蹤影，但火狐狸就站在寶座旁，手臂在狐皮大衣下交叉著，不懷好意地瞧著他們，但讓莫吃驚的是，他那陰森的目光不是針對他們，而是笛王。

這全是一場遊戲，費諾格里歐的遊戲，莫心想，同時沿著銀柱走過。儘管有這些人，但卻靜謐異常。美琪看著莫，淺色的髮下臉色蒼白。他露出自己雙唇能夠展現的微笑，幫她打氣——慶幸她聽不到自己急遽的心跳。

毒蛇頭身旁坐著自己的妻子。美琪貼切地描述過她：一個象牙色的瓷娃娃。她身後站著奶媽，抱著那個讓人引領期待的兒子。孩子的哭聲在這偌大的大廳中，顯得異常無助的樣子。

一場遊戲，等莫來到寶座階前，又再想到，不過只是一場遊戲。要是他能多知道些規則就好了。這裡還有一位他們認識的人在場。泰德歐，那位圖書館管事，恭順地低著頭，就站在毒蛇寶座後頭，對他露出一個憂心的微笑。

毒蛇頭看來比他們上次見面之際，更加筋疲力竭，臉上有斑點，而且佈滿陰影，嘴唇蒼白，只有鼻角的寶石泛著紅光，說不出他有多少個夜晚沒有安眠。

「好，你還真的完成了。」他說。「當然了，你急著想見到你妻子，不是嗎？有人跟我報備，她每天都在打聽你。這大概就是愛吧，是不是？」

一場遊戲，只是一場遊戲……但感覺起來卻非如此，莫瞧著那張粗糙高傲的臉，眞眞實實只感覺到恨意。他又察覺自己胸口中的跳動：他新的心，無比冷酷。

毒蛇頭對笛王打了個手勢，銀鼻子便按吩咐朝莫走去。把那本書交到那雙戴著手套的手中，眞是難受，但沒有其他方法可以救出他們了。笛王察覺到他的勉強，對他露出譏諷的微笑——把那本書帶給他的主人，接著瞧了在寶座旁的火狐狸一眼，擺出高傲的神色，彷彿大廳中沒有其他重要人物。

「漂亮，眞是漂亮！」毒蛇頭摸著皮革裝幀。「不管他是不是強盜，他倒是懂得書籍裝幀。你不認爲嗎，火狐狸？」

「強盜中各色人等都有。」火狐狸只這樣回答。「爲什麼不能有個臭書裝幀匠？」

「說得對，說得對，你們聽到了嗎？」毒蛇頭大剌剌地打量自己衣著光鮮的侍從們。「看來，我的傳令官還是認爲我被一個小女孩騙了。沒錯，他認爲，我和他的老主人山羊相比，是個輕信的笨蛋。」

火狐狸想表示抗議，但毒蛇頭做了個手勢要他住嘴。「沒問題！」他大聲說道，讓所有人都聽得見。「你想想看，我雖然笨得可以，但還是找到個方法證明我們倆誰弄錯了。」他點了個頭，命令泰德歐到他身旁來。那位圖書館管事匆匆走向他，從他寬大的袍子中拿出筆和墨水。

「這十分簡單，火狐狸！」大家聽得出來，毒蛇頭喜歡聽著自己的聲音。「不是我，而是你先把你的名字寫在這本書中！這位泰德歐向我保證，可以拿巴布盧斯曾經研發出來的刮刀，刮除文字，不留下任何痕跡，在書頁上，連你名字的影子都找不到。所以，你寫下你的名字——我知道你會——，然後，我們把一把劍交到松鴉手中，要他刺進你身體裡！這點子是不是很棒？這樣不就可以清楚證明，這本書是不是眞的讓寫有自己名字的人永生不死了？」

一場遊戲。莫見到火狐狸臉上的恐懼像出疹子一樣擴散開來。「你怎麼突然臉色那麼蒼白？這種遊戲不是正好符合你的口味？來，寫下你的名字，但不是你自己取的，而是你生下來的名字。」

火狐狸四處張望，彷彿想找出一張挺身相助的臉，但沒人出面，連摩托娜也不例外。她站在那，雙唇緊閉，幾乎抿到變白，要是她的眼神能像她的毒藥那般殺人於無形的話，那麼那本書大概也幫不上毒蛇頭什麼忙了。然而，他只對她微笑——把筆塞到他的傳令官手中。火狐狸瞪著削尖的羽毛筆，彷彿不知如何是好，但接著他拖泥帶水地沾了沾墨水——寫下自己的名字。

現在怎麼辦，莫提瑪？莫心想，同時他身旁的士兵一手擱在劍上。你會怎麼做？怎麼做？他察覺到美琪驚恐的目光，察覺到她的恐懼，在他身旁，冰冰冷冷的。

「很好！」火狐狸一寫完，笛王便從他手中拿過那本書。不過，毒蛇頭召來捧著裝滿水果蛋糕的盤子等在銀柱腳下的一名僕役。當他把一塊蛋糕塞進嘴裡時，蜂蜜從他手指上滴了下來。「怎麼，你還等什麼，火狐狸？」他滿嘴蛋糕說道。「碰碰運氣吧！快點！」

火狐狸站在那，瞪著笛王。他的長手臂抱住了那本書，像是抱著個孩子一樣。銀鼻子露出邪惡的微笑，迎著他的目光。火狐狸突然背對著他——走下了階梯。莫在階前等著他。

莫趕緊鬆開美琪的手，儘管她萬般不願，還是把她推到一旁。他們周遭的盔甲武士退了開，像是在挪出場地，除了一名士兵，在毒蛇頭示意下，迎向火狐狸，抽出自己劍鞘中的劍，把銀色的劍把遞給莫。

這還是費諾格里歐的遊戲嗎？

他並不理會。在他踏進這個大廳時，他很想拿一條手臂換一把劍，但他不想要這一把，也不想扮演別人指派給他的角色，不管是費諾格里歐，還是毒蛇頭。

「接過去吧，松鴉。」把劍遞給他的士兵顯得不耐煩，莫不得不想起那一夜，他拿起巴斯塔的劍，把他和山羊趕出了自己的家。他仍清楚記得手中的劍有多沈，記得劍身閃閃發光……

「不，謝了。」他說，並退了一步。「舞劍並不是我的手藝，我不是用那本書證明了嗎？」

毒蛇頭擦掉手指上的蜂蜜，從頭到腳打量著他。「但是松鴉！」他略帶驚訝地說。「你也聽到了，我們並不要求什麼技藝，你只需要刺穿他的身體，這並不難吧！」

火狐狸瞪著莫，眼睛因爲恨意而模糊。你看看他，你這笨蛋！莫心想。他會立刻拿劍刺殺你，那你爲什麼不做？美琪明白他爲什麼不做。他在她眼中看了出來。松鴉也許會拿起劍，但她的父親一定不會。

「算了吧，毒蛇頭！」他大聲說。「如果你有帳要和你的走狗算的話，你自己解決。我們有其他的約定。」

毒蛇頭興致盎然地打量他，像是一頭奇珍異獸闖到他的大廳中來一般，接著便大笑著。「我喜歡這個回答！」他說。「沒錯，眞的。而你知道嗎？這反而徹底證明我抓的人沒錯。你是松鴉，毫無疑問，還眞是個老狐狸，但我還是會照我們的交易做。」

說完這話，他朝那名仍把劍遞向莫的盔甲武士點頭示意。武士轉過身，毫不遲疑，把長劍刺進他主人傳令官的身子，身手矯捷，火狐狸根本無法避開。

美琪大喊出聲。莫把她拉向自己，把她的臉埋在自己胸前。然而，火狐狸站在那，瞪著那把插在他身子中的劍，不知所措，彷彿那是自己身體的一部分般。

毒蛇頭露出自滿的微笑，瞧了在場的每一個人，欣賞著他周遭那種默不出聲的恐慌。然而，火狐狸抓住插在他體內的劍，扭曲著臉，把劍刃又再慢慢拔出來，沒有搖晃。

整個大廳悄無聲息，彷彿所有在場的人都停止呼吸一般。

不過，毒蛇頭拍起手。「你們大家看看他！」他喊道。「大廳裡有誰認爲他可能逃過這一劫的？但他只不過臉色蒼白了點，沒其他問題，對不對，火狐狸？」

他的傳令官沒回答，只站在那，瞪著自己雙手中那把血淋淋的劍。

但毒蛇頭快活地繼續說道：「沒錯，我想，這已得到了證明！那女孩沒說謊，而毒蛇頭也不是個會聽信童話、容易受騙的瘋子，對不對？」他仔仔細細地說著，像頭野獸伸出爪子一般，但得到的答覆，不過只是一片靜寂，就連臉色痛到慘白的火狐狸也繼續保持沈默，同時拿大衣的一角擦掉劍刃上自己的血。

「很好！」毒蛇頭確認著。「那這看來大概是眞的——而我現在有個永生不死的傳令官！現在該我自己來試試看了。笛王！」他說，轉過身對著銀鼻子。「空出大廳！要大家出去！僕役、女人、浴療師、管事等等，只留十名盔甲武士，你、火狐狸、圖書館管事和那兩個囚犯。妳也走！」摩托娜想抗議時，他喝叱她。「陪我的妻子，並想辦法別讓那孩子再哭了。」

「莫，他想幹什麼？」美琪小聲說，同時盔甲武士在他們周遭把大家趕出大廳。不過，他只能搖搖頭，不知道答案，只察覺這場遊戲要結束還早得很。

「那我們呢？」他對毒蛇頭喊道。「我女兒和我已完成我們這部分的約定，你就把地牢的囚犯放出來，讓我們走。」

然而，毒蛇頭只抬起雙手安撫著。「好，當然，當然，松鴉！」他以一副恩賜的聲音回答著。「你既然信守你的承諾，我也會信守我的，毒蛇頭說一不二。我已經派幾名手下到地牢去了，但從那到大門還有段路，你就再陪陪我們吧。相信我，我們會讓你好好打發時間的。」

一場遊戲。莫四處瀏覽，看著那扇巨大的門在最後的僕役出去後關上了，整個大廳空下來後，更顯巨大。

「你覺得怎麼樣，火狐狸？」毒蛇頭冷冷打量著自己的傳令官。「不會死的感覺如何？很棒？讓人心安？」

火狐狸默不出聲，手裡依然拿著那把刺穿他的劍。「我想拿回我自己的劍，」他沙啞地說道，眼睛不離他主人。「這把一點都不合用。」

「是嗎，胡說。我會再鑄把新劍給你，更好的一把，酬謝你今天大力相助！」毒蛇頭回答。「但在這之前，我們還有一件小事要先解決，把你的名字再從我的書中順利剔除掉。」

「剔除掉？」火狐狸的目光轉到手臂中一直抱著那本書的笛王身上。

「剔除掉，沒錯。你應該記得，這本書原本是要讓我永生，而不是你，但要做到這點，書記還得先寫三個字進去。」

「為什麼？」火狐狸拿袖子擦掉額頭上的汗。

三個字。可憐的傢伙。他沒聽到陷阱突然閉闔的聲音嗎？美琪抓住莫的手。

「可以這樣說，空出位子，給我的位子，」毒蛇頭回答。「你知道嗎？」見到火狐狸莫名其妙地看著他，他繼續說道。「為了報答你為我捨身證明這本書真能避開死神，你可以在書記寫完這三個字時，殺死松鴉，要是他真能被殺死的話。這個提議怎樣？」

「什麼？你在那說什麼？」美琪的聲音因為害怕而變得尖銳，但莫趕緊拿手摀住她的嘴。「美琪，求求妳！」他小聲對她說。「妳忘了妳對費諾格里歐寫的東西說過的話嗎？我不會有事的。」

但她並不想聽，只是啜泣著，緊抓著他，直到兩名盔甲武士粗暴地拉開她。

「三個字！」火狐狸朝他走來。他不是才剛傷了他嗎？莫提瑪，你眞是個笨蛋，莫心想。「三個字，好好一起數，松鴉，」火狐狸舉起劍，「第四個時，我就會刺過去，那可會痛，我敢向你保證，就算那可能殺不了你。我知道自己在說什麼。」

那柄劍身在燭光下，似乎是冰製成一般，長得可以刺穿三個男人，某幾處，還沾著火狐狸的血，彷彿白晃晃的金屬上的鏽斑。

「開始吧，泰德歐。」毒蛇頭說。「你記得我告訴你的那三個字？寫下來，一個接一個，但別說出來，只要數就行。」

笛王打開書，遞給那老人。泰德歐手指顫抖著，把羽毛筆浸到墨水瓶中。「一。」他說，羽毛筆在紙上沙沙作響。

「二。」

火狐狸露出微笑，劍尖指著莫的胸口。

泰德歐抬起頭，又把羽毛筆沾了沾墨水——然後不安地瞧著毒蛇頭。

「你是不會數數了，老頭？」他問。

泰德歐只搖搖頭，筆又在紙上寫著。「三！」他輕吐出聲。

莫聽到美琪喊著他的名字，瞪著劍尖。文字，只有文字才能讓他避開尖銳閃亮的劍身……

但在費諾格里歐的世界中，這就夠了。

火狐狸的眼睛大張，既吃驚，又恐慌。莫見到他試圖在自己最後一口氣時，還向他刺來，想一起把他帶走，但那把劍從他雙手中鬆脫，跟著他癱倒下來，躺在莫的腳前。

笛王低頭瞧著死者，默不出聲，而這時泰德歐放下羽毛筆，避開了他剛剛才寫著字的書，彷彿那本書輕輕出聲、只靠一個字，就會在下一刻也取走他的命。

「弄走他！」毒蛇頭命令道。「免得白衣女子來我的城堡帶走他，快點！」

三名盔甲武士把火狐狸帶了出去。他們帶走他時，他大衣上的狐狸尾巴拖過地磚，而莫站在那，瞪著自己腳前的劍。他察覺到美琪摟住了他，她的心像隻受驚的小鳥激烈地跳著。

「沒錯，誰會想要一個不會死的傳令官？」毒蛇頭朝著死去的火狐狸喊道。「要是你聰明一點的話，就會明白的。」點綴他鼻翼的紅寶石，愈來愈像一滴血。

「要我現在剔掉他的名字嗎，陛下？」泰德歐的聲音聽來畏畏縮縮，幾乎細不可聞。

「當然，他的名字和那三個字，懂嗎，但要清得乾乾淨淨。我想要書頁再像初雪一般潔白。」圖書館管事聽命行事。刮磨的聲音在空蕩的大廳聽來異常響亮。等泰德歐完成後，再用手掌摸了下再次潔白的紙頁，然後笛王從他雙手中拿過書，遞給毒蛇頭。

莫見到那臃腫的手指顫抖著拿羽毛筆沾了沾墨水，而在他開始寫字之前，毒蛇頭又抬起頭來。「你一定不會笨到再在這本書裡添入額外的魔法吧，對不對，松鴉？」他惡意地問道。「殺死個男人有很多方法，而且不只一個男人，還有他的妻子和女兒，還會讓他們死得又慢又痛苦，可以持續幾天幾夜。」

「魔法？不。」莫回答，仍一直盯著腳下的劍看。「我不懂魔法。我再說一次，我的職業是裝幀書籍，就這樣，而我知道的一切，全都展現在那本書裡，不多不少。」

「那好。」毒蛇頭再次沾了沾筆——又再停住。「白的！」他喃喃說，瞪著那空白的頁面。「你們看看，多麼潔白，白得就像奪人性命的白衣女子，白得就像死神飽餐血肉後留下的白骨。」

然後，他動筆寫下，把自己的名字寫在這本空白的書中，然後闔上。「好了！」他興奮地喊著。「好了，泰德歐！把他關起來吧，那個靈魂饕客，那個殺不死的敵人。現在他再也殺不了我了，現在我們平起平坐，兩個一起統治這個世界的死神，直到永遠！」

圖書館管事聽命，但在他把釦鎖扣上的同時，他看著莫。你是誰？他的眼睛似乎這樣問著。你在這場遊戲中到底扮演什麼角色？但就算莫想，也無法回答他這個問題了。

然而，毒蛇頭似乎相信他知道答案。「你知道嗎，我喜歡你，松鴉？」他問，而自己那對蜥蜴眼睛直盯著他看。「沒錯，眞的，你一定會是個好傳令官，但那些角色都分配好了，是嗎？」

「是的，沒錯。」莫說，但你不知道是誰分配的，而我知道，他在腦海裡繼續說。

毒蛇頭朝盔甲武士點點頭。「讓他走吧！」他下令道。「他、那女孩和其他他想一起帶走的人。」

士兵們就算再不情願，都退了開。

「來吧，莫！」美琪低聲說，握了握他的手。

她臉色蒼白，因爲恐懼，而且如此無助。莫瞧著盔甲武士，想到外頭等著他們的院子、低頭怒目圓睜的銀色毒蛇和大門上的瀝青閘門。他想到城垛上守衛的弩弓、門衛的長矛——和污辱蕾莎的士兵。他一言不發彎下身……拿起那把從火狐狸手中掉落的劍。

「莫！」美琪鬆開他的手，驚恐地看著他。「你做什麼？」

但他只無言地把她拉在身旁，而盔甲武士一致地抽出自己的武器。火狐狸的劍很沈重，比他把山羊趕出自己家的那一把重多了。

「看看！」毒蛇頭說。「你似乎不願相信我的話，松鴉！」

「喔，我相信！」莫說，沒把劍放下。「但這裡除了我，每個人都有武器，所以我想，我就留著這把無主的劍，你留下那本書，要是我們倆走運的話，大概這個早晨後便永不相見了。」

就連毒蛇頭的笑聲聽來都像銀塊，變黑的銀塊。「但爲什麼呢？」他喊道。「我覺得和你玩玩很有趣，松鴉。你是個不錯的對手，因此我才一直信守承諾。讓他走！」他再次對盔甲武士喊道。「也通知大門的守衛，毒蛇頭讓松鴉離開，因爲他永遠不用怕他，因爲毒蛇頭——永遠不死！」

莫抓起美琪的手時，這些話迴盪在他耳際。泰德歐仍一直拿著那本書，他拿書的樣子，像是書會咬人一般。莫的手指間仍然感受得到那些紙頁、書封的木板、皮革、固定的線繩，但接著他察覺到美琪的眼神。她瞪著他手中的劍，彷彿那讓他成了陌生人般。「來吧，」他說，並拉著她，「我們去找妳母親吧！」

「好，走吧，松鴉，帶著你的女兒、你的妻子和所有其他人！」毒蛇頭在他們身後喊道。「快走，免得摩托娜提醒我放走你是件蠢事！」

只有兩名盔甲武士跟著他們穿過城堡中漫長的通道。在這一大早，院子中幾乎還空無一人。夜之堡上的天空灰濛，下著細雨，彷彿在這即將開始的一天蒙上了一層面紗。少數開始工作的長工，見到莫手中的劍時，嚇得退了開，而盔甲武士一言不發地揮手要他們別擋路。

其他的囚犯已經等在大門前，一群無助的人，由十幾名士兵看守著。莫起先沒發現蕾莎，但一個身影突然脫離人群，朝他和美琪跑來。沒有人制止她。說不定士兵們已經聽到火狐狸的下場。莫察覺到他們瞪著他的神情，滿是憎惡和恐懼——那個把死神關在白紙中的男人，還是個強盜！他手中的劍不就是最好的證明？他才不管他們怎麼想，就讓他們害怕吧。他可是比別人經歷過更多恐懼——那些日日夜夜，深恐自己會失去一切，自己的妻子、自己的女兒，而在這個文字構成的世界中，會孤孤單單死去。

蕾莎交替抱著他和美琪，緊緊摟著，等她終於鬆開他後，他的臉都被她的淚水濕透。「來吧，我們出城門吧，蕾莎！」他小聲對她說。「免得堡主改變心意！我們還有很多話要說，但先讓我們離開！」

其他的囚犯默默跟著他們。他們難以置信地看著大門在自己面前像鐵鑄的翅膀一般打開，讓他們奔向自由。有些人急匆匆向外頭擠去時，被自己的腳絆倒，但一直沒有人追來。

守衛只站在那，手裡拿著劍與矛，看著他們不安地離開，手腳因爲幾週的牢獄而變得僵直。只有一名盔甲武士跟出來，一言不發地指點他們該走的路。

要是他們從城垛上拿箭射我們的話，該怎麼辦？當莫見到沒有樹木和灌木叢可以掩護他們時，心裡想著，同時一群人繼續沿路走下光禿禿的山坡。他覺得自己像是牆上的一頭蒼蠅，可以輕易被打死。

然而，什麼事都沒發生。他們走過灰濛濛的早晨，走過傾盆大雨，背後的城堡像頭怪物般令人害怕……而什麼事都沒發生。

「他沒食言！」莫聽到愈來愈多人小聲說著。「毒蛇頭沒有食言。」蕾莎憂心地問著他的傷，而他輕聲回答自己很好，同時等著身後有腳步聲傳來，士兵們的腳步聲……但卻悄無聲息。等到樹林突然出現在他們面前時，他們似乎在光禿的山坡上走了好長一段時間似的。樹枝投射在路上的陰影，幽暗漆黑，彷彿夜自己逃到了這來一般。

只是一場夢

有天，一名年輕人說：「我們都得死這樣的故事，我不喜歡。我想離開，去找永生之地。」

——《永生之地》義大利民間童話

髒手指躺在樹叢間，身體被雨打濕。法立德躺在他身旁瑟縮著，黑髮黏在額頭上。其他人一定也好不到哪去，他們躺在路邊各處，隱身在茂密的灌木叢中。他們在那已守候了好幾個鐘頭，日出前便已各自站好崗位，那時候起，雨就一直下著。樹下漆黑無比，彷彿永無天日一般，而且悄無聲息，好像不只守候在這的人屏住氣息一般。只有雨水親吻撫摸過枝葉，不停落下。法立德拿袖子擦著濕答答的鼻子，某處有人打著噴嚏。大蠢蛋，摀住你的鼻子！髒手指心想，並在聽到路另一頭有窸窣聲時，嚇了一跳，但那只是一隻從灌木叢中跳出來的兔子。牠停在路上嗅聞著，耳朵抖動，眼睛大張。說不定牠不像我這麼害怕吧，髒手指心想——並想回去找羅香娜，到那個聞起來像墓穴的地底陰暗坑道中，至少那裡乾爽。

他身旁的法立德突然抬起頭時，他一定撥開自己額頭上濕答答的頭髮不下百次了。那隻兔子跳進樹叢間，沙沙的雨聲中傳來了腳步聲。他們終於來了，一小群無助的人，幾乎和等候他們的強盜們一樣濕透。法立德想跳躍起來，但髒手指抓住他，用力把他拉回自己身旁。「待在原來的地方，懂嗎？」他對他嘶聲說道。「我沒把貂留在羅香娜那裡，然後來這抓你！」

魔法舌頭走在前頭，身旁是美琪和蕾莎。他手裡拿著一把劍，像當時他把山羊和巴斯塔趕出自己家裡那一夜一樣。那名他在地牢中見過的孕婦，在蕾莎身旁沿路蹣跚而下，不停回頭，瞧著他們身後儘管已經離了一大段距離，卻仍然高大聳立的夜之堡。人數比他們上回倒樹救人時，不得不被留置下來的還多。顯然，毒蛇頭眞的釋放出所有囚犯，有些人搖搖晃晃，似乎站立不住的樣子，其他人瞇著眼，彷彿自己的眼睛還是無法承受這個陰天的微弱光線。魔法舌頭雖然襯衫血紅，但似乎腳步穩健，蕾莎看來也不像在地牢中那樣蒼白了，不過，這或許只是他的想像而已。

他剛在那群人中發現倉梟——樣子又老又弱——，法立德便驚恐地抓住他的手臂，指著那些突然間出現在路上另一頭離了一大段距離的男人。他們似乎從雨中冒出，人數愈來愈多，無聲無息，髒手指起先以爲那是黑王子前來支援的人，但他接著見到了巴斯塔。

他一手拿劍，另一手拿著自己的刀，被燒傷的臉上露出嗜血的慾望。他的手下，沒人戴著毒蛇頭的紋章，但這又意味著什麼？說不定是摩托娜派他們來的，說不定毒蛇頭想脫罪，免得這些被他釋放的囚犯被人發現死在路上，怪到他頭上來。不過，重要的是，他們人數眾多，多過黑王子守候在樹叢中的手下。巴斯塔抬起手，露出了微笑，他們便沿路而上，刀劍出鞘，一副從容不迫的樣子，彷彿想在殺死那些重獲自由的人之前，先享受一下他們臉上的恐懼似的。

黑王子率先走出樹叢間，那頭熊在他身側。一人一熊站在路上，似乎一夫當關，萬夫莫敵的樣子，不過，他的手下很快跟了上來，他們默不出聲，在那群重獲自由的人和前來殺他們的人之間，構成了一道血肉之牆。髒手指低聲罵道，也站了起來。喔，沒錯，這會是個血腥的早晨。雨不會大到沖走所有的血，而他得讓火十分憤怒，因爲火不喜歡雨水，濕氣讓火昏昏欲睡——但火必須猛烈，十分猛烈。

「法立德！」他壓低聲音叫著那男孩的名字，還來得及把他拉回來。當然啦，他想奔向美琪，但他得把火一起帶上。他們必須在手無寸鐵的人周圍造出一個火圈，把他們和武器隔離。他拾起一根粗樹枝，從濕答答的樹皮中喚出嘶嘶作響、煙霧騰騰的火舌，把那根燃燒的木頭朝男孩拋了過去。血肉堤防可能抵擋不了多久，火舌必須救下他們。巴斯塔的聲音劃破黎明，聽來不屑，而且兇殘，同時法立德把火花灑落到地面。像農夫播種一般，他把火花紛灑在潮濕的地面，而髒手指緊隨在後，讓火熊熊燃起。巴斯塔的手下展開攻擊時，火舌竄燒起來。刀劍鏗鏘，叫喊動天，軀體搏鬥，而髒手指和法立德不斷呼喚煽動火舌，直到圍住所有的囚徒。

髒手指只留下一條小徑，以備火舌不聽使喚，怒氣騰騰、敵友不分之際，可以逃入森林之用。

他見到蕾莎的臉和臉上的恐懼，見到法立德按照吩咐，躍過大火，奔向那群被釋放的人。好在有美琪，不然他大概又守在他身邊，寸步不離。髒手指自己仍立在大火前，抽出他的刀——有巴斯塔出沒的地方，最好把刀握在手中——，不斷低聲和火說話，幾乎溫情款款，以免火舌爲所欲爲，翻臉不認人。強盜們不斷被擊退，愈來愈接近那群重見天日的人，他們當中，只有魔法舌頭有件武器。三名巴斯塔的手下，立刻攻擊黑王子，但那頭熊張牙舞爪，護著牠的主人。見到熊爪抓出的傷口，髒手指幾乎作嘔。

火舌對著他劈啪作響，像是想玩耍、舞動，不明白自己周遭的恐懼，聞不到，也嘗不到。他聽到喊聲，其中一個像是男孩的聲音一般清亮。髒手指在廝殺的人群中殺出一條路，拾起一把落在泥濘中的劍。

法立德在哪裡？

在那，拿著刀四處衝撞，有如一條毒蛇般矯捷。髒手指抓住他的手臂，啞著嗓子吩咐火舌讓他們通過，把他拉了過來。「混蛋！我眞該把你留在羅香娜身邊！」他咒罵著，同時把法立德推過大火。「我不是要你待在美琪身邊嗎？」他眞想擰斷他那細脖子，見到他毫髮無傷，讓他鬆了一口氣。

美琪跑向法立德，抓住他的手，然後並肩站著，睜眼瞧著這場血腥的混戰，不過，髒手指試著不聽不看……他要擔心的只有火，其他的由王子負責。

魔法舌頭舞著劍英勇奮戰，出人意表，但他看來筋疲力竭的樣子。蕾莎站在美琪身旁，也還沒受傷，還沒而已。該死的雨打著他的脖子，沙沙的雨聲蓋過他的。雨水對火舌唱著安眠曲，一首古老的安眠曲，而髒手指加高聲音，愈喊愈大聲，好再喚醒火舌，讓火咆哮咬噬。他緊靠著火圈，見到廝殺的雙方愈靠愈近，有幾個人幾乎要跌進烈火中了。

法立德也注意到雨水造成的後果。他靈巧地躍至火舌睏倦的地方，美琪跟在他身後。一名死者倒在火圈中，就在那男孩站的地方，沒有生命的軀體扼住了火舌，第二名跟著搖搖晃晃倒在他身上。髒手指罵了一聲，跑向那致命的缺口，向魔法舌頭求救——卻見到巴斯塔從火焰之間現身，巴斯塔，沈著臉，眼中露出恨意，對火既恨又怕。哪種感覺會更強烈呢？他在火中搜尋，瞇起眼瞧著煙霧，像是在找某張臉孔。髒手指想到的是哪一張。他不由自主退了一步。另一名死者又倒在火中，兩名男子拿著劍，躍過屍體，攻擊著囚犯。髒手指聽到刺耳的喊聲，看到魔法舌頭擋在蕾莎面前，而巴斯塔一腳踏上死者，像踩上一座橋般。火來啊。髒手指想再衝向火中，讓火清楚聽到他的聲音，但有人抓住他的手臂，轉過他的身子。那是兩指。

「他們在殺我們！」他結結巴巴說著，兩眼怕得大張。「他們從一開始就想殺了我們！要是他們殺不了我們，火也會把我們給烤了！」

「放開我！」髒手指喝叱他。煙霧刺痛他的雙眼，讓他猛咳。巴斯塔。他從煙霧中瞪著他，彷彿有條隱形的帶子綰起他們倆。火焰沒有向他撲去，他舉起刀。他在瞄準誰？他爲什麼露出那種微笑？那男孩。

髒手指推開兩指，喊著法立德的名字，但周圍的喧鬧吞沒了他的聲音。那小子仍握著美琪的手，另一隻手則抓著那把刀，那把他在另一個世界生活，在另一個故事中送給他的刀。

「法立德！」他沒聽到他——而巴斯塔把刀射出。

髒手指眼見那把刀沒入那瘦削的背。那男孩倒下前，他抓住了他，但他已經氣絕。巴斯塔站在那微笑，一腳踩著另一名死者。爲什麼不？他已命中目標，那個他一直想命中的目標：髒手指的心，他那愚昧的心。他把法立德抱在懷中時，他心已碎，就這樣碎裂，雖然這許多年來，他一直好好呵護著。他看到美琪的臉，聽到她呼喊法立德的名字，把他交到她懷裡。他的雙腿顫抖不已，好不容易才站起身，他全身都在顫抖，就連拔出男孩背上那把刀的手也不例外。他想穿過火舌和那廝殺的人群撲向巴斯塔，但魔法舌頭快了一步，那個把法立德從故事中揪出來的魔法舌頭，而他女兒現在坐在那哭著，彷彿同樣有人劃破她的心，就像劃破那男孩的一樣……

他無視朝他撲來的火焰，一劍刺穿巴斯塔的身子，好像一直以來只會這樣，好像從現在起，殺人便是他的職業。巴斯塔一命嗚呼，臉上仍感訝異。他倒在火中，而髒手指跌跌撞撞回到美琪仍抱在懷裡的法立德身旁。

他在想什麼——只因殺他的兇手死了，這孩子就會活過來？不，那對黑眼睛仍然空無，像一棟廢屋一般空無，眼裡再也找不到那平常難以驅離的歡樂。髒手指跪在那，跪在那被來回踩踏的泥濘地上，這時，蕾莎在一旁安慰著自己哭泣的女兒，而他們周遭仍在搏鬥殺戮，自己卻不知道，再也不知道——他到底在這幹什麼，周圍發生了什麼事，爲什麼來到這些樹下，這些他在夢裡見過的樹下。

噩夢中的噩夢。
現在噩夢成眞。

交換

這一晚，我眼裡的藍滅了
我心中血紅的金子。
——特拉克爾《夜》

幾乎所有人都逃過一劫。火救了他們，還有那頭憤怒的熊、黑王子的手下——以及在這個灰濛濛的早上大開殺戒的莫，彷彿他想成爲殺人魔頭一般。巴斯塔及開膛仔和許多他們的手下，都死在樹下，屍身像枯葉一般覆蓋著地面。兩名流浪藝人也死於非命——還有法立德。法立德。

髒手指的臉和他抱回礦坑的死者一樣慘白。美琪跟在他身邊走過那一大段漆黑的路，握著法立德的手，彷彿能有什麼用似的，心裡的傷痛有如永遠不會平復一般。

當髒手指在最偏遠的坑道中，把法立德安放在自己的大衣上時，只讓美琪留了下來。但他探身在那死去的小子身上，擦掉他額頭上的煤灰時，沒人敢和他說話。羅香娜想和他談談，但見到他臉上的表情時，便把他單獨留下。只有美琪——他讓美琪坐在法立德身旁，彷彿在她眼裡見到自己的痛苦似的。他們倆就這樣坐在那，在毒蛇山的深處，彷彿所有的故事都結束一般，再也說不出任何一個字來。

美琪聽到髒手指的聲音時，外頭這時候大概已是深夜。他的聲音像是來自遠方，穿透包圍著她、讓她永遠走不出去的痛苦迷霧一般。

「妳也想要他回來，是不是？」

她的目光難以離開法立德的臉龐。「他不會再回來了。」她輕聲說，看著髒手指。她沒力氣大聲說，所有的力量都消失了，彷彿被法立德帶走似的。他帶走了一切。

「有這樣一個故事，」髒手指看著自己的雙手，好像自己說的話就寫在那裡似的，「關於白衣女子的故事。」

「什麼樣的故事？」美琪再也不想聽任何的故事，再也不想。這個故事已經永遠讓她心碎，但髒手指的聲音中似乎有些什麼……

他探身到法立德身上，擦去他冰冷的額頭上些許煤灰。「羅香娜知道這個故事。」他說。「她會告訴妳的，妳去找她……告訴她，我得離開。告訴她，我想查一下那個故事是不是眞的。」他說得吞吞吐吐，像是很難找到正確的字眼一樣。「並要她記住我的承諾──不管我在哪裡，我都會想辦法回到她身邊。妳會幫我轉告她吧？」

他在說什麼？「查一下？」美琪的聲音因爲淚水而沙啞。「查什麼？」

「喔，一些關於白衣女子的傳說，有的只是迷信，但有些絕對是眞的。故事不是一直都這樣嗎？費諾格里歐可能可以告訴我更多，但說眞的，我沒興致去問他。不，我寧可自己去問白衣女子。」髒手指起身，站在那，四處打量，彷彿忘記自己到底身處何方。

白衣女子。

「她們快來了嗎？」美琪擔心地問道。「她們來帶走法立德！」

但髒手指搖搖頭，第一次微笑起來，那個美琪只在他身上見到，卻從來不太明白的悲傷的微笑。

「不會，爲什麼要？對她們來說，他又跑不掉了。她們只會在妳還有一絲氣息，只會在需要看妳一眼或低呼妳一聲來把妳誘走時，才會過來。其他的都是迷信。她們在妳還有氣息，卻已在鬼門關徘徊，當妳的心跳愈來愈弱，當她們嗅到妳的恐懼，或像妳父親受傷時的血時，才會過來。要是妳像法立德這樣一命嗚呼，那就會自動到她們那裡去。」

美琪摸著法立德的手指，那比她坐在上面的石頭還要冰冷。「那我就不明白了。」她低聲說。「要是她們根本不過來，你想怎麼問她們？」

「我會召喚她們，但我這樣做的時候，妳最好別在這裡，去找羅香娜，告訴她我吩咐妳的事，好嗎？」當她想繼續問的時候，他把手指擱上了唇。「求求妳，美琪！」他不常叫她的名字。「轉告羅香娜我告訴妳的事——還有，我很抱歉。現在去吧。」

美琪感覺得到他在害怕，但沒問他怕什麼，因爲她的心裡想著其他問題：法立德怎麼可能死了，心裡頭覺得他永遠死了，會是什麼感受？她起身前，又摸了一次那僵直的臉，而來到坑道口時，再次瞧瞧周遭時，見到髒手指低頭打量著法立德。自認識他以來，她第一次見到他臉上平常掩飾起來的東西：溫柔、深情——與痛苦。

美琪知道到哪去找羅香娜，但還是在漆黑的坑道中迷路兩次才找到。羅香娜照顧著受傷的婦女，而倉梟負責男人。許多人受了傷，雖然火救了他們大家，但也嚴重燒傷了一些人。莫和王子都不見蹤影，大概到上頭礦坑口站崗去了，但蕾莎留在羅香娜身旁。她正在包紮一條被燒傷的手臂，而羅香娜爲一名老婦人額頭上的傷口塗抹曾用來治療髒手指腿傷的同一種膏藥。那種春天的味道和這裡格格不入。

美琪從陰暗的通道中走進來時，羅香娜抬起了頭，她可能希望聽到的是髒手指的腳步聲。美琪背靠著冰冷的坑道牆。全是一場夢，她心想，一場可怕的噩夢。她哭到了頭暈目眩。

「那是什麼樣的故事？」她問羅香娜。「關於白衣女子的故事……髒手指說，妳會告訴我的，還有，他必須離開，因爲他想查出那故事是不是眞的……」

「離開？」羅香娜把藥膏擱在一旁。「妳在那說什麼？」

美琪擦著眼睛，但那已無任何的淚水，可能全都流完了。這些眼淚到底從何而來？「他說，他想召喚她們。」她喃喃說道。「而妳只要想一下他的承諾，他只要有辦法，總是會回來，不管他在哪裡……」她重複說著時，還是不明白這些話的意義，但羅香娜顯然已經聽懂了。

她起身，和蕾莎一樣。

「妳在那說什麼，美琪？」她母親問，聲音聽來憂心重重。「髒手指在哪？」

「陪著法立德，還一直待在法立德身旁。」說出這個名字眞是心痛。蕾莎把她抱進懷裡。但羅香娜只站在那，瞪著美琪走來的漆黑坑道。接著，她突然推開她們，從她們身邊擠過，消失在黑暗中。蕾莎追著她跑，手沒鬆開美琪。羅香娜只在她們面前幾步，踩到自己衣服的裙襬跌倒，又吃力地站起來繼續跑，愈跑愈快，但還是來晚了。

蕾莎幾乎撞上羅香娜，她就像立地生根似地停在法立德所在的坑道口。她的名字在牆上燃燒著，一個個火紅的字，而白衣女子還在那。她們從髒手指胸口抽出自己蒼白的手，彷彿把他的心扯出來一般。說不定髒手指最後見到的是羅香娜，但在他像白衣女子消失那般無聲無息倒下前，說不定也還見到法立德動了動。

是的，法立德動了——像個沈睡許久的人一樣。他坐起身，眼神模糊，不知道自己身後突然一動不動躺著的人是誰。就連羅香娜從他身邊走過，他也沒回頭，只空空洞洞瞧著，彷彿那裡有些別人見不到的畫面似的。

美琪慢慢朝他走去，像靠近陌生人一般。她不知道自己該作何感受，不知道自己該怎麼想。但是，羅香娜站在髒手指身旁，一手緊摀著嘴，彷彿得抑制住自己的痛楚。她的名字仍在坑道壁上燃燒，似乎在那已經好久似的，但她沒有理會那火紅的字。她一言不發跪了下來，把髒手指的頭枕在自己懷中，探過身子，直到自己的黑髮像面紗般罩住他的臉。

然而，法立德仍麻木地坐在那，直到美琪來到他面前時，似乎才注意到她。「美琪？」他沈重的舌頭喃喃說著。

這不可能，他眞的回來了。法立德。突然間，他的名字嘗起來不再苦痛。他朝她伸出手，而她趕緊握住，像是得緊緊抓牢，免得他又再離開，天人永隔一般。髒手指現在去了那嗎？他的臉又再溫暖起來。她跪在他身旁，緊摟住他，都能感覺到他的心貼著自己的跳著，強而有力。

「美琪！」他看來鬆了口氣的樣子，似乎剛從一場噩夢中甦醒一般，嘴角上甚至還掛著一抹微笑。然而，羅香娜跟著在他們身後啜泣起來，十分輕細，在她散開的髮後幾乎細不可聞——然後法立德轉過身去。

有一會，他似乎沒明白自己看到什麼。

然後，他掙脫美琪，站了起來，再被大衣絆倒，好像雙腿還無力走動一般。他跪著爬到髒手指身旁，驚恐無比地摸著那安詳的臉。

「發生了什麼事？」他對羅香娜大喊，好像是她造成這一切不幸似的。「妳做了什麼？妳對他做了什麼？」

美琪跪在他身旁，試圖安撫他，但他毫不領情。他推開她的雙手，又再探身到髒手指身上，耳朵貼著他的胸，仔細聽著——跟著把臉靠在那已無心跳的地方，啜泣起來。

黑王子來到坑道中，莫陪著他，他們身後冒出愈來愈多的臉孔。

「走開！」法立德喝叱著他們。「全都走開！你們對他做了什麼？他爲什麼沒有呼吸了？這沒有血，一點血都沒有。」

「沒人對他怎麼樣，法立德！」美琪低聲說著。妳也想要他回來，是不是？她聽到髒手指說著。她腦海中不斷聽到這些字眼。「是白衣女子，我們見到她們了，是他自己把她們召喚來的。」

「妳說謊！」法立德對她大吼。「他爲什麼要做這種事？」

然而，羅香娜的手指劃過髒手指的疤，白色的疤，彷彿那不是被刀劃破，而是玻璃人的羽毛筆。「流浪藝人會對自己的孩子說個故事。」她說著，沒看任何人。「那是關於一位噴火藝人，他的兒子被白衣女子帶走。在絕望之際，他想到那有關白衣女子的傳說：她們怕火，同時又嚮往著火的溫暖。他於是決定靠自己的技藝來召喚她們，求她們把兒子還他，而這果然奏效。他用火喚來她們，讓火爲她們舞動歌詠，而她們沒把他的兒子交給死神，而是讓他復活。然而，她們帶走這名噴火藝人，而他再也沒回來過。據說，他得永遠和她們在一起，直到天荒地老，讓火爲她們舞動。」羅香娜握住髒手指沒有生氣的手，吻了那被燻黑的指頭。「那只是一個故事。」她繼續說。「但他喜歡聽，他一直說，這故事很美，裡頭一定有一些眞的地方。現在，他自己讓這故事成眞——就算他做了承諾，但他不會再回來了，這一回不會了。」

那是一個漫長的夜。

羅香娜和王子守候在髒手指身旁，但法立德卻爬了上去，來到月亮穿透烏雲，霧氣從被雨打濕的大地上升起的地方。他推開想制止他的守衛，一頭倒在青苔上。他躺在那，在摩托娜那些毒樹下啜泣著——而兩頭貂在黑暗中打鬧著，似乎還有一名主人必須去搶似的。

美琪當然去找他，但法立德要她離開，她只好去找莫。蕾莎睡在他身旁，但莫醒著。他坐在那，瞧著黑暗，彷彿那裡寫著一個他不懂的故事似的。他臉上有些難以接近的陌生東西，像傷口上的痂一樣堅硬，但當他注意到她，對她微笑時，那些陌生的東西便都消失了。

「過來。」他輕聲說，她坐到他身旁，臉貼著他的肩膀。「我想回家，莫！」她低聲說著。

「不，妳不想。」他低聲回答，她埋在他襯衫中啜泣，像還是小女孩時候那樣。她可以把所有的憂愁留給他，不管再怎麼沈重。莫只要撫摸她的頭髮，把手擱在她額頭上，低聲呼喚她的名字，就能把那些憂愁抹去，而他現在也如此，在這個悲傷的地方，在這個悲傷的夜裡。不過，他無法帶走這些痛苦，因爲實在太多了，但他緊摟著她，只希望能減輕這些痛苦。沒人比他更擅長這點，蕾莎不行，法立德也不行。

沒錯。這是一個漫長的夜，像成千上萬的夜那麼漫長，而且比美琪至今經歷過的夜晚還要漆黑。當法立德突然搖醒她時，她不知已在莫身旁睡了多久。他拉著她，離開她沈睡的父母，來到一個陰暗的角落，那裡瀰漫著王子那頭熊的味道。

「美琪！」他小聲說，雙手緊握她的手，緊到她感到痛。「我現在知道怎麼讓一切好轉。妳去找費諾格里歐！告訴他，要他寫些什麼，讓髒手指再度復活！他會聽妳的！」

當然了，她該想到他會冒出這個點子。他看著她，一臉哀求，令人心痛，但她搖了搖頭。

「不，法立德。髒手指死了，費諾格里歐也幫不上他，就算可以——但你沒聽見他一直在那自言自語什麼嗎？柯西摩那件事後，他絕不再動筆寫任何字了？」

是的，費諾格里歐變了。美琪再見到他時，幾乎認不出他來。過去，他的眼睛總讓她想起小男孩的眼睛，而現在卻是一對老人的眼睛。他的目光疑懼不安，彷彿不再相信自己腳下的土地似的，自從柯西摩死後，他顯然不再梳洗打理自己。他只向她打探了那本書，那本莫裝幀的書。但連美琪表示，那空白的書頁眞能讓人不死一事，也未抹去他臉上的苦痛。「喔，可眞棒！」他只喃喃說著。「現在毒蛇頭可是長生不死，而柯西摩卻死透透。這個故事眞是荒腔走板！」不，費諾格里歐不會再幫任何人，連他自己也不會，但法立德去找費諾格里歐時，美琪還是跟著他。

費諾格里歐大半時間窩在最下層的一個坑道中，那裡的部分礦坑幾乎完全坍塌，除了他，沒人下去那裡。他們爬下陡峭的梯子時，他正睡著，把強盜們給他的皮毛一直拉到下巴，並皺起滿是皺紋的額頭，像是連在睡夢中都在努力思索一般。

「費諾格里歐！」法立德猛搖著他。

老人躺在那輾轉著，發出一聲王子的熊都會引以爲榮的低吼，睜開了眼睛，瞪著法立德，像是第一次見到他那張棕色的臉龐似的。「啊，是你啊！」他睡意惺忪地咕噥著。「那個死而復生的小子，又是我沒寫下的東西！你想幹嘛？你知不知道，我剛做了這幾天來的第一個好夢？」

「你得寫些東西！」

「寫？我不再寫東西了。不是剛剛才看過嗎？我不是有個長生之書的絕妙點子，本該救出好人，送毒蛇頭歸西，但怎麼樣了呢？毒蛇現在長生不死，而森林裡又再屍橫遍地！強盜、流浪藝人——兩指的！死了！要是這個故事只會殺了他們，那我幹什麼還要杜撰出他們？」

「但你得把他弄回來！」法立德的嘴唇顫抖。「你讓毒蛇頭長生不死，爲什麼他不行？」

「啊，你在說髒手指吧，是不是？」費諾格里歐坐起身，揉了揉臉，深深嘆了口氣。「是啊，他現在也死了，也死了，要是你們還記得的話，我早就計畫讓他死的。不管怎樣，髒手指死了，你也死過……敏奈娃的丈夫、柯西摩、那些隨他出征的年輕人……全死了！難道這個故事就沒別的情節了嗎？我只告訴你一件事，小子。我早就不是這個故事的作者了。不！死神才是，冥王，地府大君，隨你愛怎麼稱呼他。那是他的舞台，不管我寫什麼，他都會拿走我的文字，當成他的僕役！」

「胡說！」法立德再也不把滿臉的淚水擦掉。「你必須把他弄回來。他根本不該死，而是我死！讓他再活過來！只不過是幾個字，畢竟你也爲柯西摩和魔法舌頭做過同樣的事。」

「等一下，美琪的父親那時還沒死。」費諾格里歐冷靜表示道。「至於柯西摩，他只是看來像柯西摩，我還要對你解釋幾遍？美琪和我重新塑造了他，只可惜一敗塗地。不行！」他伸手到腰帶間，抽出個跟手帕一樣的東西，大力地擤著鼻子。「死者復活，可不是故事！好，我承認，我玩弄了長生不死，但這跟把死者召回並不一樣！不行！就這樣。如果這裡有人死了，那就讓他死吧！這在這個世界和我的世界沒有兩樣。髒手指爲了你，很巧妙地打破了規則，但說不定是我寫下了這個讓他有了這種點子的感人故事……我記不得了，但不管了。漏洞總會有，而他拿自己的命換回你的命。一直以來，這是死神唯一接受的交易。沒錯，誰會想到這點？正好是髒手指十分珍愛這個撈過界的小子，願意爲他而死。我承認，這點子比貂的那個好多了，但卻不是我的！喔，不！如果你想怪罪於別人，你就免了吧，因爲有一點很清楚，小子。」說這話時，他的手指用力戳著法立德瘦削的胸口，「你不屬於這個故事！要是你沒想到混進來的話，髒手指大概還活著……」

法立德棕色的拳頭直揮向他的臉。

「你怎麼可以這樣說？」美琪厲聲對費諾格里歐說，而法立德哭著抱住了她。「他在磨坊救了髒手指！他來這後，一直在保護他——」

「是，是，好啦！」費諾格里歐嘟噥著，摸著自己疼痛的鼻子。「我是個沒心肝的老頭，我知道。但說來你也不會相信——見到髒手指躺在那，我也很難受，然後是羅香娜的哭聲，可怕，眞是可怕，那些受傷的人，那些死去的人……不，美琪，文字早就不聽我使喚了，而是自行其事，像蛇一樣轉過來對付我。」

「沒錯，你太差勁，差勁的要命！」法立德放開美琪。「你根本不懂你那一行！但別人可以，那個把髒手指送回來的人，奧菲流士。你看著，他會把他召回來的。把他寫過來這！你至少還辦得到這一點！是的，把奧菲流士寫過來這，立刻去寫，不然……不然……我就去告訴毒蛇頭，你想殺他……告訴翁布拉所有的女人，都是因爲你，她們才沒了丈夫……我，我……」

他握著拳頭站在那，因爲憤怒和絕望而顫抖著，但老人只看了看他，跟著吃力地站起來。「你知道嗎，小子？」他說，把臉貼近法立德的臉。「要是你好好求我，那我可能還會試試看，但這樣可不行。喔，不！費諾格里歐要人來求，不是被人要脅的。這點自尊心，我還是有的。」

法立德又想衝上去，但美琪拉住了他。「費諾格里歐，住嘴！」她喝叱著老人。「你難道看不出他很絕望？」

「絕望？那又怎樣？我也絕望！」費諾格里歐回道。「我的故事深陷不幸之中，而這——」他朝她伸出自己的雙手，「——卻不想再動筆！我怕那些文字，美琪！過去他們是蜂蜜，而現在是毒藥，徹徹底底的毒藥！但一個不再熱愛文字的人，還算個作家嗎？我到底算什麼？這個故事在吞噬我，在搗碎我，我這個創造者！」

「把奧菲流士弄過來！」美琪聽出法立德極力在控制自己的聲音，壓抑住所有的怒氣。「把他弄來，讓他幫你寫！教他你會的東西，就像髒手指把他知道的一切教給我那樣！讓他幫你找到正確的字。他喜歡你的故事，是他自己對髒手指說的！他還年輕的時候，甚至寫了封信給你。」

「眞的？」有一會，費諾格里歐聲音聽來幾乎又像那個好奇的老人。

「是的，他很崇拜你！他認爲這個故事是最棒的故事，這是他自己說的！」

「是嗎，他有說嗎？」費諾格里歐聽來受寵的樣子。「嗯，這故事眞的不差，也就是不錯。」他瞧著法立德，若有所思。「一位作家的學徒，嗯，奧菲流士……」他說出那個名字，像是得先品嘗一下似的。「唯一和死神較量過的作家……滿合的。」

法立德滿懷希望地瞧著他，又讓美琪感到心碎。

但費諾格里歐微笑著，就算那微笑顯得悲傷。「妳看看他，美琪！」他說。「這小子懂得那種哀求的目光，我那些孫子就是這樣從我這裡要到所有東西。當他有求於妳時，是不是也這樣看著妳？」

美琪察覺到自己臉紅了起來。費諾格里歐饒過她，沒讓她回答。「你知道，我們需要美琪的幫助，對不對？」他問法立德。

「只要你寫，我就會唸。」她說，並在腦海裡接了下去，把那個人召來這個故事中，他可是幫摩托娜把我父親帶來這裡，並幾乎殺死他的人。她試著不去想，莫對這項交易會說什麼。

不過，費諾格里歐似乎已經在找合適的字眼——那些不會出賣欺騙他的字眼。「那好吧。」他心不在焉地喃喃說道。「那我們再試最後一次吧，但我要到哪去找紙或墨水呢？更別提羽毛筆和一個玻璃人好幫手，可憐的薔薇石英畢竟還待在翁布拉。」

「我有紙，」美琪說，「還有一支筆。」

「這很漂亮。」當她把那本筆記本擱到費諾格里歐懷裡時，他說道。「是妳父親裝幀的嗎？」

美琪點點頭。

「有幾張被撕掉了！」

「是的，一張讓我母親知道我的消息，一張是我寫給你的信，空中飛人交給你的信。」

「喔，沒錯，那封信。」費諾格里歐一下子看來疲憊無比。「空白的書，」他喃喃說著：「似乎在這個故事中扮演著很重要的角色，對不對？」他接著要美琪讓法立德單獨和他留下，讓他告訴他奧菲流士的事。「說眞的，」他對美琪小聲說：「我想他太高估他的能力了！這個奧菲流士幹了什麼？他把我的文字重新排列，就這樣而已。但我還是要承認，我對他滿好奇的。自稱爲奧菲流士，想必也夠自大的，而自大倒是個有趣的性格。」

美琪不以爲然，但已來不及收回承諾。她又要朗讀，這回是爲法立德。她溜回父母那，頭枕在莫胸口，聽著他的心跳入睡。文字救了他一命，爲什麼不能再救髒手指一命呢？就算他在遙不可及的地方……文字在這個世界中，不也主宰著安息之地嗎？

松鴉

這個世界是為了被閱讀而存在，而我讀著這個世界。

——琳恩・莎朗・史瓦茨《讀書毀了我》

莫醒來時，蕾莎和美琪還睡著，但他覺得自己在這些石頭和死者間，一刻都不能呼吸。他爬上來時，礦坑口的守衛對他點頭示意。泛白的清晨從通往外頭的縫隙中滲了進來，帶著百里香、迷迭香和摩托娜那種毒樹上漿果的味道。莫對費諾格里歐的世界中混雜著熟悉的與陌生的東西，總是不斷感到茫然——而在他看來，那些陌生的東西往往顯得更加眞實。

莫在坑道口遇見的不只守衛而已，其他五名男子靠著坑道壁面，其中也有快嘴和黑王子。

「啊，看看，從翁布拉到大海邊最炙手可熱的大盜！」莫朝他們走去時，快嘴耳語著。他們打量著他，像打量一頭奇特的動物，對他那些怪異無比的故事早就耳熟能詳，而莫覺得自己愈來愈像一名登台演出的演員——暗自不安，既不知道該演的戲，也不知道自己的角色。

「我不知道你們怎麼想。」快嘴瞧了大家一眼說。「但我總以為松鴉是某個作家杜撰出來的人物，而唯一可能有資格戴上那副鳥面具的，應該是我們的黑王子，就算他和歌曲裡的描述不太吻合。不過，聽說松鴉被關在夜之堡中時，我還以為他們只是又抓了某個倒楣的傢伙，剛好手臂上有個疤而已，但接著——」他仔仔細細打量著莫，像是在拿他所聽到的松鴉描述做個比較一般，「——我在森林中見到你打鬥的樣子……他的劍劃過他們，像針入紙般……有首歌裡不是這樣唱嗎？描述得眞是貼切，沒錯！」

沒錯，快嘴？莫心想。要是我對你說，松鴉跟你一樣，都是一位作家杜撰出來的，你會怎麼想？

他們大家都悄悄打量著他。

「我們必須離開了。」王子打破沈默。「他們把森林到海邊都翻了過來。我們的兩個秘密據點，已經被他們拿煙燻過，他們還沒發現礦坑，大概是認爲我們不會就近躲在他們腳下。」那頭熊吼著，彷彿在嘲笑盔甲武士的愚昧一般。黑毛臉上一張黑嘴，琥珀色的小眼睛露出機智——在書中讀到時，莫就很喜歡這頭熊，只不過把牠想像得大了些。「今晚，一半的人把傷者帶到獾穴。」黑王子繼續說，「其他人跟我和羅香娜去翁布拉。」

「那他去哪呢？」快嘴看著莫。

他們全都看著他。莫察覺到他們的目光，有如手指在皮膚上一般。滿懷希望的目光，但期待著什麼呢？他們聽過什麼關於他的事？是不是已有人說著夜之堡中發生的事？

「他必須離開這裡，不然呢？離得愈遠愈好！」王子扯掉熊毛上的一片枯葉。「毒蛇頭會找他，就算他到處散佈說，森林中的攻擊事件是由摩托娜主導。」他朝一名身子瘦薄的少年點了頭，他站在大家中間，至少比美琪矮了一個頭。「再說一次傳令官在你村裡宣告的事。」

「毒蛇頭，」那少年結結巴巴說了起來，「保證：『只要松鴉再在森林這頭現身，夜之堡的劊子手就會慢慢把他折磨到死，而抓到他的人，會得到他體重等量的銀子。』」

「喔，那你最好開始挨餓吧，松鴉。」快嘴說笑道，但其他人並沒笑。

「你眞的讓他長生不死？」問這問題的是那名少年。

快嘴大笑。「你們聽這小子說的。你一定也相信王子能飛吧，對不對？」

但那少年沒理他，仍一直看著莫。「他們說，你自己也不會死。」他小聲說。「他們說，你自己也有一本書，一本空白的書，裡面有你的死神。」

莫不得不微笑起來。美琪老是常常瞪著這樣的大眼睛看著他。**這故事是真的嗎，莫？快說嘛**。他們全都等他回答，黑王子也不例外。他從他們的臉上看了出來。

「喔，不。」他說。「我會死，相信我，我很清楚感覺到過。但至於毒蛇頭——沒錯，我大概讓他長生不死，但不會太久。」

「你這是什麼意思？」笑容久久停在快嘴粗糙的臉上。

但莫沒看他，而看著黑王子回答。「我的意思是說，現在這時候沒什麼殺得了毒蛇頭，不管是刀劍，還是疾病。我爲他裝幀的書護著他，但這本書也是他的厄運所繫，因爲他只能高興上幾個星期。」

「爲什麼？」問的又是那名少年。

莫回答時，壓低了聲音，一如他和美琪要分享秘密時一樣。「喔，你知道，要讓一本書活不久，其實並不難，特別是對一名書籍裝幀師來說。而這是我吃飯的傢伙，就算有些人不這樣想。一般來說，殺死一本書並不是我分內的事，相反地，一般人都是叫我延長書的生命，然而，這次我不得不破個例。我畢竟不想對毒蛇頭永據寶座，吊死流浪藝人來打發時間負責。」

「那你眞的是個巫師！」快嘴的聲音聽來沙啞。

「不，眞的不是。」莫回答。「我再說一次，我是個書籍裝幀師。」

他們又再盯著他看，莫不確定，這回除了尊敬外，是否還摻雜了些畏懼。

「現在快去做事！」王子的聲音打破了寂靜。「快去幫傷者搭些擔架。」他們聽命，但大步離開前，全都瞧了莫最後一眼。只有那少年對他露出一個難為情的微笑。

但黑王子招手示意莫過來。「幾個星期，」等他們來到他和熊睡的坑道中時，黑王子重複道。「到底是幾個呢？」

幾個？就連莫自己也說不準。要是他們沒先注意到他動了什麼手腳的話，那就會很快。「不會太多吧。」他回答。

「而他們沒辦法挽救那本書？」

「沒辦法。」

王子微笑著。那是莫在這張黑臉上見到的第一個微笑。「這是令人安慰的消息，松鴉。對付一個不會死的敵人，讓人勇氣全失。但你要知道，等他發現你騙了他的時候，他會更加無情地追捕你？」

大概如此吧。出於這個原因，莫沒對美琪透露什麼，只趁她睡著時，自己偷偷動了手腳。因為他不想毒蛇頭見到美琪臉上的懼意。

「我不打算回到森林這一頭。」他對王子說。「說不定翁布拉附近有我們可以藏身的好地點。」

王子又再微笑著。「會有的。」他說——然後直直打量著莫，像是想看穿他的心似的。試試看吧！莫心想。看看我的心，告訴我你在那發現什麼，因為連我自己都摸不清楚了。他想起自己第一次讀到黑王子的時刻。好一個神奇角色！他那時心想，但現在站在他面前的男人，比文字喚出的畫面，更加令人印象深刻，或許矮了些，憂傷了些。

「你妻子說，你不是我們以為的那個人。」王子說。「髒手指也這樣表示過，他說你來自同一個地方，他在那裡待了許多年，而我們卻認為他已經死了。那裡和這裡差別很大嗎？」

莫不得不微笑起來。「喔，是的，我想是的。」

「什麼差別？那裡的人更快樂？」

「大概吧。」

「大概？這樣啊。」王子彎身，拿起擱在他被褥上的一樣東西。「我忘了你妻子怎麼稱呼你，髒手指倒是幫你取了個怪名字：魔法舌頭。但髒手指死了，對其他人來說，你現在便是松鴉。就連我見到你在森林中打鬥的樣子後，都很難拿別的名字稱呼你。所以這裡這樣東西未來就屬於你的了。」

莫從未見過王子遞給他的這副面具。上頭的皮革暗沈破損，但羽毛鮮亮，白的、黑的、棕黃色和藍色。松鴉的藍。

「許多曲子裡都歌詠過這副面具。」黑王子說。「我自己戴過一陣子，我們有些人也是，但現在它是你的了。」

莫在雙手中默默翻看這副面具，有那麼一會，說不出爲什麼，他想戴上，彷彿早已習慣那樣。喔，沒錯，費諾格里歐的文字十分強大，但那是文字，只是文字而已——就算是爲他而寫的……每位演員都能選擇自己想扮演的角色，不是嗎？

「不。」莫說，把面具遞回給王子。「快嘴說的對，松鴉是個幻象，一個老頭杜撰出來的人物。我不是靠打鬥吃飯，相信我。」

黑王子若有所思地看著他，但沒收下面具。「你還是留著吧。」他說。「現在戴上這副面具，已太危險，至於你是吃哪一行飯的——我們也不是生下來就是強盜。」

對此，莫沒說什麼，只瞧著自己的手指，他花了一段時間，才把在森林中打鬥沾上的所有血跡洗掉。他一直站在那，面具拿在手中，一個人孤零零地待在陰暗的坑道中，那裡瀰漫著早被人遺忘的死者的味道，這時，他聽到美琪的聲音在身後響起。

「莫？」她看著他的臉，露出擔心的神色。「你去哪了？羅香娜想立刻動身，蕾莎便問我們是不是跟她一起走。你怎麼說？」

是的，他怎麼說？他想去哪？回我自己的作坊。他心想。回愛麗諾的家。難道不是嗎？那美琪想要什麼呢？他只需要看著她，便知道答案了。當然了，她想待下來，因爲那男孩，但不只如此。蕾莎也想待下來，雖然曾被關在地牢中，雖然經歷過那些痛苦與黑暗。費諾格里歐的世界到底是怎麼回事，讓她的心如此眷戀？他自己不是感受到了嗎？就像個藥效迅速的甜蜜毒藥……

「莫，你怎麼說？」美琪握住他的手。她眞的長大了！

「我怎麼說？」他仔細聽著，好像只要他仔細聽著，就能聽到文字在坑道壁面或黑王子所蓋的被褥布料中低語著。不過，他所聽到的，只是自己的聲音：「妳喜不喜歡我這樣說……帶我去看看精靈，美琪，還有水妖，還有翁布拉城堡中的書籍彩繪師，讓我們看看他的畫筆是不是眞的很細。」

多麼危險的話，但美琪用力抱著他，就像她還是小女孩時那個樣子。

法立德的希望

現在他死了，他的靈魂逃至沒有陽光的國度。

——菲利浦・李維《飢餓城市春秋》

守衛在日出前不久第二次示警時，黑王子命令大家躲到坑道深處，那裡狹窄的通道積水，幾乎可以聽到大地在呼吸。不過，有個人沒跟來。費諾格里歐。等王子解除警報，美琪和大家再爬上去，雙腳濕透，心裡還擔心害怕時，費諾格里歐走向她，把她拉了過來。好在莫正和蕾莎說話，沒注意到。

「這個，但我不做任何保證。」費諾格里歐小聲對她說，同時把筆記本又塞到她手中。「說不定這是另一個錯誤，跟其他的一樣黑白分明，但我很累，懶得去想了。去餵一餵這個該死的故事吧，拿新的文字去餵吧。我不會去聽，要躺下來睡一覺，這絕對是我這輩子最後所寫的東西了。」

餵它吧。

法立德建議美琪在髒手指和他睡過的地方唸。髒手指的背包仍擱在他的被褥旁，那兩頭貂一左一右蜷在一邊。法立德坐到牠們中間，把背包緊緊抱在胸口，彷彿髒手指的心在裡面跳動似的。他看著美琪，滿懷期望，但她默不出聲，瞧著那些文字，一言不發。費諾格里歐的字跡在她眼前渙散開來，彷彿第一次不願被她唸似的。

「美琪？」法立德仍看著她。他眼裡滿是悲傷，滿是絕望。爲了他，她心想。只爲了他——然後跪到髒手指所睡的被褥上。

看到開頭的文字時，她就覺得費諾格里歐再一次表現不凡。她感覺到那些文字在她臉上吐著氣，文字栩栩如生，故事栩栩如生，想靠這些文字成長。這個故事想繼續下去！費諾格里歐寫下這些文字時，是不是也有同樣的感覺？

「有天，當死神再次豐收時，」美琪開始唸著，幾乎覺得自己唸的是一本剛被擱在旁邊、自己熟悉的書，**「大作家費諾格里歐決定不再寫作。他厭倦了文字和文字那種誘惑力。被文字欺騙和嘲弄，該發聲的時候沈默，都讓他感到難受。於是，他召來另一個比他年輕的人，名叫奧菲流士——他長於文字，雖然還不像費諾格里歐那樣出神入化——，並決定傳授他自己的技藝，一如所有師者一般。奧菲流士可以待在他身邊一陣子，玩弄文字，誘惑、欺騙、創造、破壞、驅走並召回文字——同時費諾格里歐等著自己的倦意消逝，對文字再有興致，並把奧菲流士送回原來召喚他來的世界，讓自己的故事帶著嶄新的文字流傳下去。」**

美琪的聲音漸漸消逝，在地底迴盪著，彷彿有影子似的。等到靜寂正要開始擴散時，便聽到腳步聲傳來。

踩在濕石頭上的腳步聲。

再次孤家寡人

希望長著羽毛……

——艾蜜莉・狄金生《希望》

奧菲流士就在愛麗諾眼前消失。當他就這樣化成空氣，什麼嘛，根本就不算是空氣，而是空無的時候——就像他從未出現在那似的，就像只在她夢中一般——她只離他幾步遠，手裡拿著他要的酒。瓶子從她手中滑落，掉在圖書館的厚木板地上，在奧菲流士攤開在那的書本間摔成碎片。

那頭狗開始嚎叫，聲音嚇人，大流士急忙從廚房衝了出來。大塊頭沒擋住他，只瞪著奧菲流士剛剛還站著的那個位置。他聲音顫抖地唸完了一張就擱在面前愛麗諾玻璃櫃上的紙，把《墨水心》緊抱在胸口，像是想用這種方式逼這本書接納他。愛麗諾站在那，呆若木雞，才明白他又再嘗試什麼，那已是第幾百次，什麼嘛，簡直是第幾千次的事了。說不定他會換回他們，她這樣想，至少是其中一位！美琪、蕾莎、莫提瑪，這三個名字嘗起來都好苦澀，就像所有失去的東西一樣苦澀……但現在，奧菲流士消失了，他們三個沒人回來，只有那頭該死的狗不停嚎叫著。

「他辦到了。」愛麗諾低語著。「大流士，他辦到了！他去了那邊……他們全都在那，只有我們沒有！」

那一瞬間，她感到無比的自憐。她站在那，愛麗諾・羅倫當，在自己所有的書之間，但他們不讓她進去，一本都沒有。誘惑著她的大門緊閉，讓她心中全是渴望，只讓她來到他們的門檻前。混蛋，沒良心的混蛋東西！全是空口承諾，全是騙人的誘惑，讓人永遠飢渴，但永不讓人飽足，永不！

愛麗諾，妳是完全看走了眼！她心想，同時擦掉眼裡的淚水。怎麼辦，要眞是如此呢？她不是經驗老到，可以把惡意欺騙她的舊愛埋葬掉嗎？他們不讓她進去，其他人現在全都到書裡去了，就只有她進不去！可憐的愛麗諾，可憐孤單的愛麗諾！她大聲啜泣，一隻手都不得不摀住嘴。

大流士同情地看著她，慢慢來到她身邊。好在至少還有他，但他也幫不上她。我想去找他們！她絕望地想著。他們是我的家人：蕾莎、美琪和莫提瑪。我想看看無路森林，手上再捧著精靈，我想見見黑王子，就算得聞他那頭熊的臭味，我想聽聽髒手指如何和火說話，就算我一直都受不了他！我想，我想，我想……

「喔，大流士！」愛麗諾啜泣著。「爲什麼那個該死的傢伙沒有帶著我？」但大流士只瞪著自己流露著智慧的貓頭鷹眼睛看著她。

「嘿，他去哪了？那個雜種還欠我錢呢！」大塊頭來到奧菲流士消失的位置，四處瞧著，彷彿他可能躲在書架層板之間似的。「混蛋，就這樣消失，他想幹什麼？」大塊頭彎身拾起一張紙。

奧菲流士唸過的那張紙！他帶走了那本書，卻留下了幫他開啓那扇門的文字？那並不是全都完了……

愛麗諾斷然從大塊頭手中搶過那張紙。「把它給我！」她喝叱他，把那張紙緊貼在自己胸口，就像奧菲流士抱住那本書那樣。大塊頭的臉色沉了下來，心裡兩種截然不同的感覺在爭執著：氣愛麗諾如此放肆，又怕那些她不顧一切拿在自己胸口的文字。有一會，愛麗諾看不出他的哪種感受會佔到上風。大流士來到她身後，像是想捨身保護她似的，但好在糖糖的臉色又再開朗起來，開始大笑。

「妳看看妳！」他嘲弄道。「妳要那張破紙幹嘛，書蟲？妳也想像奧菲流士、喜鵲和妳那兩個朋友一樣憑空消失？拜託，妳想怎樣就怎樣，但先把奧菲流士和那老太婆欠我的酬勞給我！」他跟著四處打量愛麗諾的圖書館，像是某個地方可能藏著能拿來付錢的東西似的。

「你的酬勞，當然啦，我瞭解！」愛麗諾趕緊說，把他拉向門口。「我在我的房間裡還藏了些錢。大流士，你知道在哪，把剩下的全給他。最重要的，是要他消失。」

大流士看來不怎麼起勁，但糖糖笑容滿面，每顆蛀牙都清楚露了出來。「怎麼樣，沒錯吧！這樣不就好說話了！」他嘟囔著，大步跟著認命帶他到愛麗諾房間的大流士。

而愛麗諾一個人待在自己的圖書館中。

這裡突然無比安靜。奧菲流士眞的把自己從她書中唸出來的各式人物又送了回去，只有他的狗還在這裡，垂著尾巴嗅聞著不久前他主人還站著的地方。

「好冷清！」愛麗諾喃喃自語著。「好冷清。」感到孤單至極，幾乎比喜鵲帶走莫提瑪和蕾莎那一天還要嚴重。那本他們大家全都消失在其中的書也不見了，消失了。消失在自己故事中的一本書，會遭遇什麼事？

啊，別管那本書了，愛麗諾！她心想，而一滴眼淚這時順著鼻子流下。妳現在想怎麼樣找到他們呢？

奧菲流士的文字。當她盯著那張紙看時，那些字在她眼前模糊起來。沒錯，一定是這些字把他帶過去的，不然還會是什麼？她小心打開玻璃櫃，奧菲流士消失前，把那張紙擱在上面，然後取出擱在裡面的那本書——一本安徒生童話的精美插圖版，有作者的題詞——，把那張紙擱在原來書所在的位置。

新作家

寫作的喜悅，
流存的可能，
凡夫的復仇。

——辛波絲卡《寫作的喜悅》

在礦坑中的陰影裡，一開始幾乎看不到奧菲流士。他遲疑地走進美琪用來閱讀的油燈的光芒中。她覺得，他似乎把某個東西塞到自己的上衣下，但她認不出來是什麼。可能是本書吧。

「奧菲流士！」法立德躍向他，仍抱著髒手指的背包。

所以，那眞是他了，奧菲流士。美琪把他想像成另一個樣子，更……令人印象深刻。這裡這位只不過是個有點粗壯，還很年輕的男人，穿著一套很不合身的西服。他站在那，茫然無措的樣子，像是吞掉自己的舌頭似的，打量著美琪，打量著自己走來的坑道，最後才是法立德，而他似乎完全忘記這個他笑臉相迎的男人，在他們上次見面時，偷了他的東西，並把他出賣給巴斯塔。奧菲流士似乎根本認不出法立德，但等他最後認出來時，自己的聲音才冒了出來。

「髒手指的小跟班？你是怎麼到這來的？」他問。沒錯，美琪不得不承認：他的聲音令人印象深刻，勝過他的臉許多。「好吧，不管了。這裡一定就是墨水世界了！我就知道自己辦得到！我就知道！」他的臉上浮現了一抹自戀的微笑。當他差點踩到葛文的尾巴時，牠嗥叫地跳了起來，但奧菲流士根本不理那頭貂。「眞夠神奇！」他喃喃說，手掌同時摸著坑道壁。「這大概是翁布拉城堡下通往公侯墓室的通道之一吧。」

「不，這不是。」美琪聲音冷冷地表示道。奧菲流士——摩托娜的幫手，出賣魔法舌頭的傢伙。他那張圓臉看來毫無表情。難怪，她無比厭惡地想著，同時從髒手指睡覺的地方站了起來。他沒有良知，不知同情，缺了心肝。她爲什麼要把他弄了過來？好像這裡還缺他這號人物似的。爲了法立德，她的心回答著，爲了法立德……

「愛麗諾和大流士好嗎？要是你傷害他們的話！——」美琪沒把這句話說完。是啊，然後呢？

奧菲流士吃驚地轉過身來，好像一直沒注意到她似的。「愛麗諾和大流士？啊，妳大概就是那個據說把自己也唸過來的女孩？」他的眼神警覺起來，顯然想到自己對她父母幹了什麼事。

「我父親差點因爲你而死！」美琪氣到聲音顫抖著。

奧菲流士臉紅得跟個小女孩一樣，但是因爲憤怒，還是尷尬，美琪就說不上來，但不管怎樣——他很快便恢復過來。「摩托娜和他有帳要算，我又能怎麼樣？」他回嘴道。「而且從妳的話中聽來，他還活著，所以沒理由激動，是不是？」他聳了聳肩，背對著美琪。「眞是奇怪！」他瞧了一眼坑道底端的碎石頭、窄梯子和支樑，喃喃說道。「請你們告訴我，我到底到了哪裡？這裡看來簡直像個礦坑，但我根本沒有唸到礦坑……」

「管你唸到了什麼，是我把你弄過來的！」

美琪的聲音聽來相當尖銳，法立德擔心地瞧了她一眼。

「妳？」奧菲流士轉過身，神情倨傲地打量她，看得美琪血液直衝腦門。「妳顯然不知道在和誰說話，但我幹嘛要跟你們聊？我可不想看這些廢棄的坑道，精靈都在哪？盔甲武士呢？還有流浪藝人……」他粗魯地推開美琪，衝向通往上頭的梯子，但法立德攔住他的去路。

「你就待在這裡，乳酪腦袋！」他喝叱他。「你想知道你爲什麼在這嗎？是因爲髒手指。」

「啊？」奧菲流士嘲弄地大笑。「難道你還沒找到他？哎，說不定他不想被找到，更別提像你這樣一個固執的傢伙——」

「他死了！」法立德猛地打斷他的話。「髒手指死了，美琪把妳唸過來，只是要你把他寫回來！」

「她—沒—有—把—我—唸—過—來！我還要再解釋多少次？」奧菲流士又想上梯子，但法立德只一言不發地抓住他的手，把他拉過來，到髒手指所在之處。

羅香娜把他的大衣掛在他安身的坑道前。她和蕾莎在他周圍點燃蠟燭，拿舞動的火代替其他死者身邊的鮮花。

「天哪！」奧菲流士脫口而出。「死了！他真的死了！怎麼會這樣！」美琪見到他眼中的淚水，甚感訝異。他顫抖的手指摘下了鼻樑上起了霧氣的眼鏡，拿自己上衣的一角擦亮，然後慢慢走向髒手指，彎下身，碰了他的手。

「冰冷的！」他低聲說著，退了開來。他淚眼朦朧地看著法立德。「是巴斯塔嗎？快說！不，等一下，書裡是怎麼說的？巴斯塔有在場嗎？**一幫山羊的手下**，是了，是這樣寫的，他們想殺死那頭貂，而他試著救牠！我讀到那一章時，哭得暈天暈地，把那本書往牆上一扔！而我現在到了這，終於到了這——」他拚命喘氣。「我把他送回來，只因自己認爲他現在在這裡會沒事的！喔，天哪，天哪天哪。死了！」奧菲流士啜泣著——然後默不作聲。他又探身到髒手指的軀體上。「等一下！**被刺死**，書裡面說是**被刺死**！傷口在哪？**因為那頭貂而被刺死**，是了，是這樣寫的。」他猛轉身，瞪著窩在法立德肩上、對他斷斷出聲的葛文。「他把那頭貂留了下來，他把牠留了下來，跟你一樣。但這怎麼可能——」

法立德不出聲。美琪感到難受無比，但當她朝他伸出手時，他避了開來。

「這頭貂在這幹嘛？快給我說。你的舌頭被你吞下去了嗎？」奧菲流士悅耳的聲音有了一種鏗鏘的味道。

「他不是因爲葛文而死的。」法立德低語道。

「不是嗎？那是因爲什麼？」

美琪伸手過去時，法立德這回沒把手縮回來。不過，在他還來不及回答奧菲流士之前，他們身後響起了另一個聲音。

「這是誰？一個外人在這幹什麼？」

奧菲流士嚇了一跳，像是被人逮到一樣。羅香娜站在那，蕾莎在她身旁。「羅香娜！」奧菲流士低聲說著。「那位美麗的女藝人。」他尷尬地扶正眼鏡，躬身致意。「可否容我自我介紹一下？我是奧菲流士，我是……髒手指的朋友。是的，我想應該可以這樣說。」

「美琪！」蕾莎結巴地說著。「他怎麼來這的？」

美琪不由自主把記著費諾格里歐那些文字的筆記本藏到背後。

「愛麗諾好嗎？」蕾莎大聲質問奧菲流士。「大流士呢？你對他們做了什麼？」

「什麼也沒有！」奧菲流士回答，迷迷糊糊中，顯然沒注意到這個原本只會手語的女人，又有了聲音。「反而，我努力教他們對書本不要那麼緊張，他們把書本當成甲蟲標本那樣，一本本擺好，像被關起來一樣！他們的書頁可是想透透氣，感受讀者的手指溫柔摸過它們的——」

羅香娜從支樑上取下她掛在上頭的髒手指的大衣。「你看起來不像髒手指的朋友。」她打斷奧菲流士的話。「不過，要是你想跟他告別的話，那就現在，因爲我要帶他走了。」

「帶走？你在那說什麼？」法立德擋住她的去路。「奧菲流士來這是要召他回來的！」

「滾開，別讓我看到你！」羅香娜喝叱他。「我第一次在我那農莊見到你時，就知道你會招來厄運。死的應該是你，不是他。事情就是這樣。」

法立德退了開，像是羅香娜想打他似的。他任由自己被推到一旁，沒有反抗，站在那，垂著頭，而羅香娜則探身到髒手指身上。

美琪不知該如何安慰他，但她母親跪在羅香娜身邊。「別這樣！」她輕聲對她說。「髒手指讓法立德死而復生，讓故事中的文字成眞。文字，羅香娜！文字讓這世界出現了許多怪事，而奧菲流士很長於文字！」

「喔，沒錯，我會的！」奧菲流士趕緊來到羅香娜身旁。「我幫他造了一扇文字之門，讓他能回來找妳，他從未跟妳提過嗎？」

羅香娜難以置信地看著他，他那有魔力的聲音也影響到她。

「是的，相信我，那是我！」奧菲流士繼續說。「而我也會寫些東西，讓他從冥界回來。我會找到那些字眼的，像百合花香般甜美誘人，讓死神迷醉，鬆開他抓住髒手指溫熱的心的冰冷手指！」一抹微笑讓他臉上容光煥發，彷彿他未來的成就現在已讓他陶醉不已一般。

然而，羅香娜搖搖頭，像是想擺脫他那具有魔力的聲音似的，吹熄了髒手指周圍的蠟燭。

「我現在明白了。」她說，同時把大衣蓋在髒手指身上。「你是個魔法師。我只去找過一次魔法師，是在我們小女兒死後。去找魔法師的人都感到絕望，而他們知道這點。他們靠別人落空的希望而活，像烏鴉靠著死屍過活一樣。那位魔法師的承諾聽來和你的一樣好聽。他答應我在絕望無比之際所要求的東西。他們全都是這個樣子。他們承諾召回你永遠失去的東西：孩子、朋友——或丈夫。」她把大衣蓋住髒手指安詳的臉。「我不會再相信這類承諾，那只會讓人更加痛苦。我會帶他回翁布拉，在那找個沒人會打擾他的地方，不管是毒蛇頭、野狼，還是精靈。等我頭髮早就花白後，他還會看來像睡著一般，我從蕁麻那裡學到如何保存軀體，就算那副軀體早已沒有靈魂。」

「妳會告訴我吧，對不對？」法立德的聲音顫抖，像是已經知道羅香娜的答案似的。「妳會告訴我妳帶他去哪。」

「不，」羅香娜回答。「死也不會告訴你。」

何去何從？

巨人靠著自己的椅子。「你還有一些故事吧，」他說，「我可以在你的皮膚上聞出來。」

——布萊恩·派頓《巨人的故事》

法立德看著他們趁著夜色掩護，把傷者擱到擔架上。受傷的人和死人。六名強盜站在樹叢間，聽著任何可能預示著危險的聲響。遠方只見得到銀色塔樓的尖頂，在星光下發亮，但他們全都覺得毒蛇頭可以看到他們似的，可以在他的城堡上察覺他們輕手輕腳潛行過他的山丘。誰能說，毒蛇頭現在最想幹什麼？在他現在長生不死，像死神一樣戰無不勝後？

然而，這一晚安安靜靜，像黑王子的熊要拖回翁布拉的髒手指一樣靜寂。美琪也會和魔法舌頭及她母親先回那裡，到森林的另一頭去。黑王子對他們提到一間村子，窮困、遠離大路，沒有任何公侯會感興趣。王子想把他們藏在那裡，或附近的某個農莊。

他該跟著他們嗎？

法立德看到美琪往他這頭瞧來，她和她母親及其他女子站在一起。魔法舌頭和強盜們同夥，腰際插著那把據說殺了巴斯塔的劍——不過，殺的不只他一個人。法立德立刻從多位強盜嘴中聽到，十幾個人死在他手下。難以置信。當時，在山羊村子的山丘間，他們躲在一起時，魔法舌頭連一隻烏鶇都不想殺，更何況是個人了。另一方面——他自己是靠什麼學會殺人的？答案並不難找，靠著恐懼和憤怒。那在這個故事中可眞的不缺。

羅香娜也跟強盜們在一起，只要一察覺到法立德的目光，便背過去對著他。她把他當成空氣一樣——好像他從未復活一般，好像只是個幽靈，一個邪惡的幽靈，吞噬掉了她丈夫的心。「死掉是什麼感覺，法立德？」美琪問過他，但他記不起來了，或許也只是不想去回憶而已。

奧菲流士離他不到兩步遠，穿著薄薄的襯衫，凍得要命。王子命他脫下他的淺色西服，換上深色的披肩和毛褲。雖然有這些衣服，他看來仍像麻雀群中的一隻布穀鳥。費諾格里歐滿臉疑慮地打量他，像是一頭老貓瞧著一隻闖進自己地盤的小流浪貓一樣。

「他看來像個笨蛋！」費諾格里歐把聲量放大對美琪說著，讓大家都聽得見。「妳看看他，小白臉一個，根本不懂什麼是生命，那他要怎麼寫呢？或許最好是趕緊把他弄回去，但怎麼會搞成這樣？反正這個討厭的故事是沒得救了。」

他或許說得對，但他爲什麼不自己試試看，把髒手指寫回來？難道他對自己創造出來的人物毫不在意嗎？只是把他們當成棋子來下，對他們的痛苦幸災樂禍？

法立德握起拳頭，氣到無助。我眞該試一試的！他心想。我未來要一直試下去，不管幾百次，幾千次。但他連那奇怪的小符號都不會唸！髒手指教他的那幾個字，根本不夠把他從他現在所在的地方召喚回來。就算他拿火把他的名字寫在夜之堡的城牆上，髒手指的臉還是會像他最後見到的那樣死寂。

不。只有奧菲流士能試一下，但自從美琪把他唸過來後，他都還未寫下一個字。他笨笨地站在那，不然就來回走著，而那些強盜在一旁疑慮地打量著他。魔法舌頭也沒給他好臉色看，他再見到奧菲流士時，臉色都變白了。有一會，法立德以爲他會一把抓起乳酪腦袋，狠狠揍他一頓，但美琪趕快拉住他的手臂，把他帶開。他們倆說了什麼——美琪一個字都沒透露。她知道，她把奧菲流士唸過來，她父親是不會同意的，但她還是這麼做了。爲了他。奧菲流士在意這個嗎？喔，不，他還是裝著是自己的聲音把他帶到這來，而不是美琪的。吹牛大王，混蛋狗兒子！

「法立德？你決定了嗎？」他從自己悶悶不樂的想法中驚醒。美琪站在他面前。「你跟我們一起，是吧？蕾莎說，你可以跟我們在一起，多久都行，莫也沒有反對。」

魔法舌頭仍跟強盜們在一起，和黑王子說著話。法立德看到奧菲流士打量著他們倆，然後又開始來回走著，揉著額頭，喃喃說著話，像是在自言自語。跟瘋子一樣，法立德心想。我把自己的希望寄託在一個瘋子身上！

「在這等我一下。」他留下美琪，跑向奧菲流士。「我決定了，我跟美琪一起走！」他不客氣說著。「你想待在哪裡都行。」

乳酪腦袋扶了扶眼鏡。「你在那說什麼？我當然跟來！我想看看翁布拉、無路森林、肥肉侯爵的城堡。」他抬頭瞧著山丘。「我當然也想看看夜之堡，但在這裡發生的事後，顯然不是什麼好時機。哎，這是我在這裡的第一天……你見過毒蛇頭了嗎？他是不是讓人一看就怕？我是很想看看那些貼上銀片的柱子……」

「你不是來這參觀的！」法立德的聲音幾乎氣到變尖了。這個乳酪腦袋在想什麼？他怎麼可以站在那，四處瞧瞧，好像是來觀光一樣，而髒手指就快躺在某個陰暗的墓室裡，或羅香娜想帶他去的某個地方了！

「不是嗎？」奧菲流士的圓臉陰沈下來。「你是用什麼語氣跟我說話？我想怎樣就怎樣。你以爲，我終於來到自己一直想來的地方，只是要讓個小流氓來吩咐我？你以爲可以憑空就把文字摘下來嗎？這可是生死大事啊，你這個臉上沒毛的小子！要我有適合的點子，可能要等上幾個月。這些點子可不像火那樣招之即來的——而我們要的可是絕妙動人的點子。也就是說——」奧菲流士打量著自己被咬到見肉的指甲，「——我需要有人可以使喚！還是你想讓我把時間花在洗自己的衣服和弄東西吃上面？」

這狗東西，該死的狗東西。「那好，我聽你使喚，」法立德好不容易才把這些話說出嘴，「只要你把他帶回來。」

「好極了！」奧菲流士微笑著。「那你先幫我弄些吃的，因爲看來我們可要長途跋涉似的。」吃的東西。法立德咬著牙，但還是聽他吩咐，當然啦，爲了讓髒手指復活，他可是會把夜之堡塔樓上的銀塊刮下來的。

「法立德？現在怎麼樣？你跟我們一起來吧？」當他從美琪身旁跑過時，美琪擋下了他，袋子裡裝著給乳酪腦袋的麵包和肉乾。

「是的！是的，我們跟你們一起去！」等他見到魔法舌頭背對著他們時，他摟住了她的脖子。這舉動父親們怎麼想，大家可摸不透。「我會救回他的，美琪！」他在她耳邊低語著。「我發誓，我會帶髒手指回來的，這個故事會有好結局的。」

待續......

不容錯過

【墨水世界　心・血・死三部曲】

第3部 墨水死

謝詞

有些讀者一直誤以爲，最後一個字寫下後，一本書便算完成了。但爲什麼從手稿到成書，幾乎還要等上一年呢？因爲還需編審、配製插圖、修改、印製、裝訂……一本書絕不只是作者的作品，沒有我在這想感謝的其他許多人之助，這將會是一本錯誤百出，而且不太漂亮的玩意。

我要先感謝我的編輯烏蘇拉・黑克（Ursula Heckel）女士。這回，她也是第一個必須處理我交給出版社的一堆手稿的人。兩大卷夾，全是印得密密麻麻文字的紙頁！每一頁都得去找錯誤，找出矛盾，找出文字不通順的地方——而不被整個故事給吞沒。

其次，我要感謝德萊斯勒出版社（Cecile Dressler Verlag）的出版行銷瑪汀娜・佩特森（Martina Petersen）女士，她工作熱情老練。《墨水心》和《墨水血》的封面造型問題，要是沒有她，可能無法解決。她這回又讓我無法想像自己的故事會有其他更美的裝幀。非常，非常感謝。

再來，我要謝謝書籍裝幀師安可・梅茲（Anke Metz）。她告訴我關於這本書我應該知道的各種書籍修復的技藝。等故事終於完成後，她再次查驗那些關於這門技藝的段落，那是她自己多年來的出色絕活。莫和我都很感謝她！

我還有許多人要感謝——譬如卡佳・梅蘇斯（Katja Muissus），她爲德萊斯勒出版社製作的廣告和宣傳我這本書的方式，眞是漂亮；校訂尤塔・克戌納（Jutta Kirchner）和烏朵・班德（Udo Bender），花了許多時間，細心並老練地找出最後尚存的句法錯誤；還有印製師傅、裝訂師傅和所有德萊斯勒出版社的同事，雖然你們的名字未被一一列出，因為那樣可能需要再來一本書，但仍須謝謝你們。

就算這本書終於完成，但工作仍未告一段落——我很感謝德萊斯勒出版社的公關——弗勞克·魏德勒（Frauke Wedler）女士，她讓累人的宣傳公關成了一種樂趣，還有從旁協助弗勞克的朱蒂絲·凱澤（Judith Kaiser），還有我出版社的代理，他們把書鋪到書店，以及最後，但一定是最重要的環節：筆墨難以形容地感謝所有書商，把這本書帶到它開始呼吸的地方——讀者的手中！

來自洛杉磯的問候

柯奈莉亞·馮克

國家圖書館出版品預行編目資料

墨水世界義 2 部──墨水血 / 柯奈莉亞 ・ 馮克
著；劉興華譯 -- 初版 . -- 臺北市：大田
出版；臺北市：知己總經銷，民 97

面； 公分 . -- （Titan；042）

ISBN 978-986-179-084-8（平裝）

875.57 96025125

Titan 042

墨水世界第 2 部──墨水血

柯奈莉亞 ・ 馮克◎著
劉興華◎譯

台北市 10445 中山區中山北路二段 26 巷 2 號 2 樓
E-mail：titan3@ms22.hinet.net
http：//www.titan3.com.tw
編輯部專線（02）25621383
傳真（02）25818761
【如果您對本書或本出版公司有任何意見，歡迎來電】
法律顧問：陳思成律師

總編輯：莊培園
副總編輯：蔡鳳儀　編輯：陳映璇
行銷企劃：高芸珮　行銷編輯：翁于庭
初版：2008 年（民 97）4 月 30 日
十四刷：2018 年（民 107）8 月 10 日
定價：新台幣 380 元

總經銷：知己圖書股份有限公司
台北公司：106台北市大安區辛亥路一段30號9樓
TEL：02-23672044 / 23672047 FAX：02-23635741
台中公司：407台中市西屯區工業30路1號1樓
TEL：04-23595819 FAX：04-23595493
E-mail：service@morningstar.com.tw
網路書店 http://www.morningstar.com.tw
讀者專線：04-23595819 # 230
郵政劃撥：15060393（知己圖書股份有限公司）
印刷：上好印刷股份有限公司

填寫線上回函 ❤
送小禮物

國際書碼：ISBN 978-957-179-084-8 /CIP: 875.57 / 96025125
Printed in Taiwan